젊은 그들
The Young Ones

젊은 그들
The Young Ones

ⓒ하지윤 2020

초판 1쇄 발행 2020년 12월 24일

지은이 하지윤

펴낸곳 도서출판 가쎄 [제 302- 2005- 00062호]
주소 서울 용산구 이촌로 224, 609
전화 070. 7553. 1783 / 팩스 02. 749. 6911
인쇄 정민문화사

ISBN 979-11-91192-05-6   03810

값 18,800원

www.gasse.co.kr
berlin@gasse.co.kr

젊은 그들

The Young Ones

하지윤 장편소설

gasse·가쎄

프롤로그

　시제 축문 소리가 시작되었다. 이번 시제는 8월 15일에 지내
는 사중시제 중 하나였다. 은숙은 축문이 흘러나오는 사당을
바라보았다. 찬란하게 부서지는 빛줄기 속에서도 아무렇지 않
게 저승이 존재하는 곳이었다. 오히려 은숙이 앉아있는 자리
가 그늘이 두터워 은연중 저승이었다. 오래전부터 은숙의 내면
에 저승이 들어앉아 있었기 때문이다. 어딜 가서 앉으나 그곳
이 늘 저승이었다. 은숙은 이를 악물었다. 저승을 쫓아버리거
나 저승을 쫓아가거나 결판을 내야 했다. 날조된 자신의 삶을
아들 민제에게 털어놓아야 했다.

　"민제야."
　은숙은 일체의 정서도 개입하지 않은 채 불렀다.
　"네... 네... 어머니..."
　민제는 대답했다. 어쩐지 불안감이 엄습했다.
　"너는 내가 누구라고 생각하느냐?"
　은숙은 조금의 주저도 없었다.

"어머니... 그게 무슨 말씀..."

민제는 어느새 말끝을 놓아버렸다. 은숙의 낯빛은 농이라고 하기에는 핏기 하나 없이 다부진 정색이었다.

"어머니... 어...머...니가 아니면 도대체 누...누...구란 말입니까?..."

민제는 당황했다. 말을 더듬기까지 했다.

"민제야, 너는 나를 누구라고 생각하느냐?"

은숙이 집요했다. 눈빛은 완강한 필연성을 내포하고 있었다.

"아... 어머니... 제가 잘못했습니다."

민제는 무언가 크게 잘못되었다고 느꼈다. 그래서 무조건 빌기 시작했다. 전혀 새로운 질감의 두려움과 맞닥뜨리고 있었다.

"어머니, 제가 그동안 얼마나 불효를 했으면 어머니께서 이렇게 말씀하시겠습니까? 어머니... 저를 야단쳐 주십시오... 하지만 어머니가 누구냐는 말씀은 제발 하지 말아주십시오. 제게는 하늘이 무너지는 것과 같습니다. 저는 누가 뭐라 해도 어머니의 아들입니다... 어머니."

민제는 통사정하다시피 했다. 천륜의 국면을 손상시키고 싶지 않았다.

"민제야. 민제야. 그래. 너는 내 아들이다."

은숙은 갑자기 다정함이 넘쳐났다. 조금 전의 어두운 감수성은 온데간데없었다.

"어머니. 어머니. 제가 잘못했습니다. 제가 더 잘하겠습니다. 그동안 소홀했습니다. 어머니. 전 어머니의 아들입니다. 안 그렇습니까? 어머니..."

민제는 어린아이처럼 아양을 부렸다.

"민제야..."

은숙은 민제의 손을 덥석 잡은 채 만지작거렸다.

"헌데... 너는 내 아들이 아니다."

은숙은 거짓말로 일관해 왔던 자신의 목에 칼을 내리치듯 말했다. 민제가 자신의 머리를 장대에 매달아도 상관없다는 심정이었다. 차라리 그렇게 해준다면 고마운 마음으로 저승을 쫓아갈 수 있을 것 같았다.

"어...머니..."

민제는 입만 벙긋거렸다. 소리가 되어 나오지 않았다. 애초부터 엄습하던 불안감의 실체가 드러나고 있었다. 숨도 못 쉴 만큼 조마조마했다.

"넌 나의 진짜 아들이지만, 난 너의 진짜 어미가 아니다."

은숙은 자신의 감추어진 삶과 드러난 삶을 통째로 뒤바꾸고 있었다.

"우리 민제. 우리 민제. 이제 너의 진짜 어머니에 대해 말할 때가 되었다."

민제는 천륜의 국면을 단칼에 잘라버리는 진술에 벌써 기진맥진했다.

"어머니... 어머니..."

민제는 어머니라는 모순을 자꾸 불러보았다.

1

미옥이 달리고 있었다. 그 뒤를 성준이 따라 달리고 있었고 덕길이 따라 달리고 있었다. 미옥이 달릴수록 몽당치마가 나팔꽃처럼 활짝 펴졌다. 그 사이로 색동버선이 드러났다.

"종년이 색동버선이라니. 돌아버리겠네..."

덕길은 부아가 치밀었다. 종년에게는 가당치도 않은 입성이었다. 도련님 성준이 준 것이 틀림없었다. 그때였다. 미옥이 요사스러운 눈웃음을 치며 구석탱이로 점점 숨어들고 있었다.

"...저...저것들 좀 보게. 아주 볼만하네... 저것들... "

덕길은 말을 가리지 않았다. 종놈 처지라 지랄은 입으로만 해야 했다.

"미옥아. 미옥아."

성준은 끈 풀린 개새끼처럼 졸레졸레 따라 들어가고 있었다.

"미옥아. 미옥아."

성준은 이름을 연달아 불렀고 미옥은 함박꽃처럼 웃었다.

"저년... 지랄하는 꼴이, 그동안 만나고 다닌 게 분명한데... 그런데 이상하네. 나 몰래 어떻게 만나고 다닌 거지?... 내 눈 밖을 벗어난 적이 없는데…"

덕길은 고개를 갸우뚱했다. 덕길은 미옥의 하루를 다 꿰고 있었다. 두 연놈이 두 눈이 맞았든 두 배가 맞았든 덕길이 모를 리가 없었다. 순간 질투와 시기가 마구잡이로 치솟았다.

"도련님, 도련님. 여기요…"

미옥도 성준의 이름을 연달아 불렀다. 어지간히 좋아하는지 종년 짓거리치곤 그 모양새가 간드러졌다. 덕길은 두 주먹을 불끈 쥔 채 부르르 떨었다.

"덕길아. 이놈아. 네놈은 망이나 봐라."

성준은 흥얼흥얼 콧노래를 불렀다. 덕길의 타들어 가는 속을 알 리가 없었다. 그저 종놈일 뿐이었다. 감히 상전의 계집질에 왈가왈부할 수는 없었다.

"뭐…?"

덕길은 대답은커녕 반말을 지껄였다. 그동안 개돼지보다 못한 종질도 참아왔지만 미옥을 향한 마음을 짓밟는 것만은 참기가 어려웠다.

"도련님, 대감마님이 찾으십니다. 빨리 가지 않으면 이놈이 처맞는단 말입니다. 그러니 제발 좀 가십시다."

덕길은 은근한 협박이 섞인 거짓말을 늘어놓았다. 이 집안의 최고 상전인 대감마님은 지금 어린 종년의 몸뚱이를 쑤시고 있을 터였다. 이제 열두 살이나 되었을 어린 순이는 여러 달 전부터 대감마님 동녀 노릇을 하고 있었다. 순이는 어려서부터 하도 순해서 모두가 순이라고 불렀다. 어린 심중에 한참 늙은 할미가 들었는지 도무지 화를 낼 줄 몰랐다. 대감마님한테 몸살이 나도록 시달려도 그저 방긋거리며 웃기만 했다. 덕길은 허리춤에 찬 도끼를 만지작거렸다.

"어휴. 시발. 곧 뒈질 놈이 어린 애를 망쳐도 유분수지... 더러운 놈... 그 힘 빠진 좆으로 그 어린 애를... 내가 언젠가 죽이고 말 거다."

덕길은 이를 갈았다. 성준을 향한 적개심은 성준의 아비인 대감마님을 향해 투사되고 있었다.

"아주 잘들 논다. 애비나 아들놈이나... 부전자전의 추악한 주색잡기로구나. 그 더러운 양반 새끼들의 피가 어디 가겠냐?"

덕길은 들으라는 듯 씹어댔지만 성준은 듣지 못했다. 남녀상열 수작질에 홀딱 빠져있느라 귀머거리가 된 것이다. 미옥도 듣지 못하긴 마찬가지였다.

"미옥아..."

성준은 한껏 목소리를 낮추며 미옥의 어깨를 슬쩍 잡았다. 손의 위치가 미옥의 젖가슴에 제법 가까웠다.

"저놈이... 저년이... 미쳤나? 벌써... 뒹군 거야?"

덕길은 눈깔을 까뒤집었다. 끓어오르는 분노로 온몸이 타들어 가는 듯했다.

"미옥아..."

성준은 진작에 대비가 있었는지 금가락지를 꺼내어 미옥의 손가락에 끼워주었다.

"도련님..."

미옥의 눈에는 눈물이 스쳤다. 그런데 얼핏 두려움도 스쳤다.

덕길은 정신이 아득했다. 미옥은 양반가의 도련님과 혼인은 커녕 첩살이도 안 되는 종년 신세였다. 미옥을 악에서 구해야 한다는 의지가 활활 불타올랐다.

"미옥아... "

덕길이 벼락같이 소리를 질렀다. 하지만 미옥은 듣지 못했다. 둘은 서로를 뚫어져라 보며 무아지경에 빠져있었다.

"미옥아... 미옥아..."

성준은 자꾸 미옥을 불렀다. 미옥은 눈꼬리를 올리며 웃었다. 당장 저고리 고름이라도 풀어헤칠 눈매였다. 그런데 성준이 미옥의 손에서 금가락지를 도로 빼앗았다. 미옥의 눈매는 금세 조신해졌다.

"내가 고백할 게 있다. 미옥아."

성준은 마당에 떨궈져 있는 감나무 가지 하나를 줍더니 금가락지를 긁었다. 그렇게 한참 긁더니 미옥의 손가락에 다시 끼워주었다.

"이게 내 마음의 표시다. 이게 말이다. 한자로 한 일 자다. 그러니까 하나를 말하는 거다. 오직 하나. 바로 너에 대한 일편단심을 뜻한다. 미옥이 너를 향한 내 진심이다."

성준은 당당한 웃음을 웃었다. 미옥은 눈이며 입이며 모두가 번쩍번쩍 빛이 났다. 덕길은 충격을 받았다. 자신과 있을 때는 한 번도 보지 못했던 찬란한 빛이었다. 미옥이 성준을 진짜 좋아하고 있다는 생각이 들자 하늘이 무너져 내리는 것 같았다. 이를 악물었다. 미옥을 뺏길 순 없었다.

"정신 나간 년... 천치같은 년... 참... 참..."
덕길은 흥분한 나머지 욕도 엉성했다.
"도련님. 빨리 갑시다. 무슨 말 같지 않은 금가락지로 장난질이나 하고 계십니까? 대감마님이 아시면 그냥 넘어가시겠습니까? 또 누군가를 죽이네 마네 경을 치실 게 뻔하지 않습니까? 누군가를 죽여서라도 그 화를 풀려고 하실 게 분명하단 말입니다. 그런데 그게 누구겠습니까? 바로 접니다. 도련님 잘 생각해 보십시오. 어려서부터 도련님 대신 제가 처맞지 않았습니까? 이젠 대신 죽기를 바라십니까? 그런데 저는 죽고 싶지 않습니다. 그러니까 빨리 가자는 말씀입니다. 그러지 못할 바에야 지금 이 자리에서 절 죽이십시오. 제가 죽고 난 후 저년이랑 수작을 하든 지랄을 하든 하란 말입니다."
덕길은 급한 대로 아무 말이나 지껄였다. 종놈의 언사가 아니었다.
"...금가락지? 덕길아 이놈아... 네놈이 고자질하지 않는 이상 아버지가 어떻게 아신다는 것이냐? 날 따라다닌 지 한두 해냐?

어찌 그런 융통도 못하냐? 모자란 것인지… 심술인 것인지… 그리고, 넌 어디 갈 데도 없냐?… 가서 밥을 먹든지 뒷간이라도 가든지… 쯧쯧."

성준은 혀를 끌끌 찼다. 눈치껏 비켜줘도 될 만한데 달라붙어서 떨어지질 않고 걸리적거리는 것이 밉상도 여간 밉상이 아니었다.

"자, 이거나 치워라."

성준은 들고 있던 감나무 가지를 덕길에게 던졌다. 그런데 덕길은 받자마자 확 분질러 버렸다. 종놈 주제에 어림 반 푼어치도 없는 꼴값이었다. 암만 그래도 덕길은 성준의 종놈이었다. 엄연히 신분의 차이가 있었다.

"도련님. 종년이라고 이렇게 함부로 대하시면 안 됩니다."

덕길은 이판사판의 길로 향하고 있었다. 부러진 감나무 가지를 땅바닥에 패대기쳤다. 감나무 가지는 부서지듯 쪼개졌다.

"덕길아. 이놈아. 천한 가솔 노비 주제에 얻다 대고 버럭질이냐? 도련님이 네 상전임을 잊은 거냐?"

미옥은 덕길에게 양반 행세하듯 으름장을 놓았다.

"가솔 노비? 우리가 왜 노비야? 노비 문서를 불로 태운 지가 언젠데 노비야? 뭘 알고나 떠들어… 정신 나간 년. 그리고 너야말로 종년 신분을 잊은 거냐? 누구한테 양반질이야? 양반질은? 내가 네 종놈이냐?"

덕길은 바락바락 악을 썼다. 눈깔에서 분노가 핑핑 휘돌았다.

덕길의 분노는 미친년 널뛰듯 거칠 게 없었다.

"도련님. 종년을 맘대로 취하고 맘대로 버리실 것이면 지금 당장 그만두십시오. 제가 절대 그 꼴 못 봅니다. 미옥이는 절대 안 됩니다. 안 됩니다."

덕길은 대놓고 싸우자는 기세였다. 성준은 전혀 예상치 못한 덕길의 반역 때문에 어안이 벙벙했다. 도무지 지금의 상황이 이해가 되지 않았다. 하지만 코흘리개 시절부터 함께 뛰어놀던 덕길을 순식간에 미워하긴 힘들었다. 그간 정든 시간이 십수 년이었다.

"덕길아. 네놈이 미옥을 염려하는 마음이 남다르구나. 네놈 걱정은 충분히 알겠다. 네놈이 무엇을 걱정하는지 알겠단 말이다. 그런데 걱정하지 마라. 덕길아. 나는 진심으로 연모한다... 미옥이 말이다."

성준은 꽤 너그러운 척 호기를 부렸다. 미옥 앞에서 진정 사내다운 모습을 보여주고 싶었다. 그 순간 덕길은 뒤춤에 차고 다니던 손도끼를 담벼락에 세워진 나무 땔감을 향해 날렸다. 손도끼는 묵직한 나무 땔감 속을 찌르듯 박혔다. 나무 땔감은 건들건들 흔들리기 시작하더니 순식간에 와르르 무너져 내렸다. 미옥은 두 손으로 자신의 입을 가렸다. 무서운 나머지 온몸을 떨었다.

"미옥은 양반가의 도련님이 배설하는 창기가 아니란 말입니다."

덕길의 눈빛은 무시무시했다. 눈알에 시뻘건 핏줄이 툭툭 불거져 나왔다. 그때였다. 미옥이 덕길의 뺨을 있는 힘을 다해 때렸다. 덕길의 얼굴이 시뻘게질 정도였다. 그런데 이상하게도 덕길은 금방 수그러들었다. 언제든지 항복할 자세가 되어있는 순한 눈빛이 되었다.

성준은 순간 심장이 멈칫했다. 난생처음 덕길이 그냥 종놈이 아니라 한 사내라는 것을 기억해냈다. 오랫동안 잊고 있었던 덕길의 진짜 정체였다. 사내라는 정체 말이다.

"난 종년도 아니고 창기도 아니야... 적어도 우리 셋이 있을 땐..."

미옥은 끝내 뒷말을 흐렸다. 잠시 잊고 있었던 자신의 진짜 정체를 떠올렸다. 종년이라는 정체 말이다.

"미옥아. 다시 말하지만 나는 너를 진정 좋아한다. 널 창기로 여긴 적은 결코 없다. 한 사내로서 진심이다."

성준은 진심을 다해 고백했다.

"양반가의 도련님들은 전부 그렇게 얘기합니다. 하지만 결국은... 알 만한 양반집 아기씨와 혼인을 하고 맙니다. 종년은 그저 지들 꼴리는 대로 이리 돌리고 저리 돌리는 노리개로 쓰다가 버리는 것이고... 윗마을 이참의 댁 열두 살짜리 도련님이 어린 종년을 수시로 범해서 애를 배게 했답니다. 그 집 마님이 가만있었겠습니까? 그 어린 종년을 졸지에 제 부모와 생이별 시킨 후 어디론가 보내버렸습니다. 애라도 낳게 되면 그 애를 도대체 누구 애라고 말하겠습니까? 어차피 종년의 종자인 것을요. 세상이 이런 지경인데 누가 도련님 말을 믿겠습니까?"

덕길은 결코 허드레 말이 아니었다. 한낱 사내의 시기와 질투를 뛰어넘는 절박한 생존의 절규였다.

"덕길아. 우리는 코흘리개 시절부터 함께 뛰어놀던 동무다. 화를 풀고 나를 믿어라. 내가 설마 그러겠느냐? 난 그런 사람이 아니다. 절대 아니다."

성준은 애당초 이런 변명이 필요 없는 양반이었지만 괜히 중언부언했다. 짜증이 나기도 했지만 미옥에게 고난을 극복해나가는 진짜 사내다운 면모를 과시하고 싶었다.

"좋습니다. 그럼... 혼인하시오."

덕길은 성준에게 하명하듯 했다. 성준은 머리를 한 대 맞은 듯 멍해졌다. 덕길의 건방진 하명 때문만은 아니었다. 미옥과 혼인한다는 생각을 한 번도 해 본 적이 없었다.

"도련님이 혼인하지 않는다면 그건... 일본보다 더 나쁜 겁니다."

덕길의 추상같은 일갈이었다. 성준은 덕길을 노려보았다. 덕길이 몹시 미웠지만 그렇다고 그냥 어영부영 넘길 말은 아니었다. 비겁하게 변명하는 꼴은 더더욱 보이고 싶지 않았다.

"그래. 혼인할 거다. 혼인하면 될 거 아니냐?"

성준은 괜히 버럭했다. 덕길에게 허락을 받으려는 자신의 모습이 수치스러웠다. 그건 쉽게 설명되지 않는 양반의 끈질긴 체면이었다.

미옥의 얼굴에 환희가 지나갔다. 하지만 찰나였다. 곧 사라졌다. 잠시 명멸하는 꿈같은 것이었다.

"안 됩니다. 혼인하지 마십시오."

덕길은 실성했는지 이랬다저랬다 지랄이었다. 성준의 얼굴이 굳어졌다. 미옥은 두 사람을 번갈아 보며 안달했다. 진짜 큰 변고가 날 것만 같았다.

"도련님, 대답하지 마십시오."

미옥은 다급했다. 미옥도 덕길 못지않게 반역이었다.

"도련님. 제 혼인은 제 뜻대로 할 겁니다. 혼인조차 도련님 맘대로 하신다면... 그거야말로 저를 종년이나 창기 취급하는 것입니다. 아시겠습니까?"

미옥은 입술을 깨물었다. 종년 그리고 창기라는 말을 내뱉는 자신의 비참을 견딜 수가 없었다. 자신의 혀를 뽑고 싶을 정도로 치욕스러웠다.

"그리고 덕길아. 너도 마찬가지야. 네가 하란다고 하지 않을 거야. 그러니까 제발 그만해."

미옥은 달래듯 사정했다.

"종년이 네 뜻대로 하겠다고? 이 미친년. 네가 무슨 수로 네 혼인을 맘대로 한단 말이야? 넌 종년이야. 종년. 너야말로 제발 네 신분의 범위를 벗어나지 말란 말이야. 알았어?"

덕길은 바닥에 널브러진 나무 땔감을 발로 뻥 차버렸다. 어 깃장도 이만한 어깃장이 없었다.

"덕길아... 이놈아. 그만해. 우린 어렸을 때부터 동무였어. 동무."

성준은 덕길을 말리느라 팔을 잡았다. 이 막장을 빨리 벗어 나고 싶었다.

"도련님. 우리는 단 한 번도 동무인 적이 없었습니다."

덕길은 성준의 손을 거칠게 뿌리쳤다. 그 바람에 성준이 중 심을 잃으며 뒤로 자빠졌다. 다행히 엉덩방아 정도였다.

덕길은 일으켜 줄 마음이 조금도 없었다. 잡아먹을 듯이 쏘 아보기만 했다.

"이노오옴. 이 종놈 새끼. 개새끼보다 못한 종놈 새끼가. 어 디 감히? 어디이... ?"

성준의 부친이자 덕길과 미옥의 상전인 대감마님 조시원이 었다. 미옥은 늘 하던 대로 무릎부터 꿇었다. 종년이 먼저 항복 을 바쳐야 했다.

"저 때문입니다. 저 때문입니다. 대감마님. 제가 대신 그 벌 을 받겠습니다. 대감마님... 대감마님... "

미옥은 두 손으로 싹싹 빌었다. 조시원은 미옥의 낯짝을 한 참 응시하더니 코웃음을 쳤다. 종년의 눈빛이 아니었다. 양반 을 눈 아래로 깔보는 눈빛이었다.

"네년 눈깔은 또 뭐야? 감히 얻다 대고? 천한 종년이? 상판대기 좀 반반하다고 종년이 양반 될 줄 알아? 아랫도리나 벌렁거리고 다니면서 도련님 꾀면 양반 될 줄 알아? 네년이 지금 성준이 믿고 눈깔이 이 모양이더냐?"

조시원은 온몸으로 분노를 토해냈다.

"또 이놈은 뭐냐? 어디 감히 천한 종놈이 양반가의 도련님에게 말대꾸를 하냔 말이다. 게다가 신체에 위협까지... 이노오옴. 이놈 반상의 법도도 모르는 종놈 새끼. 정녕 네가 죽음을 자초하는구나..."

조시원은 쥐고 있던 장죽을 덕길을 향해 날렸다. 장죽은 덕길의 발아래 떨어졌다.

그러자 성준도 무릎을 꿇었다. 덕길을 살리기 위해서가 아니었다. 미옥을 살리기 위해서였다.

"아버지. 제 잘못입니다. 제 이야기를 먼저 들으시면... 아버지도... "

성준의 말이 채 끝나기도 전에 덕길의 머리통에서 피가 솟구쳤다. 조시원의 눈치를 받은 다른 종놈들의 몽둥이질 때문이었다. 딴딴한 몽둥이는 덕길의 뼈와 살을 부러트리고 짓이겼다. 미옥은 무서웠지만 울고 싶지 않았다.

'견뎌. 견디란 말이야. 덕길아. 그리고 제발 죽지 마. 덕길아.'

미옥은 덕길의 눈을 보며 외쳤다.

'네가 견디라면 견딜 거야. 네가 죽지 말라고 하면 죽지 않을

거야.'

덕길도 미옥의 눈을 보며 외쳤다.

순간 성준이 덕길을 향해 몸을 날렸다. 덕길에게 쏟아지는 아수라의 몰매질을 대신 막으려고 했지만 별 소용이 없었다.

"돈 아깝다. 죽이진 마라."

조시원은 뇌까렸다. 그러자 몽둥이질은 더 포악해졌다. 몽둥이질은 이제 미옥에게도 향하고 있었다. 덕길은 피를 토했고 미옥은 신물을 토했다.

2

어미는 벙어리였고 아비는 소경이었다. 어미와 아비는 아들 덕길의 처참한 몰골을 보고도 그저 눈만 끔뻑댈 뿐 잔뜩 겁에 질려있었다. 슬픔마저도 상전에게 허락받고 살아왔던 복종의 세월 때문이었다. 미옥은 벌겋게 핏물이 든 치맛단을 찢어냈다. 급한 대로 찬물에 적셔 덕길의 머리통에 얹었다. 얼마나 열이 끓는지 치마 쪼가리는 금방 말라버렸다. 미옥은 벌떡 일어나 방을 뒤지기 시작했다. 구석마다 약쑥이 수북했다.

"어어어..."

덕길 어미가 새파랗게 질린 표정이 되어 죽는소리를 냈다. 상전 입에 처넣으려고 묻어둔 약쑥이었으니 겁이 날 만도 했다.

"덕길이 꼴을 보고도 그 걱정이십니까?"

미옥은 야단치듯 소리를 질렀다.

"우리 덕길이... 분명히 견뎌낼 겁니다. 절대 죽지 않을 겁니다."

미옥은 약쑥을 입에 넣고 잘게 씹어 덕길의 목구멍 속으로 밀어 넣었다. 덕길이 도로 뱉어 낼까 봐 입을 억지로 닫았다.

그때 성준이 조용히 방으로 들어섰다. 와중에 어설프게 몇 대 맞았는지 얼굴에 피멍이 있었다. 덕길의 어미와 아비는 휘청거리며 일어나 성준에게 머리를 조아렸다. 숨소리 한 결에도 쓰러질 것처럼 흔들거렸다. 미옥은 차마 그 모습을 보기 힘들었다. 오늘따라 종의 신분이 기막히게 서러웠다. 성준은 한참 미옥의 눈치를 보다가 겨우 입을 뗐다.

"좀 어떠냐?"

"도련님... 도련님, 이런 난리를 겪고도 또 나타나시면 어찌합니까? 어서 돌아가십시오. 어서요."

미옥은 눈길조차 주지 않은 채 매몰차게 말했다.

그런데 성준은 슬그머니 미소를 지었다. 미옥이 도련님, 도련님 두 번이나 연달아 부른 것이 마음에 닿았다. 자신에 대한 연정이 훼손되지 않았다는 확신이 들었다.

"미옥아... 미옥아. 내가 미안하다. 그래서..."

성준도 미옥을 연달아 불렀다. 미옥의 일언반구에 대한 화답이었다.

"돌아가십시오. 도련님이 이 방에 계신 걸 알면 대감마님이 절대 가만 계시지 않을 겁니다... 이 방에 있는 모두가 떼죽음을 당하고 말 겁니다. 그러니 제발 돌아가십시오."

미옥은 아랫사람을 혼내듯 했다. 말투가 어처구니없을 정도로 건방졌다. 허리까지 고개를 숙이고 있던 덕길의 어미와 아비가 소스라치게 놀라며 고개를 번쩍 들었다. 그러자 미옥이 걱정하지 말라는 눈짓을 주었다. 어미와 아비는 잽싸게 고개를 떨구었다.

성준의 뒤로 동네 의원 유 씨가 불쑥 나타났다. 어지간히 술을 처먹었는지 코끝은 시뻘겠고 눈깔도 시뻘겠다.

"...이년 보게. 천한 종년이 양반가의 도련님에게 이 무슨 해괴한 짓이냐? 나 참 살다 살다 별 꼬라지를 다 보겠네. 에라. 이 미친년. 때려죽여도 시원찮을 년."

유 씨는 대뜸 욕설부터 질렀다.

"유 씨, 됐네. 지금 다들 제정신이 아닐세. 그러니 그만하고 빨리 좀 봐주게. 이놈 절대 죽으면 안 되네. 내겐 진짜 형제나 다름없네. 부탁하네."

성준은 간청했다.

유 씨는 부리나케 덕길의 행색부터 살피기 시작했다. 온몸을 여기저기 주물럭거리기도 했다.

"도련님은 어찌하여 저희 같은 것들의 마음을 이렇게나 헤아리지 못하신단 말입니까? 대감마님이 의원에게 치료받은 것을 알게 되면... 이 사실을 알게 되면... 어찌 이러십니까?"

미옥의 눈빛은 허둥대고 있었다. 한 번도 무너진 적 없는 양반이라는 요새를 향한 자포자기였다.

"미옥아... 미옥아. 그런 걱정 하지 말아라. 오늘 이 방에서 일어나는 모든 일은 내가 책임지겠다. 그리고 아버지는 절대 모르실 거다. 그러니 제발 날 믿어라."

성준은 안심시켰다. 미옥의 근심을 덜어주고 싶었다. 하지만 미옥은 조금 전 덕길과 자신에게 쏟아지던 몰매 때문에 몹시 비위가 상해있었다. 성준이 강력하게 막아내지 못했다는 원망이었다.

"어찌 양반이 내뱉는 말을 다 믿는단 말입니까? 아침저녁으로 변심하는 것도 모자라 숨 쉴 때마다 변심하는 것이 양반의 정체 아니겠습니까? 그런데 도련님이 무슨 책임을 지신다는 것입니까?... 아까처럼 적당히 막아서는 척하시다 말겠지요..."

미옥은 금가락지를 빼서 던져버리고 싶었지만 차마 그러지는 못했다. 성준의 마음만은 내던지고 싶지 않았다.

"아니 이년이 쳐 돌았나? 이 미친년아... 얻다 대고 꼬박꼬박 말대꾸야? 그리고 무식한 종년이 어디 감히 양반을 가르치려 들어? 이 천한 년. 아가리를 확 찢어버릴라."

유 씨가 또 욕설이었다. 평생 조롱과 아첨만 지껄였을 더러운 주둥이로 양반 흉내를 내고 있었다.

"이보시오. 의원 나리. 의원 나리도 양반은 아니지 않소? 참으로 우습소. 안 그렇소? 그쪽은 천민은 아니다... 이거요? 그런 생각이라면 더 우습소. 양반들한테는 다 똑같은 거 모르시오? 그놈이 그놈인 거 모르시오?"

미옥은 치가 떨렸다.

"아니... 저년이..."

유 씨는 어안이 벙벙했다.

"지금 세상은 양반이 역병처럼 창궐하고 있단 말이오. 설마 의원 나리도 역병이 되고 싶은 것이오?"

미옥은 대담했다.

"아니, 저년... 저... 저... 미친년이... 아랫도리 아무 데나 돌리고 다니는 년이 뭐라는 거야? 야, 이 천한 년아. 누가 누굴 가르치려 들어? 이 미친년. 어디부터 찢어줄까? 위? 아래?"

유 씨는 극악한 언사도 서슴지 않았다. 하잘것없는 종년 앞에서 자신의 체면이 망가진 것을 묵과하는 성준 때문에 더 화가 났다.

"유 씨... 오늘은 덕길이... 이놈만 보게. 내가 또 부탁하네."

성준은 유순하게 말하는 듯했지만 눈초리는 엄중한 명령이나 다름없었다. 유 씨는 어느새 고개를 굽신거리고 있었다. 이미 이런 처세가 몸에 켜켜이 배어있었다.

"미옥아. 너도 그래라."

성준은 미옥에게 좋게 타일렀다.

그런데 문득 불길한 예감이 스쳤다. 어쩌면 미옥과의 기진맥진한 관계가 반드시 비극으로 끝날 것 같다는 이상한 예감이었다. 순간 가슴에 구멍이 뚫린 것처럼 싸늘한 바람이 들이쳤다. 가슴이 아렸다.

"도련님, 덕길이 이놈, 오늘 죽지는 않을 것 같습니다. 염려 마십시오... 에이, 목숨도 더럽게 질긴 놈... 퉤."

유 씨는 목구멍에서 가래를 끓어 올렸다가 도로 삼켰다. 미옥은 덕길의 목숨을 장난으로 갖고 노는 유 씨의 주둥아리를 찢어버리고 싶었다.

"오늘 안 죽는다면 내일 죽는다는 것이요? 뭐요? 어찌 그렇게 더러운 악담만 싸지르고 그러시오? 평생 그렇게 살았소? 도대체 하늘이 무섭지도 않소? 아마 그쪽은 길 가다가 벼락 맞아 죽을 것이오."

미옥은 결코 지지 않았다.

유 씨는 대번에 손찌검을 쳐올렸다. 성준이 말릴 새도 없었다. 미옥의 한쪽 볼이 순식간에 벌겋게 부어올랐다. 입술에는 피까지 비쳤다. 하지만 미옥은 더 짱짱해진 눈으로 유 씨를 죽일 듯이 노려보았다.

"이 미친년이 어딜 노려보는 거냐? 도대체 네년은 오래전에 죽은 귀신이냐? 요망한 무당년이냐? 에고고... 천한 종년 주제에... 이년아. 사내들한테 돌림방이라도 당해라. 이년아. 내가 기도라도 할 테다."

유 씨는 또다시 손을 번쩍 들었다. 다시 때릴 요량이었다. 이번엔 성준이 그 손을 휘어잡았다. 유 씨가 놀란 눈으로 성준을 쳐다보았다. 그 힘이 은근히 사나웠다.

"그만하게."

성준은 매섭게 말했다.

유 씨는 손을 빼면서 성준과 미옥을 번갈아 보았다. 헛웃음이 나왔다. 성준은 양반가의 도련님이니 그럴 수 있다지만 그걸 진심으로 받는 종년 미옥이 너무도 우스꽝스러웠기 때문이다.

"쯧쯧 이년아... 네년은 산을 바라보면 무슨 생각이 드냐? 하긴 생각할 수 있는 대가리를 가졌겠느냐?... 허나 그 대가리도 대가리는 맞으니 한번 지껄여 봐라... 말발이 그리 청산유수라면 말이다."

유 씨도 절대 지지 않았다. 하찮은 종년한테 체면은 세워야 했다.

"뭔 말 같지 않은 소리를 씨부리시오? 이제는 별걸 다 시비하는구려. 지금 이 마당에 산이 어쩌고저쩌고 경치라도 읊고 있소?"

미옥은 유 씨의 노가리를 받아줄 마음이 조금도 없었다.

"이년아... 그래. 네년 대가리가 생선 대가리랑 피차일반일 테니, 뭘 알겠느냐? 하지만 네년도 산을 쳐다볼 줄은 알겠지? 그치? 그렇다면 내가 묻겠다. 그 산이 물이 될 수 있겠느냐? 없겠느냐?"

유 씨는 밉살스럽게 지껄였다. 미옥은 낯짝도 보기 싫어서 고개를 획 돌려버렸다. 시뻘건 고주망태 코끝을 잡아서 비틀어버리고 싶었다.

"이년아... 산은 물이 될 수 없는 것이다. 절대 그렇게 될 수 없는 것이다. 알겠느냐? 이건 면벽수도한 고승이 아니어도 알 수 있는 것... 이렇게 산이 물이 될 수 없듯이 네년 같은 종년은 결코 양반이 될 수 없는 것이란 말이다. 이와 같은 이치다. 이제 알겠느냐? 이년아."

유 씨는 잔뜩 뻐기듯 실실거렸다. 미옥은 머리통을 한 대 맞은 듯 멍해졌다. 눈앞이 어질거렸다. 마치 신통력을 가진 하늘님이 내려주신 문장 같았다.

대뜸 몸을 돌려 덕길의 손을 잡았다. 덕길의 손을 잡자 동질의 피비린내가 가슴을 휘몰아쳤다. 이건 남녀상열의 연심도 감히 범접할 수 없는 혈연의 철벽이었다.

"덕길아."

미옥은 한배에서 태어난 핏줄을 부르듯 끈끈하게 불렀다. 혐오스럽기 짝이 없는 유 씨 앞에서 자신의 처절한 비극성을 내색하고 싶지는 않았다. 성준은 그 모습을 보자 질투가 터졌다. 아까부터 거슬리는 미옥과 덕길만의 소통 방식이 영 마음에 들지 않았다.

"진짜 살겠는가? 거짓은 아니겠지?"

성준은 유 씨에게 물었다. 이제는 덕길이 살아날까 걱정이었다. 죽어도 상관없을 것 같았다.

"네. 머리통에 피를 많이 담고 있는 것 같지는 않습니다. 곧 일어날 겁니다. 원래 천한 것들은 몸뚱이가 쇳덩이입니다. 제가

약을 딱 한 첩만, 한 첩만 두고 가겠습니다. 어쨌든 오늘은 안
죽을 놈입니다. 염려 놓으시고 가서 쉬십시오. 도련님."

유 씨는 굽신거렸다.

"이놈. 어차피 오래가지 않아 죽겠지... 흐흐흐... 달이든지 말
든지... 맘대로 해라. 이년아."

유 씨는 미옥을 향해 히죽히죽 웃으며 약봉지를 냅다 던졌다.
그리고 능글맞은 눈깔로 미옥의 몸을 위아래로 훑었다. 성준과
이미 통정한 사이라고 짐작해서인지 미옥을 마치 창기 보듯 했
다. 미옥은 그 눈길을 피하지 않았다. 눈 한번 깜빡이지 않고 당
차게 받아쳤다. 유 씨는 도리질을 치면서 몸서리를 쳤다.

"약값 걱정은 말게. 내가 곧 들르겠네."

성준이 방문을 열어주자 유 씨는 줄행랑치듯 나가버렸다.

미옥은 유 씨가 나가자마자 약봉지를 주워들고 방을 나갔다.
밖은 어둑한 어둠을 지나 깜깜해져 있었다. 밤의 지평선 저쪽
에서 노란 달빛이 흐드러졌고 노란 납매 꽃들이 그 달빛을 받
아 일렁이고 있었다. 곧 비가 한바탕 오려는지 눅눅한 안개가
먼저 와있었다.

미옥은 뒷마당 납매 나무 아래 아궁이에 불을 피웠다. 입으
로 바람을 후후 불었다. 불길이 얼추 일어나는가 싶었지만 축
축한 날씨 탓인지 곧 골골해졌다. 미옥은 더 힘껏 불어댔다.

밭은기침이 연신 나왔지만 덕길을 살린다는 일념으로 쉬지 않고 불었다. 잠시 후 뻘건 불길이 치고 올라왔다. 미옥은 낡고 찌그러진 솥을 올리고 물을 부었다. 약 한 첩을 몽땅 털어 넣었다. 약재 하나라도 놓칠까 봐 손을 달달 떨었다.

"세상에 어떤 종놈이 약을 먹는단 말인가? 덕길아. 넌 복도 많다. 그러니 꼭 살아라... 살아라... 살아라..."

미옥은 간절히 되뇌었다.

"미옥아. 미옥아."

성준은 그새 못 참고 따라와 미옥을 불렀다.

"도련님... 도련님... 우리 덕길이 살려야 합니다... 이제 더 이상 상관하지 마시고 돌아가십시오. 이 약은 고맙습니다."

미옥은 덕길이 죽을까 봐 조바심이 났다.

그때 성준이 미옥을 와락 껴안았다. 미옥은 꼼짝달싹할 수 없었다. 방금 덕길의 생사를 염려하던 마음은 온데간데없이 사라지고 말았다. 죽어가는 덕길에게 미안할 정도로 행복했다. 이 순간처럼 평생 살 수만 있으면 좋겠다는 염원이 들었다.

"이러다 내가 먼저 상사로 죽겠다. 미옥아. 미옥아. 우리 도망가자."

성준의 목소리에는 울음이 섞여 있었다. 미옥은 하마터면 같이 도망하자고 대답할 뻔했다. 자신의 머리채를 질질 끌고라도 도망가 달라고 말할 뻔했다.

"도망가서 원앙처럼 살아보자. 미옥아..."

성준은 미옥을 더 우악스럽게 껴안았다. 하지만 미옥은 이내 마음을 다스렸다. 우여곡절 끝에 도망에 성공한다 해도 몇 날 못가 대감마님이 보낸 자들에게 붙잡혀 죽임을 당할 게 불을 보듯 뻔했다. 그렇게 허망하게 죽고 싶지는 않았다. 태어날 때는 사람으로 태어나지 못했으나 죽을 때만큼은 사람으로 죽고 싶었다.

"우리 같은 것들은 우리끼리 살아야 합니다. 송충이가 솔잎을 먹고 살아야 하는 이치입니다. 아까 의원 유 씨의 말이 하나도 틀리지 않습니다. 우리 같은 것들은 양반이 아닙니다... 그러니까 그건 사람이 아니라는 말과 같습니다. 그저 종이라는 종자일 뿐입니다."

미옥은 자신의 가슴을 돌로 내리치는 기분이었다. 성준 앞에서 이런 말을 하게 될지 꿈에도 몰랐었다.

"너는 본래 양반 가문의 딸 아니더냐? 억울한 누명을 쓰고 몰락했을 뿐이지. 너의 태생은 본래부터 종의 신분은 아니었다. 내가 잘 안다."

성준은 눈동자가 어수선했다.

"실망하였습니다. 도련님. 그렇다면 제가 천한 종년 출생이 아니라서 좋아한다는 그 말씀이십니까? 그런 겁니까?"

미옥은 점차 흥분하고 있었다.

"도련님 또한 대감마님과 전혀 다를 바가 없습니다. 뼛속 깊이 양반과 종의 신분 차이를 두십니다."

미옥은 거의 울상이었다. 성준은 미옥이 이토록 화를 낼지 짐작도 못했다. 그래서 당장 대꾸할 말이 없었다.

"저는 종이 아닙니다."

미옥은 울부짖었다. 성준의 이도 저도 아닌 모습에 서러움이 폭발하고 말았다.

"그래 맞다. 내 말이 바로 그거다. 내가 방금 말하지 않았느냐? 넌 원래 양반 가문이라고..."

성준은 자꾸 어긋나는 말만 하고 있었다.

"저는... 종도 아니지만... 또한 양반도 아닙니다."

미옥은 또 울부짖었다. 성준은 미옥이 무서워졌다. 어머니는 아버지 앞에서 늘 유구무언이었다. 감히 대꾸 한 마디도 못했었다.

"저는... 그저 사람일 뿐입니다. 사람... 사람..."

미옥은 한을 토해내듯 소리쳤다. 그리고 몸을 세차게 돌렸다. 성준은 영원히 해명할 길 없는 신분의 차이를 더 이상 논하고 싶지 않았다.

"미옥아, 너는... 아버님이... 돈을 치루고 데려왔지만... 넌 본래... 양반... 가문... 넌 대대로 종의 신분은 아니었다..."

성준은 어눌한 말더듬이처럼 같은 내용을 반복했다.

"네. 맞습니다. 돈을 주고 사 왔으니 돈을 주고 파실 수도 있지요. 암요. 말씀 잘하셨습니다. 그리고 본래 대대로 종의 신분이건 아니건… 분명한 건 이 조선에 종이라는 신분이 존재한다는 겁니다. 아시겠습니까? 양반 도련님?"

미옥은 덕길의 시건방진 반역을 훨씬 넘어서고 있었다.

미옥은 불쏘시개를 집어 들었다. 타오르는 불 속을 신경질적으로 쿡쿡 찔렀다. 불씨는 악악 소리를 지르며 힘차게 타올랐다. 그러자 약재가 끓기 시작했고 약재의 냄새가 뒷마당을 크게 휘돌았다. 성준은 덕길을 살릴지 모를 역겨운 약재의 냄새를 억누르며 미옥을 다시 껴안으려 했다. 그런데 미옥은 성준을 밀치며 불쏘시개를 들이밀었다. 시뻘건 불쏘시개가 성준의 배 근처를 짓눌렀다. 성준의 옷에서 희뿌연 연기가 피어나며 매캐한 냄새가 진동했다.

"가까이 오지 마십시오."

미옥은 고함을 질렀다. 동시에 불쏘시개를 점점 깊이 눌렀다. 성준은 깜짝 놀라며 뒤로 물러났다. 미옥은 갈수록 위악적으로 굴었다. 불쏘시개를 더 깊숙이 눌렀다. 성준은 더 물러났다.

"가십시오."

미옥은 더 크게 고함을 질렀다. 성준은 불쏘시개에 살이 덴 것보다 마음이 덴 것이 더 아팠다. 이제 다른 방안은 없었다. 울면서 철수해야 했다.

"네가 정 이렇다면 나도 달리 마음먹겠다."

성준은 전에 없이 냉정했다. 미옥이 휘두른 불쏘시개에서 떨어져 나간 시뻘건 불꽃과 거무튀튀한 재가 두 사람의 언저리를 몽환적으로 날아다녔다. 미옥은 불쏘시개를 정처 없이 휘둘러댔다. 그 기운이 좀 전보다 떨어져 있었다. 성준의 냉정에 급작스레 마음이 약해진 것이다.

"더 이상 제게 오지 마십시오."

미옥의 말투에 있던 기운도 허물어져 있었다. 하지만 성준을 향한 불쏘시개의 방향은 그대로였다. 미옥은 그동안 자신이 보고 있는 모든 방향이 성준을 향한 것이었음을 깨닫고 있었다.

"그래. 아버지가 권유하시는 여자와 혼인하겠다."

성준은 별 없는 밤보다 더 어두운 얼굴로 돌아섰다. 마지막 이별을 던지고 가버렸다. 미옥은 성준이 사라진 그 길 어딘가를 망연자실 쳐다보고 있었다. 도련님 성준이 가버린 그 길은 너무 어둡고 너무 깊었다. 미옥은 손을 길게 뻗어보았다. 손은 허공을 돌아다녔다. 도련님은 없었다. 진짜 떠났다. 미옥은 손이 아프도록 쥐고 있던 불쏘시개를 툭 떨어트렸다. 성준을 향한 그간의 모든 생애가 툭 떨어지는 것 같았다. 그때 방안에서 덕길의 가느다란 목소리가 들렸다.

"미옥아... 미옥아..."

미옥은 얼른 색동버선을 벗어서 불 속으로 휙 던졌다. 불길은 아궁이를 벗어나며 넘실거렸다. 미옥은 눈가의 눈물을 훔쳤다.

흐드러진 달빛도 사라지고 납매도 사라졌다. 별빛도 사라졌다.
불현듯 억센 비가 후두두 떨어지기 시작했다.

3

조시원은 초혼(招魂)의 시간에도 집중하지 못하고 딴청이었다. 상을 핑계로 만난 종친들과 며느릿감을 물색하기 바빴다. 얼마 전에 법석을 떨었던 미옥이라는 종년 때문에 급하게 서두르는 중이었다.

조시원은 선조 때의 문장가 송익필을 잊지 않고 있었다. 당시 나는 새도 떨어뜨린다는 순흥 안씨 가문은 비슷한 규모의 여산 송씨 가문이 자신들의 노비라고 주장하며 소장을 제출했다. 송씨 가문 송익필의 할머니가 안씨 가문 안돈후의 비첩 소생이라는 이유였다. 안씨 가문은 당시 신분제에 따라 부모 중 한 사람이 노비면 그 자녀도 노비라는 논리를 내세웠다. 반면 송씨 가문은 이미 보충대에 복무했기 때문에 오래전 양인이 되었다는 논리를 내세웠다. 그야말로 가문의 생사가 걸린 대대적인 소송이었다. 만약 안씨 가문이 패하게 된다면 가문 전체가 노비가 될 판이었다. 결과는 송씨 가문의 완패였다. 송씨 가문은 하루아침에 노비 신분으로 전락해버리고 말았다. 천한 노비의 피 한 방울이 양반 가문을 가차 없이 멸족시킨 것이다.

조시원은 그 생각만 하면 몸서리가 쳐졌고 사지가 후들거렸다. 그래서 성준의 혼인을 더더욱 서두를 수밖에 없었다. 다만 상을 치르자마자 곧바로 혼인시킬 수는 없으니 종친 어른들의 암묵적인 허락이라도 받아야 했다. 물론 이마저도 쉬울 리 없었지만 그래도 궁즉통이었다. 반드시 뾰족한 수를 만들어내야 했다. 조시원은 미옥의 불꽃같이 형형한 눈빛을 도저히 잊을 수가 없었다. 그건 이미 반백 년 이상을 살아온 자의 점괘 같은 예감이었다. 성준을 쉽사리 놓아줄 눈빛이 아니었다. 성준을 죽이고 말 필살의 눈빛이었다.

성준은 어머니의 갑작스러운 죽음에 혼이 나가 있었다. 미옥과 다툰 후 홧김에 절에 처박혀 있는 동안 벌어진 일이었다. 어머니의 마지막을 놓친 것에 대한 죄책감이 뼈와 살을 녹일 정도로 고통스러웠다. 용서를 빌고 싶어도 어머니는 이제 없었다.

"한창나이에 꽃구경도 못 가고 공부하느라 얼마나 힘들겠니? 그만 쉬어라."

어머니는 그랬다. 성준이 연희전문에서 학업을 중도에 그만두고 집으로 내려왔을 때였다. 아버지는 학교로 돌아가라고 꾸짖기만 했다.

"한창나이에 동무도 못 만나고 문집 만드느라 얼마나 힘들 겠니? 그만 쉬어라."

어머니는 그랬다. 성준이 문중의 문집을 완성한 후 몸살이 났을 때였다. 아버지는 일어나라고 야단만 쳤었다.

"한창나이에 상사가 끓어오를 텐데 얼마나 힘들겠니?"

어머니는 그랬다. 성준이 미옥을 가까이하는 걸 알았을 때였다. 아버지는 종년은 오입질 상대일 뿐이라고 나무라기만 했었다.

성준이 어머니를 추억하고 있는 사이 미옥이 어느새 곁에 와 있었다. 미옥은 주변 눈치를 보며 성준에게 모시 수건을 슬쩍 건넸다. 눈부시게 하얀 모시 수건이었다. 성준은 모시 수건을 쓰다듬었다. 조성준이라는 이름이 한글로 삐뚜름하게 수놓아 있었다. 갑자기 눈물이 차올랐다. 어머니를 향한 그리움인지 미옥을 향한 그리움인지 아니면 두 가지의 그리움이 혼재된 것인지 불분명했다. 성준은 조심스럽게 미옥을 쳐다보았다. 미옥의 얼굴은 너무나 많이 상해있었다. 눈은 퀭했고 볼은 푹 꺼져 있었다. 하지만 성준을 바라보는 그 눈빛만큼은 초롱초롱했다. 성준은 미옥의 손이라도 잡아보고 싶었다. 손 끝자락이라도 닿고 싶었다. 전혀 굴절 없는 온전한 순정이었다.

그때였다. 누군가의 시선이 뒤통수를 찌르는 걸 느꼈다. 성준은 그 시선의 주인이 누구인지 짐작이 되었다. 등줄기를 타고

식은땀이 흘러내렸다. 당황한 나머지 모시 수건을 바닥에 툭 떨어트렸다. 그러자 지나는 누군가 발로 밟았다. 그 뒤를 이어 자꾸 밟고 지나갔다. 하얀 모시 수건은 사라지고 흙 묻은 모시 수건만 이리저리 굴렀다. 성준은 모시 수건을 주워들 엄두가 나지 않았다. 미옥의 짓밟힌 마음을 주울 강단이 생기지 않았다. 미옥은 모시 수건을 주웠다. 수건에 묻은 흙을 털어냈다. 하지만 아무리 털어내도 조성준이라는 한글 이름은 그 흔적이 희미했다. 미옥은 눈물이 그렁그렁한 채 성준을 보았다.

성준은 뒤통수를 찌르고 있는 아버지의 시선을 정면으로 응시했다. 관 속에 있는 어머니를 살려내고 아버지를 관 속에 묻고 싶다는 타협 없는 열망에 시달렸다. 그때였다. 문중 어른들의 한가로운 풍속이 성준의 귓전을 단번에 때렸다. 성준은 순식간에 한성 조씨 가문의 장손으로 당당하게 회귀했다. 열망은 손쉽게 무너졌고 타협은 되살아났다.

"세조의 왕위 찬탈에 협력하지 않은 가문이 우리밖에 더 있겠소? 우리가 알만한 몇몇 가문조차도 세조 때 벼슬을 하긴 하였으나 본의가 아니었다... 뭐 이렇게 말 같지 않은 변명을 한다고 하더이다. 그런데 말이오. 이게 이게 진정한 양반 가문이 맞소? 홋... 양반 가문은커녕... 쯧쯧..."

백발이 성성한 어르신의 촌철살인이었다. 나머지 어른들은 점잖은 척 고개만 끄덕끄덕했다. 어차피 죽은 자에게는 눈곱

만큼도 관심 없는 한량들이었다.

"그 또한 그렇소만... 기묘사화 때도 그렇고 을사사화 때도 그렇고... 화를 입지 않았을 뿐 아니라 벼슬을 버리고 낙향하지도 않았으면서도... 쯧쯧... 부끄러움도 모른 채 부와 벼슬을 다 누렸으면서... 그런데도 자신들을 피해자로 둔갑하고 선조를 피해자로 변개하기까지 하며 그토록 당당하다니... 허허... 저 짝 아랫것들이 이러고 있소이다. 그런데 이런 것들도 진정한 양반이요? 허 참..."

또 백발 어르신이었다. 문중 어른들은 옳거니, 그렇고말고, 허허 추임새를 터트렸다.

"그나저나 호상 아니오? 긴 병에 효자 없다고 하지 않소? 벌써 갔어야 할 사람인데... 하여간 잘 갔소. 더 길어지면 천륜도 원수 되는 법이오."

문중 어른들 중 누군가 잘 죽었다며 껄껄 웃기까지 했다.

그 와중에 종들에게는 저승사자와도 같은 봉덕이 놈이 나타났다. 집사 노릇하는 봉덕은 일반 종들과는 다른 대접을 받았다. 조시원은 봉덕을 중간자로 두고 종들을 후리고 부려먹었다. 봉덕은 조시원에게서 받은 작은 권세를 큰 권세로 치환해서 온갖 전횡을 휘둘렀다. 종을 대하는 야만적인 풍속이 양반들을 넘어섰고 악랄하기가 일본 놈들을 능가했다. 봉덕은 다짜고짜 미옥의 머리채를 잡고 복날 똥개마냥 질질 끌고 갔다.

미옥은 끌려가면서도 손에서 모시 수건을 놓지 않았다. 문중의 어른들은 일개 종년이 끌려가든 말든 관심이 있을 리 없었다. 게다가 엄중한 상 중이었다. 죽은 자에 대한 연민은 없었지만 산 자에 대한 체면은 있었다.

"봉덕이 놈... 저 놈..."

성준은 욕 몇 마디밖에 할 수 없었다. 끌려가는 미옥을 구해낼 수 없었다.

막 초혼제(招魂祭)가 시작되고 있었다. 지붕에 올라간 문중 어른이 어머니의 생전 옷가지를 흔들고 있었다. 성준은 애타는 옷가지로 나부끼는 어머니의 마지막을 하염없이 바라보았다. 눈물이 주르르 흘러내렸다. 성준은 어머니의 삶이 다하고 나서야 만시지탄(晚時之歎)을 쏟아내는 자신이 한심했다.

"어머니... 어머니..."

성준은 어머니를 불러보았다. 어머니는 이제 구체적 실존이 아니라 사유 체계였다. 그 순간 누군가 성준의 어깨를 툭 쳤다. 사납고 건방진 기운의 손길이었다. 돌아보니 덕길이었다. 험한 산세에서 맞닥뜨린 짐승의 살벌한 눈빛이 도도했다. 성준은 가슴이 철렁했다.

"도련님. 봉덕이 잡놈이 미옥이 끌고 가는 거 보셨을 테니, 긴 말 않겠습니다. 딱 한 마디만 하겠습니다. 다시는 주변에 얼씬도 하지 마십시오. 도련님이 근처를 어슬렁거릴수록 대감마님의

원한만 사무친단 말입니다. 만약에... 만약에 말입니다. 미옥에
게 무슨 일이 닥치면 저는 이놈의 집구석 다 때려 부술 겁니다.
그리고... 다 때려죽일 겁니다. 절대 흘려듣지 마십시오."

덕길은 막 찌르는 칼 같은 말을 던졌다. 그리고 눈 깜짝할 사
이에 사라졌다.

성준은 긴 한숨과 함께 다시 지붕 위를 올려다보았다. 어머
니가 이승을 떠나고 있었다. 성준은 오열을 참을 수 없어서 잠
시 마당 후미진 곳으로 물러났다. 노란 납매의 흔적이 어렴풋
했다. 성준은 납매 아래에서 어린아이처럼 흑흑 흐느껴 울었
다. 그 옛날 어머니의 품속에서 울듯이 울었다.

"도련님."

봉덕은 동네 패싸움에서 이긴 과장된 표정으로 다시 나타났
다. 일반 종들을 대할 때의 악질적인 자세와는 전혀 다르게 비
굴할 정도로 공손했다. 성준은 자신보다 이십 여세 많은 봉덕
을 봉덕아, 봉덕아 그냥 막 부르고 살았다.

"그래. 봉덕아. 미옥은 어떻게 됐느냐?"

성준은 봉덕이 집사 노릇을 하면서 온갖 해괴한 짓은 다 하
고 다니는 것을 알고 있었다. 언제든 낯빛 하나 바꾸지 않고 배
반할 수 있는 교활한 놈이었다.

"안방마님의 삼우제만 마치면 학교로 돌아가시랍니다."

봉덕은 동문서답하는 꼴이었다. 미옥이 얘기는 뚝 잘라먹었다.

"그럼 사십구제는?... 혹시 봉덕이 네놈이 어설프게 지어내는 거 아니냐? 이건 법도에도 없는 일이다. 아버지가 절대 그러실 리 없다... 다시 고해라. 만약 거짓이라면 네깟 놈 혀를 잘라버리겠다."

성준의 말씨에 불편한 심지가 뻗쳐 있었다. 미옥을 대신한 쪼잔한 복수였다.

"에구구. 그랬다간 큰일 납니다요. 도련님... 제가 어찌 감히 거짓을 지어낸단 말입니까? 천부당만부당하신 말씀입니다. 그런데 생각해 보니... 한편으로 또 그렇습니다. 대감마님이 오죽하면 그러시겠습니까? 흐흐... 저는 그런 생각이 살짝 듭니다요. 도련님..."

봉덕은 두 손으로 싹싹 비는 흉내를 내며 쩔쩔매는 척했다. 성준은 이조차도 토악질이 올라올 정도로 역겨웠다.

"오죽하면? 뭐가 오죽하면? 설마?... 미옥이 때문에? 그런 핑계를 하셨다는 거냐? 이놈이 보자 보자 하니..."

성준은 봉덕을 죽일 듯이 노려보았다. 봉덕은 깝죽거리는 꼬라지를 정확하게 계량해서 말할 순 없지만 그 수위를 한참 넘어서고 있었다.

"...핑계가 있으신지 없으신지 제가 그런 것까지 알 리가 있겠습니까? 전 아무것도 모릅니다. 저 같은 미천한 놈이 어찌 알겠습니까?... 그저 대감마님이 이렇게 하고자 한다. 하명을 하시면 저야 알겠습니다. 할 뿐이란 말입니다. 그리고 다른 말씀은 전혀 없으셨습니다. 그저 얼른 가시라는 말씀만 하셨습니다... 가 계시면 연통을 하신다고 하셨습니다."

봉덕은 실실 웃으며 가자미 곁눈질이었다. 눈칫밥 먹고 산 놈의 끈질긴 생존 방식이었다.

"사십구재도 마치기 전에 떠나라고?..."

성준은 도저히 받아들일 수 없었다. 청천벽력 같은 지시였다. 양반 가문에서는 일어날 수 없는 일종의 반역과도 같았다. 하지만 성준은 아버지의 지시를 따를 마음이 추호도 없었다. 사십구재를 마치지 않은 어머니를 두고 떠날 수 없었고 마음의 정리를 마치지 않은 미옥을 두고 떠날 수도 없었다.

"도련님, 그 천한 년에게 더 이상 관심 두지 마십시오. 이제 그만 끝내십시오. 그 길이 도련님뿐 아니라 그년을 위한 길이기도 합니다. 가문을 생각하셔야죠."

봉덕은 목에 가시가 걸린 마냥 콩콩거리며 잘도 지껄였다.

"천한 종년이라니?"

성준은 봉덕이 자신을 욕하고 있는 것처럼 느꼈다.

"그러는 네놈은 무엇이냐? 종놈 아니더냐? 그런데 천한 종년이라니? 봉덕이 이놈... "

성준은 봉덕의 멱살이라도 잡고 싶었지만 참았다. 봉덕은 얼굴 한 번 찌푸리지 않고 구렁이 담 넘어가듯 또 둘러댔다. 설레발로 천 냥 빚도 갚을 청산유수였다.

"저야 날 때부터 종놈인뎁쇼? 당연히... 흐흐흐... 그런데 말입니다. 도련님... 대감마님이 무슨 결심을 하신 듯합니다. 그러니까 제게 그런 말씀을 하셨겠죠?"

봉덕은 눈깔을 아래위로 굴리며 계속 킁킁거렸다. 일부러 성준의 약을 올리고 있었다.

"무슨 결심을 말하는 거냐? 네놈에게 뭐라고 하셨는데? 빙빙 돌리지 말고 어서 바른대로 말해."

성준은 결국 참지 못하고 봉덕의 멱살을 잡아 구석으로 몰았다.

"흐흐흐... 미옥이 그년... 제게 주신다는 것을... 제가 싫다고 했습니다요. 흐흐... 도련님이 잠시 머물던 여자를 제가 어찌 감히 취하겠습니까? 욕심이 나긴 했습니다... 그년이 얼굴은 절색 아니겠습니까? 그 얼굴이면 벗겨놔도... 그 또한 절색일 것이 뻔한 것을... 흐흐흐... 제가 도련님을 얼마나 깊이 생각하는지 잘 아시지 않습니까? 흐흐흐..."

성준은 봉덕의 멱살을 스르르 놓았다. 온몸에서 기운이 빠져나갔다. 꿈인지 생시인지조차 구분이 가지 않았고 주변의 소리는 점점 멀게 느껴졌다. 그때였다. 난데없는 불한당 같은 총소리가 크게 요란했다. 성준은 번쩍 정신이 들었다. 어머니의 종말이 결코 무사하지 못할 거라는 두려움에 있는 힘을 다해 달렸다. 가까운 거리였지만 까마득한 오르막을 오르는 것처럼 힘겨웠다.

기어이 일본 순사들이었다. 엄숙하기 짝이 없는 장례의 내용과 형식을 완전히 파괴하고 있었다. 문중 어른들은 놀라 자빠진 표정이었지만 그렇다고 선뜻 나서지도 않았다. 모두 겁먹은 순한 소처럼 눈만 끔벅이고 있었다. 성준은 눈앞의 광포한 광경을 목도하고도 도저히 믿을 수가 없었다. 아무리 일본이 조선을 강점하고 있다고 하지만 있을 수 없는 패륜의 극치였다.

"이 집에 독립군을 돕는 자들이 있다고 들었다."

주재소장은 밑도 끝도 없는 말부터 씨불였다. 어차피 사실인지 아닌지 관계도 없었다. 독립이니 뭐니 하는 핑계로 이집 저집 휘젓고 다니며 재산이나 강탈하려는 개수작이었다.

"이런... 이...런... 처죽일..."

조시원은 말을 잇지 못했다. 입술은 벌써 터질 대로 터져있었다.

"어쨌든 우리 집에 그런 놈들은 없소. 그리고 지금은 엄중한 상중이오. 어서들 돌아들 가시오."

조시원은 세상 기막힌 일을 당하고도 꽤 공손한 어투였다. 어쨌든 일본은 현재 조선 최고의 상전이었다. 더 이상의 난장만 만들지 않고 돌아가길 바랄 뿐이었다.

"이 집구석만 대제국 일본을 위해 헌납하지 않았소."

주재소장은 거들먹거리며 말했다. 허리춤에 차고 있는 긴 칼을 꺼내어 들고 협박하듯 흔들었다.

"지난번에... 지난번에... 다 하지 않았소?..."

조시원은 말을 대충 얼버무렸다.

"그건... 이 집의 구석구석을 몰랐을 때 얘기요. 숨겨놓은 재산도 아주 많은 듯하오만... 내가 친히... 한 바퀴 쭈욱 둘러보았는데... 당신 같은 조선인이 살기에는 너무 크단 말이오. 우리 일본인이라면 또 모를까? 왜 이렇게 집이 크고 넓소? 이 또한 대제국 일본을 우습게 여기는 게 아니고 뭐겠소?"

주재소장은 자신의 모국인 일본만큼이나 치졸했고 거만했다.

"그건 지나치신 말씀이오. 우리 집안은 조선의 유력한 양반 가문이오. 대대로 그래 왔소. 그냥 조선인이 아니란 말이오. 그러니 집이 넓고 클 수밖에 없지 않겠소?"

조시원은 자못 준엄했다. 일본 놈들 세상에 편입될 준비가 되어있었지만 천한 종놈들 앞에서 모욕과 굴욕은 용납할 수 없었다.

"그냥 조선인이 아니라... 히히히... 거참 우스운 말이오. 흐흐흐... 내가 살면서 들은 가장 우스운 이야기란 말이오. 히히히..."

주재소장은 히히히 희한한 말 울음소리를 내며 웃었다.

"대제국 일본에게는 조선의 양반들도 한낱 종과 다름없다."

주재소장은 한참 웃다가 갑자기 엄숙한 얼굴로 변색하더니 희대의 망언을 나불거렸다. 조시원의 오락가락하는 정체성을 복원시키고 있었다.

조시원은 아연실색했다. 사지에서 힘이 빠져나가며 후들거렸다. 선조 때 궤멸한 송씨 가문이 다시 떠올랐다.

"아니오... 그렇지 않소. 그렇지 않단 말이오."

조시원은 자신을 달래듯 주절거렸다. 하지만 눈치는 빨랐다. 벌써 투항이라도 할 듯 무릎을 푹 꺾었다.

"아버지... 절대 하지 마십시오..."

성준은 소리쳤다. 집안의 종들에게 그토록 서슬 퍼렇게 군림하던 아버지가 아니었다. 자신과 어머니를 그토록 위압하던 아버지가 아니었다. 전혀 다른 층위의 경거망동이었다. 고증되지 않은 양반의 투항이었다.

그때 성준은 아버지의 하얀 눈을 닮은 머리털과 붉은 노을을 닮은 눈빛을 보았다. 오래전부터 늙어있었던 한 가장의 처절한 경지였다. 아버지는 가문과 아들을 지키기 위해서 어떤 모욕이라도 감수할 각오가 되어있는 양반의 오래된 원형이었다.

"부탁이오... 제발 오늘은 돌아가 주시오. 오늘만 지나면 내가 친히 찾아뵙겠소."

조시원은 저항도 없이 항복했다. 종놈들은 고개를 돌리거나 흐느꼈다. 양반과 자신의 생애를 동일시하는 배후 때문이었다.

"아... 아버지..."

성준은 아버지에게 달려가고 싶었다. 하지만 달려가지 않았다. 아버지를 일으켜 세워야 한다는 책임감이 아니라 아버지를 대신해 무릎을 꿇고 싶다는 이율배반에 자신도 놀라고 있었다. 성준은 아버지와 마찬가지로 무슨 수를 쓰더라도 양반의 파괴를 막아야겠다는 결심만 되뇔 뿐이었다.

일본 순사들은 더러운 신발을 신고 대청마루로 저벅저벅 올라섰다. 그리고 마치 조선의 여인들을 겁탈하듯 닥치는 대로 방문을 부수었다. 총검으로 곳곳을 마구잡이로 찌르고 쑤셨다. 일본이라는 거대한 이름을 방패 삼은 순사들은 순식간에 한양 조씨 집안의 기나긴 역사와 명예를 장악했다. 잠시 후 일본 순사가 미옥을 던지듯 마당으로 내팽개쳤다. 이미 머리채는 미친년 산발이 되어있었다. 주재소장은 엎어진 채 일어날 줄 모르는 미옥의 머리채를 틀어 올렸다. 미옥의 얼굴은 피투성이였다. 주재소장은 얼굴을 보더니 입이 헤벌레 찢어졌다.

"...반반한 종년이구나... 흠... 죽이긴 아까운데... 어쩐다? 흐흐흐... 이년은 독립군과 내통한 년이다. 당장 주재소로 끌고 가라."

주재소장은 미옥이 구미에 당겼는지 없는 죄를 금방 만들어 냈다. 데려가 노리개로 삼을 심산이었다.

"잘하셨소. 좋소. 그년 데려가도 좋으니 그만 조용히 나가주시오. 우리는 상중이란 말이오. 내가 분명히 약조하겠소. 조만간 인사드리러 가겠소이다."

조시원은 비굴함을 넘어서 장사치처럼 천박했다. 주재소장은 조시원의 제안이 마음에 들었는지 입술을 실룩거리며 웃었다.

순간 미옥이 주재소장의 얼굴에 침을 획 뱉었다. 주재소장은 자신의 얼굴에 묻은 피 섞인 침을 닦지도 않고 미옥의 얼굴을 주먹으로 갈겼다. 그리고 손과 발로 마구잡이로 패기 시작했다. 누구도 말리지 않았다. 양반가의 규수도 아닌 종년 하나를 위해 나설 양반도 없었고 종도 없었다. 미옥의 얼굴은 찢어졌고 옷도 찢어졌다. 미옥의 흰 젖가슴이 드러났다. 주재소장은 치마도 거침없이 찢어버렸다. 미옥의 그곳도 어설프게 드러났다. 성준은 자신이 치욕을 당한 것처럼 온몸을 바들바들 떨었지만 나서지는 못하고 있었다. 조선 양반가의 서슬 푸른 반상의 법도를 수호하기 위한 세습의 도공처럼 외면하고 있었다. 그것은 졸렬이었다.

그 순간이었다. 어디선가 세찬 바람 소리가 달려오는 듯했다. 거친 활 소리가 달려오는 듯했다. 그런데 그것은 작은 도끼였다. 세찬 바람 소리처럼, 거친 활처럼 달려온 작은 도끼는 주재소장의 뒤 머리통에 콱 박혔다. 작은 도끼의 벼린 날이 그토록 힘차게 푸르렀다.

"만주로 가겠습니다."

성준은 그날 밤 담판을 시작했다. 어머니의 상도 지키지 못한 아버지가 원망스러웠고 미옥을 지키지 못한 자신이 원망스러웠다.

"독립에 뜻을 두려고 합니다."

성준은 자신의 의지를 피력했다.

"조선이 일본과 합방된 지 한 해가 지났다. 이 마당에 구국이 무슨 소용이냐? 뒤늦게 무슨 개소리야? 헛소리 집어치워라."

조시원은 한심하다는 듯이 혀를 끌끌 찼다.

"구국뿐이 아닙니다. 어머니가 당한 치욕은 어찌하시렵니까? 아무렇지 않으시단 말입니까?"

성준은 소리치듯 말했다.

"그년을 네게 주면... 만주는 그만둘 거냐?"

조시원은 외아들 성준이 멀리 달아날까 봐 초조했다. 그래서 성준의 치기 어린 담판에 응하려고 했다.

"그럼, 혼인을 허락하시는 겁니까?"

성준은 순식간에 어머니의 치욕이라는 허망을 벗고 미옥의 혼인이라는 미망에 빠져버렸다. 조시원은 치미는 분노를 누르지 못하고 성준에게 재떨이를 던졌다.

"어리석은 놈. 우리 집안은 종년과는 혼인하지 않는다. 그냥 첩으로 생각하란 말이다. 내가 송씨 가문 이야기를 그렇게도 했건만. 네놈은 정녕 노비가 되고 싶은 거냐? 종이 되고 싶은 것이냔 말이다."

조시원의 눈가는 심하게 떨렸다.

"우리 가문은 세조의 왕위 찬탈에 협력하지 않았다. 또 기묘사화와 을사사화에도 충심을 지키느라 심각한 화를 입었을 뿐 아니라 결국 벼슬을 버리고 낙향하기까지 했었다. 영남 남인들과 같은 허망한 가문이 아니란 거다. 또... 임진왜란에는 의병을 일으켜 나라를 구하기도 했지. 그뿐이냐? 광해군 때 문과에 급제한 훌륭한 조상 한 분이 계셨다. 당시 답안지 구절이 크게 문제가 되어 응시자 전원이 파방이 되어버린 기막힌 일이 있었지만 그분은 그마저 핑계 두지 않고 과감히 벼슬을 버리고 낙향하셨다. 우리 가문은 이런 조건을 갖춘 완벽한 양반 가문이다. 그런데 네놈이, 감히 네놈이 천한 종년을 내세워? 천한 종년의 피 한 방울로 우리 가문을 멸망에 이르게 할 셈이냐? 이놈..."

조시원은 흥분해서 목소리가 마른 논처럼 갈라졌다. 성준은 벌떡 일어났다.

전에 한 적 없는 반역이었다.

"전 반드시 혼인할 겁니다."

조시원도 벌떡 일어났다. 전에 한 적 없는 체통이었다. 온몸을 부들부들 떨고 있었다.

4

덕길은 고방에서 도끼 날을 갈고 있었다. 고방 살 틈을 비집고 들어온 희미한 빛줄기가 도끼를 비추자 날이 시퍼렇게 번쩍거렸다. 손끝으로 날을 스쳐보았다. 슬쩍 지나쳤는데 피 한 방울이 뚝 떨어졌다. 덕길은 손끝의 피를 맛보았다. 인상을 찌푸렸다.

"아직... 아니야... 한 번에 목젖을 따려면... 어림도 없지. 어림도 없어."

덕길은 다시 날을 갈기 시작했다.

그때였다. 끼이익 문소리가 났다. 덕길은 눈길도 주지 않았다. 돌아다니는 바람이 열었거니 했다. 귀신도 살 것 같지 않은 고방을 열었다가 기겁을 하곤 돌아나갈 정도로 외진 곳이었다. 잠시 후 조심스러운 인기척이 들렸다. 고개를 치켜들었다. 어미와 아비였다. 핏기 없는 허연 낯빛으로 덕길의 도끼를 쳐다보고 있었다. 아비는 물바가지를 든 채 떨고 있었고 어미는 주먹밥을 든 채 떨고 있었다. 덕길은 대번에 고개를 돌려 외면했다.

"왜 말을 안 들어? 찾지 말라고 했잖아?..."

덕길의 말투는 정떨어질 만큼 퉁명스러웠다. 어미와 아비는 겁에 질려 꼼짝도 하지 않고 있었다. 툭 치기만 해도 당장이라도 무너져 내릴 것 같은 엉성한 몸체였다. 한 번도 슬픔이나 절망을 소리 내어 표현해 본 적 없는 천한 자들의 적막이었지만 그 이면은 맹렬한 적막이었다.

"...들어왔으면 앉던지."

덕길은 문득 정이 있는 말투였다. 그러자 어미가 다가와 덕길의 팔을 잡고 거칠게 흔들어댔다. 아들 덕길 외엔 아무것도 보이지 않는 텅 빈 눈에 눈물이 가득했다. 하던 짓을 그만두라는 절규였다. 덕길은 아랑곳하지 않았다. 일부러 보란 듯이 더 끈질기게 갈았다. 제발 어미가 자신을 포기해 주기를 바랐다. 날이 갈리는 소리가 점점 커지자 어미가 짐승처럼 울기 시작했다. 울음소리는 덕길의 가슴을 날카롭게 도끼질했다. 자신이 도끼의 날을 가는 것인지 도끼의 날이 자신의 가슴을 가는 것인지 헷갈렸다. 하지만 어미의 울음소리를 붙잡고 같이 울고 싶지는 않았다. 어차피 잘못 태어난 팔자였다. 그냥 개새끼로 태어나는 게 훨씬 좋았을 것이다. 양반들은 개새끼는 부려먹지 않았다.

"뒈진 주재소장 놈의 사촌이 조선총독부 총독이래."

덕길은 어미와 아비를 쳐다보지 않고 말했다. 마지막일지 몰랐다.

"어차피 날 죽이러 올 거래. 그래서 내가 먼저 죽이러 갈 거야. 걱정은 하지 마. 내가 먼저 죽이면 되니까. 죽여 버리면 다 끝나는 거라고. 그러고 나서 미옥이... 찾을 거야. 그러니까 내 말 잘 들어."

덕길은 비로소 어미와 아비를 제대로 쳐다보았다. 이 또한 마지막일지 몰랐다.

"내가 오늘 무슨 짓을 할 작정이거든. 그러니까 이 집을 빨리 떠나. 떠나야 해. 알았어? 알았냐고?"

덕길은 다그치듯 물었다. 어미와 아비는 얼떨결에 고개를 끄덕였다.

"그리고... 이제부터 절대 등신같이 살지 말라고. 종으로 태어난 처지도 한심한데 말 못하는 등신에 귀머거리 등신이 뭐냐고?"

덕길은 목이 메는지 잠시 숨을 참았다가 내쉬었다.

"계속 이렇게 살 거면... 그냥 살지 마. 살지 말라고. 그냥 어디 가서 확 뒈지던지? 알아들었어?"

덕길은 야멸차게 내질렀다. 하지만 온몸은 불가항력의 고통으로 낱낱이 부서지고 있었다.

"그렇게 못하겠으면... 제발 멀리 도망가서 살아. 제발 좀. 조선 천지 어디 가서 산들 지금보다야 낫겠지. 숨어 살아. 꼭꼭 숨어 살라고. 그래도 지금보다야 낫겠지..."

덕길은 작별을 하고 있었다. 글로 쓰지 않았을 뿐 유서였다.

잠시 잠잠했던 어미가 다시 울기 시작했다. 자식의 시체를 품에 안고 우는 어미의 통곡이었다. 덕길은 그만 울라고 소리 지르고 싶은 걸 겨우 참았다.

눈물을 감추기 위해 천장을 올려다보았다. 눈물에 빠져 죽을 만큼 진저리나게 울었던 절망의 종자들이었다. 자신의 눈물까지 보태고 싶지 않았다.

"내가 다 죽일 거야. 내가 그렇게 할 거야."

덕길은 포효하듯 악을 쓰며 다시 도끼의 날을 갈기 시작했다. 서걱서걱 도끼 날 가는 소리가 다시 시작되자 어미의 울음 소리도 다시 시작되었다. 간장을 끊어내는 소리였다. 이제는 아비까지 합세하고 있었다. 덕길은 참다못해 고래고래 소리를 질렀다. 정말 못되게 굴었다.

"그만 울어. 그만 울라고. 그러게 왜?... 왜?... 날 종으로 태어나게 했냐고... 왜... 왜..."

덕길은 말끝을 흐리며 흐느꼈다. 하지만 그럴수록 이를 악물었다. 이 눈물의 순환을 끝내고 싶었다.

"왜 날 종으로 태어나게 했냐고... 그런데... 원망하면서 청승 떨지는 않을게. 그래 난 종으로 태어났어. 맞아. 지금도 종으로 살고 있어. 맞아. 하지만 절대로... 절대로 종으로 죽지는 않을 거야. 사람으로 죽을 거야."

덕길은 최후통첩을 날렸다.

"내가 사람으로 죽으면... 어미도 아비도 사람으로 죽는 거야... 그러니까 그만 울어... 나 진짜 원망 안 해... 하지만 날 태어나게 해서는 안 됐어."

덕길은 애증이 교차하는 눈빛으로 어미와 아비를 보았다.

"어서 가. 어서 떠나라고. 다음에 내가 이 집에 돌아왔을 때... 아니 안 돌아올 거야. 왜냐하면... 이 집에서는 종놈 팔자만 배웠거든. 그러니까 안 돌아올 거야. 그러니까 만약에 말이야. 만약에 이 집에 돌아왔을 때도... 이 집에 계속 살고 있다면... 그때는 내가 둘을 죽일 거야. 알겠지?... 알아들었어? 빨리 떠나."

덕길은 내팽개치듯 소리 지르며 고방을 쏜살같이 뛰쳐나갔다. 덕길은 뒤돌아 어미와 아비의 마지막을 보고 싶었지만 그럴 수 없었다. 한 번만 쳐다보기만 해도 떠날 수 없을 것 같았다. 덕길은 어미와 아비로부터 멀어지자 참고 있던 눈물이 고름이 툭툭 터지듯 터졌다. 지금까지 참았던 눈물의 축적(蓄積)이 터지고 있었다. 그런데 눈물이 아팠다.

'어무이... 아부지... 날 용서하지 마... 날 용서하지 마...'

덕길은 어미와 아비라는 정한을 몰아내려고 이를 악물었다. 천한 종놈의 정한은 이리도 힘들었다.

조시원은 아들 성준이 방을 나가버린 후 충격에 휩싸여 있었다.

"어미가 죽어서 그랬을 거야... 그래서 마음이 허둥대는 것일 거야... 본래 저런 놈이 아니야... 그럴 리가 없어... 불쌍한 것..."

조시원은 스스로를 위안해 줄 온갖 구차한 핑계를 주절거렸다. 그렇지 않고서는 도무지 이해가 안 되는 현실이었다. 하나뿐인 아들이자 하나뿐인 장손의 반항과 반향이 심상치 않았다. 조시원은 불현듯 봉덕을 떠올렸다. 성준에게 봉덕을 따라붙일 생각이 떠올랐다.

"봉덕아. 봉덕아. 이놈아..."

조시원은 봉덕을 불렀다. 그런데 봉덕은 아무런 기척도 없었다. 평소 같으면 한 번만 불러도 냉큼 달려오던 봉덕이었다.

"이 싸가지 없는 놈, 이놈. 봉덕아. 이놈아..."

조시원은 다시 봉덕을 불렀지만 찾는 봉덕은 들어오지 않고 덕길이 불쑥 들어섰다. 덕길은 흙 묻은 짚신 발이었다. 지나치게 불순하고 불손한 등장이었다.

"아니... 이놈이..."

조시원은 하도 괴이해서 말을 잇지 못했다. 그런데 덕길의 손에는 주재소장의 뒤통수를 깨버린 그토록 푸르른 벼린 날의 도끼가 들려있었다. 조시원은 덜컥 겁이 났지만, 양반 체통에 내색할 수는 없었다. 조시원은 평상시보다 더 위세를 떨기로 했다. 겁박이라도 해서 내쫓을 생각이었다.

"넌 또 뭐야? 이 종놈이 어딜 함부로 여길 들어와? 방 더럽힌다. 썩 나가라. 이노옴..."

조시원은 고함을 질렀다. 쩌렁쩌렁 큰 소리였지만 이미 겁먹은 소리였다. 조시원은 자신의 허세를 덕길이 눈치챌까 눈알에 핏발이 서도록 힘을 주어 덕길을 노려보았다.

"아니... 저... 저..."

조시원은 기함을 했다. 덕길의 눈알에 핏기가 휘돌고 있었기 때문이다. 그건 극도의 파멸을 몰고 올 살기였다. 조시원은 비로소 무서워졌다. 한편으로는 그래 봤자 종놈이라는 경멸이 단단히 똬리를 틀고 있었다. 산천이 유구한 만큼 변하지 않을 반상의 유구였다. 그 유구가 자신을 살리기만을 간절히 바랐다.

"왜 일본 놈들에게 먹이 던지듯 주었습니까?"

덕길은 아직은 존대를 버리지 않았다. 그간의 지난한 습관이기도 했고 미옥의 행방을 알아내려는 방편이기도 했다.

"하..."

조시원은 덕길의 시건방진 지랄이 못 견디게 모욕적이었다. 하지만 미옥의 생사를 알아내기 위해서라도 자신을 죽이지는 못할 거라는 성급한 판단이 들었다. 조금 전의 겁은 가라앉았다. 더더욱 위세를 그만두고 싶지 않았다.

"뭐라? 이 종놈의 새끼가... 내가 종년을 주든 말든 네놈이 무슨 상관이냐? 본래가 종놈이든 종년이든 내 재산이거늘... 내가 죽일 수도 살릴 수도 있거늘. 썩 꺼져라. 이 천박한 놈. 뒈지고 싶지 않거든 썩 나가라. 이 더러운 놈."

조시원은 행패를 부리듯 소리 질렀다. 그래야 아들 성준의 체면도 지키는 것이라고 굳게 믿었다.

"미옥이... 어디 있어?..."

덕길은 이제 존대를 버렸다. 그간의 진절머리 나는 습관을 버린 것이다. 이제 종놈의 신분을 버린 것이고 조시원이라는 상전을 버린 것이었다. 그리고 조시원이 미옥의 행방을 발설하지 않을 거라는 확신이었다.

"제대로 말하지 않으면 넌... 오늘 나한테 죽는다."

덕길은 결코 협박이 아니었다. 조시원 역시 협박이 아니라는 것쯤은 통찰하고 있었다.

"네놈이 열두 살짜리 종년을 갖고 노는 것이나 네 아들놈이 미옥을 갖고 노는 것이나 피차일반... 하지만 이제는 네 아들놈 뜻대로 안 될 것이다. 미옥이는... 네 아들놈의 여자가 아니라 내 여자다. 네 아들놈도 일본 놈도... 그 누구도 미옥을 가질 수 없어. 알아들었어?"

덕길은 아예 퇴로를 차단한 채 일갈했다. 조시원은 고개를 갸우뚱했다. 그러더니 자신의 무릎을 탁 쳤다.

"허허... 그런 거였군... 그런 거였어... 등잔 밑이 어둡다더니..."

조시원은 덕길의 살기가 보다 명확하게 이해가 되었다. 덕길의 미옥에 대한 집념만이 아니었다. 성준의 미옥에 대한 집념만도 아니었다. 전혀 어울릴 수 없는, 만나질 수 없는 셋의 이상한 구도였다. 비극으로 치닫게 될 미련한 파국의 연정이었다.

"너희들... 언제부터 이랬던 거냐?"

조시원은 얼마 전에 세상을 버린 부인에게 화가 났다. 하나뿐인 아들, 하나뿐인 장손을 어떻게 키웠기에 이런 막장을 창조하게 했는지 부관참시(剖棺斬屍)라도 해서 그 죄를 묻고 싶었다.

조시원은 급한 대로 아무 서책이나 주워 덕길의 면상으로 집어 던졌다. 평소 같으면 감히 상상도 못할 서책에 대한 불경이었다. 하지만 지금은 달랐다.

양반의 경전과도 같은 이 서책으로 덕길을 단죄하고 싶었다. 하지만 덕길은 날아오는 서책을 단번에 잡아채더니 단숨에 찢어버렸다. 조시원은 자신의 몸뚱아리가 발기발기 찢기는 듯 움찔거렸다. 조시원은 이성을 잃고 있었다. 다급하게 달려가 찢어진 서책을 부여잡았다. 덕길이 더 이상 찢지 못하도록 그 손을 움켜잡았다. 조시원이 덕길에게 무릎을 꿇고 있는 형상이었다.

"이놈의 서책을 읽어서 이리 미친 거야?"

덕길은 조시원을 한참 눈 아래로 깔보며 한 마디 질렀다. 그리고 바닥에 널부러져 있는 서책의 나머지도 발기발기 찢어버렸다.

조시원은 지리멸렬해진 서책의 낱장들을 기어 다니면서 주웠다. 그러고는 가슴에 부둥켜안고 안도의 한숨을 내쉬었다. 마치 죽어가는 사람을 다시 살려낸 무당처럼 환각으로 치장된

점사를 붙들고 있었다.

"네놈이 이 서책의 가치를 어찌 알겠는가? 무식한 놈이 어찌 알겠느냐 말이다. 이 서책은 바로 나의 조상이다. 조상. 너 같은 종놈은 조상도 없이 대대로 천한 짐승으로 살아왔으니... 내가 무슨 말을 하는지 알 리가 없겠지... 쯧쯧..."

조시원은 찢어진 서책 쪼가리를 붙들고 횡설수설하고 있었다.

"네놈은 태어날 때부터 나의 종놈이었고 죽을 때도 나의 종놈으로 죽을 것이다. 이 천박한 놈... 이 종놈... 종놈... 종놈..."

조시원은 갈수록 저열해졌다.

"끝나지 않을 싸움이구나... 결국 둘 중 누군가 죽어야 끝나겠구나."

덕길은 비애를 읊조리고 싶지는 않았지만 허무함을 감출 수는 없었다.

"네놈 어미, 네놈 아비도 그렇게 살다가 죽을 것이다. 내가 가장 비천한 죽음에 이르도록 해주마... 아주 천천히 죽여주마. 제발 죽여달라고 빌게 될 거다. 흐흐흐... 이놈아. 이 천박한 놈아."

조시원은 약을 올리듯 깐족거리고 있었다.

"그년은 이미 걸레다. 일본 순사들 맘대로 한 다음 팔아도 된다고 했다... 그러니 내가 그년 행방을 어찌 알겠느냐? 나 참 내가 그딴 종년 때문에 이런 변명을 하고 있다니... 내가 뭐 때문에 이런 변명을 해야 하냔 말이다. 이 더러운 것들아. 에이 더럽고 천박한 것들..."

조시원은 말을 할수록 분노가 치밀었다. 종놈 따위에게 자초지종을 설명해야 한다는 게 도무지 믿기지 않았다.

"왜? 왜 그랬어? 왜 그렇게까지 했냔 말이야? 네 말대로 한낱 종년이잖아? 한낱 종년을... 왜 그렇게까지 했어? 그냥 내쫓으면 될 것을. 왜 그렇게까지 했어?"

덕길은 조시원에게 점점 가까이 가고 있었다. 당장 죽일 것처럼 도끼를 펄럭거렸다. 조시원은 덕길에게서 아주 단단한, 결코 휘어지지 않을 찬란한 젊음을 보았다. 어쩌면 애초부터 패배할 수밖에 없는 싸움이었다. 양반보다 더 무서운 건 젊음이었다.

"성준이 때문이지. 그년이 걸레가 되어야 성준이 그 미련한 마음을 버릴 테니까... 하하하하... 하지만 내 아들 성준이... 너희 연놈들 놀음에 끼우지는 마라. 이놈아. 그마저도 추하고 더럽다. 하하하... 어디 감히 같은 반열에 두느냐?"

조시원은 보란 듯이 위악적으로 떠들며 웃었다. 자신이 만든 고집불통의 성리학 속에서 계속 허우적거리고 있었다. 그 속에서 오랫동안 누려왔던 삶의 두께와 깊이가 점차 사라지고 있는 것을 눈치채지 못하고 있었다.

"내가 죽여야 할 두 놈이 있어."

덕길은 퍼렇게 벼린 도끼날로 조시원의 모가지를 꾹 눌렀다.

조시원의 모가지 핏줄이 툭 툭 튀어나오며 시뻘겋게 꿈틀거렸다. 조시원은 숨도 쉬지 못하고 있었다.

"뭐...라?"

조시원은 그래도 씨불였다. 하지만 평정심을 잃고 있었다. 모가지를 조금만 움직여도 그 날에 베어 목숨을 잃을 판이었다. 숨이 들쑥날쑥 거칠어졌다.

"난 네놈 아들이나 네놈에게 관심 없어. 또 나라를 구하는 일도 그런 명분도 호사도 관심 없어. 네놈 말대로 조상도 없는 종놈이 나라가 있기나 하겠어?"

덕길은 그 어느 때보다 침착하고 유연했다. 양반인 조시원보다 더 사람다운 체통을 지키고 있었다. 덕길은 조시원의 모가지를 점점 강하게 짓눌렀다. 이제 피가 줄줄 흘러내리고 있었다. 덕길은 조시원의 귓방망이에 대고 조용히 속삭였다. 목소리 자체가 무기가 되려고 작정했는지 그야말로 간담이 서늘했다.

"어서... 미옥이 어디 있는지 말하면... 오늘, 죽이지는 않을게."

조시원은 그만 실소를 터트렸다. 하지만 얼굴은 극단의 두려움에 이미 잠식당해 있었다. 아무리 감추려 해도 감추어지지 않는, 살아야 한다는 본능이었다. 두려움은 이토록 거짓이 없었다.

"감히 죽이지도 못할 천박한 놈이... 모른다. 이놈아. 내가 네놈 따위 명령에 따를 것처럼 보이냐?"

조시원은 좀체 만용을 버리지 못했다. 덕길은 더 이상 참지 못하고 조시원의 가슴을 발로 퍽 찼다. 조시원은 뒤로 벌렁 넘어졌다. 하필 난이 그윽하게 그려져 있는 열 폭짜리 병풍이었다. 조시원은 그림 속에 있는 난과 물아일체가 되었다. 일어나려고 발버둥 칠수록 점점 병풍 속에서 허우적대는 꼴이었다.

"그래. 죽자... 오늘..."

덕길의 목소리는 지극히 차분했다.

"성준아... 아니 봉덕아... 봉덕아. 이놈아. 어딜 갔느냐? 이놈아. 썩 안 나타나느냐?"

조시원은 다급하게 아들 성준을, 집사 봉덕을 마구 불렀다. 아직도 봉덕은 나타나지 않고 있었다. 예견된 죽음이 생명의 안쪽을 서서히 통과하고 있었다. 지금 죽지 않아도 곧 죽게 될 죽음의 연속성이었다. 덕길이 도끼를 훌쩍 치켜들었다.

"아아악..."

조시원은 드디어 양반의 체통을 버리고 비명을 질렀다. 그 순간 굵은 피가 터졌다. 조시원이 가슴에 부둥켜안고 있던 서책에서 피가 터졌다. 덕길은 깊은 산속에서 방금 튀어나온 호랑이처럼 포효했다.

"네놈이 입을 열지 않으니... 그리고... 네놈에게 살 기회를 주었는데도 네놈이 말을 안 하니... 하는 수 없지... 하지만... 누군가 미옥이 털끝 하나 건드렸다간... 그땐 네놈의 팔다리... 그리고 모가지를 베러 올 것이다... 이 도끼로... 말이다."

덕길은 피 칠갑한 도끼를 조시원의 눈앞에서 거칠게 흔들었다.

피가 뚝뚝 떨어졌다.

"네 아들놈 때문에 오늘 안 죽은 거다..."

덕길은 훈계하듯 가르치며 획 나가버렸다. 조시원은 그제야 참았던 숨을 한꺼번에 몰아쉬었다. 이어지지 못하고 뚝뚝 끊어지는 불안한 숨결이었다. 가슴에 품고 있는 서책들을 조심스럽게 내려놓았다. 서책이 조시원의 목숨을 살려준 셈이었다. 다치긴 했지만 당장 죽을 정도는 아니었다.

"아이고 조상님... 조상님..."

조시원은 바닥에 내려놓은 서책들을 향해 고개를 조아렸다. 그제야 봉덕이 후다닥 달려 들어왔다. 방안의 살벌한 광경을 보곤 입을 다물지 못했다. 말그대로 피바다였다.

"아이고 대감마님... 이게 무슨 변고입니까?"

봉덕은 조시원을 부축해서 일으켰다. 조시원은 모든 힘이 다 빠져나갔는지 죽어가는 구더기처럼 꾸물거렸다. 일으키면 쓰러졌고 일으키면 주저앉았다.

혼수와 혼곤의 상태였다.

"좀 전에 덕길이... 그놈이 날이 시퍼런 도끼를 들고 달리듯 지나지 뭡니까? 전 무서워서 잠시 숨어 있느라..."

봉덕은 말을 다 마치지 못했다. 조시원이 봉덕의 뺨을 후려갈겼기 때문이다.

그다지 힘을 주어 때린 것도 아니었지만 바닥에 흥건한 피 때문에 봉덕은 그만 미끄러졌다. 미끄러지면서 바닥에 머리를 세게 부딪혔다. 봉덕은 한동안 일어나지 못했다. 모가지만 잘린 닭처럼 손발만 파르르 떨었다.

"더러운… 종놈… 일어나. 어서 일어나라고. 종놈의 새끼가… 숨어 있었어? 숨어 있었어? 이놈? 네놈 상전이 욕을 보고 있는데 숨어 있다가… 이제…야 나…타..났다는 것이야?… 이노오오옴…"

조시원은 봉덕을 발로 퍽 퍽 찼다. 봉덕에게 화풀이하고 있었다. 잠시 후 봉덕이 곧 정신을 차리고 일어났다.

"이…놈아… 어서 의…원을 불러라. 의원을… 어…서. 이 종놈아."

조시원은 숨을 헐떡거리고 있었다. 그런데 그렇게 말 잘 듣던 봉덕이, 입안의 혀처럼 착착 달라붙던 봉덕이 조시원을 멀뚱히 쳐다보기만 했다. 그 눈빛이 참으로 묘했다. 조시원을 불쌍하게 여기는 눈깔이었다. 조시원은 황당했다. 종놈들이 갈수록 목불인견이었다. 일본 놈들이 조선에 쳐들어온 것보다 더 일방적인 난동이었다.

"네…놈..도… 날… 죽…일 셈…이냐? 이 종놈아…. 종놈아…"

조시원은 갈수록 힘이 달렸다. 얼굴은 당장 관짝에 들어갈 정도로 백지장이었다.

"아니. 죽일 가치도 없어. 그런데 지금까지 수십 년간 내가 일한 삯은 받아야겠소."

봉덕은 무감하게 말했다. 그리고 방을 함부로 뒤지기 시작했고 얼마 안 가 깊이 숨겨둔 패물함을 찾아냈다.

"더러... 운... 종... 놈..."

조시원은 종놈이라는 말을 계속 중얼거리며 정신을 잃었다.

"난 더 이상 네 종놈이 아니다. 난 종도 양반도 싫다. 부자로 살 거다."

봉덕은 바닥에 피 칠갑을 한 채 내던져진 서책들을 향해 침을 퉤 뱉고 패물함을 들고선 방문을 발로 부수며 나가버렸다. 부서진 방문 때문에 훤히 까발려진 조시원의 컴컴한 방은 양반의 체통이나 격조 따위는 전혀 없는 비석도 없는 무덤이었다.

5

성준은 아버지와 절연하듯 무작정 집을 뛰쳐나왔다. 빠른 걸음으로 달리듯 골목을 걸어가는데 의원 유 씨와 부딪혔다. 서로의 방향으로 급하게 걸어가다가 어깨를 부딪친 것이다.

"아이고... 도련님. 어딜 그렇게 급하게 가시는 겁니까?"

성준은 그냥 지나치려고 했었다. 실없는 농담을 주고받을 기분이 전혀 아니었다. 아버지에게 큰소리치고 나왔지만, 마음은 좌불안석이었다. 그런데 유 씨는 뭔가 할 말이 있는 표정이었다. 성준은 지난번에 덕길이 매 맞은 약값을 쳐주지 않은 게 기억났다.

"그래... 얼마 주면 되겠는가?... 워낙 경황이 없다 보니 내가 깜빡했네."

성준은 덕길이 약값을 쳐주려고 했다. 그런데 유 씨는 성준의 손을 덥석 잡았다. 얼굴에 모반의 비열한 웃음이 흘렀다.

"도련님... 그년 말입니다."

유 씨는 다짜고짜 쌍욕부터 했다. 성준은 말 섞기도 귀찮은 마당에 짜증이 올라왔다.

"그년이라니?... 대체 누구를 말하는 건가?..."

성준은 문득 이상한 생각이 들었다. 미옥에 관한 소식일 것 같았다. 유 씨가 덕길이 방에서 미옥에게 이년 저년 하던 일이 떠올랐다. 유 씨에게 그년은 분명히 미옥이었다.

"미옥이 얘기인가?"

성준은 유 씨를 재촉했다. 주재소장이 죽고 나서 끌려간 후 소식을 알 길이 없어 막막하던 차였다.

"그 종년 이름은 모르겠고... 덕길이 놈 뒈질 뻔했을 때 말입니다. 그때 옆에 있던 그년 말입니다. 저한테 눈깔을 헤까닥 뜨던 년 말입니다."

유 씨는 눈을 쉼 없이 깜빡거렸다.

"맞다. 그래. 말해봐라. 무슨 소식을 알고 있는 거냐?"

성준은 놀란 눈이 되어 유 씨의 나머지 손을 잡았다.

"그러니까 제가 지금 주재소에 오는 길입니다. 덕길이 도끼로 머리를 찍어 죽인 주재소장의 시신 수습을 도왔습죠. 그런데 말입니다. 그곳에서 그년을 본 것 같다는 말씀입니다. 스치듯 보았지만 아무래도 그년 같단 말씀입니다. 솔직히 종년 낯짝치고는 꽤 삼삼하지 않습니까? 한 번 보면 잊을 수 없는 낯짝이긴 하고 눈에 금방 띄는 낯짝 아니겠습니까?"

유 씨는 능글능글 웃어댔다.

"미옥이 거기에?... 뭐 하고 있던가? 혹시 고충이라도 당하고 있지 않던가?

빨리 말해보게. 어서... 어서...”

성준은 걱정되어서 미칠 지경이었다. 체면도 내팽개쳤다.

“무사할 리가 있겠습니까? 난리도 아닙죠. 주재소장이 죽었는데... 누군가에게는 그 죄를 물어야 하지 않겠습니까? 결국 그년이 그 죄를 받고 있는 거 아니겠습니까?”

유 씨는 미옥의 처지가 고소한지 입가에 웃음이 떠나질 않았다.

“죄라니? 죄라면 덕길이 그놈이 죄를 지은 것이지. 미옥이 무슨 죄가 있단 말인가? 자네는 말을 왜 그렇게 모질게 하는가?”

성준은 성이 나서 얼굴이 붉으락푸르락했다.

“도련님 말씀이 맞기도 하지만, 덕길이 그놈이 어디론가 내빼버렸는데, 뭘 어쩌겠습니까? 그게 그 종년 팔자인 거죠. 도련님... 부디 마음을 편하게 다스리십시오.”

유 씨는 성준에게 병 주고 약 주고 방정이었다. 성준은 유 씨에게 두둑이 돈을 주곤 그길로 주재소 쪽을 향해 내달렸다. 미옥이 살았는지 죽었는지 확인해 볼 셈이었다. 그다음 행보는 그다음에 생각해 보기로 했다.

“미옥이 주재소에 있다. 아직.”

성준은 쉬지 않고 달려서 주재소 건너편에 도착했다. 하지만 막상 도착하고 보니 막막했다. 총검으로 무장하고 있는 일본 순사들 몇십을 혼자 몸으로 상대할 수 없다는 것을 깨닫는 데 그리 오랜 시간이 걸리지 않았다. 성준에게 일본은 너무 먼 너무 높은 고답(高踏)의 조형을 가진 호전성의 집약이었다.

"미옥아... 미옥아... 무사하기만 해라. 기다려라 내가 구해 줄게... 우리 한성에 같이 가자. 같이 살자."

성준은 도달하기 어려운 기원을 주절거렸다. 속이 바짝바짝 타들어 갔다. 미옥을 구하기 위해 마땅한 누구와 의논하거나 마땅한 누구에게 도움을 청할 수도 없었다. 미옥은 양반집 규수가 아니었다. 천하고 천한 종자인 종년 하나 구하고자 인력을 동원하고 권력을 행사하고 목숨을 걸 사람은 조선 천지에 아무도 없었다. 성준은 그 자리에 서서 주재소만 뚫어지게 쳐다보았다.

눈앞에서라도 미옥을 놓치고 싶지 않았다.

밤이 되자 주재소의 불이 켜졌다. 아무것도 식별할 수 없는 주변의 깜깜한 어둠 속에서 극도의 살기를 주장하며 불빛을 뿜어냈다. 성준은 그제야 자신이 그저 서 있기만 했다는 것을 깨우쳤다. 아무런 방도가 없음을 뼈저리게 느끼며 걸음을 조금씩 옮겨보았다. 한참을 서 있기만 했더니 두 다리가 뻐근했다. 주재소 바로 맞은편에 언덕 정도의 상사산(相思山)이 있었다. 성준은 혹시라도 정체를 들킬까 봐 능선을 피해서 가파른 언덕을 무릎으로 기다시피 올랐다. 중간중간 다리에 쥐가 나서 저리기도 했지만 그리 힘들지 않게 올랐다. 어려서부터 덕길이,

미옥이 이렇게 셋이 어울려 자주 장난하러 오던 산이라 길은 어렵지 않았다. 성준은 늘 함께 놀던 동굴을 찾아보았다. 산속의 밤이 방해가 되지는 않았다. 얼마간 헤매었지만 결국 찾기는 했다. 그동안 세월이 꽤 흘렀어도 동굴은 어린 시절 그대로였다. 하긴 그 누구도 이런 곳에 동굴을 감추어 두었는지 알 수도 없었다. 성준은 동굴을 발견하고 보니 심정이 착잡했다.

"성준아... 네 이놈. 어서 무릎을 꿇어라."

덕길은 양반이 되어 양반 노릇을 하며 성준에게 하명했다. 작은 동굴이지만 명색이 동굴인지라 소리는 메아리가 되어 돌아다녔다. 덕길의 하명이 동굴 속을 여러 차례 돌아다니며 자못 엄중했다. 성준은 쩔쩔매는 표정을 지으며 무릎을 꿇었다. 종이 되어 종노릇을 하고 있었다. 미옥은 양반 놀이가 재미있다는 듯이 깔깔거리며 웃었다. 메아리도 미옥을 따라 웃었다. 성준과 덕길은 미옥이 신나게 웃는 모습을 보자 더 신이 났다. 그래서 더 장난을 했다.

"도련님. 살려주십시오."

성준은 제법 비는 시늉을 했다. 두 손으로 싹싹 비는 흉내였다. 집안의 종들이 아버지한테 하던 걸 보았던 것이다. 특히 집사 봉덕이 흔하게 하던 수법이었다.

"아기씨... 제가 잘못했습니다. 부디 이놈을 죽이지만 말아주십시오."

성준은 미옥에게도 용서를 구하는 시늉을 했다. 그런데 방금까지 깔깔거리며 웃던 미옥의 얼굴에 웃음기가 사라졌다. 삶과 죽음의 망령이 순식간에 교차하고 있었다. 덕길은 미옥의 표정이 의미하는 지향성을 읽었다. 이제 그만두어야 했다. 곧바로 성준을 쳐다보았다. 성준은 어리둥절한 표정이었다. 그래서인지 아직 양반 놀이를 끝낼 생각이 없었다. 성준은 미옥의 깔깔거리는 웃음을 또 보고 싶었다.

"도련님, 아기씨... 제가 무엇을 또 잘못하였습니까? 그저 이놈을 죽여주십시오."

성준은 일단 빌어보았다. 눈은 우는 시늉이었지만 입은 웃고 있었다.

"...나 무서워."

미옥은 비록 놀이지만 양반과 종의 신분이 이렇게 오래도록 바뀐 것이 무서웠다. 누가 보는 사람이 없었지만, 죽을죄를 지은 것 같았다. 대감마님의 눈과 귀는 어디에도 있었다. 끌려가 곤장을 백 대는 맞을 것 같았다. 어려서부터 살아오고 보아온 종의 팔자는 절대 이래서는 안 되었다. 장난을 어서 끝내야 했다.

"뭐가 무서워? 보는 사람이 아무도 없잖아? 이건 놀이잖아? 그런데... 넌 진심으로 양반이 되고 싶지 않아?"

덕길은 은근히 반골이 올라왔다. 바보처럼 겁먹은 미옥이 안타까웠다.

"응. 난 양반이 되고 싶지 않아."

미옥은 의외의 대답을 했다.

"왜?"

덕길은 눈이 휘둥그레졌다. 도무지 이해할 수 없는 발상이었다. 세상에 제일 높고 세상에서 제일 귀한 게 세상에 제일 좋은 게 양반이라고 배웠다.

"내가 양반이 되면... 나 같은 종들을 함부로 막 대해야 하잖아? 난 그렇게 하고 싶지 않아... 난 그들을 슬프게 하고 싶지 않아... 그들의 아픔을 너무나 잘 알고 있어서 그래."

미옥은 진심이었다. 덕길은 입을 벌린 채 다물지를 못했다.

"그럼. 넌 무엇이 되고 싶은 거야? 양반도 되기 싫고... 종은 당연히 싫을 테고..."

성준은 어느새 종노릇을 때려치우고 양반 처지로 돌아와 있었다.

"사람."

미옥은 꿀림이 없는 대답을 했다. 이번엔 성준이 입을 벌린 채 다물지를 못했다. 무슨 까닭인지 몰라서 얼떨떨했다.

"사람이라니? 이미 사람인데... 또 사람이 된다고?"

덕길은 도저히 이해가 되지 않았다.

"우리가 사람이야? 종이 사람이야? 덕길이... 넌 이제껏 그렇게 생각하고 있었어?"

미옥은 곧 눈물을 쏟아낼 것 같았다. 덕길은 일시에 안색이 어두워졌다.

"사람은... 종이 아닌 거야. 그게 진짜 사람인 거야."

미옥은 눈물을 떨어트렸다.

"그래. 미옥아. 네가 그렇다면 나도 종이 싫다. 나도 사람이 될 거다."

덕길은 안색을 밝게 하며 다짐을 했다. 성준은 두 사람을 쳐다보며 묘한 괴리감을 느꼈다. 성준은 양반이 싫다는 생각을 단 한 번도 해 본 적이 없었다. 또 자신이 종이 된다는 생각은 더더욱 해 본 적이 없었다.

성준은 누군가 낙엽을 밟는 소리를 들었다. 마른 낙엽 밟는 소리가 아니었다. 쌓이고 또 쌓인 그 위로 비가 축축이 내린 푹신한 낙엽을 밟는 소리였다. 그래서 그 소리는 묵직했다. 귀를 곤두세워야 들을 수 있었다. 인적이 있을 리 없는 곳이라 그 소리는 너무도 서늘했다. 성준은 무서운 짐승의 소리인지 아니면 짐승보다 더 무서운 사람의 소리인지 숨을 죽이고 듣고 있었다. 낙엽 밟는 소리는 점점 가까워졌다. 그런데 그 소리는 성준이 있는 동굴을 향하고 있었다. 성준은 온몸이 경직되는 것 같았다. 문득 소리가 멈추었다. 바로 동굴 입구에서 멈추었다. 이 깊은 밤, 이 동굴에 올 사람은 단 세 사람뿐이었다. 성준은 숨을 쉴 수가 없었다. 너무 긴장한 나머지 속이 토할 듯 울렁거렸다.

어쩌면 미옥이 탈출해서 이곳까지 왔을 수도 있다는 기대감이 불쑥 들었다. 순간 누군가 덤불을 치우며 불쑥 들어섰다. 성준은 꼼짝도 하지 않은 채 그 누군가를 노려보았다. 어렴풋이 짐승은 아니었다.

"모습을 드러내시오."

성준은 침착하려 애를 썼다. 그러자 짐승이 아닌 사람이 모습을 드러냈다.

덕길이었다.

"덕길아... 어찌 네가 여기에?..."

성준은 너무 놀라서 다가가지도 못했다.

"따라 나오시오."

덕길은 한 마디 던지고 동굴을 나갔다. 성준은 뒤따라 나갔다.

"덕길아. 네가 여길 어찌 왔느냐? 이 야심한 시각에 말이다."

성준은 덕길의 모습을 다시 확인하며 재차 물었다.

"똑같은 마음일 거요."

덕길은 도련님 성준에게 존대가 사라지고 없었다. 성준은 존대를 버린 덕길을 말없이 쳐다보았다. 생각지도 못한 반격이었다. 덕길은 성준을 쳐다보지도 않았다. 성준의 시선이 부담스러웠다. 말 없는 정적의 시간이 흘러갔다.

"난 도련님 집을 떠났소. 난 더 이상 종이 아니오. 그러니 존대도 하지 않을 거요."

덕길은 무미건조한 말투였다. 성준은 덕길의 허리춤에 붙어 있는 작은 손도끼를 보았다. 작은 도끼에 피딱지가 여기저기 붙어있었다. 아직 마르지 않은 피의 잔해였다. 피비린내가 코끝을 건드렸다.

"또 누굴 해친 거야? 이번엔 누구냐?"

성준은 덕길의 도끼질에 당한 자가 궁금했다. 주재소장을 죽인 후 또 누굴 죽였을지 궁금했다.

"알 것 없소."

덕길은 무감한 어조였다. 성준은 덕길의 도끼에 묻은 피의 사연을 내버려두기로 했다. 다른 방식으로 또 물었다.

"미옥을 구할 방도가 있느냐? 설마 혼자서 하겠다는 건 아니겠지?"

성준은 덕길의 무데뽀(無鐵砲)가 미옥을 다치게 할 수 있다는 염려를 하고 있었다.

"그 방도가 곧 도착할 것이오."

덕길은 귀찮은 듯 억지로 대답했다. 성준은 덕길의 불량에 화가 났지만 참았다. 미옥을 구하기만 한다면 그만이었다. 불현듯 여러 사람의 발소리가 들렸다. 두런두런 작은 말소리도 들렸다. 곧 십여 명의 건장한 사내들이 나타났다.

"누구냐?"

성준은 덕길을 다그쳤다. 이 깊은 밤에 이 산에 올 수 있는 사내들이라면 보통은 아닐 것이기 틀림없었다.

"미옥을 구할 방도라고 하지 않았소?... 그 무책임한 입 좀 다 무시오."

덕길은 울화통을 부리곤 사내들에게 다가가 안부를 나눴다. 성준은 어둔 밤이라 사내들의 면상이 제대로 보이지 않았지만, 그 눈빛만큼은 볼 수 있었다. 하나같이 살기가 번들거리고 있었다.

"아아악..."

산 아래 주재소 쪽에서 비명이 들렸다. 쥐 죽은 듯 고요한 밤이라 비명은 어느 쪽이든 사통팔달이었다.

"미옥이..."

덕길은 조용히 읊조렸다. 그 조용함이 소름이 돋을 정도로 침착했다. 성준은 덕길의 팔을 잡았다.

"실수하면 미옥이 죽는다. 신중해야 한다."

성준은 아직도 상전 노릇을 하고 있었다. 아직 덕길이 만들 판세를 알아채지 못하고 있었다.

"실수는 양반이 하는 것이고, 우리는 실수 안 하오. 실수하는 순간 양반한테 개죽음당하니까."

덕길은 한 마디 한 마디 도끼로 쪼개듯 말했다. 아직도 성준을 쳐다보지 않고 있었다. 성준은 덕길이 자신을 고집스레 외면하는 이유를 알 수 없었다.

"저들은 훈련된 자들이다. 게다가 훌륭한 무기도 갖고 있다."

성준은 아무리 매질에 단련된 딴딴한 사내들이라도 총을 가진 일본 순사들한테는 당할 수 없을 거라고 믿고 있었다.

"지금 누굴 걱정하는 거요? 그쪽 걱정 속에 우리의 목숨도 있는 거요? 괜히 나서지 말고 비키시오. 걸리적거리니까."

덕길은 마치 침을 뱉듯 말했다. 성준은 더 이상 대꾸할 수 없었다. 미옥의 비명이 다시 산을 달려 올라왔다.

"여기서 기다리시오. 양반."

덕길은 비아냥거리며 산을 재빠르게 내려갔다. 십여 명의 사내들이 뒤따라 내려갔다. 덕길은 밤의 산세를 산짐승처럼 민첩하게 달려 내려갔다. 성준은 그 광경을 넋 놓고 바라보았다. 덕길은 너무도 의연하고 의젓했다. 덕길의 모습이 갑자기 유달리 크게 보였다. 갑자기 남달리 대단하게 보였다.

"...사내로구나."

성준은 덕길에게 미옥을 뺏길지도 모른다는 불안감이 들었다. 그래서 천천히라도 내려가야 했다. 서툰 발걸음이라도 내려가야 했다. 미옥이 구사일생으로 살아났을 때, 자신이 먼저 멋진 사내로 당도해 있어야 했다. 그리고 마음을 졸이며 기다렸는지 알려줘야 했다.

덕길은 주재소 문을 박차고 들어섰다. 좁은 주재소 안은 피 냄새와 살냄새가 서로 얽혀 타는 냄새가 진동하고 있었다. 복날 개새끼 태우는 냄새처럼 역겨웠다. 미옥은 두 팔과 두 다리를 벌린 채 억지로 누워있었다. 저고리 앞섶이 벌어져서 뽀얀 젖가슴이 드러나 있었다. 치마도 한껏 치켜 올려져 있었다. 그 사이로 드러난 음부에 인두질을 당했는지 살 껍질이 벗겨져 있었다. 방금 고문을 당했는지 연기가 비실비실 피어오르고 있었다. 술에 거나하게 취한 일본 순사 여럿이 미옥을 겁탈하려고 순서를 정하고 있는 중이었다. 덕길은 순사 한 놈의 이마에 도끼를 던졌다. 그놈은 피를 쏟을 새 없이 뒤로 쿵 넘어갔다. 나머지 순사 놈들이 총을 잡으려는 순간 덕길과 동행한 사내들이 먼저 총을 쏘았다. 술 처먹고 계집질하려던 일본 순사들은 너무 쉽게 무너졌다. 무방비로 당하고 있었다. 덕길은 미옥을 일으켰고 옷을 제대로 입혔다. 옷이 다 찢어진 상태라 다 가려지지도 않았다. 미옥을 품에 안아 들었다. 미옥의 손에 꼭 쥐고 있던 하얀 모시 수건이 바닥에 툭 떨어졌다. 조성준이라는 이름이 삐뚤빼뚤 수놓아진 그 모시 수건이었다. 덕길은 모시 수건을 줍지 않으려다 그냥 줍고 말았다. 미옥의 것을 제멋대로 처리하고 싶지 않았다. 그런 비겁은 싫었다. 덕길은 모시 수건을 미옥의 치마끈에 묶어주었다. 미옥은 정신을 잃어가고 있었다. 덕길은 미옥의 처참한 모습을 보자 일본인 대장을 기필코 죽이고야 말겠다는 일념이 미친 듯이 불타올랐다.

"휘이익."

어디선가 호루라기 소리가 터졌다. 나머지 일본 순사들이 몰려오고 있었다. 덕길은 주재소를 빠져나왔고 동행한 십여 명의 사내들은 주재소에 폭탄을 터트린 후 빠져나왔다.

성준은 산 중턱쯤에서 주재소의 폭발 소리와 함께 시뻘건 불길이 일어나는 것을 보았다. 더 이상 내려가지 못하고 멈추어 서고 말았다. 자신의 비겁함이 원망스럽지 않았다. 덕길이 데려올 미옥과 살아서 만나고 싶었다. 그냥 이 자리에서 미옥을 기다리기로 했다. 초조한 나머지 손에 땀이 흥건했다. 미옥이 건네주었던 모시 수건을 찾아보았지만 품에 없었다.

"아... 그날..."

모시 수건은 역시 시원했다. 마음도 한결 시원해졌다. 땀이 가시는 듯했다. 마음의 심려도 끝난 듯했다. 미옥은 성준의 손을 잡으려 했다. 그런데 성준의 손을 놓치고 말았다. 대신 모시 수건을 잡았다. 성준은 말을 잇지 못했다. 어느새 봉덕이 미옥을 동네 똥개처럼 질질 끌고 간 것이다. 미옥은 끌려가면서도 모시 수건을 놓치지 않았다.

시간은 너무나 더디게 흘렀다. 한 식경쯤 흘렀을 때였다. 덕길이 미옥을 품에 안고 나타났다. 덕길의 얼굴은 땀으로 범벅이었고 옷도 땀으로 젖었지만, 미옥을 결코 내려놓지 않았다. 차마 차가운 산 바닥에 내려놓지 못하고 있었다. 성준은 미옥의 목숨을 구했다는 반가움보다 덕길에 대한 질투심이 먼저 앞섰다. 미옥은 두 팔로 덕길의 목을 꼭 안고 있었다. 성준의 마음은 엉망으로 헝클어지고 말았다. 덕길이 미옥을 구한 것이다. 미옥도 정신이 들면 그 진실을 알게 될 것이다. 성준의 심장은 불길에 덴 듯 화끈거렸다. 눈알은 거꾸로 뒤집힐 듯 아팠다. 덕길은 어린 시절부터 자신과 노닥거리던 그놈이 절대 아니었다. 도련님이라고 부르며 잔심부름이나 하던 그놈이 절대 아니었다. 자신의 일거수일투족 수발을 들던 그놈이 절대 아니었다. 성준은 눈을 감았다. 덕길은 지난번에 아버지가 몽둥이질했을 때 죽었어야 한다는 생각까지 들었다. 괜히 자신이 몸을 던져 살게 해주었다는 뼈저린 후회가 들었다. 이 꼴을 보려고 자신이 몰매를 대신 맞았던 것은 아니었다. 성준은 덕길이 미웠다. 죽이고 싶을 만큼 미웠다. 한낱 종놈이 양반인 자신을 이기려는 중이었다. 아니 이기고 있는 중이었다. 한낱 종놈이 자신의 여자를 빼앗으려는 중이었다. 아니 빼앗고 있는 중이었다. 성준은 덕길에게 고맙다는 인사도 하지 않았다. 미옥에게 괜찮다는 안부도 하지 않았다. 승리에 도취되어 뻔뻔할 정도로 당당한 덕길을 내버려 두고 산을 내려갔다. 도망치듯 빠르게 내려갔다.

"널 죽이고 싶다."

6

성준은 자신이 기거하던 방부터 찾았다. 가방에 옷가지를 챙겨 넣었다. 그리고 조심스럽게 어머니의 방으로 숨어들었다. 어머니에 대한 인사였다. 들어서자마자 멈칫했다. 어머니가 아끼던 쑥 향이 콧속으로 훅 쳐들어왔다. 어머니는 이른 봄이면 집안 종들을 물리치고 손수 쑥을 캐러 가까운 언덕을 오르시곤 했었다. 그리고 바구니 한가득 쑥을 담아오면서 세상의 진귀한 보물이라도 캐 온 듯 그렇게도 즐거워하셨다. 어머니는 뜯어온 쑥을 정성스레 말린 다음 방안 구석구석 놓아두었다. 성준은 잠시 어머니의 화엄(華嚴)을 탐닉했다. 어머니에 대한 그리움이 걷잡을 수 없이 밀려들었다. 어머니는 이렇게 만덕(萬德)과 만행(萬行)으로 아직 살아계셨다. 그래서인지 돌아가셨다는 것이 전혀 실감 나지 않았다.

"어머니... 쑥 향으로 살아계신 겁니까?..."

성준은 죽을 때까지 이 향기를 잊지 않겠다고 마음먹었다.

어머니 방은 모든 물건이 그대로 있었다. 성준은 어머니가 꽃가마 타고 시집올 때 가져오셨다는 자개장 문을 열었다. 도저히 어머니의 소탈과 어울리지 않는 화려한 열두 자 자개장이었다. 어머니는 태생이 소박해서 시집올 때 챙겨오거나 받은 패물을 한 번도 걸치지도 두르지도 않고 자개장에 보관했었다. 어머니의 성품답게 옷가지며 장신구는 단정하게 정리되어 있었다. 성준은 옷가지를 조심스럽게 뒤적여보았다. 깊숙한 곳에서 함(函) 하나가 손에 걸렸다. 성준은 함을 꺼내어 열어보았다. 어머니가 소중하게 보관했던 패물의 면면이 그대로 드러났다. 명문가의 딸답게 명문가의 부인답게 진귀한 보물이 갖가지였다. 아버지는 어머니에게 패물을 주는 것으로 아낌을 다했다고 생각했고 어머니는 말없이 받아들이셨다. 성준은 패물을 챙겨 들고 방을 나왔다. 갑자기 눈물이 쏟아졌다.

"예쁘지? 곱지? 네 색시한테 줄 거다. 때라도 탈까 봐 난 해보지도 못했다… 내가 얼마나 그날을 기다리는지 모르지?"
생전 어머니의 목소리가 성준의 발목을 잡아챘다. 어머니는 그토록 성준을 애타게 사랑했었다.
"넌 색시랑 원앙처럼 살아라. 원앙은 싸우지 않는다고 하잖아? 싸우지 말고… 싸움은 정이 붙는 싸움이 있고 정이 떨어지는 싸움이 있지… 명심해… 정이 떨어지는 싸움은 해선 안 돼… 어쨌든 절대 싸우지는 마."
"어머니…"

성준은 그대로 주저앉고 말았다. 어린애처럼 흑흑 흐느껴 울었다. 어머니가 망자로 돌아갔는데도 패물을 훔치며 아직도 불효를 멈추지 않고 있다는 생각에 가슴이 미어지는 듯했다. 입술을 깨물었고 이를 악물었다. 그래도 흐느낌은 잦아들지 않았다. 하지만 이 울음조차 자신의 불효를 속죄하기 위한 것이라는 것을 알기에 부끄러웠다.

"어머니... 저... 어머니가 보고파서 울고 있어요. 착하죠?... 그런데요 어머니. 저 색시랑 싸우지 않고 잘살게요. 진짜예요."

성준은 한참 동안 울다가 일어났다.

성준은 집의 뒷마당으로 들어섰다. 뒷마당은 밤이면 칠흑같이 어두워서 드나드는 사람이 거의 없었다. 성준은 뒷마당 후미진 곳에 있는 개구멍을 찾고 있었다. 주로 종들이 야심한 시각에 마실 나갔다가 드나들던 쪽문이었다. 이 문을 통해서 밖으로 나갈 작정이었다. 이 쪽문에서 이십여 보 떨어진 곳에 허름한 고방이 있었다. 바람 소리만 오가는 곳이었다. 그런데 고방 쪽에서 사람들의 말소리가 두런두런 들렸다. 고방은 몇 해 전 벼락을 맞아 지붕에 구멍까지 나면서 완전히 버려져 있었다. 종적이 있을 수 없는 곳이었다. 가끔 종들이 드나들며 사사로운 정분을 쌓는다는 소문이 있긴 했지만 아무도 상관하지 않았다. 밤이면 귀신이 나타난다는 흉문이 나돌 정도로 으스스한 흉가나 다름없었다. 성준은 발소리를 죽인 채 고방 앞으로 서서히 다가갔다. 그런데 조금 전까지 나지막이 들리던 사람들 말소리가 거짓말처럼 뚝 그쳤다.

성준은 벌컥 문을 열었다. 곧장 도끼의 날이 얼굴로 들이닥쳤다. 그건 덕길의 도끼였다. 덕길은 도끼만 겨누고 있는 것이 아니었다. 도끼의 날보다 더 아슬아슬한 눈초리도 겨누고 있었다. 그런데 이미 크고 어두운 산맥 하나를 거뜬히 넘은 자의 수세와 공세를 장착한 눈초리였다. 성준은 이제 덕길이 만만치 않음을 뼈저리게 절감하고 있었다.

"여긴 무슨 일이오?"

덕길이 먼저 치고 들어왔다. 대답은 들을 필요도 없이 그냥 내쫓겠다는 막소리였다.

"이 집은 내 집이다. 그리고 내 아버지가 계신 곳이다."

성준의 눈초리 또한 덕길이 못지않게 아슬아슬했다. 덕길은 도끼를 거두며 야릇한 말을 던졌다.

"그래... 인사는 하셨소?"

성준은 별걸 다 묻는다고 생각했지만 캐고 싶지도 않았다. 아버지와 자신만의 문제였다. 누가 끼어들 사연도 아니었다.

"미옥이... 어디 있느냐?"

성준은 미옥을 찾았다. 고방 안을 천천히 둘러보았다. 처음엔 형체도 형체의 윤곽도 잘 보이지 않았지만, 점차 어둠이 익숙해지면서 형체의 윤곽뿐 아니라 자세한 면면이 보이기 시작했다. 주재소 앞산에서 보았던 십여 명의 사내들이 있었다. 당장 싸움이라도 걸 태세로 서 있었다.

그리고 그들 뒤로 미옥이 있었다. 미옥은 멍투성이 푸르스름한 얼굴로 고방 벽에 기대어 앉아있었다. 그냥 보기에도 몹시 힘들어 보였다. 성준은 불쑥 화가 났다. 덕길이 아는 사내들이라면 필시 동네 종놈들일 게 틀림없었다. 그런데 그런 천한 놈들이 미옥을 감싸고 있었다. 막돼먹은 불한당 같은 놈들이 미옥을 지킨다는 꼬락서니로 빙 둘러있었다. 성준은 덕길을 향한 살의가 다시 활활 불타올랐다. 갑자기 숨결이 거칠어졌다. 양반인 자신이 어쩌다 종들에게 통제권을 내주는 신세가 되었는지 전혀 이해가 되지 않았다. 겨우 화를 억누르며 겨우 숨결을 가다듬으며 미옥에게 다가갔다.

다행히 사내들은 성준을 말리지는 않았다. 미옥은 기진맥진 상태였지만 정신은 그런대로 온전했다. 성준은 미옥의 손을 잡았다. 손에 찬기가 돌았다. 모진 고문을 당하느라 온기가 다 빠져나간 듯했다. 순간 사내들이 인상을 찌푸리며 덕길에게 일러바쳤다. 사내들도 이미 자신들의 상전을 버리고 나온 처지였다. 성준에게 아부나 아첨을 해야 할 이유는 전혀 없었다.

"형님, 이래도 되는 거요? 형님이랑 우리가 구해왔지 않소? 우리가 목숨을 걸고 구해왔지 않소? 그런데 지금 그 공을 누가 채가는 거요? 말해보소. 도대체 이 자가 누구요? 누구냔 말이오?"

사내들 중에서도 제일 험악하게 생긴 흥칠이었다. 면상에 칼 자국이 있는 흥칠은 성준을 못마땅하게 째려보았다. 성준은 개의치 않았다. 그깟 불손한 사내들은 안중에도 없었다. 미옥이 살았으면 그만이었다. 이제 사내들은 떠날 때가 된 것이다. 덕길도 마찬가지였다. 곧 끝날 인연들이었다.

"미옥아. 넌 강한 여자다. 그래서 살아남은 거다. 너는 너 자신을 아껴야 한다."

성준은 미옥의 손을 쓰다듬었다. 미옥은 말이 없었다. 눈물도 없었다.

"형님... 형님이 우리한테 거짓부렁 한 거요? 우리가 개고생한 게 이깟 양반 따위를 도우려고 그런 거요? 말해보소."

흥칠은 진짜 화가 나 있었다. 눈알에 뻘건 핏발을 세웠다.

"이제 그만 지나가시오."

덕길은 성준에게 하명하듯 엄히 말했다. 성준이 벌떡 일어났다.

"너야말로 이곳에 웬일이냐? 이곳에 오면 어쩐단 말이냐? 일본 순사들이 온 동네를 이 잡듯 뒤지고 있을 텐데, 더구나 이 집은 그중 제일 먼저겠지. 그걸 알고 있을 네가... 이곳에 저 사내들과 우루루 몰려오는 것도 모자라 미옥을 데리고 오다니? 돌은 거냐? 이건 미옥을 구하는 것이 아니라 도리어 위험에 빠트리는 짓거리다."

성준은 삿대질까지 했다. 늘 그랬던 것처럼, 종한테 그랬던 것처럼 야단을 쳤다. 다시 덕길에 대한 살의가 불같이 치밀어 올랐다. 순간 십여 명의 사내들이 웅성거리기 시작했다. 저마다 자신의 무기로 손을 가져갔다.

"저 때문입니다. 저분들 탓이 아닙니다. 저 때문에 피신하지 못하고 이리 숨어들었습니다. 다리가 부러졌는지 제가 걷지를 못합니다."

미옥은 차분했다. 주변 사람들에게 민폐를 끼치고 있다는 죄책감에 목소리는 힘이 없었다.

"왜 아픈 걸 참고 있느냐? 날 찾든지? 의원한테 갔어야지?"

성준은 사실 사내들을 향해 따져 묻고 있는 것과 다름없었다.

덕길은 성준을 쳐다보고 싶지도 않았다. 쳐다보면 진짜 죽일 것 같았다. 사내들은 덕길과 성준을 번갈아 보았다. 그리고 성준을 향해 비웃음을 실실 흘렸다. 성준을 적으로 간주한 것이다. 사내들의 비웃음은 노골적이었다. 그 노골적인 풍경에는 살기로 무장한 피의 칼이 숨어있었다. 성준은 소름이 돋을 정도로 섬뜩했다.

"저분들이 나를 위해 목숨을 걸었는데 내가 이까짓 다쳤다고 어떻게 엄살을 할 수 있습니까? 이분들은 저만 아니면 벌써 떠났을 겁니다. 제가 붙들고 있는 형국입니다... 그리고 전 괜찮습니다. 당장 이분들이 걱정입니다."

미옥은 고방을 휩쓸고 있는 격앙의 감정을 가라앉히려고

했다. 성준은 자신의 마음속에서 비열한 양심이 꿈틀거리는 것을 느꼈다. 어쩌면 덕길이 아니라, 십여 명의 사내들이 아니라, 자신이 미옥을 데려갈 수 있을 거라는 생각이 스쳤다. 그래서 그런 핑계를 만들어야 했다. 누가 봐도 정당한 핑계를 들이밀어야 했다. 성준은 가슴이 방망이질 치기 시작했다. 미옥을 향한 아주 구체적인 연정 때문이었다. 절호의 기회였다.

"시냇가에 비로소 너와 함께 살 곳을 마련하니... 내가 시를 지으며 살 수도 있겠다. 하하하..."

성준은 옛 시인의 음풍농월을 읊었다.

"이 마당에도 한량 놀음이오?"

덕길은 노려보며 뇌까렸다.

"그래... 어느 쪽 다리냐?"

성준은 덕길을 무시한 채 미옥을 일으켰다. 그건 일부러 한 행동이었다. 덕길과 무지막지한 사내들로부터 미옥을 지킬 수 있는 유일한 묘책이었다. 미옥은 고통스러운지 거친 신음을 내뱉었다. 고통스러운지 인상을 찌푸렸다. 성준의 생각대로였다.

"뭐 하는 짓이오? 다리가 부러졌는데 무작정 일으키면 어쩌자는 거요?"

덕길은 눈알을 부라리며 성준을 거칠게 밀쳤다. 그 바람에 성준이 뒤로 자빠지면서 옷섶에 감추어 둔 패물이 바닥에 나뒹굴었다. 사내들의 눈길이 먹잇감을 덮치듯 패물을 단번에

덮쳤다. 짐승의 모가지를 문 듯 놓치지 않고 있었다. 한 번도 본 적 없는 진귀한 패물이었다. 팔자를 고칠만한 패물이었다.

"이 때문에 온 것이오? 이 때문에 아버지에게 인사도 안 한 거요? 이걸 정말 훔쳤소?"

덕길은 한껏 비웃었다. 양반이라고 뻐기던 자들의 그 바탕은 생각 이상으로 추악하기 이를 데 없다는 생각에 헛웃음만 나왔다.

"양반도 별수 없구려. 뭐 대단한 서책에 얼굴을 처박고 읽어 대서 우리 같은 무지렁이 종들과 좀 다른가 했더니, 똑같구려. 아니 우리보다 더 천박하구려."

덕길은 성준을 좋게 봐줄 생각이 추호도 없었다. 위엄이나 자존의 편린조차 없는 볼품없는 오입쟁이일 뿐이었다. 성준은 대꾸도 못하고 쩔쩔매고 있었다. 자신의 치부를 들켰다는 부끄러움에 얼굴이 화끈거렸다. 이건 계획에 없던 일이었다.

"어머니 돌아가신 지 얼마나 되었다고 그 패물을 다 훔쳤소?"

덕길은 성준의 코앞까지 와서 실컷 지껄였다.

"도대체 양반들이 애지중지하는 그 서책을 읽어서 이리된 거요? 아 참... 조상이라고 했지? 조상..."

덕길은 계속 까불었다. 목숨을 걸고 구해온 미옥을 채가려는 도적 같은 성준을 때려 부수고 싶었다. 깨부수고 싶었다. 사실 짓이겨 죽이고 싶었다.

"조상?... 네가 어떻게 그런 걸 알지?..."

성준은 수상한 생각이 스쳤다. 서책을 조상이라고 말하는 사람은 아버지밖에 없었다. 덕길은 아주 잠깐 당황하는 표정을 지었지만 곧 피식 웃었다. 변명할 생각은 추호도 없었지만 실토할 생각도 없었다.

"하긴... 우리 같은 종들은 조상을 알 턱이 없겠지. 대대로 짐승 같은 것들이니까..."

덕길은 경멸의 눈깔을 부라렸다. 사내들이 성준 쪽으로 다가오고 있었다. 험악한 분위기였다. 성준은 어떡하든 이 난국을 타개하고 싶었다. 성준은 패물을 주워 모아 덕길에게 던지듯 주었다.

"덕길아. 이 패물을 가지고 떠나라. 미옥이 다리부터 고쳐야 한다."

성준은 세상 너그러운 도련님 행세를 했다. 미옥이 바로 앞에 있었다. 미옥이 살아왔으니 그 앞에 당당하게 서 있는 사람은 자신뿐이어야 했다. 덕길과 사내들은 그저 자신이 부린 종이어야 했다.

"이건 또 무슨 수작이오?"

덕길은 성준의 내심을 의심했다. 미옥의 다리를 고치라며 패물을 아낌없이 던지는 일탈이 수상했다.

"그 패물을 훔쳤을 때는 어떤 계획이 있었던 거 아니오? 설마

이 고방에서 우리를 만날 계획까지 있었던 거요? 이 집을 떠나려다가 우연히 우리를 발견했을 터인데... 왜?... 도대체 왜 그러시오?"

덕길은 헛헛하게 웃으며 말했다. 성준의 비열을 단번에 간파한 것이다. 하지만 사내들은 이미 아무 경험이 없는 숫처녀의 아랫도리를 본 것처럼 눈깔이 뒤집힌 상태였다. 그저 덕길이 눈치만 보고 있었다. 그것도 간절히 보고 있었다. 덕길이 허락만 한다면 이 엄청난 패물은 자신들 것이 될 수 있었다. 이건 필생의 기회였다. 덕길이 사내들 앞으로 저벅저벅 걸어갔다. 그리고 우뚝 섰다. 사내들 하나하나의 면상을 보며 천천히 일갈했다.

"우리는 더 이상 종이 아니다. 그래서 이걸 받을 수 없다. 양반이 떡 주듯 던지는 이 패물을 받는 순간 우리는 다시 그 더럽고 질긴 종이 되는 것이다."

덕길은 아수라가 된 전장의 장수 같았다. 부하들을 살릴 장수 같았다.

"너희들은 더 이상 종이 아니다. 덕길이 말이 맞다. 이건 내가... 그동안 너희들이 살아온 그 값을 주는 것이다."

성준이었다. 덕길의 전투 지휘의 계통을 무시하고 치고 들어왔다. 덕길은 눈살을 찌푸렸다. 홍칠이 패물 하나를 덥석 집어 들었다. 덕길이 더 이상 봐줄 것도 없이 단박에 홍칠을 때려눕혔다.

"네놈이 기필코 갖겠다면 말리지 않겠다. 너 같은 놈 때문에

만적(萬積)이 실패한 거다. 새로운 세상을 일으켜 보겠다고 큰 뜻을 세웠었다. 왕후장상(王侯將相)의 씨가 따로 있겠냐고 했던 자이다. 그런데 동무였던 노비 순정의 밀고로 잡히고 말았다. 또한 녹두장군 전봉준(全琫準)을 밀고한 배신자도 바로 그의 친구 김경천이었다. 흥칠아. 내가 묻겠다. 왕후장상의 씨가 따로 있느냐? 종의 씨가 따로 있느냐? 네놈이 이 패물을 갖는 순간 넌 배신자 순정이 되는 것이고 배신자 김경천이 되는 것이다... 더 중요한 것은 넌, 종은... 그 씨가 따로 있다는 것을 입증하는 셈이다.”

덕길은 만고절창이었다. 성준은 덕길이 그러건 말건 패물을 주워 사내들 하나하나의 손에 건네주었다. 덕길의 배짱 좋은 허세가 비위가 상했지만 개의치 않고 자신의 목적을 달성하려고 했다. 그런데 사내들은 패물을 손에 든 채 꼼짝도 하지 않았다. 품속에 감추려 들지도 않았다. 덕길의 만고절창이 먹힌 것이다.

“아직도 상전인 줄 아시오? 이런 거나 저들에게 던져주면서, 개처럼 꼬리나 흔들고 똥구멍이라도 빨아주길 바라시는 거요? 아직도 그 버릇 못 버렸소? 그렇소?”

덕길이 성준의 멱살을 잡아틀었다. 성준은 숨도 쉬지 못하고 눈을 스르르 감았다

“덕길아.”

미옥이었다. 덕길의 행태를 말리는 고함이었다.

"왜?"

덕길은 소리 질렀다. 미옥은 더 이상 말이 없었다. 뭐라고 말해야 할지 사실 몰랐다.

"왜? 너한테 아직도 도련님이야?"

덕길은 미옥에게 몹시 서운했다. 자신이 목숨을 걸고 구해왔지만 미옥은 아직도 도련님 성준 걱정이었다.

"왜? 너는 아직도 종년이야? 그래서 아직도 도련님이야? 그런 거야?... 하지만 난 종이 아니야. 더 이상 종놈이 아니라고. 이제부터 진짜 아니라고. 알아들어?"

덕길은 미옥에게 참으로 서운했다. 성준은 사내들에게 주고 남은 패물들 중에 둘을 골라냈다. 두툼한 덩이의 금비녀와 큼직한 알의 비취가락지였다. 덕길은 금비녀와 비취가락지를 보자 순간적으로 혼돈에 빠졌다. 자신과 혼인한 미옥의 쪽머리에 꽂혀있는 금비녀와 미옥의 손가락에 끼워져 있는 비취가락지가 떠올랐다. 덕길은 지나친 낭만을 떨쳐버리려고 머리통을 흔들었다. 참으로 굽이굽이 난관이었다.

"어려서부터 온갖 잡일에 맷집만 늘었소. 이 몸뚱이로 입에 거미줄 치겠소? 형님 말에 따르겠소. 더 이상 종으로 살기 싫소. 또 더 이상 종이 아니오. 우리는 더 이상 양반들이 던져주는 먹이를 처먹는 비렁뱅이가 아니란 말이오. 우리 스스로 살 방도를 마련할 것이오. 그래야만 우리는 진짜 사람이 되는 것이오. 형님 맞소?"

사내들은 하나같이 이구동성이었다. 덕길의 뜻에 딴말을 달지 않았다. 덕길은 패물을 다시 내려놓았다.

그때였다. 고방 밖에서 비명이 들렸다. 집안 종들이 길길이 내지르는 소리였다. 조선말이 아닌 일본말이 설왕설래하고 있었다. 일본 순사들이 쳐들어온 것이다. 덕길을 찾기 위해 이 집을 샅샅이 뒤지고 있는 게 분명했다. 미옥의 표정이 사색이 되었다. 덕길이 미옥을 어깨에 덥석 매쳤다. 힘도 장사였다.

"어서 가자."

덕길이 사내들에게 명령했다. 사내들은 일사불란하게 움직였다. 홍칠은 우선 망을 보았다. 고방 문 살 틈으로 일본 순사들이 고방 가까이 오고 있는 것을 보았다.

"형님. 빨리 피해야겠소. 꽤 가까이 있소. 이리로 오고 있단 말이오."

홍칠은 서두르는 말투였다.

"이리로 오고 있어?"

덕길이 물었다.

"그런 것 같소."

홍칠은 어찌할 바를 몰랐다. 십여 명의 사내들도 동요하기 시작했다.

"걱정 마라. 이 고방은 이미 온갖 잡풀들이 어른 신체 높이

만큼 자라있어서 쉽게 발견하지는 못할 거다."

덕길은 사내들을 일단 안심시켰다.

"덕길아. 미옥이 다리 때문에라도 얼마 못 가서 잡히고 만다."

성준은 이때가 기회라고 생각하고 극구 말렸다. 덕길의 안위 때문도 아니고 사내들의 안위 때문도 아니었다. 지금 말리지 않으면 미옥을 영영 못 만날지도 몰랐다.

"덕길아. 나 내려줘. 도련님 말이 맞아. 나 때문에 지체될 게 뻔해. 그러다 잡히고 말 거야. 그러다 몰살당하고 말 거야."

미옥의 얼굴은 거의 울상이었다. 그래도 덕길은 내려놓지 않았다. 고집불통이었다. 미옥을 멘 채 그대로 나가려고 했다.

"잡히면 미옥이 죽는다. 미옥이 생각부터 해라. 덕길아."

성준은 다시 한 번 덕길을 압박했다. 부지불식간에 이랬다저랬다 하는 가변적 적대관계가 피로하기도 했지만 절박했다. 미옥을 잡아야 했다.

"내가 살면 미옥도 사는 거요. 그러니까 내가 살릴 거요. 결국 미옥은 살 것이오."

덕길도 절박하기는 마찬가지였다. 성준의 비열한 술책에 넘어가기 싫었다. 사내들은 미옥의 눈치만 보고 있었다. 아무래도 덕길의 고집을 꺾을 자신은 없었다. 그래서 미옥의 결단을 재촉하는 중이었다. 미옥은 그 눈치를 꿰뚫었다.

"내려줘. 덕길아."

미옥이 다시 사정하듯 말했다.

"싫어."

덕길은 말 안 듣는 어린애처럼 고집을 부렸다. 때려도 소용없을 똥고집이었다.

"잡히면 너를 돕는 저 사내들도 죽는다."

성준은 이제 협박질이었다. 덕길은 성준을 노려보다 말았다. 오늘따라 성준은 일본 순사인지 조선 양반인지 분간이 되지 않았다. 어쨌든 무슨 지랄을 지껄이든 미옥을 고분고분하게 내려놓지 않을 작정이었다.

"하긴... 우리 같은 놈들에게 양반이나 일본 놈이나 다 매한가지. 그놈이 그놈이지. 그 둘이 뭐가 다르긴 한 건가?"

덕길은 허탈하게 웃으며 말했다.

"넌 만적이 되고 싶은 거지? 넌 녹두장군이 되고 싶은 거지? 그러면 내려라."

성준은 끝장을 볼 참이었다. 덕길의 영웅심을 자극하고 있었다. 덕길의 장수로서의 책임감을 부추기고 있었다. 미옥이 발버둥을 치며 몸부림을 했다. 덕길은 하는 수 없이 미옥을 내렸다. 미옥은 내려오면서 덕길의 손에 금가락지를 몰래 쥐여 주었다. 성준에게서 받았던 그 금가락지였다. 한일자가 쓰인 금가락지였다.

"일본 놈들이 떠날 때까지 숨어 있다가 미옥이 다리부터 우선적으로 보살필 테니 걱정 마라. 내가 책임지고 보살피마."

덕길은 차마 결단을 내리지 못하고 묵묵히 서 있기만 했다.

그 어떤 핑계와 빌미를 찾으려고 해도 찾아지지 않았다. 사내들의 안위도 중요했고 미옥의 안위도 중요했다. 덕길은 기진맥진한 외로운 산짐승 같았다.

"형님... 나중을 기약합시다."

흥칠이 겨우 말을 꺼내었다. 덕길은 몸을 돌렸다. 그리고 등을 보인 채 말했다. 홀로 절벽에서 홀로 망망대해에서 절망에 맞서고 있었다.

"미옥아. 어디서든 살아있어라. 내가 데리러 간다."

덕길은 먼저 나갔다. 사내들도 나갔다. 고방 뒷문으로 나갔다. 고방 바닥에는 성준이 떨어뜨렸지만, 사내들이 가져가지 않은 패물들이 어지러이 흩어져있었다.

성준은 미옥을 품에 안았다. 으스러지게 껴안았다.

"미옥아... 미옥아..."

성준은 눈물을 참을 수가 없었다. 미옥을 영영 잃을 뻔했었다.

"도련님... 도련님..."

미옥도 눈물을 흘리고 있었다. 하지만 미옥의 시선은 고방 뒷문을 향해 고정되어 있었다. 덕길이 사라진 그 어둔 문을 바라보고 있었다. 성준은 미옥의 시선의 방향을 보며 덕길을 다시 만난다면 반드시 죽이고 말겠다고 굳게 마음먹었다. 그 어떤 핑계와 빌미를 찾을 필요도 없었다.

'죽이고 말겠다.'

7

은숙은 성준의 집 앞에 섰다. 얼굴도 모르는 정혼자였다. 그런데 무슨 용기가 났는지 한달음에 달려왔다. 물론 오라비의 비난이 결정적이었다. 성준이라는 사내는 여자를 돌처럼 본다고 했다. 기생집을 가도 여자는 거들떠보지도 않는다고 했다. 게다가 유곽이라면 손사래를 치며 도망부터 간다고 했다. 한심하고 답답한 사내라고 했다. 여동생 은숙이 혼인하게 되면 어찌 견디며 살지 걱정이라고 했다.

"사내가 계집 경험이 일천해서야 도대체 어디 쓰겠냐? 신방을 차리면 뭘 하겠냐?... 아마 계집 거시기도 찾지 못하고 나올 수도 있다고 놀릴 정도라나? 이건 그냥 숙맥이 아니라니까. 등신이라고 등신... 아닌가? 고자인가? 하하하..."

오라비는 새언니에게 능청스럽게 수다를 떨어댔다. 평소 오라비는 새언니에게 하루 종일 한마디도 안 하며 내외하는 사이였는데 성준 얘기만 하면 신이 나서 떠들었다. 별종이라고 생각하는 것이 틀림없었다.

"날 봐."

오라비는 새언니에게 부인이라는 호칭도 싫은지 날 봐. 날
봐 이렇게 부르는 것이 고작인 사이였다. 새언니는 여자의 처
신은 그저 순종이라고 믿고 살고 있었고 서방인 오라비가 집
에 들어와 주는 것만 해도 감사하게 여기며 살고 있었다. 그런
오라비가 새언니에게 성준을 소재로 수다를 떠는 것이었다.

은숙은 오라비와 새언니의 대화를 엿들으며 성준에게 관심
을 두기 시작했다.

그리고 본 적 없는 성준에게 상사를 하기 시작했다. 그러다
식음을 전폐하기에 이르렀다. 은숙은 성준에 대한 그리움에
몸살을 앓다가 드디어 결단을 했다. 조선 천지에 그런 사내가
진짜 있는지 일단 두 눈으로 꼭 보자고 마음먹었다. 오라비의
말이 사실이고 진실이라면 자신의 팔자를 대담하게 던져도 될
듯했다. 그래서 직접 만나러 갈 채비를 차렸다.

"직접 가서 만나봐야겠어요."

은숙은 새언니에게 알렸다. 새언니는 너무 놀라서 그 자리에
서 털썩 주저앉아 버렸다.

"에고고. 아가씨... 양반가의 아기씨가 정혼자를 먼저 보겠다고
쪼르르 달려가다니요? 이게 무슨 변고입니까? 이건 안 됩니다. 그
건 정조 관념 없는 신여성이나 할 짓이에요. 에고 망신스러워라."

새언니는 얼굴이 하얗게 질린 채 심각하게 떠들었다. 은숙은

새언니의 기겁이 너무 지나친지라 그만 주눅이 든 채 포기 상태에 있었다. 그런데 그날 그 사건이 일어났다.

은숙은 이상한 소리에 잠을 깼다. 찰싹찰싹 소리였다. 잠결에도 회초리로 무언가를 때리는 소리라는 걸 느꼈다. 그런데 그 소리는 꼭 사람을 때리는 소리 같았다. 은숙은 조용히 눈을 떴다. 방은 깜깜해서 아무것도 보이지 않았다. 찰싹찰싹 소리는 계속되고 있었다. 온몸에 살 비늘이 우두두 돋아났다.

"바른대로 말하라니까. 어서..."

은숙은 아버지의 목소리라는 것을 알아챘다. 그런데 오늘따라 이상했다. 아버지는 어머니의 방에 온 적이 거의 없었다. 이미 격절의 세월을 보내고 있는지 오래였다. 그래서 은숙은 얼마 전부터 어머니와 한방을 쓰고 있었다. 아버지는 자손을 생산한 의무를 다한 어머니를 버리듯 멀리했었다. 매일 밤 첩들의 방을 마실 다니듯 돌아다니며 살았다. 하긴 이미 어머니와 혼인하긴 전부터 살림을 산 여자가 둘이나 있었고 각각 아들을 생산했다. 살림을 산 여자 중 하나는 정실이 되고 또 하나는 정실이 되진 못했다. 그 자손과 오라비가 가끔 연통을 하며 지낸다는 사실만 알고 있었다. 은숙은 아버지의 난봉 때문에 어머니의 생애에 지나치게 몰입해서 살았다. 불쌍하고 안쓰럽게 여기며 살았다.

"다 얘기한 거예요... 정말이에요."

어머니는 흐느끼고 있었다. 아무런 방어도 못하고 울고만 있었다.

"아니야. 제대로 얘기하지 않았어. 더 맞아야 실토할 거야?"

아버지는 어머니를 무섭게 다그쳤다. 역적의 죄를 고문하는 형리 같았다.

"다 얘기한 거예요. 정말이에요."

어머니의 목소리는 실신하기 직전의 단말마(斷末魔)였다. 은숙은 어둠 속에서도 아버지가 어머니를 때리고 있다는 것을 알았다. 회초리가 흔들릴 때마다 깜깜한 어둠도 덩달아 흔들리고 있었다.

"네년은 내게 시집올 때 이미 처녀가 아니었단 말이다. 내가 그 첫날부터 어떤 놈이냐고 그렇게 물었지만... 단 한 번도 진실을 얘기하지 않았단 말이다. 도대체 그놈이 누구야? 누구냐니깐? 말하라니까. 말해."

아버지는 매질을 멈추지 않았다. 찰싹찰싹 소리는 계속되었다. 끝이 나지 않았다. 어머니는 울음을 억누르느라 숨마저 기형적으로 헐떡이고 있었다.

"넌 더러운 년으로 내게 왔어. 은동이... 그놈도 내 자손이 맞는 거야? 바른대로 말해. 어서. 이년. 죽일 년."

아버지는 드디어 언성을 높였다. 자고 있을 은숙이 깰지 말지 아예 염두에 없었다.

"이 더러운 년. 그 더러운 몸뚱이로 감히 내게 시집을 왔어?"

아버지는 점점 격앙되고 있었다.

"다 얘기한 거예요... 정말이에요."

어머니의 대답은 한결같았다. 할 줄 아는 말이라곤 한 가지밖에 없는 사람 같았다. 은숙은 덜덜 떨리는 손으로 촛불을 켰다. 방이 희끄무레 밝아지자 아버지는 깜짝 놀라며 은숙을 쳐다보았다. 그래도 항상 짐승은 아닌지, 가끔은 사람인 건지 은숙을 보고 고개를 돌렸다.

은숙은 아버지의 손에 들려있는 회초리를 우악스럽게 빼앗았다.

"아니, 이년이... 이 버르장머리 없는 년이..."

아버지는 예상치 못한 딸의 반격에 말을 더듬거렸다. 그동안 자신의 권위를 건드린 계집은 아무도 없었다.

"아버지, 지금 뭐 하시는 거예요? 왜 어머니를 때리세요?... 이렇게 때리신 지 오래된 거예요?... 그런 거예요?"

은숙은 목소리까지 떨고 있었다.

"은숙아... 아버지한테 뭐 하는 짓이야? 내가 널 그렇게 가르쳤니?... 아버지 지금 약주 드셔서 그런 거야. 암 그렇고말고. 그러니 어서 아버지께 엎드려서 빌어라. 용서해달라고 빌어. 어서."

어머니는 오히려 은숙을 나무랐다.

"지금 제가 열여덟입니다. 그렇다면 그동안 18년을 이렇게 괴롭혔다는 거잖아요? 아버지 말씀 좀 해보세요. 제 말이 맞는 거예요?"

"은숙아. 아버지한테 무슨 말버릇이니? 어서 무릎을 꿇고 빌어라. 어서."

어머니는 매질보다 은숙의 불효가 더 충격이었다. 속이 타는지 주먹으로 자신의 가슴을 툭툭 쳤다. 자신 탓이라고 자학하는 중이었다.

"엄마... 왜 이렇게 당하고 살아? 왜 이렇게 당하고 살았어?"

은숙은 회초리를 두 동강으로 분질렀다. 그리고 통곡하듯 울었다.

"여자는 이렇게 살아야 하는 거야? 남자는 모두 저렇게 사는 거야?"

은숙은 엉엉 울었다. 한 번 시작된 울음은 그칠 줄 몰랐다.

그때였다. 밖에서 간드러진 여자의 목소리가 들렸다. 사람년으로 둔갑한 구미호의 교성(嬌聲)이었다.

"영감..."

아버지의 첩 중 한 년이었다. 은숙은 찌르는 눈빛으로 방문을 노려보았다. 그리고는 방금 켠 초의 촛대를 들고 벌떡 일어났다. 방문을 벌컥 열었다. 촛대에 녹아있는 촛농을 첩년의 얼굴에 확 뿌렸다.

"아아아... 뜨거워... 아아아..."

첩년은 까무러치는 소리를 지르며 옆으로 쓰러졌다. 아니 쓰러지는 척했다. 순간 아버지가 일어나서 은숙을 향해 걸어오더니 냅다 뺨을 갈겼다. 얼마나 세게 때렸는지 은숙은 바닥으로 쿵 엎어졌다.

"내 물건에 함부로 손대지 마라."

아버지는 곧바로 종들을 불렀다. 종들은 첩년을 부축해서 떠났다. 은숙은 자신의 뺨을 어루만졌다. 뺨이 크게 부풀어있었다. 어머니를 돌아보았다. 어머니는 치마가 그곳까지 벗겨져서 올라가 있었고 드러난 허벅지에는 회초리 매 자국이 대나무 이파리처럼 어지러웠지만 이상하리만치 선명했다.

"어머니... 난 어머니처럼 살지 않을 거야..."

은숙이 그동안 보아온 남자는 아버지와 오라비가 전부라고 해도 과언이 아니었다. 두 사내는 치마 두른 계집만 보면 물불 안 가리고 무조건 달려들었다. 계집의 복은 얼굴이 아니라 치마 속에서 나온다는 얘기를 무용담처럼 떠벌릴 때는 역겨움을 느꼈다. 저 사내들이 과연 사람인가 싶었다.

사실 어머니는 시집온 첫날밤부터 아버지와 각방을 썼다. 이미 남자가 지나간 여자라고 지독하게 멸시를 당했다. 하지만 명문가의 자손인 어머니를 쉽게 내치진 못했다. 엄청난 땅덩어리를 들고 시집온 것이다. 어머니는 딸 은숙을 낳은 후에는 바느질에만 매달렸다. 남편이 발길을 완전히 끊었기 때문이다. 그런데 어머니는 옷 짓는 솜씨가 뛰어났다. 온 방에 손수 만든 옷을 주렁주렁 자랑처럼 걸어놓았다. 어느 날 우연히 아버지가 어머니를 찾았다. 첩년이 절에 가고 며칠 지나자 아랫도리가 허망했던 터였다. 아무런 기별도 없이 무작정 문을 열었다가 기겁을 하곤 도로 닫아버렸다. 그리고 다시는 그 방문을 열지 않았다. 물론 그날 아랫도리의 허망함은 어린 종년으로 대신 채웠다. 아버지는 그날 이후 어머니를 무당이거나 귀신이라고 생각했다. 사실 은숙의 어머니는 반편이었다. 모자랐다. 하나 둘 셋까지 수를 셀 수 있을 뿐 그 이상은 불가능했다. 아버지는 어머니를 마당에서 만나기라도 하면 장죽을 던졌고 도망이라도 가면 그 뒷모습에 칼을 던졌다. 어머니가 겨우 빠져나간 대문엔 아버지가 던진 칼이 부르르 떨곤 했다. 두 번째로 얻은 작은어머니는 집안 대소사를 맡았다. 아버지는 특히 작은어머니를 첩년이라고 여기지 않았다. 두 번째 정실이었다. 하지만 이도 허울 좋은 말뿐이지 별 의미가 없기는 어머니와 마찬가지였다. 하필이면 작은어머니는 석녀였다. 아버지는 또 핑곗거리가 생긴 것이다. 숱한 여자를 집에 데려와 함께 잠자리를 가졌다. 어머니와 작은어머니는 아버지와 낯선 여자의 잠자리를 번갈아 봐주곤 했고 요강까지 넣어주었다. 은숙의 어머니는 낮이면 아무렇지 않게 집안일을 했고 바느질을 했지만, 밤이면 입에 수건을 물곤 오랫동안 흐느꼈다. 울음소리가 새어나갈까 그런 것이다. 은숙은 아버지에게 반드시 복수할 거라는 강렬한 일념으로 살았다. 그리고 결국 두 사내는 은숙의 정혼자마저 마음대로 정해버린 것이다.

그런데 오라비의 말을 듣자면 전혀 다른 사내임이 틀림없었다. 어쩌면 어머니와 전혀 다르게 살 수 있을지 모른다는 새로운 기대감에 들떠버렸다. 이렇게 기대와 상사를 오락가락하던 은숙은 성준을 직접 만나야겠다고 결심한 것이다.

"내가... 이 집에서 뼈를 묻고야 말겠다."

은숙은 이 집에서 당당하게 끝까지 살아보리라 마음먹었다. 어머니처럼 뒷방의 가구처럼 살지는 않을 거라고 다짐했다. 더구나 소문에 의하면 성준은 아버지와 오라비 같은 종류의 사내와 전혀 달랐다. 그렇다면 결코 후회하지 않을 자신이 있었다. 정말 잘살아 볼 자신이 있었다.

은숙은 성준의 집 안에 쉽게 발을 들였다. 불행인지 다행인지 시아버지 조시원의 상태가 좋지 않았다. 집안 종들이 번갈아 똥오줌 수발을 하고 있었고 정혼자 성준마저 한성으로 떠나고 집에 없었다. 모든 것이 은숙을 기다리고 있는 것처럼 느껴질 정도였다. 은숙은 어느 화창한 날 오후, 느닷없이 나타난 성준이 깜짝 놀라버릴 정도로 살림을 잘하겠다고 야무진 꿈을 꾸었다. 그래서 혼인식도 치루지 않은 정혼자의 자격으로 살림살이 지휘를 시작했다. 그리고 시아버지 병수발도 직접 했다. 집안 종들은 똥오줌 수발에 해방된 것만 해도 은숙에게 감사할 지경이었다. 얼마 지나지 않아 집안 종들이 은숙을 가감 없이 따르기 시작했다. 마치 본래부터 자신들의 상전인 것처럼 굽신굽신 말도 잘 들었다. 어차피 누가 상전이 되어도 상관없었다.

"서방은 아직 안 내려 온 거냐?"

조시원은 정신이 홀랑 나갔는지 나간 척하는 건지 하루에도 수십 번 아들 성준의 소식을 물었다. 은숙이 얼굴도 모르는 성준의 소식을 알 리도 없었고 집안 누구도 말해주지 않았다.

은숙은 궁금한 나머지 집안 종들을 붙잡고 소식을 묻곤 했지만 하나같이 한성에 있는 학교에 갔다거나 학교 근처 하숙에 있다거나 아예 아무것도 모른다고 대답할 뿐이었다. 그런데 그 표정이 예사롭지 않았다. 무언가 감추고 있는 것처럼 보였다. 은숙은 종년 말년을 따로 불렀다. 말년은 성준의 잔심부름을 하던 아이라고 들은 적이 있어서였다. 말년은 태생이 언청이였다. 그래서인지 부끄러움을 많이 탔고 얼굴을 아래로 깔고 이야기하는 버릇이 있었다.

"내가 묻는 말에 똑바로 대답해야 할 것이야."

은숙은 으름장을 놓았다. 적당히 겁을 주어 실토하게 할 생각이었다. 말년은 고개를 숙인 채 고개를 한 번 끄덕였다.

"서방님이 어디 계신 거지? 학교에 계시다. 하숙에 계시다.

이런저런 말을 떠드는데, 나는 이상하단 말이다. 아버님이 저리 누워 계신데 말이야. 급변이라도 생기면 서방님께 어떻게 연락을 하냐 말이야. 그러니까 서방님이 계신 곳을 모른다는 것은 말이 안 된다는 거지. 모두가 거짓말을 하고 있다는 거지. 그러니까 넌 똑바로 말해야 할 것이야. 아니면 곤장을 칠 것이다."

은숙은 적당히 겁을 주는 것이 아니라 무서운 협박을 하고 있었다. 하지만 양반의 협박은 그냥 협박으로 끝날 일이 아니었다. 별거 아닌 일에도 눈 하나 깜짝하지 않고 곤장을 치거나 죽이기 일쑤였다. 어차피 종은 사람이 아닌 사람 비슷하게 생긴 종자였다.

"전... 정말 모릅니다. 마님... 집사가 아는지 모르겠지만 저같이 정지를 드나드는 종년이... 어찌 알겠습니까?..."

말년은 윗입술이 말린 상태라 말할 때마다 쉰 바람 소리가 났다.

"날 무시하는 것이냐? 아직 혼인하지 않았다고 무시하는 것이냐? 그런 것이냐? 네 이년..."

은숙은 말년을 가혹하게 몰아세웠다. 스스로에게 이런 표독이 있을 줄 몰랐다. 말년은 찢어진 입술을 실룩거리며 쉿쉿 바람 소리를 내뱉었다.

"곤장으로도 안 되겠다. 일본 순사한테 데려가야겠다. 자 가자."

은숙은 말년의 손을 낚아채며 끌고 갔다. 말년은 잡혀가지 않으려고 일부러 발을 질질 끌었다. 말년은 너무 무서워서 소리 내어 울지도 못했다. 겁에 질린 눈에 눈물만 한가득 이었다. 당장 혼절이라도 할 듯 온몸을 바르르 떨었다. 은숙은 다시 한번 표독의 호들갑을 피웠다. 자신의 욕망을 성취하기 위해 말년의 처지를 이용하고 있었다.

"어디 계시지?"

은숙은 말년의 손목을 쥐어짜듯 눌렀다. 말년은 온 얼굴을 찌푸렸다. 그리고 겨우 입을 뗐다.

"공부하러... 공부하고 계십니다. 아씨."

말년은 누가 들어도 거짓말인 것처럼 말했다. 아니 거짓말로 들렸다. 은숙은 말년의 손목을 다시 잡아끌었다. 손목을 아프게 비틀어 쥐었다.

"안 되겠다. 가자."

"저... 전 모릅니다... 그게... 그게... 절... 절에 계십니다... 절이요"

말년은 체한 걸 게우듯 말을 토해냈다.

"어느 절..."

은숙이 절대 물러설 수 없었다. 조선 천지에 없을 진짜 사내를 만나러 내려온 이상 포기할 수 없었다.

"제가 이틀 걸러 먹을 걸 갖고 갑니다..."

말년은 한번 말하기 시작하자 줄줄이 쏟아냈다. 은숙은 어이가 없었다. 이 집에 와있는 동안 그 누구도 이런 말을 해주지 않았다.

"일본 순사한테 가기 싫습니다. 아씨. 가기 싫습니다... 아씨..."

말년은 일본 순사한테 끌려가느니 우물에 몸을 던질 것 같았다. 마침 우물도 가까이 있었다. 은숙은 더 이상 추궁하지 않기로 했다. 절의 위치를 알아내야 했다. 말년의 손목을 다시 잡아끌었다.

"그래. 당장 앞장서라."

은숙은 모처럼 얼굴에 화장을 하고 옥색의 깨끼저고리를 입었다. 그리고 시아버지 조시원을 가마에 태웠다. 성준은 팔달산 길상사에 있었다. 집에서 그리 멀지 않은 곳이었다. 그래도 몸도 성치 않은 노인네가 가마로 움직이려니 족히 반나절은 가야 했다. 가는 도중 조시원은 시도 때도 없이 가마를 멈추게 하고 소변을 보거나 쉬거나 했다. 조시원은 종들이 자신의 수발을 드는 것을 극도로 싫어했다. 오직 은숙만 수발을 들게 했다. 은숙은 오늘따라 소변 받는 일도 쉬게 하는 일도 점점 지쳐갔다. 그저 한시라도 빨리 성준을 만나고 싶다는 강한 열망에 사로잡혀 있었다. 한참을 갔을 때였다. 가마가 지나지 못하는 좁디좁은 길이 나왔다. 사람 하나가 겨우 지나갈 만한 길이었다. 은숙은 김 서방에게 눈짓을 주었다. 김 서방은 지게에 조시원을 태웠다. 은숙은 종놈에게 업히지 않기로 했다. 그냥 걷기로 했다. 저만치 길상가가 보이자 저절로 웃음이 지어졌다. 성준을 만난다는 기대감에 얼굴 화장과 옷매무새가 신경이 쓰였다. 발걸음은 날아갈 듯 가벼웠다.

드디어 길상사에 도착했다. 그런데 이곳에 성준은 없었다. 청천벽력 같은 소식이었다.

"혹시 어디 가면 만날 수 있을지 알고자 합니다. 보시다시피 연로하신 아버님까지 오셨습니다."

은숙은 조바심이 났지만 정중하게 사정을 이야기했다. 주지스님은 난처한 표정을 짓더니 말년에게 한 마디 물었다.

"모든 사실을 제대로 아뢰었느냐?"

"네. 그러하옵니다."

말년은 대답했지만 속으론 여간 불안하지 않았다. 은숙은 주지스님과 말년의 대화가 요상했지만 곧 그 결과를 알 것이라고 생각했다. 캐묻는 것도 귀찮았다. 성준을 빨리 만나보고 싶을 뿐이었다.

"모퉁이를 돌면 돌계단이 나올 겁니다. 그 계단을 밟고 위로 조금 더 올라가면 작은 암자가 하나 있습니다. 그럼..."

주지스님은 손을 모아 합장을 했다. 은숙도 합장을 했다.

은숙은 시아버지를 두고 혼자 암자로 올라갈 수밖에 없었다. 돌계단은 너무 지나치게 협소해서 한 사람이 몸을 옆으로 돌린 채 걸어야 할 정도였다. 은숙은 그런데도 발걸음이 날아갈 듯했다. 계단이 끝나는 곳에 서자 암자가 보였다. 사내의 음성이 들렸다. 은숙은 가슴이 울렁거렸다. 상사(相思)의 대상을 만나는 순간이었다. 성준의 얼굴을 본 적이 없어도 못 알아볼 리 없었다. 금방 알아볼 자신이 있었다. 은숙은 옷매무새를 다듬었다. 머리도 한번 쓸어주었다. 볼을 꼬집었다. 얼굴에 생기가 돌게 하기 위해서였다. 저만치 한 사내가 고개를 숙인 채 물을 마시고 있었다. 작은 마당에는 작은 마당만큼이나 작은 약수터가 있었다. 은숙이 다가가 성준이 마시고 있는 물바가지에 이파리를 하나 떨구었다. 성준이 고개를 들어 쳐다보았다. 은숙은 단번에 반하였다. 꿈에 그리던 사내의 모습이었다. 서글서글한 눈매와 짙은 눈썹과 붉은 입술은 더할 나위 없이 완벽했다.

그런데 성준은 그리 반가운 낯빛이 아니었다. 타인을 대하는 냉정함과 정중함이 공존하고 있었다. 은숙은 그마저도 반했다. 아무 여자한테나 친절을 베풀지 않는다는 것이었다. 역시 오라비가 옳았다. 이건 순전히 오라비 덕이었다.

"누구시오?"

성준은 경계하고 있었다. 이 암자까지 자신을 찾아올 여자는 아무도 없었다. 더구나 일면식도 없는 낯선 여자였다.

"서방님."

은숙은 거리낌이 없이 서방님이라고 불렀다. 성준은 놀란 눈으로 은숙을 쳐다보았다.

"제가 바로 정혼자입니다."

은숙이 바로 주저앉아 두 손을 이마에 대고 절을 올렸다. 작고 예쁜 마당의 붉은 흙이 치마에 묻는 것도 개의치 않았다. 처음 뵙는 서방님에게 예의를 다했다. 은숙은 흔쾌하게 기뻤다.

"...우린 아직 혼인하지 않았소."

성준은 몹시 당황하고 있었다. 성준은 자신에게 절을 올리는 낯선 여자가 자신의 정혼자임을 직감했다. 은숙은 성준의 마음을 깊이 헤아렸다.

"당장 혼인하기 어렵다는 거 잘 알고 있습니다. 아버님이 몹시 편치 않으신데요... 그 와중에 혼인식을 올리는 건 법도가 아닌 줄 저도 압니다."

은숙은 조금의 흐트러짐도 없었다. 단아했고 단정했다. 흠잡을 곳 없는 양반집 규수다웠다.

"아버님이... 편찮으시다고?"

성준은 처음 듣는 얘기였다. 암자로 올라온 지 한참 지났고 음식을 갖다주는 말년도 그런 말을 한 적이 없었다. 가끔 아버지 안부를 물을 때마다 조금 안 좋다고 했었다. 고뿔이 쉽게 나아지지 않는다고 했었다. 그래서 성준은 심각하게 받아들이지 않았다. 갑자기 창피하고 부끄러웠다.

"얼마나 아프신 거요?"

성준은 생전 처음 보는 낯선 여인에게 아버지 소식을 물었다.

은숙은 성준이 자신을 부인으로 생각하고 있다는 일념이 들었다. 그래서 기분이 더 흔쾌하게 좋았다.

"많이... 안 좋으십니다. 아마 서방님이 이리 오시던 날이었나 봅니다. 봉덕이라는 종놈이 집안의 금궤를 훔쳐 달아났다고 합니다. 그놈이 아버지를 해친 것 같습니다. 제가 더 이상 자세한 사연은 모르겠습니다. 죄송합니다. 서방님."

은숙은 자초지종을 설명했다.

"봉덕이?... 아버지를 해쳤다고?... 아니..."

성준은 깜짝 놀랐다. 봉덕이 아버지를 해쳤다는 것도 놀라웠고 금궤를 훔쳤다는 것도 놀라웠지만 자신이 그 사실 또한 전혀 몰랐다는 사실이 더 놀라웠다.

"나도 모르고 있었는데... 그런데 그쪽은... 어째서 그리 잘 아시오?"

성준은 은숙의 이름은 들어서 알고 있었지만 인사도 없이 부르기도 계면쩍었다. 하지만 은숙은 서운했다. 자신의 이름을 부르거나 부인이라고 부르거나 하지 않고 그쪽이라고 부르는 것이 마음에 걸렸다. 하지만 아직 자멸의 정서를 갖기에는 너무 일렀다. 겨우 시작의 발돋움을 했을 뿐이었다.

"저는 이미 집안 살림을 시작했습니다. 아버님도 제가 잘 모시고 있습니다. 집안은 무던하게 잘 돌아갑니다. 염려 안 하셔도 됩니다. 그런데 여기서 공부하고 계신 겁니까?"

은숙은 공손하게 물었다.

"빨리 가 봐야겠지만..."

성준은 자꾸 뒤를 돌아 암자를 보았다.

은숙은 이상한 생각이 스쳤다. 무언가 불안했다. 무언가 불길했다. 자신도 모르게 암자 쪽으로 발걸음을 옮겼다. 성준은 말릴 새도 없었고 말리는 게 더 우스웠다. 은숙은 천천히 걸어서 암자 앞에 섰다. 몇 발자국 되지 않는 거리였지만 하염없이 멀고 길게 느껴졌다. 이 문 뒤로 누가 숨어있다는 예견이었다. 그게 누구인지 모르지만 그 정체를 반드시 알아야 했다. 은숙은 굳게 닫혀있는 문 손잡이를 잡았다. 문은 의외로 허술했다. 닫혀있는 모습에 비해 쉽게 열렸다. 아직 어둠 속에 가려져 얼굴은 보이지 않았지만 얼핏 치마가 보였다. 은숙은 가슴이 덜컥했다. 가슴이 심하게 요동을 쳤다. 설마 숨겨둔 여인이 있을 거라고는 상상도 하지 못했었다. 두 다리가 후들거렸다. 쓰러질 것처럼 어지러웠다. 어쩌면 앞으로 예상치 못한 악전고투의 세월을 보내야 할 수도 있었다. 제발 그것만은 아니길 바랐다. 어머니의 삶을 다시 살아서는 안 되었다.

"절대 그런 사내가 아니다. 아버지 같은 사내가 아니다. 오라비 같은 사내가 아니다. 아니다..."

은숙은 중얼거리며 방 안으로 들어섰다. 그러자 어둠 속에

서 있던 여자가 다가왔다. 아주 천천히 다가왔다. 은숙은 조마
조마하게 여자를 보고 있었다. 가까이 다가오자 여자의 얼굴
이 매우 뚜렷해졌다. 열어놓은 문을 통해 들어온 빛줄기가 여
자의 얼굴을 비스듬히 비추었다. 은숙은 여자의 얼굴을 보곤
기겁을 하고 뒷걸음치고 말았다. 더 이상의 과장도 없이 과대
(誇大)도 없이 너무나 아름다운 여자였다. 너무도 어여쁜 여자
였다. 은숙은 벌써부터 자괴감이 들었다. 벌써부터 패배감이
들었다. 자신이 반드시 지고 말 거라는 무서운 예각(豫覺)이
들었다. 아니 그건 장담(壯談)이었다.

"아씨... 저는 미옥이라 하옵니다."

미옥은 은숙에게 엎드려 절을 올렸다. 은숙은 어떤 말도 할
수가 없었다. 이건 천한 종년의 말본새가 아니었다. 양반가의
아기씨라고 해도 무색할 품위가 있는 언행이었다. 은숙은 뒤로
더 물러났고 그러다가 문지방을 잘못 밟았다. 순간 비틀거리며
뒤로 넘어지려는데 누군가 은숙을 뒤에서 안았다. 아주 깊게
안았다.

"조심하시오."

성준의 목소리였다.

은숙은 갑자기 눈물이 나왔다. 성준의 목소리가 너무나 부
드러웠다. 성준의 품이 너무나 따뜻했다. 은숙은 저토록 아
름다운 여자와 한 몸이 되어 뒹굴었을 사내, 아버지와 오라버
니와 닮았을 사내를 결코 떠날 수 없다는 사실을 자각하고야

말았다. 죽어도 포기하지 못할 강렬한 연정에 몸을 떨었다.

"도련님, 아버님께 가보세요. 저는 다 나았습니다. 이제 괜찮습니다."

미옥이 성준에게 말했다. 성준은 곧바로 옷을 챙겨 입었다.

그런데 바로 앞에 조시원이 이미 도착해 있었다. 김 서방의 얼굴과 몸은 땀으로 범벅이었다. 그 좁은 돌계단을 업고 올라온 것이다.

"이놈... 이놈..."

조시원은 차마 말을 잇지 못했다. 그런데 그게 다였다. 조시원은 덕길에게 도끼를 맞은 후 말이 어눌해졌고 정신도 깜빡했다. 지금까지도 마지막에 등장한 봉덕이 자신을 해친 걸로 기억하고 있었다. 조시원은 팔을 크게 휘저었다. 산을 내려가자는 얘기였다. 그러기 위해서 고행을 자처했던 것이다. 성준이 미옥의 팔을 잡고 아버지 앞에 섰다. 그런데 조시원은 미옥의 얼굴에 침을 퉤 뱉었다. 쌍놈이나 할 짓이었다. 은숙은 놀랐지만 나서기도 민망했다.

"아버지..."

성준은 얼굴이 붉어졌다. 하지만 거기까지였다. 노쇠한 몸으로 이곳까지 온 아버지에게 더 이상 불효의 무기를 쓸 자신이 없었다. 미옥은 침을 닦을 생각도 하지 않았다. 성준이 미안한 마음으로 미옥의 손을 잡으려 했지만 미옥은 그 손을 뿌리쳤다.

그리고 점점 뒤로 물러났다. 자신이 낄 자리가 아니라는 비참한 자존이었다.

"더러운 년..."

조시원은 침 뱉듯 욕을 하곤 은숙을 쳐다보았다. 은숙은 앞으로 시아버지를 자기편으로 만들어야겠다는 계산뿐이었다.

"가...가자고..."

조시원은 성준의 팔을 잡아끌었다. 은숙은 뒤로 슬쩍 물러나서 김 서방을 따로 불러내어 옥비녀 하나를 쥐어 주었다.

"아버님이 지시하셨네. 저 아이를 치우게."

김 서방은 옥비녀를 보자 입꼬리가 올라가더니 내려올 줄 몰랐다. 평생 가져보지 못할 큰 값의 물건이었다.

그날 밤, 은숙은 성준 방의 문을 열었다. 성준은 은숙을 쳐다보지도 않았다. 은숙은 성준의 옆자리에 옷을 벗고 누웠다. 성준은 잠을 자지 않았다. 은숙도 잠을 자지 않았다. 서로 잠을 자지 않고 있다는 사실을 인지하고 있었지만 서로 아는 체하지도 않았다. 동이 트자마자 성준은 일어나서 짐을 챙겨 방을 나갔다. 은숙은 눈물도 나지 않았다. 피눈물이 나려고 했다. 미옥을 죽이고 싶다는 하나의 생각만 오로지 완강했다. 위험천만한 유혹이었지만 순리의 유혹이기도 했다.

'죽이고 말 거다.'

8

"내가 저걸 박살 낸다."

덕길은 조선총독부 건물을 바라보면서 되도 않게 당당했다. 덕길의 이런 똥배짱은 따라온 사내들에게 얼추 먹히긴 했다. 흥칠이 또한 덕길의 과장된 용감함에 반한 터였다. 종말론적 패배는 알고 싶지도 않았다. 이룰 수 없어도 상관없었다. 거짓이어도 상관없었다. 어차피 꿈이라도 꾸며 살고 싶었다. 꿈이라도 꾸며 죽고 싶었다.

"대장"

흥칠은 불쑥 대장이라고 불렀다. 대장이라 불러도 손색없는 사내였다.

"흥칠아. 이제 너는 종이 아니다. 그러니까 네 위에 상전이 없는 거다. 그러니까 대장도 없는 거다. 그러니까 졸병도 부하도 없다. 날 대장이라고 부르지 말아라."

덕길은 상전 행세하기가 죽기보다 싫었다.

"평생 상전을 모시고 살아서 그런지 대장이 없으니... 영 거시기 한데..."

홍칠은 생전 경험해보지 못한 이런 여백이 참으로 어색했다.

"난 대장이 아니고 넌 졸병이 아니다. 그러니까 넌 내 부하가 아니다."

덕길은 단단히 다짐을 두었다.

"...통 이상해서 말이요. 그런데 세상이 이렇게 돌아가도 되는 거요?... 그래도 윗사람이 있어야 하는 거 아니요? 물도 윗물이 있고 아랫물이 있는 것인데... 허 참..."

홍칠은 긴가민가 영 마뜩잖았다.

순간 덕길이 홍칠의 뺨을 힘껏 갈겼다. 홍칠도 순식간에 당한 일이라 막을 틈도 없었다. 입술이 찢어지며 피가 터졌다.

"이제 너는 종이 아니다. 너는 졸병도 아니다. 넌 부하도 아니다. 너는 그냥 사람이다. 몇 번을 말해야 알아먹을래? 얼마나 처맞아야 알아먹을래?"

덕길은 사나웠지만 강건했다. 함부로 범접하기 어려운 위엄이 있었다. 홍칠은 입안에 고인 피를 뱉었다. 이빨에 뻘건 피가 그대로 남아있었다.

"아직 실감하지 못해서 그렇소. 알았소. 젠장. 제기랄... 세상이 천지개벽을 했네... 허허허..."

홍칠은 허허 웃었지만 그래도 여전히 불안했다. 갑자기 상전이 없어졌다고 하지만 언제 또 뒤집어질지 모를 일이었다. 또 언제 갑자기 상전이 다시 생겼다며 나타날지 모를 일이었다.

상전 새끼들이 하는 짓거리들은 죄다 거지발싸개 같았다. 아무리 고상을 떨어도 결국은 실용적인 목적밖에 없는 비렁뱅이 같았다.

"형님... 저거 보소."

형식이 조선총독부 정문 쪽을 가리켰다. 덕길도 쳐다보았다. 일본 놈 대여섯 놈이 소총을 어깨에 삐딱하게 메고 건들거리고 있었다. 이렇게 봐도 저렇게 봐도 시건방진 행태도 생긴 꼬락서니도 볼품없었다. 저런 화상들이 조선을 처먹고 있다고 갖은 유세를 떨고 있었다.

"아까 놈들과 상판대기가 분명 다르오. 점심 처먹고 교대한 것 같소. 저놈들 교대 시간은 대충 알 것 같소."

형식은 비교적 꼼꼼하게 정찰한 덕분에 자신이 있었다.

"그런데 총독부 경비치고는 인원이 너무 적은 거 아니오? 아무래도 좀 이상하긴 하오. 저 큰 건물을 저 몇 놈이 감시한단 말이오?"

형식은 나름대로 분석까지 내놓았다.

"수 명이든 수십 명이든 매한가지. 어차피 우리가 덤빌 상대는 못 된다."

덕길은 의외의 분석을 내놓았다.

"그런 생각으로 어찌 이곳에 있는 거요? 참 황당하오."

형식은 뜨악했다.

"어차피 저들 모두를 상대할 순 없다. 우리는 저들의 빈틈을 찾아야 하고... 그 빈틈을 찾아 공격할 것이다."

덕길은 자신의 전략이 성공할 것이라고 확신했다.

"아아... 그런데 어떤 빈틈이오? 난 그 빈틈을 도통 모르겠소."

형식은 덕길의 구체적인 전략을 알지 못했다.

"저기에 일본 놈 대장이 있는 게 확실하냐?"

덕길은 대답 대신 엉뚱한 걸 물었다.

"글쎄요. 내가 그것까진 모르겠고... 그런데 그게 대장이면 어떻고 졸병이면 또 어떻소? 일본 놈이면 다 그놈이 그놈 아니겠소? 다 똑같은 놈들 아니겠소?"

형식은 대강 둘러댔다.

덕길은 부지불식간에 형식이 배때기를 때렸다. 무방비로 있던 형식은 푹 꺼지듯 쓰러졌다.

"이놈. 형식아. 졸병 놈은 백날 죽여 봤자... 소용없다. 또 우리가 수십 수백의 졸병을 어떻게 당해내겠냐? 어떻게 이기겠냐? 죽어도 살아나고 죽어도 살아나고... 끝없이 새로운 놈이 나타날 것이다. 그런데 대장은 딱 한 놈뿐이다. 옛날부터 대장의 수급(首級)을 베야 전쟁이 끝난다고 했다. 명심해라."

덕길은 형식의 귓구멍에 대고 소리를 질렀다.

"말이 나왔으니 물읍시다... 우리가 왜 일본 놈들과 싸우는 거요? 우리가 무슨 수로 일본 놈들을 이긴단 말이오? 우린 훈련도 못 해본 무지렁이란 말이오. 마당에 빗질이나 하고 쌀가마니나 지게에 지고 다니던 오합지졸이란 말이오."

흥칠이었다. 흥칠이는 진짜 모르겠다는 무지몽매(無知蒙昧)였다.

"양반들과도 싸워보지 못한 우리들이오. 그런데 양반들도 못 이기는 일본 놈들과 싸우겠다니? 이게 가당키나 하오? 그런데... 일본 놈들의 대장이라니... 허허... 이게 뭔 귀신놀음인지..."

형식도 만만치 않았다.

덕길은 더 이상 대답할 내용이 없었다. 눈앞의 사내들을 설득할 만큼 말주변이 훌륭하지 않았고 실상 그렇게 큰 대의는 알지도 못했다. 또 대의를 안다 해도 그 대의를 위해서 목숨을 버릴 생각은 추호도 없었다. 모름지기 대의란 양반들의 명예를 드높이기 위한 것이었다.

"그래. 너희들 말이 다 맞다. 일본 놈들을 우리가 어떻게 이기겠나? 무기로는 이기지 못하겠지. 그 수로도 이기지 못하겠지. 사실 나도 일본 놈들을 무엇으로 이겨야 할지 모르겠다. 다만 우리 같은 놈들에게는 조선의 양반 놈들이 상전인들 일본 놈들이 상전인들 다를 게 없다는 것은 안다. 결국 그 세상이 그 세상인 것이다. 그래서... 난 양반 놈들이 부르짖는 독립이니 뭐니 그따위는 솔직히 관심 없다. 그래서 의병도 관심 없다. 우리 같은 놈들은 결국 희생양이 되고야 말겠지... 또 그 희생으로 얻은 공은 양반들이 차지할 테고. 양반이 되고자 하는 비슷한 놈들이 차지할 테고."

덕길은 진술했다. 자기가 아는 사상의 전부였다.

"...우리가 의병을 하면 또 천한 종놈들이 의병을 한다고 씹어댈 텐데요? 뭐 하러 그런 짓을 하겠소? 형님? 형님 말이 백번 맞소."

형식이었다.

"형식아. 네놈 올해 몇이냐?"

덕길은 뜬금없이 형식의 나이를 물었다.

"열여덟인데요?"

형식은 벙벙한 표정이었다.

"그래... 넌 살아야 한다. 꼭 살아야 한다. 다른 세상에서 꼭 살아야 한다."

덕길은 형식의 머리통을 쓰다듬었다. 형식은 기분이 좋은지 이빨을 드러내고 웃었다. 누런 이빨이 들쑥날쑥이었다. 덕길은 그 이빨도 마음이 아렸다. 종놈의 이빨이 제대로 자리를 잡는지 아무도 눈여겨본 사람이 없었을 테니까 말이다.

"형님. 말해보소. 우리가 저 앞에 있는 일본 놈들을 죽여야 맞소? 맞는 거요?"

흥칠은 아직도 꼬박꼬박 묻고 있었다. 솔직히 덕길이 일방적으로 명령을 내려주기를 원했다. 이렇게 대화가 오고 가는 것도 귀찮고 힘들었다. 시키면 뭐든 잘할 자신이 있었다.

"그래... 내가 한 사내로 말하겠다. 거짓 없는 일성이다... 난 내가 마음먹은 한 놈은 죽였다. 이제 한 놈 남았다."

덕길은 자신만의 대의를 토로했다.

"그게 누굽니까?"

흥칠이 물었다.

"사이토 마코토(齋藤實)."

덕길은 이름 한 자 한 자 씹어 먹듯 말했다. 사내들은 그 이름을 알지 못했다. 처음 듣는 이름이었다. 더구나 일본 이름이었다. 그래서 다들 허둥대는 눈빛이었다.

"누구요? 그게?"

사내들이 한꺼번에 물었다. 이구동성이었다.

"내가 죽일... 일본 놈 대장."

사내들은 어정쩡하게 싸움에 얻어걸린 촌부들처럼 수군댔다.

"그 수급은 나 혼자 벤다. 그러니 너희들은 가라."

덕길은 결단을 내렸다. 후회 없는 판단이었다.

"도대체 이건 무슨 소리요? 이제 와서 어디로 가라는 거요? 지금 우리 놀리는 거요? 게다가 천지 사방 어디가 어딘 줄도 모르겠소."

흥칠은 실망한 표정이었다. 나머지 사내들도 마찬가지였다. 태어나서 지금까지 단 한 번도 자신이 살 곳을 스스로 정해본 적 없는 자들의 덧없는 방황을 경험 중이었다. 그동안의 터전을 버리지 못할 너절한 역마(驛馬)의 방랑을 체험 중이었다.

"만주로 가라. 그곳은 양반도 종도 없다고 하더라."

덕길은 사내들을 떨칠 요량이었다. 자신만의 대의와 복수를 위해 사내들을 이용할 수는 없었다. 그 또한 양반들이나 할 비열한 짓거리였다. 양반들 흉내도 싫었고 양반들을 빙자하는 것도 싫었다.

"세상에 그런 곳도 다 있소?"

흥칠은 믿지 못하겠다는 폐쇄였다. 고개를 절레절레 흔들며 실실 비웃었다.

"흥칠아..."

덕길이 나직이 불렀다. 흥칠은 웃음을 뚝 그쳤다. 덕길의 목소리가 무섭게 느껴졌다.

"한 번도 다른 세상에서 살아보지 못했으니, 네가 못 믿는 것도 당연하다. 하지만 내 말은 사실이다. 이건 나를 믿어라. 네가 믿어야 한다. 살자고 한다면 믿어야 한다."

덕길은 지금의 세태가 서글펐다. 다른 세상이 있다는 것을 믿지 못하는 종들의 신세가 서글펐다.

"그럼 그곳에서 뭘 하오? 양반도 종도 없이 한데 모여서 뭘 하난 말이오?"

흥칠은 끈질기게 매달렸다. 너무나 어려운 선문답 같은 허무맹랑(虛無孟浪)이었다.

"자유를 한다. 모든 걸 스스로 결정하는 자유를 한단 말이다.

어떠냐? 정말 멋지지 않냐?”

덕길은 자유라는 말을 하면서 스스로도 자유에 대한 강렬한 갈망이 타올랐다. 모든 복수를 끝내고 미옥을 찾아서 함께 만주로 가서 살 수 있는 자유, 그런 자유 말이다. 하지만 이건 조신의 꿈처럼 그저 꿈에 불과했다. 하지만 꿈을 꿀 수 있는 것만 해도 행복했다. 꿈조차 꿀 수 없었던 세월에 비하면 이조차도 자유였다.

“그럼 양반도 종도 없는 곳에서 자유를 한단 말이오? 자유가 그렇게 좋은 것이오? 재미있겠소. 형님.”

형식은 흥이 생겼다. 나머지 사내놈들 사이에서도 파란이 일었다. 난생처음 듣는 다른 세상의 이야기였다.

“그런데, 우리에게 적은 두 놈이 되었다. 바로 양반과 일본이다. 불행하게도 그렇다. 이 둘이 엎치락뒤치락해서 누가 상전이 된다 한들 결국 우리를 억압하는 적이라는 건 동일하다. 명심해라.”

덕길은 자신이 알고 있는 전부를 알려주려고 했다.

“그러면... 그게 층층시하... 뭐 이런 거요?”

홍칠이 큰 걸 알아냈다는 듯이 신이 나서 떠들었다.

“그래... 그럴 수도 있지. 그러니까 우리가 싸워서 이겨야 할 첫 번째 놈은 일본 놈들이오. 또 첫 번째 놈은 양반 놈들이다. 알아듣겠냐?”

덕길은 피를 토하듯 말했다. 하지만 사내들은 완전하게 알아듣지 못했다. 일본 놈들과 싸우고 양반 놈들과 싸워야 자유가 생긴다는 말을 당장은 알아듣지 못했다. 피치 못할 혼란이었다. 학습되지 못한 혼돈이었다.

"왜 이렇게 많이 싸워야 하오?"

형식은 여전히 이해가 가지 않았다.

"우리는 종이니까. 가장 천한 천민이니까. 우리에겐 도처에 적이 너무 많다."

덕길은 자괴감이 들었다.

"어쨌든 지금... 첫 번째 적은 사이토 마코토다."

덕길은 다시 한 번 주지시켰다. 사내들보다 먼저 죽게 될 자의 책임이라면 책임이었다.

"그런데... 난 형님. 못 떠나오."

지금까지 아무 말 없이 나서지 않았던 석철이었다.

"형님이 우리 모두를 종에서 해방시켰소. 사실 주재소를 불태울 때, 난 희열을 느꼈소. 나쁜 놈이라고 욕해도 상관없소. 세상 태어나서 그런 희열을 경험한 적이 없소. 그건 뭐랄까? 내가 내 의지를 갖고 나를 억압하는 자들을 벌주는 그런 쾌감이었소. 형님. 양반 놈들이 나를 종에서 해방한 것이 아니란 말이오. 형님도 아니오. 우리는 누구에 의해 해방을 이룬 것이 아니란 말이오. 형님은 각자 스스로 해방을 이루게 했단 말이오. 그래서 형님이 은인이란 말이오. 난 형님이 죽이겠다는 일본 놈 대장, 나도 따라 죽이겠소. 형님의 적이 나의 적이기도 하오. 내가 아무리 태어나서부터 종이지만 신의는 있소. 나의 은인을 위해서 목숨을 버릴 신의는 있소. 부디 이 일을 성공시킨 후, 그 후 각자 길을 다시 말해봅시다. 여기 남아서 일본 놈들을 죽이든지 양반 놈들을 죽이든지... 아니면 만주로 가든지... 말이오.”

석철의 말에 모두가 숙연해졌다.

덕길은 석철의 귀한 신의가 탐탁지 않았다. 목숨을 건 신의였다. 과연 자신이 이들의 하나뿐인 목숨을 담보해야 하는지 쉽게 결정할 수 없었다. 이건 사람이라는 존재에 대한 존중이었다. 양반 놈들처럼 식은 죽 먹기로 버려서는 안 되었다.

“그리고 그 형수 다시 데려와야 할 거 아니오? 그 형수도 조선의 세상에선 일본 놈들에게도 양반 놈들에게도, 그 쌍방에게 다 위험하오. 우리랑 별반 다르지 않단 말이오.”

석철은 덕길의 치명을 잊지 않았다. 그리고 고개를 꾸벅 숙여 인사를 했다. 신의를 맹세하는 인사였다.

“그게...”

덕길은 말을 꺼내다 말았다. 그리고 한동안 말이 없었다. 사내들을 사지로 무작정 끌고 갔다가 몰살당할 수도 있었다. 하지만 성공해서 새로운 세상에서 자유를 누리게 해주고 싶기도 했다. 그렇다면 지금보다 훨씬 더 단단해져야 했다. 그렇다면 반드시 성공해야만 했다.

"폭탄부터 구해야겠다."

덕길의 폭탄선언에 모두 폭탄이라도 맞은 것처럼 굳어져 버렸다.

덕길은 아사 직전의 건장한 사내들을 일단 먹여야 했다. 하지만 수중에 돈이 있을 리 없었다. 고심하다가 미옥이 던져준 금가락지를 꺼내었다. 시장통으로 들고 나갔다. 하지만 값나가는 귀한 금가락지를 선뜻 살만한 조선인을 찾기란 쉽지 않았다. 게다가 덕길의 행색은 누가 보아도 의심을 사기에 충분했다. 값나가는 금가락지를 구비하고 있을 만한 행색이 절대 아니었다. 자칫 잘못하면 도적으로 몰려서 큰 화를 당할 수도 있었다. 덕길은 시장통을 쏘다니다가 심부름 질을 하는 것으로 보이는 남자아이 하나를 불러 세웠다.

"네 이름이 뭐냐?"

덕길은 이름을 물었다. 아이는 덕길이 희한한 사람이라고 생각했다. 지금까지 이름이 뭐냐고 묻는 사람은 없었다. 그냥, 야, 너, 이놈아... 등등 제멋대로 불렀다.

"그냥, 개똥이라고 부릅니다."

개똥은 우렁찬 목소리였지만 배에서 꼬르륵 소리가 더 우렁찼다. 며칠 굶었을 게 뻔했다. 눈알도 퀭했다.

"여기서 제일 맛있는 국밥집이 어디냐? 앞서라."

덕길은 개똥을 앞세웠다. 수중에 동전 몇 푼은 있었다. 개똥은 앞으로 추적추적 힘없이 걸어갔다. 왼쪽으로 오른쪽으로 쓰러질 듯 말 듯 걷는 모습이 한참 동안 굶은 듯했다.

개똥은 이빨이 다 빠진 할망구가 말아준 국밥을 낯짝 한 번 안 들고 다 먹어치웠다.

"개똥아."

개똥은 국밥 그릇에 대갈통을 처박은 채 대답도 없었다. 오랜만에 먹으니 아무 소리도 들리지 않았다.

"개똥아. 이놈아. 체할라... 안 뺏는다. 천천히 처먹어라."

덕길은 자신이 먹던 국밥을 개똥에게 슬쩍 밀어주었다. 자신도 배고프긴 했지만 어린애가 허겁지겁 먹는 걸 보니 국밥이 목구멍으로 넘어가지 않았다. 개똥은 한참 처먹더니 고개를 살포시 들었다. 입언저리가 밥풀 천지였다. 트림을 시원하게 처뱉었다. 낯짝도 화사해진 것이 어린애다웠다.

"개똥이 이놈. 밥값은 해야지?"

덕길이 야단을 치자 개똥은 눈깔을 데굴데굴 굴렸다. 갑자기 돈을 내라 하니 겁이 덜컥 났다. 돈은 한 푼도 없었다. 아니 돈이 어떻게 생겨 먹었는지 기억도 안 났다.

"여기서 제일 큰 장사치가 누구냐?"

개똥은 입 언저리에 묻은 밥풀을 혀로 핥아먹었다. 아직도 맛이 있는지 쩝쩝거렸다.

"쌀장사하는 사람이 있어요. 제일 큰 장사치예요. 저한테 매일 쌀 껍데기를 주시거든요. 이것 보세요."

개똥은 주머니에서 쌀 껍데기를 꺼내어 보여주었다. 주머니가 꽤 두둑했다.

"왜 안 먹었냐?"

덕길은 궁금했다.

"집에 아픈 어미가 있습니다."

개똥의 화사했던 얼굴이 급작스레 울상이 되었다.

"제가 불효자입니다. 아픈 어미는 굶고 있는데 저 혼자 국밥을 두 그릇이나 처먹었습니다. 처먹는 동안 어미 생각은 하나도 안 했습니다."

개똥은 엉엉 울기 시작했다. 덕길은 개똥이가 우는 모습을 보자 자신의 어미와 아비 생각이 났다.

"어서 가. 어서 떠나라고. 다음에 내가 이 집에 돌아왔을 때... 아니 안 돌아올 거야. 왜냐하면... 이 집에서는 종의 팔자만 배웠거든. 그러니까 안 돌아올 거야. 그러니까 만약에 말이야. 만약에 이 집에 돌아왔을 때도... 이 집에 계속 살고 있다면... 그때는 내가 둘을 죽일 거야. 알겠지?..."

'어무이... 아부지... 날 용서하지 마... 날 용서하지 마...'

덕길은 일어나서 개똥의 손을 꼭 잡았다.

"사내놈이 왜 그렇게 울어? 계집처럼 우는 놈이 아픈 어미를 어떻게 살리겠냐? 가자. 네가 잘만 하면 내가 심부름 값을 두둑이 쳐주마."

덕길은 개똥의 대답을 들을 생각이 없었다. 순간 개똥이 덕길의 손길을 떨치더니 쏜살같이 앞으로 달렸다. 덕길도 하는 수 없이 덩달아서 달렸다. 개똥은 골목을 요리조리 한참 빙빙 돌면서 빠져나가더니 이번에도 주막집 앞에 멈추었다. 또 다른 주막집이었다.

"저기 계십니다."

개똥은 주막에서 백숙을 먹고 있는 한 사내를 가리켰다. 대가리 숱이 거의 없는 중늙은이였다. 덕길은 백숙을 먹고 있는 중늙은이 앞에 아무 형식도 없이 털썩 앉았다. 통성명도 없었다. 불한당도 이런 불한당이 없었다.

"여기 백숙 둘 주소. 개똥아 너도 앉아서 배 터지게 처먹어라."

덕길이 소리치자 개똥은 입이 귀에 걸렸다. 자신이 백숙을 먹는다는 게 믿어지지 않았다. 벌써 입에서 침을 질질 흘렸다. 방금 먹은 국밥은 생각도 나지 않았다. 달리는 사이 배도 푹 꺼져있었다.

"뉘신데 함부로 내 앞에 앉는 거요?"

덕길은 말없이 금가락지를 턱 꺼내어 놓았다. 덩이가 꽤 두툼했다. 누가 봐도 양반가에서 나온 금덩이가 확실한데 중늙은이는 놀라는 기색도 없었다. 그저 무덤덤했다.

"어디서 났소? 보아하니 이런 걸 갖고 다니실 분은 아닌 듯해서 말이오."

중늙은이는 덕길은 쳐다보지도 않고 중얼거렸다. 이미 다 짐작하고 있다는 투였다.

"그럼 내가 뭘 갖고 다닐 놈으로 보이오?"

덕길은 중늙은이의 백숙에 자신의 숟가락을 푹 박았다. 보란 듯이 무례였다.

"허허... 이놈... 생각보다 더 흉악한 불한당일세..."

하지만 중늙은이는 그게 다였다. 더 이상 다른 말도 없었다. 다시 백숙을 먹기 시작했다.

"훔친 건 아니오?"

중늙은이가 덕길에게 조곤조곤 물었다. 대놓고 욕하기 힘든 말투였다.

"아가리 찢기 전에 조심히 말하시오."

덕길은 좋게 말하고 싶지 않았다. 이렇게 될 거라고 짐작은 했지만 기분은 참 더러웠다.

"얼마 전에... 내가 패물을 하나 샀는데... 값나가는 옥으로 만든 팔찌였소. 금도 좀 섞여 있고... 하여간 나중에 어떤 양반 한 놈이 날 찾아와서 깽판을 놓고 갑디다. 자기 집 종놈이 훔쳐간 거라나? 뭐라나? 그래서 내가 그랬지. 누가 훔쳤건 내가 그

값을 쳐주었으니 그만큼 값을 주고 도로 찾아가라고 말이오."

중늙은이의 입담은 의외로 구수했다.

"그래서?"

덕길은 말을 놓았다. 중늙은이는 상관하지 않았다.

"근데 말이오. 그 양반 놈이 그 값 대신 그 종놈을 가져가라고 합디다. 참나... 그래서 싫다고 했지 뭐요. 그랬더니?"

중늙은이는 비로소 얼굴을 쳐들어 덕길을 보았다. 눈매는 서글서글 참으로 선했고 코는 둥글둥글 주먹코에 귀가 큼지막하고 기다란 것이 영락없이 부처상이었다.

"그랬더니?"

덕길이 되물었다. 중늙은이가 어떤 사상을 가진 놈인지 알고 싶었다.

"그런데 말이오. 그 양반 놈이 그 종놈을 내 앞에서 죽도록 패는 거요. 살이 튀고 피가 튀고... 지금 생각해도... 아이고... 휴..."

중늙은이는 덕길에게 눈길을 고정한 채 눈 한번 깜빡이지 않았다.

"그래서?"

덕길은 다시 물었다. 중늙은이가 말하는 그 종놈의 신세에 완전히 몰입되어 있었다.

"난 그 패물 값을 돌려주었소. 그 종놈도 비싼 값을 주고 샀다오. 뭐 어쩌겠소? 사람이 죽어 나가는데...”

중늙은이는 말을 마쳤는지 다시 백숙을 먹기 시작했다. 덕길은 중늙은이가 종을 사람이라고 부르는 것에 관심을 가졌다. 결말을 알아야 했다.

“그래서... 그 종놈은 어디로 갔소?”

덕길은 정말 궁금했다. 이 중늙은이가 그 종놈을 부리고 있다면 당장 패버릴 작정이었다.

“만주로 보냈소.”

중늙은이는 아무렇지 않게 만주라고 말했다. 덕길은 처음 만난 중늙은이에게서 만주라는 말을 듣자 기분이 오묘했다. 만주는 자유를 주는 낙원의 땅이었다.

“만주?”

덕길은 만주라는 말에 갑자기 동요했다. 만주라는 말만 들어도 흥분이 되었다.

“그렇소. 만주.”

중늙은이는 다시 백숙을 먹기 시작했다.

“양반도 종도 없다는 그 만주? 자유를 한다는 그 만주?”

덕길의 목소리는 쩌렁쩌렁 울렸다. 주변에 있던 사람들 모두 덕길을 쳐다보았다.

“소리 좀 그만 지르고, 내 집으로 갑시다.”

중늙은이는 자리에서 일어났다. 덕길도 따라 일어났다. 자신이 먹은 백숙과 덕길과 개똥이 먹은 백숙 값을 계산했다.

중늙은이 집은 쌀을 파는 미곡상이었다. 규모가 큰 도매상이었다. 전방 내부에는 쌀가마니들이 빼곡히 쌓여있었다. 중늙은이는 집 안으로 들어서자마자 덕길의 멱살부터 잡았다. 중늙은이치고는 그 힘이 제법이었다.

"당신 독립군이오? 뭐요?"

9

미옥이 팔려온 유곽은 조선인이 운영하는 자도루(紫桃樓)였다. 남산 기슭에 세워진 집창촌 중 하나로 일본 놈들이 활보하는 혼마찌 근처에 있었다. 유곽의 주인은 돈에 환장한 중년 여인이었는데 이름은 연심이었다. 연심이라는 청순한 이름과 달리 외모는 매우 화려한 미인이었다. 하지만 유곽에서 일하는 계집들은 연심의 이름을 함부로 부를 순 없었고 어머니라고 불렀다. 연심은 일본인 고관대작들과 조선인 부호들을 상대했기 때문에 특히 예쁜 계집들을 선호했다. 채홍사처럼 전국을 다니며 예쁜 계집들을 뽑아 올리는 작자들을 두고 있었다.

그런데 미옥은 첫 등장부터 유별났다. 그야말로 제 발로 나타난 경국지색이었던 것이다. 연심은 미옥을 보자마자 자신이 큰 부자가 될 기회가 왔음을 금방 알아차렸다. 지금까지 계집장사로 잔뼈가 굵었지만 아직 이토록 아름다운 계집은 본 적이 없었다. 미옥의 미모는 한 마디로 설명하기 어려웠다. 마치 대대로 왕족 집안의 태생인 것처럼 기품이 넘쳐흘렀다. 그런데 이런 계집이 가장 천한 유곽에 출현한 것이다.

"경험이 있어? 하긴 너 같은 애는 사내들 속에 살아남기 힘들지... 누군들 너를 가만두었겠냐? 어쨌건 오늘부터 당장 손님 받아도 되겠다... 그렇다고 아무한테나 내줄 수는 없고... 흠... 아주 귀하게 팔아야 큰돈이 될 텐데..."

연심은 아편을 말며 미옥을 일본 총독부 쪽에 팔 생각을 했다. 아주 비싼 값에 팔아야 했다.

미옥은 순간 묘수가 떠올랐다. 그 수가 먹히길 간절히 바라면서 천천히 입을 열었다.

"저어... 어머니..."

미옥은 공손하게 불렀다.

"사실... 제가... 어머니는 믿지 않으시겠지만... 꼭 드릴 말씀이 있습니다."

미옥은 일부러 뜸을 들였다.

"무슨 말이야? 지금 달거리 중이라고? 그런 말 같지 않은 소리 들먹이는 거야? 네 이년 거짓을 고하면 살아남지 못할 줄 알아라. 그리 알아듣고 입을 열든지 해라. 명심해라."

연심은 미옥의 기를 죽여 놓을 작정이었다. 얼굴 반반한 년이 벌써부터 뻔뻔한 수작을 건다고 생각했다.

"제가... 아직 경험이 없습니다... 사실입니다. 절대 거짓이 아닙니다. 하늘님에 대고 맹세합니다."

미옥은 연심의 눈치를 보았다. 속아 넘어가기를 간절히 바랐다. 그런데 연심의 눈이 번쩍 커지더니 미옥의 손을 덥석 잡았다. 입이 찢어지게 웃고 있었다.

"참말이야? 참말이야? 호호호... 이런 이런... 이런 믿을 수 없는 일이 생기다니... 세상에..."

연심은 너무 기뻐서 말을 잇지 못했다.

"세상에나... 세상에나... 네년같이 예쁜 계집이... 처녀라니... 숫처녀라니... 이게 뭔 일이냐? 이게 무슨 횡재냐고? 난 이제 큰 부자가 되겠구나..."

연심은 미친 사람처럼 웃어댔다.

"아이고... 내가 착하게 살았더니 이런 복이 저절로 굴러들어오는구나. 이제 내가 조선 제일의 부자가 될 운이 도래한 것이다. 그래. 내가 너를 조선 제일의 창기로 만들어주마."

연심은 미옥의 얼굴을 연신 쓰다듬었다.

"살결도 얼마나 고운지, 그냥 미끄러지는구나... 네가 중국에서 태어났다면 바로 양귀비다. 양귀비."

연심은 이미 조선 제일의 부자가 된 듯 마음이 아주 풍요로워졌다.

"고맙습니다. 어머니."

미옥은 아양이라도 떨어야 될 판이라 웃을 수밖에 없었지만 자신을 조선 제일의 창기로 만들어준다는 말에 가슴이 철렁했다. 하지만 연심과 척이 지게 되면 무슨 변고를 당하게 될지 몰랐다. 훗날을 기약하고 실언을 조심해야 했다.

"얼른 옷부터 벗어보아라."

연심은 귀에 입이 걸린 채 말했다. 미옥은 온몸이 굳어졌다. 벗고 싶지 않았고 벗을 수도 없었다.

"다 벗으라는 건 아니다. 속곳은 입어도 된다."

연심은 대뜸 명령조로 말했다. 미옥은 하는 수 없이 일어나서 뒤를 돌아 주섬주섬 옷을 벗기 시작했다. 치마는 남겨 둔 채 젖가슴만 살짝 내놓는 정도만 벗었다. 도저히 연심을 돌아볼 자신이 없었다. 뒤를 돈 채 그대로 서 있었다. 그런데 연심이 일어나서 미옥의 온몸을 한 바퀴 쭈욱 둘러보았다. 아래위로 훑어가며 보았다. 저고리를 벗겨버리거나 치마를 벗겨버리는 일을 하지 않았다. 연심은 대단히 만족한 미소를 지었다.

"빼어나다. 예로부터 지나치게 미색으로 태어나면 박복하다는 말이 있다. 그래서 양반가의 규수들이 박색이 많기도 하지. 왜 미색들은 하나같이 신분이 천하게 태어나는 것인지..."

연심은 미옥의 저고리를 도로 입혀주었다.

연심은 미옥이 처녀라는 말을 들은 그날부터 잠을 설칠 정도로 들떴다. 아직 어려서 잘만 관리하면 장차 십 년은 팔아먹을 수 있을 뿐 아니라 매번 비싼 값에 팔 수 있었다. 게다가 퇴물이 되면 첩으로 팔아버려도 될 만큼 가치가 있었다. 아무튼 일본인이든 조선인이든 환장을 하고 덤벼들 빼어난 미색이었다. 연심은 일단 가장 많은 돈을 지불하는 놈에게 미옥의 처녀성을 팔 생각이었다. 다른 계집 같았으면 혼마찌 주변에 텃세를 부리는 일본 놈들 아무에게 던져주곤 머리부터 올리는 게 순서였지만 미옥은 그렇게 함부로 내돌릴 수 없었다.

연심은 특별히 미옥을 위한 방을 따로 내주었다. 좋은 음식과 좋은 옷과 좋은 화장품까지 아낌없이 내주었다. 자신에게 무궁무진한 돈을 벌어줄 미옥을 금이야 옥이야 귀하게 다루었다. 미옥은 좋은 음식을 먹고 좋은 옷을 걸치고 좋은 화장품을 바르니 점점 더 아름다워졌다. 마치 하늘에서 내려온 선녀 같았다. 그야말로 독보적인 아름다움이었다. 연심은 미옥의 물오르는 미색을 보자 자신이 알고 있는 모든 인맥을 동원해 미옥의 첫날밤 가격을 흥정하기 시작했다. 조선 제일의 부자가 되겠다는 막무가내 허영심은 맹렬한 기세로 타오르기 시작했다.

미옥은 결코 절망하지 않았다. 오로지 탈출할 생각에만 집중했다. 그래서 조금도 반항하지 않았다. 말대꾸 한 번 하지 않았다. 말 잘 듣는 척했고 시키는 대로 했다. 다만 숫처녀라고 거짓말한 것이 들통날까 봐 걱정이었다. 어쨌든 그런 일을 당하기 전에 유곽에서 탈출해야만 했다.

이렇게 한 달쯤 지났을 때였다. 연심은 아직도 미옥의 상대를 고르며 저울질하고 있었다. 곧 그날이 올 테니 단단히 준비하고 있으라며 하루도 빼놓지 않고 신신당부를 했다. 미옥은 또 묘수를 썼다.

"어머니... 제 소중한 처녀를 일본 놈에게 주기 싫습니다. 부디 처음은, 조선인이었으면 합니다. 어머니... 제 소원을 거절하지 말아 주십시오."

미옥은 눈물을 글썽였다. 연심은 욕이라도 하고 싶었지만 겨우 참았다. 이런 당돌한 부탁을 하는 계집은 한 번도 없었다. 몸을 파는 창기 주제에 첫날밤 사내를 고른다는 것은 말도 안 되는 시건방진 수작질이었다. 너무 잘해주었나 싶었다. 하지만 욕을 누르기로 했다. 아끼는 척해서라도 비싼 값에 팔아먹어야 했다.

"그것은 안 되겠다. 그건 있을 수 없는 일이다. 어떤 창기가 상대를 고른단 말이냐? 절대 안 된다. 네가 뭘 몰라도 한참 모르는구나."

연심은 언성을 높이진 않았지만 엄하게 타일렀다. 마침 미옥의 처녀를 사겠다는 일본인이 연통을 넣어왔기 때문이다. 연통자는 조선총독부의 높으신 분이라고만 했다. 연심은 일생일대의 기회가 왔음을 알고 이미 예비하고 있던 중이었다.

"어머니... 어머니도 조선인 아니십니까? 제발 이 소원만은 들어주십시오. 조선인도 부호가 있을 거 아닙니까? 그 부호에게 가장 비싼 값에 파시면 되지 않겠습니까?... 어머니..."

미옥은 간곡하게 부탁했다.

"조선인? 조선인이 밥을 먹여 주냐? 쌀을 주냐? 떡을 주냐? 세상모르고 날뛰는 꼴이구나. 요즘 일본인이 설쳐대는 세상이다. 조선인이라는 것이 죄가 되어 버린 세상이란 말이다. 조선인? 웃기는 소리."

연심은 코웃음을 쳤다.

"어머니, 저의 소원입니다. 그 돈 다 가지셔도 됩니다. 앞으로 저를 통해 버는 돈 다 가지셔도 됩니다. 어머니..."

미옥은 더 간곡하게 부탁했다. 두 손을 모으고 비는 시늉까지 했다. 연심은 혀를 끌끌 찼다.

"네가 간덩이가 부은 것 맞구나. 발칙한 년. 하긴... 나야 뭐 돈만 많이 주는 사람이라면, 일본인이든 조선인이든 상관없다만... 그런데 너... 진짜 처녀 맞느냐?"

연심은 미옥이 처녀라는 사실이 아직 못 미더웠다. 조선총독부 높으신 분이든 조선인 부호든, 숫처녀라고 데려갔다가 들통이라도 나면 자신의 목숨이 날아갈 수 있었다. 연심이 관리하는 고객은 그냥 돈만 많은 졸부들이 아니었다. 조선을 좌지우지 움직이는 최고의 권세가들이었다. 미옥은 눈빛을 초롱초롱 빛내면서 고개를 끄덕였다.

"종년이었으면서? 박색인 종년도 꼴에 계집이라고 가만 안 두는 형편인데 네년같이 예쁜 종년을 가만두었겠느냐? 안 그러냐? 내 말이 훨씬 이치에 맞을 텐데? 그러니 어서 이실직고해라. 또다시 거짓을 고했다간 가만두지 않을 것이야."

연심은 끈질기게 캐물었다.

"운이 좋았을 뿐입니다. 어머니... 대감마님은 다 죽어가는 병상의 늙은이였고 외아들인 도련님도 타지에서 객사한 형편이라 집에 남자는 씨가 말랐습니다. 게다가 다 기울어가는 쇠락한 양반 집안이라 종놈도 몇 없었고 그 종놈마저 죄다 늙은이들뿐이었습니다. 사정이 이러하니 제가 운이 좋았다고 말씀드리는 것입니다. 이 모든 게 다 사실임이 틀림없습니다."

미옥은 차분하게 그간의 처지를 알렸다.

연심은 미옥의 사정을 다 듣기도 전에 앉은 자리에서 일어났다. 도저히 그냥 앉아서 들을 수 없었다.

"제가 거짓이라면 목숨이라도 내놓겠습니다. 어머니."

미옥은 순진한 눈빛으로 호소했다.

"알았다. 알았어... 그런데... 문제가 하나 있구나. 사실 널 탐내는 돈 많은 조선인 하나가 있긴 하다. 그런데... 총독부 나리도 이미 약조를 하였는바... 두 사내가 서로 의논이라도 하였는지 널 하루바삐 보자고 난리다. 난리."

연심은 눈알을 이리저리 한참 굴리다가 교활한 웃음을 웃었다. 희대의 묘책이 떠올랐다.

"이건 어떠냐?..."

연심은 미옥의 눈을 지그지 바라보았다. 미옥은 연심이 과연 무슨 말을 할지 기대하고 있었다. 필시 자신의 소원도 들어줄 수 있는 방편도 포함되어 있을 거라는 생각이었다.

"너의 그 금쪽같은 처녀성을 그 둘에게 다 파는 거다."

연심은 자기가 말하고도 너무 놀라운지 호호, 호호, 계속 호호 웃었다. 또다시 아편을 말아 피웠다. 매캐한 연기가 비실비실 피어났다. 미옥은 무슨 말인지 알아듣지 못했다. 다시 생각해도 알아듣기 힘들었다.

"깊고 깊은 구중궁궐에서 쓴다는 비법이다. 임금님의 처소에 드는 계집들에게 쓴다고 들었다. 바로 비둘기 피다. 그 비둘기 피를 손목에 떨어트린다고 하더라... 그래... 그 비둘기 피를 써야겠다... 내가 그 속임수를 쓰면 다들 기절해버릴걸? 자기만 숫처녀를 만난 줄 알 거 아니냐? 호호호... 생각만 해도 몸이 자지러진다. 어쩌겠냐? 총독부 나리의 약조를 깰 수도 없고 돈 많은 조선인의 약조도 깰 수도 없고. 너의 간절한 청도 거절할 수 없으니... 이 방도밖에 없다. 일단 오늘부터 당장 일을 시작하자."

연심은 곧바로 미옥을 준비시켰다. 미옥은 어리둥절했다. 연심은 미옥이 알아들었는지 못 알아들었는지 어차피 관심이 없었다. 일은 일사천리로 진행되었다. 미옥에게 시종을 붙여 목욕을 시켰고 화장도 시켰다. 속곳은 입지 못하게 했고 겉옷은 잠자리 날개처럼 속살이 훤히 비치는 깨끼저고리와 깨끼치마를 입혔다.

"이년아. 이 깨끼가 얼만 줄이나 아냐?"

연심은 실실 웃었다. 미옥은 난생처음 입어보는 깨끼옷의 감촉에 몸이 녹아드는 것 같았다.

"오늘 잠자리에서 조심해야 할 것은, 절대 함부로 발설하지 말라는 것이다. 그저 알아도 호호 몰라도 호호... 이래야 무탈하다. 알겠냐?"

연심은 당부를 했다. 미옥은 드디어 그날이 왔음을 예감했다. 바로 유곽을 탈출할 수 있는 날이었다.

미옥은 하늘에서 방금 내려온 아름다운 선녀의 모습으로 이부자리에 다소곳이 앉아있었다. 얼마 후에 연심이 문 앞에서 작은 헛기침을 하며 말했다. 평소와는 다르게 매우 정중한 말투였다.

"들어가신다."

그리고 곧이어 문이 열렸다. 중늙은이 하나가 들어섰다. 이런 곳에 처음 오는 것인지 어색한 표정이 역력했다. 중늙은이는 미옥을 보자마자 입을 다물지 못했다. 미옥의 아름다움에 매혹당해 버린 것이다. 쌀장사로 조선 팔도 곳곳을 쑤시고 다녔지만 이토록 아름다운 계집은 어디서도 본 적이 없었다. 감히 손도 대기 아까운 절색의 계집이었다. 중늙은이는 꿈이라도 꾸는 것 같았다. 자신의 볼을 꼬집어보기까지 했다. 볼이 아팠다. 그러니까 꿈이 아니었다.

"세상에... 진짜..."

중늙은이는 말을 잇지 못했다. 미옥의 손을 살며시 잡았다. 미옥은 손을 빼려고 했지만 중늙은이 주제에 제법 힘이 있었다. 사내는 사내였다. 미옥은 자신이 사내의 힘을 이길 수 있을지 계산 중이었다. 여차하면 이 사내를 때려눕혀야 하는 일이 발생할 수도 있었다.

"아니... 손이 왜 이러냐? 얼마나 궂은일을 많이 했으면 손이 이리 되냐?... 얼굴과는 전혀 딴판이구나..."

중늙은이는 안타까웠는지 눈물을 글썽였다. 미옥은 중늙은이의 지나친 감상을 이해할 수 없었다. 오히려 두려웠다. 미친놈일지 모른다는 생각이 스쳤다.

"혹시... 죽었다 살아난 거 아니냐?"

중늙은이는 해괴망측한 소리를 했다. 미옥은 중늙은이가 진짜 미친놈이 맞는다고 확신했다.

"그래... 혹시 고향이 어디냐?"

중늙은이는 이번에는 허튼소리였다. 미옥은 대답할 수 없었다. 연심이 입을 다물라고 단단히 일렀기 때문이다. 자칫 미미한 실언으로도 탈출은 물 건너갈 수도 있었다. 주인 연심에게 일러바칠 수도 있었다.

"이런 곳에서 몸을 파는 계집에게 출신을 물어보시다니요?"

미옥은 조심스러웠다. 오늘 탈출은커녕 미친놈에게 휘둘릴 거라는 불길한 생각이 들었다.

"너무나 많이 닮아서 그랬다. 환생했나 싶었다. 내가 미쳤지...

맞아... 아니야. 아니다."

중늙은이는 또 허튼소리였다.

"그런데 말이다..."

중늙은이가 또 다른 말을 하려다 말았다. 무언가 할 말을 하고 싶었지만 쉽게 나오지 않았다. 눈을 감고 곰곰이 생각에 잠겼다. 그러다 눈을 뜨고 미옥을 보았다.

"아니..."

중늙은이는 간담이 쪼그라들었다. 미옥이 중늙은이에게 단검을 겨누고 있었다.

"도대체 왜 이러냐? 난..."

중늙은이는 그래도 나잇값을 하느라 미옥의 떨고 있는 손을 보았다. 그 모습을 보자 피식 웃음이 나왔다.

"쉿."

중늙은이는 자신의 입에 손을 갖다 댔다. 미옥에게 조용히 하라는 의미였다. 미옥은 중늙은이의 지시를 따를 생각이 조금도 없었다. 죽기 살기로 대들고 있었다. 중늙은이의 눈깔을 찌를 듯이 겨누었다. 한시라도 빨리 이 지옥에서 나가고 싶었다. 살아서 나가고 싶었다.

"오늘 그쪽과 함께 이곳을 나갈 거요. 알아들었소?"

미옥은 소리를 죽인 채 말했다.

"쉿... 조용히 하래도..."

중늙은이는 다시 조용히 하라는 손짓을 했다. 미옥은 중늙은이의 선한 눈빛을 보았다. 뭉뚝한 코와 크고 긴 귀를 보았다. 도련님 성준과 잠시 머물렀던 길상사에서 보았던 부처상과 같았다. 그래서 믿기로 했다. 살아있는 부처의 모습을 믿어보기로 했다.

"아직... 가까이에 있다..."

중늙은이는 속삭이듯 말했다. 미옥은 방문 밖을 주시했다. 숨 막히는 정적의 시간이 흘러갔다. 잠시 후 옷깃이 스치듯 바스락거리는 소리가 나더니 점차 멀어져갔다. 중늙은이는 그제야 안도의 한숨을 내쉬었다. 얼마나 긴장을 했던지 입에서 단내가 풀풀 났다.

"됐다... 그런데... 넌 무슨 사연이 있느냐? 빨리 말해 보거라. 시간이 많지 않다."

중늙은이는 어린애처럼 보챘다. 미옥은 믿기로 했지만 아직 완전하게 믿고 있는 것은 아니었다.

"한 치라도 이상한 수작을 하면 그쪽 눈을 찌르고 긋고 내 눈도 찌를 것이오."

미옥의 눈빛엔 자비라곤 눈곱만큼도 없었다. 중늙은이는 고개를 크게 한 번 끄덕였다.

"...이름이 무엇이냐?"

중늙은이는 뜬금없이 이름을 물었다. 그런데 그 목소리가 딸을 대하는 아비처럼 다정다감했다.

"이름은 왜 묻소?"

미옥의 단검을 든 손은 좀 전보다 더 떨고 있었다. 중늙은이는 한숨을 크게 쉬었다.

"너도 사람인데... 내가 이름으로 불러줘야 되지 않겠냐?"

중늙은이는 미옥을 보는 눈빛이 참으로 따뜻했다.

"미옥...이라 하오."

미옥은 갑자기 설움이 올라왔다. 중늙은이가 '너도 사람인데...'라고 하는 순간 눈물이 날 뻔했다.

"미옥아. 이름도 얼굴만큼 예쁘구나. 분명히 아름다울 미(美), 옥 옥(玉), 일 거다. 하긴 네 얼굴이 옥 같다. 옥. 그런데 미옥아. 이러지 않아도 된다... 내가 도와줄 방법이 있다. 내가 널 도우러 왔다."

중늙은이는 침착하게 말했다.

그런데 미옥의 손에서 피가 흘러나왔다. 단검을 힘주어 쥐고 있느라 스스로의 손을 조금 베어버린 것이다. 중늙은이가 얼른 미옥의 손에서 단검을 빼앗았다. 미옥은 힘없이 털썩 주저앉았다. 모든 게 끝났다는 체념만 들었다. 눈물도 나지 않았다. 이젠 파국이었다.

"이...대로... 나가지 못한다... 내 말을 들어라... 날 두려워할 필요 없다."

중늙은이는 미옥을 안심시키려고 했다.

"밖에는 창기들이 도망가지 못하도록 지키고 있는 흉악한 놈들이 있다. 못 나간다. 넌 죽는다. 내 말 들어라."

중늙은이는 차분하게 타일렀다. 절망을 긍정으로 치환하고 있었다.

"그럼 어쩌란 말이오? 어차피 내가 죽을 팔자라면 여기서 날 죽여주시오."

미옥은 오뉴월에 내리는 서리처럼 싸늘했다.

"난 고영춘...이라고 한다. 한성에서 가장 큰 미곡상을 한다. 마누라는 오래전에 죽었고 딸 하나 있는 것도 죽었다."

고영춘은 미옥에게 자신의 처지를 읊었다. 아까부터 하고 싶었지만 하지 못한 연고(緣故)였다.

"그게 대체 나와 무슨 상관이란 말이오?"

미옥은 너무 허망해서 말도 제대로 나오지 않았다.

"미옥아. 내 말 잘 들어라. 주인한테 내가 널 사겠다고 말하겠다."

고영춘은 대단한 결심이나 한 듯 말했다. 미옥은 고개를 갸웃했다. 중늙은이의 진심이 무엇인지 도무지 알 길이 없었다.

"그쪽이 진심이라 해도 아마 들어주지 않을 거요. 난 그쪽 말고도 날 기다리는 사내들이 또 있소. 아마도 많은 돈을 이미 지불한 것 같소. 그쪽이 조선의 황제가 아닌 이상 무슨 수로 나를 산단 말이오?... 날 구할 순 없소..."

미옥은 혀라도 깨물고 죽고 싶었다. 갑자기 도련님 성준 생각이 간절했다. 잊기로 했지만 다시 생각났다. 다시 못보고 죽을 것을 생각하니 가슴이 찢어지는 듯했다.

"내 그늘에 들어올 생각 있느냐? 아무렴 여기보다 낫지 않겠느냐? 일단 그렇게 해보자꾸나."

고영춘은 통사정을 했다. 미옥은 고영춘이 자신을 살리려는 건지 죽이려는 건지 모호했다. 하지만 진심인 거 같았다. 진심은 항상 통하기 마련이었다. 어쩌면 이 아수라를 돌파할 수 있을지 몰랐다. 가느다란 희망이 생겨났다. 제발 그 희망이 제대로 실현되기를 바랐다.

"내 목숨 살려주는 대가가 그쪽과 살아주는 거요?"

미옥은 살길을 잡았다는 예감이 조금 들었다. 중늙은이를 따라가서 함께 산다 한들 유곽보다 끔찍하지 않을 것이었다. 지금은 어떤 형태의 동아줄이라도 잡고 싶었다.

"나를 믿어라."

고영춘은 자신을 믿으라는 말만 했다. 멀쩡한 사내가 창기에게 사정하는 행태는 누가 봐도 우스꽝스러운 꼴이었다.

"그쪽은... 돈이 그렇게 많소?"

미옥은 아직도 불안했다. 일이 제대로 성사되지 못해서 연심에게 두들겨 맞거나 아무 사내에게나 던져지거나 또 다른 곳으로 팔려갈까 무서웠다.

"주인이 얼마나 부를지 짐작도 안 되지만... 내게 생각이 있다.

난 장사꾼이다. 염려 마라."

고영춘은 옷을 입기 시작했다. 그리고 곧바로 방을 나갔다.

한 식경쯤 흘렀다. 고영춘과 연심이 함께 방으로 들어왔다. 연심은 아편을 입에 물고 나타났다. 오늘따라 많이 피웠는지 눈빛이 더욱 게슴츠레했다. 미옥은 한마디도 할 기운이 없었다. 기다리면서 벌써 혼수의 상태가 온 것처럼 기진맥진했다. 어떤 결과도 달게 받겠다고 마음을 다스렸지만 역시 그건 불가능이었다. 벌써부터 제정신이 아니었다.

"미옥아. 넌 운도 좋구나. 널 사겠다니... 내가 널 파는 게 사실 손해가 이만저만이 아니다. 널 데리고 있으면 두고두고 돈을 벌어줄 텐데 말이다. 하지만 내게 특별한 약조를 하셨다. 어쩌면 그 약조가 내게 더 큰 돈을 가져다줄 수도 있으니... 내가 널 내주기로 했다. 하지만... 비둘기 피 말이다. 그것만은 내가 어쩔 수 없다. 그것만 지킨다면 널 보내주마."

연심은 친절한 척했지만 끝까지 비열했다. 미옥은 고개를 끄덕였다. 불가능이 가능으로 전위(轉位)되고 있었다.

"짐 싸라. 얼른, 내가 사준 건 다 두고 가. 나리, 나머지 잔금도 꼭 치루시고요... 그리고 약조하신 그 물건은 절대 어기시면 안 됩니다. 아시죠? 제 물주는 낭인들입니다. 칼잡이들이 나리 사지를 찢으러 갈 겁니다."

연심은 인상 한번 구기지 않고 협박을 잘도 지껄였다.

미옥은 고영춘을 따라나섰다. 해방의 기쁨을 만끽하기도 전에 막막했다. 연심의 협박이 예사롭지 않았다. 일본 낭인들이라면 조선의 국모도 난도질한 흉악한 짐승들이었다. 고영춘의 안위가 염려되었다. 자신이 괜한 짓을 했다는 후회가 밀려왔다. 자칫 고영춘에게 해가 갈까 벌써부터 걱정이 되었다.

"약조를 지키지 못하면 어떡하려고 하오?"

미옥은 미칠 것만 같았다. 자기 때문에 고영춘이 난도질당한다고 생각하니 미칠 것만 같았다.

"걱정 마라. 저년이 나라를 팔아먹고 있는 년이다. 어차피 제명에 못 뒈진다."

고영춘은 환하게 웃으면서 앞서거니 걸어 나갔다. 그 모습이 참으로 유유자적이었다.

"...혹시 독립군이오?"

미옥은 고영춘이 수상했다.

10

　해외 유학파로 알려진 김기주 선생 집은 근사한 신식 양옥집이었다. 예전에 살던 집은 여러 번 다녀갔지만 새로 이사 온 이 집은 처음이었다. 본가로부터 경제적 지원을 받지 못한다고 알고 있었는데 이렇게 좋은 집에 살 수 있다는 게 놀라웠다. 전에 살던 집이 조선의 가옥 구조였다면 이 집은 구라파 가옥 구조였다. 벽면에 서양 그림이 빈틈없이 걸려 있었고 서가에는 전보다 더 많은 서책이 꽂혀있었다. 성준은 김기주 선생이 만드는 커피를 기다리며 천천히 거실을 구경하고 있었다. 커피를 좋아하는 것은 아니지만 요즘 세상은 커피를 마시면서 담소를 나눠야 한다는 일종의 불문율이 있는 듯했다. 신식 양반이라는 가면을 쓰고 사는 자들은 죄다 커피를 선호했다.

　성준은 특히 서가를 중심으로 둘러보았다. 그런데 서가에는 성준이 알만한 서책은 없었다. 조선의 양반가에서 흔하게 볼 수 있는 성리학과 관련된 책은 단 한 권도 없었다. 김기주 선생은 일본 유학을 했다고 알려져 있었는데 그래서 그런지 대부분

일본어로 된 서책들이 많았다. 성준은 일본어를 전혀 알지 못했지만 그 글자의 형태가 일본어라는 것은 알았다. 간간이 조선의 작가들 책이 눈에 띄기도 했다. 그 또한 성준이 처음 보는 서책들이었다. 그리고 전혀 낯선 언어의 낯선 서책들이 보였다. 서책을 한 권 뽑아 들고 요리조리 살피는데 마침 김기주 선생이 거실로 들어왔다. 얼굴에 얽은 자국은 더 깊어져 있었다. 성준은 씁쓸하게 웃었다.

"와서. 마시게."

김기주 선생은 성준을 불렀다. 성준은 김기주 선생 맞은편 자리에 앉았다. 그런데 바로 눈앞에 걸려있는 그림 하나가 눈에 들어왔다.

"나혜석 선생 그림일세. 내가 샀지. 장차 아주 유명해질 걸세. 저 그림도 아마 큰 값이 될 거야."

김기주 선생은 커피를 건네주며 말문을 열었다.

"아시는 분입니까? 저는 그저 어렴풋이 소문만 들었을 뿐입니다."

성준은 나혜석의 그림에 관한 얘기가 아니라 행실에 관한 얘기만 들었을 뿐이었다. 호사가들이 좋아할 내용이었지만 별 관심을 두지 않았었다. 사실 성준은 그림을 별로 좋아하지도 않았다.

"요란한 소문이지. 아주 고약한 사람들이 음해하는 걸세. 설마 그 소문을 다 믿는 것은 아니지?"

김기주 선생은 안타까워했다.

"나혜석이 어떤 분이기에 많은 사람들이 음해를 한다는 말씀이십니까?"

성준은 얼마나 대단한 여자이기에 뭇사람들로부터 음해를 당한다는 것인지 금방 이해가 되지 않았다. 사실 성준은 그리 잘 알지도 못했다.

"여자라는 신분을 타파한 분일세. 대단한 분이지."

김기주 선생은 굉장한 숭배를 담고 이야기했다.

"여자라는 신분? 어떻게 여자가 신분일 수 있습니까?"

성준은 역시 이해가 되지 않았다. 성준이 알고 있는 신분은 양반과 종뿐이었다. 양반과 종은 반상의 법도라고 할 만한 유구한 전통이 있었다. 그런데 여자는 그냥 여자일 뿐이지 어떻게 신분이 될 수 있다는 건지 당최 이해가 되지 않았다. 성준은 진짜 모르겠다는 표정으로 김기주 선생을 쳐다보았다.

"그걸 진짜 모른단 말인가?"

김기주 선생은 오히려 실망하는 눈치였다.

"모릅니다. 모르는 걸 모른다고 말씀드릴 수밖에 없습니다."

성준은 솔직했다. 모르는 걸 괜히 아는 척 얼렁뚱땅 넘어가고 싶지 않았다. 또 이따위 것을 모른다고 실망의 눈빛을 보내는 김기주 선생에게도 서운했다. 세상의 이치 중 하나를 모른다고 이렇게 폄하를 당한다는 게 섭섭했다. 김기주 선생과의 사이에 결코 합의할 수 없는 사상의 절벽이 가로막혀 있는 것 같았다. 성준은 커피를 마셨다. 여러 번 마셔보긴 했는데 오늘은 유난히 그 맛이 썼다. 도대체 커피의 맛은 적응이 되지 않았다.

"이보게. 조선에는 양반과 종... 이런 신분의 차이만 있는 게 아닐세..."

김기주 선생은 작정하고 설명하려고 했다.

"그럼 또 어떤 신분의 차이가 있습니까? 제가 살고 있는 조선에는 양반과 종, 이렇게 두 개의 신분이 있을 뿐입니다. 선생님 제가 모르는 걸 깨우쳐 주십시오."

성준은 낮은 자세로 가르침을 구했다. 자신이 무엇을 아는 건지 또 무엇을 모르는 건지 알고 싶기도 했다. 지식에 대한 헛된 허영이 아니었다.

"남자와 여자, 이것도 신분의 차이가 있는 걸세. 어떤가? 이런 생각 정말 해 본 적 없는가?"

김기주 선생은 진지했다.

"잘 생각해보게. 양반과 종의 관계를. 남자와 여자의 관계와 많이 닮아있지 않은가? 음... 양반과 종만 상·하의 관계가 있는 것은 아닐세. 물론 이런 관계는 꽤 구체적이긴 하지. 현실로 드러나 있으니까. 하지만 남자와 여자도 상·하 관계가 분명히 있는 걸세. 이런 관계는 추상적이야. 현실로 드러나 있지 않아서 발견해내기 용이하지 않다네. 신분이란 무엇인가? 바로 상·하의 관계란 말일세. 그래서 남자와 여자의 관계도 신분의 차이가 있다고 할 수 있는 걸세. 알겠나?" 김기주 선생은 성준을 깨닫게 하려고 했다.

성준은 잠시 생각에 잠겼다. 그리고 무엇인가 깨달았는지 커피를 단숨에 마셨다. 아직 뜨거웠지만 아무렇지 않았다. 혀를 데었지만 상관없었다. 이건 새로운 깨달음이었다. 전혀 새로운 세상으로 진입이었다. 돈오의 깨달음에 비견할 만 했다.

"알 것 같습니다. 선생님... 알 것 같습니다."

성준은 새로운 이치를 깨달았다는 기쁨에 소리치듯 말했다. 김기주 선생은 환하게 웃었다. 청출어람(靑出於藍)의 환희를 느끼고 있었다.

"자네도 깨닫게 되었네그려. 잘했네... 아주 잘했어..."

그런데 성준의 얼굴이 다시 어두워졌다. 또 다른 의문이 꼬리를 물고 마구잡이로 떠올랐다. 그날 어머니의 상(喪)을 침략했던 일본 순사들이 떠올랐다.

"대제국 일본에게는 조선의 양반도 종이나 다름없다."

김기주 선생은 성준의 또 다른 궁리가 궁금했다.

"왜 그러나? 어서 말해보게. 어서. 아주 흥미롭네."

"지금 방금 든 생각입니다... 그렇다면 일본과 조선의 관계도 마찬가지 아니겠습니까? 이것도 신분의 차이 아니겠습니까? 일본은 우리를 종으로 여기고 있는 것 아니겠습니까?"

성준은 목소리가 떨고 있었다.

"그렇지... 맞네... 맞아."

김기주 선생은 성준의 문일지십(聞一知十)이 놀라웠다.

"그렇다면... 일본과 조선 그리고 양반과 종 그리고 남자와 여자... 이 모두가..."

성준의 눈은 점점 더 커졌다. 스스로 감당 못할 만큼 놀라고 있었다. 세상의 모든 이치를 다 알아버린 느낌이었다.

"그렇지... 그렇지..."

김기주 선생은 성준의 놀라운 학습력에 감탄하고 있었다. 그 야말로 괄목상대(刮目相對)였다.

"선생님... 그렇다면 일본의 지배를 받는 조선에서, 양반이 지배하는 조선에서, 남자의 지배를 받는 여자는 도대체 얼마나 힘든 걸까요? 상상하기도 힘듭니다."

성준은 자신의 통찰에 도취되어 있었다. 김기주 선생은 성준 스스로 자문자답(自問自答)하기를 기다렸다.

"여자로서의 삶도 쉽지 않을 텐데... 그럴진대... 하물며..."

성준은 말을 끊었다. 갑자기 목이 메었다. 미옥을 헤아리고 있었다. 미옥의 무인지경(無人之境)의 팔자를 헤아리고 있었다. 지금까지 생각해 본 적도 거론해 본 적도 없는 미옥이라는 이름을 가진 한 종의 내력(內歷)이었다.

"일본의 지배를 받는 조선에서, 양반이 지배하는 조선에서, 남자의 지배를 받는 여자, 그 모두의 지배를 받는 종의 팔자는 얼마나 극악무도한 고통일까요?"

성준은 자신의 깨달음 자체가 비극이라는 각성이 들었다. 세상 그 어디에서도 찾을 수 없는 비극이었다.

"대단하네. 성준... 그런데 난 단 한 번도 종의 운명에 대해서는 생각해본 적이 없었네... 자네 참 기막힌 생각을 해내었네."

김기주 선생은 자신의 커피를 마셨다. 음미하듯 조금씩 마셨다.

"그럼 그 나혜석이라는 분, 혹시 종입니까?"

성준은 나혜석이 여자이자 종이기에 그런 음해를 당하는 것이라고 쉽게 판단했다.

"아닐세. 만석꾼의 따님일세. 그리고 무척 총명한 인재지. 일본 유학까지 다녀와서 그림을 그렸고 소설을 썼고. 정말 남부러울 것 없는 대단한 여자일세."

김기주 선생은 나혜석에 푹 빠진 듯했다.

"아... 높은 신분과 재력과 재능을 타고나신 분이군요..."

성준은 나혜석의 배경은 커피 맛만큼이나 씁쓸했다. 모든 걸 다 가진 여자가 모든 걸 누리고 있는 형편이었다.

"뭔가 느끼는 거 없는가? 예감이 안 드는가?"

김기주 선생은 성준의 눈을 빤히 들여다보며 물었다.

"...나혜석 말입니까?"

성준은 질문의 요지를 파악할 수 없었다.

"자네가 방금 말하지 않았나? 종은 아닐세. 물론 양반일세.

하지만 여자일세. 조선에서 여자는 양반이라는 껍데기를 쓰고 있어도 결코 보호받지 못한다네. 나혜석은 그저 여자라는 이유만으로 온갖 음해를 당하고 있단 말일세. 그것도 남자들뿐 아니라 여자들한테도 말일세. 여자들이 더 지독하게 비난을 하고 있네. 그러니까 세상 모두가 적이란 말일세. 얼마나 힘든 삶인가? 이 또한 극악무도한 고통일세. 그런데도 저렇게 불꽃으로 살아가고 있네. 그런데 자네는 어떤가? 자네는 종이 아닐세. 양반일세. 자네는 여자가 아닐세. 남자일세. 알겠나? 더 훌륭한 재목이 될 수 있단 말일세. 난 그렇게 믿네."

김기주 선생의 시선은 성준에게 고정되어 있었다.

"제가 무엇을 하는 게 좋겠습니까? 선생님... 저는 요즘 혼란스럽습니다."

성준은 오히려 되물었다. 요즘 같아선 사는 게 힘에 부칠 정도였다. 아버지, 미옥, 은숙, 이 모두가 자신을 둘러싸고 있는 첩첩의 험난한 골짜기와도 같았다. 벗어나려고 애를 써도 골짜기는 끝도 없이 계속 나타났다.

"뭐가 혼란스러운가? 자네는 나라를 구해야지."

김기주 선생은 엄중히 말했다. 마침내 자신의 의도된 내용을 드러냈다.

"제가요?"

성준은 자신이 없었다.

솔직히 일본 순사들이 어머니의 장례식을 망쳐버리고 미옥을 납치해 갔을 때도 일본에 대한 구체적인 적개심은 많지 않았다. 막연한 복수심 같은 것이 며칠 들끓다가 그것도 곧 사라지고 말았다. 어쩌면 외면하고 싶었던 안이(安易)와 비겁일 수도 있었다. 성준은 자신이 누리고 있는 신분을 잃을까 봐 겁이 났다. 그건 순전히 미옥이 때문이었다. 자신이 양반가의 도련님이기 때문에 미옥이 좋아할 거라는 이유이자 빌미였다. 그런데 그 신분을 잃게 되면 자신은 미옥에게 아무것도 아닐 거라는 이유이자 빌미였다.

"...하지 못할 이유라도 있나?"

김기주 선생은 성준의 고지식함이 답답했다.

"혹시 혼인을 앞두고 있는 건가? 아니면 마음에 둔 누구라도 있는 건가?"

김기주 선생은 성준의 마음을 꿰뚫고 있었다.

"그게..."

성준은 고개를 푹 숙였다.

"그래. 어떤 집안의 여자인가?"

김기주 선생은 집요했다.

"혼인을 해야 하는 정혼자가 있는 것도 맞습니다. 그리고... 제 마음속의 여자가 있는 것도 맞습니다... 그런데 그 여자가 바로 종입니다."

성준은 종이라는 말을 하는 게 너무나 힘들었다. 창피하거나 부끄럽지 않았지만 그렇다고 자랑스럽지도 않았다. 누구든 종과 진심으로 연정을 나눈다고 하면 축하하는커녕 시정잡배들의 방사로 치부하며 비웃을 게 뻔했다.

"하하... 자네 멋지군. 멋져. 하하하."

김기주 선생은 호탕하게 웃었다.

"선생님..."

성준은 김기주 선생의 반응이 놀라웠다. 멋지다고 칭찬하고 있었다.

"자네는 역시 깨어있는 지식인이야. 그리고 그런 사상이 벌써 나라를 구하고 있는 걸세."

김기주 선생은 성준의 어깨를 힘주어 잡았다.

"제가 나라를 구하고 있다는 말씀은 무엇입니까? 저는 그저 변변한 범부일 뿐입니다. 부끄러울 뿐입니다. 그리 대단한 지식인도 아닙니다."

성준은 진짜 부끄러웠다. 지식에 힘쓴 적도 별로 없었다. 고뇌에 힘쓴 적도 거의 없었다.

"나혜석 선생은 일본 유학 시절 자신이 사랑했던 최승구가 폐병으로 죽자 절망만 하지 않았네. 오히려 그림에 더 몰두했네. 그리고 그 후 김우영이라는 남자와 결혼을 하게 되지. 김우영도 우리 조선의 최고 인재일세. 변호사야. 그런데 그런 잘난 남자에게 이런 조건을 걸었네... 자신의 첫사랑인 최승구의 묘에 비석을 세워달라고 한 것이네. 얼마나 멋진 여자인가? 조선의 어떤 여자가 이런 상상이나 하겠느냔 말일세. 결국 김우영은 비석을 세워주었지. 그리고 혼인을 하였다네. 자네는 종을 사랑하고 있네. 조선 양반가의 어떤 자제가 종을 탐하긴 해도 사랑을 하겠냔 말일세. 우리 조선이 새로운 개국으로 가고 있다는 참신한 증거 아니겠나? 조선은 이렇게 젊게 변하고 있네. 찬란한 조선이 되고 있는 걸세. 나혜석도 자네도 그 변화의 주역일세. 자네는 장차 우리의 영웅이 될 걸세. 어떤 식으로든 조선의 영웅이 될 걸세. 내 장담하네."

김기주 선생은 일장 연설을 했다.

성준은 그 연설에 경도되었다. 그 누구도 종을 좋아하는 자신의 선택을 정당화시켜 준 사람이 없었다. 김기주 선생은 전혀 다른 시선으로 성준을 북돋우고 있었다. 이제는 부끄럽지 않았다. 부끄럽지 않을 자신이 생겼다. 오히려 부끄러웠던 생각이 부끄러웠다.

"저도 그런 혼인을 하고 싶습니다. 선생님."

성준은 눈빛을 반짝이며 토로했다. 이제야 가장 유연한 해답을 찾은 것 같았다.

"우리는 멋진 사내일세. 멋진 남자일세."

김기주 선생은 자화자찬하고 있었다.

"성준, 나는 나를 억압하는 주인이 없는 세상을 상상하네. 그런 세상을 그리워하네. 아니 열렬히 열망하네. 자네도 마찬가지 아니겠나? 자네도 자네를 억압하는 주인이 없는 세상을 상상하고 있을 걸세. 아니 열렬히 희망하고 있을 걸세."

김기주 선생은 성준을 자신만의 사상의 골짜기로 몰아갔다.

"그런 사상에 매료되어 있네. 바로 아나키즘이지."

김기주 선생의 눈빛이 그 어느 때보다 빛이 났다. 다른 사상은 용납할 수 없다는 완강한 설명의 방식이었다.

"아..나..키..즘..."

김기주 선생은 아나키즘이라는 단어를 한 자 한 자 다시 말했다. 이건 일종의 선동이었다. 이 사상을 위해서 싸우다 죽어야 한다는 선동이었다. 성준은 서가에 꽂혀있던 새로운 사상의 책들이 아나키즘과 관련되어 있을 거라는 직감이 들었다. 전혀 다른 나라의 언어로 되어있던 서책들이었다.

"아나키즘... 그것이 무엇입니까?"

성준은 묘하게 매력적인 그 단어에 끌렸다. 아나키즘, 아나키즘... 그 단어가 주는 세련된 어감이 매우 멋졌다.

"양반도 종도 없는 세상을 만드는 사상이지."

김기주 선생은 이제 웅변가처럼 말했다.

하지만 성준은 그 사상의 내용이 마음에 완전히 들지 않았다. 양반이 없는 세상은 싫었다. 미옥이 억압받지 않는 세상은 마음에 들지만, 종이 없는 세상은 마음에 들지만 양반이 없는 세상은 마음에 들지 않았다. 자기모순과 자가당착이었지만 하여튼 그랬다.

"자네... 양반을 포기하기가 쉽지 않겠지. 누군들 안 그러겠는가? 태어날 때부터 그랬던 것을 버린다는 것은 아무나 못하는 것일세. 그것도 권력이니까. 하지만 그 또한 사양(斜陽)이 될 걸세. 그래서 그걸 나무라고 싶지 않네. 그런데 말일세. 이렇게 생각해 보면 어떨까 하네. 자네가 사랑하는 그 종의 천한 신분이 사라진다는 말일세. 어떤가? 너무도 매력적이지 않은가? 일단 그것부터 시작해보는 게 어떻겠는가? 그리고 그다음은 또 그다음으로 미루세."

김기주 선생의 말솜씨는 대단히 뛰어났다. 성준은 당해낼 재간이 없었다. 미옥을 위해서라도 이 사상을 받아들여야겠다는 결단을 했다.

"그런데, 그런 사상을 받아들이려면 어떻게 하면 됩니까?"

성준은 매우 진지했다.

"...나와 함께 하겠나?"

김기주 선생은 제자를 바라보듯 보았다.

"네. 선생님."

성준은 고개를 크게 끄덕였다. 여러 말은 필요 없었다. 그만큼 확고했다.

"러시아의 철학자인 미하일 바쿠닌과 교류가 있었던 분이 만주에서 활동하고 있네. 내 사상의 스승이기도 하지."

김기주 선생은 미하일 바쿠닌이라는 이름을 멋들어지게

발음했다.

"미하일 바쿠닌?"

성준은 발음하기도 어려운 이름을 따라 불러보았다. 김기주 선생의 흉내도 못 낼 발음이었다.

"러시아 출신의 아나키스트 혁명가이자 철학자일세. 바쿠닌이라는 사람은 유럽에서 산발적으로 나타나던 특정한 혁명적 좌파 세력을 아나키스트라는 하나의 이름으로 총칭하고 자각한 분이네. 이로써 아나키즘은 본격적으로 하나의 정치 세력으로서 등장하게 된 것이지. 따라서 미하일 바쿠닌을 '아나키즘의 아버지'라 부르고 있지. 굉장한 거구였다고 알려져 있네. 내 서가에 프루동, 바쿠닌, 크로포킨, 마르크스, 엥겔스 책도 있다네. 자네가 꼭 읽어보길 바라네. 아주 귀한 책일세. 자네가 일본어에 서툴다면 내가 직접 번역해서 읽어줄 수도 있다네."

김기주 선생은 흥분해있었다.

"그분이 이런 대단한 혁명가와 교류가 있던 분일세. 그분은 자신의 재산도 없네. 가족도 없네. 그분의 정신적 스승이신 미하일 바쿠닌이 1,000여 명의 농노를 거느렸던 러시아 대지주의 아들이었지만 결국 그 모든 걸 다 버렸듯이 이분도 세속의 모든 걸 다 버리셨네. 오직 아나키즘이라는 사상의 혁명에 몸을 바친 분일세. 온통 자유가 만연한 세상을 만들기 위해서 살고 있는 분일세. 그저 지식만 쌓은 분이 아니란 말일세. 행동가이시지. 쉬지 않고 움직이신다네. 감옥도 여러 번 다녀오셨네... 영웅일세."

김기주 선생은 어느덧 주먹을 불끈 쥐었다.

"나도 그분에게서 깨달음을 받았네. 나중에 자네가 만나보아야 할 분이야. 그런데 가까운 시일 안에 한성에 오시네. 함께 만나세. 내가 자네를 소개하겠네. 그분은 진정으로 억압을 타파하려고 온몸을 불사르는 분일세."

김기주 선생은 그분을 찬양하듯 말했다. 성준은 조바심이 생길 정도로 그분을 만나고 싶었다. 자신과 미옥이 살아갈 새로운 세상으로 인도해 줄 진짜 스승일지도 몰랐다. 빠른 시일 안에 만나고 싶었다.

"...그분도 독립을 하십니까?"

성준은 벌써 사상적 동지가 된 기분이었다.

"당연하지. 그분만의 놀라운 방법으로 독립을 하고 계시지. 모든 억압을 타파하는 것이 아나키즘인데 일본뿐이겠는가? 당연하지 않은가? 안 그런가? 허허허... 오늘 아주 기분이 좋구만... 허허허..."

김기주 선생은 신이 났다. 새로운 동지를 얻었다는 든든함에 신명이 났다.

"이번에 왜 오시는 겁니까?"

성준은 그분에 대해서 많은 걸 알고 싶었다.

"...그건 비밀이지만... 어쨌든 아주 위험한 비밀 작전을 지휘하기 위해서 오시는 거네... 아마도 그 작전은 곧 가능할걸세.

그만큼 공을 들이는 조선 최대의 작전일세. 아마 조선이 바뀔 것이네. 조선이 바뀐다고... 허허허..."

김기주 선생은 더 이상은 말하지 않았다.

성준은 벌써부터 심장이 쿵쿵 크게 뛰기 시작했다. 자신이 아나키즘이라는 사상을 받아들이고 모든 억압을 타파해서 미옥이 종의 신분에서 해방되는 세상을 만들기만 한다면, 미옥은 자신의 자격지심을 버리고 자신의 열패감을 버리고 성준과 혼인할 게 확실했다. 성준은 학교로 돌아가지 않고 휴학하기로 했다. 김기주 선생 집에서 아나키즘을 본격적으로 공부해보기로 했다. 그분을 만나기 전에 사상을 튼튼히 해놓아야 했다.

성준은 암자에 두고 온 미옥이 생각이 간절했다. 아버지에게 끌려가느라 작별도 없이 헤어졌었다. 그리고 은숙과 첫날밤도 치르지 않고 도망치듯 뛰쳐나와 암자로 가보았지만 미옥은 이미 떠나고 없었다. 주지스님도 미옥의 행방을 몰랐다.

'미옥아... 기다려라... 어디서든...'

11

은숙은 당장 오늘 죽어도 이상할 게 없는 노인네가 쏟아낸 똥과 오줌 냄새 때문에 쓰러질 지경이었다. 입술을 깨물며 입을 틀어막아도 구역질을 참아내기가 힘들었다. 조시원은 무슨 심술인지 집안의 종들을 전부 마다하고 은숙에게만 자신의 똥오줌 수발을 시켰다. 은숙은 잠시도 쉴 틈이 없었지만 싫은 내색은 조금도 하지 않았다. 물론 서방님 성준의 칭찬과 인정을 받고 싶어서였다. 반드시 이 일에 대한 달디단 대가를 받게 될 거라고 자신을 세뇌했다. 은숙의 꿈은 성준의 조강지처가 되는 것이었다. 첩도 아니고 종도 아니고 기생도 아니고 창기도 아닌 헌신적인 조강지처가 되는 것이었다. 열녀문까지는 바라지도 않았다.

은숙은 조시원의 똥과 오줌을 요강에 다 받아낸 후 엉덩이와 그곳을 세심하게 닦아주었다. 서방님과 합방도 못 한 여자치곤 기막힌 행태였다.

"서방은 아직 안 내려왔냐? 그런 거냐?"

조시원은 시비조였다. 전보다 말투의 어눌함은 한결 나아져 있었다.

"네... 아직입니다. 아버님..."

은숙은 기어들어 가는 목소리였다. 조시원은 오매불망 아들 성준의 소식만 기다리고 있었다. 아직도 정신은 온전치 못해서 자신이 칼 맞던 날에 대한 기억은 깜깜했지만, 성준에 대한 기억만큼은 놀라울 정도로 정확했다. 성준이 아직도 팔달산 길상사 암자에 있다고 착각하고 있었다. 어쩌다 가끔 집사 봉덕을 부르며 그르렁 그르렁 이를 갈기도 했다.

"서방 빨리 데려와라. 어서..."

조시원은 매번 하던 말을 했다.

"네... 아버님..."

은숙은 입술만 움직였다. 매일 반복되는 이 말이 서럽고 서운했다. 성준은 소식이 전혀 없었다. 무소식이 희소식이라지만 해도 해도 너무한 처사였다. 때로는 갖가지 망상에 휩싸이기도 했다. 은숙은 가장 강력한 연적인 미옥을 내쳤는데도 전혀 실감되지 않았다. 성준과 미옥이 끝나지 않았다는 생각이 불쑥불쑥 들었고 어쩌면 영영 끝나지 않을지도 모른다는 피해망상이 들었다. 이 모든 생각이 지나친 과장이라고 위안해보기도 했지만, 소용이 없었다. 성준과 미옥, 두 사람이 보낸 세월의 질감이 결코 만만치 않을 거라는 무참(無慘)이었다. 은숙은 되도록 비극적 결말을 생각지 않으려 무던히도 애를 썼지만, 시간이

지날수록 억울한 치기가 들었고 원통했다. 복수가 치고 올라오기도 했다.

게다가 최근에는 더욱 초조함을 느끼고 있었다. 이렇게 노인네 똥오줌 수발이나 하면서 외롭게 죽을지도 모른다는 불안함이었다.

"자손도 생산 못 하는 것이... 쯧쯧..."

조시원은 자신의 똥오줌 수발하는 며느리 은숙을 아예 무시했다. 자손을 생산하지 못한다는 단 하나의 이유였다. 조시원은 자손을 보아야 한다는 절박감 때문인지 이럴 때만 제정신이었다.

"아버님... 이 집을 나가라 하시면 언제든 나갈 수 있습니다. 하지만 제가 지금 당장 나가면 아버님 수발은 누가 합니까? 아버님이 다른 종들을 전부 물리시니... 그리고 서방님은 곧 오실 겁니다. 너무 염려하지 마십시오. 그리고 아버님이 그토록 바라시는 아들도 곧 얻으실 겁니다. 이 또한 염려하지 마십시오... 그리고 전 절대 안 나갑니다."

은숙은 쐐기를 박듯 말했다. 사실 그 누구보다 성준의 자손을 낳고 싶은 마음 굴뚝같았다. 아들을 낳고 싶었다. 아들만 생긴다면 세상 모든 것을 다 얻게 될 것 같았다. 세상 무엇도 부러울 게 없을 것 같았다. 또한 시부모에게 불효했다는 흉을 달고 사는 것도 싫었다. 불효했다는 이유로 친정으로 쫓겨가기 싫었다.

"사내가 계집 경험이 일천해서야 도대체 얻다 쓰겠냐? 신방을 차리면 뭘 하겠냐?... 아마 계집 거시기는 찾지도 못하고 나올 수도 있다고 놀릴 정도라냐? 이건 그냥 숙맥이 아니라니까. 등신이라고 등신... 아닌가? 고자인가? 하하하..."

"에고고. 아가씨... 양반가의 아기씨가 정혼자를 먼저 보겠다고 쪼르르 달려가다니요? 이게 무슨 변고입니까? 이건 안 됩니다. 그건 정조 관념 없는 신여성이나 할 짓이에요. 에고 망신스러워라."

은숙은 새언니와 오라비의 얘기들이 하나같이 뼈에 쏙쏙 박혔었다. 버릴 말도 없었지만 주울 말도 없었다. 어머니에게도 현재 자신의 삶을 알게 하고 싶지 않았다.

"엄마... 왜 이렇게 당하고 살아? 왜 이렇게 당하고 살았어?"

"어머니... 난 어머니처럼 살지 않을 거야..."

어머니처럼 살기 싫다고 뛰쳐나온 이상 잘살아야 했다. 그게 아버지에 대한 복수이기도 하고 어머니를 대신한 복수이기도 했다. 그런데 요즘의 자신의 일상을 돌아볼수록 어머니의 그것과 크게 다르지 않다는 것을 점점 깨달아 가고 있었다. 이 비극의 대물림을 끊어내지 못할 거라는 공포가 꽤 구체적으로 다가오고 있었다.

"한양 조씨 집안의 대를 이어야지... 내가 그리 도와줬는데도... 눈치가 없는 건지 맹한 건지..."

조시원은 누운 채로 혀를 끌끌 찼다. 오늘은 그래도 제정신이었다.

"절 도우시다니요?"

은숙이 의아했다. 똥오줌 수발이나 시키면서 자신을 돕고 있다고 말하는 것이 뻔뻔스러워 보였다.

"알고도 모른 척하는 거냐? 아니면 혼자 효부인 척하는 거냐? 내가 모르고 있다고 생각하는 거냐? 네가 이러고 있는 거? 날 위해서 똥오줌 받아내고 있는 거냔 말이다."

조시원은 살을 후벼파듯 비꼬았다.

"내 나이가 이미 육순을 넘었다. 네가 아무리 머리를 굴려도 내가 네 머리 위에 앉아있다는 걸 알아야지. 나이는 괜히 먹는 줄 알아? 어설픈 구미호 흉내나 내고 있는 꼴이니... 한심할 수밖에... 어쩌면 본래 구미호가 되지 못할 깜냥일 수도 있고. 그저 구미호 흉내 내다가 내쳐질 수도 있겠지. 어쨌든 계집이 외모가 떨어지면... 무엇으로 살아야겠냐? 무엇으로 서방의 마음에 들어야겠냐? 쯧쯧... 그런데 말이다... 네 팔자를 고칠 수 있는 건 내가 아니다. 내 똥오줌이 아니란 말이다. 바로 자손이다. 자손... 그것도 아들 자손밖에 없다. 알겠냐?"

조시원은 맹렬하게 퍼부었다.

은숙은 입술을 잘근잘근 씹었다. 절치부심(切齒腐心)이었다. 반드시 팔자를 바꿔야 했다. 아들을 낳아야 했다. 이것만이 자신의 대의였다.

"김 서방한테 옥비녀를 줄 때 말이다. 넌 그 종년을 어디로 치우길 바랐냐? 이래도 딱 잡아뗄래? 내가 못 본 줄 아느냐? 못 본 척한 것뿐이다. 나도 그 종년이 치가 떨리도록 싫었으니까."

조시원은 은숙을 같은 패거리로 끌어들이고 있었다.

은숙은 지난날 암자에서 김 서방에게 따로 하명을 했던 일을 떠올렸다. 김 서방이 그 일을 제대로 해치웠다고 믿고 있었다. 그 후 김 서방에게 따로 확인을 하지는 않았다. 그런데 조시원이 미옥을 다시 등장시키고 있었다. 그런데 그 등장만으로도 몹시 불쾌했고 불길했다.

"그렇다면 아직... 서방님과 인연이 닿고 있다는 말씀이십니까?"

은숙은 눈앞이 캄캄해지는 걸 느꼈다. 그동안 일부러 미옥을 생각하지 않으려고 애썼다. 그저 잠시 잠깐의 생각만으로도 질투가 나서 못 견딜 정도였다. 미옥은 예뻤다. 너무 예뻤다.

그런데 조시원이 다시 등장시킨 미옥은 엄연히 살아있었다.

그것도 서방님 성준과 함께 살아있었다. 이런 의심이 한 번 들기 시작하자 걷잡을 수 없는 분노가 치밀었다.

"그렇지 않다면, 왜 안 오는 거냐? 그년이 관계가 없다면... 네서방은 왜 안 오는 거냐? 인제 보니 구미호도 여우도 아니고 미련한 곰이로구나. 쯧쯧."

조시원은 약을 올렸다.

"네가 그 종년을 멀리 내쳤다고 안심하고 있었다는 게 우습지 않냐? 쯧쯧... 남녀의 인연은 그렇게 쉽게 끝나는 것이 아니다. 또 남녀의 인연은 결코 여자가 끝낼 수 없는 법. 남자가 진짜 끝났다고 해야 끝나는 것이다. 이 미련한 것."

조시원은 한숨을 푹푹 쉬었다.

"전... 전 그 종년을... 멀리 보내라고 했을 뿐이지. 결코 해치지는 않았습니다. 아버님."

은숙은 자신의 죄책감을 덜고자 발뺌을 했다.

"해치다니? 네가 그 신학문을 공부한 신여성이 맞느냐? 아무리 신학문이 천박하다 해도 그렇지. 어찌 반상의 법도도 모르는 무지렁이처럼 말을 하느냐? 양반이 종년을 해치고 안 해치고가 어디 있어? 이것아. 주인의 허락 없이는 앓지도 못하고 죽지도 못하는 팔자들인데? 뭘 해쳐? 누구를 해쳐? 저...저...저...저 모양이니 서방을 뺏기고 찾아오지도 못하지. 쯧쯧....쯧쯧..."

조시원은 부아가 치밀었다.

"그럼 혹시... 김 서방을 통해 따로 하신 일이 있으십니까? 아버님..."

은숙의 가슴은 방망이질 치기 시작했다. 김 서방에게 치우라고만 했지 어디로 치우라고 자세한 지시를 한 적이 없었던 것은 미옥을 위한 배려는 아니었다. 나중에라도 성준이 이 사실을 알게 될까 봐 자신의 도피로를 남겨둔 것뿐이었다.

"...유곽에 팔라고 했다."

조시원은 아무렇지 않게 얘기했다.

은숙에게 유곽은 생각지도 못했던 신랄한 반전이었다. 가장 먼저 든 생각은 역시 서방님 성준이었다. 만약 성준이 이 사실을 알게 되면 큰일이 벌어질 것이 분명했다. 성준은 결코 용서하지 않을 것이 뻔했다. 은숙은 두 다리가 후들거렸고 눈앞이 캄캄해졌다. 어떻게 수습을 해야 할지 아무 생각도 나지 않았다.

"유곽이라 하시면... 그... 창기들 있는데 말씀하시는 겁니까? 아버님?"

은숙은 아직도 긴가 민가였다. 미옥이 유곽에 팔렸을 거라고는 전혀 생각하지 못했었다. 조시원은 대답이 없었다.

"그렇다면... 창기로 파셨다는 말씀이십니까?"

은숙은 조심스럽게 물었다.

"아버님이 그렇게 하실 줄 정녕 몰랐습니다. 아버님... 저는 김 서방에게 그런 하명을 한 적이 결코 없습니다."

은숙은 회피했다. 조시원의 죄와 벌과 거리를 두고 싶었다.

이 일은 조시원 혼자만의 작당이어야 했다.

"가끔은 약은 여우보다 둔한 곰이 더 무서운 법. 너를 두고 하는 말일 수도 있겠다... 오늘은 네가 무섭다는 생각이 드는구나... 하긴 혼인도 없이 이 집을 지키고 있는 것도 보통은 아니지..."

조시원은 알쏭달쏭한 말을 던졌다.

그런데 은숙은 갑자기 기분이 좋아졌다. 왠지 마음이 놓였다. 조선의 모든 여자를 압도할 만한 빼어난 미옥의 외모는 시기와 질투 정도가 아니라 살의를 일으킬 만했다. 하지만 이제는 정숙한 현모양처가 될 수 없는 더러운 팔자의 잡년이라고 말할 수 있게 된 것이다. 마치 정신이 높은 승려를 파계시킨 것 같은 비열한 만족감이었다. 세상 어떤 사내도 아무 사내와 몸을 섞는 창기를 잠깐 좋아할 순 있어도 영원히 사랑할 순 없었다. 그게 세상의 이치이고 사내의 이치였다. 성준이 눈도 주지 않을 것이라고 확신했다. 은숙은 시아버지 조시원을 오히려 칭찬하고 싶었고 등에 업고 춤이라도 추고 싶었다. 은숙에게는 그야말로 은인이었다. 하지만 속내는 숨겨야 했다. 이 사건의 모든 책임은 시아버지 조시원에게 있다는 것을 강조할 필요가 있었다.

"아버님이 그리하셨다면 그리하신 이유가 있으실 겁니다. 전 그 종년 팔자에 간여한 바가 전혀 없습니다. 그리고 아버님이 절 아무리 괴롭히셔도 전 이 집에서 안 나갑니다. 이 집이 제집입니다. 이 집에 뼈를 묻을 작정입니다."

은숙은 단단하게 방어를 구축했다. 앞으로 자신에게 어떤 죄도 씌우지 말라는 경고이기도 했다.

"허허... 자손을 생산하지 못하는 년이 별의별 꾀를 다 쓰는 꼴이라니... 내가 그년을 치워주어도 이따위로 굴어? 고마움을 알기는커녕 빠져나갈 생각만 하다니..."

조시원은 노발대발했다.

"너... 혹시 너 석녀냐?"

조시원은 거침이 없었다. 은숙은 얼굴이 달아올랐다. 여자로서 자존심이 상했다. 그대로 뛰쳐나가고 싶었다.

갑자기 조시원이 숨이 넘어갈 듯 헐떡거렸다. 가슴에 칼 맞은 이후로 때때로 이런 지경이 돌발하곤 했었다.

"아버님, 아버님은 지금 제가 필요하십니다. 저를 믿으십시오. 전 절대 아버님을 안 떠납니다. 아버님..."

은숙은 조시원의 몸을 주무르며 달디단 말들을 쏟아냈다. 어차피 오래 살지 못할 조시원이 두렵지도 않았고 시어머니도 없는 집안이었다. 이미 자신이 주인 자리를 꿰차고 있었다. 은숙은 한시바삐 혼례식을 해야겠다는 결심을 굳혔다. 이보다 더 급한 일은 없었다.

"맹한 거냐? 못 알아듣는 척하는 거냐? 나는 네가 필요한 게 아니란 말이다. 꼭 네가 아니어도 된단 말이다. 다른 여자여도 상관없단 말이다. 대를 이을 자손을 생산할 그릇이 필요한 거다. 그릇이..."

조시원은 조금의 인정머리도 없었다.

"좋습니다. 그럼 제가 서방님을 찾아서 혼인부터 하고 오겠습니다."

은숙은 스스로 팔자의 향방을 찾기로 했다.

조시원은 하마터면 벌떡 일어날 뻔했다. 은숙에게 아무거나 잡히는 대로 던질 뻔했다. 이미 노쇠한 육체라 가당치도 않은 일이었지만 말이다.

"너희 둘이 혼인을 하겠다고? 내가 이렇게 시퍼렇게 살아있는데도? 집안 문중의 허락도 없이? 내가 양반을 들인 게 아니라 종년을 들인 거냐? 뭐 이런 위아래도 없는 잡년이... 우리 집안에 들어온 거야?"

조시원은 있는 힘을 다해 소리쳤다. 그르렁그르렁 가래소리가 들끓었다.

"혹시 네 어미가 정실이 아니더냐? 어떻게 양반가에서 너 같은 해괴한 잡년이 나왔는지... 쯧쯧... 잡년일세. 잡년..."

조시원은 욕도 서슴지 않았다.

"아버님... 전 누가 뭐라 해도 정실의 자녑니다. 그리고... 요즘 신식 세상에선 두 사람만이 혼인하기도 한다고 합니다. 뭐 어쩌겠습니까? 이렇게 해서라도 서방님을 모셔야죠. 그리고 자손을 낳아야지요. 제가 아들을 낳아 드리겠습니다. 그러니 마음 놓고 계십시오."

은숙은 자신의 결심을 알렸다.

"어쨌든 올라가서 데려오든지, 혼인하든지, 하여간 아들을 생산하기만 하면 된다. 피곤하다. 그만 나가라."

조시원은 눈을 감았다. 혼자서 일어나지도 못하는 자신의 처지가 오늘은 참으로 비감스러웠다. 벌떡 일어나서 성준을 찾아 멱살이라도 잡아끌고 오고 싶었다.

은숙은 김 서방의 방을 찾았다. 그런데 김 서방의 방 안에서 신음소리가 들렸다. 매우 고통스러워하는 신음 소리였다. 은숙은 문을 벌컥 열었다. 방에 종년 사월이가 누워있었다. 그런데 사월이 온 얼굴이 땀과 눈물로 젖어있었고 아래는 피가 흥건했다. 은숙이 방으로 뛰어 들어가 다짜고짜 사월이 행색부터 살폈다. 그런데 바닥에 고인 피는 달거리 피가 아니었다. 시뻘건 핏덩이가 드문드문 섞여 있었다. 미처 자라지 못하고 죽은 갓난쟁이가 분명했다. 은숙이 놀란 눈으로 김 서방의 낯짝을 쳐다보았다. 김 서방은 마누라가 있는 놈이었다. 은숙은 다짜고짜 김 서방의 따귀를 올려붙였다. 김 서방은 갑자기 당한 일이라 어안이 벙벙한지 은숙만 쳐다보고 있었다.

"내 오늘 네놈 거시기를 잘라버려야겠다."

은숙이 기함을 하며 소리를 지르자 김 서방은 무릎을 꿇고 울면서 사정을 시작했다.

"제가 아닙니다요. 아씨. 제가 아닙니다."

김 서방은 극구 부인했다.

"사실이냐? 사월아."

은숙은 사월에게 물었다. 사월이 그 와중에 고개를 끄덕였다.

"그럼 누구냐?"

은숙은 김 서방에게 캐물었다. 김 서방은 쩔쩔매고 있었다. 차마 말을 못하고 있었다.

"누구냐고 물었다. 어서 고해라."

은숙은 무섭게 다그쳤다. 김 서방은 넙죽 엎드렸다. 두 손으로 싹싹 빌었다.

"아씨, 제발 살려주십시오. 저는 절대 말 못합니다요."

김 서방은 바닥에 대가리를 박고 빌었다. 은숙은 비로소 짐작 가는 바가 있었다. 종놈 김 서방이 이토록 두려워하는 사람은 이 집안의 단 한 사람밖에 없었다. 바로 시아버지 조시원이었다.

"아버님이 맞느냐?"

은숙은 돌려 말하지 않았다. 김 서방은 긍정하지도 않았지만 부정하지도 않았다.

"저 지경으로 누워있는데... 저 어린애를 방에 넣은 것이냐?..."

은숙은 다시 물었다. 김 서방은 이번에도 긍정하지도 않았고 부정하지도 않았다. 하지만 온몸을 떨고 있었다.

"이실직고하지 않으니 서방님에게 네놈이 한 짓을 말하겠다. 서방님이 네놈과 네놈 가솔들을 모두 내쫓으실 것이다. 각오해라."

은숙은 조금 전의 조시원과 다름없는 협박을 했다. 은숙은 자신이 시아버지 조시원을 닮아간다고 생각했지만, 가책은 전혀 없었다. 보고 배운 대로 할 뿐이었다. 김 서방은 바닥에 박았던 대가리를 번쩍 들었다. 놀란 토끼 눈이 되어 은숙을 쳐다보았다.

"네? 그게 무슨 말씀이십니까? 아씨..."

"네놈이 미옥이, 그 종년을 유곽에다 팔았다지?"

은숙은 김 서방을 점점 벼랑으로 몰고 있었다. 김 서방은 이왕에 박았던 대가리를 바닥에 더 박았다.

"서방님이 네놈을 죽일 수도 있다는 것을 모르더냐?"

은숙의 위협과 으름장은 점점 노골적이었다.

"그게... 전... 대감마님이... 다시는 서방님이 눈길도 주지 못할 년으로 만들라고 하셔서... 살려주십시오. 아씨. 아이고 아씨. 전 시키는 대로 했을 뿐입니다. 아씨... 그게 다입니다요."

김 서방은 또 대가리를 박았다. 얼마나 세게 박았는지 금세 뻘건 피가 바닥에 번졌다.

"그래... 그렇다면 네놈이 살 방도가 하나 있다."

은숙은 종놈 김 서방의 생사여탈을 쥐고 흔들고 있었다. 어설픈 양반에서 진짜 양반이 되어가고 있었다. 교활함과 비열함을 두루 갖추어야 하는 공고한 신분이었다.

"네? 아씨... 살려만 주신다면 뭐든 다 하겠습니다요. 아씨."

김 서방은 살기 위해서 몸부림치고 있었다.

"그 불쌍한 종년을 어디다 팔았느냐?"

은숙은 김 서방의 몸부림을 힘껏 잡아챘다. 숨도 쉬지 못하게 잡아챘다.

"대감마님이 절대 발설하지 말라고..."

은숙은 김 서방을 노려보았다.

"그래? 그렇다면 서방님께 고해도 되겠느냐? 네놈이 한 추악한 짓을 고해도 되겠느냐? 그게 싫다면 어서 제대로 고해라. 이 노옴."

은숙은 김 서방의 심장에 마지막 칼을 꽂았다.

"아닙니다요. 말씀드리겠습니다요. 아씨..."

김 서방은 아직도 얼굴을 못 들고 있었다.

"김 서방은 고개를 들라."

은숙은 잔뜩 힘이 들어간 목소리로 하명을 내렸다. 김 서방이 조심스럽게 얼굴을 들었다. 얼굴이 피칠갑 이었다. 눈동자는 겁에 질려 황망하게 흔들리고 있었다. 우악스러운 사냥개에 걸려든 토끼 같은 눈망울이었다.

"네네... 아씨..."

김 서방은 흐느껴 울기 시작했다.

"이놈 마누라... 그리고 아들놈은... 쫓아내시면... 안됩니다
요... 저희를... 살려주십시오. 저는... 이집... 밖에... 모릅니다. 어
디를 간다... 해도... 못삽니다. 부디 아씨..."

김 서방은 울먹이느라 말을 띄엄띄엄 이었다. 은숙은 미소를
지었다. 이긴 자의 웃음이었다. 앞으로 계속 이길 자의 웃음이
었다. 절대 균형이 깨지지 않을 확고한 웃음이었다.

"그래. 어디냐?"

은숙은 화가 누그러진 척했다. 김 서방에게서 미옥의 거처를
알아내야 했다.

"한성 남산 근처에 있는 유곽입니다. 그곳에는 조선인들이
가는 유곽이 따로 있고 일본인들이 가는 유곽이 따로 있습니
다요. 일본인들이 가는 유곽에 팔았습니다."

김 서방은 술술 불었다. 은숙은 한성으로 가서 성준을 만나
기 전 미옥을 먼저 만나볼 요량이었다. 성준과 인연이 오가는
지 반드시 밝혀내야 했다.

"그래? 그곳 이름이 있을 거 아니냐?"

"네, 자도루(紫桃樓)...입니다. 자도루..."

김 서방은 다시 고개를 숙였다. 은숙은 숨을 크게 내쉬었다.
안도의 깊은 숨이었다. 이제 미옥의 거처를 알아냈으니 자신
의 손바닥 안에 있는 것과 다름없었다. 은숙은 다시 자비로운

상전인 척 행세를 했다.

"이 아이... 내가 의원을 보내마. 잘 보살펴줘라."

은숙은 자리에서 일어났다. 마음이 날아갈 듯 가벼웠다. 마당에 나가서 납매가 얼마나 피었는지 보고 싶었다. 밤이건 낮이건 등을 밝힌 듯 노란 납매를 보는 것이 기쁨 중의 하나였다. 오늘따라 태양처럼 밝게 빛나는 납매였다.

12

　전방 안쪽은 작은 마당까지 있는 신식 집이었다. 마당은 키 큰 풀이 자라있었고 작은 돌멩이들이 널브러져 있었다. 작은 마당을 지나 문을 여니 쌀가마니가 차곡차곡 쌓여있었다. 바로 앞에 평상이 있었다. 덕길은 평상에 앉았다. 개똥이 설레발이나 친 것은 아니었다. 시장통에서 쏘다니며 얻어들은 소문치고 터무니없지는 않았다.

　"미곡상이구먼..."

　덕길은 꽤 놀랐다. 장안에서 난다 긴다 하는 장사치임이 틀림없었다. 어렸을 때 비단 전방을 구경한 적이 있었다. 그 전방도 크기가 작아서 그저 그런 줄 알았다가 나중에서야 엄청나게 큰돈이 오간다는 것을 알고는 놀란 적이 있었다. 중늙은이는 어디론가 잠깐 사라졌다가 다시 나타났다. 덕길 앞에 수정과 한 사발을 던지듯 내놓았다. 덕길은 목도 마른 터라 벌컥벌컥 단숨에 마셨다. 달콤 매콤 쌉싸름한 것이 그 맛이 기막혔다. 사실 이 나이 되도록 구경만 했을 뿐 처음 맛보는 것이었다.

　"수정과를 이렇게 노상 마실 수 있다니... 돈을 많이 벌기는 하는가 봅니다.”

덕길은 대충 인사치레를 했다. 그런데 결코 인사치레만은 아니었다. 수정과는 종놈이 맛볼 수 있는 음식이 아니었다.

“그거야... 생각하기 나름이고... 그저 그저 밥은 안 굶고 살고 있소.”

중늙은이는 어물쩍 대답했다.

“이리 큰 미곡상을 하는데 밥을 안 굶는다는 게 자랑이오? 아니면 부러 깔아뭉개는 거요?”

덕길은 중늙은이의 진짜 정체가 궁금했다. 필시 미곡상이라는 간판을 달고 행세하는 게 전부는 아닐 듯했다.

“아까는 미안했소... 한눈에 봐도 도망친 종으로 보였소.”

중늙은이는 사과했지만 덕길을 아래위로 훑어보는 시선은 멈추지 않았다.

“그 말이 거시기하게 들리오. 그렇다면 종은 도망치면 안 된답니까? 혹시나 도망을 쳤다면 마땅한 이유가 있다는 생각은 안 해보신 거요? 그런데 이유 불문하고 판단한다는 것이 한심하지 않소? 안 그렇소?”

덕길은 몹시 비위가 상했다.

“어딜 가나 이놈의 팔자가 문제구려...”

덕길은 씁쓸한 마음을 가눌 길 없었다. 눈에 보이지 않는 죄인의 낙인을 달고 사는 셈이었다. 중늙은이는 불심이 깊은지 두 손으로 합장을 하며 다시 사과했다. 그 자세가 겸손하고 진지했다.

"그런 뜻이 아니오... 그렇게 들렸다면 정말 미안하오."

중늙은이는 진심으로 사과했다.

"무슨 뜻인지 잘 알고 있소. 그러니 더 이 문제로 왈가왈부하지 맙시다. 그런데 그쪽 말이 반은 맞고 반은 틀리오."

덕길은 자신이 종이라는 사실을 굳이 감추고 싶지 않았다.

"무슨 말이오?"

중늙은이는 덕길의 우락부락한 면상을 관상(觀相)하듯 보았다. 자신 아래 여러 부하를 두고 부릴 상이었다. 그런데 그 종말은 곧 단명(短命)할 상이었다. 하지만 발설할 수는 없었다.

"난 종이오. 맞소. 그런데 이 금가락지는 훔친 건 아니오. 난 그런 놈은 아니오. 그러니 더 신경 쓰지 마시오."

덕길은 전혀 꿀림도 없이 섶에서 금가락지를 꺼내었다. 중늙은이는 금가락지를 들여다보며 의미심장한 미소를 지었다. 고개를 끄덕거리기도 했다.

"내가 그리 오래 살았다고 할 수 있고 또 오래 살지 않았다고 할 수도 있으나... 이 물건을 보아하니 사연이 있는 물건은 틀림없는 것 같소... 어떤 약조가 있는 물건 같다는 말이오..."

중늙은이는 그 약조가 궁금했다. 어쩐지 자신 앞에 있는 이 사내가 어딘가를 향해 미친 듯이 질주한다는 느낌이 들었다. 그 질주의 사연을 듣고 싶었다. 그 질주의 사연이 이 금가락지

안에 오롯이 담겨있을 듯했다.

"이걸 내놓은 심정은 나도 편치 않소. 하지만... 그쪽이 알만한 사연이 아니오. 또 알면 뭐 하겠소? 다 각자의 사연으로 살면 되는 것을... 하여간 많이 쳐주시오. 사람 목숨 여럿을 구할수도 있소. 나 한 사람의 목숨을 위해서라면 이걸 내놓지도 않았을 거요."

덕길이 부탁을 했다. 중늙은이의 안색이 금방 달라졌다. 방안에 둘만 있을 뿐인데 괜히 주위를 경계하듯 둘러보았다. 몸에 오래 밴 습관 같았다.

"...혹시...?"

중늙은이는 지나치게 조심하며 말을 꺼냈다. 덕길은 중늙은이의 추궁하는 시선이 뭔가 꺼림칙했다.

"...만주에서 오셨냐는 말이오."

중늙은이의 목소리는 아주 작아져 있었다. 덕길은 대강 짐작이 갔다. 그래서 오히려 되물었다.

"만주?"

덕길은 만주라는 말을 꺼낼 때마다 자신의 가슴이 뛰고 있다는 것을 깨달았다. 희한한 일이었다.

"그렇다면, 만주에서 오기로 한 자들은 도대체 뭘 하는 작자들이오?"

덕길은 도로 물었다. 중늙은이는 순간 입을 다물었다. 어느새 안색은 시치미 뚝 떼는 완전한 정색이었다. 크나큰 실언을 했다고 생각하고 덕길의 얼굴을 외면한 채 딴청을 피웠다.

"염려 마시오. 난 만주에서 오지 않았소. 또 만주에서 올 작자들에 대해서도 알고 싶지도 않소. 또 내 입은 천근만근이오. 아무 말 하지 않을 테니까. 이 거래나 빨리합시다."

덕길은 중늙은이를 안심시켰다. 덕길이 아무리 무지렁이라고 하지만 알만한 건 다 알았다. 세상 돌아가는 이치는 터득하고 있었다. 중늙은이가 간여하고 있는 일을 방해할 생각은 조금도 없었다. 굳이 피해를 주고 싶지도 않았다. 그저 금가락지를 팔면 그뿐이었다.

"흠... 사람들 목숨 여럿을 구할 수 있다느니... 그렇게 말을 하니 혹시나 해서 그랬소. 내가 미안하오. 마음 쓰지 마시오."

중늙은이는 어설프게 수습했다.

"날 따르는 동생들이 몇 있소. 그 동생들이 지금 끼니를 거르고 있소 그래서 내가 이러는 것이오. 생때같은 목숨을 죽일 수야 없지 않겠소? 나 때문에 고향을 떠나 이리 떠돌고 있으니 내가 책임이 막중하오. 한창나이의 장정들인데 얼마나 배가 고플지..."

덕길은 좀 전보다 편안하게 얘기했다.

"왜 떠도는 거요?"

중늙은이는 궁금했다. 덕길은 중늙은이를 흘깃 보았다. 그다지 위험해 보이지는 않았다. 오히려 소심해 보였다. 딱히 꼬집어 장담할 순 없지만 남달랐다. 모든 아픔과 모든 고통을 거친 평안의 눈빛이었다. 그런데 그 평안이 미세하게 흔들리고 있는 것이 보였다. 가까운 시일 안에 무너질 수 있는 평안이었다. 측은한 마음이 생겼다.

"내 원수의 목을 따기로 함께 결의를 했소."

덕길은 믿고 따르는 형님한테 마음을 터놓듯 진술했다.

"그 원수가 누구요? 그냥 궁금해서 묻는 것이니... 굳이 싫으면 관두시오. 내가 주책이오. 왜 이렇게 주접을 떠는지.... 나도 아무한테나 이러는 것은 아니오."

중늙은이는 더 이상 묻지 않기로 했지만 그래도 궁금한 건 어쩔 수 없었다.

"사이토 마코토."

덕길은 한 자 한 자 씹어 먹듯 말했다.

중늙은이는 깜짝 놀랐다. 이렇게 대놓고 무모한 자를 본 적이 없었다. 지금의 시국에서 조선총독부의 총독 이름을 살생부에 올려놓고 발설할 줄은 몰랐다. 무모한 건지 무식한 건지 분간할 수 없었지만 그래서인지 경계가 생기는 것이 아니라 오히려 색다르게 끌렸다. 중늙은이는 더 이상 참지 못하고 사심을 탈탈 드러냈다.

"만주에서 온 것도 아니라고 하니... 그렇다면 독립을 하는 동지는 아닐 테고... 그런데 대 일본 제국 조선총독부의 총독을 죽이겠다니... 도대체 당신 누구요? 그리고 무슨 일을 하는 거요? 그 사연 좀 풀어보시오. 그 정체 좀 밝혀보시오. 진짜 궁금해서 미치겠소.”

중늙은이는 덕길을 이대로 보냈다간 잠을 설칠 것 같았다.

“누구요? 당신?”

중늙은이는 재차 물었다.

“그런데 나도 궁금해서 미칠 것 같아서 묻는 거요. 내가 꼭 누구여야 하는 거요?”

덕길의 대답은 모순이기도 하고 모순이 아니기도 했다.

중늙은이는 벙 찐 표정으로 덕길을 쳐다보았다. 참으로 난감한 질문이었다. 장돌뱅이로 살아온 세월이 수십 년이지만 이런 일탈적인 구실은 들어보지 못했다.

“사람은 한 번 태어나면 그게 누구건 누가 되는 거 아니겠소? 말도 다 꼬이네. 어떻게 누가 아닐 수 있단 말이오? 그게 말이 된단 말이오?”

중늙은이는 자신도 모르게 꾸짖는 말투였다.

“그러니까... 내가 한마디로 말하겠소... 난 사람이 아니란 말이오. 그러니까 그 누구도 아니란 말이오.”

덕길의 대답은 차라리 잔인했다.

중늙은이는 스스로 사람이 아니라는 돌발의 고뇌가 너무도 놀라웠다.

"난 사람이 아니오. 좋은 사람이 아니란 말이오. 그러니까 난 누구냐고 틀리게 묻는 말에 맞는 대답을 할 수가 없단 말이오. 알겠소?"

덕길은 엉킨 실타래 풀 듯 설명해주었다.

중늙은이의 눈빛이 격렬하게 흔들렸다. 지금까지 자신이 만났던 모든 사람들을 자신의 세상에 편입시키려 노력해왔었다. 그게 장돌뱅이의 삶이었다. 그리고 그 편입은 타협도 합의도 아닌 무자비한 강요이기도 했었다. 그런데 그 사람 중에 종은 없었다. 덕길이 실토한 대로 종은 사람이 아니라고 간주해서였을 것이다.

"내가 독립을 하지 않아서 실망하였소?"

덕길은 차라리 한숨이 나왔다. 종으로 사는 것도 비참한데 독립을 해야만 하는 거창한 의무까지 요구하는 세상이 참으로 살벌하게 느껴졌다.

"지금까지 조선의 독립을 위해 싸운 인물이 많이 있었을 거요. 병사들, 대신들, 양반들... 셀 수 없이 많이 있었을 거요. 그런데 이들은 모두 먼저 사람이란 말이오. 그런데 이들 중에 종은 하나도 없단 말이오. 사람이 아니니까. 그런데 말이오. 내가 정말 궁금해서 묻는 것이오. 병사들, 대신들, 양반들... 이들 말고는, 그러니까 사람 말고는... 그저 종은 총독을 죽이면 안 되는 거요?"

덕길은 중늙은이를 찌르듯이 노려보았다. 중늙은이는 자기도 모르게 고개를 절레절레 흔들고 있었다.

"왜 안 되겠소? 되고도 남소."

중늙은이는 넋이 나가 있었다. 덕길의 사상에 갈채를 보내고 있었다.

"그리고 꼭 거창한 이유가 있어야만 하는 거요? 꼭 거창한 이유가 있어야만 조선 총독을 죽이는 것이오? 그렇소? 말해 보시오"

덕길은 언성이 점점 높아졌다. 중늙은이는 덕길의 말재간에 완전히 압도되어 있었다. 그 말재간은 서책에 매몰되어 있는 조선의 양반들과 지식인들과 전혀 다른 살아 움직이는 사상이었다.

"당신 말이 맞소."

중늙은이는 진심이었다. 그동안 고통이라는 깊고 어두운 골짜기를 헤매기만 했었다. 그런데 오늘에서야 은인을 만난 격이었다. 자신을 골짜기에서 발굴해 줄 은인이 될 것만 같았다.

"나 혼자만의 이유 때문이오. 그게 다요."

덕길은 착실하게 대답했다. 중늙은이는 자신이 진짜 사내를 만났다고 생각했다. 사내 중의 사내를 만났다고 생각했다. 그런데 그 사내의 찬란함이 길지 않았다. 오호통재(嗚呼痛哉)였다.

"그 이유를 알려주시오. 그 내용을 알려달란 말이요."

중늙은이도 착실하게 물었다. 자신을 미망(未忘)과 미망(迷妄)의 골짜기에서 구해줄 은인의 본래의 원형질을 알아야 했다.

"내 여자 때문이오. 그거 하나요."

덕길은 부끄러운지 얼굴을 붉혔다. 중늙은이의 얼굴에 해사한 미소가 떠올랐다.

"그게 가장 거창한 이유요. 한 사람의 가장 간절한 이유가 가장 거창한 이유 아니겠소?"

중늙은이는 스스로 우문을 했고 스스로 현답을 했다. 그리고 덕길의 거친 손을 잡았다. 사내들끼리 진심이 통했다고 느꼈다. 그 진심은 배포(排布)를 터놓게 했다.

"그런데 슬프오."

중늙은이의 눈가에 자잘한 이슬이 맺혔다.

"왜 이러시오?"

덕길은 중늙은이가 생각보다 훨씬 순박한 사람일 거라는 생각이 스쳤다.

"당신이 조선 총독의 암살에 성공한다 해도... 조선의 역사에서 당신의 이름은 아마 없을 거요."

중늙은이는 서글프게 말했다. 찰나를 명멸하는 몽환의 연유 때문에 사라질 젊은 목숨이 안타까웠다.

"언제는 있었소? 사람이 아니기 때문에 이름도 없었소. 그런데, 더 뭘 바라겠소?"

덕길은 중늙은이만큼 슬프지도 안타깝지도 않았다. 이런

슬픔은 이미 살과 뼛속을 파고들어 제 살과 제 뼈가 되어있었다. 그저 한세월 지나면 사라지리라. 한 세상 흐르면 사라지리라. 비겁한 도피의 심정으로 살아왔을 뿐이다. 자신의 능력으로 도저히 극복할 수 없는 천재지변 같은 것이었다.

"그런데 말이오. 참으로 이상한 것이... 내가 나 혼자만의 이유로 누구를 죽여야겠다는 결심이 생기자, 내가 진정으로 살아 있다는 것을 느꼈단 말이오. 그래서 지금 난 살아 있소. 아주 펄펄 살아 있단 말이오."

덕길은 전혀 거짓이 없었다. 자신이 중늙은이의 미망을 구한 줄도 모르고 중늙은이를 통해 자신의 미망을 구하려 하고 있었다.

"그렇게 살다가 죽을 작정이오."

덕길은 웃었다. 중늙은이는 덕길의 웃음에서 번쩍 빛을 내며 지나가는 아주 짧은 젊음을 또 보았다. 그리 오래가지 않을 찬란한 젊음이었다. 자신의 관상이 역시나 틀리지 않았다.

"얼마가 필요하오?"

중늙은이는 값을 물었다. 사실 그냥 물은 것이다. 값을 되도록 많이 쳐주고 싶었다.

"값대로 쳐주시오. 그나저나 미곡상이 이 금가락지가 필요하겠소?"

덕길는 오히려 중늙은이를 걱정했다.

"당신과 인연이 참 묘하오. 내가 얼마 전 천하의 고운 계집을 얻었는데... 이 금가락지를 보자 그 계집에게 주고 싶다는 생각이 들었지 뭐요?... 허허..."

중늙은이는 허심탄회하게 털어놓았다.

"하하... 돈이 많으면 천하의 고운 계집을 얻을 수 있는가 보오. 하지만 난 부럽지 않소. 나도 내 여자가 있소. 그거면 내가 천하를 얻은 것이오."

덕길은 미옥의 얘기를 하면서 흥이 나는지 입이 저절로 벌어졌다. 짧은 순간이지만 만개한 행복감이었다.

"그래. 어디 있소?"

중늙은이는 물었다. 그러자 덕길의 낯빛이 우울해졌다.

"...그건... 여하간 잘 있소. 사실... 그 금가락지... 내가 그 여자에게서 받은 거요... 팔고 싶지 않았지만... 당장 동생들의 생사가 달린 것이라 팔기로 한 거요. 그 여자도 그리 쓰라고 준 것일 테고... 그 여자의 마음을 이렇게 쓰게 되오..."

덕길은 차마 팔고 싶지 않았다. 그게 진짜 본성이었다.

"잘 쳐주겠소. 그리고 나중에 절박한 일이 생기면 나를 꼭 찾아오시오. 난 신의를 중히 여기오."

중늙은이는 덕길이 아주 마음에 들었다.

"난 고영춘이라고 하오. 앞으로 이 이름을 꼭 기억해 주시오."

덕길에게 공손하게 고개까지 숙여 인사를 했다.

"난... 덕길이라 하오. 성은 없소."

덕길도 고개를 숙여 인사를 했다.

"우리, 서로 간에 잊지 맙시다."

고영춘은 덕길에게 굳은 다짐을 두었다. 사내들끼리의 신의
이자 맹세였다.

덕길은 고영춘에게 돈을 받아서 시장통 근처로 갔다. 근처를
여러 번 빙빙 돌며 주위를 살피다가 허름한 무당집으로 들어
갔다. 일본 놈들이 무당집은 쉽사리 뒤지지 않는다는 생각에
잠시 거처를 두고 있었다. 하지만 오래 있을 만한 곳은 아니었
다. 언제 또다시 쫓기듯 나가야 할지 기약이 없었다.

"형님. 잘되었소?"

홍칠이 덕길의 팔을 잡으며 급하게 물었다. 배가 고파서 죽
을 지경이었다. 눈이 퀭했다.

"걱정하지 말아라. 무당한테 돈을 줘서 요기라도 할 수 있게
할 테니까."

덕길이 설명하자 사내들이 껄껄 웃었다. 그동안 배고픔을 한
참이나 참고 있었던 것이다.

사내들은 덕길을 장수처럼 따르고 있었지만, 형식은 불만이
많았다. 한 번 멋지게 살다가 죽어보겠다고 따라나섰다. 형식
은 덕길이 만주로 가서 독립운동을 할 줄 알았다. 형식은 어린
놈이었지만 그 꿈이 거창한 독립투사였다.

"형님, 우리는 독립하는 것이 아닌 거요? 언제까지 이곳에 있어야 하는 거요? 어서 만주로 뜹시다. 우리도 조직의 지원을 받아야 하지 않겠소?"

형식은 한창 혈기방장했다. 남아도는 힘을 주체하지 못해 방방거리기 일쑤였다.

"그렇게 독립을 하고 싶으냐?"

덕길이 형식의 눈을 뚫어지게 보았다. 어린놈의 일시적인 치기일까 봐 유심히 보려고 했다.

"그렇소."

형식이 대답했다. 그 대답이 무식할 정도로 무덤덤했다.

"그렇다면 넌, 누구를 위해서 독립을 하는 거냐?"

덕길은 또 물었다. 형식의 눈빛이 갑작스레 흔들렸다. 치기가 맞았다.

"조선을 위해서... 아니오?"

형식은 당황하고 있었다. 영 자신감이 없는 말투였다.

"네가 말하는 조선은 도대체 누구의 조선이냐?"

덕길은 끈덕지게 물었다. 형식의 얼굴이 벌게졌다. 대답할 수 없는 어려운 질문이었다. 생각해 본 적도 없었다.

"그건... 그건..."

형식은 결국 제대로 대답하지 못했다. 어쩌면 조선은 자신의 조선이 아닐 수도 있다는 생각이 들기 시작했다.

"넌 네가 말하는 조선에서 종이었다. 사람이 아니었다. 그런데

그런 조선을 위해서 독립을 하겠다는 거냐? 네 목숨을 버린다
는 거냐?"

덕길은 형식을 혼돈의 도가니 속으로 몰아넣고 있었다. 형식
의 사고 체계는 급격하게 허물어지고 있었다.

"형식아... 난 조선을 위해서 독립을 하지 않는다. 난 조선을
위해서 총독을 죽이지 않는다. 나 혼자만의 이유로 총독을 죽
이려는 것뿐이다."

덕길은 형식의 가슴에 새로운 사고 체계를 박아 넣으려고
했다. 형식은 곧 울 것 같은 얼굴이 되었다. 덕길은 형식을 힘껏
끌어안았다. 사내끼리의 묵직한 포옹이었다.

"이놈아. 너를 사람 취급 안 한 조선을 위해서 목숨을 버리
지 말라는 말이다. 죽으면 안 된단 말이다. 살란 말이다."

덕길의 품에 안긴 형식은 조용히 흐느끼고 있었다.

"난... 형님... 형님... 그냥 형님을 따르겠소. 형님의 그 이유
때문에 나도 싸우겠소. 제발 부탁이오. 날 버리지 마시오."

형식은 한창 울먹이면서 말했다.

덕길은 나머지 사내들을 향해서도 말했다.

"너희들에게도 다시 말하겠다. 난 조선을 위해서 싸우는 것
이 아니다. 난 나를 위해서 싸우는 것이다. 그러니까 독립을 하
고 싶은 놈은 가라. 떠나라."

하지만 사내들은 꿈쩍도 하지 않았다. 아무도 떠나려는 자는

없었다. 그만큼 그들은 외로웠다. 그만큼 그들은 갈 곳도 없었다. 그만큼 그들은 치열한 목표도 없었다.

"형님, 내가 폭탄을 좀 아오."

형식은 언제 울었냐는 듯 활짝 웃으며 말했다. 아직 눈가에 눈물이 남아있었다.

"네가? 진짜냐?"

덕길은 믿을 수 없다는 듯이 말했다.

"전에 주재소에 던졌던 폭탄, 설마 내가 훔친 건 줄 알고 있었던 거요? 그건 이미 돌아간 내 형님 물건이오. 형님이 의병을 했었소. 그래서 그 과정을 좀 아오."

형식은 자신은 없었지만 돕고 싶은 마음은 간절했다.

"훔쳤다고 생각한 적은 없다. 다만 깊은 사연이 있다고 생각했다... 그때 도움이 되었다. 고맙다. 그리고 우리 한 번 해보자."

덕길은 형식을 다시 한 번 껴안았다. 머리통을 쓰다듬었다.

"그런데, 무기는 어디서 구할 거요?"

흥칠이 나섰다.

"우리 처지에 돈을 주고 구할 방도는 없다. 그렇다면 훔쳐야지."

덕길은 자신이 훔친다는 말하면서 쑥스러웠다. 형식은 웃음보를 터트렸다.

"난 안 훔쳤는데? 형님은 훔치겠다는 거요? 참말로 우스운 반전이오."

사내들도 웃었다.

"그렇다고 날 도적으로 보지 마라."

덕길은 도적인 적도 없었고 도적이고 싶지도 않았다.

"그럼 작전이 필요하겠소."

흥칠은 신이 났는지 콧구멍이 크게 벌렁거렸다. 덕길은 폭탄을 제조하기 위해 무기를 훔치기 위해 작전을 세우기 시작했다. 주재소를 폭파한 이후, 처음으로 기분 좋은 의기투합이었다.

덕길은 미옥을 떠올렸다. 미옥이 건네준 금가락지 때문에 모두가 살아있다고 해도 무방했다.

'미옥아. 살아만 있어라. 내가 찾으러 간다.'

13

쌀 냄새는 기분이 좋았다. 결코 굶지 않을 거라는 안정감을 주었다. 미옥은 쌀로 지은 밥 냄새가 아닌 쌀 본연의 냄새가 이렇게 풍요로울지 전에는 몰랐었다. 하지만 이런 풍요의 배후에는 또 다른 불안이 도사리고 있었다. 미옥의 방은 고영춘의 방 건너편에 있었다. 불과 열 발자국 정도의 거리였다. 미옥은 방문살에 쇠젓가락 여러 개를 끼워 단단히 잠갔지만 그래도 불안해서 잠을 제대로 잘 수가 없었다. 처음엔 이부자리에 눕지도 못하고 벽에 기대앉아 방문만 노려보았다. 절대 잠들면 안 된다고 스스로 고문하듯 잠을 참았다. 고영춘이 혹시라도 방문을 벌컥 열거나 방문을 부수거나 쳐들어올지 모른다는 극단의 두려움이었다. 새벽녘 고영춘이 출타하는 소리를 듣고서야 놀라서 일어나곤 했다. 자기도 모르게 모로 쓰러져 쪽잠을 잤던 것이다. 하지만 미옥의 걱정과 달리 방문은 언제나 그대로였다. 열린 적이 없었다. 고영춘의 집에 따라올 때부터 이미 각오한 바였지만 막상 닥치고 보니 결코 만만한 경험이 아니었다.

이렇게 하루 이틀 열흘 보름 한 달이 지나면서 점점 미옥도 적응이 되어갔다. 잠도 조금씩 자기 시작했고 정신도 조금씩 차리고 있었다. 그런데 또 다른 형태의 두려움이 들기 시작했다. 그 두려움의 배후는 역시 고영춘이었지만 그 성미(性味)가 달랐다. 고영춘은 미옥의 방 근처에도 오지 않았을 뿐더러 미옥에게 방문을 단단히 잠그라고 당부를 하기까지 했다. 미옥은 당황하지 않을 수 없었다. 혹시 고영춘이 고자인가 추측도 해보았다. 하지만 고자라면 유곽에 오지도 않았을 게 뻔했다. 그냥 놀러 와서 창기한테 설레발이나 치고 몸뚱이 몇 번 더듬으려고 큰돈 내는 고자는 없을 터였다. 게다가 창기가 될 뻔한 자신을 구하기 위해 엄청나게 더 큰돈을 내주기까지 했다. 미옥은 생각하면 생각할수록 고영춘이 이상한 게 아니라 수상했다. 사내가 품지도 않을 계집을 위해 왜 그렇게 크나큰 돈을 지불하고 집에 데려다 놓은 것인지 의심스러울 수밖에 없었다.

"나한테 왜 이러는 거요?"

미옥은 밑도 끝도 없이 물었다. 이렇게 물어도 고영춘이 알아먹을 거라고 생각했다. 그런데 고영춘은 못 들은 건지 안 듣는 것인지 별 반응이 없었다.

"이보시오. 조선 천지 사방을 걸어 다니면 다 알 것이오. 돌부리에 걸리는 것처럼 도처에 굴러다니는 게 종이란 말이오. 그만큼 헐값이란 말이오. 값이 아예 없을 수도 있소. 그러니까

날 종으로 들일 작정이었다면 그리 비싼 값을 주었을 리 없단 말이오. 그렇다면 그 비싼 돈을 주고 날 첩으로 데려온 이유가 있지 않겠소? 그런데 막상 왜 날 멀리하는 거요?"

미옥은 그간 궁금했던 건 빼먹지 않고 물었다. 고영춘은 역시 반응이 없었다. 그저 눈을 지그시 감고 아주 작은 소리로 무언가 웅얼거렸다.

"말해보시오. 도대체 나한테 왜 이러는 건지 알아야겠소. 계속 이렇게 살란 말이오?"

미옥은 끈덕지게 다그쳤다.

"그래... 그렇다면 내가 먼저 묻겠다. 넌 내 첩이 되고 싶은 거냐? 그게 네 진심이냐? 솔직히 말해봐라."

고영춘은 갑갑한지 한숨을 내쉬었다.

"날 첩으로 삼는다 한들 내가 저항할 수 없다는 거 잘 알고 있잖소?... 하지만 그리 물으니 대답은 제대로 하겠소. 난 그리 되고 싶지 않소. 첩이 되고 싶지 않단 말이오. 이게 본래 내 진심이오."

미옥은 솔직히 말했다. 은혜를 배반한 자가 되더라도 어쩔 수 없었다. 다른 방식으로 은혜를 갚기만을 바랄 뿐이었다. 제발 그렇게 되기를 바라고 있었다.

"그래... 나도 네 마음 안다. 그런데 걱정 마라. 나도 그럴 마음 없다. 널 첩으로 삼을 마음이 없단 말이다. 이게 내 진심이다."

고영춘은 자신의 실심(實心)이 전달되기를 바랐다.

"...혹시... 그런 거요?"

미옥은 차마 입에 담기 어려웠다. 고영춘이 남자 구실을 못하는 병신일 수 있다는 의심이 들었다. 그날 유곽에 처음 왔을 때 꼴이 생각났다. 그저 손으로 주무르다 가려고 왔을 수도 있었다. 그런 미친 짓에 돈을 쓸 위인도 있는 법이었다. 그런데 또 이상했다. 자신의 집에 데려와선 손으로 주무르기는커녕 방문도 열지 않았다. 아무리 생각해봐도 이상하긴 마찬가지였다.

"아니... 혹시 유곽에 다녀오고 나서... 그러니까 그 사이에 어떻게 된 거요? 그 후에 무슨 변고라도 당한 거요? 나한테 말해보시오. 그렇다 해도 난 도망가거나 하진 않을 것이오. 그쪽을 보살필 것이오."

미옥도 자신의 본심이 전달되기를 바랐다.

"깊은 사연이 있다. 그런데 네가 알 필요가 없는 사연이다. 나 혼자만의 사연이다. 네 팔자도 복잡할 텐데 내 팔자까지 알아서 뭐 하겠냐? 속 시끄럽다."

고영춘은 딱 잘라 거절했다.

"그건 아닌 것 같소. 내가 그쪽 신세를 지고 있는 이상 들어야겠소. 또한 내가 그쪽 은혜를 갚아야 하는 이상 들어야겠소. 내가 도움이 될 수도 있지 않겠소? 아니 도움이 되고 싶소. 그러니 어디 말해보시오."

미옥은 기필코 들을 자세였다.

"...사실 내게 딸이 하나 있었다."

고영춘은 그야말로 한 맺힌 한숨을 내쉬었다.

"너만큼 예뻤다. 정말 얼마나 예뻤던지 내가 옥이라고 불렀다. 옥을 본 적이 있느냐? 그 고귀한 빛깔이며 그 반드르르한 윤기며... 정말 내 딸은 옥처럼 예뻤다. 지나는 모든 사람들이 하나같이 돌아볼 정도로 예뻤다. 사내놈도 쳐다보고 계집도 쳐다보고... 할아비도 쳐다보고 할미도 쳐다보고... 어린애들은 졸졸 따라다니기까지 했다. 하늘에서 갓 내려온 선녀 같았지. 나도 내가 그런 딸을 낳았다는 걸 믿을 수 없었으니까. 그런데 그게 그 아이의 큰 불행이 되고 만 거지. 계집은 지나치게 예쁠 필요가 없는 거야. 그렇게 태어나서는 안 되었던 거야. 그런데 어쩌겠냐? 그게 뜻대로 되냐 말이다. 그 아이가 예쁘게 태어나고 싶어서 그리 태어난 건 아니란 말이지..."

고영춘은 또 깊은 한숨이었다. 끝날 줄 모르는 한숨이었다.

"그게 무슨 말이오? 상세히 말해 보시오."

미옥은 쉽게 알아들을 수가 없었다.

"그 아이 인물이 그 아이 팔자를 만들었단 말이다. 그런데 그것이 그리 큰 비극이 될 줄은... 정말 몰랐던 거지."

고영춘은 곰방대를 말아 피기 시작했다. 연기를 내뿜으며 그 자세한 내막을 늘어놓기 시작했다.

"내 딸 옥이가 연모하던 사내가 하나 있었다. 나 모르게 둘이 연분을 쌓았던 거지. 나도 참 신기한 것이, 둘이 어디서 만나 그런 인연을 시작했는지 오리무중이란 말이야. 둘이 만나기 어려운 인연이었거든. 하긴 내가 알았다고 한들 둘의 인연은 어쩔 수 없었겠다만... 어쨌든 그 사내가 하필이면 독립을 하던 놈이었단 말이지. 하필이면 양반가의 아들이었단 말이지. 너도 알다시피 난 양반이 아니다. 그러니까 옥이도 양반가의 규수는 아닌 거지. 그런데 아마도 옥이는 양반가의 도련님과 혼인을 하면 자신도 양반가의 규수가 될 수 있다고 착각을 했던 것 같다. 불쌍하게도... 어리석게도 찰나의 꿈을 꾸었는지... 모르지... 사실 그런 생각을 물어볼 겨를도 없었으니까. 정녕 그것이 네 꿈이었니? 하고 물을 시간도 없었거든... 하여간 옥이는 그 사내를 따라 독립을 시작했던 거야. 아무것도 모르고 말이다. 천지 분간도 못하는 순진한 아이가 말이야. 연모하는 사내가 독립을 한다고 하니 그리된 거지. 그런데 말이야. 그 사내가... 그놈이 말이야. 우리 옥이를 진심으로 연모한 게 아니었어. 이미 혼인한 아내가 있었던 거지. 또 독립도 진심으로 한건 아니었어. 낭만이니 뭐니 하는 영웅심이었던 거지... 그 나쁜 놈이 우리 옥이를 이용한 거야. 아주 예쁜 노리갯감이었던 거지. 그놈은 옥이를 총독부 고위관리 첩으로 들어가게 했던 거야. 옥이를... 우리 옥이를 뇌물로 바친 거야. 기밀을 빼오기 위해서였지. 무슨 기밀이었는지 모르지만... 하여간 옥이는 자신이 첩으로 들어가는 줄 몰랐어. 뇌물로 바쳐진 것을 몰랐던

거지. 그저 시중이나 드는 종으로 잠시 잠깐 들어간 줄 알았던
거다. 그놈이 그렇다고 하니까 그런 줄 알았던 거지. 추호의 의
심도 없이... 그런데 너무 기막힌 것이 그 고위관리 놈은 고위
관리도 아니었던 거야. 그저 검열관일 뿐이었다는 거지. 소설
책의 문장을 하나하나 검열하는 놈이었다는 거야. 난 이 모든
걸 나중에야 알았다. 내가 옥이를 찾으러 갔을 때, 옥이는 이
미 죽은 후였다. 그 고위관리라는 놈이 우리 옥이를 죽인 후였
어. 옥이의 신분이 들통난 거지. 그 검열관은 자신의 경력에 위
협이 될 만하니까. 일단 죽이고 본 거지. 내가 너무 늦게 당도한
거야. 난 그때부터 옥이를 죽인 그 검열관을 죽이기 위해 새로
이 살기 시작했다. 그날부터 난 제대로 살기 시작했다. 오로지
그놈을 죽이기 위해서."

고영춘은 참으로 기나긴 사연(死緣)을 담담하게 얘기했다.
도저히 맨정신에 털어놓을 수 없는 참혹한 비극이었다. 미옥은
가슴이 뻐근할 정도로 아팠다. 고영춘이 살기 위해서 사는 것
이 결코 아니라는 것을 알았다.

"그런 일이 있었는지 전혀 몰랐소. 미안하오... 내가 참으로
무심했소."

미옥은 고영춘의 이야기가 딴 세상 이야기처럼 들리지 않았
다. 바로 자신의 이야기이기도 했다. 양반들에게 양반 아닌 것
들은 모두 두엄으로 쓰이는 똥오줌보다 못한 처량한 신세였다.

"조선 사람들은 이름이 있는 투사들만 알고 있고 기억하고 있지. 그리고 찬사를 보내지. 참으로 으리으리한 이름들이지. 하지만 이름 없는 투사들도 더 많이 있었고 그 이름 없는 투사들이 더 많이 죽었다는 건, 희생했다는 건 아무도 모른다. 아마도 많은 세월이 흘러서 후대의 사람들이 지금의 시대를 기록한다 해도... 이들의 이름은 아무도 모를 테고 기억도 못할 것이다. 애초에 이름도 없는 것들이니까. 우리 옥이도 마찬가지지. 아무도 우리 옥이를 기억하지 못할 거야. 난 우리 옥이가 아무 의미도 없는 죽음을 당했다고 생각하고 싶지 않다. 우리 옥이의 죽음은 반드시 의미가 있어야 했다. 그래서 나라도 똑똑히 기억해야 했다. 그래서 복수를 해야 했다. 그마저 안 하면 이름만 없는 게 아니라 존재한 사실조차 없는 것처럼 되어 버리니까... 우리 옥이는 그래서는 안 된다... 난 그렇게 살고 있고 살아갈 것이다."

고영춘은 두 눈을 감고야 말았다. 눈썹이 파르르 떨렸고 입술이 움찔움찔 실룩거렸다. 울음을 억지로 참고 있었다.

"그럼 독립을 하는 조직에 들어간 거요? 독립을 하는 조직이 많다고 들었소. 어떤 조직이오?"

미옥은 깊은 사정과 까닭에 빨려 들어가고 있었다.

"부끄럽지만 그리되었지... 조직에 들어가긴 했지..."

고영춘은 마땅치 않은 표정이었다.

"나라를 위한 일인데 부끄럽다니... 무슨 해괴한 말이오?"

미옥은 앙상한 생애가 가여웠다.

"난... 나라를 구하고자 들어간 게 아니니까... 그래서 부끄럽다는 것이다. 난 독립을 위해서, 나라를 구하고자 하는 자들과 다르다는, 전혀 말이다... 다르다고..."

고영춘은 죄책감에 매몰되어 있었다.

"아..."

미옥은 탄식을 내뱉었다.

"우리 옥이를 그렇게 만든 그놈을 죽이기 위해서다. 난 용서할 수가 없다. 조선총독부에 근무한다는 그 검열관을 죽인 다음 그리고 그 양반 놈을 죽인 다음... 그래... 그때까지만... 그때까지만 난 조직에 몸담고 있을 뿐이다... 미안하다. 내가 이렇게 볼품없다. 거창한 이유도 대단한 대의도 없는 내가 미안하다. 내가 이것밖에 안 된다... 그래서 부끄럽다..."

고영춘은 피를 토하는 듯 실토했다. 눈에는 마른 눈물 한 방울도 없었다. 눈물의 찌꺼기까지 말라붙어 버린 것이다.

"괴로워하지 마시오. 그리고 그 일이 끝난 후에. 진짜 나라를 위한 대의를 위해 계속 싸우시오. 난 그쪽이 그렇게 했으면 좋겠소."

미옥은 고영춘이 모든 복수를 끝낸 후 스스로 파멸할까 염려되었다.

"대의? 무슨 대의? 한 나라의 백성 하나도 못 지키는 그런 황제를 위해서? 그런 나라를 위해서?... 난 그런 종류의 대의는 애초에 없다. 나의 대의는 오로지 옥이의 복수를 하는 것이다. 내가 그 일본 놈을 죽인다 해도 그건 황제를 위한 것도 아니고 나라를 위한 것도 아니다."

고영춘의 눈에 핏발이 성성했다.

"알겠소. 아니 알 것 같소... 진심이오."

미옥은 고영춘의 손을 힘주어 잡았다. 고영춘은 놀라는 표정을 지었다.

"난... 살아있는 것이 아니다. 그렇다고 죽은 것도 아니다."

고영춘은 두 눈을 감았다.

"잘 알고 있소..."

미옥은 고영춘의 사연을 멋대로 윤색하고 싶지 않았다. 그대로, 그 원형 그대로 들어주고 싶었다.

"난... 아직 덜 죽은 것이다."

고영춘은 이 세상엔 더 이상 낙원이 부재하다는 것을 외로이 증거하고 있었다.

"그런데, 그 검열관의 이름이 뭐요? 내가 알고 싶소. 말하기 어렵소?"

미옥의 가슴은 걷잡을 수 없이 뛰었다. 고영춘이 이름을 발설하는 순간 자신도 그자를 죽이고 싶어질 것 같았다. 그건 말로 간단히 설명할 수 없는 동일한 죽음의 계통을 공유하는 동질의식이었다. 마치 자신이 고영춘의 딸이고 고영춘이 자신의 아비인 그런 관계의 확장성의 순간이었다.

"사이토 마코토. 그리고 다이스케."

고영춘은 그 이름을 한 자 한 자 칼로 쳐내듯이 말했다. 평소에는 들어본 적 없는 준엄한 목소리였다.

"...사이토 마코토, 그게 누구요?"

미옥의 가슴은 격렬하게 요동치고 있었다.

"총독이다. 조선총독부 총독."

미옥은 낯 뜨거운 부끄러움을 느꼈다. 자신의 팔자에 그런 이름은 존재한 적이 없었다. 자신의 팔자에 존재했던 이름은 단 두 사람, 성준과 덕길뿐이었다. 그 외에 어떤 이름도 알려고 하지 않았고 알고 싶지 않았다. 그저 하찮은 남녀상열과 관계 있는 두 사람의 이름이었다. 주재소장과 일본 순사들에게 받은 치욕과 모욕도 잊으려고 했을 뿐이다. 복수는 꿈도 꾸지 않았다. 미옥은 난생처음으로 자신의 진짜 모습을, 종이 아닌 사람으로서 진짜 독립된 정체를 알고 싶었다. 성준과 덕길, 이 두 개의 이름 말고 다른 이름도 알고 싶었다. 그 이름들은 결국 이 세상이었다.

"그런데 그날 왜 유곽에 온 거요?"

미옥은 꼭 듣고 싶었다. 그날의 고영춘의 정체를 알고 싶었다. 그 또한 사연이 있을 터였다.

"넌 몰랐겠지만, 그 유곽은 많은 일본 고위 관료들이 드나드는 곳이다. 예쁜 계집들을 많이 데리고 있다고 소문이 자자한 곳이기도 하지. 장안에서 아주 유명한 곳이다. 아주 큰돈을 지불하는 곳이라 아무나 드나들 수 없기도 하고... 그런데 난 이미 그전부터 그 유곽에 쌀과 또 다른 중요한 물건을 대고 있어서 주인 연심과 안면을 터놓은 형편이었다. 내가 그 중요한 물건을 대지 못하면 아마 그 유곽도 망할 게 뻔하니까... 그래서 유곽의 사정을 소상히 알고 있었지. 총독 사이토 마코토가 예쁜 계집을 찾아 유곽에 온다는 정보도 알 수 있었고 예쁜 계집을 사이토 마코토에게 보내는 정보도 알 수 있었지. 그래서 그날이 오기를 기다리고 또 기다렸다. 그런데 어느 날 우연히 너에 대한 이야기를 듣게 되었다. 네가 사이토 마코토에게 갈 거라는 얘기를 들었던 거야. 난 기회가 온 것을 알았다. 그래서 너에게 일부러 접근하려고 한 거다. 널 이용하려고 한 거지."

고영춘은 겸연쩍어했다. 미옥을 이용하려고 했었던 마음에 대한 자백이었다.

"...나도 많은 돈을 지불했다. 난 고위관리도 아니고 천석꾼 만석꾼도 아니지. 하지만 많은 돈을 연심에게 주었다. 오직 너를 보기 위해서였다. 너를 이용해서 사이토 마코토에 갈 기회를 얻기 위해서였다."

고영춘은 밤을 새워도 모자랄 경로를 술술 털어놓았다.

"더 상세히 얘기해 보시오."

미옥은 미궁(迷宮)에 빠진 것 같았다.

"처음엔 이용하려고 했었지... 그런데 너를 보자마자 너무도 놀라고 말았어. 우리 옥이랑 어찌나 닮았던지... 아니다 닮은 정도가 아니다. 똑같았다. 똑같았어. 우리 옥이가 환생한 줄 알았으니까. 그 순간 난 너를 구해야겠다고 결심했다. 반드시 구해야 했다. 전 재산을 다 쓰는 한이 있어도 살아있는 환생의 옥이를... 구해야 했다. 내 사적인 욕심이었지... 그런데 연심은 만만치 않았다. 너를 절대 내어주려고 하지 않았지. 상상도 할 수 없는 거액을 요구했어... 아마 조선의 황제나 지불할 수 있는 금액일 수도 있겠다... 그만 해야겠다. 힘들다."

고영춘은 더 이상 말하고 싶지 않았다. 하지만 미옥은 나머지 층층의 사연도 듣고 싶었다.

"그럼 그 많은 돈을 주고... 또 어떤 약조를 하였소?"

미옥은 빤히 쳐다보았다. 고영춘은 시선을 회피했다. 미옥에게 너무나 미안했다.

"말해 보시오. 난 괜찮소. 미안해하지 마시오. 날 그곳에서 구해준 것만 해도 큰 은혜를 입었소. 그러니 말해 보시오."

"나도 똑같은 놈이 된 거다... 미옥아..."

고영춘은 고통스러운지 얼굴을 찌푸렸다.

"누구랑 똑같단 말이오?"

미옥은 고영춘을 다그쳤다.

"우리 옥이를 그렇게 만든 놈과 별다를 게 없다는 뜻이다."

고영춘은 자신의 추악한 죄를 징벌하듯 말했다.

"그게 무슨... 알 것 같기는 하지만..."

미옥은 고영춘의 선의가 또 다른 악의가 될 것 같은 불안이었다.

"연심은 널 총독에게 기필코 데려갈 거다. 그 조건으로 나에게 너를 판 거다. 난 약조를 했다. 난 네가 총독, 사이토 마코토에게 가는 그날을, 그 날짜를 알아야 했거든... 끝까지 널 이용하기만 한 거다. 그래서 난 네가 잠든 방문을 차마 열 수가 없었어... 밑바닥에 남아있는 마지막 양심이라고 할 수 있지..."

고영춘은 고개를 푹 숙였다. 차마 흐느끼지도 못했다. 미옥은 고영춘의 선의의 근본이 애초에 악의라는 것을 알자 그 충격은 이루 말할 수가 없었다.

'연심이 내게 강요하고 강조한 약조가 또 이렇게 고영춘 영감과 관련이 있었구나.'

미옥은 고영춘의 선의도 악의도 탓하고 싶지 않았다. 고영춘이 유곽에서 자신을 꺼내어 준 그 은혜만 집중하기로 했다. 지금까지 살면서 자신에게 그런 호의를 베푼 사람은 없었다. 미옥은 고영춘의 손을 다시 만졌다. 따뜻한 손길로 만졌다. 제발 죄책감을 갖지 말라고 제발 안심하라는 위무의 손길이었다.

"괜찮소. 내가 창기가 되지 않은 것만 해도 참으로 고맙소. 난 그쪽의 선의든 악의든 하여튼 그런 이유로 새로 태어난 것이오. 새 팔자를 얻은 것이오. 하지만 이제는 내 뜻대로 말하고 행동하겠소."

미옥은 조금의 동요도 없었다. 고영춘은 숙였던 고개를 들었다. 어차피 도주로도 없는 막다른 길이었다.

"난... 당신을 돕겠소. 총독, 사이토 마코토에게 가겠소. 하지만 이것만 알아두시오. 이건 내 뜻이오. 그쪽 뜻이 아니란 말이오."

미옥은 고영춘의 눈을 똑바로 보면서 말했다. 절대 변심이 없다는 의지를 갖고 말했다. 고영춘은 믿을 수 없다는 표정을 지었다. 점점 입이 크게 벌어졌다. 자신에게 쏟아지는 새로운 은혜가 믿기지 않았다.

"진...심이냐?"

고영춘은 확인하고 싶었다. 여러 번이라도 확인하고 싶었다. 자신이 어리고 예쁜 미옥을 구한 것이 아니라 어리고 예쁜 미옥이 자신을 구하고 있다는 것을 비로소 실감했다. 고영춘은 굵은 눈물을 뚝뚝 흘렸다.

고영춘의 아비는 남사당패로 평생을 역마살로 돌아다니던 허랑방탕한 위인이었다. 그래서 어려서부터 밥 굶기가 다반사였다. 어미는 언제 올지 모르는 아버지를, 서방이라고 기다리며 평생을 살았다. 아비는 일 년 만에 또는 이 년 만에 한 번씩 출몰하곤 했는데 그때마다 어미와 동침하여 새끼를 하나씩 만들었다. 새끼 만드는 일을 마치고 나면 새벽이 되기 무섭게 벌써 떠나고 없었다. 그런데 그렇게 생긴 새끼는 오래 못가 다 죽고 유일하게 고영춘만 살았다. 그래서인지 어미는 고영춘을 끔찍하게 아꼈다. 고영춘은 아비가 떠나버린 새벽이면, 텅 빈 이부자리를 망망대해를 바라보듯 우는 어미를 보며 결심한 바가 있었다. 식솔을 떠나는 아비는 되지 않겠다고 말이다. 식솔을 굶기지 않겠다고 말이다. 하지만 어미는 어린 자식의 생사를 감당하기 힘들었다. 결국 대갓집 저택의 찬모로 들어갔다. 종이나 마찬가지였다. 요리 솜씨가 좋다고 소문난 덕분이었다. 고영춘은 특히 어미를 많이 따랐다. 어미의 손을 잡아야 잠이 들었고 어미의 젖이라도 만져야 잠이 들었다. 어미는 열여섯에 혼인하여 자식을 넷이나 낳았어도 아직 젊고 예뻤다. 대갓집의 대감마님은 어느 날 어미를 보았다. 마음에 들었는지 호시탐탐 어미를 노렸다. 그런데 어미가 좀체 허락을 안 하자 고영춘과 함께 내쫓겠다는 협박까지 했다. 어미는 결국 굴복하고 말았다. 아비가 나타나지 않은 지오 년째 되던 해, 어느 날이었다. 대감마님은 다른 조선 양반들처럼 종을 사람으로 인정하지 않는 터라, 밤이면 뒷간 가듯 어미의 방에 심심찮게 놀러 왔다. 하지만 방에는 어미만 있는 것이 아니었다. 고영춘도 있었다. 고영춘은 그날 밤도 어미의 젖을 만지며 잠이 들었다. 그런데 누군가의 손이 고영춘의 손을 치우는 걸 얼핏 느꼈다. 하지만 잠결이라 곧 잊었다. 고영춘은 온종일 마당 비질을 했던 터라 고단함에 나가떨어진 상태였다. 잠이 깊어서 일어날 기운도 없었다. 그런데 잠시 후 이상한 신음 소리가 들렸다. 고영춘은 그제야 가자미눈을 떴다. 한 남자가 어미의 몸뚱이를 짓누르고 있었다. 어미가 고영춘 쪽을 보며 울고 있었다. 고영춘이 어미를 짓누르고 있는 남자의 얼굴을 제대로 보니 바로 대감마님이었다. 어미가 한 손으로 고영춘의 눈을 가렸다. 순간 고영춘은 벌떡 일어나 구석에 처박아 두었던 낫을 집어 대감마님의 뒷목을 내리쳤다. 순간 뒷목에서 피가 솟구쳤다. 어미는 비명도 지르지 못했다. 잠시 영겁과도 같은 정적의 시간이 흘렀다. 피가 꾸역꾸역 흐르는 소리만 규칙적으로 들렸다. 갑자기 어미가 부산하게 움직이기 시작했다. 고영춘의 옷가지 몇 개를 봇짐에 싸주었다

"빨리 떠나라. 여기 걱정은 말고. 어서."

어미는 고영춘을 멀리 떠나보내려는 마음에 무척 다급했다. 어미의 손은 저절로 떨고 있었다. 고영춘은 엉겁결에 떠밀리듯 밖으로 나왔다.

"어무이..."

고영춘은 목이 멨다.

"얼른 가. 다시 오지 마. 다시 오지 마."

어미는 고영춘의 등을 마구 떠밀었다. 고영춘이 서러울 정도로 떠밀었다. 고영춘은 그렇게 떠밀리듯 앞으로 걸어갔다.

"어무이... 어무이..."

고영춘은 온몸을 비틀며 흐느꼈다.

14

성준은 김기주 선생 집에서 사상 공부에 여념이 없었다. 곧 만주에서 오신다는 그분을 만나기 전에 사상적 학업을 만들어 둘 욕심이었다. 성준은 그 어느 때보다 지식에 관한 욕구가 강렬했다. 김기주 선생이 설파한 아나키즘에 관해 공부하면 할수록 자신이 미옥과 결혼하지 못하는 것이 신분을 양분하는 구조적 문제라는 것을 알게 될 뿐이었다.

"내가 진작에 이런 지식을 얻었다면, 미옥과 그렇게 허망하게 헤어지지는 않았을 텐데..."

성준은 뒤늦게 안타까웠다. 좁은 우물물에 갇혀있는 개구리였던 셈이다.

성준은 조선과 일본의 정치적 역학 관계도 깊이 고민해 본 적이 없었다. 하지만 지금은 사람을 양반과 종으로 구분하는 것이 결국 일본과 조선을 구분하는 것과 크게 다르지 않다는 것을 어렴풋이 깨닫고 있었다. 조선의 천재들도 조선의 양반들도 이런 문제를 만천하에 제기하지 못했었다. 그들에게도 종이라는 신분은 논외 대상이었던 것이다. 성준은 아직도 혼란스러웠다. 자신의 이기심은 아직도 스스로를 양반이라 주장하고 있었다. 양반을 포기하지 말라고 자신을 선동하고 있었다. 성준은 일본과 조선의 신분이 같아지는 것은 받아들이기 쉬웠지만 양반과 종의 신분이 같아지는 것은 받아들이기 쉽지 않았다. 스스로 이 모순에 대한 해결을 찾아낼 능력도 없었지만 이문제에 대한 혜안을 만들어낼 능력도 없었다. 이토록 멋진 사상에 몰두하고 있으면서도 깊은 곳에서는 이 멋진 사상을 부정하는 또 다른 사상이 꿈틀댔다. 그것은 매우 오래된 끔찍한 이기였다.

"다만 미옥에게 미안한 마음뿐이다... 난 미옥만 살리면 된다... 이것에만 집중하자."

성준은 아나키즘이라는 사상의 넋에서 미옥의 현신을 찾고 있었다. 미옥과 혼인하여 미옥을 종의 신분에서 양반의 신분으로 격상시키는 것이 목표였다. 가장 이기적인 형태의 아나키즘 구현이었다.

성준은 아버지가 미옥을 반대하는 이유가 종이라는 천민 신분 때문임을 익히 알고 있었다. 미옥이 종만 아니었다면 아버지가 그토록 반대할 리가 없었다. 성준은 오직 자신의 대의만 생각하기로 했다. 누가 비난하건 누가 반대하건 상관없었다. 한창 이런저런 생각에 골똘해 있을 때 인기척 소리가 들렸다. 손님이 온 듯했다. 곧이어 김기주 선생의 목소리가 들렸다.

"누가 왔는지 나와 보게나."

성준은 얼른 일어나서 김기주 선생이 데려온 손님을 맞으러 나갔다. 그런데 그만 얼굴이 굳어졌다. 김기주 선생 옆에 서 있던 손님의 얼굴도 마찬가지로 굳어졌다. 김기주 선생은 두 사람의 분위기가 심상치 않음을 느끼고 쓸데없이 헛기침부터 했다.

"자 앉게. 난 마실 거라도 가져오겠네... 커피 어떤가? 커피를 마셔야 우리도 신사라고 할 수 있지 않겠나? 하하하."

김기주 선생은 두 사람 사이의 눈치를 보며 큰 소리로 웃었다.

"전 필요 없습니다."

손님은 딱딱하게 말했다. 성준을 노려보고 있었다.

"자네는?"

김기주 선생은 성준에게도 물었다.

"저도 필요 없습니다."

성준도 딱딱하게 말했다. 손님을 노려보고 있었다.

"그럼 그러지. 일단 앉게."

김기주 선생은 두 사람에게 앉기를 권했고 손님이 먼저 앉았다. 그리고 성준이 앉았다. 모두 멀뚱한 표정으로 시간만 흘려보내고 있었다. 아무도 먼저 이야기를 꺼내지 못했다. 성준은 답답한 나머지 먼저 나섰다.

"선생님, 제가 말씀을 못 드렸는데, 이 자가 바로 제 처남입니다."

성준은 손님을 소개했다.

"이 자라니?..."

손님은 얼굴을 붉히며 성을 냈다.

"아니... 은동이. 네가 처남 되는가? 난 몰랐네... 하하하."

김기주 선생은 두 사람 사이의 신경전을 눌러보려고 괜히 또 웃었다. 김기주 선생도 어색했고 성준도, 손님 은동도 어색했다.

"어떻게 하다 보니 그런 촌수가 되었습니다."

성준은 불만이 많았지만 참고 있었다. 험악한 수위를 한참 낮춘 말투였다.

"형님, 제 여동생 은숙이 아시잖습니까? 이 자가 은숙과 정혼한 사이입니다. 그런데 아직도 혼인식을 치르지 않고 있는 데다 차일피일 미루고만 있지요. 은숙은 저 사람 부친의 병수발을 들고 있다지 뭡니까? 똥오줌을 받아내고 있다니... 양반가의 규수를 그렇게 부려먹어도 된답니까? 혼인식도 안 치렀다니까요... 참 나..."

은동은 작정하고 힐난에 나섰다.

"아니... 은동이... 천한 쌍것들도 아니고 법도가 있거늘... 그래도 매부라고 불러야 하거늘... 이게 뭐 하는 짓인가?... 허허... 참..."

김기주 선생은 은동을 꾸짖었다. 그런데 부러 꾸짖는 투였다.

진짜 꾸짖는 것은 아니었다.

"왜요? 아직 혼인식도 치르지 않았다니까요... 그보다 더 중요한 건... 부친의 병색을 살피는 것이 사람의 도리이거늘... 부모 병수발을 제 여동생에게 맡기고 어디 숨어 있나 했더니... 여기 숨어서 신선놀음하고 있었네요... 이번엔 또 무슨 사상으로 변명을 하려는지 궁금하지도 않습니다. 참나... 세상에 이런 호로자식이 또 어디 있겠습니까?"

은동의 힐난은 점점 심해졌다. 김기주 선생은 그만 입을 다물고 말았다. 자신이 끼어들 일이 아닐지도 모른다는 생각이었다.

"혼인식도 치르지 못한 은숙이 지금 어떤 고생을 하고 있는지 알고는 있소?"

은동은 성준에게 거침없이 쏟아냈다.

"열 여자 마다하지 않는 게 남자라고 하지만, 내가 마음이 없는 걸 어쩌겠나? 그건 자네도 잘 알 텐데? 마음에 없는 여자와 함께 사는 게 얼마나 고역인지 말이야. 게다가 내가 아버님 병수발을 시킨 것도 아니고... 스스로 하는 것을 어떻게 말리겠나? 그렇게 못마땅하면 직접 데려가던지..."

성준도 그냥 지나칠 마음이 없었다. 그동안 불만이 쌓여있었다.

"마음이 없었다면 이미 결단을 내렸어야지? 그 우유부단함 때문에 한 여자가 평생 불행하게 살아도 된단 말인가? 안 그런가?

나 참, 양반가의 자제라는 자가 말하는 꼬락서니 보게나..."

은동은 화를 내며 아랫사람 대하듯 반말까지 했다.

"스스로 왔으니 스스로 가면 될 터인데... 나도 정 없네. 데려 가라니까."

성준은 조금의 인정도 없이 냉정했다.

"뭐라고? 말이면 다인 줄 아는가? 정 그렇다면 자네 부친 수발 은 자네가 하면 되겠네. 안 그런가? 부친 똥오줌 직접 받아내면 되겠네. 안 그런가? 내 인편을 넣어서 그리하도록 이르겠네. 당 장이라도 부친께 가야 할 걸세. 감히 양반가의 규수를 그리 대 하다니... 암... 절대 함부로 대할 순 없는 거지. 그저 좀 배웠다 는 조선의 식자들은 죄다 이렇게 표리부동(表裏不同)해서야..."

은동은 분을 못 참고 씩씩거렸다.

"...허허... 지금 그런 소리를 할 처지가 아닐 텐데..."

성준은 은숙에 대한 미움과 원망을 은동에게 몽땅 퍼붓고 있었다. 은숙만 생각하면 분노가 치밀었다. 미옥과 자신의 혼 인을 가로막는 가장 큰 원인이라는 생각뿐 도무지 여자라는 생각은 들지 않았다. 내치려고 해도 내쳐지지 않는 징글징글한 악연이었다.

"뭐라?"

은동은 기가 막힌다는 표정이었다.

"그쪽이야말로 한성에서 알아주는 오입꾼 아닌가? 지나가는 애들도 알고 똥개도 알 정도의 명성을 지닌 위인이니까. 그 유명한 오입질 때문에 안사람 마음고생이 아주 심하다고 들었는데... 하하. 그런데 그런 개차반이 하나밖에 없는 여동생의 행과 불행을 논하다니? 이 또한 표리부동 아닌가? 얼마나 우스운지? 지나가던 똥개가 다 웃겠네."

성준은 최선을 다해 비난의 화살을 쏘고 있었다.

"이놈이?"

은동은 벌떡 일어났다.

"왜? 한 대 칠 생각인가? 그럼 쳐보시게. 어디 맞아보지."

성준도 벌떡 일어났다. 김기주 선생도 벌떡 일어났다.

"자자... 다들 그만두자고. 그러고 보니 우리 셋 모두 한 집안 사람들일세. 한 집안 사람들끼리 이러면 쓰겠나? 앉으라고. 앉아."

김기주 선생은 둘을 말리느라 쩔쩔맸다.

"한 집안 사람이라뇨? 아직 혼인식도 안 했습니다. 제가 혼인하자고 한 적도 없습니다. 무작정 쳐들어와선 뭐 하는 짓인지..."

성준은 아직도 분이 덜 풀렸는지 숨소리마저 거칠었다.

"하하... 한성 조씨 가문도 이것밖에 안 되는 것인가? 조선의 법도를 진정 모르는가? 내 부친이 아니라 자네 부친이 정혼을 약조하셨네. 우리는 아예 염두에 두지 않았다네. 마음에 전혀 없었단 말일세. 그런데 자네 부친이 찾아와서 내 부친께 통사정을 하셨지. 아마 천한 종년과 놀아난다고 하셨지? 하하하... 참나... 창피스러워서... 조선 양반가의 어떤 사내가 종년 때문에 정혼한 여자를 회피한다던가? 안 그런가? 하여간 자네 부친이 사정사정하는 바람에 여동생을 내어준 거네. 그런데 그 은혜를 알지는 못할망정 부친 똥오줌 수발에 부려먹기만 하는 건가? 조선에선 정혼한 여자와 반드시 혼인을 해야 함은 물론일세. 이건 이 나라의 법도이네. 도대체 내 여동생을 이렇게까지 참극으로 몰고 가는 이유가 무엇인가? 나도 좀 알고 싶네... 자네가 숭상하는 그놈의 사상 서책에서 그리 가르치던가? 만약 그렇다면 그 서책은 다 불태워 버리는 게 낫겠네."

은동은 불끈한 주먹을 보란 듯이 들이밀었다. 당장이라도 한 대 칠 기세였다.

"하하하... 본인 안사람의 불행은 안보이고 여동생의 불행만 보이다니... 하하하..."

성준도 주먹을 쥐고 흔들었다. 절대 지고 싶지 않다는 유치한 만용이었다.

"쯧쯧... 이사람... 여자란 옷을 입고 벗듯 바꿀 순 있지만 천륜은 바꿀 수 없는 걸세. 사람의 기본적인 도리도 모르고 살았는가? 정말 양반가의 자손이 맞는가? 혹시 어미가 종년인가?"

은동은 차마 입에 담지 못할 말까지 했다. 성준이 먼저 은동의 얼굴을 쳤다. 김기주 선생이 부리나케 말렸다.

"내 어머니를 모욕하는 말을 입에 담지 말라. 내 어머니는 세상에서 가장 고귀하게 살다 가신 분이다. 그런데 어찌 그리

망발을 하는가? 네 어미에 관한 추잡한 소문은 조선이 다 알고 있거늘... 내 오늘 네놈을 죽이겠다."

성준도 마찬가지로 입에 담지 못할 말을 쏟았다.

"흐흐... 내 어머니? 내 어머니?... 네놈이 이제 막 나가고 있구나. 좋다. 너도 오늘 죽여주마."

은동은 마구잡이로 삿대질을 했다.

"자자... 그만 하세. 그만해... 성준, 자네 마음은 모르는 바가 아니네... 나도 사내일세. 왜 사내의 본성을 모르겠는가? 그래도 어떤 결단을 내려줬어야 했네. 이건 너무 무책임하네."

김기주 선생은 성준에게 쓴소리를 했다. 성준이 두 눈을 부릅떴다.

"선생님까지 왜 이러십니까?"

성준은 김기주 선생에게 섭섭한 마음이 들었다.

"내 말이 틀렸나?"

김기주 선생은 엄한 눈초리였다.

"참... 그러고 보니 두 분이 한 집안이라고 하셨죠? 정말입니까?"

성준은 두 사람을 번갈아 보며 물었다. 뭔가 수상하다는 느낌이 들었다.

"...내 동생일세."

김기주 선생은 억지로 말하듯 했다. 성준은 어리둥절했다. 두 사람이 형과 동생 사이라는 것은 금시초문이었다.

"은동이 그리고 나는, 형제가 맞네. 그런데 모친이 다르네..."

성준은 그제야 고개를 끄덕거렸다.

"아... 그래서 이렇게 말도 안 되는... 편을 드신 거군요. 이제 알만합니다."

성준은 자신이 존경하던 김기주 선생의 편애가 몹시 씁쓸했다. 사상을 숭상하는 사람이, 사상에 목숨을 걸었다는 사람이 결국 한낱 천륜에 휘둘리고 있었다는 것이 몹시 실망스러웠다.

"지금까지 끌고 온 게 잘못이네. 자네가 그 종년을 좋아한다면 더더욱 그렇지 않은가? 두 사람 사이를 왔다 갔다 한 거밖에 더 되겠는가? 결단을 내렸어야지? 이건 자네 잘못이라고 말할 수밖에 없네."

김기주 선생은 농이 아니었다. 성준을 멸시하듯 쳐다보았다.

"아니 좋아한다니요? 하하하... 형님. 그 종년은 그냥 요강 같은 거 아니었습니까? 전 얼마나 대단한 명기이기에 저도 정신을 못 차리나 했습니다. 하하하."

은동은 성준을 보며 히죽히죽 웃었다. 김기주 선생은 난처한 얼굴이 되었다. 성준이 종년과 장난질하는 것은 아닌 줄 알고 있었다. 적어도 배설의 도구는 아닌 줄 알고 있었다.

"그게... 내 알기로는 그건 아닐세. 진심일세. 그러니... 그만하세."

김기주 선생은 상황을 얼버무리려 했다.

"결국 내 여동생이 천한 종년 때문에 이런 신세가 되었단 그 말씀입니까? 나 참 조선 천지에 별 해괴한 일이 다 생기는 것이... 조선 놈들은 다 죽어야 한다니까. 콱 뒈져야 한다니까. 저열한 족속들. 빠가야로."

은동은 점점 흥분하고 있었다. 김기주 선생의 미미한 노력에도 불구하고 걷잡을 수 없이 확대되고 있었다.

"천한 종년이라니?"

성준도 결코 만만치 않았다.

"그깟 천한 종년 때문에 양반가의 규수를 그렇게 참혹하게 내몰았다니... 이 또한 도저히 용서를 못하겠네. 용서를 못해."

은동은 결국 성준의 멱살을 틀어잡았다. 성준은 모가지가 바짝 딸려 올라갔다.

"그래서 그 천한 창기들과 기생년들 때문에 자신의 안사람은 참혹한 고통의 삶으로 내몰았나? 참 잘했네. 아주 잘했네."

성준도 이제 막판으로 치닫고 있었다. 파국으로 치달을 이판사판이었다.

"성준이 자네... 그만 하게."

김기주 선생이 성준에게 버럭 소리를 질렀다. 분기탱천한 표정이었다.

"자네는 어찌하여 한 사내의 사생활을 이리도 무례하게 까발린단 말인가? 자고로 사내의 아랫도리 생활은 그 누구도 비난하지 못한다는 것을 정녕 모른단 말인가? 그것이 무슨 큰 잘못이라도 된단 말인가? 사내가 그리 치졸해도 되는 건가? 한 낱 종년을 두둔하고자 동무를 비난하고 처남을 비난한다는 게 말이 되는 건가? 정말 자네에게 크게 실망했네."

김기주 선생은 한 사내의 오입을 폭로하는 성준이 치졸해 보였다.

"무릇 비난을 받을 땐, 자신의 잘잘못만 말하는 게 옳은 모습일세. 자신의 잘못을 방어하기 위해 상대방의 잘못을 이용하는 것은 아주 비겁한 짓이야. 양반가의 사내가 할 짓이 아니란 말일세. 정말 실망했네. 정말 실망했어."

김기주 선생은 성준을 매정하게 노려보았다.

"선생님도 그런 생각이십니까? 선생님이 권유한 아나키즘은 그런 것이었습니까? 양반도 종도 없는, 평등한 자유만 있는 사상이라고 하지 않으셨습니까? 그래서 양반이니 종이니 이런 신분 제도를 없애야 한다고 하지 않았습니까? 그런데 양반가의 남자들 아랫도리 생활은 언급하지 말아야 한다고요? 천한 종년 때문에 양반가 규수가 피해를 입으면 안 된다고요? 하하하... 저도 실망입니다. 정말 실망입니다. 사상과 양반의 아랫도리 생활은 별개인가 봅니다. 하하하."

성준은 그야말로 허탈하게 웃었다. 김기주 선생의 처음 보는 표리부동이 역겨웠다. 완벽한 사상이라고 입에 침을 발라가며 떠들 땐 언제고 지금 와선 그 사상이 결국 허상이었다는 것을, 허영이었다는 것을 증명하고 있는 셈이었다.

"결국 아나키즘인지 뭔지도 사치스런 사상 놀음에 불과한 것이었어... 하하하... 성리학이나 아나키즘이나... 뭐가 다른 겁니까? 성리학의 또 다른 이름이 아나키즘인 겁니까? 그게 그거 아닙니까? 하하하... 무정부... 자유... 이것도 한량 놀음인 건지요?... 놀고먹는 양반들의 신선놀음인가? 하하하..."

성준은 위악적으로 더 웃고댔다. 순해 보이는 면면에 의뭉스러운 고집이었다.

"성준이, 자네..."

김기주 선생은 크게 실망한 눈빛이 역력했다.

"자네야말로 이기적이고 한심한 사람일세. 평등한 자유를 원한다고 했지? 그렇다면 내가 묻겠네. 평등한 자유? 이렇게 말해보겠네. 평등한 양반의 자유를 원하는 건가? 평등한 종의 자유를 원하는 건가?"

김기주 선생은 따져 물었다. 벼락같은 목소리였다. 성준은 순간 충격으로 온몸이 굳어졌다. 자신의 양 갈래의 혼란스러운 마음을 정확하게 짚어낸 김기주 선생의 예리가 그토록 잔인했다. 머리가 핑핑 돌았다. 서 있기도 힘들었다.

"자네는 양반의 신분을 버리고 싶지 않겠지. 그러니까 그 종년의 신분을 자네와 같은 양반으로 만들어주고 싶은 거 아니었나? 또 내 여동생은 조선의 법도에 따라 저렇게 살다가 늙어 죽어도 누가 불쌍하다고 할 사람도 없을 테고. 안 그런가? 조선의 여자들은 누대로 그렇게 살아왔으니... 자넨 그걸 이용하고 있는 것이고..."

은동도 성준을 신명 나게 베었다. 제대로 날이라도 잡은 듯 그 기운이 충만했다.

"자... 그만하지... 이 이야기는 나중에 기회가 되면 다시 하도록 하지. 우리는 더 큰 일을 도모하려고 모였네. 곧 그분이 오시네. 우리도 준비를 해야 하지 않겠나."

김기주 선생은 난장의 자리를 정리하려고 했다. 성준도 은동도 서로 외면하고 있었고 화를 억누르고 있었다.

"...언제쯤 오십니까?"

성준은 화를 참고 있었다. 사사로운 일로 큰일을 그르치고 싶지는 않았다.

"곧... 곧이네... 그전에 할 일이 있네."

김기주 선생은 성준과 은동을 번갈아 쳐다보았다.

"바로... 총독 사이토 마코토를 미행해야 하네."

김기주 선생은 사이토 마코토라는 이름을 웅변하듯 외쳤다. 장수가 부하들에게 적장의 모가지를 베어오라고 명령을 하는 것과 마찬가지였다.

"네?"

성준과 은동은 동시에 외쳤다. 김기주 선생은 고개를 끄덕였다. 일체의 정서 개입도 없는 독단의 전투 방식이었다.

"그래서 저를 끌어들이신 겁니까? 형님?"

은동은 삐딱했다. 벌써 내빼고 있는 말투였다.

"은동이 자네가 총독 가장 가까이에 있지 않은가? 자네의 도움이 절대적으로 필요하네. 부탁함세."

김기주 선생은 정중하게 부탁을 했다.

"형님... 저는 총독 가장 가까이 있는 직위가 아닙니다. 저는 검열관일 뿐입니다. 검열관. 게다가 들키게 되면 저만 죽는 것이 아닙니다. 저희 가솔뿐 아니라... 이건 멸문지화입니다. 오늘 말씀은 안 들은 걸로 하겠습니다."

은동은 불신감이 팽배한 표정이었다.

"더 훌륭한 가문으로 이름을 남길 수 있는 기회이기도 할 텐데..."

성준이 한마디 거들었다.

"그러는 본인부터 해보지?... 안 그래?"

은동은 성준을 딱하다는 듯이 보았다.

"한낱 종년 아랫도리에서 허우적거리는 사람이 할 소리는 아닌 것 같은데? 안 그런가?"

은동은 또다시 시작하고 있었다.

"그만하게... 우리는 힘을 합쳐야 하네... 부탁하네... 그럼 자네는 총독의 일정은 알려줄 수 있겠지? 그것만 알려주면 되네."

김기주 선생은 다시 부탁했다.

"그건 제가 도와드릴 수 없는 일입니다. 그리고 절대 하지 않겠습니다."

은동은 매몰차게 거절했다. 더 이상 말도 못 붙일 정도로 엄중했다.

"그렇다면... 그렇다면..."

김기주 선생은 은동의 말꼬리를 잡고 늘어졌다. 이왕 비밀을 발설한 이상 동지로 끌어들여야 했다.

"...그렇다면 총독과 가장 근접한 곳에 사람을 심는 것도 괜찮겠네... 자네는 그 일자리만 알려주게. 그런 후에는 빠져도 되네. 그 자리에 들어가게 될 사람은 자네의 이름도 모를 뿐 아니라, 그 누구의 소개로 들어간 지도 모를 걸세. 내가 약속함세. 어떤가?"

김기주 선생은 통사정을 했다.

"형님, 다시 한 번 이런 일에 절 끌어들인다면, 전 고발하겠습니다. 제가 지금 경고로 그치는 이유는 형님을 위한 일이 아닙니다. 저 때문입니다. 저의 보신을 위해서입니다. 하지만 오늘 일은 절대 발설하지 않겠습니다. 이것 또한 형님을 위한 일이 아닙니다. 저를 위한 보신입니다."

은동은 나갈 채비를 했다. 그러다 고개를 돌려 성준을 향했다.

"자네 부친은 제대로 걷지 못한다고 들었네. 자네가 내 여동생과 혼인을 하지 않겠다면, 내가 직접 가서 데려오겠네. 자네가 직접 부친을 수발하든지... 그건 알아서 하게."

은동은 김기주 선생에게 인사도 하지 않았다. 장차 인연을 끊을 수도 있다는 무언의 경고였다.

"은동이, 자네도 조선인 아닌가?"

김기주 선생은 마지막으로 매달렸다. 은동은 고개도 돌리지
않고 말했다.

"난 조선인이 아닙니다. 일본인입니다."

은동은 뜻밖의 주장을 공포했다. 한참 동안 적막이 흘렀다.
문득 김기주 선생은 은동에게 서책 한 권을 건넸다.

"한 번 보게나. 새로운 사상을 담은 책일세."

은동은 책을 쓱 보더니 고개를 저었다.

"저는 필요치 않습니다."

은동은 그냥 나갔다.

성준은 김기주 선생을 쳐다보았다. 김기주 선생의 이중적인
태세가 불안했다. 진짜 정체를 알 수 없었다. 그건 절망에 맞서
는 자의 태도가 아니었다. 오히려 절망을 끌어들이는 자의 태
도였다.

15

유곽은 줄지어 있었다. 은숙은 난생처음 보는 풍경에 눈이 휘둥그레졌다. 사내들은 대낮임에도 버젓이 유곽을 기웃거리거나 들락거리고 있었다. 조선인보다는 일본인들이 훨씬 많았다. 은숙은 혹시 아는 사람이라도 만날까 봐 싸개로 얼굴을 완전히 가리고 걸었다. 양반가의 규수가 허투루 지나기도 창피한 거리였다. 은숙은 '자도루(紫桃樓)'라는 곳을 찾아 한참 동안 헤맸다. 김 서방에게 꽤 큰 유곽이라고 들었는데도 쉽게 찾을 수가 없었다. 나중에는 하도 걸어서 발바닥이 다 아팠다. 어느덧 해가 뉘엿뉘엿 지고 있었다. 먼 하늘부터 붉은 노을이 천천히 번져오고 있었다. 유곽은 저마다 밤손님을 호객하기 위해 차례로 등을 밝히고 있었다. 노란 등 빨간 등이 서로 한꺼번에 얽히며 묘한 빛을 만들었다. 전혀 딴 세상이 탄생한 것이었다. 유곽이 유혹의 등을 밝히자 상호가 드러나기 시작했다. 은숙은 비로소 '자도루'라는 글자를 발견했다. 노란 불빛으로 빛나고 있었다. 은숙은 누가 볼세라 잰걸음으로 '자도루' 앞에 도착했다. 그리고 이리저리 주변 눈치를 한참 보다가 재빠르게 안으로 들어갔다.

안으로 들어서니 매캐한 냄새가 코를 자극했다. 담배 냄새와는 확연히 달랐다. 희뿌연 연기도 자욱했다. 누군가의 꿈속이라 착각할 정도로 몽환적이었다. 진한 화장과 화려한 옷차림의 어린 창기들이 높게 웃는 소리가 여기저기서 들렸다. 일본인 사내들이 술에 취해 건들거리며 방으로 들어가기도 했고 나오기도 했다. 어디선가 전축을 트는 건지 화사한 음률이 끊이질 않았다. 술상을 들고 다니던 찬모 계집들이 은숙을 보고는 깜짝 놀라며 멈칫했다. 여자가 올 곳도 못 되었고 더구나 여염집 여자는 더더욱 올 곳이 못 되었기 때문이다. 그들에겐 뜻밖의 손님이었다. 은숙은 그제야 얼굴을 가렸던 싸개를 벗었다. 그리고 이내 도도한 표정을 지은 후 그 계집들을 깔보듯 눈을 치켜뜨고 천천히 복도를 걸었다. 복도 양쪽으로 늘어선 작은 방에서 야릇한 신음 소리가 흘러나오고 있었다. 잠시 얼굴이 붉어졌지만 곧 침착(沈着)을 찾았다. 은숙은 도도한 표정을 유지하려고 애썼다. 곧 만나게 될 미옥에게 던지고 싶은 시선의 연습이었다.

"네년이 아무리 미색이라 한들 유곽의 창기밖에 더 되겠느냐? 그 더러운 몸뚱이로 내 서방님을 유혹하지 말라."

은숙은 미옥에게 쏘아줄 정실부인의 권세도 연습했다. 그런데 험상궂게 생긴 사내가 은숙을 떡하니 막아섰다. 덩치가 산만한 게 산도적 같았고 옆구리엔 긴 칼까지 차고 있었다. 말로도 덤빌 엄두가 나지 않는 불한당이었다. 은숙은 두려움이 들었지만 품위를 지키고 싶었다. 창기도 아니고 종도 아닌 지체 높은 양반가의 마나님으로서 높은 품위를 보여주고 싶었다.

"주인을 찾네. 그리 전하게."

은숙은 자신의 종을 부리듯 명령조로 말했다. 사내는 은숙을 힐끔 보더니 픽 웃었다. 일부러 기분 나쁘라고 웃는 웃음이었다. 집안의 종놈이었다면 곤장이라도 처맞을 반역의 웃음이었다. 은숙은 속이 부글부글 끓었다.

"전하게."

은숙은 다시 한 번 명령을 내렸다.

"이보시오. 이곳에 왜 왔는지 모르겠지만, 나한테 하명할 자격이 있는 사람은 이곳 주인밖에 없소. 그러니 그만 물러가시오."

사내는 그렇게 말하더니 이내 자리를 떴다.

사내가 자리를 뜨자 은숙은 안도의 한숨을 내쉬었다. 사실 너무 무서웠다. 정신을 차려보니 비로소 주변 소리가 더 상세히 들리기 시작했다. 사내들과 계집들이 희희낙락하는 소리가 거침없이 들렸다. 아직 합방도 치르지 못한 은숙에겐 민망하기 그지없는 소리였다. 두 눈을 감고 두 귀를 막고 애를 써보아도 소용이 없었다. 그럴수록 서방님 성준에 대한 생각만 간절해졌다. 그럴수록 서방님 성준에 대한 그리움만 절실해졌다.

낯 뜨거운 상상까지 할 정도였다.

"날 찾으시오?"

꽤나 걸걸한 목소리였다. 은숙은 감았던 두 눈을 뜨고 쳐다보았다.

중년의 여자가 서 있었다. 빼어난 미색이었다. 가히 젊은 시절 장안을 사로잡았을 만한 외모였다. 하지만 세상 온갖 풍파를 겪은 듯 달관의 표정도 상당했다. 결코 만만하게 대할 수 없는 산전수전을 뿜어내고 있었다.

"주인 되시오?"

은숙은 자신의 우위를 놓치려 하지 않았다. 아무리 미색인들 양반은 아닐 터였다. 천한 것들이었다. 한껏 깔보는 눈길도 잊지 않았다.

"그렇긴 하오만, 무슨 일이신데 여기까지 행차하셨소?... 보아하니 양반가의 마나님 같은데... 이런 곳에 들르다니, 참으로 해괴하오. 장사 십수 년 만에 이런 일은 처음이오. 재수가 없을라나?"

주인은 은숙을 위아래로 쭈욱 훑어보았다. 은숙은 주인의 시선이 마치 자신의 알몸을 뚫어보고 있는 사내의 것처럼 느껴졌다. 치욕스러웠다.

"내가 긴히 나눌 이야기가 있어서 왔소."

은숙은 조금도 흐트러짐 없이 말했다.

"짐작도 가지 않는구려. 나와 사는 세상이 다를 진데... 나와 이야기를 나누시겠다니, 참으로 감동적이오... 그러면 재수가 있을라나?"

주인은 은숙에 대한 경계를 늦추지 않았다.

"혹시... 바람난 서방을 찾아온 거라면, 지금 당장 돌아가시는 게 좋을 거요. 나는 손님의 내방을 지켜주는 의리로 이 바닥을 장악했으니까. 원하는 대답을 절대 얻지 못할 것이오."

주인은 은숙을 창기한테 빠진 서방을 찾으러 온 불쌍한 팔자의 여자쯤으로 간주했다.

"...그런 거 아니니 함부로 예단하지 마시오. 이 또한 무례임을 모르시오?"

은숙은 오만가지 경험에 익숙한 주인에게 조금도 기죽지 않았다. 비웃든 말든 자신의 서방을 쟁취하는 과정 중 하나였다. 나름 당당한 명분이 있었다. 게다가 일개 유곽의 여주인에게 무시당하고 싶지는 않았다.

"단둘이 이야기할 만한 곳으로 갑시다. 앞서시오."

은숙은 조금 전 험상궂게 생긴 사내에게 하듯 역시 하명했다. 주인은 고개를 아래위로 흔들며 웃었다.

"나에게 이익이 되는 이야기여야 할 거요. 가소로운 이야기나 늘어놓을 거라면 각오하시오. 따라오시오."

주인은 앞서 걸었다. 은숙은 그 뒤를 따랐다.

은숙은 주인이 기거하는 방을 둘러보았다. 유곽을 진입했을 때부터 보았던 희뿌연 연기가 이 방에도 자욱했다. 생각보다 방은 작았다. 하지만 조선에서 보기 힘든 각종 화장품과 색경, 장신구 등이 즐비했다. 생전 처음 보는 것들이었고 탐나는 것들이었다. 호기심에 만져보고 싶은 걸 겨우 참았다. 주인은 자신의 자리에 의젓하게 앉았다. 그 뒤로 열 자 병풍이 둘러있었는데 차마 눈뜨고 보기 힘들었다. 남녀의 노골적인 수작질이 그려져 있는 민화였다. 은숙은 체통을 지키기 위해 주인을 정면으로 쳐다보지 않으려 애썼다. 주인을 똑바로 쳐다보면 자연스럽게 병풍을 볼 수밖에 없었다. 민망하고 천박한 민화를 쳐다보며 이야기를 나눌 순 없었다. 은숙은 또 다른 희한한 물건들로 시선을 주었다. 가락지와 비녀, 귀걸이 등이었는데 전에 본 적 없는 것들이었다. 은숙 역시 본래 여자였던 것이다.

　"서방을 찾으러 온 게 아니라면, 혹시 계집을 팔려고 온 거요? 나한테 볼일이란 그것밖에 없을 텐데… 그만 둘러보고 이제 말해보시오."

　주인은 은숙을 슬쩍 떠보았다. 여차하면 내쫓을 심산이었다. 양반가의 마나님이라고 대놓고 으스대는 여자에게 시간을 빼앗기기 싫었다. 장사꾼에게 시간은 곧 돈이었다.

　"크게 다르지 않을 듯하오."

　은숙은 당찼다. 주인은 입술을 씰룩였다. 입가에 웃음과 비웃음이 차례로 지나갔다. 뻔한 기대와 실망이 교차하고 있었다.

"그럼... 어디 좀 들어봅시다. 어떤 계집이오?"

주인은 은숙의 입만 쳐다보았다. 없는 말만 떠들면 입을 찢어버리고 말겠다는 심보였다.

"얼마 전, 한창 더울 때 계집 하나가 이곳에 팔려 왔을 거요... 한창 매미가 지겹게 울 때였을 거요. 잘 기억해 보시오."

은숙은 말머리를 풀기 시작했다.

"여기가 어딘지 알고 오신 거요? 유곽이오. 유곽. 팔려 오는 계집들이 한둘이 아니란 말이오. 지금 뭐 하는 수작이오? 그만 나가보시오. 나 원 참. 재수 없어라."

주인은 화를 벌컥 냈다. 곰방대를 말았다. 그런데 은숙이 보기에 사내들에게서 흔하게 보던 담배가 아니었다. 새로 보는 것이었다.

"참 성질도 급하시오. 내가 주인에게 이득이 될 만하니까 온 거요. 난 그냥 여염집 여자가 아니란 말이오. 그런 내가 그냥 빈손으로 이곳에 들어왔겠소? 아무리 장사치지만..."

은숙은 닳고 닳은 주인을 손바닥에 놓고 요리조리 흔들고 있었다.

"그렇소? 그렇다면 내가 조금만 더 참아보리다. 빨리 말해보시오."

주인은 곰방대를 피웠다. 희뿌연 연기가 피어올랐다. 매캐한 냄새가 퍼졌다. 은숙이 유곽에 들어서자마자 코로 들어왔던 바로 그 냄새였다. 주인은 은숙에게 지지 않을 만큼 눈꼬리를 치켜떴다. 양반가의 마나님한테 결코 지지 않겠다는 자격지심이었다.

"그 계집은 조선에서 보기 드물게 미색이오. 흑단 같은 머리채에 눈썹은 반달이오. 검고 깊은 눈동자에 긴 속눈썹, 그리고 앵두 같은 붉은 입술을 가졌소. 참 얼굴은 길고 갸름한 것이 그 살색마저 희다오. 사내를 꼬드기기에 아주 적당하오."

은숙은 자신이 보았던 미옥을 떠올리며 그림을 그리듯 설명을 했다. 주인은 박장대소를 했다.

"지금 미인도를 보면서 한 수 읊는 거요?"

주인은 병풍 뒤에서 그림 한 장을 꺼내더니 보여주었다. 그야말로 흔한 미인도였다. 은숙이 방금 미옥을 떠올리며 설명한 미인이 그림 속에 있었다. 그런데 정말 미옥과 많이 닮아있기도 했다.

"이 미인도를 보면 방금 읊은 계집의 외양과 아주 비슷할 거요. 어떻소? 그렇지 않소?"

주인은 고개를 절레절레 흔들었다.

"그렇구려. 마치 그 계집을 보고 그린 것 같소. 실로 똑같소."

은숙은 불쾌한 말투였다. 미옥을 닮은 그림만 보고서도 불쾌했다.

"그렇게는 그 계집을 찾을 수 없소. 이쪽 세상에 이런 미인은 꽤 많단 말이오."

주인은 단언했다.

은숙은 잠시 생각에 잠겼다. 하지만 뾰족한 수가 금방 떠오
르지 않았다. 미옥을 어떻게 설명해야 할지 갑갑했다.

"혹시, 그 계집이 어디 출신이오?"

주인도 갑갑한지 오히려 물었다.

"수원 팔달산 근처요."

은숙은 별 기대 없이 대답했다. 주인장이 고개를 갸웃했다.
알 것도 같다는 표정이었다. 은숙은 금방 반색이 들었다.

"이름이 뭐요?"

주인이 다시 물었다.

"이름이랄 게 없소. 천한 종년이니... 하지만 집안에서는 종
답지 않게 미옥... 이라고 불렀다 하오. 사월이 삼월이 하면 될
것을... 미옥이라고 부른 것 자체가... 얼토당토 하지만..."

은숙은 그 이름을 말하면서도 질투가 났다. 못 견딜 끈질긴
질투였다.

"아아... 이제야 누군지 알 것 같기도 하오."

주인은 고개를 끄덕거렸다.

"더울 때였소. 김 서방이라는 작자가 데리고 왔소. 하도 미색
이 빼어나서 나도 매우 놀랐소. 사실 이런 데 있기 아까울 정도
였지만 난 장사꾼이오. 마다할 이유가 전혀 없었소. 그런데 그
계집을 찾으러 온 거요? 맞소?"

주인은 입장이 곤란했다. 복잡한 일이라도 벌어질까 귀찮았다. 혹시 찾아가기라도 한다면 큰 낭패였다.

"찾으러 온 건 맞지만 그렇다고 데려갈 마음은 없소. 그러니 걱정 마시오."

은숙은 단정적으로 말했다. 주인은 슬쩍 웃었다. 그런데 그 웃음엔 아직도 비웃음이 배어있었다.

"짐작이 가긴 하오. 서방님이 참으로 애착이 심했나 보오... 그러니 유곽에 팔아넘긴 것이고... 그마저 불안해서 다시 확인하러 오신 거군. 맞소? 내가 맞소? 호호호..."

주인은 은숙의 정곡을 찔렀다. 은숙은 주인을 쳐다보기만 했다. 말실수를 하고 싶지 않았다. 후환을 만들 순 없었다.

"그런데 서방님이... 호호... 혹시 고자요? 하긴 고자였으면 그쪽과 혼인했을 리가 없을 테고... 세상이 참 요지경이란 말이오."

주인은 엉뚱한 소리를 늘어놓았다.

은숙의 육감이 이 순간을 절대 놓칠 리 없었다.

"무슨 말이오. 서방님이 고자라니? 거참 말 함부로 하시는구려. 입 조심하시오. 서방님에 대해 막말하다간 큰 경을 치르시게 될 거요."

은숙은 따끔하게 야단을 쳤다. 하지만 성준이 고자일 리 없었다. 또 그래서도 안 되었다. 갑자기 불안해졌다.

"고자가 아니라? 그런데... 조선 최고의 미색인 그 계집이 숫처녀라고 주장한다면 믿겠소? 믿어지오? 이제야 알아듣겠소? 설마 몰랐던 거요?"

주인은 은숙을 깔보듯 보았다. 명색이 부인이라는 여자가 서방에 대해 아무것도 모르고 있다는 무시였다. 은숙은 깜짝 놀랐다. 도저히 믿을 수가 없었다. 좀 전의 불안은 사라지고 가슴이 쿵쿵 뛰기 시작했다. 성준이 미옥을 품은 적이 없다는 사실이 이토록 큰 기쁨일지 몰랐다. 정말 훨훨 날아갈 것 같았다. 갑자기 성준에 대한 연모가 불같이 타올랐다. 오라비의 말이 맞았던 것이다. 진짜 그런 사내가 있었던 것이다. 자신의 선택이 옳았던 것이다.

"우리 서방님이 그런 분이오. 나를 얼마나 아끼면 그리하셨겠소? 그러니 고자니 뭐니 하는 망발은 하지 마시오. 큰 경을 치실게요."

은숙은 엄포를 놓았다.

"남녀상열이야 내 알 바 아니지만 댁 서방님은 다른 사내들과는 다른가 보오. 그 덕에 나야 평생 횡재한 것이지만 말이오."

주인은 다시 곰방대를 입에 물었다. 은숙은 희뿌연 연기 사이로 주인의 얼굴을 슬쩍 떠보았다. 자신의 원을 들어줄 만한 인물인지 가늠해보았다. 어쩌면 가능할지도 모른다는 좋은 예감이 들었다.

"여기 있소? 혹시 말이오."

은숙은 떨리는 심정이었다. 하지만 겉으로는 차분한 척했다.

"없소."

주인은 짧게 말했다. 이제 은숙의 손바닥 안에 있던 주인은 다시 획 나가버렸다. 이젠 은숙이 주인의 손바닥 안에 있었다.

"여기 있지 않소?"

은숙은 또 물었다.

"참나... 없다니까. 여기 오자마자, 첫날밤을 치르던 그날, 바로 그날, 한 영감이 첩으로 데려갔다니까."

주인은 곰방대의 재를 툭툭 털었다.

은숙의 얼굴에 활기가 돌고 안색이 밝아졌다. 입이 저절로 벌어졌다. 이제 미옥은 더 이상 서방님 성준의 범위 안에 없는 여자가 된 것이다.

"그럼 하나 더 물읍시다. 그 영감 집에서 달아날 수도 있는 거요?"

은숙은 마지막 걱정을 털어놓았다.

"그건 모르겠고... 나한테 빚을 진 건 있소. 그 영감이 첩으로 데려가면서 그 돈을 다 치르고 가지 않았거든... 하지만 나와 거래하기로 한 게 있으니 큰 걱정은 안 하오. 내 돈을 안 갚는다는 것은 곧 죽음이거든..."

주인은 은숙의 눈치를 살폈다. 은숙에게서도 돈을 받아낼 수 있겠다는 얍삽한 욕심이 생겼다. 어쩌면 일거양득일 수 있었다.

"아니 그게 무슨 말이오? 돈을 다 치르지 않았다니?"

은숙은 긴장했다.

"돈만 다 치르지 않은 게 아니오. 나와 약조한 게 또 있소. 그 약조도 안 지키면 죽음이오."

주인은 은숙을 완전히 손아귀에 쥐고 갖고 놀고 있었다. 은숙이 완전히 탈탈 털릴 판이었다.

"약조? 무슨 약조?"

은숙은 점점 더 주인의 화술에 끌려 들어가고 있었다. 체면도 잊고 있었다.

"원래는 조선총독부의 총독에게 데려가려 했던 계집이란 말이오. 총독은 조선의 예쁜 숫처녀를 원했거든... 그런데 숫처녀에 그렇게 예쁘기까지 하니... 내가 어떤 생각이 들었겠소? 나를 조선 제일의 부자로 만들어줄 계집이었단 말이오. 그런데 그 영감이 그 계집을 하룻밤 보고선 헤까닥한 거요. 그럴 만하지. 내가 벗겨도 보았는데 보통 미물이 아니오. 하여간 그 영감이 하도 사정사정해서 잠깐 풀어주긴 했소. 아주 큰돈을 내놓았거든. 전 재산을 탕진한 셈이오. 더 큰 잔금도 남았다오. 그 계집이 그리 비싸단 말이지. 나머지 잔금은 다른 걸로 향후 오년 간 갚기로 하고 내주긴 했소. 난 평생 받아낼 생각이오... 그런데 내가 그 계집과 직접 약조 하나를 했소. 총독과 반드시 하루 동침해야 한다는 것이었소. 나도 총독과 약조를 깨는 건 어려우니 말이오. 그 계집은 승낙했소... 호호... 난 그날만 기다리고 있다오."

주인은 비극인지 희극인지 구분도 안 되는 소설 같은 이야기를 펼쳐놓았다. 순간 은숙은 번득 떠오르는 것이 있었다.

"총독에게 데려갈 거요? 진짜요?"

은숙은 입안이 바짝 타들어 갔다. 점점 평정심을 잃고 있었다. 미옥을 총독에게 꼭 데려가야 했다. 꼭 데려가도록 만들어야 했다.

"그렇다니까... 서슬 퍼런 총독과의 약조를 어찌 어긴단 말이오? 이 유곽을 닫아야 함은 물론이고 내 목숨도 끝장나는 것이오. 난 그리 죽고 싶지는 않소. 내가 미쳤소?"

주인은 총독이라고 말할 때마다 몸서리를 쳤다. 은숙은 드디어 주인의 속내를 간파했다.

"그럼 내가 그쪽의 장사를 도와주겠소. 아주 큰 이득일 것이오."

은숙은 주인이 혹할 만한 제안을 하려고 했다.

주인의 눈빛이 유난히 반짝거렸다. 은숙은 품 안에서 보자기를 꺼내었다. 그리고 보자기를 아주 약 올리듯 천천히 풀었다. 두툼한 금 두 덩이었다. 주인의 눈이 튀어나올 듯 큼지막하게 커졌다. 벌써 손부터 내밀어 금덩이를 잡으려 했다. 은숙이 주인의 손을 소리 나게 찰싹 때렸다. 주인은 그 지경에도 금덩이를 잡은 손을 포기하지 않았다.

"이 금덩이를 갖고 싶다면 내 부탁을 들어주어야 할 거요."

이제 주인은 다시 은숙의 손아귀에 있었다. 주인이 말 잘 듣는 애처럼 고개를 끄덕거렸다. 이리도 큰 이익일지는 예상하지 못했다. 그 계집이 자신에게 엄청난 이득을 가져다주는 셈이었다. 다만 지금의 이득이 큰 화가 될 거라고는 전혀 예측하지 못했다. 무엇이든 한꺼번에 많이 먹으면 체하는 법이었다.

"무슨 부탁이오? 세상에 못 들어줄 부탁이 어디 있겠소? 사람살이가 다 그런 거 아니겠소?"

주인은 차라리 사정하고 있었다. 양반가의 규수를 이겨보겠다는 그 자격지심은 온데간데없어졌다.

"그 계집을 총독에게 되도록 빨리 보내주시오. 그거면 되오. 할 수 있겠소? 어떻소? 참 쉽지 않소?"

은숙은 비로소 여유를 갖게 되었다. 주인이 들어줄 수밖에 없다는 걸 확신했다.

"당연히 그렇게 할 거요. 그거라면 식은 죽 먹기요."

주인은 또다시 금덩이를 잡아채려고 했다.

"꼭 보내야 하오. 그리고 그 소식을 내가 꼭 알아야 하오. 됐소?"

은숙은 단단히 다짐을 받으려 했다. 그리고 금덩이 하나를 우선 내주었다. 그러자 주인은 넋이 나간 표정이었다. 오늘의 운수가 대통한 것인지 갑자기 금덩이가 생긴 것이니 말이다.

"나머지는 일을 성사시킨 후 주겠소. 내가 약조를 지키지 않는다면, 나를 수소문해서 저 밖의 험상궂은 사내에게 내줘도 좋소. 난 약조를 꼭 지킨다는 그 말이오. 알겠소?"

은숙은 주인의 확언을 바랐다. 주인은 크게 소리 내어 웃었다. 사내 같은 화통한 웃음이었다. 은숙의 속내를 완전하게 간파한 것이다. 자신 앞에 앉아있는 여자는 곰같이 보이지만 실상은 여우였다. 구미호였다.

"알겠소. 내가 약조하오. 아니 맹세하오."

주인은 은숙의 장단에 놀아보기로 했다.

"다시는 내 서방님과 인연이 닿을 수 없어야 하오. 그걸 명심하시오. 알아듣겠소?"

은숙은 다시 장담을 요구했다.

"무서운 분이오. 산전수전 다 겪은 나보다 더하면 더했지 덜하지 않소. 좋소. 다시 약조하오. 다시 맹세하오."

주인은 혀를 내둘렀다. 은숙은 자리에서 천천히 일어났다.

"또한 절대 발설하면 안 될 것이오. 그쪽만큼 나도 험상궂은 사내를 부릴 권세가 있다는 걸 잊지 마시오."

은숙은 할 말을 다한 후 방문을 열었다.

"하긴 그렇게 아름답게 태어나면... 불행해지기 마련이오. 사내들이 문제가 아니오. 어떤 여인네들이 가만두겠소? 찢어 죽여도 시원찮을 텐데... 미안해할 필요도 없소. 그게 그년 팔자요. 게다가 종년이라고 하지 않으셨소?"

주인은 은숙이 들으라는 듯 좋은 말만 했다. 그런데 그 말이 진실이기도 했다. 예쁜 년치고 비극이 아닌 년은 없었다.

"난 내 서방님을 지키려는 것뿐이오. 나도 미안한 마음 전혀 없소. 그것도 그년이 해야 할 결자해지(結者解之)요."

은숙은 다부지게 일갈했다. 그리고 문을 닫았다.

16

덕길은 조선총독부 일각에서 끈질기게 망을 보고 있었다. 벌써 며칠째였다. 덕길의 계산이 맞는다면 곧 놈들의 교대시간이었다. 놈들은 훈련된 정예병답게 완전무장한 채 한 치의 오차도 없이 교대를 반복하며 움직였다. 최근에 발생한 총독과 요인 암살 시도 때문에 총독부 건물에 대한 경호는 그야말로 물샐틈없이 완벽했다.

덕길은 드디어 움직이기 시작했다. 밤을 틈타 산을 질주하는 산짐승이 되어 전광석화처럼 한 놈을 뒤에서 덮쳤다. 교대가 끝나고 돌아가는 십수 명 중 대열을 벗어난 한 놈이었다. 똥이 급한지 낯빛은 허연 백지장에 한 손은 궁둥이를 잡고 있었다. 덕길이 뒷목을 누르듯 잡자 놈이 똥을 지렸다. 똥냄새가 진동을 했다. 바닥에 똥물이 줄줄 흘렀다. 덕길이 고약한 냄새에 인상을 찌푸리는데 숨어서 대기 중이던 흥칠과 석철이 모습을 드러냈다.

"어이쿠... 이게 뭐요?"

흥칠은 구역질부터 시작했다. 석철도 코를 막고선 뒤로 한 걸음 물러났다.

"빨리. 움직여"

덕길은 서둘렀다. 앞서간 놈들이 한 놈 없어진 걸 알아채는 건 시간문제였다. 흥칠이 놈의 허리춤에 칼을 들이댔다. 놈은 겁에 질려 눈알이 튀어나올 듯 커졌다. 자신에게 닥친 죽음을 눈치챈 겁먹은 눈깔이었다 .

"피는 안 돼. 놈들이 피를 발견하면 큰 변이 생길 거야. 그러니까 조심해."

덕길이 단호하게 일렀다. 흥칠이 고개를 끄덕였다. 덕길은 똥오줌을 질질 흘리는 놈을 끌고 골목 안쪽으로 숨어들었다. 이미 여러 차례 봐둔 장소가 있었다. 아무도 살지 않는 폐가였다.

덕길은 안으로 들어가자마자 놈의 옷부터 벗겼다. 그리고 미리 준비해 둔 조선인 옷으로 갈아입혔다. 누가 봐도 관심도 안 가질 허름한 종놈 옷이었다. 덕길은 으름장을 놓아보았다.

"얌전히 굴면... 살려준다."

덕길은 손도끼를 놈의 눈앞에서 흔들었다. 갑자기 놈이 어린아이처럼 소리 내어 울기 시작했다. 덕길이 보기에도 허약해 빠진 놈이었다. 하긴 똥을 지린 놈이었다.

"조...조선말... 조..금... 합니다. 살려...주...십시오..."

놈은 허술한 조선말로 애원을 했다. 덕길이 놈의 모자를 벗기고 낯짝을 보아하니 한창 어린애였다. 덕길은 놈의 시선을 피했다. 기분이 착잡했다. 조선이나 일본이나 죽어 나가는 건 이렇게 어린애들뿐이었다.

　덕길은 흥칠, 석철과 함께 놈을 둘러싸듯 밖으로 데리고 나왔다. 그리고 아무렇지 않게 골목길을 걸어갔다. 염천교 다리까지 걸어갔다. 이미 무당집에서 염천교 다리 밑으로 거처를 옮긴 후였다. 염천교 다리 아래는 오갈 데 없는 비렁뱅이들이 움막을 짓고 생활하고 있는 터전이었다. 아무 데나 갈겨놓은 똥오줌 때문에 역겨운 냄새가 코를 찔렀다.

　덕길은 허름한 움막 안으로 들어갔다. 덕길을 따르는 사내들이 기다리고 있다가 우르르 일어났다. 사내들은 잡혀 온 일본 놈을 보더니 웃기 시작했다. 그러자 일본 놈은 더 크게 울기 시작했다. 그러자 사내들은 웃음을 뚝 그쳤다. 무서운 정색이었다. 놈도 울음을 멈추었다.

　"죽기는 싫은 갑네... 겁은 많은가 봐..."

　형식이 놈의 얼굴을 꼬나보며 비웃었다. 자신과 비슷한 또래라는 것도 놀라웠다.

　"아휴. 똥 냄새... 똥까지 쌌냐? 더러운 일본 놈. 겁쟁이 새끼."

　형식은 놈의 면상에 침을 퉤 뱉었다.

　"형식아. 네 나이다. 네 또래라고."

　덕길이 야단을 쳤다. 형식이 불만이 가득한 표정이 되었다.

"뭘 알고 왔겠냐? 이놈도 대의니 뭐니 하는 말을 따라 여기까지 왔을 거다. 대장이 하라는 대로 하는 놈일 테고. 어리고 불쌍한 놈이다."

덕길은 흥칠의 치기를 말렸다.

"형님... 그냥 빨리 죽이시오. 괜히 살려두었다간 나중에 큰 낭패를 볼 거요. 살려 보냈다간 우릴 고자질할 거란 말이오. 동정했다간 큰일 나오. 우리가 다 죽소."

흥칠은 잔뜩 흥분했다.

덕길은 망설였다. 놈의 말간 얼굴과 엉엉 울고 있는 꼴을 볼수록 죽일 자신이 없었다. 빨리 죽이라는 눈초리가 여기저기 들불처럼 거세었다. 덕길은 생각다 못해 놈의 면상에 주먹을 갈겼다. 놈은 금세 고개를 푹 떨구고 땅바닥에 고꾸라졌다. 코가 부러졌는지 콧대가 푹 꺼졌고 피가 줄줄 흘렀다.

"형님, 죽이지 않고 뭐 하시는 거요? 빨리 죽이란 말이오."

흥칠이 화를 내며 대들었다.

"흥칠이 말이 맞소. 나중에 필시 화근이 된단 말이오. 형님이 못하면 내가 직접 하겠소."

석철이 칼을 꺼내 들었다. 덕길이 석철의 칼을 빼앗았다.

"됐다. 아직 어린애다. 집에는 가야지. 살아서 돌아가야지."

덕길은 놈을 죽이고 싶지 않았다. 개똥이 얼굴도 떠올랐고 형식이 얼굴도 겹쳤다. 그런데 놈은 간질병이라도 있는 듯 온몸을 부들부들 떨며 비비 꼬았고 입에서는 허연 거품을 게워냈다. 눈깔은 헤까닥 뒤집어져서 흰자위만 천연스레 드러냈다. 사내들은 모두 역병이라도 본 듯 뒷걸음질 쳤다.

"형님..."

형식은 놈이 지랄하는 모습을 보자 눈물을 흘렸다. 어린 마음에도 연민이 생긴 것이다.

"무슨 병에 걸렸는데 저리 괴로워하는 거요?"

형식은 걱정하는 말투였다.

"동무할 나이다. 그렇다고 울지는 말고. 앞으로 이런 모습 숱하게 보게 될 거다. 마음 단단히 먹고 살아라. 형식아."

덕길은 형식의 머리통을 쓰다듬었다.

"그런데, 정말 하실 작정이시오? 형님?"

형식은 궁금했지만 참고 있던 걸 물었다.

"그럼 어쩌겠냐? 폭탄 만들 재료가 없는 것을... 재료만 있으면 네가 만들 수 있을 텐데... 그런데 여기저기 비밀리에 수소문해서 재료를 구하는 게 오히려 더 위험할 수도 있다. 금방 소문이 나서 잡히고 말 거라는 얘기다. 하지만 어떤 조직과도 관련이 없는 우리가 훔쳤다고는 생각하지 못할 테니. 훔치는 게 나을 수도 있다. 이게 훨씬 낫다."

덕길은 형식뿐 아니라 나머지 사내들도 안심시키려 했다.

"그래도, 우리가 쳐부술 곳은 총독부요. 총독이 사는 곳이란 말이오. 총독이 뭐요? 조선의 황제보다 더 높다 하더이다. 그런 사람이 사는 곳이오. 수십이 뭐요? 보이는 것만 수십이오. 보이지 않는 수백이 경비를 서고 있을 거란 말이오. 게다가 무기도 어마어마하게 많다고 들었소. 게다가... 독립을 하는 그 누구도 저 안에 들어갔다가 나온 사람도 없다고 하오. 감히 엄두를 못 낸다는 말이오. 그만큼 경비가 철저하단 말이니, 만에 하나 우리가 성공적으로 그 안에 들어간다 해도 결코 살아서 나오지는 못할 거요. 이건 자결 행위요. 자살 작전이란 말이오."

석철은 덕길을 극구 말렸다.

"좀 더 신중한 준비가 필요하오. 큰 전쟁은 작은 전투의 승리들로 이루어지는 법이오. 그런데 이 전투는 작은 전투도 아니오. 작은 전투보다 더 작은 아주 비루한 전투요. 전쟁이 무엇인지 전투가 무엇인지 모르는, 심지어 훈련도 무엇인지 모르는 오합지졸의 장난 같은 전투란 말이오."

석철은 오늘따라 말이 많았다.

"그러니까 나 혼자 간다는 거 아니냐? 걱정 말아라. 난 내 일을 끝내기 전에는 절대 안 죽는다. 내 동생들, 또 너희들 두고 절대 안 죽는다."

덕길은 겁도 나지 않았다. 미옥을 위한 일인데 겁이 날 수가 없었다. 다만 자신에게 무슨 일이 닥쳤을 때 남은 동생들과 사내들이 걱정될 뿐이었다.

"형님. 제가 만주에 다녀오겠소. 혹시 이곽 선생이라고 들어보셨소?"

형식은 덕길의 옷소매를 붙들었다.

"이곽?... 그게 누구냐?"

덕길은 그 이름을 들은 적이 없었다.

"독립을 이끈다고 들었소. 그곳에 돌아간 형님 때문에 알게 된 내 동무가 있소. 나이가 내 또래라 친구 먹었소. 내가 가서 직접 도움을 청해보겠소. 재료만 있으면 내가 만들 수 있단 말이오. 그러니 형님은 제발 혼자 하지 마시오. 부탁이오. 형님 그냥 가지 마시오. 잘못하면 진짜 죽는단 말이오. 형님이 죽으면 우리는 말 그대로 고아요. 고아..."

형식은 결국 울먹거렸다. 덕길이 혼자 총독부에 들어가면 필시 죽고 말 것이라고 생각했다.

"형님. 이곽은 독립군을 이끄는 훌륭한 선생이라 들었소. 특히 그분이 지휘하는 조직은 요인 암살과 테러를 목표로 하는 곳이라 무기도 많고 폭탄도 많다고 들었소. 내가 조선의 촌구석에서 종노릇을 하고 살았지만 완전 깜깜은 아니란 말이오. 나도 들은 바가 있고 또한 확실하오. 오랫동안 연통이 끊겼지만 어쨌든 동무는 동무요. 형님... 그곳에 가면 구할 수 있을 것이오. 제발 내 부탁을 들어주시오. 내가 다녀오겠소. 그때까지만 참으시오. 기다리시오. 그리고 날 믿으시오."

형식은 빌다시피 했다.

덕길은 마음이 동하기는 했다. 자기가 죽는 건 상관없으나 역시 자기가 죽은 후가 더 걱정이었다. 아무런 방편도 마련해주지 못한 동생과 사내들의 앞날이 무척 염려스러웠다. 오히려 동생들의 살 도리를 만들어주고 죽는 게 훨씬 나았다. 덕길은 미옥을 구출하기 위해 동원했던 동생들과 사내들의 각자도생을 책임져야 했다. 게다가 형식이 만주에 있는 친구에게 간다 해도 폭탄 재료를 구한다는 것은 막연한 일이었다.

"시간이 많이 지체될 텐데... 하지만 너의 말도 틀린 말은 아니다."

덕길은 시간이 지체될 경우 함께 숙식을 해결해야 하는 것도 만만치 않다는 것도 걱정이라면 걱정이었다. 오히려 빠른 결단이 더 성공적일 수 있었다. 이건 영웅심도 과장도 없는 한 사내로서 정한(情恨)이었다. 자신의 부탁 한 마디에 여기까지 온 동생들과 사내들이었다. 지금도 배불리 먹이지 못하고 있었다.

"제대로만 한다면 좀 늦는 것이 더 낫소. 더구나 오늘 성공한다 해도 그게 더 문제요. 난 그렇게 생각하오."

형식은 어린놈답지 않았다.

"뭐가 더 문제라는 거냐?"

덕길은 형식이 전장의 천재일지 모른다는 생각이 들었다.

"오늘 폭탄 탈취에 성공한다면, 총독부는 그 경비가 더 삼엄해질 거요. 오늘은 탈취가 목표지만 진짜 목표인 총독의 모가지를 따기 위해서 다시 침입하려면 훨씬 더 어려워질 거란 말이요.

아마 엄청난 병력을 투입해서 경비를 강화할 거란 말이오. 장차 불가능할 수도 있소. 상대는 조선총독부요. 목표는 조선총독부의 총독이요."

형식은 열을 다해 떠들었다. 덕길은 비로소 이해가 되었는지 슬며시 웃었다.

"그래. 네가 맞다. 내 생각이 짧았다... 내가 어린 동생 놈보다 못하구나. 내가 우리 동생들과 동지들을 다 죽일 뻔했다. 난 죽어도 되지만 너희들은 죽으면 안 된다."

덕길은 형식의 머리통을 거칠게 쓰다듬었다. 형식도 기분이 좋은지 누런 이빨을 드러내고 웃었다.

덕길은 쓰러진 일본 놈을 살펴보았다. 아직도 정신을 잃은 채 엎어져 있었다. 입가에는 게워낸 입 거품이 굳은 채 말라 있었다.

"이놈... 아직 안 죽었소."

흥칠은 불쌍하긴 하지만 죽이지 못한 것이 못내 아쉬웠다.

"난 지금도 이놈을 죽여야 한다는 것에 그 마음이 변함이 없소."

석철도 그 마음은 마찬가지였다.

"적당한 곳에 버려라."

덕길이 마음을 먹은 듯 지시했다.

"정말 죽이지 말란 거요? 이놈이 살아나면 우리를 고자질할 텐데? 그럼 이곳이 쑥대밭이 될 거요. 우리만 죽는 게 아니란 말이오. 이곳에서 움막을 치고 사는 선량한 다른 백성들도 죽을 것이오. 정말 모르겠소?"

홍칠이 화가 나서 닥치는 대로 아무거나 발로 차고 있었다.

"그래. 그럼 데려가자. 가다가 한참 가다가 적당한 곳에서 버리고 묻자. 시체가 발견되지도 않을 그런 곳에 말이야. 어차피 곧 죽을 거다. 그리고 계획이 바뀌었다. 우리는 만주로 간다. 빨리 움직이자."

덕길은 일본 놈에게서 벗긴 옷과 모자를 챙겼다. 나중에 요긴하게 쓰일 옷가지였다. 홍칠과 석철은 만주로 간다는 말에 입을 헤벌쭉 벌리고 웃었다. 석철은 신이 나는지 덩실덩실 춤을 추기도 했다. 마치 잔칫날 같았다.

"진짜요? 형님. 우리도 진짜 사내들이 우글거린다는 그 만주로 가는 거요? 자유를 하러 가는 거요?"

홍칠은 좋아 죽을 지경이었다. 모두가 만주로 갈 채비를 하는데 시장통에서 만났던 소년 개똥이 덕길을 찾아왔다. 급한 일인지 얼굴이 벌게져 있었다. 개똥은 덕길을 보자 반가워하며 허리춤을 껴안았고 난리법석이었다. 덕길은 개똥의 머리통을 쓰다듬었다. 머리통에 부스럼이 나서 여기저기 빈구석이 많았다.

"무슨 일 있는 거야? 우리가 지금 바쁘다."

덕길이 다감하게 물었다.

"찾았어요. 찾았다고요."

개똥은 헐떡거렸다. 덕길은 깜짝 놀라서 개똥의 머리통을 한 손에 움켜잡았다. 지난번에 개똥에게 부탁을 해둔 게 있었다. 수원 본가에 있는 말년에게 연통을 넣어 미옥의 소식을 알아보라고 했던 것이다.

"아얏."

개똥이 아픈지 소리를 질렀다. 덕길이 잡았던 개똥의 머리통을 놓고 다시 물었다. 혼이 나간 표정이었다.

"어디냐?"

덕길은 급하고 급했다. 그 무엇보다 더 급했다. 만주보다 더 급했다.

"유곽이라고..."

개똥은 차마 끝까지 말하지 못했다. 개똥도 시장통에서 굴러 먹은 지 오래여서 유곽이 무엇을 하는 곳인지 어렴풋이 알고는 있었다. 덕길은 온몸에 힘이 빠져나가는지 비틀거렸다. 본래 쇳덩이 같은 몸뚱이였다. 어지럽거나 비틀거린 적은 없었다. 그런데 한 번도 생각해 본 적 없는 숨 막히는 상황이 돌발하면서 휘청거린 것이다. 분명히 성준에게 두고 왔었다. 분명히 성준에게 맡기고 왔었다. 그 고방에서 그랬었다. 그런데 개똥은 미옥이 유곽에 있다고 말하고 있었다. 있을 수도 없는 극악한 일이었다. 참혹한 일이었다. 이 세상에 미옥이 살 만한 곳이 결국 유곽이라는 것을 인정할 수 없었다. 겨우 목숨을 부지할 만한 곳이 유곽이라는 것을 인정할 수 없었다.

"누구한테 들었냐?"

덕길의 말투는 힘이 없었다.

"그 말년이 말하길 아씨가 김 서방에게 시켰다고 했소. 시켜서 어딘가로 데려갔다고 했소. 그래서 더 이상 소식을 알 길이 없었는데, 마침 그 미곡상 고영춘 영감이 그 아씨 본가에 쌀을 넣어준다는 것을 알게 되었단 말이오. 그 아씨 본가는 한성에서 아주 유명한 집안이었소. 아주 떠들썩한 집안이라 하오. 그 집 서방님이 총독부에서 아주 높은 자리에 있다고도 합니다. 그래서 또 소식을 알 길이 없었는데... 그 김 서방이 아주 비싼 옥비녀를 팔려고 시장통을 돌아다녔다고 하오. 그런데 내가 아는 중국인이 그 옥비녀를 샀다지 뭐요. 그런데 김 서방이 아주 자랑스럽게 자랑질을 떠벌렸다고 들었소. 아주 거들먹거리면서 말이오. 자기가 유곽에 누굴 팔고 받은 것이라고 자랑질을 했다고 말이오. 여기까지가 다요. 분명한 건 그 아씨와 김 서방이 관련이 있다는 것이오."

개똥은 상세하게 전해주었다. 얼기설기 꼼꼼하지는 않았지만 제대로 엮을 수는 있을 것 같았다.

"그 중국 놈, 진짜 믿을 만한 놈이냐?"

덕길이 속속들이 따졌다.

"그건 모르지만... 좀 수상하긴 하오. 본인이 중국인이라고 말하고 있지만 그것도 사실... 진짜 중국인... 인지는 확실치 않소. 조선말을 아주 잘하오."

개똥은 얼버무렸다. 중국인에 대해선 자신이 별로 없었다.

"그래. 그 유곽 어디냐?"

덕길은 참담한 심정이었다. 자신이 손도 한 번 잡아본 적 없는 미옥이었다. 그토록 아꼈던 미옥이었다. 속에서 열불이 터졌다. 닥치는 대로 죽이고 닥치는 대로 때려 부수고 싶었다. 성준을 생각하면 이가 갈렸다. 반드시 죽여야 할 놈이었다.

"혼마찌에 있는 유곽이라고 들었소. 그 이상은 모르오."

개똥이 대답했다. 더 이상 알지 못하는 것을 미안해하고 있었다.

"혼마찌?"

덕길이 개똥의 키에 맞추어 앉으며 물었다.

"일본 놈들이 드나드는 유곽이오."

개똥의 목소리는 점점 작아지고 있었다. 덕길의 심사가 짐작이 되었다. 덕길은 그대로 바닥에 털퍼덕 주저앉았다. 그렇다고 소리 지르거나 울지는 않았다.

"게다가... 일본 놈들이라니..."

덕길은 이 상황을 어떻게 받아들여야 할지 혼란스러웠다.

개똥은 덕길의 그런 모습을 보고 그만 울음을 터트렸다. 덕길이 너무 불쌍하다는 생각이 들었다. 자기가 아끼는 색시가 유곽에 있다는 게 얼마나 고통스러울지 알 것만 같았다. 개똥은 자신이 덕길에게 죄지은 것처럼 엉엉 울었다.

"형님..."

개똥은 덕길을 붙잡고 통곡했다. 개똥이 울음을 터트리자 흥칠과 석철도 가까이 다가왔다. 다 듣고 있었지만 차마 아는 척하지 못했었다.

"형님, 이게 대체 무슨 일이요?"

형식이 덕길의 팔을 잡고 늘어졌다. 엉엉 울었다. 흥칠과 석철도 훌쩍거리기 시작했다. 움막 안은 금세 울음바다가 되었다.

"우리 형님 불쌍해서 어쩐대요? 그렇게 어렵게 구한 색시인데? 어찌 이런 일이 벌어진답니까? 그 잘난 대갓집 도련님은 계집 하나 지킬 방도가 없었다는 겁니까?"

흥칠과 석철도 눈물을 뚝뚝 떨어뜨렸다. 자신들도 목숨을 걸고 도모했던 일이었다. 잠시 후 덕길은 기운 없이 일어났다. 그래도 좀 전보다는 말끔한 얼굴이었다. 덕길은 개똥을 말없이 껴안더니 한참 동안 머리통을 쓰다듬었다. 형식도 말없이 껴안더니 한참 동안 머리통을 쓰다듬었다.

"개똥아. 너는 집으로 가라. 고맙다. 내 잊지 않으마. 꼬마가 이렇게 애를 써주다니..."

덕길은 개똥을 집으로 돌려보내려 했다. 개똥은 강하게 도리질을 치며 거부했다.

"난... 그사이 어미가 죽었단 말이오. 난 형님을 따라갈 거요. 날 부디 버리지 마시오. 형님."

개똥은 더 크게 울었다.

"...데리고 있어라."

덕길은 형식에게 개똥을 맡겼다. 그리고 죽어가는 일본 놈에게 다가갔다. 그의 몸뚱이를 한참 뒤졌다. 칼 두 자루가 나왔다. 옆에 던져져 있던 총을 보았지만 그대로 두었다. 흥칠과 석철은 걱정스런 눈길이었다.

"금방 올 거다. 일단 요기나 하고 있어라."

덕길은 다 죽어가는 사람처럼 휘적휘적 걸어 나갔다.

덕길은 홀로 한참 걸어갔다. 동생들과 사내들로부터 한참 멀어졌다고 생각하자 그제야 눈물을 흘리기 시작했다. 마지막으로 고방을 떠나면서 미옥에게 했던 그 말이 떠올랐다.

"미옥아. 어디서든 살아있어라. 내가 데리러 간다."

덕길의 얼굴에서 쉼 없이 눈물이 흘러내렸다. 그날 덕길이 주재소장의 머리에 도끼를 박지만 않았어도 어쩌면 미옥의 불행은 시작되지 않았을 수 있었다. 덕길은 미옥에게 무릎이라도 꿇고 용서를 빌고 싶었다.

"미옥아... 나를 용서하지 마..."

17

미옥은 김기주 선생 집 앞에 섰다.

성준을 찾으려고 연희전문과 근처 하숙집을 알아봤지만 그곳에 없었다. 누군가는 학교를 그만두었다고 말했고 누군가는 잠깐 쉰다고 말했다. 미옥은 예전부터 성준으로부터 김기주 선생 이야기를 많이 들었다. 성준이 믿고 따르는 스승 같은 사람이라고 들었다. 그래서 한성에 갈 때면 꼭 들른다는 것도 알고 있었다. 미옥은 김기주 선생의 옛집을 찾았었다. 김기주 선생이 이사했다는 말을 들었고 새 주소를 받았다.

미옥은 김기주 선생 집 앞에서 한참을 망설였다. 자신이 어떤 자격으로 성준을 찾으러 왔는지 꾸며낼 자신이 없었다. 속된 말로 부인도 아니었고 첩도 아니었다. 그야말로 아무도 아니었다. 김기주 선생이 누구냐고 물으면 누구라고 말해야 할지 난감했다. 또 사실대로 말했다간 성준의 체면에 누가 될까 걱정되었다. 미옥은 그냥 돌아가려 발길을 돌렸다가도 마음을 고쳐먹고 다시 돌아오기를 여러 번 반복하다가 결국 문을 두드렸다.

그런데 아무런 기척이 없었다. 다시 문을 두드렸다. 역시 기척이 없었다. 미옥은 돌아가려고 몸을 돌렸다. 심사숙고한 끝에 두드린 문이었지만 막상 굳건히 닫힌 채 열리지 않자 서러움이 북받치듯 올라왔다. 바로 앞에 성준이 있는데 못 만나고 돌아가는 것 같은 야속한 심정이었다. 저 문만 열리면 성준을 만날 수 있을 것 같은 애절한 심정이었다.

미옥은 너무도 실망해서 기력 없이 터벅터벅 걸었다. 그때였다. 덜컹 문 여는 소리가 났다. 미옥이 다시 살아난 염원처럼 씩씩하게 뒤를 돌아보았다. 마흔은 훨씬 넘어 보이는 한 사내가 미옥을 쳐다보고 있었다. 머리는 벌써 반백이었다. 언뜻 노인으로 보이기도 했다.

"누구시오?"

김기주 선생은 술에 취한 모습이었다. 눈빛도 게슴츠레했다. 똑바로 서 있기도 힘든지 비틀거렸다.

"혹시 김기주 선생 계시오?"

미옥이 조심스럽게 물었다.

"난데?... 그런데 날 아시오?"

김기주 선생은 혀가 꼬였는지 발음이 불분명했다. 계속 비틀거렸다.

"선생을 아는 사람을... 알고 있소. 내가 하나 더 물어도 되오?"

미옥은 예를 다해 청을 했다. 김기주 선생은 미옥이 종의 신분일 거라고는 상상도 못했다. 말투며 행동거지가 전혀 종처럼 보이지 않았다. 어쨌든 무언가에 홀린 듯 미옥을 한참 쳐다보았다. 술에 취해서 그런 것인지 몰라도 지나칠 정도로 빼어난 미색이었다. 김기주 선생은 미옥에게 관심이 갔다. 누군가의 소개로 왔든 누구를 알고 왔든 무방했다.

"들어오시오. 누추하지만."

김기주 선생은 미옥을 집안으로 데리고 들어갔다.

미옥은 도련님 성준의 스승이라고 일컫는 자이니 안심해도 될 듯싶었다. 그래서 마음을 놓고 따라 들어갔다. 들어가자 거실이었다. 거실은 희뿌연 연기가 가득했는데 그 냄새가 아주 매캐했다. 미옥은 밭은기침을 했다. 연기가 목에 가시처럼 걸렸다. 겨우 기침을 잠재우고 거실을 둘러보았다. 김기주 선생은 누추한 집이라고 했지만 전혀 누추하지 않았다. 한창 술판을 벌였는지 술병 여러 개가 바닥에 뒹굴고 있었고 젊은 여자 둘이 삐딱하게 앉아있었다. 한눈에 봐도 여염집 규수는 아니었다.

미옥은 눈 둘 곳이 없어서 서가를 쳐다보았다. 성준의 방에도 서가가 있었고 책이 꽤 있었다. 한글로 된 책도 있었지만 한자로 된 책이 더 많았다. 미옥은 성준이 한글을 가르쳐 주던 때가 떠올랐다. 대감마님의 눈을 피해 도망 다니듯 몰래 가르침을 주고받던 시절이었다. 김기주 선생의 서가엔 성준의 서가보다 책이 훨씬 많았다. 그리고 벽엔 생전 처음 보는 서양 그림도 걸려있었다. 주로 꽃과 여자를 그린 그림이었다.

"앉으시오."

김기주 선생은 미옥에게 앉으라고 말하면서 자신도 앉았다. 술에 많이 취했는지 앉으면서도 비틀거렸다. 미옥은 다소곳이 앉았다. 처음 앉아보는 푹신한 소파였다. 누워있어도 잠이 저절로 올 만한 소파였다.

"날 안다고 하셨소? 어디 말해보시오."

김기주 선생은 낯선 여자의 정체가 몹시 궁금했다. 빼어나게 아름다운 여자였다. 사실 정체도 별로 궁금하지 않았지만 일단 서로 친숙해지는 시간을 벌기 위한 수작이었다.

"혹시 조...성준이라고 아시오? 아실 거라고 생각하고 왔소."

미옥은 도련님 성준의 이름을 부르는 것만으로 가슴이 아프게 아려왔다. 그리움이 걷잡을 수 없이 몰려왔다.

"성준이?... 성준을 아시오?"

김기주 선생은 성준을 안다고 말하는 여자에 대해 더 궁금해졌다. 볼수록 아름다운 여자였다.

"사실은, 소식을 알고 싶어서 왔소. 선생 집에 자주 들른다고 들었소."

미옥은 울음이 울컥 올라왔다. 성준을 아는 사람을 만난 것만으로도 그토록 반가웠다.

"그런데 누구시오? 누구신지 알아야 내가 아는 걸 말해줄 수 있지 않소? 무턱대고 아무한테나 소식을 말해줄 순 없지 않소?"

김기주 선생은 낯설고 아름다운 여자에 대해 무엇이든 알아내고 싶다는 욕심이 생겼다. 모조리 알아내고 싶은 욕망이 생겼다. 성준에게 들은 바로는 종년과 연정을 나눈다고 했었다. 그 말이 맞는다면 오늘 크게 횡재하는 꼴이었다.

"난, 미옥...이라고 하오. 그분은 내게는 도련님이오."

미옥은 괜히 민망했다. 자신의 신분 때문에 성준의 품위를 떨어뜨릴 수도 있었다.

"....아... 그 종..."

김기주 선생의 입가에 노골적인 비웃음이 지나갔다. 미옥은 얼굴이 화끈거렸다. 어쩌면 성준의 설명처럼 그리 좋은 품성의 사람이 아닐 수도 있었다.

"그만 가봐. 네 년들은 술병 갖고 나가."

김기주 선생이 갑자기 여자 둘에게 창기를 대하듯 막말을 했다. 여자 둘은 아무런 대꾸 없이 술병을 들고 나갔다. 거실엔 이제 미옥과 김기주 선생, 이렇게 둘만 남았다.

"미색이 빼어나구나. 성준이 빠질 만하네."

김기주 선생은 불쑥 반말이었다. 미옥은 잘못 찾아왔다는 불안감이 들기 시작했다. 당장 일어나서 나가야겠다는 생각이 들기 시작했다. 그래도 성준의 소식은 들어야 했다. 조금만 더 참으면 성준의 소식을 들을 수 있을지 몰랐다. 조금만 아주 조금만 더 참아보자고 결심을 했다.

"소식을 아시오? 지금 어디 있는지 아시오?"

미옥은 다시 물었다. 최대한 정중하게 물었다. 달뜬 모습을 보일수록 얕잡아 볼 수 있었다.

"얻다 대고 말을 낮추는 것이냐? 종년 주제에... 엄연히 반상의 법도가 있거늘..."

김기주 선생은 버럭 화를 냈다. 미옥은 당황했지만 금세 말투를 고쳤다. 어차피 당장 빠져나갈 수 없는 위험한 형국이었다. 화를 불러올 만한 언행은 자제할 필요가 있었다.

"...소식을 알고 싶어서 왔습니다. 도련님 소식만 들으면 곧 가려 합니다."

미옥은 대감마님을 대하듯 존대를 했다. 김기주 선생은 만족했는지 입을 찢으며 웃었다.

"얼마 전에 왔다 갔지..."

김기주 선생은 곰방대를 피워 물었다. 희뿌연 연기가 피어오르며 매캐한 연기가 곧 거실을 잠식했다. 김기주 선생은 자신이 알고 있는 성준의 소식을 쉽게 알려주고 싶지 않았다. 그러기엔 앞에 있는 종년, 미옥은 너무나 삼삼했고 너무나 아름다웠다. 맨정신도 미혹시킬 정도였는데 마침 술정신이었다. 온몸에 불끈불끈 힘이 들어갔고 아랫도리에도 힘이 들어갔다. 주체못 할 욕망이 강렬하게 불타오르고 있었다. 그동안 제대로 풀지 못하고 누적된 욕망덩어리였다. 게다가 한창 놀아보려고 불렀던 여자 둘도 보내버린 형편이었다. 미옥은 평범한 사내에게 쉽게 찾아오지 않을 대단한 기회였다. 이 기회를 절대 놓칠 수는 없었다. 놓친다면 그건 등신이었다.

"혹시 지금 어디 계신지 아시는지요?"

미옥은 참을성 있게 물었다. 김기주 선생은 한참 머리를 굴렸다. 술에 취하고 담배에 취해 정신이 혼미했다. 구름 속을 둥둥 떠다니는 황홀한 기분이었다. 그래도 미옥을 후릴 기운은 남아있었다.

"글쎄..."

김기주 선생은 대답을 미루었다. 그러더니 일어나 미옥 바로 옆에 와서 앉았다. 그리고 아무런 예고도 없이 미옥의 어깨를 살포시 쓰다듬었다. 자꾸 살살 쓰다듬었다. 미옥이 어깨를 살짝 틀면서 손길을 피하며 조금 옆으로 몸을 옮겼다.

"종년이라는 게 믿어지지 않을 정도로 아름다워. 지금까지 수많은 여자들을 경험했지. 기생들, 창기들... 수도 없이 만나보았지만 너만큼 아름다운 계집은 보지 못했다. 과연 성준이 혼을 빼놓을 만하네... 어찌 이렇게 아름다우냐? 정말 사내를 미치게 만드는구나. 경국지색이다."

김기주 선생은 또다시 미옥의 어깨를 쓰다듬더니 이번에는 힘을 주어 잡았다. 미옥은 꼼짝달싹할 수 없었다. 일어서려고 했지만 김기주 선생이 억지로 눌러 앉혔다. 그 힘도 완강했다. 미옥은 성준의 소식을 알기는커녕 큰 변고를 치를 것 같다는 두려움에 휩싸였다. 오늘 죽임을 당할 것 같았다.

"왜 이러십니까?"

미옥은 화를 내며 소리쳤다.

"네발로 이 집에 들어왔다. 사내 혼자 사는 집에... 그것도 뭔가 목적을 가지고 말이다. 내가 강제로 들이지 않았다는 것을 알 텐데..."

김기주 선생은 이제 미옥의 맨 목덜미를 슬슬 만지고 있었다. 아직 솜털이 보송한 여린 목덜미였다. 그 가녀린 솜털에 입을 갖다 댔다. 혀를 대고 쓸어보았다. 미옥은 온몸이 경직되어 뻣뻣해져 있었다.

"...내...내가 무슨 목적이 있단 말입니까?"

미옥이 떨고 있었다. 또 용기를 내어 자리에서 일어나려고 해보았지만 김기주 선생은 다른 손으로 미옥의 치마폭을 꽉 잡았다. 미옥은 이제 몸을 일으킬 수 없다는 것을 알았다. 치마가 찢어질 판이었다. 덫에 걸린 짐승처럼 잡힌 몸이 되었다.

"성준의 소식을 알고 싶다면 네년도 내게 무언가 주는 것이 있어야 할 거다. 게다가 이렇게 화려한 옷이라니... 종년이 입을 옷이 아닌데? 훔친 것이 아니라면... 필시... 필시... 흐흐흐."

김기주 선생은 미옥의 치마폭을 확 뒤집었다. 미옥의 하얀 속 곳이 살짝 드러났다. 김기주 선생은 이제 눈빛이 완전히 흐려져 있었다. 사람의 눈빛이 아니었다. 짐승의 눈빛이었다. 배설의 용기(容器)를 찾고 있는 눈빛이었다.

"도련님이 존경하는 선생 맞습니까? 어찌 이러십니까? 이 손 치우시오."

미옥은 온 힘을 다해 일어나려 했다. 치마가 찢어져도 상관 없었다. 그러자 김기주 선생은 미옥을 때리듯 밀어서 눕혀버렸 다. 미옥의 치마도 확 젖혀 버렸다. 미옥의 속곳은 완전히 드러 났고 그곳도 조금 드러났다. 자세 또한 민망하기 그지없었다. 김기주 선생은 미옥의 몸을 누르듯 덮치고 있었다.

"성준의 존경을 받고 싶은 건 맞지만... 종년의 존경까지 받고 싶지는 않은데..."

김기주 선생은 야비했다. 나혜석이니 뭐니, 아나키즘이니 뭐 니 다 허상이고 허영이고 헛것이었다. 아마 처음엔 진지했을 것이다. 하지만 점점 변색되어 갔고 그의 배경에는 어쩔 수 없 는 용모의 불우가 숨겨있었다. 그런데 이런 불우(不遇)마저도 자신의 찰나의 욕망을 위해 얼마든지 이용하고 얼마든지 던져 버릴 각오가 되어있었다. 그러니까 본래부터 천박한 자였다.

"비키시오."

미옥이 두 팔로 김기주 선생을 힘껏 밀치며 일어났다. 순간 김기주 선생이 미옥의 팔을 힘껏 잡아당겼다. 바짝 당겨 품에 안았다. 이제 김기주 선생의 얼굴과 미옥의 얼굴은 가까이 맞 닿아 있었다. 미옥은 얼굴을 돌렸다.

"창피한 줄 아시오. 난 도련님의 여자요."

미옥이 거칠게 반항하며 몸을 비틀었지만 소용없었다. 김기주 선생도 사내였다. 그 힘을 물리치기는 어려웠다.

"도련님의 여자? 하하하... 네가 부인인 줄 아느냐? 네가 부인이라면 내가 이러지도 않았겠지. 원래 종년은 나눠 가지라고 있는 거다. 여러 사내의 관계를 돈독하게 하기 위해서 말이야. 서로 주고받는 물건인 셈이지. 네년이 조선에서 종으로 태어난 이상 어쩔 수 없는 팔자다. 그러니까 더 이상 저항하지 말라."

김기주 선생은 미옥을 풀어줄 생각이 전혀 없었다. 이미 색에 한껏 취해 있었다.

"놓으시오. 사람을 부르겠소."

미옥의 언성이 높아졌다.

"여기서 네년이 소리를 지른다 한들 밖에선 들리지도 않을 뿐더러, 조선에서 어떤 사람이 종년의 편을 든단 말이냐? 그래 실컷 소리 질러라. 그것도 아주 재미있겠다. 흥미롭겠다. 종년의 앙큼한 교성이라니... 하하하..."

김기주 선생은 미옥을 더 힘주어 안았다. 미옥은 온 힘을 다해 버둥거렸다. 그럴수록 김기주 선생은 미옥을 옥죄듯 껴안았다. 결국 미옥은 몸부림치는 걸 그만두었다.

"도련님을 봐서 이러지 마시오."

미옥은 이제는 사정을 해보았다. 살아나가려면 어쩔 수 없었다.

"양반들은 본래 계집에 대해서는 의논하지 않는다. 알겠느냐? 네년처럼 무식한 종년은 모르겠지만, 우리는 늘 아나키즘에 대한 논의를 하지. 아주 멋진 일이란 말이야. 근사한 일이란 말이야. 얼마나 멋진 말인가? 아나키즘... 아나키즘... 으하하... 그거야말로 혁명적인 사상이지. 신분 제도를 타파할 수 있는 사상이니까. 그래서 성준이 매료되었지. 양반도 종도 없는 사상이라고 하니까 말이야. 사실 난들 그 사상에 대해 얼마나 깊게 알겠는가? 그렇다고들 하니까 그런 줄 아는 거지."

김기주 선생은 되도 않게 뻔뻔했다. 미옥은 두 눈을 치켜뜨고 그를 노려보았다.

"서가에 저 많은 서책을 한 권도 안 읽은 게 분명하오. 안 그렇소? 만약 읽었다면 이럴 순 없을 거요. 저 서책들도 멋으로 꽂아둔 것이오? 그렇소? 그렇다면 당신은 종인 나보다 더 천박한 자요. 더 무식한 자요. 안 그렇소?"

미옥은 참지 않기로 했다. 김기주 선생은 잠시 멈칫하더니 있는 힘을 다해 미옥의 뺨을 갈겼다. 미옥의 얼굴이 옆으로 돌아갔다. 잠시 정신을 차릴 수 없었다. 토할 듯 어지러웠다.

"건방진 년. 네년 옷을 보아하니... 네년... 유곽에 있는 게 분명하구나... 하하하... 그렇다면 내가 돈을 쳐주지. 공짜는 아니란 말이다. 설마 내가 공짜로 네년을 취하겠느냐? 자 돈을 줄테니 한 번 해보자꾸나. 하하하."

김기주 선생은 비열한 도적처럼 웃었다.

"그렇지 않소? 저 많은 서책들을 읽지 않았으니 이리하는 짓이 천박하고 무식한 거 아니겠소? 설마 저 서책이 이렇게 하라고 시키는 것이오?"

미옥은 비난을 멈추지 않았다. 김기주 선생은 미옥의 뺨을 또 갈겼다.

"당신네 양반들은 뼛속 깊이 천박하구려. 무식하구려. 서책을 다 갖다버리시오. 저게 당신을 망쳤소."

미옥은 칼을 찌르듯 말했다. 김기주 선생은 당황한 표정이 되더니 서서히 몸을 일으켰다. 그러자 미옥이 의외의 반격을 했다.

"이왕 이렇게 된 거... 내가 무사히 이 집을 못 나갈 것 같으니... 그렇게 합시다. 그렇게 소원을 하니, 그렇게 합시다."

미옥은 스스로 일어났다. 그리고 스스로 옷을 벗었다. 미옥의 나신이 완전히 드러났다. 물론 뒷모습뿐이었다. 미옥은 몸을 돌려 자신의 앞모습을 보여주었다. 김기주 선생은 놀라서 입을 다물지 못했다. 미옥의 상처를 낱낱이 보았다. 고문 흔적이 여기저기 흉측했다.

"당신 같은 작자에게 배움을 구한 도련님이 딱할 지경이오. 자 이제 맘대로 해보시오. 아직도 내가 아름답소?"

미옥은 당당했다. 하지만 김기주 선생은 오히려 위축되었는지 꼼짝도 못하고 있었다.

"더러운 년... 네년도 다 허상이었구나. 허영이었구나. 헛것이었구나. 그런 더러운 몸뚱이로 나를 유혹하다니..."

김기주 선생은 치가 떨렸다. 잠시라도 미옥에게 뜨거운 욕망을 품었던 것이 분하고 화가 났다.

"왜 고자라도 되었소? 아니면 원래 고자요?"

미옥은 앙칼졌다. 김기주 선생은 대꾸도 없었다. 미옥은 바닥에 떨어져 있는 단도를 들었다. 아까 술시중 들던 여자 둘이 과일을 깎던 것이었다.

"자결이라도 하겠다는 거냐? 그래 잘된 일이다. 그래 자결해라."

김기주 선생은 통쾌한 마음이 들었다. 일말의 복수심이었다.

"대체 내가 오늘 왜 이러는 건지? 계집 몸뚱이에 상처가 있다고 기동을 못하다니... 이게 무슨..."

김기주 선생은 자신의 사내가 죽어버린 것이 더 화가 났다. 종년 미옥에게 그것을 들켰다는 것이 몹시 거슬렸다.

"뭐가 그리도 화가 나시오? 난 당신의 그 곰보 낯짝을 보는 순간 토가 나올 듯했는데..."

미옥은 되받아쳤다.

"미친년... 종년들은 도련님이라는 상전과 붙어먹어야 팔자가 풀리는 거지. 그래서 통정을 해서 아들이라도 낳길 바라지. 안 그러냐? 너희는 그렇게 해서라도 신분 상승을 원하는 것이고. 내가 이 얼굴로 여자를 후리지 못했을까? 지금까지 난 계집을 부른 적이 없다. 나에게 계집들이 달려들었지. 물론 걸레 같은 더러운 년들이지만. 사내들의 사상의 세계는 알지 못하는 무식하고 더러운 짐승 같은 년들... 할 줄 아는 거라고는 그것밖에 없는 년들... 저질이다. 저질."

김기주 선생은 침을 뱉는 흉내를 내며 말했다.

"당신의 그 낯짝보다 더 더러운 그 사상 때문에, 저질의 여자들만 덤비는 거 아니겠소? 고귀한 여자를 알지도 못하면서..."

미옥은 단검을 더 높이 치켜들었다.

"어서 해라. 어서."

김기주 선생은 이가 갈리고 치가 떨렸다. 당장이라도 유곽에 달려가 제대로 욕망을 풀고 싶은 심정밖에 없었다. 아마도 그곳에 가면 자신의 사내가 회생(回生)할 만했다.

"내가 왜 자결을 하오? 내가 죄지은 것이 없는데..."

미옥은 김기주 선생 앞으로 한 걸음 다가갔다. 김기주 선생은 한 걸음 뒤로 물러났다.

"네년 죄를 정말 모른다는 거냐?"

김기주 선생은 비틀거렸다. 미옥은 소름 돋을 정도로 차분했다.

"네년 잘못인 거다. 종으로 태어난 것이... 그러니 누구도 원망하지 말아라. 네년은 아무 남자 것이란 말이다. 그게 네년 팔자란 말이다."

김기주 선생은 갑자기 미옥의 팔을 잡아채려고 했다. 하지만 미옥이 더 빨랐다. 미옥이 들고 있던 단검이 김기주 선생의 손 바닥을 힘차게 갈랐다. 김기주 선생의 손에서 시뻘건 피가 뚝 뚝 떨어졌다. 김기주 선생은 기겁하며 완전히 뒤로 물러났다. 깊숙이 갈랐는지 피가 터지듯 줄줄 흘러내리고 있었다.

"내가 말했을 텐데? 이러지 말라고?"

미옥은 단검을 들고 더 바짝 다가갔다. 김기주 선생은 비명을 지르며 뒤로 물러나다가 그만 넘어지고 말았다.

"귀신이다... 넌 귀신... 미친년... 귀신... 미친년... 귀신..."

김기주 선생은 두 팔로 허공을 휘휘 내저었다.

"내가 종으로 태어난 게 죄라면 당신은 양반으로 태어난 게 죄요."

미옥은 신랄하게 비웃었다.

"뭐?..."

김기주 선생은 이제 목소리가 작아져 있었다. 눈은 겁에 질려있었다. 죽기를 작정하고, 죽이기를 작정하고 덤비는 미옥을 상대하기에는 역부족이었다. 술에 취해 있었고 아편에 취해 있었다. 미옥은 침은 뱉지 않았다. 동네 똥개보다 못한 자에게 침을 뱉고 싶지는 않았다.

"사람의 형색을 갖고 태어나서 이리도 천박하게 살아가니 말이오. 동네 똥개보다 못하오."

미옥은 스승이 제자를 가르치듯 말했다.

"이년... 천한 종년 주제에... 아나키즘도 모르는 무식한 년이..."

김기주 선생은 겁이 나서 말도 제대로 못했다.

미옥은 다시 옷을 챙겨 입었다. 그리고 몸을 돌려 나가려고 했다. 김기주 선생이 미옥의 등에 비수를 꽂듯 말했다. 완벽한 복수의 비수였다.

"성준이... 혼인하러 내려갔다. 이년아."

미옥은 주춤했다. 온몸에 힘이 빠져나가며 두 다리가 후들거렸다. 빠르게 문을 열고 나갔다. 눈물이 쏟아졌다. 하지만 무작정 빠르게 걷기 시작했다. 어디로 가는지 알 수 없었지만 도련님 성준에게 가는 길임은 분명했다. 도련님 성준에게 가는 길은 이렇게 고단했다.

18

덕길은 유곽을 바라보고 있었다. 또 일본이었다. 주재소장에게 당한 치욕과 유린도 일본이었고 유곽 놈들에게 당하고 있는 치욕과 유린도 일본이었다. 공교롭게도 전부 일본이었다. 덕길은 이토록 집요하게 중첩된 원한의 팔자가 통탄스러웠다. 사내인 자신도 들어가 본 적이 없는 추악한 욕망만 흔들어대는 도락의 배설구였다. 그 배설구에 가장 순하고 여린 조선의 꽃봉오리 미옥이 있었다. 종으로 태어나고 종으로 살았지만 그 누구에게도 자신을 빼앗기지 않고 살았던 미옥이였다. 종에게 그런 삶이란 거의 불가능에 가까운 것이다. 대부분의 종 계집들은 갓 열 살만 지나면 상전들에게 골고루 침범당했다. 그러다 아이라도 갖게 되면 멀리 보내졌다. 자신이 태어나서 살았던 집을 떠나야 했고 자신을 낳아준 부모를 떠나야 했다. 그런데 미옥은 성공적으로 살아냈고 살아남았다. 도련님 성준에게도 덕길에게도 손길 한 번 잡히지 않았다. 그런데 가장 더러운 가장 흉악한 가장 저열한 승냥이들에게 침범당한 것이다. 덕길은 모조리 모가지를 따버린 후 불이라도 활활 지르고 싶은 심정이었다. 하지만 참수도 충화(衝火)도 미옥을 구하고 난 후의 일이었다. 지금은 미옥의 안위와 구출만 염두에 두어야 했다. 덕길은 숨을 가다듬으며 마음의 준비를 다졌다. 그리고 어깨를 잔뜩 펴고 유곽 안으로 성큼성큼 걸어 들어갔다. 들어가자마자 희뿌옇고 매캐한 연기가 함께 닥쳤다. 덕길은 죄악의 연기를 차례차례 걷어내며 계속 걸어 들어갔다. 역시나 벌건 대낮부터 오입질하려는 일본 놈들이 우글거렸다.

"이 짓 하러 조선에 온 거냐?... 네놈들 씨 뿌리러 온 거야?"

덕길은 놈들을 죽일 듯 노려보며 중얼거렸다. 당장 모가지를 분질러서 죽이고 싶은 버러지 같은 것들이었다.

"하나하나 모가지를 따 주마..."

덕길은 맹세하듯 중얼거렸다. 그러다 문득 뇌리를 스치는 것이 있었다. 이 또한 일본 대장만 죽이면 될 듯했다. 결국 그 대장 놈만 죽이면 이 버러지들은 저절로 사라질 것 같았다. 덕길은 다시 한번 자신의 대의를 다졌다. 문득 요상한 신음이 들리기 시작했다. 양옆으로 다닥다닥 붙은 방마다 온갖 잡놈들의 거칠 것 없는 신음이 들렸다. 연약한 조선의 처녀들과 분탕을 치고 있을 수치도 없는 온갖 잡놈들의 발광이었다.

유곽은 생각 이상으로 그 규모가 컸다. 복도 중간쯤 다다르자 더는 한 발자국도 움직일 수 없었다. 험상궂게 생긴 날강도 같은 놈이 떡하니 버티고 서 있었다. 덕길에게 겁을 주려는 건지 몸통마저 삐딱하게 돌리며 허리춤에 찬 작은 도끼를 으스대듯 보여주었다. 다가오지 말라는 강력한 경고였다. 덕길은 그저 헛웃음만 나왔다. 덩치가 아까운 놈이었다. 장수다운 덩치를 내세운들 기껏 유곽 여자들의 도망을 막는 일을 하고 있을 뿐이었다. 결국 힘없는 여자들에게 도끼질이나 하고 사는 천하의 등신 같은 놈이었다. 덕길은 그놈이 뭐라고 씨불이기 전에 달리듯 걸어가 먼저 때려눕혔다. 아무런 방비 없이 잘난 척이나 하던 놈은 덕길의 주먹 한 방에 그대로 나가떨어졌다. 그러자 또 한 놈이 나타났다. 이번 놈도 덩치가 산만 했다. 덕길은 그놈도 한 방에 때려눕혔다. 이렇게 다섯 놈을 패면서 계속 걸어갔다. 이렇게 쳐부수면서 복도 끝에 도달했다. 여자 하나가 기다리고 있었다. 짙은 화장 속에 나이를 감추고 있었지만 어쨌든 나이 먹은 여자였다. 여자는 무려 다섯 놈을 비명 한번 없이 물리치고 나타난 덕길을 보고도 겁도 없는지 눈깔을 치켜뜨고 노려보았다. 오만가지 오욕에 휘말리며 살아온 역전 노장의 웃음이었다.

"대단하오. 같이 힘을 합쳐보자고 청하고 싶을 정도요. 내가 이곳 '자도루'의 주인이오."

연심은 덕길이 싫은 눈치가 아니었다. 오히려 마음에 드는 눈치였다.

"따라오시오."

연심은 먼저 방으로 들어갔다.

"문은 닫으시오."

연심은 따라 들어오는 덕길에게 한마디 했다. 겁먹은 목소리
는 절대 아니었다. 덕길은 연심의 말을 들을 생각이 없었다. 문
을 닫지 않은 채 조금 열어 둔 채 주춤 섰다. 연심은 자리에 앉
아서 덕길을 쳐다보았다. 덕길은 눈 하나 끔뻑하지 않았다. 얼
마든지 뚫어보라는 얼마든지 때려보라는 역발산기개세(力拔
山氣蓋世)였다.

"계속 그렇게 서 있을 거요? 와서 앉으시오."

연심은 덕길이 앉기를 권했다.

"싫소. 앉을 만큼 마음이 편치 않소."

덕길은 고집을 부렸다.

"호호... 맘대로 하시오. 난 연심이라고 하오. 내가 이름을 밝
히는 이유는... 이름도 없는 그쪽과 출신이 다르다는 걸 밝히기
위해서요. 아무래도 출신이... 난 그쪽처럼 천민은 아니오."

연심은 덕길을 깔보고 있었다.

"맘대로 하시오."

덕길은 그야말로 무뚝뚝했다. 할 말만 하겠다는 심보였다.

"좋소. 그럼. 용건을 말해보시오. 어디 들어나 봅니다. 이렇
게 요란을 떨며 들어온 이유가 있을 거 아니오? 얼마나 대단한
용건인지 궁금하기도 하오."

연심은 덕길을 재촉했다. 꼭 사연을 듣고 싶은 건 아니었다.

사연을 듣고 싶다는 말은 핑계였다. 사내로서 관심이 동하고 있었다. 하룻밤 만리장성을 쌓고 싶은 사내였다. 이렇게 거칠게 꿈틀대는 욕망의 부활도 실로 얼마 만인지 가슴이 요동치고 있었다. 이렇게 단박에 끌리는 사내는 정말이지 처음이었다.

"이곳에 팔려 오지 말았어야 할 여자가 있어서 왔소. 다 알고 왔으니 거짓을 말하지 마시오."

덕길은 연심의 얼굴을 뚫어질 듯 보았다. 어떤 변명이나 거짓도 용서하지 않겠다는 단호함이었다.

"호호... 또 그 계집이요? 요즘 그 계집 때문에 내가 아주 골치가 아프네... 도대체 이게 복이 되는지 화가 되는지..."

연심은 실소를 터트렸다. 하지만 질투가 나기도 했다.

"누가 또 왔었소?"

덕길은 불안감을 드러냈다. 누군가 미옥을 찾아왔다는 게 이해가 되지 않았다. 유곽으로 미옥을 찾아올 사람은 없었다. 미옥을 유곽에 판 작자들이 미옥을 다시 찾으러 왔을 리도 없었다. 덕길은 진짜 궁금했다.

"그 계집이 천하절색인 건 알겠소. 단지 그 이유 때문이오? 뭐... 그렇다 해도 이해는 가오. 사내들이 넋을 놓을 미모니까. 그런데 말이오. 정말 그게 다요? 내가 정말 궁금해서 그렇소."

연심은 정말 궁금했다. 미옥이 예쁘다는 그 이유 하나만으로 사내다운 사내가 이런 활극을 펼칠 수 있는지 말이다.

"내가 왜 그쪽에게 그런 내심을 발설해야 하오?"

덕길은 귀찮다는 듯이 대꾸했다.

"그 계집을 찾으러 온 이상, 나한테 그 정도는 알려줘도 될 것 같은데? 안 그러오? 지금 그쪽 입장이 아주 많이 불리한 거 모르시오? 내게 그 계집에 대한 소식을 듣고 싶으면... 쉽게 말하는 것이 좋을 거요."

연심은 주판알을 열심히 튕기고 있었다. 이 사내가 무엇을 내놓을 수 있을지 계산 중이었다.

"불리한지 아닌지... 이건 내가 결정하오. 그러니 말해보시오. 또 누가 왔었소?"

덕길은 연심과 계속 말장난하고 싶지 않았다. 빨리 끝내고 미옥을 데리고 나가고 싶었다.

"그런데 말이오. 도대체 그 계집이 보통 계집과 뭐가 다르오? 뭐가 다르기에 그 계집 하나를 구하고자 이렇게 쳐들어왔냔 말이오. 어서 말해 보시오. 궁금해서 못 견디겠소."

연심은 앞에 서 있는 사내를 품고 싶을수록 미옥에 대한 소식을 쉽게 내줄 수는 없었다.

"누가 또 왔었소? 당장 말하시오."

덕길이 거칠게 몰아붙였다. 점점 인내심이 바닥나고 있었다.

"호호... 미옥이... 미옥이... 이름도 얼굴도 예쁜 그 계집 찾는 거 아니오?"

연심은 곰방대를 피워 물었다. 뿌연 연기를 뿜어내며 덕길을 빤질빤질 쳐다보았다. 그 눈빛이 예사롭지 않았다. 덕길을 노골적으로 유혹하는 요사스런 눈길이었다. 연심은 저고리 어깻죽지 한쪽을 슬쩍 내렸다. 반지르르 윤이 나는 살갗이 드러났다. 손길이 닿으면 그대로 미끄러질 것처럼 매끄러워 보였다.

"여기 있소? 빨리 말하시오."

덕길은 참기 어려웠다. 그런데 연심은 호호호 콧소리를 내며 웃기만 했다. 자신만의 사내 앞에서 부리는 애교였다.

"방문 좀 완전히 닫으시오."

연심은 덕길에게 부드럽게 일렀다.

"닫으면 말할 거요?"

덕길은 쐐기를 박듯 물었다. 연심은 대답 대신 호호호 여전히 콧소리로 웃기만 했다. 덕길은 잠시 머뭇거리다가 방문을 닫았다. 이제 방 안에 완벽하게 둘만 있었다. 서로 다른 욕망을 가진 둘이 있었다.

"갑자기 방이 덥네..."

연심은 저고리 어깻죽지를 내린 것으로 부족했는지 윗저고리를 아예 벗었다. 저고리 안에는 아무것도 없었다. 속저고리도 없었다. 치마끈으로 단단하게 묶은 젖가슴이 미어터질 듯했다. 한창 물오른 계집의 요망한 형색이었다. 덕길은 눈을 돌렸다. 차마 볼 수가 없었다. 점점 난국이었다.

"날 함부로 보면 안 된단 말이오. 이런 일 한다고 내가 내 몸뚱이도 함부로 놀린다고 오해해서도 안 된단 말이오. 나도 순정이 있고 지조가 있다는 말이오. 알겠소?"

연심은 몸이 바짝 달아오르는 것 같았다. 덕길을 쓰러트리고 말겠다는 용심이 강하게 불타오르고 있었다.

"내 알 바 아니오. 내가 알고 싶은 건, 미옥이 소식이오. 여기 있소? 있다면 어디 있소? 빨리 말하시오."

덕길은 아직 눈길을 돌린 채로 쩌렁쩌렁 소리를 질렀다.

연심은 다시 곰방대를 피워 물었다. 한창 젊은 나이는 아니지만, 꽤 쓸 만한 몸뚱이라고 자부하고 살았다. 아직도 이 몸뚱이를 갖겠다는 사내들이 천지에 널려있었다. 순간 덕길이 연심이 피우던 곰방대를 단번에 날려버렸다. 연심은 놀라는 표정이었다. 그런데 그건 무서움이 아니었다. 그건 두려움이 아니었다. 그건 거친 사내의 강렬한 감동이었다. 연심은 미치도록 몸이 달았다. 환장하도록 몸이 뒤틀렸다.

"이게 무슨 짓이오?"

연심은 혀가 꼬이고 있었다. 메케한 연기에 취한 게 아니었다. 덕길의 사내다움에 취한 것이었다. 연심은 자꾸 덕길 쪽으로 끌리듯 다가가고 있었다.

"말해. 살고 싶으면. 아니면 여기 다 때려 부수고 내가 찾아낼 거다. 그러니까 좋은 말로 할 때... 실토해."

덕길은 드디어 화가 폭발했다. 그야말로 짐승처럼 포효하며 으르렁거렸다. 연심의 아랫도리가 미친년 널뛰듯 정신 나간 년 춤추듯 출렁거렸다.

"알았소... 알았소... 말하겠소... 여기 왔었소만, 지금은 없소."

연심은 머리를 잘게 굴렸다.

은숙에게 받은 금덩이와 또 받을 금덩이 그리고 고영춘한테 받을 큰돈과 약조한 물건 그리고 총독과의 약조가 어지러이 스쳤다. 그 모두가 포기할 수 없는 것들이었다. 하지만 바로 자신의 눈앞에 있는 이 사내 또한 포기할 수 없는 것이었다. 절대 포기할 수 없는 것이었다. 그따위 것들보다 이 사내가 더 값어치가 있었다. 돈이야 나갔다가 다시 들어오기도 하는 것이지만 진짜 사내는 평생에 한 번 올까 말까였다. 그리고 지금 가진 돈도 전혀 부족하지 않았다. 연심은 헛웃음이 터져 나왔다. 여러 유곽을 거치며 강단과 배짱을 얻었다고 생각했다. 세상 무서울 게 없었다. 그런데 순식간에 강단과 배짱은 사라지고 앞에 있는 이 사내가 무서웠다. 자신의 욕망을 거절할까 봐 무서웠다.

"난... 내가 진짜 장사꾼인 줄 알았는데... 이렇게... 쉽게 무너지다니... 그동안 내가 진짜 사내를 못 만나서 그랬던 것 같네..."

연심은 혼자 중얼거렸다.

"어디로 갔냐고?"

덕길은 소리 지른 것에 그치지 않았다. 연심의 치마끈을 오랏줄 잡듯이 잡아챘다. 연심이 위로 딸려 올라갔다. 연심은 온몸을 부르르 떨었다. 이 또한 정신을 못 차릴 정도로 혼미했다.

"말하라니까..."

덕길은 치마끈을 더 세게 잡아 틀었다. 그 바람에 치마끈이 툭 터지면서 치마가 아래로 줄줄 흘러내렸다. 덕길은 치마가 더 아래로 흘러내리는 것을 막으려고 치마를 잡았다. 차마 거기까지 보고 싶지는 않았다. 그 바람에 연심의 젖가슴만 훤히 드러났다. 덕길은 또 시선을 돌렸다. 연심이 그 순간을 놓칠 리 없었다. 자신의 치마를 잡은 덕길의 손을 잡아채듯 자신의 젖가슴으로 가져갔다. 덕길의 얼굴은 터질 듯이 붉어져 있었다.

"그쪽이 내 치마를 벗겼소. 무릇 진짜 사내란 계집의 치마를 벗겼으면 그 끝을 봐야 하는 법."

연심은 주도권을 쥔 채 덕길을 갖고 놀고 있었다. 연심은 덕길의 손을 부들부들 힘주어 잡고 있었다. 연심의 손목에 시퍼런 핏줄이 툭툭 올라왔다. 덕길이 연심의 젖가슴에 올려있는 자신의 손을 떼려고 했다. 덕길의 손이 연심의 젖가슴을 움켜쥔 꼴이었다.

"나한테 그 계집의 소식을 듣고 싶으면... 날 가지시오."

연심은 애원하는 눈빛이었다. 덕길은 어찌할 바를 몰랐다. 상상도 해 본 적 없는 사태가 생긴 것이다. 머릿속이 복잡했다.

"날 보시오. 그 계집의 소식을 원한다면 날 가지란 말이오. 물론 날 죽일 수도 있겠지... 하지만 그 계집 소식을 영원히 들을 수는 없을 거요."

연심은 덕길의 손을 자꾸만 아랫도리로 가져갔다. 덕길은 움찔했다. 자꾸 손을 빼려고 했다. 하지만 더 이상 강한 힘은 행사하지 못하고 있었다. 여자를 때릴 수도 때려서도 안 된다는 생각이었다.

"자자... 제발..."

연심은 덕길을 살살 달래며 천천히 누웠다. 그 와중에도 덕길의 손을 절대 놓치지 않았다. 연심이 먼저 누웠다. 그 위로 덕길이 넘어지듯 엎어졌다. 연심이 저 혼자 희열의 비명을 질렀다.

"아..."

연심이 덕길의 그곳을 용감하게 잡았다. 덕길은 그제야 정신이 번쩍 들었는지 깜짝 놀라며 몸을 일으켰다.

"날 이렇게 할 수 있는 여자는, 미옥이밖에 없어."

덕길은 연심의 몸뚱이 위에서 소리쳤다. 그리고 연심의 모가지에 칼을 들이댔다.

"내가 여자한테 손찌검하기 싫어서 참고 있었는데... 널 죽여야겠다. 그편이 낫겠다. 자... 곱게 죽여주지는 못하겠다. 어디부터 잘라줄까? 이 젖통? 아니면 세상 어떤 사내도 드나들 수 없게 거기?..."

덕길은 연심의 젖통에 칼을 들이댔다. 연심은 눈물을 흘렸다. 처참한 기분이었다. 겁탈보다 더 견디기 힘든 유린이었다.

"알았소... 알았소..."

연심은 울면서 몸을 일으켰다. 저고리도 없었고 치마는 찢어져 있었다. 벌거숭이나 다름없었다. 연심은 비로소 부끄러운지 두 손으로 자신의 벌거숭이를 가렸다.

"...여기 온 첫날... 그 계집을 돈 주고 산 자가 있소. 그자가 데려갔소."

연심은 털어놓기 시작했다. 이미 포기한 욕정이었다.

"어떤 자가 데려갔다고?"

덕길은 다시 물었다. 연심은 모든 욕구와 욕정과 욕망을 다 내려놓았는지 그런대로 고분고분했다.

"어떤 자야?"

덕길은 연심의 멱살을 쥐어틀었다. 연심의 얼굴이 벌게지더니 곧 스르르 눈을 감았다. 뺨으로 눈물이 줄줄 흘렀다. 연심은 자신이 왜 눈물을 흘리는지 그 이유를 알 수가 없었다. 그냥 막연히 슬펐다. 이 사내가 떠나고 나면 죽을 때까지 그리워할 것만 같았고 그리워하다가 죽을 것만 같았다. 그래서 슬픈 것 같았다.

"그게... 그..."

덕길은 하는 수 없이 연심의 멱살을 놓아주었다.

"여길 드나드는 사람들 이름까지는 모르오."

연심은 아직도 거짓을 말하고 있었다. 덕길과 인연을 이대로 끝내고 싶지 않았다.

"여길 드나드는 사람의 이름은 몰라도, 낯짝은 알 거 아니야? 안 그래?"

덕길은 고함을 쳤다. 연심은 전혀 떨리지 않았다. 갑자기 덕길의 칼에 맞아 죽고 싶다는 야릇한 낭만이 생겼다. 덕길이 저 방문을 열고 들어오는 순간부터 생겨난 희한한 현상이었다.

"그런데 그자는 그 계집을 살려준 거나 마찬가지요. 여기서 이놈 저놈에게 몸을 망치는 것보다 그래도 한 놈한테 망치는 게 낫지 않겠소?"

연심은 일부러 비꼬면서 말했다. 일부러 기분 나빠지라고 한 욕이었다. 그 계집에게 있는 정 없는 정 죄다 떨어지도록 만들고 싶었다.

"그건 그쪽한테나 어울리는 말이고. 그 여자는 절대 그렇게 되면 안 되는 여자야. 너와는 달라."

덕길의 눈빛은 분노로 타오르고 있었다.

"절대 그렇게 안 되는 여자가 어디 있소? 양반도 아니고 종년 주제요... 정말 우습지 않소? 종년으로 태어난 이상 더 이상 뭘 바란단 말이오? 오히려 나한테 감사하시오. 여기서 아무 놈에게 몸 파는 걸 막아주지 않았소? 내가 허락하지 않았다면 벌써..."

연심은 이왕 끝장난 김에 작정하고 쏟아냈다. 덕길은 한 손으로 연심의 얼굴을 움켜쥐었다. 연심의 얼굴은 덕길의 손아귀에서 찌그러지고 있었다.

"그러니까 누구인지 말하라고."

덕길은 다시 칼을 들이밀었다. 칼로 뺨을 스치듯 그었다. 상처도 없고 피도 없는 배임이었다. 그런데 연심은 눈에 힘을 주고 덕길을 노려보았다. 연심은 덕길이 엄청 거칠어 보여도 순진한 사내라고 파악하고 있었다. 누굴 함부로 다치게 하거나 죽일 위인이 못 된다고 읽고 있었다. 그래서 좀 더 버텨보기로 했다. 덕길과 조금이라도 더 함께 있고 싶었다.

"데려간 자가 누군지 모르나, 나이는 오십 줄이오."

연심은 야금야금 털어놓았다. 다 알려주면 다시는 만날 수 없을 테니까.

"그리고?"

덕길은 그다음 이야기를 기다렸다.

"그 이상은 정말 모르오. 하지만 내가 알아봐 줄 순 있소. 내가 애들을 풀어서 수소문해 볼 순 있소."

연심은 덕길의 미옥을 향한 절박함과 조바심을 가지고 놀고 있었다.

"거짓을 말하면 이 면상이 온전치 못할 것이다."

덕길은 거칠게 협박을 했다. 연심은 그 협박이 무섭지 않았다.

"...오늘은 갑작스러웠을 테니... 그렇고... 나도 아무 대가 없이 줄 수는 없소."

연심은 이제 덕길을 손바닥에 올려놓고 이리저리 저울질하고 있었다.

"대가? 무슨 대가?"

덕길이 어이없는 표정으로 되물었다.

"아시면서 그러오?"

연심이 또 애교를 떨며 웃음을 지었다.

"모른다. 또 안다 한들 난 이미 한 여자에게만 속해있다."

덕길은 무덤덤했다. 연심은 충격을 받은 표정이었다. 이 사내
와 그 계집의 오래고 지독한 연정을 절대 이길 수 없다는 것을
깨달았다.

"...무슨 사내가 그러오?"

연심은 너무 실망해서 눈물이 나올 것 같았다.

"왜 날 이렇게 혼란스럽게 하오? 내가 무슨 잘못을 저질렀
소? 내가 무슨 죄를 저질렀소? 말해보시오."

연심은 견딜 수 없을 정도로 화가 났다. 지금 이런 비참한 수
모를 당하고 있는 게 이해가 되지 않았다.

"...당신이... 그 여자를 만난 게 잘못이오..."

덕길도 연심에게 조금 미안한 마음은 있었다. 연심도 그냥저
냥 살아가는 장사치일 뿐이었다. 미옥의 불운에 대한 대가를
치를 만큼 대단한 잘못을 저지른 것은 아니었다. 그 잘못에 대
한 대가를 치를 사람들은 사실 따로 있었다. 연심은 말문이 막
히는지 더 이상 한 마디도 대꾸하지 못했다.

"언제까지?"

덕길은 시한을 두려고 했다.

"대가가 있다고 하지 않았소."

연심은 지치지도 않았다. 아주 끈질겼다.

"어떤 대가?"

덕길은 마음이 조금 누그러져 있었다. 이 유곽에 처음 발을 들여놓았을 때와는 딴판이었다.

"다음에 다시 한 번 꼭 만나주시오."

연심의 목소리는 떨고 있었다. 이미 덕길에 대한 연심은 돌이킬 수 없는 것이었다. 덕길은 방문을 부수듯 열고 나갔다. 연심은 방문이 닫히자 흐느끼며 울었다.

덕길은 유곽을 빠져나와 한참 서성였다. 도저히 참을 수 없는 아픔과 고통이 밀려왔다. 아픔과 고통으로 이렇게 기진맥진해 보기는 처음이었다. 그야말로 혼수의 상태였다.

"미옥아... 미옥아... 도대체 어디 있는 거냐?"

덕길은 온몸이 타들어 가는 고통을 느꼈다. 온몸을 파고드는 슬픔을 느꼈다. 그때였다. 개똥이 다가왔다. 덕길이 유곽으로 들어간 후 한참 기다렸던 게 분명했다. 개똥이 덕길의 손을 가만히 잡았다.

"형님..."

개똥은 덕길만 보면 눈물이 났다. 덕길의 고통이 오롯이 전달되며 그대로 느껴졌다.

"여기까지 왜 따라왔냐? 이제 가자. 이놈."

덕길이 앞장서 걸어갔다. 개똥이 뒤를 따라 걸어갔다.

"형님... 곧 만주로 가시오? 그 전에 먼저 내가 얘기한 그 중국인 집에 가봅시다. 그곳에 내가 형님 이야기를 해두었소."

개똥이 말하자 덕길이 뒤를 돌아보았다.

"뭐 하는 사람이냐?"

"요릿집이요. 엄청 부자요. 그리고 예쁜 딸도 있소."

개똥이 해맑게 웃으며 말했다. 한창 여자에게 관심이 동할 나이였다.

"제대로 말해라."

덕길이 엄하게 말했다.

"사실 그 중국인이 형님을 만나기를 청하오. 먼저 만나고 간다 해도 크게 늦지 않을 것이오."

개똥은 덕길에게 혼날까 봐 겁을 내고 있었다.

"나를? 무슨 일로? 네놈 무슨 잘못이라도 했냐?"

덕길은 개똥을 추궁했다.

"아니요, 절대 아니오. 딴 형님들 만나기 전에 한번 가보시오. 나쁜 사람은 아닌 것 같소."

개똥은 주눅이 들었는지 기어들어 가는 목소리였다.

"어디냐? 앞서라."

덕길이 말하자 개똥이가 쏜살같이 뛰어가기 시작했다.

19

성준은 오랜만에 집에 들렀다. 대문으로 들어가진 못하고 쪽문으로 들어갔다. 쪽문으로 들어오면 바로 뒷마당이었다. 늦은 밤이라 아무것도 보이지 않을 정도로 깜깜했다. 성준은 발부리를 조심하며 뒷마당을 빙 둘러 돌아가는 길을 택했다. 뒷길로 들어서자 고방이 나타났다. 그 고방을 지나면 구석에 처박힌 뒷간처럼 보이는 김 서방의 셋방이 있었다. 처음 이 집에 오는 사람들은 김 서방 셋방이 뒷간인 줄 알고 버젓이 오줌발을 갈기고 가기도 했다. 일단 김 서방을 먼저 만나볼 생각이었다. 성준은 인기척을 살피지도 않고 셋방의 문을 벌컥 열었다. 그런데 김 서방은 없었다. 문을 닫고 나왔다. 기다릴까 하다가 김 서방을 찾아보기로 했다. 집안 어디에 있을 게 분명했다. 성준은 뒷마당을 조심스럽게 돌며 김 서방을 찾아다녔다. 그런데 마침 저만치서 김 서방이 천천히 걸어오는 것을 발견했다. 성준은 먼저 달려가 김 서방에게 아는 척을 했다. 그런데 김 서방은 귀신을 본 것처럼 기겁하며 휘청거렸다. 성준은 순간 무언가 잘못되었다는 불길한 예감이 스쳤다. 김 서방은 점점 뒷걸음질 쳤다.

아이고 아이고 이상한 탄식을 내뱉으며 자꾸 뒤로 물러났다.

"김 서방. 왜 이러는 건가? 대체 무슨 일인가? 왜 이리 놀라는 거야?"

성준은 김 서방을 붙들고 물었다. 마침 달빛이 비스듬히 지나며 김 서방의 낯짝을 비추었다. 김 서방의 얼굴은 허옇게 질려있었다.

"아버지가 많이 안 좋으신 건가? 말해 보게. 어서 김 서방."

성준의 가슴은 철렁 내려앉았다. 아버지와 소식을 끊은 지꽤 오래된 터였다. 근황을 전혀 알지 못했다. 은숙의 오라비 은동이 대강 소식을 주긴 했지만 상세하게 알지는 못했다. 김 서방은 멈칫하더니 잠시 뜸을 들였다가 입을 열었다. 목소리도 마른 낙엽처럼 버석거렸다.

"웬일이십니까? 도....도련님. 아...아씨는 집에 안...계신...데요... 혹시 만..나셨어...요?"

김 서방은 심하게 말을 더듬었다.

"난 자네한테 아버지 안부를 물었네. 아씨 안부를 묻지 않았다는 말일세."

성준이 의아한 생각이 들었다. 그래서 엄히 따지는 말투였다.

"아니, 혹...혹시 만...만...나...나셨는지 해서요... 제가 너무... 궁...금한 나머지..."

김 서방은 역시 말을 더듬으며 딴 대답이었다.

"김 서방. 참으로 이상하네. 자네는 분명 아씨가 집에 안 계신다고 하지 않았나?... 그런데 혹시 만나지 않았느냐고 묻다니? 이 또한 무슨 해괴한 소리인가? 자네 혹시 술 마셨나?"

성준은 예사로 하는 말이 아니었다. 김 서방은 오늘따라 너무 이상했다. 반드시 그 전후 관계를 알아내야 했다.

"도...도련...님..."

김 서방은 차마 말을 잇지도 못했다. 성준이 아씨를 만나서 미옥에 관한 온갖 이야기를 들었을까 봐 두려웠다. 성준이 그 복잡한 자초지종을 안다면 절대 용서할 리가 없었다. 물론 아씨는 절대 고해바치지 않는다고 약조했지만 사실 믿기 어려웠다.

"내가 미쳤지... 미쳤어... 귀신에 홀린 건지... 세상에 믿을 사람이 없어서 양반을 믿었는가?"

김 서방은 혼잣말을 주절거렸다.

"뭐라고 중얼거리는 건가? 속 시원히 말해보게. 어서. 김 서방."

성준은 김 서방이 주절거리는 걸 들었다. 그 내용은 세세히 듣지 못했지만 필시 어떤 내막이 있다는 걸 눈치채기는 했다.

"아...아닙니다... 그...게 아니라... 아...아...씨가 집에 안 계...시다는... 허허..."

김 서방은 여전히 말을 더듬었다. 허허 웃으며 어물쩍 넘어가려 했다.

성준은 일단 김 서방의 말을 믿기로 했다.

"...일단 아버지한테 가봐야겠네."

성준은 아씨 은숙이 없다는 소리를 듣자 안심이 되었다. 굳이 밤 고양이처럼 몰래 다닐 필요가 없었다. 그런데 김 서방이 성준의 팔을 붙잡았다.

"도련님... 대...감마님이 말씀을 잘...못하십니다. 그리고 아씨가 안 계신 지 겨우 하루 이틀인데... 더 안 좋아지셨습니다."

김 서방은 쩔쩔맸다. 성준이 보기에 김 서방은 지나치게 쩔쩔매고 있었다. 아씨라는 말만 나오면 더 쩔쩔맸다. 김 서방은 본래 미련할 정도로 무덤덤한 사람이었다. 기복이 오르락내리락하는 사람은 아니었다. 오죽하면 집안 종들이 부처야. 부처 왔는가... 하며 부처라고 부를 정도였다. 물론 재미로 부르는 농이었다.

"무슨 말인가? 그게?"

성준은 김기주 선생과 은동한테 들었던 모욕을 다시 떠올렸다. 성준은 은동이 과장한다고 생각하고 있었고 또 은숙이 아버지를 떠나지 말았으면 했었다. 이런 이율배반으로 무장한 채 아버지에 대한 걱정을 하지 않고 있었다. 어쩌면 은동이 까발린 대로 후레자식이 맞을지도 몰랐다. 하지만 지금은 누가 미쳤다고 손가락질한다 해도 미옥이 생각밖에 없었다. 아버지 생각은 조금도 나지 않았다.

"대감마님이... 아씨한테만 수발을 받으셨거든요. 종년들 죄다 물리시고 아씨만 들어오게 하셨어요. 그런데 지금은 아씨가 안 계시니, 제가 들어가려고 해도... 절대 안 됩니다. 말년이... 그년도 안 됩니다. 원체 고집을 부리셔서. 아무도 못 들어갑니다. 아마... 들어가시면 엉망일 겁니다. 도련님... 많이 아프십니다. 도련님..."

김 서방은 차마 더 이상 말하기 힘들다는 표정이었다.

"그런 줄 알고서도 집을 비웠단 말인가?"

성준은 분노가 확 치밀었다. 은숙의 행태가 아주 못마땅했다. 스스로 떠나지 않겠다는 결심이라면 아버지를 내팽개쳐 두어서는 안 되었다. 볼 일 보러 가고 없다는 것은 말이 되지 않았다. 성준은 아버지에게 불효를 저지르고 있는 은숙을 가만두지 않을 결심이었다. 오라비가 그 모양이니 동생도 그 모양이라는 폄하까지 생겼다.

"몹쓸 사람. 고약한 사람."

성준은 은숙에 대한 지독한 원망을 하며 아버지의 방으로 향했다.

방을 들어서는 순간부터 역겨운 냄새가 속을 뒤집었다. 제대로 처치가 안 된 똥오줌 냄새였다. 게다가 초도 밝히지 않아 사물이 분간이 안 될 정도로 껌껌했다. 성준은 방문 앞에서 잠시 서 있었다. 저 암흑 속에 누워있을 아버지와 대면하는 것이 겁이 났다. 아직 죽지는 않았지만, 곧 죽게 될 아버지와 마주 보는 것이 겁이 났다. 한참을 그렇게 서 있었다. 시간이 흘러 방문으로 달빛이 비스듬히 스며들었다. 스며든 달빛은 방안을 어슴푸레 비추었다. 아버지의 형체가 흐릿하게 보였다. 아버지는 벌써 죽은 사람처럼 이 세상 사람이 아닌 것처럼 그렇게 비극적으로 누워있었다. 성준은 조심조심 소리를 죽이며 아버지에게 다가 갔다. 아버지가 잠들었다면 그 곤한 잠을 깨우고 싶지 않았다. 성준은 아버지 옆에 무릎을 꿇고 앉았다.

"휴…"

성준은 숨을 깊게 내쉬었다. 아버지는 죽은 것이 아니었다. 아버지는 천장을 보고 잠들어 있었다. 입을 잔뜩 벌리고 눈도 반쯤 뜬 채 잠들어 있었다. 성준은 곧 세상을 떠날 사람의 모습으로 자는 아버지를 보자 울컥 울음이 올라왔다. 그건 깊고 깊은 죄책감의 울음이었다. 아버지의 얼굴은 그사이 알아보기 어려울 정도로 노쇠해져 있었다. 머리털은 허연 백발이었고 두 뺨은 광대가 높이 드러나 있었다.

아버지와 사사건건 부딪쳤고 그로 인해 거리마저 멀어졌고 결국 뛰쳐나가듯 집을 나갔었다. 아버지를 홀로 내버려 둔 것이었다. 아니 버리듯 내팽개쳐 둔 것이었다. 어머니를 쓸쓸히 보낸 아버지를 미워했고 미옥과 혼인을 방해한 아버지를 원망했다. 그래서 소식을 궁금해하지 않았다. 그런데 직접 아버지를 대면하자 은동의 촌철살인(寸鐵殺人)이 제대로라는 것을 깨달았다. 자신은 불효자이자 패륜아였다.

"아버지…"

성준은 흐느끼며 아버지의 손을 잡았다. 비쩍 마른 손은 당장 바스러질 것처럼 연약했다. 머릿속에 온통 미옥밖에 없던 자신이 후회스러웠다.

'다 바스러지는구나... 이렇게 사라져 가는구나...'

성준은 아버지의 죽음을 향한 여로(旅路)를 도저히 제정신으로 목도할 수가 없었다.

"죄송합니다. 아버지... 제가... 아버지... 아버지..."

성준은 뼈저린 죄책감에 울음을 참을 수가 없었다. 아이처럼 엉엉 울었다. 그 와중에도 은숙의 불효가 또 화가 났다. 이런 아버지를 혼자 내버려 둔다는 것은 사람이 할 짓이 아니었다.

"같이 왔냐?"

조시원은 잠에서 깨어났는지 입을 열었다. 하지만 겨우 입을 벌리는 정도였다. 성준은 아버지가 은숙을 찾는 것이라는 것을 금방 알아챘다.

"제가 먼저 내려왔습니다. 곧 올 겁니다."

성준은 아버지를 위해 거짓말을 했다. 은숙이 어디 갔는지 사실 알지 못했지만 안심을 드리고 싶었다.

"많이 기다렸다. 좀 빨리 오지 그랬어?... 같이 왔지?"

조시원은 잊은 척하는 건지 또 은숙을 찾았다. 은숙을 애타게 기다리고 있었던 것이다.

"그래... 둘이 잘살아야지... 내가 언젠가 꿈을 꾼 적이 있다.

아주 긴 꿈이었지. 그 아이를 우리에게 달라고 한성에 가기 전
날 밤이었지. 꿈속에서 내가 마당을 거니는데 밤하늘에 달
이 두 개 있지 않겠니? 세상에 달이 두 개라니... 두 개였다. 두
개... 그것도 커다랗게 둥근 보름달이었다. 참 복스럽게 탐스럽
게 떠 있었다. 그런데 말이다. 조금 있으니까 그 두 개의 보름달
이 하나로 합쳐지더란 말이지. 믿어지냐? 그러더니 더 크고 더
탐스러운 큰 보름달이 되더란 말이지. 나는 깜짝 놀랐다. 그래
서 그 꿈을 깨고서야 난 손뼉을 쳤다. 너희 둘이 천생연분이라
는 것을. 너희 둘이 혼인할 거라는 것을. 그래서 혼인식도 하지
않고 우리 집에 눌러앉았을 때도 말리지 않은 거다. 그 아이는
우리 집에 아들을 줄 거다. 그리고 우리 가문을 번성하게 해줄
거다."

조시원의 목소리는 힘이 하나도 없었다. 사람이 죽기 직전에
내는 쇳소리가 섞여 있었지만 그 길고 아름다운 꿈의 내용은
마치 현실인 것처럼 너무나 명징하게 밝혔다.

"아버지... 이제... 제게 기대세요..."

성준은 돌아가신 어머니에게도 부끄러웠다. 이런 자신을 보
면 크게 실망하셨을 것이고 통곡하셨을 것이다.

"...아니다... 나는 그냥 가면 되지만... 내가 네 어미 만났을 때
면이 서야 할 거 아니냐? 네 어미가 네 혼사를 얼마나 바랐었
는지 너도 알지? 네가 혼사를 치르는 것을 보고 저세상 가고

싶어 했지... 알지?"

조시원의 음성에는 얕은 울음이 배어 있었다. 깊은 울음도 토해낼 여력이 없었다.

"네네... 아버지... 잘 알고 있어요. 제가 어떻게 어머니의 그 깊은 마음을 모르겠습니까?"

성준은 어머니에게 너무도 죄송한 마음이고 아버지에게 너무도 미안한 마음이었다.

"사는 거 별거 없다. 또 여자 별거 없다. 다 그게 그거다. 크게 다르지 않다는 것이다. 내가 살아보니 그렇다. 내가 다 잘했다는 것은 아니다. 나도 못 할 짓 많이 했지. 네 어미에게도... 네게도..."

조시원은 말하는 것도 힘에 겨운지 숨이 곧 넘어갈 듯 헐떡거렸다.

"네... 아버지..."

성준은 자신의 욕심 때문에 무너져 내린 아버지의 육신과 정신을 쳐다보고 있기가 힘들었다. 두 눈을 감았다. 이제 다시는 아버지에게 불효하지 않겠다고 결심했다. 어머니에게도 불효하지 않겠다고 결심했다.

"아버지. 염려 마세요. 다 잘 될 거예요."

성준은 아버지를 자꾸 안심시켰다.

"밥 먹어라. 천천히 먹어라. 체 할라."

조시원은 아들 성준의 끼니를 챙겼다. 더 이상 다른 말은 없었다. 성준은 자신이 얼마나 이기적인 놈인지 크나큰 자괴감만 들었다. 억장이 무너지는 것 같았다. 아나키즘이고 뭐고 다 부질없었다. 신분제도의 타파고 뭐고 다 부질없었다. 다 허명이고 허영이고 헛것이었다.

성준은 아버지의 방을 나왔다. 밖에서 조용히 기다리고 있던 김 서방을 불렀다.

"한성에 다녀오게. 가서 아씨를 모셔오게."

성준이 은숙을 지칭하면서 정중한 태도로 말하자 김 서방은 망연자실한 표정이 되었다. 사실 김 서방은 은숙이 서방 없는 낮과 밤을 견디지 못하고 떠났다고 지레짐작하고 있었다. 서방도 없이 혼인도 없이 시아버지 똥오줌 수발하면서 살 여자는 없다고 생각했다. 성준은 아까부터 김 서방의 태도가 많이 거슬렸다.

"자네 도대체 아까부터 왜 그러는가? 속 시원히 말해보게."

성준은 김 서방을 슬슬 달래보았다. 김 서방은 고개를 대번에 세차게 돌렸다. 몸서리를 치듯 부르르 떨었다.

"아무 일도 아닙니다. 하도 오랜만에 오셔서... 제가 너무 반가워서 그랬나 봅니다."

김 서방은 성준의 눈길을 피하고 있었다. 성준은 김 서방의 손을 잡으며 다독였다.

"미안하네. 아무도 없는 집 안에서 자네가 고생 많았네. 얼마나 힘들었겠는가? 내가 살면서 갚겠네... 김 서방...”

성준은 김 서방의 마음을 헤아려보았다.

그때였다. 은숙의 모습이 보였다. 성준은 귀신이라도 본 듯 화들짝 놀랐다. 전혀 예상치 못한 일이었다.

“아이고, 아씨... 이제 오셨습니까?”

김 서방이 한달음에 달려가 바닥에 넙죽 엎드려 절을 했다. 김 서방은 은숙을 향한 절을 멈추지 않았다. 은숙은 성준이 놀란 것보다 더 놀랐다. 성준이 집에 와있을 줄 전혀 몰랐다. 은숙은 성준을 향해 날듯이 걸어와 바닥에 엎드려 절을 했다. 곱고 고운 절이었다. 잘 배운 절이었다.

“서방님, 제 절 받으세요.”

은숙은 서방님이라고 부르면서 몹시 행복했다. 서방님, 서방님... 가슴 떨리는 이름이었다.

“이러지 마시오. 어서 일어나시오.”

성준은 은숙을 일으켰다. 전에 없이 친절했다. 절대 시늉은 아니었다.

“친정에 다녀오는 길입니다.”

은숙은 자신의 정당한 출입을 알렸다. 그리고 마치 혼인을 치른 여자처럼 자신의 본가를 친정이라고 불렀다.

“그렇다고 아버지를 저리 두고 가면 어쩌시오?”

성준은 은근히 은숙을 나무랐다. 은숙은 순간 화가 났다.

그러다 금세 화가 풀렸다. 입가에 미소가 떠올랐다. 성준이 자신을 부인으로 인정한다는 소리로 들렸다. 이런 날이 올 것을 굳게 믿었던 자신이 참으로 자랑스러웠다.

"김 서방은 그만 물러가 있게."

성준은 김 서방을 물렸다. 김 서방은 쏜살같이 도망가듯 사라졌다.

"고맙소. 내 집안이 이리되었는지도 모르고 정신없이 다녔소."

김 서방이 물러가자 성준은 은숙에게 나지막이 말했다.

"아닙니다. 서방님. 제가 할 일을 한 것뿐입니다. 칭찬받을 일이 전혀 아닙니다."

은숙은 다소곳이 대답했다. 지금, 이 순간이 믿어지지 않았다. 갑자기 세상이 천지개벽이라도 한 것 같았다.

"...갑자기 말하는 것이 그렇기도 하지만... 우리... 이제는 혼사를 치르도록 합시다."

성준이 자신의 결심을 은숙에게 알렸다. 은숙은 그 말을 듣자 너무 기쁜 나머지 아무런 대답도 하지 못했다. 갑자기 발생한 일이라 당황했다.

"서방님... 저는..."

은숙은 말도 제대로 나오지 않았다. 그동안 앙금으로 가라앉아 있던 모든 원망이 일시에 사라지는 걸 느꼈다. 드디어 자신의 목표가 이루어지고 있었다.

"서방님... 저는... 저는..."

은숙은 또다시 말을 하려고 했지만, 또다시 제대로 말하지 못했다. 아직도 꿈인가 생시인가 했다. 기연가미연가했다.

"그런데... 아버지가 많이 아프시니... 날이 밝는 대로 집안 가솔들을 빙 두르고 간솔히 합시다. 어떻소? 내가 미안하오만 불효할 수는 없지 않겠소?"

성준은 미안한 표정으로 말했다.

"당연합니다. 아버님이 누워 계시는데 혼인 잔치라니요? 저도 그럴 마음 추호도 없습니다."

은숙은 성준이 변심하기 전에 빨리 혼사를 치르고 싶었다.

"친정 식구들이 오지 못하는데도 괜찮겠소?"

성준은 다시 한 번 물었다.

"서방님... 요즘 들어 남녀 두 사람만이 혼사를 하는 경우도 있다고 합니다. 낭만적이라고 생각하는 사람들도 있다고 합니다. 너무 염려 마십시오. 제가 친정 식구들에게는 따로 소식을 전하겠습니다."

은숙은 친정 식구들이 문제가 아니었다. 빨리 혼인부터 해야 했다.

"고맙소... 부인..."

성준은 처음으로 은숙을 부인이라고 불렀다.

"서방님..."

은숙의 눈에서 기쁨의 눈물이 흘러내렸다. 고진감래였다. 정말 감격스러웠다.

"서방님... 고맙습니다... 서방님..."

은숙은 가슴이 터질 것만 같았다. 그동안 고생했던 일들이 주마간산으로 내달렸다. 자신의 미련한 긍정이 이런 기적을 만든 것이었다. 은숙은 성준의 품에 살포시 안겼다. 성준도 마다하지 않았다. 마음에 두지 않았다고 하지만 여자는 여자였다. 성준은 한창 왕성할 나이의 사내였다. 성준은 이상하리만치 조금씩 조금씩 마음의 욕망이 동하기 시작했다.

"그럼 차비 좀 해주시오."

성준은 계면쩍은지 은숙을 살짝 떼어놓으며 일렀다.

"네. 서방님."

은숙은 성준에 품에서 벗어나자 재빨리 달려갔다. 성준은 마음이 착잡하기도 했지만 흡족하기도 했다. 미옥을 두고 은숙과 혼인하는 것이 내키지 않았지만, 아버지 때문에 어쩔 수 없었다. 아버지를 저리 내버려 둔 채 여자만 쫓아다니는 파락호(破落戶)의 모습도 그리 좋은 모습은 아니었다. 아버지가 집안의 수장 노릇을 못 한다면 자신이라도 해야만 했다. 게다가 아버지는 모든 종을 마다하고 은숙의 수발만 받는다고 하니 더더욱 어쩔 수 없는 노릇이었다.

이른 새벽녘이었다. 동이 틀 무렵이라 희끄무레했다. 은숙이 종들과 밤새워 준비한 덕에 겨우 혼인식을 치룰 수 있었다. 성준과 은숙은 물 한 잔만 두고 혼인식을 올렸다. 종들이 둘러서 있었지만 왁자지껄한 잔치 분위기는 아니었다. 성준은 스스로 서운하지는 않았다. 어차피 미옥과 혼인하지 않을 바에야 혼인식을 성대하게 치르고 싶은 마음도 없었다. 은숙에게 미안한 마음도 없지 않았으나 그도 잠시뿐이었다. 어차피 은숙은 이 모든 걸 알고도 감당하겠다고 한 여자였다. 그래도 한 가지는 약조할 수 있었다. 지아비로서 최대한 노력하겠다는 것이었다.

'더는 어찌하겠는가? 난 어차피 조씨 집안의 장손으로 태어난 것을... 내가 이를 타파하지 못하는 것을...'

성준은 종도 종으로 태어나듯이 자신도 양반가의 장손으로 태어난 것은 불가항력의 운명이라고 생각했다. 이 또한 산과 강이 원래부터 있었던 것과 같은 이치와도 같았다. 절대 변하지 않을 불변의 진리였다.

성준은 드디어 신방 문 앞에 섰다. 신방 문 앞에 얼씬거리지 말라고 종들에게 단단히 일러두었다. 그래서인지 쥐새끼 한 마리도 없었다. 날이 벌써 밝았지만, 신방은 아직 어둑어둑했다. 방 안에 흐릿한 촛불만이 작게 흔들렸고 은숙의 그림자가 어른거렸다. 은숙은 새색시 혼례 옷도 벗지 못하고 꼿꼿하게 앉아서 기다리고 있을 터였다. 성준은 여간 고민스러운 게 아니었다. 그냥 예사롭게 신방을 차리면 간단할 텐데 미옥이 자꾸 발목을 잡고 있었다. 미옥과 그날의 첫날밤이 떠올랐다.

'미옥아...'

성준은 미옥이 이름을 마음속으로 불러보았다. 그때였다. 은숙이 성준을 부르고 있었다. 성준의 마음을 꿰뚫고 있는 것 같았다. 서방을 부르는 여자의 목소리였다. 그 은밀한 목소리를 거절할 사내는 없었다.

"서방님... 어서 드시지요."

성준은 은숙과 동침한다고 해서 미옥을 아끼지 않는 것은 아니라고 생각하기로 했다. 또 사실이기도 했다.

"그래... 둘이 잘살아야지... 내가 언젠가 꿈을 꾼 적이 있다. 아주 긴 꿈이었지. 그 아이를 우리에게 달라고 한성에 가기 전날 밤이었지. 꿈속에서 내가 마당을 거니는데 밤하늘에 달이 두 개 있지 않겠니? 세상에 달이 두 개라니... 두 개였다. 두 개... 그것도 커다랗게 둥근 보름달이었다. 참 복스럽게 탐스럽게 떠 있었다. 그런데 말이다. 조금 있으니까 그 두 개의 보름달이 하나로 합쳐지더란 말이지. 믿어지냐? 그러더니 더 크고 더 탐스러운 큰 보름달이 되더란 말이지. 나는 깜짝 놀랐다. 그래서 그 꿈을 깨고서야 난 손뼉을 쳤다. 너희 둘이 천생연분이라는 것을. 너희 둘이 혼인할 거라는 것을. 그래서 혼인식도 하지 않고 우리 집에 눌러앉았을 때도 말리지 않은 거다. 그 아이는 우리 집에 아들을 줄 거다. 그리고 우리 가문을 번성하게 해줄 거다."

성준은 아버지의 꿈을 생각했다. 아버지의 꿈을 실현해주고 싶었다. 그리고 아버지의 꿈이 자신의 꿈과 크게 다르지 않다는 것을 알았다. 성준은 방문을 열었다. 은숙이 다소곳이 앉아 있었다.

"서방님."

은숙은 성준을 다시 불렀다. 그 목소리가 몹시 뜨거웠다. 성준은 은숙을 쳐다보았다. 촛불에 어른거리는 자태가 꽤 볼만했다. 성준은 은숙과 한 방에 있게 되자 몸이 저절로 뜨거워지는 것을 느꼈다. 저절로 긴장되기 시작했다.

"머리가 너무 무겁습니다."

은숙은 자신의 머리채를 내려달라는 간청을 하고 있었다. 성준은 가까이 다가가 은숙의 머리채를 내렸다. 은숙은 감격에 겨워 순간 흑 소리를 내며 흐느꼈다. 성준은 아주 잠깐이지만 은숙의 그간의 고통과 고난이 느껴졌다.

"내가 그동안 너무 무심했소."

성준은 진심으로 위로했다. 은숙은 고개만 끄덕였다. 성준은 은숙의 저고리 깃을 풀었다. 자신도 모르게 떨고 있었다. 성준은 은숙의 옷을 다 벗겼다. 은숙이 이부자리에 먼저 누웠다. 그런데 성준이 따라 눕기 전에 한마디 했다.

"우리가 오늘 혼인한 사실... 당분간 함구해주시오. 내가 적당한 시기가 오면 말하겠소."

은숙은 순간 온몸에 소름이 돋았다. 성준이 아직 미옥을 잊지 못하고 있다는 말이었다. 하지만 절대 내색하지 않았다. 성준은 이미 자신의 사내였다. 바로 자신 옆에 누워있었다. 그러니까 지금도 자신의 사내이고 앞으로도 자신의 사내일 것이었다. 참고 견디면 장차 자신만의, 오로지 자신만의 사내가 될 것이었다.

'난 분명히 서방님의 제사를 지내는 여인이 될 것이오. 두고 보시오.'

은숙은 이를 악물었다. 입술을 깨물었다.

"염려 마십시오. 서방님. 아버님이 아프신데... 혼인하였다는 소문이 나면 서방님에게 비난이 있을 게 뻔합니다."

은숙은 성준의 손을 잡아끌었다. 성준은 은숙의 손에 이끌려 이부자리 속으로 들어갔다.

'서방님. 오늘 제가 기쁨을 드리겠습니다.'

은숙은 성준을 받아들이면서, 날이 밝으면 한성으로 올라가야겠다고 생각했다.

20

은숙은 김 서방과 함께 한성 친정집에 도착했다. 늦은 저녁 무렵이었다. 시아버지 조시원 단속(團束)은 단단히 해두었다. 조시원은 아침을 먹고 잠을 자면 저녁 늦게야 일어났다. 점심은 먹지 않았다. 이런 습관이 벌써 여러 달째였다. 어떤 날은 종일 자기만 했다. 잠이 길어지면 일부러 깨워보기도 했다. 잠깐 사이에 무슨 일이라도 일어날 수 있었다.

오늘은 특별히 말년에게 부탁을 해놓았다. 모든 종을 거부하고 있기는 했지만 당장은 다른 수단이 없었다. 말년이 시중드는 미음을 잘 받아먹기만 바랄 뿐이었다. 미음은 은숙이 직접 만든 것이었다. 쇠고기와 당근을 잘게 갈아서 절구질로 빻아서 씹을 것도 없었고 목에 걸릴 것도 없었다. 이 모든 게 서방님 성준에게 잘 보이기 위한 것이었다. 그래서 그런지 힘든 줄도 몰랐다. 서방님 성준이 기뻐하고 흡족해하는 모습을 상상만 해도 행복했다.

은숙의 어머니는 아무도 없이 혼자 혼인식을 치른 은숙의 손을 잡고 한참 동안 흐느껴 울었다. 아버지는 노발대발하며 문을 쾅 소리 나게 닫고는 방으로 들어가 버렸다. 새언니는 집안 망신이라며 얼굴색을 붉히며 혀를 끌끌 찼다. 오라비는 아예 아무 말이 없었다. 전에는 침이 마르게 칭찬인지 비난인지 거침없이 쏟아냈었다. 그런데 그동안 무슨 심경의 변화가 있었는지 입을 다문 채 일체 대꾸가 없었다. 은숙은 오라비의 처세가 마음이 걸리긴 했지만 개의치 않았다. 지금 너무 행복했고 누구든 이 행복을 깨는 순간 싸움닭처럼 싸우게 될 것 같았다.

은숙은 오랜만에 시내 다방에 들어갔다. 김 서방을 기다릴 참이었다. 은숙은 김 서방에게 미곡상을 수소문하라고 시킨 터였다.

새벽에 일어나보니 첫날밤을 치른 성준은 벌써 떠나고 없었다. 은숙이 매우 일찍 일어났는데도 성준은 없었다. 은숙은 합방에 너무 몰두한 나머지 자신도 모르게 곯아떨어졌다. 성준은 은숙이 잠들자마자 떠난 것 같았다. 그렇다고 서운하지 않았다. 이제 누가 뭐라 해도 성준은 자신의 서방님이었다.

이제 무슨 일을 하든 잘할 자신감이 생겼다. 누구를 만나든 기죽지 않을 당당함이 생겼고 험한 일이 닥쳐도 견뎌낼 힘이 생겼다. 은숙은 창밖으로 펼쳐진 푸른 하늘을 올려다보았다. 전날과는 전혀 다르게 보이는 뜻밖의 하늘이었다. 그토록 멀기만 하고 그토록 위압적이기만 하던 하늘은 이토록 가깝기만

하고 이토록 따뜻하기만 했다. 그 하늘이 서방님 성준처럼 느껴졌다. 그 하늘이 자신을 끝끝내 지켜주고 보살펴줄 것처럼 느껴졌다. 이렇게 혼자서 설왕설래하는 사이에 김 서방이 나타났다. 헐레벌떡 뛰어오는 꼴이 좋은 소식을 물고 온 것 같았다. 김 서방은 다방 안으로 들어와서 은숙이 일어나기를 권했다. 빨리 일어나라고 보챘다.

"가시죠. 아씨."

김 서방은 퉁명스러웠다. 은숙은 김 서방을 따라나섰다.

김 서방은 은숙을 앞서가면서 내내 좌불안석이었다. 상전이 시키니까 하는 일이지만 결코 하고 싶지 않았다. 이렇게 하고 싶지 않은 일도 드물었다. 하필이면 절대 간여하고 싶지 않은 미곡상에 자신을 보낸 것이 불만이었다. 미옥과 관련된 어떤 일도 연루되고 싶지 않았다. 성준 도련님, 아니 서방님 볼 면목이 없었다. 도대체 은숙의 사람 됨됨이는 오리무중이었다. 배운 것 없는 종놈이라 제대로 판단하기는 어려웠지만 은숙은 혼인도 치르지 않고 살림부터 시작한 당돌한 여자였다. 또 지금 당장은 미옥의 행방에 관한 비밀을 지키자고 서로 약조했지만 자신이 불리한 처지에 놓이면 자신한테 뒤집어씌우고도 남을 여자였다. 최근에 김 서방은 그 어느 때보다 말 잘 듣는 늙은 노새처럼 굴었다. 은숙의 협박을 거부할 방법도 없었다. 종놈 주제에 어디로 달아난다 해도 가솔들과 함께 굶어 죽기 딱

십상이었다. 지금은 그래도 비바람도 피할 수 있었고 배를 곯
지도 않았다. 안사람이 곧 출산을 앞두고 있었다. 은숙의 비위
를 맞추는 도리밖에 없었다. 하지만 해도 해도 너무했다. 죽으
라면 죽는시늉까지 하겠지만 미옥의 행방을 좇는 일은 제발
그만했으면 좋겠다는 생각밖에 없었다. 김 서방은 툴툴거리며
잰걸음으로 앞서거니 달려갔다. 은숙은 김 서방을 뒤따라가며
콧노래를 흥얼거렸다. 저절로 웃음이 새어 나왔다. 은밀한 웃
음이었다. 자꾸 어젯밤 잠자리가 생각이 났고 그런 생각만으
로도 자꾸 기분이 좋아졌다.

시장통으로 들어서자 곳곳에서 악취가 풍기기 시작했다. 뒷
간이 따로 구비되어 있지 않아 장사치들뿐 아니라 동네를 떠도
는 개새끼까지 싸버린 똥오줌 때문이었다. 어떤 곳은 똥이 무
더기로 쌓여있기도 했다. 은숙은 혹시 똥이라도 밟을까 실수가
없도록 걸었다. 이런 시궁창 같은 곳은 단 한 번도 온 적이 없었
다. 친정집에서 그리 멀지 않아서 마음만 먹으면 올 수도 있었
지만, 항상 종들이 다니던 곳이라 입소리로 듣기만 했었다. 그
런데 막상 와보니 생각 이상으로 그 풍광이 구질구질하고 더러
웠다. 장사치들은 깨금발로 걸어가는 까탈스러운 은숙을 쳐다
보며 오만상을 찌푸렸다. 자기들끼리 수군거리며 입을 삐쭉거
렸다. 아무리 깨금발로 걸어도 어차피 흙은 묻을 테고 똥도 묻
을 터였다. 은숙은 이 시장통을 빨리 벗어나고 싶다는 단 하나의

생각밖에 없었다. 벌써 치맛단에는 흙과 똥이 엉겨 붙었고 그 바람에 축축 처지고 있었다. 고무신에도 엉겨 붙어서 발 떼기가 천근만근 무거웠다.

"멀었나? 아직인가?... 말해 보게... 김 서방..."

은숙은 김 서방에게 괜히 날을 세우곤 똥오줌에 대한 화풀이를 했다. 김 서방은 은숙의 잔소리를 아예 무시하며 달리듯 걸어갔다. 은숙은 무거워진 치맛단을 잡고 뒤뚱뒤뚱 우스꽝스럽게 따라 걸어갔다.

드디어 김 서방이 어디선가 멈추었다. 한성미곡상이라는 간판이 큼지막했다. 전방 앞에 쌀가마니 여러 개가 나와 있었다. 은숙은 김 서방에게 먼저 들어가 보라는 눈짓을 주었다. 그런데 김 서방은 꼼짝도 하지 않았다.

"김 서방... 들어가서... 알리게."

은숙은 엄히 일렀다. 김 서방은 난감한 표정을 지었다.

"아씨... 그게... 아씨... 그게..."

김 서방은 말 같지 않은 잡소리를 되풀이했다. 사실 미곡상 안에서 미옥을 만날까 봐 두려웠다. 아무리 생각해도 이건 아니었다. 사람이 할 도리는 아니었다. 물론, 너희 종들은 사람도 아닌데 무슨 지랄이냐고, 야단을 쳐도 소용없었다. 이건 아니었다. 사람이 할 의리가 아니었다. 시키는 대로 고분고분하게 말 듣고선 실컷 팔아넘겼더니 다시 찾아달라는 이 괴상한 꼴은 무언가 말이다. 김 서방은 은숙의 오두방정을 도저히 이해할 수가 없었다.

"그냥 곤장을 치십시오. 그게 옳습니다. 전 못 들어갑니다. 아씨…"

김 서방은 근성을 부리며 버텼다.

"뭐라?"

은숙은 하도 기가 막혀서 말도 나오지 않았다.

"그냥 곤장을 맞겠다는 말씀을 드립니다요."

김 서방은 꿈쩍도 안 할 기운이었다.

"뭐 이런 놈이?…"

은숙은 버럭 성질을 부렸지만 하는 수 없었다. 어쨌든 꿈쩍도 하지 않는 김 서방을 대신해 혼자 들어갔다.

은숙이 전방으로 들어서니 여기저기 쌀가마니가 천장까지 높이 쌓여있었다. 그런데 사람은 아무도 없었다. 사람의 기척도 없었다. 은숙은 김 서방이 해야 할 일을 직접 해야 한다는 사실이 울화가 치밀었지만 목소리를 점잖게 가다듬었다. 양반가의 마나님이 전방 주인을 직접 부르는 것도 흔치 않은 일이었다. 그래서 더더욱 목소리에 위엄을 주었다.

"누구 없는가?"

은숙은 위엄을 부리며 불렀다. 그런데 아무런 기별이 없었다. 기별이 없자 점점 더 화가 났다. 은숙은 이 일이 끝난 후에 김 서방에게 곤장을 쳐야겠다고 마음먹었다. 자신이 아들을 낳지 못해서 김 서방이 무시하고 있다는 생각까지 들었다. 빨리 한성 조씨 가문의 장손을 낳아서 진짜 마님 대접을 받고 말겠다고 결심했다.

"누구 없는가? 누구 없는가 말일세."

은숙은 다시 불렀다. 물론 당당한 위엄은 당연하였다. 그때 안에서 소리 없이 미옥이 나타났다.

미옥은 은숙을 보자 깜짝 놀라는 표정을 지었다. 전혀 예상치 못한 방문이었다. 자신을 만나러 올 리가 없는 사람이었다. 전혀 인연이 닿을 일이 없는 사람이었다. 더구나 암자에서 보았을 때부터 느낌이 좋지 않았다. 자신에게 기구한 팔자를 몰고 올 사람으로 보였다.

"어인 일이십니까?"

미옥은 아직 존대를 했다. 그 집안에서 버려지듯 떠나왔지만 성준을 생각해서 정중하게 대하고 싶었다.

"이곳에서 어려움은 없는 건가?"

은숙은 친언니처럼 다정하게 물었다. 미옥의 안위를 걱정하는 척했다. 미옥은 언뜻 당황했다. 은숙은 이미 자신의 처지를 보고 전혀 놀라지 않고 있었다. 마치 자신의 처지를 다 알고 있는 것처럼 조금도 어색함이 없었다.

"없습니다. 편합니다. 무탈합니다."

미옥은 그렇게 말할 수밖에 없었다.

그런데 은숙은 또 친언니 흉내를 내며 미옥의 손을 잡았다. 미옥은 손을 빼려 했지만 은숙은 놓지 않으려 했다.

"내가 도울 일이 있으면 말해라."

은숙은 정분이 두터운 것처럼 말했다. 미옥은 은숙의 저의를 짐작하기 힘들었다. 갑자기 나타나서 자신을 걱정해주는 척, 다정한 척하는 여자가 적인지 동지인지 분간이 되지 않았다. 하긴 이런들 저런들 동지는 될 수 없는 여자였다.

"네가 이곳에 있다는 이야기를 우연히 들었다. 그래도 집안의 가솔이라면 가솔이었는데... 집안 살림을 아우르는 내가 그냥 모른 척 지나칠 수가 없어서 말이다. 내가 무엇이든 해주고 싶어서 이렇게 왔다."

은숙은 미옥을 거짓으로 안심시키려고 했다.

"그런데... 제가 여기 있는 걸 아는 사람은 아무도 없는데 어찌 아셨습니까?"

미옥은 의심하는 눈초리로 쳐다보았다. 유곽에 팔려 온 이후 아무와도 연락이 닿지 않았던 까닭이다. 그래서 자신의 비애(悲哀)조차도 누구와 나누지 못했었다. 은숙은 당황했는지 순간 얼굴이 벌게졌다.

"우연히 알게 되었다고 하지 않았느냐? 알자마자 한달음에 달려왔다. 얼마나 고생이 심할지 내가 마음이 다 아프더라...

그러게 왜 집을 나갔느냐? 조선 천지에 종년이 나간들 손 벌려 받아줄 곳이 어디 있겠느냐?"

은숙은 자신이 미옥을 유곽에 팔아넘긴 걸 아는지 확인하고 싶었다. 미옥의 내밀한 눈치를 잡아내기 위해 뚫어지게 쳐다보았다. 눈빛의 미세한 흔들림까지 포착하고 싶었다.

"네. 저는 잘 있습니다. 또 그 이후 집안사람 그 누구와도 소통이 없었습니다. 전 이제 그 집과는 인연이 끝났습니다. 그러니 더는 연관 짓지 말아 주십시오."

미옥은 비난도 원망도 하지 않았다. 자꾸 캐면 캘수록 김 서방만 난처해진다는 것을 이미 알고 있었다.

"그리고... 전, 도련님과 아무 왕래가 없으니 안심하고 가셔도 됩니다."

미옥은 은숙이 듣고 싶어 하는 이야기를 먼저 꺼냈다. 어차피 자신을 찾아온 이유는 이런 종류의 치정밖에 없었다. 은숙은 속이 부글부글 끓었다. 서방님 이야기를 꺼낸 미옥의 혀를 뽑아버리고 싶을 정도였다.

'감히 천박한 종년이 서방님을 입에 올리다니... 얼굴만 반반하다고 저도 오만방자한 것인가? 당장 찢어 죽여도 시원찮을 천한 년.'

은숙은 치열한 살의를 느꼈지만 조금도 내색하지 않았다. 얼굴과 목소리는 그지없이 온유했다.

"참 네가 모르고 있는 게 있다... 너도 한때 이 집안의 가솔이었으니 알려야 할 것 같다."

은숙은 자신의 배를 천천히 쓰다듬으며 말했다. 미옥은 무슨 소리를 하는 건지 고개를 갸웃거렸다. 그런데 은숙은 자꾸 자신의 배를 쓰다듬었다. 그러자 미옥은 곧 깨달았다. 순식간에 안색이 창백해졌다.

"내가 회임을 했어. 아버님도 집안에 경사 났다고 기뻐하심은 물론 서방님도 아들이 곧 탄생할 거라고 기뻐하고 계신다. 탄생할 날만 기다리고 계시지... 호호... 쉿... 어디 얘기하지 마라. 서방님이 그러시는데 자식을 너무 아끼면 삼신할미가 질투하신다고 했거든..."

은숙은 온 얼굴과 온몸으로 한껏 자랑하고 있었다.

미옥은 두 다리에 힘이 빠져나가는 것을 느꼈다. 눈앞이 아득해졌다. 그래도 정신을 차리고 싶었다. 은숙에게 자신의 슬픔과 절규를 알게 하고 싶지 않았다. 하지만 은숙의 말소리는 점점 멀어졌고 은숙의 얼굴은 점점 희미해졌다. 미옥은 이루어질 수 없는 사이라고 수없이 되뇌며 성준과 나누었던 모든 세월을 단단하게 차단했었다. 자신과 아무 상관도 없는 사람이라고 수없이 되풀이하며 성준과 쌓았던 모든 추억을 야무지게 잊었었다. 그런데 은숙의 회임했다는 단 한 마디에, 그 간결한 단 한 마디에 어이없이 무너져 내렸다.

미옥은 은숙 앞에서 눈물을 보이지 않으려고 이를 악물었다. 은숙은 미옥의 세세한 변화를 눈치챘지만 모른 척했다. 또 안다 한들 그 슬픔과 절규를 나누어 가져야 할 이유도 없었다. 은숙은 모든 걸 다 가진 여자로서의 기쁨과 함성을 한껏 누리고 싶었다. 제아무리 경국지색의 미모를 지녔다 한들 서방님 성준은 이미 자신의 몸뚱이를 탐닉한 사내였다. 자신의 몸뚱이 위에서 몸부림한 사내였다. 그 영겁의 황홀함을 미옥은 영원히 몰라야 했다. 은숙은 이제 미옥의 미모도 부럽지 않았다. 미옥은 종이었다가 창기였다가 첩년이 된 조선 제일의 천박한 계집일 뿐이었다. 자고로 계집이 지나치게 예쁘면 뭇 사내들의 노리갯감이 될 뿐이라는 속된 말이 전혀 틀리지 않았던 것이다. 계집의 복은 치마폭에서 나온다는 속된 말은 완전히 틀린 것이었다.

　"그래. 첩 노릇도 쉽지 않을 터인데... 네가 고생이 많다. 중늙은이라고 하던데, 씨는 튼튼하다더냐? 회임시킬 힘이 있느냐 말이다. 하긴... 너도 살아온 세월이 남달라서... 회임이... 어려울 수도 있겠구나..."

　은숙은 작정한 듯 미운 말만 골라서 했다.

　"그런데... 제가 첩이라고... 도대체 누가 그럽니까?"

　미옥은 아까부터 은숙이 수상하기 짝이 없었다. 자신의 그간의 질곡(桎梏)을 환히 꿰고 있었다.

　"종년이 종놈과 혼인하지 못할 바에야 이런 미곡상에게 걸려

들었다는 것은 첩밖에 더 있겠느냐? 이걸 꼭 누가 말해주어야 아는 것이냐? 척하면 척인 것이지."

은숙은 야속할 정도로 미옥의 가슴을 후벼 팠다.

"전, 절대... 첩이 아닙니다."

미옥은 아무리 결백을 증명하려고 해도 비루한 변명밖에 되지 않을 걸 알고 있었다. 그래도 증명이든 변명이든 무엇이든 하고 싶었다. 은숙이 생각하는 만큼 주장하는 만큼 더러운 몸뚱이가 아니라는 것을 명명백백하게 밝히고 싶었다.

"한 집에서 중늙은이 사내와 기거하는데 첩이 아니라니? 그건 또 무슨 해괴한 소리냐?"

은숙은 미옥이 미쳤다고 생각했다. 자신의 회임 때문에 돌았다고 생각했다.

"전 그분과 동침하지 않았습니다."

미옥이 소리치듯 말했다. 은숙은 순간 덜컹했다. 미옥에게 무슨 운이 싸고도는지 서방님도 그 누구도 동침하지 못했던 사실이 떠올랐다. 그러니 미옥이 진짜 중늙은이와 동침하지 않았다는 말은 믿을만했고 만약 그게 진실이라면 이 또한 더 변고였다. 미곡상 중늙은이 놈과 빨리 동침을 해서 자식이라도 낳아야 진짜 안심할 수 있었다.

"그럼 네가 이곳에서 하는 일이 무엇이냐?"

은숙은 따져 물었다. 좀 전의 다정다감한 말투는 어디로 가고 앙칼진 목소리였다.

"사내와 한집에 기거하면서, 아직도 처녀 행세를 하는 이유가 무엇이냔 말이다"

은숙은 숨소리가 거칠어졌다. 미옥이 서방님 성준에 대한 미련 때문에 이런 촌극을 꾸민다는 의심이 들었다.

"전, 조선을 위한 큰일을 도모하고 있습니다. 양반가의 아기씨들은 상상도 못 할 일이지요."

미옥은 자신이 조선의 여염집 여자들과 다른 일을 한다고 알리고 싶었다. 성준을 빼앗긴 사실에 대한 일종의 복수심이었다. 어린애들 장난처럼 유치했지만 어쩔 수 없었다. 미옥은 이 방법밖에 알지 못했다. 좀 더 고상한 방법은 알지 못했다.

"그만 돌아가 주십시오."

미옥은 몸을 획 돌렸다. 은숙은 미옥의 팔을 부러질 듯 낚아챘다. 그건 양반이 행세하는 위력이 아니었다. 그건 여자가 행사하는 치정극이었다.

"내가 도우러 왔다는데 왜 이리 화를 내느냐?"

은숙은 미옥을 가까이 두어야겠다고 생각했다. 멀리 있으면 있을수록 무슨 일을 저지를지 모를 불안하고 불길한 계집이었다. 오히려 가까이 두고 보는 편이 이득일 수 있었다. 서방님 성준을 망칠뿐더러 집안을 망칠 계집이었다.

'난 네년과 한 사내를 두고 패권 다툼을 하는 게 아니야. 네년이

확실히 죽었는지 확인하려 할 뿐이야.'

은숙은 속으로 중얼거렸다. 그리고 미옥이 말한 조선을 위한 큰일이 과연 무엇인지 머릿속을 굴렸다.

"무엇을 돕는다는 말씀이십니까? 전 도움 받을 일이 없습니다."

미옥은 단호하게 거절했다. 은숙을 쳐다보지도 않았다.

"네가 큰일을 도모한다고 했는데... 내가 도울 수도 있을 텐데? 그 일이 무엇인지 자세히는 모르나... 내가 오라비를 통해서 너를 도울 수 있어서 그런 것이다."

은숙은 미옥에게 강력한 미끼를 던졌다. 미옥이 아직 중늙은이와 동침을 하지 않는 이상, 자신의 통제 속에 두어야만 했다. 그래야 속속들이 알아낼 수 있었다. 그리고 종년 주제에 무슨 큰일을 한다고 하는지 알아내야 했다. 지금 세상의 많은 이들이 독립에 뛰어들고 있었다. 대의를 위해서 뛰어들기도 했고 명성을 위해서 뛰어들기도 했고 권세를 위해 뛰어들기도 했다. 미옥은 그런 대의나 명성, 권세를 위해서 일해서는 안 되었다. 낭중지추(囊中之錐)가 되어서는 안 되었다. 그저 유곽 주인과 약조한 대로 총독과 동침해야 했다. 그렇게 어둡고 음침한 곳에서 남모르게 살다가 죽어야 했다. 그렇게 창기로 살다가 죽어야 했다. 은숙은 회심의 미소가 떠올랐다. 미옥이 독립을 한다고 착각하고 있는 그 일 때문에 진짜 죽을 수도 있다는 생각에 미쳤다. 어쩌면 진짜 죽게 할 수도 있었다.

"내 오라비가 총독부에서 높은 위치에 있다."

은숙은 은근히 위세를 떨 듯 말했다. 미옥은 웃을 수밖에 없었다. 매국(賣國)을 자랑할 수 있는 사람이 한심해 보였다.

"그럼... 친일하시는 분 아닙니까?"

미옥은 작정하고 힐난조로 말했다. 은숙은 순식간에 얼굴이 싸늘해졌다. 하지만 참아야 했다. 지금 이 자리에서 미옥의 뺨이라도 때리고 구박을 한다면 자신의 눈앞에서 영영 사라질게 뻔했다. 아직은 사라지게 할 시기가 아니었다. 뺨은 나중에 때려도 되고 구박은 나중에 해도 됐다.

"...하여간 세상은 곧 바뀔 거다. 넌 무식해서 모를 테지만... 지금은 친일이라고 하지만 후세에는 나라를 살렸다고 평가받을 수 있는 일이거든. 하긴 종년인 네가 세상의 변화를 어찌 알겠느냐?"

은숙은 쏘아붙이고 문 쪽으로 천천히 걸어갔다. 미옥의 반응을 기다렸다.

"오라비를 뵐 수 있을까요?"

미옥은 은숙을 잡아 세웠다. 은숙은 천천히 뒤를 돌아보았다. 하나도 급한 것 없다는 듯이 뒤를 돌아보았다. 자신의 오라비까지 유혹하고 이용하려는 미옥의 자세가 매우 마음에 들었다. 오라비는 한성 바닥에서 알 만한 사람은 다 아는 유명한 오입쟁이였다. 미옥을 본다면 금방 혹해서 절대 가만 둘 리 없는 호색한 중 호색한이었다. 둘이 만나서 둘이 알게 되어서 독립을 하든, 치정을 나누든 전혀 상관없었다. 총독의 하룻밤 노리개로 간다면 더 상관없었다. 더할 나위 없이 좋았다. 은숙은 손해 볼 게 없었다. 오로지 서방님으로부터 미옥을 영원히 떼어내면 그뿐이었다. 은숙은 얼굴에 화사한 미소를 지었다. 요즘 들어 기쁜 일만 자꾸 생기고 있었다.

"내 오라비를?"

은숙은 미옥을 응시하며 물었다.

"네. 뵙고 싶습니다. 아씨."

미옥은 은숙이 미곡상에 들어온 이후 처음으로 은숙을 아씨라고 공손하게 불렀다.

"그래. 내가 도울 일이 생겨서 참 다행이다. 내가 줄을 놓을 테니, 넌 준비하고 기다려라."

은숙은 은혜를 베풀 듯이 말했다. 미옥은 고개를 살짝 숙여 목례를 했다. 은숙이 다시 뒤돌아 문을 향해 걸어갔다. 좀 전보다 걸음은 빨랐다. 그리고 문을 열려다 말고 미옥에게 일갈하듯 말했다.

"앞으로 서방님 이야기 절대 입에 올리지 마라. 알겠느냐?... 내 서방님이시다."

은숙은 단단히 일러두며 문을 열고 나갔다. 미옥은 얼른 문을 닫았다. 그리고 바닥에 스르르 주저앉았다.

"도련님... 도련님..."

"미옥아... 미옥아... 이러다 내가 먼저 상사로 죽겠다. 미옥아. 미옥아. 우리 도망하자."

"도망가서 원앙처럼 살아보자. 미옥아..."

미옥은 바닥에 널브러지듯 엎어져서 엉엉 통곡하며 울었다. 언젠가 도련님 성준이 자신에게 화가 나서 돌아보지도 않고 빠른 걸음으로 가버렸던 그때가 떠올랐다. 그때 성준은 돌아보지도 않고 빠른 걸음으로 가버렸었다. 미옥은 성준이 사라진 그 길 어딘가를 쳐다보았었다. 성준이 달려간 그 길은 어둡고 깊고 깊은 구멍만이 있었다. 성준은 벌써 떠나고 없었다. 그때 이해가 되지 않았었다. 왜 그렇게 그 길이 어두운지 왜 그렇게 그 길이 깊은지 말이다. 미옥은 빈손을 길게 뻗어보았었다. 성준을 잡을 수 있을 줄 알았다. 그런데 아무것도 만져지지 않았다. 온몸에 힘이 빠져나갔었다. 미옥은 손이 아프도록 쥐고 있던 불쏘시개를 툭 떨어트렸었다.

미옥은 그때 대답하지 못한 것이 깊은 후회가 되었다. 도망가서 원앙처럼 살아보자는 말에 대답하지 못했던 것이 깊은 후회가 되었다.

21

덕길은 개똥이 소개한 요릿집에 들어와 앉아있었다. 주인이
라는 중국인이 사환들에게 미리 지시를 내렸는지 근사한 요리
가 연이어 나왔다. 덕길은 한 번도 들어본 적도 먹어본 적도 없
는 요리들이었다. 요릿집은 2층 건물이었는데 요릿집과 여관을
겸하고 있는지 희롱을 부리는 계집과 사내들은 이층으로 비틀
거리며 기어 올라갔고 요리를 먹는 사람들은 일 층에 모여 있
었다. 덕길은 이런 규모의 요릿집을 운영하는 사람이라면 대단
한 재력가임은 틀림없다는 생각을 하면서 술잔에 술을 따랐
다. 작은 호리병에 담긴 술 또한 처음 구경하는 것이었다. 살던
집에서는 새참으로 막걸리 몇 번 얻어먹은 게 전부였고 제철
과일로 만든 과실주는 꿈도 못 꾸는 것이었다. 그런데 중국 술
은 독하기 이를 데가 없었다. 목이 뜨거운 불길에 타들어 가는
것 같았다.

"중국 놈들은 이리 독한 걸 마시나? 참나..."

덕길은 막걸리 생각이 간절했다. 구수하고 시큼한 막걸리의
감칠맛이 혀에 맴돌았다. 막걸리도 언제 먹었는지 생각도 나지

않았다.

"허... 이거 신기한 술일세..."

덕길은 금방 술기운이 오르며 온몸이 따뜻해지는 것을 느꼈다. 한 잔을 더 들이켰다. 긴장이 풀어지며 온갖 피로한 감성이 느슨해졌다. 모처럼 느긋해지는 시간이었다.

그런데 갑자기 밖에서 소란스러운 소리가 들렸다. 덕길은 처음엔 예사로 넘겼다. 어차피 종놈 주제에 낄 데 못 낄 데 함부로 나서면 안 된다는 것은 진작부터 체화된 상태였다. 아무리 극악무도한 일이 생긴다고 한들 종놈이 나서서 해결될 일은 하나도 없었다. 그저 두들겨 맞지나 않으면 다행으로 여겨야 했다.

그런데 소란스러운 소리는 점점 더 커졌고 요릿집 안에 있던 사람들이 요리 먹다 말고 우루루 밖으로 몰려나갔다. 그런데 그 와중에 여자의 찢어지는 비명소리까지 들렸다. 덕길은 어린 여자의 비명이 귀에 바로 꽂혔다. 어린 순이 생각이 났다. 대감마님이 유린하던 순이 생각이 났다. 미옥이 생각이 났다. 일본에 유린당하고 있는 미옥이 생각이 났다. 덕길은 술잔을 내려 놓고 빠르게 달려 나갔다. 요릿집 밖으로 나오자 바로 앞에 앳된 소녀 하나가 울고 있었다. 소녀는 기껏 열셋이나 열넷 정도로 보였다.

"휴..."

덕길은 일단 안심부터 했다. 다행히 미옥은 아니었다. 하긴 미옥일 리가 없었다. 덕길은 낯선 종놈이 나설 일은 아니라고 판단하고 모른 척 들어가려고 했다. 그런데 긴 칼을 뽑는 날카로운 소리가 들렸다. 살기를 느낀 예기(銳器) 소리였다. 덕길은 본능적으로 뒤를 돌아보았다. 소녀는 무릎이 꿇려 있었고 불한당 한 놈이 소녀의 머리채를 쥐어틀고 있었다. 모가지를 칠 형세였다. 불한당들은 일본에서 들어온 낭인들이었다.

"또 일본이군..."

덕길은 중얼거렸다. 도처에 널려있는 일본에 진저리가 났다. 그런데 더 기막힌 일은 주변을 둘러싸고 있는 사람들이 그저 구경만 하고 있다는 것이었다. 덕길은 구경꾼들로 전락한 사람들의 낯짝을 하나하나 찬찬히 보았다. 일부러 쏘아보듯 노려보았다. 그러자 구경꾼으로 전락한 사람들은 덕길의 사나운 비위(脾胃)를 눈치채고 주섬주섬 뒤로 물러났다. 불한당 두 놈은 갑자기 등장한 덕길을 보더니 히죽히죽 웃었다. 꼴같잖은 조선인을 향한 비웃음이었다.

"도울 일 없으면 신고나 하시오."

덕길은 쩌렁쩌렁 소리를 질렀다.

"누구한테 신고한단 말이오? 어디다 신고한단 말이오? 일본 경시청에 신고한단 말이오? 저들 또한 그들의 힘을 믿고 저리 날뛰는 것인데... 게다가 저 소녀는 조선인도 아니오. 떼놈의 자식이란 말이오... 그런데 우리가 왜 나서겠소? 더더욱 나설 수 없단 말이오. 누가 목숨 걸고 나선단 말이오? 쯧쯧... 뭘 좀 알고 씨불이던지..."

노인이었다. 구경하고 있던 사람 중 하나였다.

"저 일본 낭인들이 뭐라고 지껄이고 있는 거요? 알아듣소? 그렇다면 좀 알려주시오."

덕길은 노인에게 부탁했다.

"소녀를 데려간다고 떼를 쓰는 중이오. 그런데 소녀가 반항하니까... 저렇게 목을 치겠다고 겁을 주는 것 아니오?"

노인은 겁에 질린 채 간신히 대답했다. 불한당들은 긴 칼로 칼춤을 추듯 위세를 떨며 장난하듯 하고 있었다. 사람을 향하는 칼질도 장난처럼 재미처럼 하는 흉악한 작자들이었다.

"그런데 어디로 데려간단 말입니까?"

덕길은 노인에게 다시 물었다.

"어디겠소? 먼저 노리갯감으로 실컷 갖고 놀다가 지루해지면 유곽에 팔아버리겠지... 저놈들이 바로 유곽을 봐주는 배경일 뿐 아니라 그 짓을 해서 큰돈을 번다고 들었소. 아마 저 소녀를 판다면 그 값을 많이 받을 거요. 일본 놈들만 따로 드나드는 유곽이 있다고 들었소만. 일본 놈들은 어리고 예쁜 조선인 계집을 좋아한다고 합디다. 쯧쯧... 그러게 왜 여기까지 와서 요릿집을 한다는 건지?"

노인은 소녀가 안타까운지 혀를 끌끌 찼다.

"괜한 일에 휘말렸다가 목숨을 버릴 수도 있소. 그냥 못 본

체하시오. 그냥 지나가시오."

노인은 덕길에게 주의를 주고는 가버렸다. 더 보고 있기도 괴로운 듯했다.

덕길은 소녀에게서 미옥을 보았다. 바로 '자도루(紫桃樓)' 유곽에 팔렸던 미옥을 보았다. 도저히 그냥 지나칠 수 없었다. 그건 미옥에 대한 예의가 아니었다. 또 다른 미옥을 구해야 했다. 덕길은 마침내 결심하고 거들먹거리듯 갈지자걸음으로 불한당 두 놈 앞으로 서서히 다가갔다. 두 놈은 덕길의 행색이 진짜 꼴사나운지 벌건 잇몸을 드러내고 낄낄거렸다. 이빨은 덧니가 들쑥날쑥 괴이했다. 덕길은 일단 선전 포고부터 했다.

"내가 많이 배우지 못해 무식하지만 너희 같은 일본 놈들은 뒈져야 한다는 이치는 안다."

덕길이 빨랐다. 허리춤에 차고 있던 손도끼로 한 놈의 이마빡을 강하게 때렸다. 이마빡을 맞은 놈은 고대로 뒤로 넘어갔다. 이마빡이 깊게 파였을 뿐 아니라 허연 뼈까지 드러났고 피가 폭폭 솟구치고 있었다. 나머지 한 놈은 긴 칼을 쑤욱 들이밀었다. 하는 일 없이 칼만 갈았는지 칼은 그런대로 날이 날카로웠다. 놈은 자세를 잡는 듯하더니 덕길을 향해 정면으로 달려왔다. 게다 소리가 다다다 요란했다. 덕길의 대갈통을 한 번의 칼질로 가르려는 심사였다. 이번에도 덕길이 빨랐다. 덕길은 주저앉는 듯 속임수를 쓰더니 힘차게 미끄러지며 놈의 다리 사이를 통과했다. 불끈 쥔 돌주먹으로 놈의 불알을 부수듯 때렸다. 급소를 맞은 놈은 비명도 지르지 못하고 고대로 앞으로 엎어졌다. 앞으로 엎어지면서 하필 모난 돌에 처맞아 피가 흥건하게 흘렀다. 불한당 두 놈 모두 뒤로 앞으로 엎어진 채 일어날 줄 몰랐다. 지금껏 구경이나 하던 사람들이 손뼉을 치기 시작했다. 덕길은 그들의 낯짝을 아까처럼 하나하나 찬찬히 노려보았다. 쏘아보듯 노려보았다.

"아직도 구경 중이시오? 썩 물러가시오. 가서 당신들 가족이나 살리시오."

덕길은 불쾌한 말투로 소리를 질렀다. 그리고 혼절한 듯 일어나지 못하는 소녀를 부축해서 일으켰다. 그리고 소녀를 벌떡 들어 안고 요릿집 안으로 들어갔다.

덕길이 들어가자 한 사내가 이층 계단에서 급하게 달려 내려왔다. 사내는 일 층에 도착하자마자 소녀를 안아 들고선 한참을 울었다. 사내는 소녀를 옆에 있던 다른 사내에게 넘겨주었다.

"빨리 침대에 눕히고 다친 데 없는지 살펴라... 어서..."

사내는 아직 울분이 가시지 않은 목소리였다.

"제 딸을 구해주셔서 고맙습니다."

사내는 덕길의 손을 잡고선 연신 고개를 조아렸다.

"됐소. 가서 따님이나 살피시오."

덕길은 자신이 앉았던 테이블로 다시 향했다. 개똥이 덕길을 걱정하고 있었는지 눈물을 흘리고 있었다. 덕길은 문득 고개를 돌려 사내에게 물었다. 순전히 육감이었다. 사내가 요릿집 주인이라는 생각이 든 것이다. 그런데 사내는 조선말을 하고 있었다.

"조선인이오?"

덕길이 사내에게 물었다.

"아닙니다."

사내는 대답했다.

"형님... 제가 얘기한 분이 바로 이분이오. 이분이 맞소."

개똥이 눈물을 훔치며 끼어들었다. 사내가 문득 반색하며 덕길과 개똥을 이층으로 안내했다.

덕길은 사내를 따라 이층으로 올라갔다. 이층의 객실을 지나 맨 마지막 방의 문을 여니 또 하나의 내실이 나왔다. 규모는 그리 크지 않았지만 재력가라는 소리를 들을 만큼 매우 화려했다. 덕길은 중국인들이 지나치게 외양에 신경을 쓴다는 느낌을 받았다.

그때 중년의 여자가 다가와 덕길 앞에 와서 섰다. 그 모습이 매우 공손했다. 그 뒤를 좀 전의 그 소녀가 따라와 섰다. 덕길은 여자가 소녀의 어머니라는 것을 알아차렸다. 소녀와 소녀의 어머니는 덕길에게 고개를 깊이 숙여 인사를 했다. 그런데 소녀의 안색이 무척 좋지 않았다. 방금 구사일생으로 살아난 표정이 아니라 당장 자결이라도 할 것 같은 표정이었다. 덕길은 소녀가 아직도 충격에 벗어나지 못한 것인지 아니면 또 다른 사연이 있는지 궁금했지만 물어볼 수는 없었다.

"감사합니다. 감사합니다."

소녀의 어머니는 조선말로 인사를 했다. 간단한 인사말 정도는 배워둔 것 같았다. 덕길은 난생처음으로 받아보는 인사가 쑥스러웠다. 종놈 팔자에 칭찬은 아예 없는 일이었다.

"이제 그만하시오. 더 빨리 구해주지 못해서 미안할 뿐이오."

덕길은 소녀와 소녀의 어머니에게 도리어 미안해했다.

"자, 자리에 앉으시지요."

사내는 덕길에게 의자를 권했다. 덕길은 사내가 내어준 의자에 앉았다. 개똥은 그냥 서 있었다.

"먼저... 차라도 드시겠습니까?"

사내는 매우 정중했다. 덕길은 손을 저어 거절했다. 지나친 친절이 부담스러웠다.

"그럼 방에 가 있어라."

사내는 소녀와 소녀의 어머니에게 자리를 피해달라고 당부했다. 소녀와 소녀의 어머니는 내실을 나갔다.

"전, 이 요릿집 주인이오. 오늘 일은 다시 한번 감사하오."

사내는 두 손을 합장하듯 모으고 고개를 숙여 인사를 했다.

덕길도 고개를 숙여 인사를 했다.

"우리 중국인들은 원래 은혜도 잊지 않을뿐더러 복수도 잊지 않는 민족이오."

사내의 말은 의미심장했다. 덕길은 말없이 쳐다보기만 했다. 사람 됨됨이는 잘 모르겠지만 그다지 나쁜 사람으로 보이지는 않았다. 하긴 상대의 사람 됨됨이가 상대의 탓일 수만은 없다. 결국 나의 사람 됨됨이가 상대의 사람 됨됨이를 결정하는 것이기도 했다.

"돕고 싶소. 무엇이든 돕고 싶소."

사내는 돕고 싶다는 말을 연달아서 했다. 그만큼 진심이었다.

"왜 날 돕고 싶다는 거요?"

덕길은 그 연유를 물었다. 딸을 구해주었다고 해서 대단한 인사를 받아야 한다고 생각하지는 않았다.

"개똥이 말을 듣자 하니 꼭 필요한 게 있다고 들었소. 그래서 그쪽을 만나본 후 결정하려고 했었습니다. 그런데 오늘, 우연인지 필연인지... 우리 딸을 구하셨소. 그러니 무조건 돕겠소. 나를 믿어 주십시오."

사내는 덕길에게 진심을 다하려는 강한 의지를 보였다.

"그런데 뭐 하시는 분이오? 요릿집 하는 건 알겠고... 이게 다가 아닌 것 같소만..."

덕길은 사내의 진짜 정체가 알고 싶었다. 요릿집이 전부가 아닌 것이 확실했다.

"그건... 차차 말씀드리겠소."

사내는 자신의 사연을 뒤로 미루었다. 하지만 덕길은 꼭 알고 싶었다. 정체를 알 수 없다면 도움을 받을 수도 없었다.

"...그건 그렇게 하시오... 그런데 말이오. 왜 지금의 조선까지 와서 이런 고생이오?"

덕길은 사내가 머뭇거리는 것을 이해는 했지만 그렇다고 마냥 미룰 수는 없었다. 언제 또 만날지 기약 없는 인연들이었다. 그래서 물고 늘어졌다. 자신의 나라를 버리고 남의 나라에 와 있다는 사실 자체가 수상했다.

"일단 통성명부터 했으면 하오. 나는 등륜이라 하오."

등륜은 자신의 이름을 말했다. 이름이라는 것은 어찌 보면 사람의 내력 같은 것이기도 했다. 덕길은 사내의 이름을 듣자 조금은 가까워진 느낌이었다. 마치 무인지경(無人之境)의 산세에 있다가 처음 만난 사람다운 사람 같은 그런 반가운 느낌이었다.

"난... 덕길이오."

덕길도 이름을 말했다.

"내가 조선에 온 사연은 따로 있습니다. 사실... 내 어머니가 조선인이오."

등륜은 뜻밖의 말을 했다.

"그게 무슨 말이오? 어머니가 조선인인데 그쪽은 중국인이라는 것이오?"

덕길은 의아했다. 알다가도 모를 일이었다.

"아버지가 중국인이오. 아버지는 꽤 부유한 상인이었소. 내가 그 재산을 물려받았소. 그런데 중국도 지금의 조선과 크게 다를 게 없소. 일본 놈들이 조선을 도륙하듯이 중국도 도륙하고 있단 말이오. 아버지는 일본 놈들한테 돌아가셨소. 더 깊은 사연은 말씀드리기 곤란하지만, 어머니가 조선인이라는 이유도 있었소. 하여간 아버지가 돌아가신 후 어머니가 고향 조선에 가시겠다고 해서 함께 온 거요. 이제 됐소?"

등륜은 내력을 간단하게 털어놓았다.

"또... 내가 그쪽을 먼저 찾은 이유가 있소. 개똥이 녀석이 불편할까 봐 미처 말씀드리지 못했소만..."

등륜은 뜬금없는 소리를 했다. 개똥은 아직도 서 있는 중이었다. 계면쩍은지 머리를 긁적였다.

"뭐요? 무슨 일이요?"

덕길은 개똥이까지 나선 그 이유가 궁금했다.

"사실, 조금 전 내 딸 말이오..."

등륜은 말을 쉽게 하지 못했다.

"...겁탈을 당한 적 있소."

덕길은 그동안 놀랄 일을 하도 많이 겪어서 다시는 놀라지 않을 줄 알았다. 그런데 소녀의 일은 여전히 놀라움으로 다가왔다. 소녀의 안색이 왜 자결이라도 할 것 같은 표정이었는지 이해가 되었다.

"내 딸을 겁탈한 그놈을 처치해 줄 만한 사람을 찾고 있었소."

등륜은 매우 진지했다. 덕길은 평화와 안식은 멀리 달아난 사람을 목도하고 있었다. 파국적 운명을 가진 사람의 맹렬한 적막을 목도하고 있었다. 버리듯 두고 온 어미와 아비가 생각났다.

"나더러 대신 복수해달라는 거요? 그만 됐소."

덕길은 자리에서 일어나려고 했다.

"그런 험악한 일이 생긴 건 매우 마음 아프오. 하지만... 난내 한 몸도 건사가 어려운 놈이오. 미안하오."

덕길은 일어났다. 그런데 등륜이 붙잡았다.

"내가 폭탄 재료를 구해주겠소."

등륜은 절박한 표정이었다. 덕길이 거절 못 할 제안을 하고 있었다. 덕길은 선 채로 자리를 뜨질 못했다. 어느새 소녀와 소녀의 어머니까지 다시 들어와서 합세하고 있었다. 차가 준비된 쟁반을 들고 서 있었다. 소녀의 어머니는 쟁반을 내려놓고 덕길에게 무릎을 꿇었다. 덕길은 차마 대면할 수 없어서 고개를 돌려 외면했다.

"진심이오. 딸아이가... 아이까지 가졌단 말이오..."

등륜은 흐느끼기 시작했다. 이제껏 부지런히 참았던 울음을 토해내고 있었다. 소녀와 소녀의 어머니도 덩달아 흐느끼기 시작했다.

덕길은 도로 의자에 앉았다. 한참 동안 말없이 앉아있었다. 외면할 수 없는 사연이었다. 하지만 아직 할 일이 있었고 그 할 일을 끝내지도 못한 형편이었다. 오히려 자신의 부족이나 실수로 소녀의 복수를 망치게 될 수도 있었다. 그렇게 된다면 소녀를 진짜 자살하게 만들 수도 있었다. 덕길은 고심이 깊었다. 개똥이 덕길의 팔을 잡아 흔들었다.

"형님... 내가 거짓을 한 건 용서하시오. 그런다고 날 버리지도 마시오. 이분들의 사연이 하도 딱해서 그랬소. 내가 형님 자랑을 심하게 하였단 말이오... 형님 그러지 말고 도와주시오... 날 봐서 도와주시오."

개똥은 엉엉 울었다. 덕길은 개똥의 머리통을 쓰다듬었다.

"울지 마라. 사내놈이... 앞으로 진짜 울어야 할 때가 있다. 그때 울어라."

덕길은 등륜에게 시선을 돌렸다.

"그런데 궁금한 게 있소. 그쪽은 요릿집을 하고 있지 않소. 그런데... 그쪽한테 어떻게 폭탄 재료가 있소?"

덕길은 애초에 궁금했으나 등륜이 대답을 미루었던 걸 다시 물었다.

"그 대답을 지금 하겠소. 난 독립에 관여하고 있소. 나를 통해 독립 자금이 드나들고 있소. 이건 함부로 발설하면 안 되는 것이지만... 나와 내 딸과 내 딸의 어미 모두의 은인이기에... 말씀드리는 거요."

등륜은 자신의 진심을 전달하려고 발설하지 말아야 할 비밀까지 토로했다.

"그러면 그자들한테 부탁하면 되는 것 아니오? 그자들은 의리도 없소?"

덕길은 갈수록 점점 더 이해되지 않았다.

"이건 내 개인의 일이오. 대의를 위해 일하는 그들에게 절대 부탁할 수 없소."

등륜은 자신이 대의에 희생당하는 것이 아니라는 것을 강조했다.

"도대체 그자들의 대의가 무엇이오?"

덕길은 화가 난 것처럼 물었다. 매우 삐딱한 질문이었다.

"그자들의 대의가 무엇이오? 도대체 무엇이기에 동지의 원한을 복수해주지 못한단 말이오? 아니 이건 동지까지 갈 필요도 없소. 동지 이전에 같은 백성이란 말이오. 도대체 그자들은 동지도 백성도 안중에 없고 오직 황제와 나라만 있는 거요? 그런데 내가 말하면서도 참 이상한 게 있소. 백성이니 동지니... 이 둘은 매우 구체적이란 말이오. 그런데 황제니 나라니... 이건 도대체 감이 안 잡힌단 말이오. 마치 뜬구름 잡는 기분이란 말이오. 그런데 그자들은 이 뜬구름을 위해서 목숨을 건단 말이오? 맞소?"

덕길은 은근히 분노가 치밀었지만 더 말하기 싫었다. 그럴수록 자신의 종놈 처지만 비감할 뿐이었다.

"그놈을 처치해 준다면 그건 조선의 백성을 위한 복수이기도 하고 조선의 동지를 위한 복수이기도 하고 조선의 황제를 위한 복수이기도 하오. 결국은 나라를 위한 것이오. 이런 대의를 명명백백 밝혔으니 부디 꼭 도와주시오."

등륜은 자신의 사상을 주장했다.

"난 조선의 백성을 위해서 복수하지 않소. 조선의 동지를 위해서 복수하지 않소. 조선의 황제를 위해서 복수하지 않소. 난 망할 그것들과 아무 상관없이 살아왔단 말이오. 망할 그것들은 내 불행과 고통에 전혀 관심 없었단 말이오. 알아듣겠소?"

덕길은 눈알을 부라리며 말했다. 눈알의 실핏줄이 당장이라도 터질 듯했다. 등륜은 크게 숨을 몰아쉬었다.

"그럼 어떤 대의를 밝히면 복수를 해주시겠소?"

등륜은 설득의 방향을 바꾸었다. 덕길이 아무 이유 없이 복수하는 걸 원하지 않고 있었다. 그에게 걸맞은 대의명분을 고무시켜야 했다.

"조선의 황제는 그쪽 동지들이 그렇게 애를 쓰는 걸 알기나 하오? 그렇소?"

덕길은 들을수록 자꾸 화가 났다. 등륜은 대꾸가 없었다.

"내... 그럴 줄 알았소..."

덕길은 힘없이 중얼거렸다. 이러나저러나 종이라는 종자의 비극일 뿐이었다.

"그럼 실리만 생각해 보십시오. 폭탄 재료가 필요하지 않소?"

등륜은 또 다른 방식으로 덕길을 설득하려고 했다.

"이보시오. 나를 돈밖에 모르는 한낱 장사치로 전락시키지 마시오. 난 그렇게 산 적이 없소... 그래서 내겐 그건 모욕이오..."

덕길은 붉으락푸르락했다. 등륜은 포기했는지 고개를 푹 숙였다.

"난 당신 딸을 위해 하는 것뿐이오. 그리 아시오."

덕길은 등륜의 요청을 수락했다. 등륜은 고개를 번쩍 들었다. 포기하려는 순간 다시 희망이 생긴 것이다. 다시 덕길의 손을 잡았다. 하지만 덕길이 뿌리쳤다.

"누구요? 그놈이?"

덕길이 이름을 물었다.

"조선인이고 성은 김가고 이름은 은동이라 합니다."

등륜은 이를 갈며 말했다. 이를 가는 소리가 뚜렷이 들렸다.

"알겠소. 일이 끝나면 내가 연락하겠소."

덕길은 내실을 나가려고 했다.

"깊은 밤, 우리 쪽에서 그쪽을 찾아갈 것입니다. 짐을 확인하십시오."

등륜은 덕길에게 고개를 숙여 인사를 했다. 덕길은 인사도 없이 내실을 나갔다. 개똥이 그 뒤를 따라 나갔다.

22

　미옥은 성준이 혼인했다는 소식과 은숙이 회임했다는 소식
에 크게 충격을 받고 그만 앓아누웠다. 죽으려고 작정을 한 것
인지 곡기를 거의 끊다시피 했고 그렇게 한 지 한 달이 지나나
자리에서 일어나질 못했다. 고영춘은 미옥에게 무슨 괴변이라
도 일어났는지 수도 없이 물었지만, 대답을 들을 수 없었다. 미
옥의 눈은 괭이눈처럼 퀭했고 볼은 팔십 노파처럼 홀쭉했고
머리카락은 마른 나뭇잎처럼 부스스했다. 고영춘은 매일 매끼
미옥을 위해 미음을 끓였다. 미옥에게 억지로 떠먹여 보았지만
한두 번 받아먹는 둥 마는 둥 흐지부지했다. 미옥의 온몸은 수
시로 고열에 펄펄 끓었고 온몸을 사시나무 떨듯 바들바들 떨
었다. 고영춘은 자신의 능력으로는 불가하다고 여기고 의원을
데려와서 미옥을 살피게 했다. 의원은 미옥에게 침을 놓았고
뜸도 놓았다. 그리고 청심환 한 알을 수저에 물과 함께 개어서
입에 넣어주었다.

　"한시라도 지체했으면 벌써 저세상 사람일세... 다행이네... 아
직 젊으니 살 걸세... 약 두고 가니까. 달여 먹이고. 기운 차리면

좋은 거 많이 먹이고."

의원은 한창 젊은 나이의 여자가 안쓰러웠다. 안된 마음에 혀를 끌끌 찼다.

"고맙네."

고영춘은 안도의 한숨을 내쉬었다. 미옥이 죽지는 않을 거라는 사실이 참으로 기뻤다.

"그런데 누군가?"

의원은 물었다. 고영춘은 대답을 못 하고 그저 멀뚱히 쳐다보기만 했다.

"이렇게 시신처럼 누워있는데도 이 지경으로 예쁜데, 제대로 살아나면 나라를 말아먹을 미색이구먼."

의원은 고영춘에게 묘한 미소를 지었다.

"그런데... 누군가?"

의원은 또 물었다. 고영춘이 별 대답 없이 히죽 웃었다.

"다 죽어가는 마당에도 저리 예쁜데... 살아나면 꽃 중의 꽃이라... 자네 복도 많네..."

의원은 또다시 같은 말을 반복하며 일어났다.

고영춘은 의원을 배웅하자마자 약부터 달였다. 여러 시간 달여서 미옥에게 한 수저씩 떠먹였다. 이러기를 매일 매끼 한 번도 쉬지 않고 수발을 들었다. 이렇게 열흘쯤 지나자 미옥은 겨우 정신을 차렸다. 일어나 앉을 수 있는 정도가 되었다.

"도대체 무슨 일이냐? 말을 해야 알지. 혼자서만 끙끙 앓으면 어쩌겠다는 거냐?"

고영춘이 나무라듯 말했다. 미옥은 고영춘에게 미안한 마음뿐이었다. 그렇다고 제대로 실토할 수도 없었다. 전에 없던 죄책감까지 생겼다.

"죽다가 살아났단 말이다. 황천 갈 뻔했단 말이다. 얼마나 걱정한 줄 아느냐?"

고영춘은 심통을 부리듯 화를 냈다.

"이제 걱정하지 마시오. 괜찮소. 정말 미안하오."

미옥은 고영춘에게 입이 열 개라도 할 말이 없을 정도로 죄송했다.

"미안해할 필요 없다. 여하튼 내가 얼마나 마음 졸였는지... 난... 네가 아픈 게 나 때문이라고 생각했다."

고영춘은 울컥 울음이 올라왔다.

"그게 무슨 말이오?"

미옥은 고영춘의 눈물이 선뜻 이해가 가지 않았다. 물론 마음의 고생은 아는 바였다.

"내가 네게 복수를 부탁하는 바람에... 네가 부담감에 죽으려는 줄 알았단 말이다... 굶어 죽으려는 줄 알았다. 미옥아. 복수 안 해줘도 된다. 그럴 필요 없다. 내가 정말 잘못했다. 내가 정말 미안하다. 그리고 살아나서 정말 고맙다. 고마워."

고영춘은 흑흑 흐느꼈다.

"미안해하지 마시오. 그리고 울지도 마시오. 내가 고맙소. 나를 또 살렸소... 내 이를 어찌 다 갚고 죽을지..."

미옥은 고영춘의 손을 잡았다.

"난 영감을 위해서 못 할 일이 없소. 그러니 크게 염려 마시오."

미옥은 고영춘을 위로했다. 고영춘의 아픔과 슬픔이 자기로부터 시작된 것 같아 마음이 미어지듯 아팠다.

"미옥아... 내 가족은... 전부 다 죽었다. 너도 알다시피... 그런데 너마저... 도저히 널 잃을 순 없다. 더는 잃을 순 없단 말이다. 제발 죽지 마라... 제발 부탁이다. 미옥아."

고영춘은 굵은 눈물을 뚝뚝 흘렸다.

"내가 살 힘이 없더라... 이렇게 다 죽어 나가면 어떻게 살겠냐? 날 포위하듯 내 주변에 있던 사람들이 다 죽어 나가면 난 어떻게 살겠냐? 그냥 혀라도 콱 깨물고 죽어야 하는가... 별의별 생각 다 했다. 그리고 네가 살지 못하면 나도 따라 죽으려고 했다... 진짜다... 진짜다. 내 마음..."

고영춘은 꺼억꺼억 소리 내어 울었다. 미옥의 눈에서도 눈물이 줄줄 흘렀다. 세상천지에 자신을 위해서 이토록 서럽게 울어주는 사람이 있다는 것이 새삼스러운 감성이었다. 도련님 성준이 떠난 허허벌판 같은 팔자에 그나마 위로가 되었다. 미옥이 고영춘의 손을 따뜻하게 어루만졌다. 고영춘은 눈물을 거두고 슬그머니 웃었다. 서로 손을 맞잡고 세월을 헤쳐나간다는 동지 의식이 살아난 것이다.

고영춘은 문득 무슨 생각이 들었는지 손을 빼고선 주머니를 주섬주섬 뒤지기 시작했다. 그리곤 무언가를 꺼내서 바지에 대고 닦아 때 빼고 광을 내었다. 미옥은 고영춘의 행동을 쳐다보고만 있었다. 순간 고영춘이 미옥의 왼손을 채듯 잡았다. 미옥은 손을 빼거나 비틀거나 하지 않았다. 고영춘은 미옥의 왼손 손가락에 금가락지를 끼워주었다. 크지도 작지도 않고 딱 맞았다. 미옥은 얼핏 반가운 표정을 지었다가 다시 어두운 표정을 지었다.

"걱정하지 말아라. 혼인하자는 게 아니니까. 합방하자는 게 아니니까. 우연히 하나 생겼는데... 누굴 줄 사람도 없고. 네가 해라. 네가 하니까 예쁘다."

고영춘은 머쓱한지 딴 데를 보며 얘기했다.

"내 딸도 못 해준 거다. 그러니까 암말 말고 그냥 해라."

고영춘은 자꾸 추임새를 달았다.

"진짜 아무런 약조가 없는 거다. 거절하지 마라. 그냥 해라."

고영춘은 끝도 없이 추임새를 달았다. 미옥이 피식 웃었다. 고영춘의 변명 같은 추임새가 어린애처럼 유치했지만 고맙기도 했다.

"고맙소. 혼인하자는 거 아니라니 받겠소. 합방하는 거 아니라니 받겠소. 그런데 내가 이리 받아도 되는 거요?"

미옥은 과분한 심정을 받는 것 같아 황송했다.

"영감을 만난 후... 어떨 땐 이게 꿈인가 생시인가 그런 생각을 하고 있소... 내 평생의 은인이오... 꼭 갚겠소."

미옥은 진짜 그렇게 생각했다. 조선에서 종으로 태어나서 도저히 경험할 수 없는 이적(異跡)과도 같은 것이었다. 미옥은 금가락지를 받은 마음이 참으로 흐뭇했다. 긴가민가해서 자꾸 만지작거렸다. 그런데 미옥의 얼굴이 갑자기 사색이 되었다. 금가락지 한쪽에 날카로운 것으로 긁은 뚜렷한 흔적이 있었다. 엉성하고 둔탁하게 조각된 한일(一)자였다. 미옥이 분명히 기억하고 있는 글자였고 금가락지였다. 성준 도련님에게 받은 금가락지였고 다시 덕길에게 주었던 금가락지였다. 그 금가락지가 확실했다. 그런데 자신에게 다시 돌아온 것이다.

"이거 누구한테 받았소?"

미옥은 다급하게 물었다. 미옥의 눈빛은 크게 흔들리고 있었다.

"그게 무슨 말이냐? 누구한테 받았냐니?"

고영춘은 되물었다. 무언가 불안했다. 별다른 일이 벌어지고 있었다.

"이 금가락지 낯이 익소. 그래서 그렇단 말이오. 어서 말해보시오."

미옥이 빠른 말투로 설명을 했다.

"가락지가 다 거기서 거기 아니냐? 다 둥글게 생겼는데 무슨 소리냐? 가락지에 이름이라도 있지 않은 이상, 낯이 익다는 건 말이 안 된다... 누워서 더 쉬어야겠다."

고영춘은 허허 웃으며 가슴을 쓸어내렸다. 미옥이 아직 정신이 온전치 못하다고 여겼다.

"아니오. 이 가락지는 진정 내가 아는 것이오."

미옥은 아픈 기색 전혀 없이 완전한 정색이었다. 고영춘은 그제야 자신도 정색이 되었다. 이상하리만치 더 불안해졌다.

"이 가락지 보시오 자... 보시란 말이오."

미옥은 금가락지를 손가락에서 빼더니 고영춘에게 보여주었다. 한쪽에 한일(一)자로 그어진 부분을 보여주었다. 고영춘은 미옥이 가리키는 곳을 살펴보았다. 금세 낯빛이 달라졌다.

"나도 이 글자 정도는 볼 줄 안다. 그런데 이상하긴 하다... 내가 왜 못 봤지? 그때 이런 게 있는지 확인도 안 해보았다... 그런데... 이게... 무슨 연고인지... 참으로 희한하다."

고영춘은 이제 또 무슨 고비가 닥칠지 불길했다.

"말해보시오. 이 금가락지를 사게 된 사연이 있을 거 아니요?"

미옥은 따지듯 추궁하고 있었다. 고영춘의 입만 바라보았다.

"얼마 전에 낯선 사내 하나를 만났다. 그 사내한테 산 물건이다."

고영춘은 그날의 기억을 떠올렸다. 바로 덕길이었다.

"그 사내가 누군가 말이오. 어서 말해보시오."

미옥은 거의 닦달했다.

"그 사내가 이 금가락지를 팔려고 시장통의 한 놈에게 다리를 놓았었다. 내가 만나서도 그 사내를 금방 믿지 못하였다. 행색이 금가락지 소유할 놈이 못되었다. 그래서 살까 말까 고심했었는데... 오래 이야기하면서 그 사내의 진심이 느껴져서 사고 말았다. 그 사내에게서 받은 거다. 하지만 네가 아니었다면 사지 않았을 것이다. 이 금가락지를 보자마자 난 너를 떠올렸다. 그 사내가 금가락지를 꺼내는 순간, 옳구나. 이 금가락지는 바로 본래 미옥이 것이로구나. 이랬다. 참 이상한 이치였다."

고영춘은 사실대로 죄다 말했다.

"그러니까 그 사내가 누구냐 말이오."

미옥이는 화를 내듯 말했다. 고영춘은 이상한 낌새를 느꼈지만 그까짓 낯선 사내가 뭐 대단한 인연이 있을까 싶었다. 하지만 좀 전보다 더 불안했고 더 불길하긴 했다.

"더 상세히 말해보시오. 부탁이오."

미옥은 달떠 있었다.

"내가 누군지 어떻게 아느냐? 이걸 팔려고 왔었고 나는 제값보다 더 쳐주었다. 일행이 있는 모양이었는데 아마 밥도 못 먹고 있는 듯했다. 그들을 먹여야 한다기에 내가 후하게 쳐주었다. 그 마음이 올바르지 않냐?... 그랬다."

고영춘은 솔직하게 다 말하지는 못했다. 불안과 불길의 원인이, 혹여 미옥과 그 사내의 인연일지 몰라서였다. 그렇지 않고

서야 미옥이 대번에 금가락지의 주인을 알아낼 리 없었다. 고영춘은 미옥의 눈치를 보았다.

"아는 자 같으냐?"
고영춘이 모르는 척 물었다.
"그렇소. 아는 자 같소. 확실하오."
미옥이 간결하게 대답했다.
"그런데... 더는 그자 사내에 대해 아는 게 없다. 통성명하면서까지 물건을 사고팔지는 않았다. 진짜다."
고영춘은 거짓을 말했다.
"아..."
미옥은 탄식을 뱉었지만 얼굴은 부활한 것처럼 생기가 돌았다.
"네가 아는 자 같다면 도대체 누구냐?"
고영춘은 캐물었다.
"...그런데 어찌 생겼소?"
미옥은 그 사내의 생김새를 물었다. 고영춘은 생각에 잠겼다가 천천히 그림을 그리듯 설명을 시작했다.
"어디 보자... 그러니까 덩치가 아주 크더란 말이지. 그리고 얼굴에 수염도 덥수룩하더란 말이지. 게다가 아주 넓적한 면상인데 아주 단단하게 생겼더란 말이지... 그리고 눈알이 아주 크고 부리부리한 게 호랑이 눈을 닮았더란 말이지... 그런데 호랑이 눈을 닮은 그 눈깔이 참 순해 보이더란 말이지. 계집한테

한 번 정주면 헤어 나오질 못하게 생겼더란 말이지. 오로지 그 것만이 흠이라면 흠이었다... 참... 관상쟁이라면 이렇게 말할 수도 있겠다. 장군 관상일세. 장군 말이오. 허허허... 아주 무뚝 뚝하고 말수도 적고... 그런데 그 말 하나하나가 아주 진국이더 란 말이지. 아쉽게도 양반은 아니었다. 많은 이의 우두머리가 되어 그 기개를 떨치지만... 그렇지만..."

고영춘은 이야기하던 중 그만두었다. 미옥의 매서운 눈초리 를 느꼈다. 죽었다 살아난 사람치곤 매몰찼다. 고영춘은 너무 많은 말을 쏟아낸 것 같아 후회가 되었다.

"그 기개를 떨치지만... 그다음이 뭐요? 그다음 말이오... 말 해 보시오."

미옥은 고영춘의 팔을 잡고 흔들었다.

"내가 어찌 아냐? 거기까지다. 그 이후는 난 모른다. 내 관상 도 못 보는 주제에... 뭘 더 알겠냐?"

고영춘은 얼렁뚱땅 얼버무렸다. 미옥은 금방 실망하는 표정 이 되었다.

"덕길이..."

미옥이 넋 나간 사람처럼 중얼거렸다.

"네가 아는 자가 분명 맞느냐?"

고영춘은 물었다. 미옥은 고개를 끄덕였다. 고영춘은 미옥의 눈빛이 어디를 보는지 궁금했다. 허공을 보는가 싶다가도 곧 그 사내를 쳐다보는가 싶다가도 자신을 쳐다보는 것 같기도 했다. 도통 그 의향을 알 수가 없었다.

"그런 것 같소... 분명히 내가 아는 자요."

미옥은 정신 나간 사람처럼 읊조렸다.

"혹시 너와 어떤 약조라도 한 사이냐?"

고영춘은 캐묻듯 물었다. 미옥을 계집이라는 이름으로 옆에 둔 건 아니지만 괜히 질투가 났다.

"아니오. 그런 사이는 아니오."

미옥은 부인했다. 고영춘은 믿지 못했다.

"어떻게 아는 사이냐?"

고영춘은 신경이 곤두섰다.

"나와 같은 종 출신이오. 내가 일본 놈들에게 붙잡혀 고문을 당하고 있을 때 나를 구했소. 그 이후 살던 집을 떠났소. 그래서 궁금하던 중에 말을 들으니... 그렇게 됐소."

미옥은 고영춘이 듣기 좋은 말만 했다. 고영춘은 조금 안심을 했는지 얼굴이 확 밝아졌다.

"그런데... 누가 다리를 놓은 거요?"

미옥은 불현듯 물었다.

"시장통을 오가며 심부름하는 개똥이다. 어린놈이다. 그놈이 데려왔다."

고영춘은 사실대로 말했다. 이젠 불안감이 얼추 사라진 후였다.

"이곳을 들락거리던 그 개똥이 말이오? 그 어린놈?"

미옥은 소리 지르듯 외쳤다.

"그래. 그놈이다. 이제 거간꾼 노릇까지 하는 거 보면 장사꾼 다 됐다. 허허허."

고영춘은 웃고 있었지만 그 속은 웃는 게 아니었다. 또다시 불안해졌다. 보통 인연이 아닌 게 분명하다는 생각이 들었다. 감성이 오르락내리락 야단법석이었다. 미옥이 그 사내랑 도망이라도 갈까 조바심이 났다. 미옥이 떠난 후 자신에게 남겨질 외로움이 사무치게 두려웠다.

"그 아이에게 가봐야겠소."

미옥은 아직 성하지 못한 몸으로 비틀거리며 일어났다. 하지만 일어나자마자 결국 쓰러졌다.

"이 몸으로 어찌 간다는 거냐? 내가 찾아주마."

고영춘은 미옥을 눌러 앉혔다. 미옥은 하는 수 없이 주저앉았다. 도저히 기동할 수가 없었다.

"진짜요? 찾아주겠소?... 믿어도 되겠소?"

미옥은 이번만큼은 고영춘을 믿기 힘들었다. 여자만이 느낄 수 있는 남다른 육감이었다.

"죽지 않았으면 찾는다. 걱정 마라."

고영춘은 일단 미옥을 안정시켰다.

미옥은 고영춘이 나간 후 한참 동안 안절부절못했다. 고영춘을 믿고 기다릴 수가 없었다. 그새 덕길이 한성을 떠나게 된다면 다시는 못 볼 수도 있었다. 미옥은 일어나서 차비를 차렸다. 아직도 비틀거렸지만 이겨내야 했다. 미옥은 느릿한 걸음으로 시장통을 몇 바퀴나 돌았지만 개똥을 금방 찾을 수 없었다. 늘 시장통에 산다고 들었는데 오늘따라 찾기가 어려웠다. 미옥은 시장통 장사치들 여기저기에 물었지만 개똥이 소식을 알지 못했다. 그런데 마침 한 장사치가 개똥이 소식을 알려주었다. 중국인이 장사하는 이층 건물의 요릿집에서 본 적이 있다는 것이었다. 미옥은 그 요릿집의 약도를 대강 익혔다. 그리고 조선총독부 근처 중국인들이 모여 살고 있다는 중국인 동네로 향했다.

미옥은 중국인들이 모여 사는 동네로 들어서자 아무나 붙잡고 이층 건물 요릿집에 관해서 물었다. 다행히 이층 건물 요릿집은 딱 한 군데밖에 없었다. 미옥은 정신이 오락가락할 정도로 어지러웠지만 그 요릿집을 향해 힘을 내어 걸어갔다. 그리고 얼마 지나지 않아 그 요릿집을 찾아냈다.

미옥은 그 요릿집에 들어서자마자 사환을 불러 개똥이 소식을 물었다. 사환은 개똥이 요새 자주 오기는 했지만 오늘은 못 보았다고 말해주었다. 미옥은 개똥을 무작정 기다려보기로 마음먹었다. 그래서 요릿집 밖을 기약 없이 서성거렸다. 돈도 가져오지 않아서 요리를 시킬 수도 없었다. 어느덧 해 질 녘이 되어가고 있었다. 저 멀리서 붉은 노을이 달려오고 있었다. 미옥을 향해 덮치듯 달려오고 있었다. 미옥은 더 서 있기조차 힘들었다. 벽을 붙잡고 서 있어야 할 정도가 되었다. 그때 마침 개똥이 나타났다. 미옥은 달려가서 개똥을 불렀다. 너무나 반가웠다.

"어... 어쩐 일이세요? 영감은 어쩌고 혼자 나오셨어요?"

개똥은 방글방글 웃으며 말했다.

"개똥아. 얼마 전에 고영춘 영감에게 한 사내를 소개해 주었다고 들었다. 그 사내가 기거하는 곳을 혹시 아느냐?"

미옥은 미치도록 초조했다. 개똥은 고개를 갸우뚱했다.

"소개하긴 했는데... 혹시 아는 분이세요? 왜 그러세요?"

개똥은 미옥이 덕길을 안다는 게 아무래도 이상했다. 도무지 연결이 안 되는 연분으로 보였다. 개똥은 미옥의 출신에 대해서는 전혀 알지 못했다. 고영춘 영감의 첩이라는 것만 알 뿐이었다. 그래서 더더욱 대답을 함부로 할 수는 없는 일이었다. 나이가 어리지만, 그 정도는 알 수 있었다. 입을 잘못 놀리면 시장통에 얼씬도 못할 수 있었다. 굶어 죽는 건 떼어 놓은 당상이었다.

"잘 생각해봐. 분명히 네가 알 거다."

미옥은 개똥에게 매달리다시피 했다.

"어디서 기거하는지는 몰라요. 그걸 제가 어찌 알겠어요?"

개똥은 바른 대답을 회피했다.

"잘 생각해보아라. 그 사내를 어디쯤에서 만났는지?"

미옥은 끝낼 생각이 없었다. 계속 캐물었다.

"...그게... 기억이 안 나요. 시장통을 쏘다니다 만났거든요.

제게 국밥도 사주고 백숙도 사주고. 백숙은..."

개똥은 갑자기 시무룩해졌다. 갑자기 죽은 어미 생각이 났기 때문이다. 미옥은 개똥을 끌어안았다.

"그래그래... 괜찮다. 내가 미안하다. 너를 괴롭힐 생각은 없었다. 어서 가봐라."

미옥은 그만 포기하고 돌아섰다. 그때 개똥이 아주 조용하게 속삭였다. 미옥의 귀에 대고 속삭였다.

"비렁뱅이들이 모여 산다는 염천교 쪽으로 한 번 가보세요. 아직 그곳에 있다면 만날 수 있을지도 모릅니다요... 영감에게는 비밀입니다요..."

개똥은 쏜살같이 달려가서 벌써 눈앞에 보이지 않았다. 미옥은 얼른 시장통을 벗어났다.

미옥은 덕길이 있다고 여겨지는 염천교 다리 밑을 향하는 동안 전혀 힘들지 않았다. 조금 전까지 어지럽기만 하던 증세도 사라지고 없었다. 휘청거리던 증세도 사라지고 없었다. 미옥은 벌써부터 눈물이 났다.

"덕길아."

견우와 직녀도 일 년에 한 번은 만나는데 덕길을 만나는 것이 이렇게 고단할 줄은 몰랐다. 지금 흐르는 눈물이 기쁨의 칠석우(七夕雨)이길 바랐다.

23

    성준은 만주에서 오신다는 그분을 만날 준비를 차분하게 하고 있었다. 김기주 선생은 이곳에 특별히 오신다고 말하며 특별히, 라는 말을 여러 차례 강조했다. 그러니까 특별히 성준을 만나기 위해서 온다는 뜻이었다. 또한 언제 갑자기 오실지 모른다는 말도 여러 번 강조했다. 부지불식간에 온다는 뜻이었다. 성준은 벌써 긴장되었지만, 그분을 만났을 때 어떤 토론을 걸어오더라도 막힘없이 상대하기 위해서는 공부를 게을리하면 안 된다고 생각했다. 그래서 불철주야 책을 손에서 놓지 않았다. 성준은 자신이 책에 빠져있는 모습을 보면서 아버지를 떠올리기도 했다. 아버지도 성리학 서책이라면 손에서 놓지 않았을 뿐 아니라 성리학이 주장하는 논리를 절대 불변의 진리로 숭상했다. 성준은 그런 아버지의 모습을 당연하게 보고 자랐지만 항상 옳다는 생각은 들지 않았다. 호불호도 없이 마냥 갈채만 보내고 싶지는 않았다. 성준은 아버지의 편견과 고집을 닮지 않을 작정이었다. 그럴 자신도 있었다. 그렇게 사상 공부에 매진하고 있는 사이 그날이 도래했다.

어느 날 김기주 선생은 낭보(朗報)를 전해주었었다.

"오셨네."

김기주 선생이 거실로 뛰어 들어오며 떨리는 음성으로 말했다. 그리고는 또 거실을 뛰어나갔다.

"네...?"

성준은 갑자기 벌어진 일이라 경황이 없었다. 일단 보던 서책을 내려 두고 일어났다. 옷매무새를 단정하게 여몄다.

"네..."

성준은 우문우답을 중얼거리며 바른 자세로 앉았다. 한 번도 가르침을 배운 적 없지만 훌륭한 스승을 대하는 깍듯한 제자의 심정이었다. 그분을 기다리는 시간이 한없이 길게 느껴졌다. 잠시 후 김기주 선생이 그분과 함께 거실로 들어섰다. 그분의 외모는 성준의 상상과는 아주 달랐다. 사상의 세계가 워낙 깊고 넓다 보니 덩치가 큰 사내를 생각했었다. 그런데 왜소한 체격의 사내였다. 눈빛이 도도한 게 참으로 압도적이었다. 자신의 가난한 사상을 부유하게 만들어 줄 것 같은 완숙성(完熟性)이 있어 보였다. 그분이 모자를 벗으며 성준을 향해 다가와 악수를 청했다. 격식이 소탈한 인사였다. 반상의 법도나 장유유서의 습속을 깨부수는 인사성이었다.

"이곽이라 합니다."

이곽은 자신의 이름을 강렬한 상징체계처럼 외쳤다. 하나의 사람이 아니라 하나의 사상을 대표하는 이름처럼 말했다.

성준은 그분의 이름이 이곽이라는 것을 처음 알았다. 그동안 김기주 선생은 그분의 이름조차 알려주지 않았던 것이다. 성준은 이곽의 악수를 공손하게 받아들였다. 새로운 도약의 역동을 느꼈다.

"앉으시오."

이곽은 그렇게 말하고 먼저 앉았다. 김기주 선생은 이곽 옆에 앉았다. 오늘따라 매우 진중했다.

"김 선생... 이 동지요? 아주 잘생기셨소. 아주 호쾌한 사내로 생기셨소. 허허허."

이곽은 체격은 작았지만, 그 웃음소리는 실로 호탕했다. 거창한 덩치의 사내가 웃을 법한 큰 웃음소리였다.

"난 늘 과객 신세라오. 동가식서가숙하고 삽니다. 허허허."

이곽은 체통이나 체면도 없이 수수하고 털털하게 말했다.

"지체가 높은 양반가의 자제입니다. 그런데도 아주 밝게 깨어있습니다."

김기주 선생은 이곽에게 성준을 소개했다. 성준은 계면쩍었다. 아직 밝게 깨어있다고 말할 단계는 아니었다. 스스로 그 정도로 치켜세울 만하다고 생각하지 않았지만 그래도 은근히 자부가 생겼다. 이곽은 성준이 보던 서책들을 뒤적였다. 그중 한 권을 집어 들었다.

"이 책을 보고 계셨군요. 어떻습니까?"

이곽은 성준에게 물었다. 성준은 첫 번째 통과의 관문이라고 생각했다.

"제가 아직 이 서책을 논의할 만큼 사상이 충분하지 않습니다. 다만 경도되어 있는 건 확실합니다. 저 또한 이런 세상이 도래해야 한다고 굳게 믿고 있습니다."

성준은 겸손하게 대답했다. 또 겸손할 수밖에 없었다. 아는 사상이 실제로 일천(日淺)했다.

"서책, 아주 좋은 것이죠. 나도 아주 많은 서책을 보았습니다. 우리가 서책을 통하지 않고서야 어떻게 깨달음을 얻을 수 있겠습니까? 서책이 우리의 눈을 뜨게 하고 밝게 만들기도 합니다. 하지만…"

이곽은 성준을 쏘아보며 말했다. 상대를 꼼짝 못 하게 할 안광지배철(眼光紙背徹)이었다.

"우리는… 그저 오늘 어떤 년을 후려야 할까… 하는 걱정 외에 아무 걱정도 근심도 없는 조선의 양반들과는 다르다는 것입니다. 양반들이 창조하고 양반들이 수호하고 있는 서책을 믿어서는 안 된다는 것입니다. 그러니 이런 사상 서책들이… 실상은 한계가 있는 것이지요. 그런데 지금 읽고 있는 이 사상 서책들을 과연 누가 썼겠습니까?"

이곽은 성준의 내면을 파헤치듯 응시했다. 성준은 순간 숨이 멎는 줄 알았다. 그의 눈빛에서 진짜 살아 움직이는 사상의 흐름을 보았다. 그건 쉽게 막을 수 없는 역변(逆變)의 흐름이었다.

"진짜 세상에서 자신의 몸을 던져 싸운 자들이 바로 서책입니다. 진짜 세상에서 목숨을 걸고 싸운 자들이 바로 서책입니다. 그거야말로 살아있는 서책들입니다. 그래서 우리의 정신을 이토록 강렬하게 지배하는 것입니다."

이곽은 입에서 불길이라도 토해내는 것처럼 쏟아냈다. 성준은 이곽의 피력에 빠져들고 있었다.

"우리는 진짜 사람들이 사는 진짜 세상 속에서 진짜 깨달음을 얻어야 합니다."

이곽은 매우 단호했다. 세상을 왜 개변(改變)해야 하는지 설파(說破)하고 있었다.

"...제가 아직 경험이 미천하지만... 선생님의 말씀이 모두 제 마음에 닿았습니다..."

성준은 최대한 말을 아꼈다.

"조선의 양반들은 모두 서책에 빠져 살았습니다. 성리학이라는 서책이죠. 그런데 그 서책의 내용을 들여다보면 양반들이 구축한 양반들을 위한 사상만 있습니다. 게다가 그런 이기적인 사상을 백성들에게 강요하기까지 했습니다... 양반들만 잘사는 구조의 사상입니다. 그런데 작금의 조선에는 양반보다 우위에 있는 일본이 또 생겨났습니다. 백성들을 향한 억압은 양반 말고도 일본이 또 생겨났습니다. 이중 삼중으로 겹겹이 누적되었고 그러자 극심한 도탄에 빠졌습니다. 그래서 우리는 선구자가 되어야 합니다. 모두가 잘사는 세상을 구현해야 합니다. 백성들을 깨어나게 만들어야 합니다. 그동안 얼마나 잘못된 세상에 살아왔는지 깨닫게 해야 합니다. 그러니까 내 말은... 진리는 서책 속에 있지 않다는 겁니다. 바로 세상 속에 있습니다. 세상 속에 살아서 꿈틀거리고 있습니다. 성준 동지... 우리는 세상 속으로 직접 뛰어들어야 합니다... 성준 동지도 스스로 살아있는 서책이 돼야 합니다."

이곽은 연설하듯 말했다. 성준은 이곽의 연설에 완전히 압도당하고 있었다.

"아나키즘에 관심 있다고 들었습니다. 복잡하게 생각할 필요 없습니다. 그냥 우리는 우리를 짓누르는 억압을 궤멸시키면 되는 겁니다. 우리를 억압하는 왕조도 정부도 필요 없다는 겁니다. 앞서 말했듯이 작금의 조선 백성들에게는 이중의 억압이 존재하고 있습니다. 바로 조선이라는 나라와 일본이라는 나라입니다. 우리는 먼저 일본이라는 억압부터 해치워야 합니다. 그 후 백성들을 개조해서 양반들을 파멸시키는 새로운 세상을 만드는 것입니다. 양반도 종도 없는 세상 말입니다."

이곽은 조금의 쉼도 없이 열변을 토했다. 성준은 눈 한번 깜빡이지 않고 경청했다.

"일본은 깡패요. 불한당입니다. 세계에서도 그렇게 인정하고 있습니다. 우리도 걸맞게 깡패처럼 불한당처럼 대응해줘야 합니다. 협상이나 타협은 소용없습니다. 그래서 우리는 주로 요인 암살을 목표로 합니다.”

이곽은 성준의 얼굴에서 눈도 떼지 않고 말했다. 성준은 비로소 이곽이 자신을 만나려는 이유를 어렴풋이 알게 되었다. 김기주 선생이 자신을 천거한 것은 분명했다. 하지만 성준으로서는 실로 난감했다. 전혀 생각지도 못했던 상황의 돌변이었다. 미리 귀띔이라도 주었다면 좋았겠지만 이미 늦어버렸다. 성준은 단 한 번도 요인 암살이라는 염원을 품은 적이 없었다. 상상조차 한 적이 없었다.

“제게 요구하시는 것이 바로 그것입니까?”

성준은 처음으로 물었다.

“김기주 선생이 특별히 추천하셨소. 어디에도 소속되지 않아서 자유로운 영혼이라고 합디다. 하하하.”

이곽은 또 호탕하게 웃었다. 김기주 선생은 머쓱한 표정이었다. 미안함 마음이 있는지 성준의 눈을 똑바로 쳐다보지 못했다.

“그런데... 왜 하필 저입니까? 독립을 하는 분들도 많을 테고 선생님을 따르는 동지들도 많을 텐데요. 그야말로 저는 별종 아니겠습니까?”

성준은 그 이유가 참말로 궁금했다. 김기주 선생은 난처한지 당황하는 표정이 되었다. 이곽은 잠시 눈을 감았다 떴다.

“문제가 있습니다. 우리 조직은 많은 동지들이 이미 노출되어 있습니다. 신상명세가 알려졌다는 겁니다. 이등박문 암살

이후 일본의 정보력은 아주 지독해졌습니다. 그래서 우리가 내린 결론은 전혀 의외의, 뜻밖의 인물이 필요하다는 겁니다. 저들이 한 번도 의심한 적 없는 사람이 필요하게 된 겁니다. 물론 용감해야 합니다."

이곽은 성준을 설득하고 있었다.

"전... 아직 준비가 안 되어 있습니다. 그리고 이 이야기를 전혀 들은 바도 없습니다."

성준은 난감했을 뿐 아니라 불쾌했다. 김기주 선생이 그때서야 부랴부랴 수습에 나섰다.

"동지들이 노출되다 보니 제가 지나치게 주의를 해서 미리 얘기를 하지 못했습니다."

"허허... 그렇다 해도... 이건 좀 지나치지 않소? 처음 듣는다면 죄송합니다. 많이 당황하셨을 겁니다."

이곽은 성준에게 때늦은 사과를 했다. 예의를 차린 사과였다.

"김 선생... 가서 커피 좀 내오시오."

이곽은 김기주 선생에게 부탁이 아닌 명령처럼 말했다. 김기주 선생은 일어나서 거실을 나갔다. 이곽은 갑자기 목소리를 낮추었다. 그리고 주변을 한 번 둘러보더니 속삭이듯 말했다.

"난 우리 조직에 밀정이 있다고 확신하오."

성준은 깜짝 놀랐다. 조직에 대한 아무런 정보도 없는 자신에게 이런 비밀의 발설이 부담스러웠다. 피를 나눈 동지들이라도 비밀의 내용을 공유하면 할수록 서로가 서로에게 위험해지는 법이었다.

"난... 아무도 믿지 못하오. 현재 이런 지경까지 오고야 말았소. 이번에 밀정을 찾아내지 못하면 우리 조직도 몰락할 것이오. 우리는 사면초가에 봉착해 있소."

이곽은 점점 더 작게 말했다.

"그런데... 외람되지만... 그렇다면 저는 믿을 수 있다는 말씀입니까?"

성준은 의아했다. 당연한 의문이었다.

"그렇소... 사실 못 믿소. 하지만 아직 어떤 조직에도 속해본 적 없고 어떤 활동도 해 본 적 없으니, 이리 말하는 거요. 누구한테 말할 분도 아닌 것 같소... 또한 나처럼 동가식서가숙하는 사람도 아니고 훌륭한 일가가 있지 않소? 그런 분은 거의 입이 중천금(重千金)이오. 자신의 가문을 염두에 두어서 함부로 발설하지는 않는단 말입니다. 그렇다고 내가 밀정 이름을 발설한 건 아니잖소?"

이곽은 심각했다. 성준을 절대 놓치지 않겠다는 일념도 그 표정에 포함되어 있었다. 성준은 이미 빼도 박도 못하는 신세가 되어버렸다.

"난... 시간을 내서 일부러 이곳까지 왔소. 한가한 사람이 아니란 말이오. 그리고 김기주 선생이 미처 말하지 못한 건 크나큰 실수요. 하지만 김기주 선생의 눈은 정확했소. 당신이 그만큼

적임자라는 것은 확실해 보인단 말이오."

이곽은 거침없이 얘기했다. 하지만 이 또한 일방적인 강요라는 걸 본인만 모르고 있었다.

"전... 전..."

성준은 어찌할 바를 모르고 말을 더듬었다. 이곽이 훌륭한 사상가이며 저돌적인 실천가이며 달변의 웅변가인 건 맞지만 아무래도 자신들의 목적을 위해 희생할 제물을 찾고 있다는 의심을 지울 수가 없었다. 어쩌면 성준이 덜컥 걸려든 것일 수 있었다. 집안 문제와 여자 문제로 혼란스러웠던 그 시간을 틈타 김기주 선생이 접근한 것일 수도 있었다.

"난 총독 암살을 계획 중이오."

이곽은 절대 발설해서는 안 될 매우 중요한 정보를 또 발설하고 있었다. 비밀을 발설함으로써 도망갈 수도 없게 만들고 있었다. 성준은 이 말을 안 들은 걸로 하고 싶었다. 더는 듣고 싶지도 않았다. 이 자리를 얼른 벗어나고 싶었다.

"부디... 함께 해주시오. 당장 거절하더라도 삼고초려 해서 모실 결심이오. 세상을 바꿔 봅시다. 동지."

이곽은 성준을 강력하게 끌어들이고 있었다.

"전... 전... 투사가 되길 원하지 않습니다. 전 사상가가 되고 싶습니다."

성준은 겨우 자신의 의사를 밝혔다.

"곧 거사를 행할 계획이오. 당신이 승낙한다면 당신을 직접 훈련하겠소.”

이곽은 막무가내였다. 성준은 삐질삐질 땀을 흘리고 있었다. 그야말로 진퇴양난이었다.

“전... 그렇다면 생각할 시간을 주십시오. 깊이 숙고해 보겠습니다...”

성준은 하는 수 없었다. 시간이라도 벌어야 했다.

“좋소... 하지만 시간은 충분하지 않소. 우리가 알고 있는 정보가 맞는다면 총독은 곧 어딘가로 이동할 거요. 그 전에 움직여야 하오.”

이곽은 성준에게 무지막지한 책임감을 부여하고 있었다. 그때 김기주 선생이 커피를 들고 들어왔다. 이곽은 커피를 성준에게 먼저 권했다. 성준은 커피를 받아들며 그의 손이 자신의 손을 지그시 누르는 것을 느꼈다. 무언의 압박이었다.

“김 선생... 혜안이시오. 이런 인재를 찾아내시다니... 허허.”

이곽은 김기주 선생을 치켜세우며 여지없이 허허 웃었다. 성준은 커피를 마시며 서책을 뒤적이는 척했다. 두 사람과 시선을 마주치지 않기 위해서였다. 두 사람의 조용한 대화가 시작되자 성준은 자리에서 일어났다. 서가 쪽으로 갔다. 서가에 빽빽하게 꽂혀있는 서책들을 훑어보았다. 솔직히 서책들이 눈에 하나도 안 들어왔다. 이 자리가 몹시 불편했다. 빠져나갈 궁리만 하고 있었다. 그때였다. 서가 한쪽 구석에 하얀색의 모시 수건이 눈에 들어왔다. 그런데 매우 낯익은 물건이었다. 성준이 슬쩍 주저앉아 하얀 모시 수건을 주웠다. 성준은 너무 놀라서 주저앉아버렸다. 미옥의 모시 수건이 분명했다. 그날이었다. 어머니의 장례식 날이었다.

어려서부터 손에 땀이 많은 성준의 손을 아는지라 하얀 모시를 쥐여 주었다. 하얀 모시에 조성준이라는 이름 석 자가 삐뚤빼뚤 한글로 수놓아 있었다. 미옥이 한글을 제대로 알고 수를 놓지 않았음이 분명했다. 성준은 얼마 전에 미옥에게 다른 여인과 혼인하겠다고 모진 말을 했던 게 몹시 미안했다. 어린애 같은 질투를 부리며 닦달했던 게 정말 미안했다. 성준은 미옥에게 웃어주었다. 미옥도 성준에게 웃어주었다. 미옥은 그간의 마음의 고통이 심했는지 얼굴이 많이 상해있었다. 먹고 자는 게 시원찮았을 터였다. 성준은 미옥을 어루만지듯 하얀 모시 수건을 만졌다. 삐뚤빼뚤 자신의 이름을 어루만졌다. 얼마나 시원한지 온몸의 땀이 다 멎는 듯했다. 얼마나 짜릿한지 온 마음의 심려가 다 끝난 듯했다.

성준은 뒤를 돌아 김기주 선생을 쳐다보았다. 두 사람은 심각한 이야기를 하는지 성준에게는 눈길도 주지 않았다. 성준은 별의별 난잡한 생각에 사로잡혔다. 미옥이 이곳에 왔을 리는 없었다. 아니 왔을 수도 있었다. 그런데 왔다고 한들 김기주 선생이 자신에게 알리지 않았을 리도 없었다. 어쨌든 미옥의 모시 수건이 확실했다. 성준은 머릿속이 하얘졌다. 자기도 모르는 변고가 벌어졌다고 생각하니 온 머리가 쭈뼛쭈뼛했다. 성준이 또 김기주 선생을 돌아보았다. 그제야 김기주 선생도 성준의 시선을 느꼈는지 관심을 두는 척했다. 김기주 선생은 천생 양반처럼 천생 고상한 척 웃었다. 성준은 전에는 몰랐었다. 김기주 선생의 그 웃음이 얼마나 천박한지 몰랐었다. 하얀 모시 수건을 발견한 지금에서야 그걸 알았다.

"왜 그러는가?"

김기주 선생이 성준에게 물었다. 성준은 말없이 다가가서 하얀 모시 수건을 보여주었다. 김기주 선생은 순식간에 얼굴색이 달라졌다. 몹시 당황한 표정이었다. 하지만 곧 아무 일 없었다는 듯이 본래의 안색을 되찾았다.

"이게 무엇인가?"

김기주 선생은 모른 척 능청을 떨었다.

"혹시... 이곳에 누가 왔었습니까?"

성준은 엄하고 철저하게 물었다. 절대 물러나지 않겠다는 자세였다. 김기주 선생은 오히려 화를 내는 화상이 되었다.

"지금 이게 무엇이라고? 만주에서 오신 이곽 선생 앞에서 할 짓인가? 창피하지도 않은 건가?"

김기주 선생은 똥 눈 놈이 방귀 뀐 놈 앞에서 성낸다고 노발대발이었다. 이곽은 말없이 쳐다보기만 했다. 일의 자초지말

(自初至末)을 모르는 터였다.

"죄송합니다만... 이곳에 한 여자가 왔었는지 여쭙고 있는 것입니다. 그게 다입니다. 대답해 주십시오."

성준은 결례하지 않으려고 애를 썼다. 얼굴에서 식은땀이 흘러내렸다.

"그래서 이 모시 수건이 뭐? 뭐가 어쨌다는 거야? 이까짓 게?"

김기주 선생은 벌컥 화를 내며 일어났다. 이곽은 두 사람을 번갈아 보았다.

"제가 아는 모시 수건입니다."

성준은 이곽에게는 미안한 마음이 있어서 온전히 화를 내기 곤란했다.

"내 집에 드나드는 기생년의 손수건이겠지. 자 이곽 선생 가시네. 그만 하세."

김기주 선생의 말이 끝나자 이곽이 자리에서 벌떡 일어났다. 김기주 선생은 이곽에게 악수를 청했다. 그런데 이곽은 악수를 받아들이지 않았다. 김기주 선생은 얼굴이 대번에 굳어졌다.

"김 선생... 기생도 사람일세... 아직도 양반 계급의 한량처럼 말하는가? 공력이 그것밖에 안 되시오?"

이곽은 야단치듯 말했다.

"그게 아니라... 제가 너무 당황해서... 그만 실언을..."

김기주 선생은 쩔쩔매며 변명을 늘어놓았다.

"김 선생... 내가 잘못 알고 있었나 봅니다. 그동안 그렇게 사상 공부를 하였음에도 이렇게 실언을 하다니요? 아니 실언이 아닐 겁니다. 취중진담이듯 농중진담이 나오는 거지요. 김 선생은 뼛속까지 양반이오. 부르주아입니다. 내가 김 선생을 동지로 생각한 것이 잘못이었던 같소."

이곽은 김기주 선생을 쏘아보았다.

"그렇게 말씀하시면 안 되지요. 제가 실언한 건 사실이나... 사내가 계집 후린 것까지 그 죄를 물어서야 되겠습니까? 어느 세상에 그런 법도가 있답니까?"

김기주 선생은 오히려 적반하장이었다.

"내가 여기에 쏟을 희비는 없소. 인제 그만합시다."

이곽은 냉정하고 냉철했다. 곧 낯빛을 풀었다. 하지만 이미 자신만의 판단은 심중에 굳힌 후였다. 김기주 선생이 가장 의심스러운 밀정일 수 있다는 의심이었다. 그럴수록 자연스럽게 행동해야 했다.

"자자... 그럼 두 분이 서로 푸시오. 나는 나의 일을 계속해야 하지 않겠소? 김 선생... 이런 인재를 찾아내셨소? 설득 좀 부탁합시다. 허허..."

이곽은 크게 웃었다. 김기주 선생도 화가 풀렸는지 덩달아 크게 웃었다. 이곽의 웃음소리만큼이나 크게 웃었다.

"그럼 갑니다... 곧 보게 될 겁니다. 또 봅시다."

이곽은 성준을 향해 한 손을 들었다. 간략한 인사였다.

성준은 이곽이 나가자마자 김기주 선생을 향해 다시 물었다. 모시 수건에 대한 설명을 요구했다.

"제대로 말해야 할 거요."

김기주 선생은 다시 자리로 돌아가서 털썩 앉았다. 곰방대에 담배를 피워 물었다. 희뿌연 연기가 도도하게 흘러나왔다.

"듣고 싶은 얘기가 무엇인지 모르겠지만, 듣고 싶다면 와서 앉게."

성준은 김기주 선생의 입에서 곰방대를 뺏었다. 곰방대가 바닥에 떨어지며 그 속에 있던 담배의 잎이 드러났다. 성준이 알고 있는 여느 담뱃잎이 아니었다.

"이거 아편 아니오?... 당신... 아니 이럴 수가... 당신... 사상도... 아편도 다 멋이오? 그런 거요?"

성준은 자신이 김기주 선생의 표리부동이 이 정도일 줄은 몰랐었다. 이건 양반의 표리부동이 아니었다. 사내의 표리부동이 아니었다. 전혀 다른 형식과 내용을 가진 표리부동이었다. 그것을 밝혀내야 했다. 그래야 모시 수건의 전말을 밝힐 수 있었다.

24

은숙은 덕길을 찾는 중이었다. 김 서방을 시켜 일일이 움막의 덧문을 들추고 수소문을 했다. 염천교 아래는 생각보다 훨씬 많은 비렁뱅이가 살고 있었다. 비렁뱅이들만 있는 것은 아니었다. 도망 나온 종들, 죄를 짓고 숨어든 죄인들, 어미와 아비를 잃은 고아들, 자식들에게 버림받은 노인들, 마을에서 쫓겨난 병자들, 팔다리가 없는 병신들, 굶어 죽기 직전의 백성들까지 모여 들어 집단으로 생활하고 있었다. 제대로 집을 만들 만한 터도 없는지라 대충 움막 같은 것을 만들어 기거하고 있었다. 그렇게 만든 움막이 수백을 넘었다. 그래서 덕길을 찾기가 쉽지 않았다.

은숙은 떼로 몰려있는 움막들을 바라보면서 혀를 내둘렀다. 꿈에서도 본 적 없을 정도로 더럽고 누추하고 비루할 뿐 아니라 이미 황천으로 향하는 죽음의 경계선에 있는 나락이었다. 시장통의 장사치들은 시간이 오래 걸리긴 했지만, 똥오줌을 그런대로 치우고 살기는 했다. 그런데 움막에 기거하는 자들은 매일 불어나는 똥오줌을 아무도 치울 생각을 하지 않는지 똥무더기 언덕을 이루고 있었다. 은숙은 진작에 냄새를 물리칠 수 없다는 것을 깨달았다. 온몸에 똥오줌 독이 올랐는지 머리가 깨질 듯이 아팠고 빙글빙글 어지러웠다. 조선에서는 역적에게 사약으로 천남성(天南星)을 달여주었다는데, 이곳에서는 그럴 필요도 없을 것 같았다. 똥오줌 독이 바로 사약이나 마찬가지였다.

"이렇게 해서는 도저히 찾을 수 없는 것 같은데... 어찌해야 할지... 여러 날이 걸려도 쉽지 않을 듯하다..."

은숙은 자포자기 중이었다. 이 많은 움막을 다 뒤지는 것도 시간이 걸릴 뿐 아니라 덕길이 또한 동가식서가숙하는 종놈이었다. 바람 따라 물 따라 천지를 떠도는 종놈인지라 영영 못 찾을 수도 있었다. 은숙은 그만 포기하고 돌아가기로 마음먹었다. 다른 방안을 마련해야 했다. 그때 김 서방이 쏜살같은 걸음으로 은숙 쪽으로 달리듯 걸어왔다.

"아씨..."

김 서방은 똥내를 참느라 입을 제대로 열지 못했다.

"그래. 찾았나? 찾았냐고?"

은숙은 보채듯 물었다. 덕길을 찾을 방도가 더 없다면 한시라도 빨리 이곳을 떠나고 싶은 마음뿐이었다.

"아니 그게 그러니까... 못 찾았습니다. 아씨... 죄송합니다요."

김 서방은 미안함도 없이 천연덕스러웠다.

"그런데 왜 부리나케 달려왔나? 괜히 기대하게 만들지 않았나?... 원 사람이 이렇게 변변치 못해서야..."

은숙은 부아가 치밀었다. 자신이 속은 느낌이었다.

"그런데... 그러니까... 아주 못 찾은 건 아니란 말씀입니다. 그 행방에 대한 소문은 들었습니다. 히히히..."

김 서방은 애를 태우듯 감질나게 말했다.

"그래? 그럼 그 행방은 어디냐? 어서 고해라."

은숙은 버럭 소리를 질렀다. 김 서방의 우유부단한 대답을 더 듣기가 힘들었다.

"덕길이 그놈을 총독부 근처에 있는 그... 뭐라고 하던가... 아, 맞습니다. 중국인들이 모여 사는 곳이 있다고 합니다. 그곳 중국 요릿집에서 보았다는 이야기를 들었습니다. 한 놈이 아니고 여러 놈에게서 들었단 말입니다. 그런데 공교롭게도 그 모두가 중국 요릿집에서 보았다고 말했다는 것입니다."

김 서방은 자신이 자랑스러운 듯 뻐기며 얘기했다.

"그런데 왜 처음부터 그렇게 말하지 않았나?"

은숙은 김 서방을 째려보았다. 김 서방은 얼른 고개를 돌려 회피했다.

"가세. 앞서게."

은숙은 김 서방을 앞세우는가 싶었지만, 곧 자신이 앞섰다. 이 더러운 시궁창을 벗어나고 싶다는 단 하나의 생각밖에 없었다.

김 서방도 같은 심정인지 자꾸 더 빨리 걸으려 했고 은숙과 경쟁하듯 앞서거니 뒤서거니 했다.

은숙은 총독부 근처 중국인들이 모여 살고 있다는 곳으로 발을 들여놓았다. 그나마 시장통보다는 나은 듯했다. 한 바퀴 쭈욱 둘러보니 마침 커피를 파는 다방이 눈에 띄었다. 은숙은 다방으로 향했다.

"먼저 가서 알아보게. 그곳에서 그놈을 보았는지 또 그곳에 그놈이 있는지 말일세. 이번엔 제대로 하게. 등신처럼 굴지 말고. 알았나? 알아들었어?"

은숙은 다방의 문을 열며 김 서방을 향해 또 다른 지시를 내렸다. 그런데 김 서방은 꼼짝을 하지 않았다.

"어서 가라니까. 빨리."

은숙은 다시 한 번 일렀다. 김 서방은 이번에도 꼼짝하지 않았다. 가지 않겠다는 무언의 항거를 하고 있었다. 고집불통이었다.

"아니 이런 발칙한 놈이 다 있나? 자네 또 이렇게 어깃장인가? 지금 뭐 하는 것인가?"

은숙은 소리를 높여 야단을 쳤다. 김 서방은 은숙의 야단에 겁에 질리긴 했지만 그렇다고 움직일 생각도 없었다.

"매질이라도 당하고 싶은 건가? 어서 다녀오게. 좋은 말로 할 때 다녀오란 말일세."

은숙은 상전의 권위를 드러내며 겁을 주었다. 하지만 김 서방은 양반의 무시무시한 협박도 소용이 없었다. 매질이라도 당하겠다는 각오로 무식하게 버티고 있었다.

"못 갑니다. 아씨. 그냥 절 패십시오. 여기서 패셔도 무방합니다."

김 서방은 거친 언사도 마다하지 않았다. 돌덩이처럼 서 있기만 했다.

"그래... 그렇다면 이번엔 또 무슨 연유인지, 들어나 보자. 말하게."

은숙은 이해심 많은 척 물었다. 속은 부글부글 뒤죽박죽 끓고 있었다.

"아씨가 덕길이 그놈을 몰라서 그렇습니다. 그놈 성질머리를 건드렸다간 죽음입니다. 죽음. 물론 그놈이 아무나 패고 다니는 그런 놈은 아닙니다. 본래 착한 놈이라는 겁니다. 그래서 이유 없이 패는 놈은 아니란 말입니다. 여하간... 제 말씀은 그렇다는 겁니다."

김 서방은 몸서리를 치며 떠들었다.

"그래서? 착한 놈이어서... 이유 없이 패고 다니는 놈이 아니어서? 뭐가 어떻다는 건가?"

은숙은 엄하게 몰아댔다.

"자네는 상전인 나보다 종놈 덕길이 더 무섭다는 말인가? 그런 건가? 한번 말해보게. 뚫린 입으로 그렇게 잘도 지껄이니... 말해 보란 말이야."

은숙은 김 서방의 항명이 어이가 없었다. 이제 꼴 같지 않은 종놈까지 자신을 무시한다는 생각이 들었다.

"아씨도 황당하시겠지만, 어쩔 수 없습니다. 이건 제 양심입니다. 아씨."

김 서방은 항명을 멈출 생각이 전혀 없었다.

"양심? 양심이라니? 종놈 주제에 무슨 양심이야? 양심? 원 천지가 바뀐 것도 아니고 별 꼬라지를 다 보겠네..."

은숙은 점점 김 서방의 가관(可觀)을 봐주기 힘들었다.

"덕길이 그놈한테... 제가 잘못한 건 맞지 않습니까? 덕길이 그놈한테 미옥이 그년이 어떤 대상인지 뻔히 아는데... 덕길이 그놈한테 미옥은 자신의 목숨과도 같습니다. 전 그 둘을 어렸을 때부터 보았기 때문에 잘 안단 말입니다. 그러니 제가 얼마나 괴롭겠습니까? 그래서 못 간다는 말씀입니다. 덕길이 그 일을 알면 배신감에 치를 떠는 건 둘째 치고 그 자리에서 절 죽일 게 뻔합니다. 근데 가서 찾아오라니요? 제가 아무리 종놈이라고 하지만 관계의 도리는 압니다. 아씨는 제게 어찌 이런 막돼먹은 일을 시키시는 겁니까?... 그리고 아씨도 그러시면 안 됩니다요. 왜 덕길이 그놈을 찾는단 말입니까? 영영 떠난 놈일 뿐아니라 아씨랑 전혀 상관이 없는 놈이란 말입니다."

김 서방은 항명을 넘어 항변을 늘어놓고 있었다. 은숙은 김 서방의 반항이 나름 타당하다고 이해가 되긴 했지만 그래도 이건 안 될 말이었다. 무릇 종놈은 상전이 죽으라고 하면 죽는 시늉이라도 내야 했다.

　"...그래... 그렇다면, 지금 그 요릿집에 덕길이 있는가? 없는가?"
　은숙이 나직이 목소리를 깔고 물었다. 살살 달래보기로 했다. 김 서방은 고개를 절레절레 흔들었다.
　"그런데 왜 안 간다는 건가? 덕길이 있는지 없는지도 모르는데 왜 안 가겠다는 건가? 지금 요릿집에 덕길이 있다면... 내가 직접 갔겠지. 그런데 그 요릿집에 덕길이 없다고 하지 않았나? 그래서 내가 이러는 거네. 그 요릿집에 가서 덕길이 그놈을 본 적이 있는지, 보았다면 언제 보았는지... 또 그놈을 본 사람이 있는지, 본 사람이 있다면 그자가 누구인지, 그걸 알아 오라는 거 아닌가? 이제 알겠나? 알아듣겠어?"
　은숙은 김 서방이 알아듣기 쉽게 설명을 했다. 김 서방은 고개를 끄덕이며 아는 척은 했지만 역시나 움직이지는 않았다. 대책 없는 고집이었다.
　"알았네. 하지만 다음번에 또 이러면 그때는 목숨을 부지하기 어려울 거야. 자네 식구들도 말일세... 알겠나? 인제 그만 내 뒤를 따르게."
　은숙은 김 서방에게 단단히 꾸짖은 후 다방 문을 도로 닫았다. 그리고 직접 그 요릿집으로 향했다.

　은숙도 중국 요릿집은 처음이었다. 총독부 근처라면 오라비가 일하는 곳 근처인데도 한 번도 와보지 못했었다. 물론 오라비가 아내인 새언니와도 따로 방문한 적이 없음이 분명했다. 새언니가 이곳에 왔었다면 은숙에게 자랑질을 한참 늘어놓았을 게 뻔했다. 은숙은 중국 요릿집이 금시초문이었다.

은숙은 새언니를 이해할 수 없었다. 서방이 그렇게 바람을 피워도 늘 웃는 낯이었다. 웃는 낯이 결코 위장이 아니었다. 진짜로 웃는 낯이었다. 마치 웃는 탈을 쓴 것처럼 웃기만 했다. 그렇다고 오라비에게 바가지를 긁는 일도 없었다. 게다가 서방인 오라비에게 싹싹하기 이를 데가 없었다.

"한성이 다 아는 오입쟁이인 줄 알면서 뭐가 그렇게 좋다고 웃고 다니는 거요? 혹시 혼자 상사에 빠진 거요? 아니면 미친 게요?"

은숙은 하도 이상해서 한 번 물었다. 혼자서 제멋대로 좋아하는 거라면 이해가 될 것도 같았다.

"그럼 어때요? 어차피 조강지처란 대를 이어주는 상대잖아요? 조강지처는 자손을 낳아주는 일을 하는 것으로 그 할 일을 다 하는 것입니다. 아가씨. 사내들이 기생에게 욕정을 풀든 말든 전 간여 안 합니다. 결국 그년들은 싫증 나면 버려지고 늙어빠지면 버려지거든요. 화무십일홍. 영원한 미모와 젊음은 없는 법이지요. 하지만 조강지처는 절대 버려지지 않습니다. 게다가 그뿐입니까? 권세와 돈을 얻잖습니까?"

새언니의 대답은 의외로 명쾌했다.

"그러는 언니의 친정은 권세와 돈이 없는 건 아니잖소? 조선이 다 아는 명문가인데..."

은숙은 다시 물었다.

"권세는 있지요... 그런데 사실 돈은 없습니다... 돈이 없는 합당한 이유도 있긴 합니다. 너무 훌륭하신 조상님 덕분이죠. 호호... 그런데 난 권세보다 돈이 좋습니다... 이것 보세요. 내 옷을 보세요. 난 화려한 옷 고급스러운 옷이 너무 좋습니다. 게다가 가락지며 향낭이며 패물이며... 너무 좋아한답니다. 이런 것들을 평생 입어보고 해보고 살다가 죽는다면 여한이 없습니다. 저는 그것으로 만족한답니다."

새언니는 진짜 해맑게 웃었다.

"이게 뭐가 그렇게 대단해요? 다 헛것이에요. 헛것."

은숙은 허영에 매몰되어 사는 새언니가 한심해 보였다.

"어머. 아가씨는 뭘 모르십니다. 몰라도 한참 모르십니다..."

새언니는 자신만의 비밀을 밝히듯이 수줍게 웃으며 말했다.

"제가 뭘 몰라요?"

은숙은 새언니가 알고 있는 은밀한 비밀을 알고 싶었다.

"그럼... 사내의 애정은 헛것 아니랍니까? 그건 영원하답니까? 호호... 그 또한 우리 곁을 잠시 스치고 지나는 젊음만큼 헛되고 헛된 헛것이랍니다. 아가씨... 호호..."

새언니는 계속 웃었다. 은숙은 온몸에 좁쌀 같은 잔소름이 돋았었다.

은숙은 자리에 앉아 중국 요리를 주문해 보았다. 사환이 추천해 준 돼지고기 요리였다. 은숙이 한 숟가락 떠보았지만 맛이 있다고 하기도 그렇고 맛이 없다고 하기도 그랬다. 먹어 본적이 없으니 평가하기도 모호했다. 은숙은 수저를 내려놓았다. 그리고 사환을 다시 불렀다. 넌지시 동전 하나를 손에 쥐여 주었다. 사환이 놀란 얼굴이 되더니 고개를 꾸벅 숙여 인사를 했다. 벌써 입이 귀에 걸린 형상이었다. 결코 적은 돈이 아니었다.

"내 부탁이 하나 있네."

은숙은 나지막이 말했다.

"내 부탁을 들어주면 이 동전... 더 줄 수도 있네."

은숙은 나머지 동전을 보여주었다.

"말씀하십시오. 제가 할 수 있는 일이라면 얼마든지 해드릴 수 있습니다."

사환은 또다시 고개를 꾸벅 숙여 인사를 했다. 열셋이나 열넷 정도로 보이는 앳된 소년이었다.

"얼마 전에 이 요릿집 주인 되는 분의 딸을 구한 자가 있다고 하던데... 그자가 누구인지 알고 싶네."

은숙의 목소리는 작아져 있었다. 누군가 눈치채거나 알아채는 것이 싫었다. 괜히 입방아에 오르기 십상이었다.

"아, 그자요? 정말 대단했습니다. 일본 낭인들이었습니다.

그 불한당들 손에서 따님을 구했으니까요. 정말 무술도 대단했습니다. 낭인들의 그 긴 검을 다 물리치고 다 때려눕혔으니까요."

사환은 입에 침이 마르게 칭찬을 했다. 그날의 무용담을 떠올리니 흥분이 되는지 눈빛도 반짝거렸다.

"그래... 내가 찾고자 하는 자가 맞는 것 같네. 더 말해보게."

은숙은 은근히 다그쳤다. 사환의 얼굴이 일시에 어두워졌다. 돈을 더 받기는커녕 도로 뺏길지도 모른다는 불안감이었다.

"그런데... 제가 더 이상은... 알지 못합니다. 그저 한 번 들른 분 같았거든요. 못 보던 분이었습니다. 자주 오시는 분이면 제가 모를 리 없거든요. 죄송합니다. 마님... 아참... 그런데 그자를 잘 아는 자가 있습니다. 제가 그자를 압니다."

사환은 동전을 더 받을 수 있다는 기쁨에 다시 얼굴이 화사해졌다.

"그게 누구냐?"

은숙은 급하게 물었다.

"그런데 그자를 왜 찾으십니까?"

사환이 물었다. 혹시라도 자신의 실언으로 그자에게 누가 될까 걱정하는 중이었다.

"내 일가 중 하나인 거 같아서 그러네. 오래전에 기별이 끊긴지라... 혹시나 하여... 이렇게 찾고 다닌다네."

은숙은 슬쩍 슬픈 표정을 지었다. 사환은 사방을 두리번거리며 말했다.

"그런데 마침 그자가... 저기 왔습니다. 뒤를 보십시오. 바로 저 아이입니다. 저 아이가 그때 그자와 함께 왔었습니다. 친한 듯했습니다. 개똥이라고 부릅니다."

사환은 마침 문 앞에 서 있는 개똥을 가리켰다. 은숙은 뒤를 보았다. 아이 하나가 문간에 서 있었다. 은숙은 사환에게 동전 하나를 더 쥐여 주었다.

은숙은 개똥을 만나서 다짜고짜 덕길의 거처를 물었다. 사환에게 그랬던 것처럼 개똥에게 거짓을 슬쩍 흘렸다. 덕길이 자신의 일가라며 꼭 찾아야 한다는 말을 빼놓지 않았다. 개똥은 아직 많은 사람을 겪어보지 않은 어린애였다. 아무 의심 없이 은숙을 덕길의 거처로 곧바로 데려갔다. 사연이 참으로 딱하다고 생각했던 것이다. 게다가 덕길의 칭찬도 받을 수 있다니 일거양득이었다. 개똥은 은숙을 염천교 다리 아래 움막 쪽으로 몰고 갔다. 은숙은 놀라지 않을 수 없었다.

"결국 이곳이구나... 또 왔구나."

은숙은 혼잣말을 중얼거렸다. 또다시 이곳에 왔다는 게 부아가 났지만 덕길을 만날 수 있다는 사실에 그래도 참을 만했다. 은숙이 개똥을 따라 내려간 곳은 염천교 다리 아래서 한참 더 아래로 내려간 곳이었다. 지세가 아래로 많이 기울어서인지 오줌이 내가 되어 흐르고 있었다. 똥은 구석에 무더기로 처박혀

있었고 구더기가 꿈틀꿈틀 들끓고 있었다. 은숙은 결국 속을 게워냈다. 낯빛도 허여멀건 해졌다. 은숙은 오줌 내를 건너고 구더기 득실거리는 똥 무덤을 지나면서 이리저리 비틀거렸다. 치맛단에 똥오줌이 덕지덕지 붙어있다. 고무신 바닥도 똥오줌 때문에 걷기도 버거웠다.

"멀었느냐?"

은숙의 목소리는 갈라져 있었다.

"다 왔습니다. 여깁니다."

개똥이 먼저 덕길의 거처로 거리낌 없이 들어갔다.

잠시 후 덕길이 나왔다. 한눈에 보아도 눈빛이 부리부리한 것이 만만한 놈은 절대 아니었다. 덩치도 제법 장수다웠다.

"뉘시오?"

덕길은 은숙에게 물었다. 덕길의 목소리는 누구에게나 믿음을 줄 만한 듬직한 울림이 있었다.

"성준 서방님 안사람이네."

은숙은 이 지경으로 찾아와서도 여지없이 윗사람 행세를 했다. 덕길은 많이 놀랐지만 놀란 내색을 감추었다. 성준이 혼인을 한다면 미옥이 그 짝일 거라고 막연하게 생각해왔던 터였다. 그게 여의치 않다고 해도 다른 여자와 혼인할 것으로 생각지 못했다. 어쨌든 놀랄 소식이었고 반가운 소식이었다. 이제 성준은 더는 자신의 관심 범위에 없는 사람이 된 것이다. 미옥에게서 영원히 떨어져 나간 것이다.

"그런데 나한테 무슨 볼일이요? 난 그 집안과 인연 끝난 지 오래되었소."

덕길은 부러 더 삐딱했다. 은숙은 속이 편치 않았으나 이 또한 참기로 했다. 덕길을 잘 구슬려서 이용해야만 했다.

"내 긴히 말할 게 있어서 왔네."

은숙은 참을성 있게 말했다.

"도대체 나한테 긴히 말할 게 뭐요? 난 볼일 없소. 돌아가시오."

덕길은 간단하게 말하곤 몸을 돌려 거처로 들어가려 했다.

"미옥이 년 때문에 왔네. 그래도 관심 없는가?"

은숙은 덕길의 약점을 건드렸다. 덕길이 순식간에 몸을 돌렸다. 은숙은 속으로 쾌재를 불렀다. 자신의 속셈에 걸려든 것이다.

'그러면 그렇지. 네놈이 별수 있겠느냐? 이리 양반을 함부로 대하다니...'

은숙은 속으로 마음껏 비웃어주었다.

"아직도 그렇게 부르는 거야?"

덕길이 은숙을 죽일 듯이 노려보았다. 은숙은 예상치 못한 덕길의 반응에 깜짝 놀랐다. 무서워서 뒤로 한 걸음 물러났다. 뒷걸음질 치면서 신발 한 짝이 벗겨졌다. 하지만 체통을 지키려고 개의치 않는 척했다. 신을 찾느라고 부산떠는 모습도 보이고 싶지 않았다. 은숙은 그제야 김 서방이 곁에 없다는 것을 알아차렸다. 이놈이 또 도망간 것이다.

"아직도 년이라고 부르는 거요? 이제 미옥이... 그 집안 종이 아니오. 그러니까 함부로 부르지 마시오. 그리고 당신이 함부로 부를 사람도 아니오. 알아들었소?"

덕길은 여자라는 이유로 은숙을 차마 막 대하지는 못했다.

은숙은 가슴에서 불길이 확 일어났다. 자신이 서방님 성준에게서 그토록 바라던 진짜 사내의 모습이었다. 은숙은 또 미옥이 부러웠다. 질투가 났다.

'그년은 도대체 무슨 복이란 말인가?... 사내에게 어찌 저런 사모를 받는단 말인가?'

은숙은 또다시 미옥을 죽이고 싶다는 불길이 일어났다.

"미옥이... 소식이 궁금하지 않은가?"

은숙은 다시 미끼를 던졌다. 덕길의 눈빛이 격렬하게 흔들리고 있었다. 미옥의 소식이 궁금하긴 하지만 은숙에게서 들어야 하는지 망설이고 있었다. 성준의 부인이라는 것 외에 그 인간의 심성에 대해서 아는 바가 전혀 없었다.

"말해 보시오. 도대체 뭐요?"

덕길의 말투는 조금 전보다 더 거칠었다. 은숙의 속마음과 일의 내막을 알 수 없었다.

"미옥이 어디 있는지 알려줄 수 있네. 이래도 관심 없는가?"

은숙은 더 강력한 미끼를 던졌다. 드디어 덕길이 은숙 쪽으로 가까이 다가왔다. 은숙은 숨이 막히는 듯했다. 덕길에게서 나는 냄새는 비렁뱅이들이 모여 사는 이 다리 밑의 구린내도 오줌 냄새도 아니었다. 진짜 사내 냄새였다. 은숙은 덕길의 강한 사내 기운에 그만 아찔했다. 성준에게서도 이런 사내의 기운이 있었지만, 덕길만큼 강렬하지는 않았다. 덕길이 양반으로 태어났다면, 그렇게 가정한다면 자신의 인생을 걸었을 사내였을 수도 있었다. 은숙은 덕길의 불변의 연정에 매몰되었다. 그건 순식간이었다.

'내가 미친 건가? 독수공방을 오래 하다 보니 별일이 다 생기는구나... 내가 천한 종놈에게서 사내를 느끼다니...'

"어디 있소?"

덕길이 단도직입적으로 물었다. 자기가 원하는 대답만 듣겠다는 완강한 자세였다.

"어떤 영감의 첩으로 있다네."

은숙은 내질렀다. 일부러 온갖 정을 다 떼어놓고 싶었다. 그러자 덕길이 한 발짝 더 다가왔다.

"당신들 도대체 무슨 짓을 저지르는 거요?"

덕길은 당장이라도 때려죽일 눈빛이었다.

"무슨 짓을 저지르고 있는지 말하시오. 아니면 죽음을 면치 못할 것이오. 이건 그냥 협박이 아니오."

덕길은 절대 흥분하지 않았다. 그래서 그런지 더 무서웠다.

"누구요?"

덕길의 목소리는 점점 가라앉고 있었다.

은숙은 덕길의 외양이 천생 사내이지만 그 목소리도 천생 사내이지만 그 내면은 그토록 순순한 순정의 연정이 있다는 게 믿어지지 않았다. 갑자기 미옥이 있는 곳을 가르쳐 주고 싶지 않았다. 어리석고 미숙한 심술이 도졌다. 미옥이 사내의 열렬한 마음을 받는 게 죽도록 싫었다. 은숙은 그냥 돌아갈 것인지 아닌지 덕길에게 말해줄 것인지 고민을 했다. 염천교 다리 아래로 발을 내디딜 때는 조금도 예상하지 못했던 새로운 갈등이었다. 이 갈등조차 미옥이, 그년이 원인이었다. 자신이 미옥을 휘두르고 있는 것인지 미옥이 자신을 휘두르고 있는 것인지 헷갈렸다.

"어서 말하시오."

덕길은 은숙을 서서히 압박했다. 은숙은 덕길의 불타오르는 눈빛을 보자 잠시 착각하고 말았다. 미옥을 향하는 눈빛이라는 것을 알고서도 잠시 착각했다. 자신을 쳐다보는 눈빛으로 말이다. 그건 성준이 자신을 그렇게 쳐다보았으면 하는 은숙의 강렬한 바람이었다.

"죽일 거요?"

은숙은 그 영감을 죽일까 걱정이 되긴 했다. 죽일 필요까지 없다는 생각이었다.

"그건 내가 결정할 일이오. 당신이 결정할 일도 아니고 그 결과를 알 필요도 없소."

덕길은 은숙의 개입을 거부했다.

"한성미곡상이오. 그곳에 고영춘 영감에게 있다고 하오."

은숙은 미옥의 거처를 알려주었다. 순간 덕길의 안색이 하얗게 변했다. 곧바로 개똥을 쳐다보았다.

"형님... 전... 전... 정말 몰랐어요... 저도 지금 듣고 놀랐어요... 아니 그렇다면 그 누님이... 그 누님이..."

개똥의 안색도 하얗게 변했다.

"형님... 내가 그 누님을 아는 것 같소. 그 누님이 그렇게 된 것이오?... 형님 형수님요?"

개똥은 울기 시작했다. 덕길에 대한 미안한 마음 때문이었다. 자신이 사람과 사람 간의 일 처리를 제대로 하지 못해서 이런 사달이 났다고 자책하고 있었다.

"괜찮다. 괜찮아."

덕길은 개똥을 다독였다.

"...그 영감이 형님에게 알리지 말라고 했소. 그래서 알리지 않았소. 알리면 큰일 난다고 했소... 그런데 그 영감도 나쁜 사람이라서 그런 건 아니오. 무슨 연유가 있을 거란 말이오. 형님..."

개똥은 계속 울면서 그간의 경로를 털어놓았다.

"뭘?"

덕길은 차분하게 물었다. 개똥을 더 이상 놀라게 하고 싶지 않았다.

"사실은... 그 누님이 형님을 찾았소. 저한테 형님의 거처를 물었단 말이오... 그런데 영감이 알리지 말라고 했오... 제게 따로 부탁했단 말이오. 그런데... 제가 그 누님한테 따로 알려주었소... 그 누님이 형님을 찾으러 이곳에 왔었는지... 그것까지는 모르오. 또 형님의 형수님인지 꿈에도 몰랐소."

개똥은 서럽게 울었다.

은숙은 그 순간 덕길의 눈에서 슬쩍 지나가는 모든 눈물을 본 것 같았다. 은숙은 덕길의 깊고 깊은 순정에 반했다. 그럴수록 미옥을 더 곤경에 빠트리고 싶었고 죽이고 싶었다. 자신은 왜 그런 순정을 받지 못하는지 억울했다. 하지만 순정은 때로는 쟁취하기도 하는 것이었다.

"왜 알리지 말라고 했다는 것이냐? 울지 말고 차분하게 얘기해라. 네가 혼날 일이 아니다."

덕길은 개똥을 어르고 달래고 있었다. 덕길은 은숙이 있다는 사실을 깨달았다. 잠시 잊었던 것이다.

"알았으니 이제 그만 돌아가시오."

덕길은 은숙을 향해 말했다.

"그것만이 아닐세."

은숙은 덕길을 다시 잡아 세웠다.

"무슨 말이오?"

덕길은 이제는 은숙이 이상하게 생각되었다. 갈수록 그 속이 음흉하고 의뭉스러웠다.

"미옥을 데리고 멀리 떠나가 주게. 그렇게만 해준다면 내가 크게 사례를 하겠네."

은숙은 자신의 진심을 실토했다. 갑자기 눈물이 나려고 했다. 그 이유를 자신도 알기 어려웠다.

"결국... 그것 때문에 온 것이오? 그렇소?"

덕길이 실망한 듯 물었다. 은숙이 고개를 끄덕였다.

"하긴... 그러고 남을 것들이지... 다른 자들의 형편이나 상태를 눈곱만큼이나 생각 하겠소?"

덕길은 자조적으로 말했다. 어차피 양반들과 종들 사이에는 거대한 벽이 있었다. 거대한 벽은 소통을 불허했다. 그저 서로간 먹고 자고 싸고 먹고 자고 싸는 짐승 같은 야성(野性)만 오갈 뿐이었다.

"그런 거라면 염려 마시오. 돌아가시오."

덕길은 은숙에게 돌아가 줄 것을 거듭 부탁했다.

"그럼 그렇게 믿고 가겠네... 정말 내 성의를 안 받을 생각인가?"

은숙은 마지막으로 다시 물었다. 덕길의 눈빛이 불현듯 사나워졌다.

"당신은 미옥을 전혀 모르는 게 맞소. 미옥은 당신 같은 여자와는 다르단 말이오."

덕길은 은숙을 불쌍한 듯이 쳐다보았다. 긍휼하는 눈빛이었다.

"그게 무슨 말이오? 지금 나를 얕잡아 보는 것이오?"

은숙은 화가 나지 않았지만 화가 난 척했다. 연약한 여자인 것처럼 행세했다.

"미옥은 사내가 가잔다고 따라나서는 그런 사람이 아니란 말이오. 그러니까 내가 가잔다고 따라나서는 사람이 아니란 말이오. 그걸 지금까지 몰랐소? 당신 서방을 따라나서지 않은 걸 보고도 몰랐단 말이오? 나도 미옥의 마음을 알아야 하오."

덕길은 하염없이 부드러워져 있었다. 미옥을 떠올리는 것만으로도 심정이 유순해지는 것 같았다. 은숙은 온몸이 굳어졌다. 자신이 종이라고 멸시하던 것들이 자신을 교육하고 있는 셈이었다.

"어쨌든 당신들 도움을 거절하오. 돌아가시오."

덕길은 거처로 들어갔다. 은숙은 한참 동안 그대로 서 있었다. 이제 똥오줌 냄새도 나지 않았다.

25

오늘따라 시장통은 이상하리만치 한산했다. 오가는 사람들이 거의 없었다. 최근에 조선을 팔아넘기고 있다는 친일 요인의 암살 시도가 있고 난 뒤 범인을 색출하려는 지독한 수색이 벌어지고 있다는 소문을 듣긴 했었지만 이 정도일 줄은 몰랐다.

덕길은 인적이 사라진 흉흉한 시장통을 오르내리며 한성미 곡상을 찾았다. 고영춘 영감을 따라온 적이 있어서인지 그리 어렵지 않게 찾았다. 문은 굳게 닫혀있었다. 희미한 불빛조차 미미한 소리조차 없었다. 덕길은 연거푸 문을 두드려보았다. 그래도 기척이 없자 전방의 뒤로 돌아가 보았다. 쌀을 취급하고 있어서 도적질을 경계하는 것인지 담장이 생각보다 높았다. 덕길이 발을 곧추세우자 작은 마당이 내려다보였다. 키 큰 풀이 무성한 정원 건너 보이는 가택은 너무나 적막했다. 인적을 전혀 느낄 수 없었다. 덕길은 갑자기 불길한 느낌이 들었다. 미옥이 감금되어 있을지 모른다는 생각이 들었다. 덕길은 주변을 빠르게 둘러보았다. 아까부터 보이지 않던 사람이 지금이라고 보일 리 없었지만 그래도 조심해서 손해 볼 건 없었다. 종놈 주제에 남의 집 담을 넘었다면 그건 도적이라고 오인을 받을만한 일이었다. 덕길은 훌쩍 담장을 뛰어넘었다. 조용한 발걸음으로 작은 마당을 지나 가택의 문으로 향했다. 덕길은 슬며시 문을 열어보았다. 문은 잠겨있었다. 덕길은 난감한 표정으로 작은 마당을 돌아보았다. 문을 딸 수 있는 도구를 찾고 있었다. 정원에 널려있는 작은 돌멩이 하나를 집어 자물쇠를 위에서 아래로 힘껏 내리쳤다. 자물쇠는 쉽게 나가떨어졌다. 문을 열고 들어가 보니 일종의 광이 나왔다. 그 광 앞에 지난번 고영춘과 얘기를 나눈 평상이 놓여있었다. 그런데 쌀가마니 사이로 사람이 겨우 하나 드나들 수 있는 좁은 통로가 있었다. 덕길은 그 통로를 지나 보았다. 그러자 사람이 기거할 수 있는 방 두 개가 나왔다.

방 두 개는 아주 작은 마루를 중심으로 오른쪽과 왼쪽으로 자리하고 있었다. 덕길은 먼저 왼쪽 방부터 열어보았다. 고영춘이 기거하는 방인지 이부자리 외에 아무것도 없었고 지나치게 단출했다. 홀아비 냄새가 큼큼했다. 이번에는 오른쪽 방으로 갔다. 방문 앞에 섰다. 가슴이 걷잡을 수 없이 뛰기 시작했다. 상상하고 싶지 않은 상상하기 싫은 장면을 보게 될 수도 있다는 두려움이었다. 미옥이 혼자 있을 수도 있었고 고영춘과 함께 있을 수도 있었다. 이 꼴 저 꼴 다 보며 거침없이 살아왔던 덕길도 이 순간만큼은 지나치게 소심했다. 덕길은 방문을 잡고 한참 뜸을 들였다. 그러다 크게 한숨을 내쉬곤 벌컥 열었다. 박살이라도 낼 기세로 열었다.

"아…"

덕길은 탄식을 내뱉었다. 미옥은 없었다. 미옥과 고영춘도 없었다. 다행인지 불행인지 없었다. 덕길은 이부자리부터 살폈다. 그런데 이부자리는 신랑 신부가 누울 수 있는 크기의 이부자리가 아니었다. 혼자 누울 수 있는 아주 작은 이부자리였고 소박하다 못해 누추한 이부자리였다. 덕길은 조심스럽게 이부자리를 만져보았다. 사람의 온기가 전혀 없었다. 미옥이 떠난 지 오래된 게 분명했다. 덕길은 겨우 안심을 한 채 방을 세세히 살펴보았다. 사실 세세히 살펴볼 만한 크기의 방은 전혀 아니었다. 이부자리 하나 외에 사람 하나가 간신히 앉을 수 있는 크기였다. 벽에 걸린 옷가지도 없었다. 덕길은 텅 빈 방을 보며 미옥이 조만간 돌아오지 않을 것을 알아차렸다. 그러지 않고서야 명색이 계집의 방인데 분첩 하나 없고 옷가지 하나 없을 리 만무했다. 덕길은 가슴이 철렁했다. 미옥을 눈앞에서 놓쳤다는 실책이 비로소 들었다. 이렇게 가까운 거리에 미옥이 있다는 것을 몰랐다는 자책감이 비로소 일었다. 덕길은 방문을 소리 없이 닫았다. 미옥이 잠시라도 살았을 그 방의 문을 거칠게 닫고 싶지 않았다. 미옥이 만졌을 그 방문마저도 소중히 다루고 싶었다. 덕길은 방문 앞에서 한동안 발걸음을 떼지 못했다. 미옥의 기운과 흔적을 조금이라도 더 오래 느끼고 싶었다.

"미옥아... 어디에든... 살아 있어라."

덕길은 한성미곡상을 빠져나왔다.

덕길이 힘없이 시장통을 휘적휘적 걸어가고 있을 때 개똥이 헐레벌떡 뛰어왔다. 얼굴에 땀에 흠뻑 젖어있었다.

"형님..."

개똥은 덕길을 보자 반가운지 큼지막한 앞니를 드러내고 웃었다. 개똥은 덕길을 보면 볼수록 좋았다. 덕길이 진짜 형이면 얼마나 좋을까 생각했다.

"왜 이리 오두방정이야?"

덕길은 개똥의 밝은 얼굴을 보자 기분이 나아졌다. 개똥이 진짜 동생이면 얼마나 좋을까 생각했다. 하지만 세상천지 어디에도 뿌리를 내리지 못하고 제멋대로 돌아다니는 자신의 처지를 생각하면 개똥을 동생으로 거두기는 힘들었다. 그건 개똥에게 안 될 일이었다. 절대 안 될 말이었다.

"그 요릿집 주인이 찾아요. 형님. 빨리 오래요."

개똥은 숨넘어가듯 말했다.

"그래. 가자."

덕길은 개똥의 손을 꼭 잡았다.

등륜은 사뭇 들떠있었다. 덕길을 보자 꽤나 반가워했다.

덕길은 머쓱한 표정이 되어 엉거주춤 서 있기만 했다. 살면서 누구로부터 이렇게 큰 호의를 받아본 적이 없어서 더 그랬다. 꿈인지 생시인지 했다.

"오늘 귀한 분이 오셨소."

등륜은 알쏭달쏭한 말을 했다. 그리고 전보다 눈에 띄게 들떠있었다. 덕길은 귀한 분이 누구인지 몰랐지만 그 귀한 분을 자신이 왜 만나야 하는지도 알 수 없었다. 금세 실망감이 들었다. 이런 일이 모두 귀찮았다. 전혀 있을 수 없는 일이지만 미옥과 관련된 일이었으면 하는 바람이 있었다. 그리고 폭탄 재료를 구한 것과 관련된 일이었으면 하는 바람이 있었다. 그런데 듣고 보니 이도 저도 아니었다. 이렇게 예상치 못한 일로 자신과 동생들이 해야 할 일이 자꾸 지체되는 것도 싫었다. 만주로 떠나기로 한 계획도 자꾸 늦어지고 있었다.

"아... 드디어 오십니다. 어서 인사하시오."

등륜은 덕길에게 한 사내를 소개해 주었다. 사내는 작은 체구였지만 눈매가 보통 야무진 게 아니었다. 세상을 쏘다니면서 온갖 단련이 되었는지 그 기운도 기세도 심상치 않았다. 결코 만만한 깜냥이 아니었다.

"이곽이오."

사내는 자신을 이곽이라고 말하며 덕길에게 손을 불쑥 내밀었다. 악수를 청하고 있었다. 덕길은 사내의 손을 받지 않았다. 낯선 사내를 잔뜩 경계하고 있었다. 이곽이든 누구든 만나고 싶지 않았다.

"누구나 이름은 있는 법이요... 그런데 난 그 이름을 들은 바가 없소."

덕길은 그야말로 무뚝뚝했다. 등륜은 난감한 표정을 지었다. 덕길이 저리도 뻣뻣할지 예상치 못했던 것이다.

"하하... 천생 사내들끼리 이리 어색하면 쓰겠소? 자 일단 앉읍시다."

등륜은 덕길과 이곽을 테이블에 마주 앉혔다.

곧 술상이 차려졌다. 간단한 요깃거리도 연달아 나왔다. 등륜이 미리 준비한 것이 분명했다. 술과 요리가 나오는 사이에도 덕길은 한마디도 하지 않았다. 이곽도 마찬가지였다. 두 사내의 거리를 잴 수 없는 정서의 이질감은 멀고도 멀었다. 등륜은 두 사람의 눈치를 보면서 쩔쩔매다가 술병을 들더니 두 사람의 술잔에 차례로 술을 따랐다.

"자 듭시다... 자자..."

등륜은 술을 권장했다. 이곽은 덕길을 쳐다보는 눈길을 거두지 않았다. 생각보다 단단한 사내라는 짐작이 들었다. 먼저 마셨다. 그러자 덕길도 마셨다. 덕길은 이곽에게는 눈길도 주지 않고 있었다. 등륜이 덕길의 술잔에 술을 더 따르려 했다. 덕길이 등륜의 손을 제지했다. 강한 거절의 표시였다.

"술 마시러 온 거 아니오."

덕길의 말투에는 아무런 감정도 담겨있지 않았지만 상대에 대한 거부감이 깊이 배어있었다. 이곽은 순식간에 자신의 감정을 냉철하게 통제할 수 있는 덕길이 마음에 들었다. 세상에 이런 사내는 그리 많지 않았다. 이건 단순히 배움으로 얻을 수 있는 경지가 아니었다. 이건 천성이었다. 타고난 천재적 천성이었다.

"당신. 마음에 드오. 반갑소. 허허허."

이곽은 덕길을 보며 호탕하게 웃었다. 덕길에게 반한 눈빛이었다. 등륜도 그제야 따라 웃었다.

"단도직입적으로 말합시다. 폭탄을 구한다고 들었소. 어디에 쓰시려고 그럽니까?"

이곽은 둘러 말하지 않았다. 덕길이 이곽을 노려보듯 보았다. 편안하게 쳐다보고 싶지 않았다.

"내가 어디다 쓰는지 그 용도까지 말해야 하오?"

덕길은 좀 전보다 더 무뚝뚝했다. 낯빛도 더 굳어져 있었다.

"하하하... 점점 더 마음에 드는구려. 어디서 이런 사내를 찾으셨소?"

이곽은 등륜을 쳐다보며 물었다.

"그게... 선생님의 운이고 이 나라의 운 아니겠습니까?"

등륜은 이곽 앞에서 매우 겸손했다. 자세를 한껏 낮추었다.

"도대체 두 분 뭐 하시는 거요?"

덕길은 두 사람의 설왕설래에 끼어들었다. 등륜과 이곽이 덕길을 의아하게 쳐다보았다.

"무슨 말이시오?"

등륜이 물었다. 덕길은 대답하지 않았다.

"무슨 말이시오?

이곽이 다시 물었다.

덕길은 크게 한숨을 한 번 쉬고는 대답했다.

"난, 당신 마음에 들고 싶지 않소. 알아들었소? 내가 왜 그쪽과 마주 앉아 있어야 하는지 모르겠단 말이오. 내가 왜 마음에 들지 않는 그쪽과 얘기를 나누어야 하는지 모르겠단 말이오. 알아듣겠소?"

이곽의 인상이 순식간에 어두워졌다. 하지만 분노하지는 않았다. 본래 이런들 저런들 무심한 것인지 싫은 소리보다 좋은 소리만 하는 성질인 듯했다.

"당신, 어디 소속이오?"

이곽의 눈빛이 제법 날카로웠다.

"소속? 웃을 수도... 울 수도 없으니... 이보시오. 난 그런 거 모르오."

덕길은 이곽의 말이 갈수록 오묘했다. 천하를 떠도는 종놈에게 소속을 묻는다는 것이 기가 찼다.

"혼자 다니지는 않을 거 아니오?"

이곽은 또 물었다. 원하는 대답을 듣고 말겠다는 심사였다.

"무엇을 묻는 건지 내가 알 수 없지만, 그럼 이렇게 말해봅시다.

당신 같으면 당신이 속한 소속에 대해서 발설하겠소? 동지를 발설하겠냔 말이오."

덕길은 엄히 꾸짖듯이 말했다. 이곽은 대꾸를 하지 못했다. 덕길의 말이 틀리지 않았다.

"그런데 그런 걸 묻다니, 난 당신이 이상하단 말이오. 도대체 뭐 하는 사람인데 처음 보는 자에게 그따위 것을 묻는 것이오?"

덕길은 못내 험악해졌다.

"내가 다시 묻겠소. 내 대답에 답하지 못한다면, 난 이 자리를 떠야겠소."

덕길이 쏘아보며 말했다.

"아니... 그게 아니오... 내 말 좀 들어보시오."

등륜이 보다 못해 수습에 나섰다.

"가만 계시오."

덕길이 나지막이 말했지만 그 목소리는 얼음장처럼 차가웠다. 등륜은 그만 입을 다물었다.

"그래... 말해 보시오."

이곽은 전혀 거리낄 게 없다는 듯이 대답했다.

"당신은 어디 소속이오?"

덕길이 무작정 치고 들어갔다. 이곽의 얼굴이 붉어졌다. 등륜은 안절부절못하고 있었다.

"그것 보시오. 내 그럴 줄 알았소. 난 소속도 없소. 그리고 소속이 있다고 해도 난생처음 만나는 낯선 사내에게 그따위 걸 말하지 않는단 말이오."

덕길이 화를 내듯 말했다. 이곽은 말없이 보고만 있었다.

"그런데 당신은 날 모욕했소."

덕길은 자리에서 일어났다. 갈 채비를 하고 있었다. 등륜도 따라 일어나며 덕길의 팔을 잡았다.

"이거 왜 이러시오? 오해요. 오해. 그러니 일단 앉아보시오."

등륜은 덕길을 주저앉히고 있었다.

"내가 당신을 모욕했다고 하니, 어디 그 내용 좀 들어봅시다. 사내들끼리 그 정도 요량은 괜찮지 않소?"

이곽은 앉은 채로 말했다. 덕길에게 이야기를 더 듣고 싶었다. 이렇게 헤어질 인연은 아니었다.

"내게 배신자의 낙인을 찍으려 하지 않았소? 그게 바로 모욕이오."

덕길은 등륜의 팔을 물리치며 말했다.

"그럼 소속도 없이 폭탄 재료가 필요한 당신은 도대체 누구요?"

이곽도 일어나며 물었다.

"나는 나요."

덕길은 쏘아붙였다.

"하긴 독립을 하는 투사가 그 정도는 되어야지. 허허허... 당신 진짜 사내요. 멋지오."

이곽은 낯빛이 밝아졌다.

"정말 당신 한심하오. 당신이 나에 대해 무엇을 안다고 이리 함부로 예단하는 거요? 난 독립을 모르오. 그런데 독립투사라니? 내가 뭐 때문에 독립투사가 되어야 한답니까?”

덕길이 반항적으로 반골적으로 말했다.

이곽은 정말 당황했다. 정말 난생처음 만나는 이상한 사내였다. 지금껏 자신에게 겸손한 사내들은 수두룩했었다. 용감한 사내들도 수두룩했었다. 현명한 사내들도 수두룩했었다. 그런데 이렇게 반항적이고 반골적인 사내는 없었다. 이곽은 빈 뜻이 아니라 덕길이 정말 좋았다. 정말 마음에 들었다.

“그게 또 무슨 말이오?”

이곽은 사실 심각했다. 자칫 이 자리가 파멸로 치달을까 염려되기 시작했다. 사람과 사람의 만남은 지극히 조심해야 했다. 여하간 덕길의 이야기를 경청하고 이해하며 붙들어야 했다.

“이보시오. 도대체 생면부지의 날 붙잡고 무슨 말을 듣고 싶은 거요? 난 종 출신이오. 종 출신이란 말입니다. 내가 미쳤소? 날 종으로 부려먹은 양반 놈들과 조선을 위해 독립을 하겠냔 말이오?”

덕길은 서슴없이 일갈했다. 더 말하고 싶지도 않았다. 더는 듣고 싶지도 않았다. 기분 나쁜 만남이고 자리였다. 몸을 세차게 돌렸다.

“아이고... 잠시만... 잠시만...”

등륜은 덕길을 억지로 눌러 앉혔다. 덕길은 울며 겨자 먹기로 다시 앉고 말았다.

"그러니까 더 궁금할 뿐이오. 도대체 폭탄 재료가 왜 필요하오? 옆에 앉아있는 이 중국인 등륜의 복수를 도우려는 것이오? 그뿐이오? 그런데 내 보기에 그 또한 변변한 이유가 되지 못하오. 굳이 왜 그런 위험한 일을 자처한단 말이오? 굳이 왜 폭탄이냔 말이오."

이곽은 일사천리였다. 덕길에 대해 궁금한 게 많았다.

"그건 내 일이오. 마침 저 중국인이 하려는 일과 내가 하려는 일이, 그 목적이 같을 뿐이오. 다른 이유는 더 없소."

덕길은 점점 말하기도 귀찮았다.

"그러니까 당신의 그 일이, 아니 더 정확히 말하면, 그 원수가 등륜의 원수와 동일하다는 말이오? 맞소?"

이곽은 끈질겼고 집요했다. 덕길은 대답 대신 노려보기만 했다.

"그 원수가 사이토 마코토 맞소?"

이곽은 함부로 발설해서는 안 되는 역모의 이름을 거론했다. 덕길은 눈빛 하나 흔들림 없이 말했다.

"내 원수의 이름을 함부로 입에 담지 마시오."

이곽이 슬며시 웃음을 지었다.

"당신이 지금 계획하고 있는 일이 무엇인지 정말 모를 거요. 지금까지 많은 투사가 당신이 하려는 시도를 했지만 모두 실패했소. 그런데 말이오. 실패한 그들에게조차 조직이 있었소. 또 대의가 있었소. 하지만 당신은 조직도 없소. 또한, 대의도 없소. 그저 개인의 원한을 위한 일이란 말이오. 그래서 참 이상하단 말이오. 내 독립의 경험이 일천하지 않은데도 당신 같은 희귀한 경우는 보지 못했소. 정말이오."

이곽은 덕길의 깊은 결심을 읽어내려고 했다.

"사이코 마코토를 죽이는 일이 꼭 독립을 위하는 일이어야 한다고 누가 그럽니까?"

덕길은 이곽을 한참 아래로 깔보며 말했다. 그런데 이곽은 갑자기 손뼉을 쳤다. 갈채를 보냈다. 등륜도 어리둥절했고 덕길도 어리둥절했다.

"내 당신 같은 사내를 만나본 적이 없소. 조선의 어떤 양반 사내도 당신 같지 않았소. 난 양반들이 진정으로 독립을 원하고 있는지 사실 의심스럽소. 그리고 설사 독립이 성공한다 해도 그 후 그들이 만들게 될 새로운 세상이 반드시 긍정적이지 않소. 또다시 양반들을 위한 세상이 될 것이란 말이오. 덕길... 이라고 했소? 나와 함께 합시다. 나와 함께 새로운 세상을 건설합시다. 진심이오."

이곽은 덕길에게 다시 악수를 청했다. 덕길은 아직도 이곽의 손을 받지 않았다.

"난 함께 할 마음이 없소. 난 조직도 필요 없고 대의도 필요 없소. 그래서 나 혼자 하는 것이오."

덕길은 진짜 나가려는지 손을 내저으며 일어났다. 역시 손을 내저으며 입구 쪽으로 발걸음을 향했다. 말리지 말라는 따라오지 말라는 강한 함의를 내포하고 있었다.

"주기로 약속한 물건이나 주시오."

덕길은 문 앞에 서서 등륜에게 말했다. 등륜은 이곽을 쳐다보았다. 이곽은 고개를 끄덕였다. 허락한 것이다.

"잊지 마시오. 나와 함께 새로운 세상을 만들어 봅시다."

이곽은 다시 한 번 덕길을 설득하려고 했다.

"마지막으로 한 가지만 더 물읍시다."

이곽은 다시 덕길을 불러 세웠다. 덕길은 대답 따위는 하지 않겠다는 듯이 묵묵부답이었다.

"당신은 왜 의병이 되지 않았소?"

이곽은 물었다. 덕길은 두 눈을 감았다. 그리고 한숨을 여러 번 내쉬었다. 정말 귀찮아 죽을 지경이었다.

"답은 이미 말하지 않았소? 난 양반들이 만들 세상에 살고 싶지 않소. 왜 내가 그들의 세상을 위해 의병을 해야 하오?"

덕길은 이를 악물었다. 생각할수록 이가 갈렸고 치가 떨리는 사고의 체계였다. 종들은 늘 이렇게 희생의 제단에 바쳐져야 한다는 놀라운 논리였다. 하지만 덕길의 생각엔 이토록 허술한 무논리(無論理)도 없었다.

"아무도 당신을 기억해주지 않을 것이오. 어떤 역사에도 당신 이름은 기록되지 않을 것이오. 그건 두렵지 않소?"

이곽은 덕길을 괴롭히기로 작정한 것 같았다.

"이미 태어날 때부터 역사에 기록될 수 없는 팔자요. 두렵지 않느냐고 물었소? 그렇소 두렵소. 양반들이 만들 세상에 다시 살게 될까 봐. 두렵소. 내 두려움은 그게 다요."

덕길은 단호하고 엄격했다. 등륜이 미리 준비해 두었던 물건을 덕길에게 건네주었다.

"내가 지인을 통해 보내려 했으나, 거처하는 곳이 너무 개방적이라 보내지 못한 것이오. 약조를 잊은 것이 아니었으니, 오해하지는 마시오."

등륜은 고개를 숙여 인사를 했다. 덕길은 물건을 받자마자 빠르게 걸음을 옮겼다. 인사도 없었다. 이곽은 덕길의 뒤통수에 대고 소리쳤다.

"당신의 시도가 성공한다면 그 또한 양반들 세상을 위한 성공이 될 것이오."

덕길은 잠깐 멈추었다가 다시 움직였다.

"그들 세상의 성공이 되건 말건... 난 미옥과 내가 살아갈 세상을 위한 복수를 하는 거다..."

26

　은숙은 한성의 오라비 집 앞에 도착했다. 붉은 노을도 점차 사라지며 끝끝내 어두워질 무렵이었다. 그런데 한 계집이 집 앞을 서성이고 있는 모습이 보였다. 은숙은 수상하기도 하고 궁금하기도 하여 발소리를 죽인 채 살금살금 다가갔다. 뒷모습 자태가 매우 고왔다. 누군지 짐작이 가긴 했지만 섣불리 단정할 수는 없었다. 은숙은 자신이 생각하는 그 사람이기를 간절히 바라고 있었다. 자신의 속셈에 걸려들 자라면 반드시 미옥이었다.

　"누구시오? 누구신데 남의 집 대문 앞에서 서성이시오?"

　은숙은 꾸짖는 말투였다. 상대에게 양반과 종이라는 신분의 차이가 있음을 강조하고자 했다. 뒷모습만 어른어른 보이던 계집이 고개를 돌렸다. 은숙이 짐작한 대로 미옥이 맞았다.

　"접니다."

　미옥은 곱게 목례를 했다. 은숙은 이마저도 기분이 상했다. 종년의 인사법은 아니었다. 게다가 미옥은 그사이 더 예뻐져 있었다. 물이 오를 대로 오른 아름다운 미모였다. 한창 아름답게 피어나는 화려한 꽃이었다. 미옥을 안 보고 있을 땐 그 적개심이 조금 누그러졌고 너그러워졌다. 그런데 실제 보기만 하면 다시 고통을 주고 싶고 죽이고 싶었다. 도저히 통제가 안 되는 혼돈이고 혼수였다. 은숙도 이렇게 오락가락하는 감정이 사실 힘들었다.

"어쩐 일이냐?"

은숙은 깔보는 눈빛으로 보았다. 무시와 멸시를 대놓고 부리고 있었다. 아무리 지금은 관계없는 종이라 해도 종은 종이었다.

"너로구나... 그런데 무슨 일이지?"

은숙은 지난번에 미옥에게 제안했던 일에 대해선 시치미를 뚝 떼고 물었다. 마치 새까맣게 잊은 것처럼, 종년과 나눈 약조는 잊은 것처럼 생시치미로 몰아세웠다. 미옥은 살짝 당혹한 표정을 짓다가 또 살짝 웃었다. 은숙은 또 기분이 상했다. 종년이 지을 낯빛은 아니었다.

"지난번에 말씀하신... 그 때문에 뵙고자 왔습니다."

미옥은 조심스럽게 말문을 열었다. 은숙이 그사이 마음이 달라졌을까 걱정스러웠다. 양반들은 항시 그랬었다.

"아아... 그거... 맞다... 내가 까맣게 잊었구나..."

은숙은 이제야 기억이 돌아온 것처럼 둘러댔다. 속으로는 살살 재미가 올라왔다.

"...그래 결심이 섰느냐?"

은숙은 크게 관심 없다는 듯 어설프게 물었다. 미옥의 결정에 일희일비하지 않겠다는 자존심이었다. 미옥이 고개를 끄덕였다. 은숙은 또 기분이 상했다. 종년의 자세치곤 여전히 꼴 같지 않았다.

'건방진 년... 종년 주제에 고개만 까딱하다니...'

은숙은 뺨이라도 한 차례 올려붙이고 싶었지만 참았다. 참아야 했다.

"그래. 그래... 지금 떠오르는구나. 확실히 떠오르는구나."

은숙은 지금 막 새로운 기억이 떠올랐다는 듯이 말했다.

"그런데 말이다. 그런데... 문제가 하나 있다."

은숙은 일부러 말의 뜸을 두었다. 미옥의 몸과 마음을 닳게 할 생각이었다.

"무슨 문제를 말씀하시는 겁니까?"

미옥은 고개를 살짝 갸웃했다. 은숙은 그 자태마저 너무나 아름다워서 탄성을 내지를 뻔했다. 서시빈축(西施嚬蹙)과 서시효빈(西施效嚬)을 탄생시킨 서시(西施)가 저절로 떠올랐다.

"내가 너를 뭐라 소개해야 할지 생각을 했었는데... 그게 뭐더라?... 음 그렇지... 오라비는 한성의 기생들이란 기생은 모두 섭렵했으니, 너를 기생이라고 소개하기는 힘들구나. 너를 기생이라고 소개했다가는 당장 기생집으로 쳐들어가서 확인이라도 할 터... 그래서..."

은숙은 미옥의 낯짝을 자세히 살피며 말했다.

"네, 말씀 주십시오."

미옥은 긴장하고 있었다. 은숙의 말이 어디로 튈지 상상도 되지 않았다.

"너를 내 동무로 소개할 작정이다."

은숙은 활짝 웃었다.

"싫습니다."

미옥은 생각할 것도 없이 먼저 거절했다. 은숙은 어처구니가 없었다. 종년 주제에 양반의 하명도 거절해서는 안 되는 법도이고 또 제안을 거절한다는 것은 그보다 더 해괴한 일이었다. 게다가 따박따박 대드는 말투는 더 해괴한 일이었다. 상전벽해(桑田碧海)도 이런 상전벽해가 없었다. 기가 찰 노릇이었다.

"전, 제 모습 그대로 갈 것입니다."

미옥은 가당찮게 당돌했다. 하고자 하는 말만 짧게 했다. 은숙은 미옥이 년이 자신의 외모만 믿고 건방지게 구는 것이라는 생각이 들기도 했고 저런 똥배짱의 뒷배경에 혹시 서방님이 있는 건 아닌가 의심이 들기도 했다. 그러지 않고서야 종년이 저럴 수는 없었다. 만약 둘 다 아니라면 필시 미친 게 분명했다.

그런데 이상하게도 은숙은 미옥만 대면하면 주눅이 들었다. 이상한 고질병이었다. 종년인데도 불구하고 자신이 자꾸 밀리는 느낌이었다.

'도대체 계집에게 미색이 무엇이길래 조선 반상의 법도를 능가한단 말인가? 어쨌든 저년을 빨리 치워야겠다... 그래야 두 발 뻗고 잠을 자겠다...'

은숙은 마음속이 심란했다. 하지만 표정만큼은 근엄한 양반가의 마님을 고수했다.

"그렇게 네 마음대로 할 것 같으면 그만 돌아가거라."

은숙은 미옥을 버려두고 집 안으로 들어가는 척했다.

"이리 오너라... 이리 오너라."

은숙은 집 안에 있을 종놈이든 종년이든 아무나 불렀다. 빨리 문을 열라는 소리였다. 순간 미옥이 은숙을 잡았다.

"알았습니다. 말씀대로 하겠습니다."

은숙은 만족한 웃음을 웃었다. 마침 문이 열렸다. 한참 어린 종년의 앳된 얼굴이 나타났다.

"마침 새언니가 몸을 풀러 친정에 가고 없으니... 넌 운도 좋구나."

은숙은 야릇한 말을 내지르며 먼저 들어갔다.

미옥은 은숙이 내어 준 방에서 마냥 기다리고 있었다. 좀 전에 문을 열어준 어린 종이 간단한 요깃거리를 가져왔지만 전혀 입맛이 없었다. 물 한 모금도 마시고 싶지 않았다. 그저 빨리 일을 마치고 이 집을 나가고 싶다는 마음밖에 없었다. 은숙이 꾸미는 일의 수준과 크기가 짐작도 되지 않았다.

"도대체 날 혼자 내버려 둔 채 뭘 하는 것인지... 언제까지 기다려야 하는 것인지..."

미옥은 참으로 답답했다.

그때 밖에서 떠들썩한 소리가 들렸다. 집안 종들이 우루루 몰려가 인사를 치는 소리였다. 이 집안의 주인이 귀가했음이 틀림없었다.

"아... 오늘 곧바로 오라비를 만나게 해주려는구나..."

미옥은 은숙의 의도를 알아차렸다. 마음을 단단히 먹고 문을 노려보았다. 고영춘 영감이 들어올까 두려워 문을 노려볼 때와는 또 다른 형태의 두려움이었다.

잠시 후 은숙이 방문을 열었다. 물론 혼자는 아니었다. 은숙의 뒤로 은숙의 오라비가 보였다. 미옥은 단정한 자세로 쳐다보기만 했다. 가벼운 목례조차 하지 않았다. 어차피 이러나저러나 저들에겐 종년일 뿐이었다.

"제 동무예요. 그동안 집안에 일이 있었는지 꽤 오랫동안 소식이 끊겼지 뭐예요? 다시 만났습니다... 호호호."

은숙은 오라비에게 미옥을 소개했다. 은숙의 오라비가 은숙을 뚫어지게 쳐다보았다. 그리고 은숙을 제치고 앞으로 나섰다. 미옥을 보더니 음탕한 웃음을 웃었다. 미옥은 은숙 오라비가 자신에게 매혹당했다는 것을 느꼈다. 여자만 느낄 수 있는 절대적인 육감이었다.

"동무라고? 미색이 대단한 동무구나. 이런 동무가 있었으면 진작 소개를 했어야지?... 하하하."

오라비는 능글능글 웃었다. 호색한이나 가능한 능글능글한 웃음소리였다.

"미옥이라고 합니다. 처음 뵙겠습니다."

미옥이 고개를 까딱했다. 절을 하진 않았다. 지나치게 굽신거리는 건 싫었다.

"참, 오라버니, 제가 서방님 챙겨드리려고 약을 달이고 있었는데, 금방 다녀올게요. 동무 말 상대 좀 해주세요."

은숙은 대답을 들을 필요도 없다는 듯이 냉큼 나갔다. 방안은 묘한 긴장감이 돌았다. 남녀 단둘이 한 방에 있는 것은 쉽지 않았다. 오라비는 이미 여자에게는 도가 텄다는 듯이 그 행동에 어색함도 치기도 없었다. 그야말로 노련한 호색한이었다.

"자, 앉지."

오라비는 대뜸 말을 놓으면서 미옥을 쉽게 휘어잡으려고 했다.

"그런데, 진짜 내 동생 동무 맞느냐?"

오라비는 은숙을 빤히 쳐다보며 물었다. 얼굴 구석구석을 살피려는 것처럼 치밀하게 쳐다보았다. 사실 미옥을 본 순간부터 미옥에게서 눈을 뗄 수가 없었다. 미옥은 금방 대답하지 않았다.

입술을 살짝 깨물었다. 오라비는 더는 채근하지 않고 미옥을 기다려주었다. 미옥의 마음을 편안하게 해주기 위한 수작 중 하나였다.

"동무... 아닙니다."

미옥이 대답했다. 자신의 솔직함이 오라비에게 제대로 먹히기를 바랐다.

"그럼 넌 누구냐? 누군지 말해보아라."

오라비가 다시 물었다. 당장이라도 미옥을 품 안에 품으려는 욕망이 번들거리는 낯짝이었다.

"종입니다."

미옥은 숫기 없이 말했다.

그러자 오라비는 미옥의 손을 잡았다. 그리고 아주 부드럽게 아주 섬세하게 쓰다듬었다. 마치 손등의 솜털 하나하나까지 세어보듯 만졌다. 미옥은 온몸에 간지러움을 느꼈다. 야릇한 기운이 온몸을 휘감아 돌았다. 과연 여자에 도가 튼 사내였다.

"그럴 줄 알았다. 양반가에는 너 같은 미색은 없다... 어찌 이리 미색이 뛰어나단 말이냐? 너만 한 미색은 보질 못했다. 그간 어디 있다가 지금 나타났느냐? 어서 말해보아라."

오라비는 이번에는 미옥의 어깨를 쓰다듬었다. 이번에도 아주 섬세하게 쓰다듬었다. 그리고 그 손길은 점점 목덜미를 향했다. 목덜미도 살살 간질이듯 만졌다. 그야말로 솜털의 결을 따라 만지려는 듯했다. 그리고 그 손은 점점 젖가슴 쪽으로 옮겨갔다. 미옥은 몸을 움찔거렸다. 오라비는 그 모습을 보더니 대단히 만족한 웃음을 지었다. 이미 자신의 품속에 들어온 계집이라는 확신의 웃음이었다.

"오늘... 내 계집이 되어주겠느냐?"

오라비의 계집을 자빠뜨리는 단계는 순서도 없었다. 그야말로 거침이 없었다. 지금까지 자기를 거절한 계집은 단 한 년도 없었다. 게다가 자기 앞에 앉아있는 계집은 양반가의 규수도 아니었다. 기생도 아니었다. 창기도 아니었다. 그야말로 종년이었다. 겁날 것도 없을뿐더러 걸리적거릴 것도 없었다. 자기 마음대로 취하고 버려도 누가 뭐랄 사람도 없었다. 오라비는 호랑이 굴로 들어온 연약한 종년을 보며 점차 흥분하기 시작했다. 오늘 같은 횡재가 있을지 꿈에도 생각하지 못했었다.

그동안 자신이 상대해 온 계집들은 유곽의 계집들이거나 기생집의 기생들이었다. 모두 사내를 상대하는 일을 하는 계집들이었다. 참으로 더러운 계집들이었다. 그런데 미옥은 아니었다. 적어도 사내를 상대하는 일을 하는 부류는 아니었다. 그러니 그년들보다 더럽지는 않을 터였다. 오라비는 웬일인지 미옥이 깨끗하고 순수하게 느껴졌다. 우아하고 고상한 품위가 적당히 배어있었다. 얼굴과 몸에 풍기는 향취 또한 천한 종년의 것은 아니었다. 도도한 양반가의 규수의 그것과 진배없었고 황실 가문의 그것과 진배없었다. 갑자기 오라비의 얼굴이 벌게졌다. 아랫도리에서 불끈 힘이 느껴졌다. 오라비는 미옥을 자신의 품으로 끌어들였다. 미옥의 얼굴이 바로 눈앞에 있었다. 눈은 맑다 못해 푸르렀다. 사람이 어떻게 이렇게 맑고 푸른 눈을 가질 수 있는지 믿어지지 않았다. 흰자위는 서늘할 정도로 푸르렀고 눈동자는 지독하게 까만색이었다. 오라비는 그런 눈을 단 한 번 본 적이 있었다. 바로 성덕 스님이었다. 그런데 그런 눈빛을 가진 자가 진짜 아름다운 것인지, 진짜 순수한 것인지 아직 그 답을 알지는 못했다. 하지만 사내의 모든 욕정과 욕망을 끌어내는 눈빛이었다. 또 사내의 모든 욕정과 욕망을 밀어내는 눈빛이기도 했다. 그건 의상대사도 원효대사도 쉽게 파악하지 못할 또 다른 화엄의 눈빛이었다.

성덕 스님은 그날따라 오라비를 걱정하는 듯한 말투였다. 오라비는 가끔 성덕 스님을 찾았다.

"아직도 그 짓을 하는가?"

성덕 스님은 놀리듯 말했다.

"어떤 일을 말씀하시는 겁니까? 그 짓이라 하시니 제가 감을 못 잡겠습니다."

오라비는 딴청을 부렸다. 아는 척하기도 민망했다. 성덕 스님은 오라비를 쳐다보았다. 나무라는 눈빛이었다.

"그런 눈빛으로 저를 쳐다보실 자격이 없으실 텐데요?"

오라비의 목소리는 낮았지만 매몰찼다.

"그런가?... 어쨌든... 그 짓은 할 만한가?"

성덕 스님도 쉽게 물러설 고집이 아니었다.

"그 짓이 어때서요? 전 서책을 증오합니다. 문장을 증오합니다. 그래서 그렇습니다. 조선의 잘난 지식인들 모두 서책에 목을 매고 살고 있습니다. 게다가 스스로 서책을 만들어내기까지 합니다. 고작 문장 몇 줄로 백성들을 계몽한다는 거창한 핑계를 두면서 말입니다. 역겹습니다. 역겨워요. 어떻습니까? 스님도 문장 몇 개를 만들어서 조선의 여성들을 계몽한다고 설쳐대지 않았습니까? 하하하... 지겨운 것들... 지식인이라는 작자들의 내면생활도 스님과 똑 닮아있습니다. 전혀 다르지 않습니다. 역겹습니다. 역겨워요."

오라비는 점차 흥분하고 있었다.

"그런데 말일세. 그걸 왜 자네가 판단하는 것인가?"

성덕 스님은 물었다. 오라비는 멈칫했다.

"그건 그 서책과 그 문장을 보는 사람들이 판단할 몫이네. 자네는 그 범위를 한참 넘어섰네... 그러니까 그런 짓 하지 말게. 지식인들의 서책이나 문장을 찢어발기는 짓은 하지 말라는 것이네. 그들은 그 서책을 만들어내기 위해 문장을 만들어내기 위해 온 정신을 걸었거든. 온 목숨을 걸었거든. 그런데 그렇게 잔인한 행패를 하면 되겠는가?"

성덕 스님은 엄히 꾸짖었다.

"허허허... 허허허..."

오라비는 어이없다는 듯이 한참 동안 웃었다.

"제가 그 짓을 하는 게 창피하십니까? 하하하... 웃음밖에 안 나오네요... 그래서... 그렇게 사셨습니까? 조선 전체가 다 알도록 그렇게 사신 겁니까?"

오라비는 정색을 하며 원망을 했다. 성덕 스님은 오라비의 시선을 피했다.

"대단한 명문가의 딸로 태어나서 일본 가서 공부도 하고 불란서 파리도 다녀오셨습니다. 공부를 아주 많이 하셨습니다. 그런데 결국 그 공부라는 것이, 서책을 통해서 이루어졌을 터, 그렇게 많은 서책 속에서 도대체 무엇을 배우신 겁니까? 고상도 아니고 품위도 아니고... 결국 난잡한 연애만 배우신 겁니까?"

오라비는 참을 수 없는 분노에 몸을 떨었다.

"그래서... 자네도 그런 짓을 하는 것인가?"

성덕 스님도 정색하며 원망을 했다.

"조선에서는 사내가 열 여자를 취한다 한들 백 여자를 취한다 한들, 그 누구도 뭐라고 할 사람은 없습니다. 따지고 드는 사람도 없습니다. 그런데... 계집이 열 남자를 취하고 백 남자를 취한다면 그건 돌팔매를 맞아 죽을 일이란 겁니다."

오라비는 악담을 쏟아냈다.

"난... 자네 같은 사고방식을 가진 조선의 사내들에게 경고한 것뿐이네. 여자라고 그러지 말라는 법은 없는 거지. 여자도 사람일세. 사람이란 말일세."

성덕 스님은 오라비의 눈을 지그시 바라보았다.

"단 한 번이라도 자식에게 미칠 영향을 생각해 보셨습니까?"

오라비의 눈에 눈물이 맺혔다. 그간의 주변의 멸시가 떠올랐다. 중구삭금(衆口鑠金) 적훼쇄골(積毀鎖骨)의 고통이었다. 화냥년의 아들이라고 돌팔매를 맞고 살았다. 조선인 남녀노소에게 외면당했던 오라비는 일본인이 될 수밖에 없었다. 오라비는 그날 처음으로 성덕 스님의 눈을 똑똑히 보았다. 흰자위는 서늘할 정도로 푸르렀고 눈동자는 지독하게 까만색이었다. 깊은 혜안이었다. 그건 깊은 돈오였다. 그런데 참으로 이상하고 괴이했다. 성덕 스님은 난잡하고 추잡한 소문으로 얼룩진 떠들썩한 연애로 세상을 향해 일격을 가하던 여자였다. 그런데 어떻게 이런 눈빛을 갖게 되었는지 미궁(迷宮)이었다. 과연 서책과 문장에서 얻은 것인지, 복잡한 연애에서 얻은 것인지, 그 출처는 명확하지 않지만, 깨달음이란 그 근원이 불분명 할 수도 있다는 생각이 들었다. 하긴 원효대사도 그랬다. 제 발로 여자 집으로 걸어 들어가서 동침을 했다. 이 세상에 얽매이지 않았고 거침이 없었다고 구도(求道)의 변(辯)을 밝혔다.

"자네는 색(色)이 아니라 색(穡) 때문에 죽을 걸세."

성덕 스님은 오라비에게 새로운 화엄을 던져주었다.

오라비는 미옥의 눈동자에 빨려 들어가는 것 같았다. 지금까지 그에게 계집이라는 것들은 치마폭 아래 감추어져 있는 그것만이 전부였다. 계집에게 그 이상의 기대를 해본 적은 결코 없었다. 그런데 미옥은 달랐다. 난생처음으로 미옥을 함부로 범하면 안 되겠다는 생각이 들었다. 미옥은 범접하기 어려운 격절(隔絶)의 저편에 있었다. 자신도 자신의 마음을 알 수 없었다. 하긴 사람이 어떻게 사람의 마음을 전부 짐작한단 말인가?

오라비는 미옥의 젖가슴 부근을 어루만지던 손을 이번에는 얼굴로 가져갔다. 옥 같은 미옥의 얼굴은 부드럽기가 말로 표현 할 수가 없었다. 손이 저절로 미끄러지고 있었다. 그런데 미옥은 무슨 생각이 들었는지 오라비의 손을 잡아 자신의 젖가슴 부근으로 다시 가져갔다. 그런데 오라비는 흥분이 되기는커녕 오히려 위축되고 오그라들었다. 자신이 미옥을 휘어잡은 줄 알았는데 미옥이 자신을 휘어잡고 있었다. 미옥은 오라비의 얼굴을 끌어다 자신의 가슴에 포근히 감싸 안았다. 그리고 등을 토닥거렸다. 오라비는 그만 울컥했다. 귀신이 곡할 노릇이었다. 오라비는 미옥의 품에서 작게 흐느꼈다. 엄마 새의 품에서 우는 작은 아기 새였다. 미옥은 오라비를 이부자리로 데려갔다. 그리고 먼저 자신이 누웠다. 오라비가 옆에 누웠다. 미옥이 다시 오라비의 얼굴을 자신의 가슴에 포근히 감싸 안았다. 그렇게 한참 동안 누워있었다. 어느덧 오라비는 미옥의 얼굴을 올려다

보았다. 그러자 미옥이 오라비의 얼굴을 내려다보았다. 미옥의 눈빛은 어서 죄를 고백하라고 잘못을 고백하라고 재촉하고 있었다. 오라비는 그동안 자신이 후리던 수많은 계집의 면면이 떠올랐다. 한 번도 미안한 적 없는 그저 오입을 위한 계집들이었다. 배설의 그릇일 뿐이었다. 그런데 지금은 그들에게 미안했다. 그들에게 죄책감을 느꼈다. 비로소 깨달았다. 자신이 미옥이라는 계집을 진짜 좋아하고 있다는 것을 깨달았다. 미옥에게 진짜 연정이 생긴 것이다. 기상천외(奇想天外)였다.

"왜 저를 품에 안지 않으시는 겁니까?"

미옥이 물었다.

"그러는 넌 왜 나를 품에 안고 있는 거냐?"

오라비가 물었다.

"얼굴을 보자 그동안 살아오신 내력이 보였습니다. 그 내력이 마음이 아팠습니다."

오라비가 놀라는 표정을 지었다.

"내가 살아온 내력? 막살아 온 내력?..."

오라비는 되물었다. 가슴이 마구 방망이질 치고 있었다.

"저는 그렇게까지 모릅니다. 무당도 아닙니다. 다만 일부러 그렇게 살아오신 듯합니다. 복수하듯 살아오신 듯합니다."

미옥은 담담하게 말했다. 자신도 오라비에게 이런 말을 할 줄 짐작도 못 했었다. 오라비는 몸에서 힘이 빠져나가는 것을 느꼈다. 그 어떤 사람도 자신의 곡적(穀賊)을 꿰뚫지 못했었다.

그저 오입질이나 줄곧 해대는 한량이라고 떠들었을 뿐이었다. 살을 갉아먹고 뼈를 녹이는 비난을 들었을 뿐이었다. 오라비는 모처럼 자신의 어머니를 떠올렸다. 조선이 다 알 정도로 똑똑한 신여성이었던 성덕 스님이었다. 조선이 다 알 정도로 난잡한 연애를 하던 성덕 스님이었다.

'어머니…'

성덕 스님은 아버지에게 버림받은 게 아니라 아버지를 버렸다. 신문물을 받아들인 신여성이라는 이름으로 여러 사내와 통정을 했던 잡년이었다. 오라비는 그래서 성덕 스님을 어머니라고 부른 적이 없었다. 그냥 계집이었다. 암컷이었다. 그 후로 계집들이라면 닥치는 대로 후렸다. 아랫도리 함부로 놀리는 계집들은 죄다 후렸다. 그런데 그 계집들은 어머니의 또 다른 분신일 뿐이었다.

"네가 무엇을 원하든 나를 버리지만 말아라. 난 과거를 버리고 새로 태어난 것 같다."

오라비는 미옥에게 사정했다. 미옥은 고개를 끄덕였다.

27

성준은 김기주 선생 집을 나와서 호텔에 묵고 있었다. 호텔에 머무르며 실로 많은 생각을 하게 되었다. 김기주 선생의 사상 전파 덕분에 세상을 보는 눈이 급격하게 달라진 건 사실이었다. 하지만 투사가 되고 싶다는 생각은 추호도 없었다. 대단한 대의가 있다 한들 투사가 되고 싶지도 않았고 될 자신도 없었다. 누가 욕을 한들 돌팔매질을 한들 그 생각은 변함이 없었다. 그런데 이곽의 사상은 성준이 투사가 되기를 바라고 있을 뿐 아니라, 조선총독부의 총독을 암살하기를 바라고 있었다. 상상만 해도 간담이 서늘해지는 일이었다.

"이 집에 독립군을 돕는 자들이 있다고 들었다."

"이 집구석만 대제국 일본을 위해 헌납하지 않았소. 그래서 친히... 한 바퀴 둘러보았는데... 아주 넓다는 말이오. 조선인이 살기에는 너무 크단 말이오. 우리 일본인이라면 또 모를까? 왜 이렇게 집이 크고 넓소?"

"대제국 일본에게는 조선의 양반도 종이나 다름없다."

일본이 어머니의 장례식에 와서 패악을 부린 것만 생각해도 응분의 대가를 치르게 하고 싶었다. 하지만 성준의 사상은 이곽의 사상과 형식이 전혀 다른 것이었다. 무기를 들고 일본과 맞서 싸우는 것만이 과연 최선의 방법인 것인지 의문이 강했다. 자신은 이곽 선생이 주장하고 있는 것과 다른 형식으로 일본에 맞설 수 있을 것 같았다. 일본이 조선 황실과 황제에게 많은 금전적 지원을 한다는 풍문도 듣고 있었다. 사실인지 아닌지 확인할 수는 없었지만 장안에서 소문이 돌고 있기는 했다. 조선의 주인인 황제마저 이렇다면 성준 또한 마땅한 명분과 대의를 찾기 어려웠다. 어쩌면 황제는 일본과 적당한 관계를 유지하면서 황가의 안녕만 지키려는지도 몰랐다. 또 일본은 양반들의 신분과 재산도 보장해 준다고 들었다. 지금 그들은 조선을 발기발기 찢어서 일본에 갖다 바치는 중이었다. 이렇게 엄청난 권세가 있는 황제와 양반들은 일본의 위력을 어정쩡하게 혹은 강력하게 인정하고 이용하고 있었다. 뜻있는 양반들과 멋 모르는 백성들만 죽어 나갈 뿐이었다. 초개와 같이 목숨을 버리고 있는 수많은 존엄이 너무나 서글펐다.

"나라의 넋이라도 지키고자 목숨을 버리고 있는 건가?... 아니면 스스로의 넋이라도 지키고자 목숨을 버리고 있는 건가?"

성준은 총 칼 들고 자신의 목숨을 버리며 일본과 싸우고 싶지는 않았다. 또한 자신이 독립이니 뭐니 하면서 앞으로 백성들과 종들의 대장 노릇이나 한다고 나선다면 문중에서 허락할지도 미지수였다. 문중에서 반대할 수도 있었다. 성준은 자신이 나라를 위해서 나선다면 총칼이 아닌 인재를 길러내는 교육자를 추구해야겠다는 생각을 점점 다져갔다. 그리고 당장의 급선무는 미옥을 찾는 일이었다. 성준은 이렇게 마음이 정돈되자 다시 김기주 선생 집으로 향했다. 그날 그 사건의 마무리를 해야 했다.

김기주 선생은 마침 집에 있었다. 하긴 딱히 하는 일 없이 사상이니 뭐니 하면서 서책에 몰두하는 척하며, 독립하는 척하며, 조직에 적당히 다리를 걸치고 있는 한량이 달리 갈 곳도 없을 터였다. 김기주 선생은 성준을 예상외로 반갑게 맞이해주었다. 김기주 선생의 웃는 얼굴을 보니 어떻게 말을 꺼내야 할지 마음이 편치 않았다. 그전에는 그런대로 괜찮기만 하던 커피가 오늘은 유달리 입에 쓰기만 했다. 한약도 이리 쓴 한약이 없을 정도로 썼다. 혹시 부자(附子)를 탄 게 아닌지 우스운 의심까지 해보았다. 성준은 김기주 선생의 기색을 살폈다. 솔직히 먼저 이야기를 털어놓기를 바라고 있었다. 사내와 사내의 진짜 한바탕 이야기를 나누기를 바라고 있었다.

김기주 선생은 성준의 마음을 간파했는지 먼저 이야기를

시작했다.

"그래... 결국... 고집을 꺾지 못하고 온 것인가?"

김기주 선생은 서운했는지 아편을 피워 물었다. 그리고 장난처럼 희뿌연 연기를 뻐끔뻐끔 내보내며 즐거워했다. 성준은 김기주 선생이 그날의 진실을 말하지 않을 것이라고 예상했다. 정직하게 실토할 자가 아니었다.

"먼저, 이곽 선생이 제안했던 일부터 의논해 보세."

김기주 선생은 이야기의 주도권을 쥐려고 했다.

"그 문제라면, 제 생각은 변함이 없습니다. 전 교육자가 되려고 합니다. 그래서 복학하려고 합니다."

성준은 또박또박 말했다. 자신의 말에 토를 달지 말라는 은연중의 압력이었다. 김기주 선생은 실망이 크다는 듯이 한숨을 크게 쉬었다. 성준이 보기엔 그저 실망하는 척이었다.

"섭섭하지만, 이건 강요할 수 없는 일이지. 알았네. 내가 이곽 선생한테도 말을 전해 놓겠네. 아마 아까운 인재 하나 놓쳤다고 통탄하실 걸세. 나도 이렇게 통탄스러운데 말일세. 헛참... 이렇게 되다니... 허허..."

김기주 선생은 진짜 서운한 것처럼 말했다. 이번에도 성준이 보기에 서운한 척이었다.

"조선에 인재가 얼마나 많은데 그리 말씀하십니까? 러시아에서 미국에서 구라파에서 일본에서 높은 공부를 한 인재들이 속속 들어오고 있고 그들 또한 투사가 되고 있는 형편입니다.

또 의병도 있습니다. 다 각자 할 몫이 있는 것이지요. 모든 사람이 다 무기를 들고 싸울 필요는 없습니다. 앞으로 조선을 이끌 인재들을 길러낼 자신은 있습니다. 이것이 바로 저의 몫입니다. 그 몫을 다하기 위해 최선을 다할 것입니다."

성준의 결심은 확고했다. 김기주 선생도 자신의 확고함을 왈가왈부하지 않기를 원했다.

"의병이라니... 그런 무지렁이들과는 비교하지 말게... 의병들이 왜 독립에 뛰어들겠는가? 우리 같은 양반들을 몰아내고 저들만이 주인이 되는 세상을 만들려고 그러는 걸세. 의병 중 순수한 사상을 가진 자는 하나도 없을 걸세. 하긴 그런 무식한 자들이 무슨 사상이 있기는 하겠나? 사상을 알고는 했겠나? 어쨌든 그런 사상을 우리 같은 지식인들은 공산주의라고 부르지. 한편 들어보면 괜찮은 사상인가 싶기도 해서 많은 젊은 자들이 경도되기도 하지. 하지만 아주 몹쓸 사상이기도 하네. 특히나 비루하고 못 배운 자들에게는 숭상을 받는 사상이라네. 하여튼 그런 사상이네. 난 그런 세상에 절대 찬성하지 않네. 절대 안 될 말일세. 독립하든 나라를 구하든 일본과 병합을 하든, 그 주도자는 양반이어야 할 걸세. 암, 이건 진리일세. 양반이어야 하지. 절대 무지렁이들에게 내주어서는 안 되네... 이걸 놓쳐서는 안 되네."

김기주 선생은 그렇게 말하더니 일어나서 서가로 갔다. 서가에서 서책을 몇 권 꺼내어 와서 성준에게 건네주었다.

"학교로 돌아간다고 하니 가서 공부 많이 해보게. 아마 적지 않게 도움이 될 걸세."

김기주 선생은 활짝 웃으며 말했지만 웃음 뒤에는 초조함이 숨어있었다. 성준이 빨리 떠나주었으면 하는 눈치였다. 김기주 선생은 또다시 아편을 피워 물었다. 손이 미세하게 떨리고 있었다.

"유학은 어떤가? 한 번 나가보면 좋을 걸세. 넓은 세상으로 나가서 더 높은 공부를 하고 나면 또 달라질 걸세."

김기주 선생은 화제를 다른 곳으로 몰아가고 있었다.

"참 그래서 말씀드리려고 합니다..."

성준은 기어코 그날의 그 사건을 물었다. 궁금한 채로 돌아갈 수는 없었다. 어차피 그날 그 사건에 대한 마무리를 위해서 행차한 자리였다. 김기주 선생은 성준을 쳐다보았다. 여전히 눈빛은 방황하고 있었다. 성준은 김기주 선생이 무언가를 감추고 있다는 확신이 들었다. 그러지 않고서야 저렇게 눈빛이 오도 가도 못하고 흔들릴 수는 없었다. 세상이 다 아는 자화자찬의 한량이었다. 두려운 건 별로 없다시피 살아왔던 한량이었다. 성준은 김기주 선생의 눈빛이 오락가락할수록 그날 그 사건에 대한 전말(顚末)을 들어야겠다는 강렬한 유혹을 떨칠 수가 없었다.

"제가 서가 주변에서 모시 수건 하나를 주웠던 거 기억하십니까?"

성준은 품속에서 하얀 모시 수건을 꺼내며 말했다.

"허허... 참... 이 사람이 지금 뭐 하자는 건가? 그건 그때도 말하지 않았는가? 또 그 이야기인가?"

김기주 선생은 일단 노여움을 드러냈다.

"이건 그날 이 집에 있던 술시중 들던 여자들과 아무 관련이 없는 물건입니다. 제가 분명히 알고 있는 물건입니다."

성준은 반론은 있을 수 없다는 강한 어조로 말했다. 누가 뭐라고 해도 부인하거나 부정할 수 없는 진리나 마찬가지였다.

"자네가 알고 있는 물건이라고? 하하하... 난 또 뭐라고... 하하하. 도대체 왜 그러나? 뭐가 문제인가? 원 모시 수건 따위가 뭐가 그리 중하다고 이 난리를 치는 것인가? 사내답게 굴게..."

김기주 선생은 분기탱천했다. 얼굴은 벌겋게 달아올라 있었다.

"제가 아는 물건이고... 제가 아는 누군가 갖고 있던 물건입니다."

성준의 눈빛은 김기주 선생에게서 조금도 비껴가지 않았다. 단단하게 고정되어 있었다. 제대로 된 대답을 듣지 않는 이상 물러나지 않겠다는 의지의 발현이었다. 김기주 선생은 어차피 존재의 품격 따위는 있을 리 없는 사람이었다. 그의 수세를 애당초 차단할 생각이었다.

"그건... 또...또... 무...무슨... 말인가?"

김기주 선생은 말을 더듬었다. 이래저래 진퇴양난이었다. 재가 바닥으로 떨어지는 것도 모르고 있었다.

"이 하얀 모시 수건에는 저만이 아는 그리고 제가 아는 그 사람만이 알고 있는 특별한 표식이 있습니다."

성준은 김기주 선생의 일거일동(一擧一動)을 노려보고 있었다. 놓쳐서는 안 되었다. 기필코 알아내야 했다. 산이 무너지고 강물이 솟구쳐도 알아내야 했다. 꼴같잖은 배반과 배신과 배설을 낱낱이 밝혀내야 했다.

"아... 무슨 말인지... 난 화가 난단 말일세. 더 못 참겠네. 더는 못 참아."

김기주 선생의 낯빛은 이제 시커멓게 변했다. 눈빛도 시커멓게 변했다. 낯빛도 눈빛도 사람의 것이 아니라 귀신의 것이었다. 저승에서 건너온 저승사자 같았다.

"아마, 제 생각엔... 제가 아는 그 사람이 저를 찾으러 이 집에 온 것 같습니다."

성준은 침착하려고 애를 썼다. 흥분할 필요가 없었다. 절대 이겨야 하는 판이었다.

"자네가 아는 사람이라니? 당최 알아 들을 수 없는 말만 하고 있네... 허허... 그런 일 없네. 이 사람이 생사람을 잡고 있어. 지금 뭐 하는 짓인가? 이게 나에 대한 도리인가? 이게 나를 따르는 자의 도리냔 말일세. 고약한 사람 같으니라고."

김기주 선생은 버럭버럭 소리를 질렀다. 자신의 거짓을 받아들이지 못하는 성준에게 화를 내는 것이 아니었다. 자신의 거짓을 모른 척 그냥 넘어가지 못하는 성준에게 화를 내는 것이었다.

"제가 아는 그 사람은 어떤 여자입니다."

성준은 인내하고 또 인내하며 말했다. 김기주 선생이 왜 솔직하게 말하지 못하는지 알 것 같았다. 분명히 끔찍한 사연이 있기 때문이었다. 자신도 모르는 사이 미옥의 본질과 미옥의 언저리를 탐닉과 음풍농월의 대상으로 삼았을 것이다.

"여자? 어떤 여자? 자네 안사람을 말하는 건가? 자네 안사람이 날 알 리가 없지 않은가? 또 안다 해도 내 집을 알 리가 없지 않은가. 물론 은동이 통해서 알 수도 있겠지만, 그럴 이유는 전혀 없다는 생각이 드네... 나 참 내가 왜 이런 구차한 변명을 하고 있는 건지... 나 참... 자네, 정말 말도 안 되네. 이제 그만 하게. 내가 아주 기분이 나쁘단 말일세. 더 한다면 자네와 나는 이걸로 끝이네. 사내의 신의도 끝이고 사제(師弟)의 예의도 끝이네."

김기주 선생은 땀을 뻘뻘 흘리며 변명을 하거나 주장을 했다.

"전 안사람에게 이 물건을 준 적이 없습니다. 또 안사람에게서 이 물건을 받은 적도 없습니다."

성준은 절대 포기하지 않겠다는 초지일관이었다. 김기주 선생의 짓거리는 그 도가 지나쳤다. 지나쳐도 한참 지나쳤다. 문득 김기주 선생의 낯빛이 또 다르게 변했다. 음흉하고 능청스러웠다. 무언가 기억해냈다는 듯이 손뼉을 쳤다.

"아... 혹시... 그 종년 말하는가? 얼굴 반반하다던?"

김기주 선생은 실없이 웃으며 말했다. 그러나 실로 어굴(語屈)

한 대답이었다.

"전 얼굴이 어떻다는 얘기는 한 적이 없습니다."

성준이 벌떡 일어났다.

"그래서? 그래...서? 뭘 말하고 싶은 건가? 뭘?"

김기주 선생은 길길이 화를 내었다.

"미옥이 이곳에 온 게 확실하군요. 그렇지 않습니까?"

성준은 김기주 선생에게 바짝 다가갔다. 거의 얼굴이 부딪칠
정도였다.

"그래서? 그래서?"

김기주 선생은 악을 썼다.

"왔네. 왔어. 그래서 어쨌다는 건가? 그 종년이 뭐?"

김기주 선생은 이제 막 나가고 있었다. 어차피 성준과 인연이
끝장날 거라는 예감이 들었다. 돌이킬 수 없는 연줄이었다.

"저를 찾으러 온 게 맞네요... 그런데 왜 이 물건이 서가 구석에
떨어져 있던 겁니까? 이게 함부로 떨어질 물건이 아니거든요."

성준은 살기를 동반한 눈빛으로 노려보았다. 온몸이 부르르
떨렸다. 심장이 요동치고 있었다. 이건 한 사내의 낭만도 아니
었다. 이건 한 사내의 허영심도 아니었다. 한 사내의 진심이고
순정이었다.

"아니 이 망할 놈 보게. 그년이 언제 떨어트렸는지? 어떻게
떨어트렸는지? 그걸 내가 어찌 알아?"

김기주 선생은 이제 천한 욕설을 거침없이 내뱉고 있었다.

"이 물건을 스스로 떨어트릴 사람이 아닙니다. 이 물건은 아주 깊고 깊은 내력이 있거든요. 이 더러운 방에 떨어트릴 수가 없습니다. 혹시 떨어트렸다면 금방 주웠을 겁니다. 그리고 혹시 나중에 잃어버린 걸 알게 되었다면 다시 가지러 왔을 겁니다. 이 물건은 그런 물건입니다. 알겠습니까?"

성준은 김기주 선생의 멱살을 잡았다. 김기주 선생의 모가지는 닭 모가지처럼 허약했다. 곧 부러질 것 같았다.

"이 고약한 놈... 이 놈... 이노오옴..."

김기주 선생은 곧 숨이 넘어갈 듯했다. 그러면서도 반성의 기미는 조금도 없었다.

"제대로 말씀하셔야 할 겁니다."

성준은 김기주 선생의 멱살을 일단 풀었다. 그날 그 사건에 대해 정직한 답변을 들어야 했다. 그날의 내막을 다 들은 후 죽여도 늦지 않았다. 김기주 선생은 기침을 쿨럭쿨럭 뱉었다. 한참을 기침으로 발광하더니 겨우 멈추었다.

"그년이 먼저 옷을 벗었네."

김기주 선생은 거짓말을 시작했다. 어차피 이판사판이었다. 성준에게 모욕과 치욕이라도 주고 싶었다.

"뭐요?"

성준은 도저히 믿을 수가 없었다. 미옥은 절대 그럴 여자가 아니었다. 그건 산이 산이고 물이 물인 것과 같은 이치였다.

"그런 년인 줄 몰랐나? 안타깝네. 자네가... 그래 맞네. 자네를 찾아온 건 맞네. 하필 그날 내가 술시중 들게 하려고 기생둘을 부른 날이었어. 그년이 그 광경을 보고는 자기도 술 한 잔 달라고 했네. 괴롭다고 하면서 말일세. 나는 고민을 했네. 자네와 상관이 있는 계집인데 아무래도 조심해야 하지 않겠나? 난 무례를 범하지 않으려고 애를 썼다네. 그런데 여러 번 졸랐다네. 자꾸 술을 달라고 말이지. 난 하는 수 없이 주었네. 그런데 몇 잔 마시더니 흐느끼기 시작했어. 난 자네 체면을 생각해서 기생들을 돌려보냈어. 기생들이 그 모습을 보고 입방아를 찧어대면 안 되지 않겠나? 그리고 그년을 위로해주기 시작했지. 나 참... 살다 보니 종년과 대작을 하면서 눈물을 닦아주는 팔자라니... 하여간 평소 술 한 잔 못하고 살았는지 금세 취했네. 그런데 말일세... 그러더니... 그러더니 느닷없이 스스로 옷을 벗는 것이 아닌가?... 나를 먼저 유혹했단 말일세. 하지만 난 넘어가지 않았네. 자네를 생각하면 그러면 안 되지 않겠나? 난 사내의 본성을 과감히 버리고 신의를 지켰네. 하지만 부끄러운 일일세. 한낱 종년을 두고 사내의 신의니 사제의 예의니 하는 것이 우습지 않은가? 이게 말이 되는가? 그러니까 이제 그만하세."

김기주 선생은 말도 안 되는 이야기를 잘도 지어냈다. 성준은 하도 기가 막혀서 허탈하게 웃었다.

"시냇가에 비로소 살 곳을 마련하니 흐르는 물가에서 날로 새롭게 반성함이 있으라"

"누구의 시인 줄 아십니까? 서책에 몰두하면서 시 한 수 짓고 술 마시고 시 한 수 짓고 오입질하고... 모를 리 없을 텐데요?"

성준은 뜬금없이 시를 거론하며 물었다. 김기주 선생은 아무것도 모른다는 얼굴이었다.

"아무래도 모르시겠죠? 난 당신에게 이런 시를 읊어주면 좋아할 분인 줄 알았소. 예전에 말이오. 하지만 당신은 전혀 그런 사람이 아니오. 당신을 위한 시냇가도 없고 당신을 위한 살 곳도 없고... 그리고 반성도 없을 것이오. 참 불쌍하고 한심한 사람이오."

성준은 참으로 쓸쓸했고 슬펐다. 한때는 자신이 스승으로 모시던 인물이었다.

"그따위 시로 나를 무례하지 말라."

김기주 선생은 뜨끔했지만 역시 반성 따위는 하고 싶지 않았다. 반성할 만한 짓은 전혀 없었다.

"그 여자는 그럴 여자가 아닙니다."

성준은 계속 웃었다. 허탈함의 절정이었다.

"오만 놈들하고 동침을 한 걸레 년인지 어찌 아나? 자네도 좀 갑갑하네. 그런 년은 그렇게 살다가 죽는 거네. 염두에 두지 말게.

얼굴은 빼어나더군. 몸매도 마찬가지로 빼어났어. 어쨌든 그런 년은 그냥 한 번 품고 치우면 되는 그런 년이란 말일세."

김기주 선생은 성준을 약 올렸지만 스스로 약이 올랐다. 그날 그년을 자빠트려야 했는데 그러지 못한 게 못내 아쉬웠다. 그런데 성준과 진정한 연정을 나누는 사이였다니 더더욱 질투가 났다. 지금 생각해 보아도 얼굴은 기막히게 예쁜 년이었다.

"사실 내가 혹한 것도 사실이네... 나도 사내일세... 계집이 다 가오기만 해도 벌떡거리는 것이 사내인데... 게다가 벗고 덤비다니... 게다가 그렇게 미색이라니... 나도 참느라 혼이 났네. 난 자네에게 칭찬받아야 하네."

성준은 김기주 선생의 얼굴을 주먹으로 갈겼다. 김기주 선생은 무방비 상태로 있다가 뒤로 벌렁 나자빠졌다. 입에 피를 보이면서 겨우겨우 일어났다. 오락가락하던 눈빛은 살의로 이글거리고 있었다.

"감히 누구의 얼굴에 손대는 건가? 이놈이... 이놈이... 미쳤나?"

김기주 선생은 삿대질을 했다.

"왜? 당신 얼굴에 손을 대면 안 되오? 내가 처음으로 말하겠소. 당신 얼굴 혐오스럽소. 그래도 난 봐주고 살았소. 당신의 인격과 사상만 보았단 말이오. 그렇다고 내가 바보는 아니오. 당신 얼굴이 천연두 자국으로 구멍이 숭숭 뚫려서 어떤 여자도 거들떠보지 않는 바람에, 기생들과 창기들 사이를 유랑하는 것을 내가 모르는 줄 아시오? 그런데 그 여자가, 그 고귀한 여자가 당신 앞에서 스스로 옷을 벗었다는 말이오?"

성준은 김기주 선생을 때려죽이고 싶었다.

"그래. 그년이 옷을 벗었다. 아주 기막히더군... 그 뽀얀 젖가슴이라니... 사발을 고이 엎어놓은 것처럼 한 손에 딱 맞게 잡히는 것이... 지금 생각해도 내 기세가 발딱거리네..."

김기주 선생은 실컷 놀려주겠다고 결심했다. 성준이 김기주 선생의 얼굴을 다시 갈겼다. 김기주 선생은 크게 휘청거렸다. 이번에는 쓰러지지 않았다. 이젠 미친 사람처럼 히히히 웃기까지 했다.

"또 말이야... 그년 그 아랫도리는 얼마나 풍성한지... 손으로 만져보니... 보들보들한 것이 미치겠더군..."

김기주 선생은 성준을 보면서 실실 웃었다. 일부러 살기를 북돋우고 있었다.

"지금 생각만 해도. 하하하..."

김기주 선생은 이미 제정신이 아니었다. 미친 사람처럼 웃는 것이 아니라 미친 사람이 웃고 있었다. 성준은 김기주 선생의 얼굴을 또다시 때렸다. 김기주 선생은 연습이 되었는지 휘청거리지도 않았고 꿈쩍하지도 않았다. 생각보다 맷집이 셌다.

"내가 그년 아랫도리에 내 물건을 넣었을 때... 그 황홀감이란... 그년이 내 목을 두 팔로 휘감았지..."

김기주 선생은 성준의 얼굴을 보면서 계속 씨불였다. 성준은 자신이 마시던 커피잔으로 김기주 선생의 머리통을 때렸다. 커피잔은 깨지면서 절반만 남았다. 그런데 김기주 선생의 머리통에도 얼굴에도 피가 하나도 없었다.

"흐흐흐... 자네 그것 모르겠지? 그년 몸은 만신창이야. 만신창이라고. 온몸에 불에 덴 자국... 칼로 벤 자국.... 흐흐흐... 그년 낯짝이 천하절색이면 뭐하는가? 이미 다 망가진 몸일세. 그런 몸뚱이 때문에 이리 발버둥인가? 이미 끝난 년이라고 끝난 년..."

김기주 선생은 적반하장이었다.

그리고 성준과 미옥의 가장 견디기 힘든 극단의 정한을 건드렸다. 성준이 깨지고 남은 커피잔을 들었다. 모서리가 울퉁불퉁 뾰족한 것이 치명적이었다. 순간 김기주 선생이 서책을 들더니 막을 태세를 갖추었다. 조금 전에 성준에게 건네주었던 바로 그 서책이었다. 성준이 커피잔으로 머리통을 있는 힘껏 내리쳤다. 김기주 선생은 서책으로 내리치는 커피잔을 막아내는 듯했다. 성준이 얼마나 세게 내리쳤는지 서책에 커피잔이 부르르 박혔다. 하지만 김기주 선생의 머리통을 완전히 뚫지는 못했다. 김기주 선생이 아끼는 그놈의 사상 책만 뚫은 것이다.

"흐흐흐... 결국 사상이 날 구했어. 날 구했다고... 이 서책이 날 구하고 있어... 흐흐흐."

김기주 선생은 멀쩡한 듯이 말하며 웃었지만 사실 발음이 심하게 뒤틀려 있었다. 똑바로 서지 못해 비틀거리고 있었다.

머리통을 맞은 충격이 컸다. 분명히 머리통에 피를 잔뜩 품고 있을 터였다. 머리통에서는 밖으로 분출하지 못한 피가 휘돌고 있을 터였다.

"이왕 이렇게 된 거... 내가 첩으로 삼아주지... 밤마다 품어주지... 누가 데려갈 년도 못 되거든. 종년... 더러운 종년..."

김기주 선생은 말을 다 마치지 못했다. 성준이 있는 힘을 다해 김기주 선생을 밀쳤다. 그러자 김기주 선생은 서가 쪽으로 우두두 밀려나더니 쿵 소리를 내며 부딪쳤다. 서가는 허약했다. 기우뚱 기울어지기 시작하더니 우르르 아래로 쏟아졌다. 김기주 선생의 얼굴로 무지막지하게 쏟아졌다. 성준은 당황했지만 그를 일으킬 마음은 조금도 없었다. 김기주 선생은 끙끙 앓는 소리를 하며 살려달라고 성준을 불렀다. 자꾸 불렀다. 단말마였다. 성준은 뒤돌아서며 말했다.

"그냥 죽어."

28

　미옥은 고영춘이 마련해 준 모처에서 총독 암살 훈련을 하고 있었다. 사실 말이 훈련일 뿐 실제 훈련이랄 것도 없었다. 고영춘도 미옥도 조직이 없으니 전문적인 훈련을 할 수도 없었고 요인을 암살할 무기 또한 있을 리 만무했다. 미옥은 고심 끝에 무기는 단검으로 결정했다. 조선의 여자들이 품속에 품고 다니는 은장도였다. 가장 작은 무기이고 몸에 숨겨서 갈 수 있다는 이유였다. 그런데 문제가 있었다. 운이 좋아서 총독 사이토 마코토에게 근접한다 해도 분명히 몸수색을 당할 테고 그렇다면 아무리 작은 단검이라도 들킬 게 당연지사였다. 단검을 몰래 숨겨서 들어갈 수 있는 방법을 찾아야 했다. 미옥은 몇 날 며칠을 이 문제로 고심을 했고 고영춘과 숙의를 했지만 뾰족한 수가 생기지 않았다. 적당한 방법이 전혀 떠오르지 않았다. 누구한테 물을 수도 없는 노릇이었다. 그렇게 또 시간이 흘렀다. 그러다 문득 묘안이 떠올랐다.

　바로 은숙 오라비를 이용하는 것이었다. 물론 그를 이용하는 것이 탐탁지 않았다. 아무리 선의라 해도 미옥을 향한 호감을 이용한다는 것은 큰 죄를 짓는 것이었다. 미옥은 도저히 내키지 않아서 또 몇 날 며칠을 이 문제로 고심을 했다. 그러다 문득 묘책이 떠올랐다. 은숙 오라비를 속이지 않겠다는 것이었다. 솔직히 털어놓고 도움을 요청하겠다는 생각이었다. 자신의 몸수색을 말려달라고 해 볼 생각이었다. 물론 은숙 오라비가 요청을 들어줄지는 알 수 없었다. 들어주지 않을 사상을 가졌을 테지만 그래도 시도는 해 볼 심산이었다. 시도만으로 자신을 고발하지는 않을 거라는 믿음은 있었다. 은숙 오라비가 조선총독부에서 중요한 지위에 있다는 이유만으로, 조선인의 적이라는 이유만으로 그의 삶을 결딴내고 싶지는 않았다. 그건 조선의 백성이 할 일이었고 조선의 백성이 하지 못한다면 하늘이 할 일이었다. 하늘은 반드시 공을 공대로 과는 과대로 판단하고 심판한다고 믿고 있었다.

"그래... 하늘의 심판마저 없다면 우리 같은 종 팔자는 너무 억울하게 살다 가는 거야... 맞아..."
미옥은 비로소 안도가 되었다. 이제 몰래 단검을 갖고 들어갈 구체적인 방법을 강구해야 했다. 은숙 오라비를 통해서 총독에게 근접하기만 하면 끝이었다. 소문에 의하면 총독은 조선인 여자를 매우 좋아한다고 했다. 또한 고상한 척하는 것인지 단아한 여자를 좋아한다고 했다. 그렇다면 미옥에게 승산이 있었다. 미옥이 마음먹고 꾸미기만 한다면 얼마든지 연출할 수 있는 그런 외양이었다. 미옥은 총독을 만날 때 최대한 단정하고 단아한 모습을 선보일 작정이었다. 그건 자줏빛 과꽃 같은 여자일 것이다. 수수한 듯 화려한 듯 그런 꽃 말이다. 그런데 마음 한편이 싸르르 아파져 왔다. 또다시 도련님 성준에 대한 그리움이 생겨났다. 이렇게 문득문득 아무 때나 떠오르곤 했다. 걷잡을 수 없는 정한이었다.

"아... 이제는 나의 도련님이 아니다... 다른 여자의 서방님이 되셨다."

미옥은 서러움이 왈칵 올라왔다. 이제 다시는 만날 수도 없는 만나서는 안 되는 사람이 된 것이다. 이제 그리워하지도 보고파 하지도 말아야 할 사람이 된 것이다. 은숙이 자신의 배를 쓰다듬으며 회임했다고 말하던 그 순간이 또 떠올랐다. 갑자기 숨도 못 쉴 만큼 호흡이 가빠졌다. 미옥은 가슴을 부여잡고 앞으로 쓰러지듯 엎어졌다. 그때의 그 일만 떠오르면 온몸이 경직되었고 온몸에 통증이 몰려왔다. 정신이 육체를 지배하고 있는 셈이었다. 미옥은 끙끙 신음을 내며 울었다. 한참 울고 난 후 정신이 돌아오자 이번에는 덕길이 생각났다. 덕길은 미옥을 지키느라 삶이 파괴된 채 세상 어딘가를 떠돌고 있었다. 그 생각만 하면 미옥은 따뜻한 밥 한 그릇도 먹으면 안 되는 천하의 죄인이었다.

"그래... 덕길이... 덕길아 내가 미안하다... 너에게 미안하다."

미옥은 덕길이 생각만 하면 자신의 핏줄처럼 동질감과 이질감을 동시에 느꼈다. 덕길의 지고지순한 순정을 알았지만 그 순정을 받을 수 없었다. 도련님 성준에 대한 연정 때문이기도 했지만 그보다 더 큰 연유는 덕길이 종이었기 때문이다. 종 하나의 불행도 힘들었다. 종 둘의 불행은 더 힘들 뿐이었다.

"어디든 살아있어라... 내가 찾으러 간다..."

"덕길아, 날 찾지 마. 찾으러 오지 마."
미옥은 잠시 더 흐느껴 울었다. 어차피 살아서 돌아오지도 못할 뿐 아니라 살아서 돌아올 생각도 없었다. 이 더러운 팔자를 그만 끝내고 싶었다.

그때였다. 작은 인기척이 나며 고영춘이 방으로 들어섰다. 낯빛이 매우 안 좋았다. 미옥은 대번에 안 좋은 일이 있음을 직감했다. 제발 총독 사이토 마코토에게 갈 때까지 순탄하기만을 바랄 뿐이었는데 그마저 힘들 수 있었다.
"무슨 일이시오? 낯빛이 왜 그 모양이오?"
미옥은 고영춘의 기색을 살폈다. 축 늘어진 것이 기운이 하나도 없었다.
"유곽 주인이 날 찾아다녔던 모양이다. 미곡상도 문을 닫았으니... 돈을 떼어먹고 도망친 놈이라고 여긴 거지. 불한당들 여럿을 풀어서 찾은 모양이다."

고영춘은 땅이 꺼질 정도로 한숨을 깊이 쉬었다.

"아니, 그때 염려 말라고 하지 않았소? 걱정하지 말라고... 그런데 그게 아직 해결되지 않았소? 그런 거요?"

미옥은 고영춘의 팔을 잡고 세게 흔들었다.

"날 똑바로 보고 얘기하시오."

미옥은 고영춘의 얼굴을 똑바로 보려고 했지만 자꾸 피했다. 고영춘은 고개를 푹 숙였다. 절망한 자의 어깨였다. 가늘게 떨고 있었다.

"그때 왜 그랬소? 왜 거짓을 한 것이오? 어서 말해 보시오."

미옥은 울음이 섞인 목소리로 따지듯 물었다. 불길한 조짐을 깨닫고 있었다.

"사실... 내게 생각이 있었다. 그건 거짓이 아니다. 그건 맞다."

고영춘은 힘없이 말을 시작했다. 얼굴을 들었지만 눈동자는 힘이 풀려 곧 자결이라도 할 사람으로 보였다.

"그런데 뭐가 문제가 된 거요? 거짓이 아니라면 문제 될 게 없지 않소?"

미옥은 고영춘을 자꾸 다그쳤다. 고영춘에게 불행한 일이 생기는 건 견딜 수가 없었다. 고영춘에게 생긴 불행은 자신으로부터 그 기원이 있는 것이었다.

"내가 도움을 받으려던 사람이 있었다. 오래 거래한 사람이었다. 그런데 그만 연락이 끊기고 말았다. 그 사람은 독립을 하는 단체들을 돕기도 하고... 하여간 그 근방에서 이런저런 일을 도모하던 사람이었다... 뭐 그런저런 일을 하는 한량이라고 보는 게 맞겠다... 그랬는데, 갑자기 사라진 건지... 도무지 연락이 닿질 않는다."

고영춘은 손까지 떨고 있었다. 두려웠다. 자신이 다칠까 봐 두려운 게 아니라 미옥이 다칠까 봐 두려웠다.

"그래서 뭐가 어떻게 잘못되었다는 거요? 그자가 사라진 게 무엇이 문제란 말이오?"

미옥은 점점 소리가 높아졌다. 평소의 모습이 아니었다.

"사실 그 사람은 아편 공급자였다."

고영춘은 충격적인 상황을 고백했다.

미옥은 어안이 벙벙했다. 아편이라면 독약과도 같은 것이라고 들었을 뿐이다. 중국을 통해서도 몰래 들여왔고 일본을 통해서도 들여온다고 알고 있었다. 양반 자제들이 따로 모여서 피운다고 들었지만 모두가 쉬쉬하고 있는 형편이었다. 미옥은 관심을 둔 적이 전혀 없었다. 어떻게 생긴 건지도 몰랐다.

"그자는 양반 출신이긴 한데 서자 출신이라 집안에서 외톨이라 하더군. 본인의 어미가 죽고 나서 따로 나와 살았는데, 집에서 원조를 받지 못하는지 항상 돈이 궁하다고 했다. 그래서 그런지 아편을 비밀리에 공급하기 시작했어. 권번이나 유곽에도 공급했지. 그래서 돈을 많이 벌었지."

고영춘은 말소리가 점점 작아지고 있었다. 점점 더 기운이 떨어지고 있었다.

"어서, 제대로 말해보시오."

미옥은 고영춘의 팔을 잡고 다시 흔들었다.

"내가 '자도루'에도 아편을 공급하고 있었다. 저 밖에 있는 쌀가마니는 다 위장인 거다. 위장이야... 내가 저 쌀가마니를 어디로 이동하는 것을 본 적 있느냐? 아마 없을 거다. 또 그와 관련된 장사치들이 드나드는 걸 본 적이 있느냐? 아마 없을 거다. 그러니까 앞서 말한 그자와 '자도루'의 중간에 내가 있는 것이다. 문제는 내가 그자를 통해서만 아편을 공급받았기 때문에 그자가 없어지니 아편을 구할 수 없어진 거다..."

고영춘은 조금씩 울먹이기 시작했다. 미옥은 방문을 열고 작은 마당에 차곡차곡 쌓여있는 쌀가마니들을 보았다. 너무나 정갈하게 정리되어 있었다. 미옥이 처음 와서 보았던 그 광경 그대로였다.

"맞소... 저 쌀가마니는 단 한 번도 움직인 적이 없었소... 영감도 저 쌀가마니를 내간 적도 없소. 쌀가마니를 들여온 적도 없었소. 누가 드나든 적도 없었소... 맞소..."

미옥은 정신이 멍해졌다. 모든 게 이제야 명확해진 것이다.

"그럼?... 자도루의 주인이 피우던 게 담배가 아니었던 거요? 그렇소? 맞소?"

미옥은 깜짝 놀라서 물었다. 전혀 몰랐던 일이었다.

"그렇다. 네가 세상 물정에 어두우니 몰랐을 뿐이다. 주인뿐 아니라 그곳을 드나드는 손님들도 모두 아편을 했다... 주인은 사실상 계집장사를 한다고 하지만 아편 장사가 본래였다."

고영춘은 아예 두 눈을 감고 말하고 있었다.

"도대체 영감은 그렇게 많은 돈을 벌어서 어디에 쓴 것이오? 혼자서 무슨 돈이 그렇게 많이 필요했단 말이오?"

미옥은 도무지 이해하기 힘들었다. 그렇게 힘들고 어렵게 번 돈을 어디에 썼을지 궁금했다.

"...내가 쓸 곳이 어디 있겠냐?... 이 집을 봐라. 제대로 된 옷이 한 벌 있냐? 제대로 된 이부자리 한 벌이 있냐? 내 소유로 된 어떤 것도 없다. 또 탐을 낸 적도 없다. 내 딸이 죽은 후 쭉 그렇게 살았다."

고영춘은 앉아있기도 힘든지 벽에 몸을 기대었다. 두 눈을 감은 채였다.

"...혹시... 독립을 하는 사람들을 도운 거요? 맞소?"

미옥이 조심스럽게 물었다. 고영춘은 아무런 대답도 없었다.

"...나를 데리고 나오는 값으로... 전 재산을 썼다는 게 진짜요?..."

미옥은 나름대로 추리를 해보았다.

"그래... 그거로도 부족해서... 나머지는 아편으로 주기로 했었다. 몇 년간 그렇게 하기로 했었다. 그런데... 그렇게 된 거다."

고영춘은 큰 낭패 앞에서 정신이 무너져버렸다. 미옥은 오히려 차분해졌다. 자신이라도 정신을 똑바로 차려야겠다는 생각뿐이었다. 파멸로 치닫고 있는 고영춘을 도와야 했다.

"난... 그따위 불한당들이 무섭지 않다. 난 죽는 것도 두렵지
않다. 다만... 다만... 네가... 미옥이... 네가..."

고영춘은 흑흑 흐느껴 울었다.

미옥은 나이 먹은 사내의 울음을 본 적이 없었다. 그런데 바
로 앞에서 보고 있자니 가슴이 미어지게 아팠다.

"내가 알고 있소. 영감의 선행을 알고 있단 말이오. 영감은
독립을 돕는 것도 자랑한 적이 없소. 참 좋은 사람이오. 또...
딸의 복수를 못 하고 죽을까 봐... 그게 두려운 거 아니오? 내
가... 다 안단 말이오. 그러니까 그만 우시오... 내 마음이 찢어
지오."

미옥은 고영춘을 껴안고 함께 흐느껴 울었다.

"아니다. 미옥아. 실상은 나도 그런 줄 알았다. 난 내가 복수
때문에 살아있는 줄 알았다. 그러니까 살아있어도 사람이 아니
었다. 살아있어도 귀신이었다. 그런데... 널 만나고... 널 만난 후
에 난 변했다. 살아있어서 사람인 것이고 살아있어서 귀신이 아
닌 것이다. 내 말 알겠냐? 그래서 난 지금 두렵다. 네가 죽을까
봐 두렵다. 너를 잃을까 봐 두렵다. 너무너무 두렵단 말이다..."

고영춘은 어린애처럼 엉엉 울었다. 미옥도 엉엉 울었다.

"걱정 마시오. 내가 반드시 도울 거요. 걱정 마시오. 난 죽지
않소. 난 살 거요. 진짜요."

미옥은 고영춘의 등을 다독거렸다. 그러다 무슨 생각이 떠올랐는지 화들짝 놀란 표정을 지었다.

"세상에... 이것이 필연이요? 우연이요?"

미옥이 새삼 놀라고 있었다.

"무슨 일이냐? 미옥아?"

고영춘은 미옥이 놀라는 모습에 더 놀랐다. 얼굴이 하얘져서 미옥을 다그쳤다.

"그동안 까맣게 잊었던 게 떠올랐소. 이 또한 영감 덕분이오. 영감 덕분에 까맣게 잊고 안심하고 있었던 거요. 나도 '자도루'의 주인 연심과 약조한 게 하나 있소. 그런데 마침 우리가 하려던 그 복수에 이용할 수 있는 좋은 기회요. 내가 왜 그동안 이 생각을 못 했는지 모르겠소. 어쨌든 내가 아는 자에게 굳이 도움을 요청할 필요가 없어졌단 말이오. 얼마나 다행인지 모르겠소. 오히려 더 자연스럽게 다가갈 기회가 생겼단 말이오. 위기가 기회가 된 형태요. 참 다행이오. 걱정 마시오. 내가 해결하겠소."

미옥은 이런 반전이 믿어지지 않았다.

"그게 무슨 말이냐? 그 흉악한 년과 약속한 게 있느냐?"

고영춘은 욕설을 입에 올렸다. 시장통에서 쌀을 파는 장사치였지만 유곽에서 아편을 파는 장사치였지만 욕하는 걸 삼가고 살았다.

"...그렇소... 하지만 염려 마시오. 우리는 잘 할 수 있소. 복수도 할 수 있소. 내가 반드시 사이토 마코토를 죽일 것이오. 그리고 영감의 딸을 유린한 그 일본인 고위관리 놈도 죽일 것이오. 걱정 마시오. 나만 믿으시오."

미옥은 고영춘을 계속 안심시켰다.

미옥은 마음을 굳게 다잡았다. 더는 울지 않기로 했다. 은숙 오라비의 도움 없이 총독 사이토 마코토에게 갈 기회가 생긴 것이다. 고영춘과 약조도 지킬 수 있었다. '자도루'주인 연심과 약조도 지킬 수 있었다. 더할 나위 없이 좋았다. 이제 탄탄대로만 남은 것이다. 오히려 잘되었다는 생각까지 들었다.

"내가 '자도루'에 직접 찾아가겠소."

미옥이 의연하게 말했다. 사내들도 보이기 힘든 의연함이었다.

"그 소굴로 다시 기어들어 가겠다는 것이냐? 그건 안 된다. 이 지경을 만들려고 너를 빼낸 게 아니다. 그건 절대 안 된다. 절대 안 된다."

고영춘은 벌컥 화를 내었다.

"아니오. 한번 생각해 보시오. 우리는 지금 총독을 죽이려고 이렇게 몸부림을 치고 있소. 우리는 독립을 하는 조직도 아니오. 독립을 하는 조직의 도움도 없소. 우리끼리 소꿉장난하듯이 하고 있단 말이오. 누가 알면 우습다고 웃고 말 거요. 그런데 절호의 기회가 저절로 찾아온 것이오. 이보다 더 좋은 기회가 또 어디 있겠소? 하늘이 무너져도 솟아날 구멍이 있다는 말이

마냥 거짓은 아닌 모양이오.”

미옥은 어느새 안색이 밝아져 있었다. 오히려 긍정의 힘이 굳세게 돌발하는 것을 느꼈다.

“내가... 너를 이렇게 만들려고... 네게 지은 죄를 어찌 갚겠느냐? 이건 사람이 할 짓이 아니다... 미옥아. 그래서... 난 사람이 또 아닌 것이 되었다...”

고영춘은 진심으로 미안했고 괴로웠다.

“내 딸의 복수를 하고자 누군가의 딸을 죽인다는 게 말이 되냐?”

고영춘은 다시 흐느끼기 시작했다. 마음이 종잇장처럼 얇아져 있었다. 찢어질 듯 약해져 있었다.

“너에 대해 처음 들었을 때만 해도 그다지 미안한 감정은 없었다. 그저 이용하려는 마음뿐이었지. 사실, 그 또한 참 나쁜 짓이다... 그런데 너의 얼굴을 보는 순간 소스라치게 놀랐다. 그건 내 딸이었다. 정말 기막히게 똑같았다. 그런데 네가 나에게 칼까지 휘둘렀잖느냐? 난... 또 내 딸을 떠올렸다. 내 딸도 그랬을 거라는 생각이 들었거든... 그래서 난 널 구하기로 했다. 그런데 이렇게 된 거다... 그런데 너를 이용해서 내 딸 복수의 제물로 바치려고 하고 있는 거다... 맙소사. 지금 내가 무슨 짓을 하는 건지... 이게 사람이 할 짓이냐? 이게 사람이냐?”

고영춘은 통탄을 했다.

“날 위로할 필요는 없소. 날 위해서 울지도 마시오. 오직 딸을 위해서만 울란 말이오."

미옥은 꾸짖듯 가르치듯 말했다.

"미옥아. 난 널 보내고 제명에 못 죽는다. 제명에 죽는다 해도 내 딸의 얼굴을 어떻게 대면하겠느냐?"

고영춘은 갑자기 말리기 시작했다.

"아니오. 나를 저잣거리 뭇 사내들의 노리갯감으로 만들지 않은 것만 해도 그 은혜를 다 갚을 수 없소. 또 영감은 한 번도 내 방을 넘본 적도 없소. 몇 발자국이면 건너올 수 있는 거리지만 오지 않았소. 종으로 태어나 종으로 살면서 나를 이토록 하나의 사람으로 존중해 준 사람은 없었소. 나는 그 은혜를 갚는 것만으로도 내 팔자를 마무리하는 것이오. 제발 부탁이니 자책하지 마시오. 내가 괴롭소. 더는 서로 울고불고하지 맙시다."

미옥은 말을 마치자 벌떡 일어나더니 뒤도 안 돌아보고 방을 나갔다. 마지막 작별 인사도 없었다.

미옥은 '자도루'주인 연심과 마주 앉아있었다. 방안은 아편 연기가 가득했다. 미옥이 독한 담배라고 오인했던 그 아편이었다. 연심은 아편을 피우고 있었다. 꽤 열심히 빨았다. 미옥은 이젠 그 어떤 두려움도 없었다. 연심을 빤히 쳐다보았다. 말할 기회를 찾고 있었다. 고영춘을 위험에 빠트릴 수 없었다. 고영춘을 살려야 했다.

"그래. 제 발로 걸어왔으니, 그 영감한테는 더 따지지 않겠다.

나도 배포가 있는 여자다."

연심은 미옥의 무궁무진한 이용 가치에 방점을 찍는 중이었다. 미옥은 이렇게 늘 제 발로 걸어 들어왔다. 이건 필시 거역하지 못할 운명이었다.

"반드시 약조해 주시오. 영감은 건드리지 않겠다고 말이오."

미옥은 쉽게 속을 기세가 아니었다. 연심은 호호 엉큼하게 웃었다.

"벌써 그렇게 정이 깊이 든 것이냐? 그 영감 다시 봐야겠네... 호호... 다 늙은 영감이 힘이 좋은가 보네."

연심은 미옥의 화를 돋우려는 것인지 아니면 미옥의 팔자를 비난하는 것인지 하여간 계속 비웃었다.

"그런 거 아니오. 하긴 그런 순한 마음을 경험한 적이 없으니... 그런 생각밖에 못 하겠지만"

미옥은 연심에게 질세라 역시 비웃어주었다. 평생 돈은 원 없이 벌어 보았겠지만 진짜 사람으로 사랑받아 본 적 없고, 진짜 사람으로 존중받아 본 적은 없을 여자였다. 연심의 얼굴이 일시에 일그러졌다. 하지만 구겨진 얼굴을 폈다.

"그런 버르장머리로 무엇을 한다는 말이냐? 너야말로 아직 애송이구나. 앞으로 네가 들어가야 할 세상은 살아나오기 힘든 세상이다. 무시무시한 세상이란 말이다... 하지만 제대로 한다면 넌 팔자를 고칠 것이다... 기껏 비질이나 하고 밥이나 지으며 종년으로 살아온 세월이 전부인 년이 세상을 다 아는 척 입을 놀리다니... 하긴 알게 되겠지... 곧..."

연심은 싸늘하게 말했다. 정이 하나도 없는 말투였다.

"다른 말 필요 없소. 살아서 돌아오지 못할 곳으로 들어가는 년한테 왜 이리 설명이 길단 말이오? 그런 설명은 살아서 돌아온 후에 해도 늦지 않을 것이오. 이제 어찌하면 되오? 알려주시오."

미옥은 당돌하게 몰아붙이듯 물었다.

"내 인편을 통해 총독한테 전갈을 넣었다. 그 사이 네년은 몸을 깨끗이 하고 총독을 기쁘게 할 기예를 익히면서 기다리면 될 것이다. 다른 놈들은 상대하게 하지 않을 테니 염려하지 마라. 오늘부터 오로지 그날 총독님을 만족시킬 궁리만 해라. 나머지는 또 알려 줄 것이다."

연심은 따로 계획이 있었다. 어마어마한 계획이었다. 간덩이가 배 밖으로 나올 만한 계획이었다. 미옥을 총독의 현지 첩으로 만들 생각이었다. 첩이 정실부인 되지 말라는 법은 없었다. 연산군 시절 장녹수는 저잣거리에서 몸을 팔다가 후궁 지위까지 올랐다. 또 숙종 시절 장희빈은 궁녀 출신에서 왕비 자리까지 올랐다. 미옥은 두 여자보다 가능성이 더 높았다. 연심은 미옥을 통해서 수렴청정이라도 하듯 총독을 좌지우지 할 수 있을 거라고 믿었다. 임오군란으로 충주에서 피난을 살던 왕비 민 씨를 다시 살린 자가 바로 박창렬, 무당이었다. 다시 궁으로 환궁한 왕비 민 씨는 무당을 진령군에 봉했다. 왕족에 준하는 권세를 준 것이다. 그 진령군도 수렴청정 꼴이었다. 결국 종국에 거열형에 처해 죽었지만, 자신은 죽지 않을 자신이 있었다. 연심은 조선이 자신의 손바닥 안에 들어올 수 있다고 믿었다. 미옥을 통해서였다.

"비둘기 피는 구해 놓았다. 첫날 동침 전에 비둘기 피가 담긴 병을 이부자리 아래에 감추어두어라. 그리고 동침 후 총독이 노곤해서 곯아떨어질 테지. 그 사이 이부자리에서 병을 꺼내어 네가 누웠던 바로 그 자리에 비둘기 피를 뿌려라. 아주 새빨간 핏빛이 소름 끼치도록 아름다울 것이다. 그리고 총독과 동침할 때 숫처녀인 것처럼 아프다고 비명을 질러라. 듣기 싫지 않을 정도로 말이다. 마치 처음 겪는 고통인 것처럼 말이다. 아마 총독은 기뻐 죽을 것이다. 너를 총애할 게 뻔하다. 네년만한 미모가 조선 천지에 어디 있겠느냐? 게다가 숫처녀라니... 이건 역사를 만들 만한 위대한 일이다. 게다가 회임까지 한다면?... 알겠느냐?"

연심은 한참 떠들었다. 헛되고 헛된 욕심의 총화(總和)였다. 찰나의 양명(陽明)이자 화양(花樣)이었다.

"알았소."

미옥은 잔말 없이 대답했다.

"그런데 궁금한 게 있소."

미옥이 물었다.

"무엇이냐? 뭐든 말해라."

연심은 기대감으로 한껏 들떠있었다.

"그날 총독이 곯아떨어지지 않으면 어찌하오? 계획대로 되지 않을 수도 있지 않소?"

미옥은 하나하나 따지고 들었다. 연심은 고개를 끄덕거렸다.

"그래 그 말도 맞다. 그렇다면 내가 약을 준비하마. 자리에 눕기 전에 분명히 술 한 잔은 할 터, 총독이 먼저 옷을 벗도록 해라. 옷을 벗는 동안 너는 그 약에 술에 타라. 약효는 금방 나타나지는 않는다. 한 식경은 지나야 나타날 것이야. 그사이 거사는 끝났을 테니까. 약에 취해 계집에 취해 완전히 곯아떨어질 게다. 호호호."

연심은 좋아 죽을 지경이었다. 미옥을 만난 게 복 중의 대복이라고 생각했다.

"그럼 고영춘 영감은 건드리지 말아 주시오. 약조하시오. 맹세하시오."

미옥은 확실한 약조를 원했다. 확실한 맹세를 원했다.

"암... 당연하지. 내가 이런 곳에서 막 장사를 하지만 의리는 있다. 약조하마. 맹세하마."

연심은 그깟 약조 천 번 만 번이라도 할 수 있었다. 이제 고영춘 영감 따위는 관심도 없었다. 아편 공급이야 다른 놈을 찾으면 문제 될 게 없었다. 하지만 은숙의 금덩이는 꼭 챙길 생각이었다.

"그리고..."

미옥은 주저했다.

"편하게 말하라니까."

연심은 화통한 듯 시원시원하게 말했다.

"조선에서 가장 예쁜 옷을 사주시오."

미옥은 얼굴이 발그스름해졌다.

"가자. 일어나라. 어서."

연심은 당장 일어났다.

"넌 그날 조선에서 가장 아름다운 계집이 되어있을 거다. 양귀비도 너만은 못할지도 모르지. 너는 총독을 손아귀에 넣어야 한다. 장차 조선은 총독의 나라가 될 터. 넌 조선의 국모나 마찬가지다. 알겠느냐? 행동거지 함부로 하지 마라. 앞으로 나를 너의 생모처럼 여겨야 한다. 알겠냐?"

연심은 미옥에게 세뇌하듯 말했다. 미옥은 고개를 끄덕이며 약조했다. 연심은 앞서 걸어갔다. 미옥은 그 뒤를 따라갔다. 마음이 한결 편해졌다. 오랫동안 꿈을 꾸고 있었던 것 같았다. 이제 그 꿈을 깨야 할 때가 온 것 같았다.

'난, 가장 비루하게 태어났으나 가장 화려하게 죽을 거요.'

미옥은 중얼거렸다.

29

덕길은 염천교 다리 밑 움막으로 돌아가 폭탄 제조에 몰두하다가 잠시 숨을 돌리고 있었다. 폭탄 재료라고 해보았자 그 양이 얼마 되지 않았다. 폭탄 열 개 정도 겨우 만들 분량이었다. 제조에 실패하지 않아야 그 수도 겨우 맞출 수 있었다. 형식이 주도적으로 하고 있었고 덕길은 빠른 눈썰미로 따라잡고 있는 형편이었다. 문제는 그 효능이 불분명하다는 것이었다. 불발될 경우의 수도 예측해 두어야 했다. 이렇게 땀을 빼고 있을 때 불쑥 이곽이 나타났다. 이곽은 장안의 내로라하는 신사로 멋지게 변장하고 있었다. 그리고 그 옆에는 젊고 발랄한 여자 한 명이 동행했다. 여자는 조선의 흔한 여자들과는 사뭇 다른 외모였다. 눈썹은 유독 숱이 많았고 검었다. 입은 조금 튀어나왔으며 입술은 두툼했다. 한창 유행하는 신여성 복장을 했지만 워낙 발육이 남달라서인지 가슴께가 유난히 터질 듯했다. 덕길은 흘깃 보다 말고 눈길을 거두었다. 계속 쳐다보기가 민망했다. 더 이상 눈길도 주지 않았다.

"아직도 볼 일이 남았소?... 그런데 난 볼 일 없소."

덕길은 정감이라고는 조금도 찾아볼 수 없는 쌀쌀한 말투였다.

"내 오죽하면 다시 찾아왔겠소?"

이곽은 덕길 앞에 털썩 앉았다. 대답을 듣지 않으면 가지 않을 고집이었다.

"바닥에 앉으시면 비싼 양복 버릴 텐데요? 한두 푼도 아니고..."

여자는 양복 걱정을 했다. 이곽을 꽤 챙기는 듯했다. 덕길은 두 사람이 정분을 나누는 사이라고 생각해버렸다.

"난 도와줄 마음이 없다고 말씀드렸소. 그러니까, 저 여자분 말씀대로 비싼 양복 망치지 말고 그만 돌아가시오."

덕길은 여전히 뻣뻣했다. 꽁꽁 얼어서 앉지도 못하는 나뭇등걸 같았다. 이곽은 난처한 표정을 지었다.

"이보시오. 사람이 정성을 들여 설득하면 듣는 척이라도 해야 할 거 아니요? 원래 이렇게 본데없는 거요?"

여자는 불쑥 끼어들더니 덕길에게 비난을 퍼부었다.

"그러지 말게. 전후 사정이 있네."

이곽은 얼른 여자를 타이르며 제지했다.

"참나... 두 분이 여기서 합방이라도 하시려고 그러시오? 왜 여기까지 들어와서 정분 생길 싸움을 하고 그러시오?... 그런 건 다른 데 가서 하시오."

덕길은 두 남녀가 지분거리는 것이 꼴도 보기 싫었다. 나가든지 말든지 자리를 피하고자 거처를 나가려고 했다. 순간 여자가 덕길을 막아섰다. 대뜸 뺨을 때렸다. 덕길도 놀랐고 이곽도 놀랐다. 부지불식간에 일어난 일이라 손 쓸 시간도 없었다. 덕길은 자신의 뺨을 손으로 만졌다. 여자의 손힘이 보통 이상이었다.

"당신이 뭔데 나를 그렇게 판단하시오? 정분 생길 싸움을 한다고?"

여자의 눈빛은 표독스러웠다. 덕길은 맞은 뺨이 얼얼한 게 아니라 마음이 얼얼했다. 순간 자신 앞에 있는 여자가 단박에 마음속으로 쳐들어왔다. 자신도 놀랄 일이었다. 코흘리개 시절부터 아랫도리에 거뭇한 털이 나기까지 여자라고는 미옥이 전부였다. 전부라고 해도 틀린 말이 아니었다. 그 외에 어떤 여자도 몰랐고 또 알려고 하지도 않았다. 그런데 이 낯선 여자가 미옥에 대한 일편단심의 마음을 뚫고 쳐들어온 것이다. 실로 전광석화(電光石火)였다. 덕길은 가슴이 뛰기 시작했다. 여자도 마찬가지였다. 자신 앞에 있는 남자가 단박에 마음속으로 쳐들어왔다. 어린 시절부터 집을 뛰쳐나와 여기저기 쏘다녔지만 어떤 사내도 없었다. 단 하나의 사내도 없었다고 해도 틀린 말이 아니었다. 마음을 주지도 몸을 주지도 않았다. 그런데 자신 앞에 있는 이 낯선 사내가 단박에 차돌 같은 선머슴의 마음을 뚫고 쳐들어온 것이다. 실로 파문(波紋)이자 파란(波瀾)이었다. 여자는 가슴이 뛰기 시작했다.

"그만들 하시오. 자자..."

이곽은 두 사람의 기(氣) 싸움을 말리려고 했다.

"삼고초려 하고자 온 것이오. 부디 내 뜻을 받아주시오."

이곽은 바닥에 무릎을 꿇더니 엎드려 절까지 했다. 덕길은 깜짝 놀랄 수밖에 없었다. 종놈인 자신에게 엎드려 절한 사람은 이곽이 처음이었다. 이건 반상의 법도를 깨부순 파격이었다. 여자도 마찬가지로 깜짝 놀랐다.

"선생님... 이러지 마십시오. 어서 일어나십시오."

여자는 이곽을 일으키려고 했지만 이곽은 꼼짝도 하지 않았다. 덕길의 승낙을 받아야 일어나겠다는 강한 의지였다. 여자는 당황한 표정으로 덕길을 쳐다보았다. 덕길은 말없이 이곽과 여자를 번갈아 보았다.

"한 가지 꼭 물어야겠소."

덕길은 이곽을 옥죄이듯 쳐다보았다.

"최선을 다해 대답하겠소."

이곽은 진심이었다.

"이렇게 몇이나 포섭하셨소?"

덕길은 이곽의 비위를 자극할 만한 말을 물었다.

"아니... 이자가? 미쳤소?"

여자가 먼저 치고 나왔다. 흥분했는지 얼굴이 빨개져 있었다.

"난 이곽 선생에게 묻고 있는 것이오."

덕길은 여자를 향해 눈을 부라렸다. 어쨌든 반드시 대답을 들어야 했다. 그 대답을 들어야 승낙이든 거절이든 할 생각이었다.

"그런 건 왜 물으시오?"

이곽은 물었다.

"이보시오. 난 종놈이오. 평생 이용당하고 살아왔단 말이오. 그래서 나를 이용하려는 자들에 대해선 귀신같이 파악할 수 있소. 내가 독립을 하는 조직은 잘 모르지만, 내가 만약 거절할 때를 대비해서 다른 대안을 마련해 두지 않았을까 해서 물은 것이오."

이곽은 금방 대답을 하지 못했다. 고심하고 있는 것처럼 보였다.

"선생님..."

여자가 이곽을 쳐다보았다. 여자도 궁금했었던 게 분명했다. 덕길이 물었던 내용에 대해 대답을 요구하고 있었다.

"난 그런 생각이 든단 말입니다. 분명히 진짜 작전을 시도하는 자는 따로 있다. 그리고 나는 또 누군가의 들러리일 뿐이다. 왜 그런 생각을 했느냐고 묻는다면... 불특정한 나와 동생들은 모두 전문적으로 훈련받지 않았기 때문이오. 하지만 선생에게는 다행인지 불행인지 모르겠소만, 내가 하고자 하는 대의가 선생이 하고자 하는 대의와 하필 일치하오. 그래서 이용당해 주겠다는 거요."

덕길만의 일본을 향한 새로운 선전포고였다. 그리고 직접 이곽을 일으켰다. 이곽은 일어나자마자 덕길을 격렬하게 껴안았다. 사내들끼리 통용될 수 있는 포옹이었다.

"고맙소. 정말 고맙소."

이곽은 덕길에게 이 말밖에 할 게 없었다. 그런데 여자의 얼굴은 배반과 배신의 굴욕을 당한 자의 안색이었다. 덕길은 여자도 자신이 이용당하고 있다는 사실을 지금에서야 깨달았을 거라고 짐작했다.

"총독부 폭파는 혼자의 힘으로 벌일 수 있는 전투가 아니오. 진짜 전쟁이오. 혼자 힘으로는 불가능하단 말이오. 직접 거사를 일으키는 투사의 목숨뿐 아니라 다른 조직에도 그 엄청난 여파가 전해질 것이오. 피바람을 몰고 올 거란 말이오. 그래도 이 전쟁을 하겠다는 거요? 이건 요인 암살도 아니고 주요 기관 폭파도 아니지 않습니까? 총독부를 폭파한다는 것은 곧 일본을 폭파하는 것과 같소. 하기는 하겠지만... 실패할 거요."

덕길의 생각은 지금도 변함이 없었다. 시도는 할 수 있지만 반드시 많은 목숨이 버려질 거라는 것이었다. 이 작전은 시작부터 끝까지 비극일 뿐이었다.

"이 자의 말도 맞습니다. 선생님."

여자가 다시 끼어들었다. 좀 전보다 정신을 회복했는지 말투도 또박또박했다. 여자는 이곽만 쳐다보고 있었다. 덕길과 눈빛이 마주치는 것을 피하고 있었다.

"내가 잠시 설명하겠소."

이곽이 덕길에게 양해를 구했다. 덕길이 고개를 끄덕거렸다.

"우리가 가진 폭탄은 그 품질이 과히 좋지 않소. 그동안 많은 투사가 요인 암살에 실패했던 이유 중 하나가 바로 그것 때문이기도 하오. 목숨을 뺏기는커녕 상처를 입히는 정도였단 말이오. 그러다 보니 잡히기 일쑤였소. 그러니까 그동안 모든 요인 암살 작전은 일종의 자살 작전이었던 거요. 그런데 조선총독부 폭파라니? 당장 듣기에도 미친 짓이라고 여길 거요. 이해합니다. 얼마나 허무맹랑으로 들리겠소? 잘 압니다. 그래서..."

덕길은 이곽의 말을 중간에 잘랐다. 긴말 필요 없다는 의미였다. 이미 다 알고 있다는 뜻이었다.

"폭탄이 얼마나 있소? 엄청난 양이 있냔 말이오? 그리고 폭탄을 곳곳에 설치할 사람은 또 몇이나 되오?"

덕길은 이 작전은 애초부터 글러 먹었다고 이해하고 있었다. 이곽은 입을 굳게 다물고 있었다. 어금니를 깨물고 있었다. 할 말이 있는 듯했지만 차마 못 하고 있는 듯했다.

"설마 폭탄 두세 개로 한다는 얘기는 하지 마시오."

덕길은 손사래를 치며 거듭 말렸다. 그러다 문득 머리를 스치는 것이 있었다.

"전체 건물을 폭파하겠다는 게 아니었소?"

덕길은 묻는 것이 아니라 확인하고 있었다.

덕길은 입을 닫고 있는 이곽에게 화가 났다. 그저 계획만 세울 줄 아는 무능한 자로 보였다. 동지들의 목숨을 가벼이 여기는 무책임한 자로 보였다. 이곽이 슬며시 웃음을 지었다.

그 웃음은 이미 지나간 과거의 비극을 술회(述懷)하는 자의
웃음이었다. 덕길은 뜨악했다. 그리고 곧 깨닫는 바가 있었다.
이곽은 조선총독부 전체 건물을 폭파하려는 것이 아니었다.

"전체 건물이 아니라... 총독의 방이 맞소?"

덕길이 진실의 경계로 바로 치고 들어갔다. 그런데 이곽이
아닌 여자가 대답했다. 조금의 망설임도 없었다.

"맞소."

여자는 아직도 덕길을 똑바로 바라보지 못하고 있었다. 비스
듬하게 쳐다보고 있었다. 덕길은 여자의 태도가 성가셨다. 자
꾸 여자 쪽의 반응에 끌리고 있었다. 덕길은 여자와 밀고 당김
을 자포자기하고 말았다. 계속 이런 식으로 말이 오고 갈 수는
없었다.

"보고 말하시오."

덕길이 여자를 향해 거칠게 말했다. 여자는 하는 수없이 덕
길을 제대로 쳐다보았다.

"그런데 왜 직접 하지 않으시오?"

덕길이 여자에게 대놓고 물었다. 이곽이 대답을 하지 않는
이상 어쩔 수 없었다.

"명망이 대단한 분이라 들었는데... 결국 누군가에게 시키는
일만 하는 분인 거요? 그럼 양반들이랑 다른 게 없소... 난 양
반을 아주 싫어하오."

덕길은 실망하고 책망하는 말투였다.

"그런 비겁은 아니오. 내 얼굴이 알려져서 그렇소."

이곽이 난색을 표명했다.

"선생님은 수많은 거사에 직접 참여하셨소. 이미 저들의 수배자 명단에 올라 있소. 선생님뿐 아니라 일가 모두가 노출되어 있소. 일가라는 이유만으로 끌려가서 고문을 당하고 죽임을 당하기도 했소. 그래서 그렇소. 하지만 자신과 일가의 위험을 피하기 위해서는 아니오. 선생님은 어디든 통과할 수가 없소. 그리고 선생님은 우리의 대장이오. 대장이 잡히거나 죽임을 당하면 우리 조직은 그날로 와해하고 마는 것이오. 그러니 조선의 백성들 뒤에 숨어있는 비겁한 양반들과 비교하지는 마시오."

여자는 이곽이 억울한 누명을 뒤집어쓰는 게 화가 난 말투였다.

"좀 전에 나를 이용한다고 말했을 때 왜 반론하지 않았소?"

덕길은 아직도 미덥지 못했다.

"그건 내가 답하겠소."

이곽은 또 양해를 구했다. 덕길은 이곽이라는 사람이 참 유별나다고 생각했다. 매번 상대에게 허락을 구하는 태도가 괜찮지 않기도 했지만 자신을 존중해 주는 것 같아 괜찮기도 했다.

"사실... 목숨을 버리는 위험한 일은 자원자를 받고 있소. 모두가 젊은 청춘들이오. 나라를 구한다는 대의 아래 목숨을 초개같이 버리고 있지만 한 번도 일방적으로 지시하거나 명령하거나...

강요한 적은 없소... 적어도 난 그렇소. 난 그렇게 조직을 운영해 왔소. 또 당신의 대안을 마련하려고 했던 것도 사실이오. 하지만 설득에 실패했소. 그리고 반론을 하지 않은 이유는... 당신 뿐 아니라 우리 모두 거대한 운명 앞에서 그저 쓰임새로 쓰이는 장기의 말일 뿐이라는 생각 때문이었소. 하지만 난 그 말로 쓰여도 상관없다고 생각하고 살았소. 내가 쓰임새가 있다는 사실만으로도 감사할 뿐이오. 설명이 미흡했다면 용서하시오.”

이곽은 마음이 편치 않았다. 덕길에게 목숨을 버리라는 말과 같았다.

“계속해보시오.”

덕길은 이곽의 말에 관심이 갔다.

“물론 자원자가 없었던 것은 아니오. 하지만 대장이 당신을 보고 마음에 든 거요. 아마도 중국인 등륜의 딸을 구해준 무용담 때문인 것 같소.”

“대장이 누구요?”

덕길은 한발 다가서며 물었다.

“그건 곤란하오. 이해해 주시오.”

이곽은 정중하게 말했다. 덕길은 더 캐물을 수 없었다.

“그래도 그런 이유만으로는 설명이 안 되오. 더 확실한 얘기를 해보시오.”

덕길인 이번엔 여자를 향해 눈길을 돌렸다. 여자는 덕길의 눈길만 닿아도 얼굴이 발개졌다. 점점 더 눈길을 피했다. 엉뚱한 허공을 보곤 했다.

"사실... 조직에 밀정이 있는 듯하오. 그래서 그렇소."

여자는 솔직하게 털어놓았다.

"조직 내에 그 누구와도 의논해서는 안 되었소. 그래서 우리는 거사에 대한 의지가 있는 자를 비밀리에 찾던 중 당신을 알게 된 거요. 당신 대안으로 섭외했던 그자는 설득당하지도 않았지만 밀정과 관련이 있을 거라는 의심도 있어서 포기했소. 그게 다요."

여자는 엉뚱한 방향을 보고 얘기했다. 덕길의 입가에 희미한 웃음이 스쳐 지나갔다. 저들의 과대망상을 파괴해야 했다.

"난 당신들이 생각하는 그런 사람이 아닐 수도 있소."

덕길은 저들의 지나친 착각이 참으로 유치해 보였다.

"아니오. 당신이 적임자요."

이곽의 목소리가 불현듯 커졌다. 자신의 견해에 대한 자신감이었다. 덕길이 이곽을 노려보았다. 거짓을 발설하는 눈빛이라면 그 눈빛이 흔들려야 했다. 하지만 이곽의 눈빛은 흔들리기는커녕 우뚝했다.

"당신은 어떤 조직에도 속하지 않았고..."

이곽이 말을 채 마치기도 전에 덕길이 끼어들었다.

"그 말은 결국 내가 성공해도 실패해도 아무도 나를 기억하지 못한다는 말 아니겠소? 난 솔직히 괜찮소. 누가 나를 기억하는 것도 귀찮소. 하지만 이제 당신의 설명을 들었으니 내 말을 하겠소. 이 거사는 당신들이 시켜서 하는 것이 아니오. 내가 원해서 하는 것이어야 하오."

덕길이 일사천리였다.

"고맙소. 동지."

이곽은 파안대소했다.

"우리는 그렇게 천박하지 않소... 그건 믿으셔도 좋소."

여자는 덕길을 똑바로 쳐다보았다.

"만약 그렇다면, 당신들도 그 비겁한 조선의 양반들과 하등 다를 게 없소."

덕길은 두 사람에게 일침을 가했다.

"다행히 우리는 양반이 아니오."

여자는 항변했다.

"양반이라고 안 했소. 양반과 다를 게 없다고 했소."

덕길은 다시 강조했다.

여자는 덕길의 얼굴을 멍한 표정으로 쳐다보았다. 그건 덕길의 사상에 압도되었기 때문이었다. 서책은 본 적도 없는 무식한 종놈 출신의 사상에 대한 압도였다.

"양반들이 도대체 뭐요? 서책에 목숨을 건 사람들이오. 그 서책의 글자 하나하나에 인생을 건 사람들이오. 그자들이 추구하는 게 뭐겠소? 명망, 권세, 돈 이런 거 아니겠소? 내가 이런 글자를 읽었노라. 내가 이런 서책을 보았노라... 그런데 참 이상한 것은 어떻게 그런 글자들과 글자들을 모아둔 서책이 명망이 되고 권세가 되고 돈이 된단 말이오? 난 죽었다 깨어나도 모르겠소. 그런데 당신들 또한 그런 거 아니오? 난 이런 사람을 구했노라. 난 나라를 구했노라. 그런데 참 이상한 것은 어떻게 사람들을 구하고 나라를 구한 것이 명망이 되고 권세가 되고 돈이 된단 말이오? 그건 말이오. 명망이 되어서도 안 되고 권세가 되어서도 안 되고 돈이 되어서도 안 되오. 그래야 고귀한 것이니까. 그런데 당신들은... 마음 깊이 누군가 기억해주기를 바라는 거 아니오? 그렇지 않다면, 당장 지금 조선총독부로 달려가시오. 이름 없는 개죽음을 당해보란 말이오. 우리 같은 종들은 말이오. 태어날 때부터 누군가의 기억에 도통 없는 것들이오. 존재하지 않은 것들이란 말이오. 죽을 때도 마찬가지요. 존재하지도 않았던 것들에게 무슨 죽음이 있겠소? 당신들이 왜 나를 선택했는지 아오? 그 양반 나부랭이들은 이런 헛된 개죽음을 도모하지 않을 테니까. 그러니 자신을 속이지 마시오. 그건 지금 앞에 서 있는 나를 속이는 것보다 더 추악한 일이오. 양반 같은 일이오."

덕길의 눈빛은 묵직한 분노로 이글거렸다. 그건 배움에서 태어난 것이 아니라 스스로 태어난 것이었다.

"양반가의 훌륭한 분들도 나라의 현실 때문에 자결하신 분들이 많소."

이곽이 엄중하게 말했다. 덕길의 생각에 모두 동의할 수 없었다.

"양반? 혹시 김백선이라고 들어보셨소?"

덕길은 이곽에게 따지듯이 물었다. 당연히 모를 거라는 전제가 있었다. 이곽은 대답하지 못했다.

"제천 의병들을 이끄는 장군이었소. 그분은 가흥에 주둔하던 일본군 수비대를 공격해 진지를 점령하던 중 본진에 원군을 요청하였지만, 원군이 오지 않아 점령에 실패하였소. 그분은 본진으로 찾아가 중군장 안승우에게 칼을 들고 따졌소. 그런데 이 광경을 지켜보던 대장 유인석이 말하길, 한낱 포수에 불과한 상민이었거늘 어찌 분수를 모르는가? 여봐라. 저자를 군령위반죄로 다스려 포살하라... 결국 그분은 총살당하셨소. 상민이라는 죄로. 그런데 하물며... 난... 종이요. 종 말이오. 당신이 아는 양반은 훌륭할지 모르나 내가 아는 양반은 이렇게 졸렬하오."

덕길은 청산유수였다.

"그러니까 말이오. 원래 그들의 나라 아니었소? 그들의 나라를 위해 자결하는 걸 왜 우리 같은 종들이 목숨을 버려야 하는 거요?... 결국 일본 놈들과 맞서 싸우다 죽어 나가는 것은 우리 같은 제물들 아니겠소?"

덕길은 막힘이 없었다.

이곽은 더 이상 아무 말도 하지 못했다. 덕길의 견해에 꼼짝 없이 당하고 있었다. 여자는 덕길에게 탄복한 눈치였다.

"난 아무 조직도 없소. 동무도 없소. 물론 몇몇이 있소. 하지만 내 일신의 목적 때문에 내 동무들을 희생시키진 않을 거요. 그래서 내가 나서야 한다면 혼자 하겠소. 다른 건 없소. 꼭 무슨 거창한 이유가 있어야 하는 거요? 당신들은 거창한 이유만 찾아다녔소?"

덕길은 고개를 가로저었다. 분통이 터졌다. 나라를 구한다는 대의 아래 제물을 찾아다니는 것들에 화가 났다.

"한승희라 하오."

여자가 덕길에게 손을 내밀었다.

"승희 동지가 웬일이요? 반한 게요? 허허…"

이곽은 웃었지만 웃는 것이 아니었다. 덕길은 이곽이 승희에게 사심이 있다고 눈치챘다. 그래서 악수를 받지 않았다. 이상한 사연에 휩쓸리고 싶지 않았다.

"내가 함께하면 어떻겠소?"

승희는 첫 등장부터 도발적이었지만 지금 또한 그랬다. 덕길은 놀랐지만 안색은 별다르지 않았다. 단 한 번도 여자와 일을 같이 해본다는 생각해 본 적이 없었다. 덕길에게도 남자와 여자는 그 하는 일이 다르다는 생각이 뚜렷했다.

"당신 여자 아니오? 여자 몸으로 폭탄을 두르고 가겠다는 거요?"

덕길은 승희의 태도가 몹시 낯설고 어설펐다.

"당신이 들어가시오. 난 후방을 맡겠소. 둘 다 들어가서 둘 다 죽을 일을 왜 하겠소?"

승희는 여장부처럼 말했다. 이곽은 만면에 미소를 지었다.

"두 사람은 이미 만날 인연이었나 보오."

이곽은 덕길을 간절하게 쳐다보았다. 허락해 달라는 무언의 압박이었다.

"이번 거사가 성공해야만 하오. 우리는 조선에 부임해 오는 총독들은 죄다 죽일 작정이오. 조선에 오는 총독들은 임기를 마치고 일본으로 돌아가면 정치적으로 대단한 성공을 거두고 있소. 일본에서 거물이 되고 괴물이 되오. 그런 거물들과 괴물들이 끝없이 만들어지고 또 끝없이 조선으로 보내질 거요. 우리의 목표는 이렇게 자명하오."

이곽은 열변을 토했다.

덕길은 고민스러웠다. 혼자 하려고 했지만, 승희라는 여자가 끼어든다면 달리 생각해 볼 필요가 있었다. 예상치 못한 반격이었다. 게다가 승희라는 여자에게 자꾸 끌리는 것이 몹시 거슬렸다. 미옥을 배반하는 것처럼 생각됐다. 그동안 없던 죄책감까지 들었다.

"아무런 이해관계가 없는 등륜의 딸도 구하지 않았소? 그런데 왜 안 되오?"

이곽은 마지막 승부수를 던졌다.

"좋소. 하지만 난 혼자 하오. 저 여잔 필요 없소."

덕길은 조건을 걸었다.

"난 당신이 선택할 수 있는 대안이 아니오."

승희도 절대 만만치 않았다.

"난 여기에 남겠소. 오늘부터 숙식을 함께 해야 하지 않겠소?"

승희는 이곽에게 승낙을 구하는 것이 아니라 통보하고 있었다. 이곽은 미간을 살짝 찌푸렸지만, 곧 여유로운 웃음을 지어 보였다. 예상보다 훨씬 일이 잘 풀린다고 생각하고 있었다.

"알았소. 그럼... 연락은 등륜에게 하고, 필요한 물건 있으면 그쪽을 통해서 알리시오."

이곽은 승희에게 지시를 내렸다.

"당신만 믿소. 고맙소."

이곽은 덕길에게 고개를 숙여 인사를 했다.

"고마워할 필요 없소."

덕길은 여전히 차갑게 말했다. 승희는 덕길에게 넋이 나가 있었다. 온몸이 불덩이가 되어 덕길을 향해 미친 듯이 달려가고 있었다.

30

미옥은 유곽에 갇혀 총독에게 가게 될 그날만을 기다리고 있었다. 그런데 그날이 가까이 올수록 성준에게도 덕길에게도 소식 한 줄 전하지 못하고 세상을 떠날 것을 생각하니 아쉬움이 점점 커졌다. 그렇다고 지금의 결정을 후회하는 것은 아니었다. 조선에서 종으로 태어나고 종으로 살았다. 양반들에게 실컷 휘둘렸고 사내들에게도 실컷 휘둘렸고 일본 놈들에게도 실컷 휘둘렸다. 그래서 이런 종말이 꽤 마음에 들었다. 도련님 성준을 진심으로 연모했지만 스스로 먼저 배신하지 않았다. 은숙과 혼인하고 자손까지 얻을 예정이니 참 좋은 일이었다. 다만 덕길이 큰 걱정이었다. 종으로 태어나서 종으로 살다가 종으로 쫓겨났다. 아마 편안하지 않게 죽을 것이다. 지금 어디를 떠돌고 있을지 어디를 헤매고 있을지 그저 아득하기만 했다.

"덕길아... 어디 있는 거냐?"

미옥은 혼자서 조용히 덕길을 불러보았다. 죽음은 두렵지 않았다. 이상하리만치 두려움이 없었다. 순간 손가락에 낀 금가락지에 눈길이 갔다. 고영춘에게서 받은 이후 그냥 잊었던 물건이었다. 갑자기 도련님 성준에 대한 그리움이 무지막지하게 커졌다. 도련님 성준이 준 것이지만 덕길에게 주었다. 그리고 덕길은 고영춘에게 주었다. 결국 도련님 성준의 금가락지는 사라진 적도 잃어버린 적도 없었던 것이다.

"모시 수건을 잃어버리니... 금가락지가 돌아왔어... 이걸 함께 묻어달라고 하면 되는 거야. 그나마 얼마나 다행인가? 내가 무덤으로 돌아갈 때 함께 가져갈 것이 있다는 게... 참 좋다."

미옥은 마음이 놓였다. 금가락지의 희한한 윤회(輪廻)가 기막혔다.

그때 문밖에서 소란스러운 발소리가 들렸다. '자도루'에서 일하는 자들이 분주히 움직이는 소리였다. 시간이 된 듯했다. 곧 문이 열리며 연심이 들어섰다. 잔칫날처럼 화려한 옷을 입고 있었다.

"지금이다."

연심은 절대 변하지 않을 진실을 알려주듯 말했다. 봄 여름 가을 겨울... 이렇게 계절이 왔음을 알려주는 것처럼 매우 자연스러웠고 평이했다.

"준비되었소."

미옥은 일어섰다.

"마음의 준비도 끝났구나. 잘했다. 내 오늘은 특별히 가마꾼을 불러주마. 시집가는 것처럼 생각해라. 세상에서 제일 예쁜 꽃가마를 타고 가라. 내가 그 정도는 해줄 수 있다."

연심은 문을 열고 나갔다. 미옥은 눈물이 쏟아질 듯했다. 시집가는 것처럼 꽃가마를 타고 가라는 말에 허물어졌다. 두려움이 없다고 믿었던 것은 거짓이었다. 도련님 성준에게 결코 시집갈 수 없다는 것이 두려웠다. 이제는 꿈조차 꿀 수 없다는 사실이 두려웠다. 두렵지 않다고 믿었던 것은 이토록 사상누각(沙上樓閣)이었다. 미옥은 불현듯 도망이라도 가고 싶었다. 두다리가 심하게 후들거렸다.

"꽃가마는 싫소."

미옥은 연심에게 소리를 질렀다. 도련님 성준에게 가는 길이 아니라면 꽃가마는 필요 없었다. 그건 자신과 도련님 성준의 연정에 지나친 모욕이었다. 자신과 도련님 성준의 연정에 대한 지나친 치욕이었다.

미옥은 총독부 관저에서 보낸 차를 타고 이동했다. 싸개로 얼굴을 완전히 가린 채 차 바닥만 보았다. 창밖은 보려고 하지 않았다. 미옥은 창밖을 지나는 차들도 보지 않았다. 창밖을 지나는 사람들도 보지 않았다. 창밖을 지나는 날씨도 보지 않았다. 자신이 스스로 걸어 들어가고 있는 세상과는 전혀 다른 세상에 사는 사람들과 그 사람들의 웃음을 쳐다보기가 힘들었다. 갑자기 노란 납매가 보고 싶었다. 납매가 노랗게 아름다울 때 행복했었다.

미옥이 탄 차는 총독부 건물 정문을 지나 한 바퀴 돌더니 뒤로 돌아갔다. 건물 뒤편에 차는 멈춰 섰다. 미옥이 내리는 동안에도 경비는 삼엄했다. 지나는 어떤 사람도 우연히 볼 수 없을 정도로 철저하게 차단했다. 미옥은 호위를 받는 시늉으로 건물 안으로 들어갔다.

그리고 아주 좁은 통로를 통해 2층으로 올라갔다. 복도는 일부러 불을 꺼둔 것인지 어두컴컴했다. 발을 헛디딜까 조심스러웠다. 잠시 후 가장 안쪽에 있는 방문 앞에 섰다. 이층으로 올라오는 동안 미옥을 호위하던 헌병들은 다 사라지고 단둘만 남았다. 잠시 그대로 서서 호흡을 가다듬으며 기다리자 안에서 문이 조용히 열렸다. 어렸을 때 귀신이 산다는 폐가에 들어갈 때의 기분이었다. 미옥은 죽음의 아가리 같은 그 문 안으로 들어갔다. 빨려 들어가듯 들어갔다. 들어가자 어두컴컴한 것이 아니라 깜깜했다. 쓰고 있던 싸개를 벗었지만 앞이 전혀 보이지 않았다. 미옥은 그 누구도 알아서는 안 되는 아주 은밀한 방문자였던 것이다. 미옥은 그냥 또 그대로 서 있었다. 잠시 후 번쩍 불이 켜졌다. 그리 밝지 않은 불이었지만 눈이 부셨다. 동시에 헌병들 서넛의 모습이 드러났다. 표정이라곤 전혀 없는 귀신보다 더 귀신같은 헌병들은 미옥의 몸수색을 시작했다.

"안 되오. 먼저 검열관 선생을 좀 뵙고자 하오. 그분께 꼭 드릴 말씀이 있소."

미옥은 은숙 오라비를 찾았다. 미리 찾아가서 의논한 바가 없으니 공범이 되지는 않으리라 생각했다. 헌병들은 난감한 표정을 지었다. 그렇다고 총독이 특별히 부른 계집을 무조건 막 대하기도 힘들었다. 그들은 서로 여러 말을 나누더니 책상 위에 있는 전화를 집어 들었다. 그리고 누군가와 한참 얘기를 나누었다. 미옥은 꼼짝도 하지 않고 자신만 노려보고 있는 헌병의 감시를 받으며 서 있었다. 은숙 오라비가 나타나기를 기다리면서 말이다. 긴장된 시간이 흘러갔다. 어쩌면 나타나지 않을 수도 있었다. 미옥은 조마조마한 심정으로 기다렸다.

그런데 그리 오래지 않아 은숙 오라비는 나타났다. 그는 미옥을 쳐다보았다. 놀란 표정과 굳어진 표정이 한데 섞여 있었다.

"무슨 일이시오?"

은숙 오라비는 미옥을 처음 대하는 사람처럼 사무적으로 물었다.

"오늘 총독께 부름을 받았습니다. 그래서 잠시 뵙고자 했습니다."

미옥은 자신의 처지를 은근히 알렸다.

"여기까지 어떻게 왔소?"

은숙 오라비는 딱딱한 목소리로 물었다.

"총독께서 보내주신 차를 타고 왔소. 그리고 이곳으로 인도되었소."

미옥은 차분하게 설명을 했다. 은숙 오라비는 당황하고 있었다.

이런 돌발 상황은 난생처음이었다.

"그런데 왜 나를 찾으셨소?"

은숙 오라비는 주변에 둘러선 헌병들의 눈치를 보았다.

"검열관이라고 하지 않으셨소? 이자들이 나를 검열하기에 선생을 불러달라고 했소. 직접 검열받고 싶소."

미옥은 한 치의 빈틈도 없이 말했다. 은숙 오라비는 망연자실한 눈빛이었다. 이러지도 저리지도 못한 채 머뭇거리고 있는 사이 미옥이 옷을 벗기 시작했다. 미옥만 쳐다보며 감시하고 있던 헌병들이 재빨리 고개를 돌렸다. 총독이 품을 여자의 벗은 몸을 보기 민망했던 것이다. 은숙 오라비도 마찬가지였다. 일단 고개를 돌렸다.

"이게 무슨 짓이오?"

은숙 오라비는 몹시 당황하고 있었다.

"저자들이 검열한다고 하기에, 선생한테 검열을 받고자 한다고 말씀드렸지 않소? 꼭 그렇게 해주시오."

미옥은 저고리부터 벗었다. 희고 가녀린 어깨가 드러났다. 은숙 오라비는 역시나 외면한 채였다.

"당장 멈추시오."

은숙 오라비는 힘주어 말했다.

"그리고 그쪽이 오해하고 있는 것이 있소. 난 이런 일과 전혀 상관없는 사람이오."

은숙 오라비는 엄격하게 말했다.

"무슨 말이오? 검열관이라고 하지 않으셨소?"

미옥은 도무지 이해할 수 없다는 듯이 물었다.

"이 일은 비서과에서 하는 일이오. 난 당신이 오해하고 있는 그런 검열관이 아니란 말이오."

은숙 오라비는 자신이 이 일에 개입할 수 없음을 밝혔다.

"그렇다면 무엇을 검열하시는 거요?"

미옥은 점점 낯빛이 사색이 되어갔다.

"난 조선인이 발행하는 서책들을 검열하고 있소. 출판하게 할지 출판을 못하게 할지... 문장들을 낱낱이 분해해서 검열하는 게 내 일이고 내 권한이오."

은숙 오라비가 대답했다.

미옥은 충격을 받은 듯 잠깐 비틀거렸다. 자기 생각이 완전히 틀렸다는 것을 알았다. 하지만 이 소굴에 들어온 이상 목적은 이루고 가야 했다. 호랑이 굴에 들어가도 정신을 차려야 했다.

"...알겠소. 하지만 이 또한 일본과 총독을 위한 일 아니오? 난 총독을 모시기 위해서 왔소. 그렇다면 나 또한 검열할 수 있을 듯하오. 그런 융통을 하셔도 될 듯하오. 나를 검열하는 것은 일본과 총독을 위한 것이오. 안 그렇소?"

미옥의 어느 한 마디 틀린 말이 없었다. 은숙 오라비는 말문이 막혔다.

"그럼 이제 저자들을 물리시겠소? 총독을 모실 여자의 몸을 본다는 것은 매우 불경일 듯하오... 그러니까. 직접 하시면 될 듯하오."

미옥이 예를 다해 요청했다.

은숙 오라비는 고민에 휩싸였다. 혹시라도 일이 잘못되면 미옥만 끝장나는 것이 아니었다. 자신도 죽음을 면치 못할뿐더러 자신의 가문도 끝장나는 것이었다. 머릿속이 하얘지는 것 같았다. 아무런 생각도 나지 않았다. 하지만 지금은 미옥의 말대로 하는 것이 최선일 듯싶었다.

"알았소. 내가 직접 하겠소."

은숙 오라비는 미옥의 이미 드러난 어깨에 손을 얹었다. 그리고 흔들리는 눈빛으로 끈질기게 묻고 있었다. 무슨 일인지 묻고 있었다. 미옥도 흔들리는 눈빛으로 대답하고 있었다. 아무 일 아니라고 대답하고 있었다. 은숙 오라비는 미옥의 치마끈을 잡았다. 치마끈을 잡은 손이 바들바들 떨었다. 자신에게 화가 났다. 그동안 어떤 계집의 치마끈도 이렇게 어려운 적은 없었다. 이렇게 힘든 적은 없었다. 항상 장난하듯 치마끈을 풀었다. 그런데 미옥의 치마끈은 자신도 풀어서는 안 되고 총독도 풀어서는 안 되었다. 자꾸 삐딱한 아집이 돋아났다. 그것은 목숨을 담보로 한 아집이었다.

'내가 왜 이러지? 바보가 된 건가? 그냥 천한 종년이다. 기생보다 더 천한 종년이다. 내가 왜 이러나?'

은숙 오라비는 스스로 자꾸 묻고 있었다. 요즘의 자신은 자신이 생각해도 자신이 정말 싫었다. 예전에는 이러지 않았다. 예전의 자신은 자신이 생각해도 자신이 정말 좋았다.

"어서 하시오."

미옥은 은숙 오라비를 재촉했다. 이 과정을 빨리 끝내고 싶었다. 은숙 오라비는 결심을 한 듯 눈을 질끈 감았다. 미옥의 치마끈을 풀었다. 총독에게 어떤 위해를 가할 무기를 소지했는지 미옥의 몸을 더듬기 시작했다. 그때였다.

"카오츠케. 레이."

헌병들이 우렁차게 인사를 했다.

은숙 오라비가 뒤를 돌아보니 총독 사이토 마코토였다. 은숙 오라비는 은숙에게 하던 모든 행동을 멈추고 총독을 향해 정중하게 경례를 올렸다. 총독은 미옥은 쳐다보지도 않았다. 아예 눈길도 주지 않았다. 은숙 오라비도 보는 둥 마는 둥 했다. 그리고 이 방의 또 다른 내실로 짐작되는 곳으로 문을 열고 빠르게 들어갔다. 은숙 오라비는 가슴을 쓸어내렸다. 미옥의 몸을 검열하는 것을 그만두게 된 것을 천만다행으로 생각하고 있었다.

"여기 왜 온 거요?"

은숙 오라비가 작은 소리로 물었다.

"제가 대답할 필요가 없을 듯합니다."

미옥은 더 할 이야기가 없었다. 천운이라고 생각했다. 총독이 그 순간 들어오지 않았다면 버선에 감추어둔 단검이 발각될 수도 있었다. 그 또한 은숙 오라비에게 죄가 될 수 있었다. 미옥은 크게 안심을 했다. 자신 때문에 은숙 오라비가 희생되는 것은 원치 않았다.

"얼른 보내 주시오. 총독이 기다릴 겁니다."

미옥이 은숙 오라비에게 사정했다. 더는 기다리고 싶지 않았다. 기다리는 시간만으로 숨이 막혀 죽을 것 같았다. 빨리 끝내고 싶었다. 고영춘의 복수를 완수하고 싶었다. 그렇게 은혜를 갚고 이 세상을 떠나고 싶었다.

"난... 당신만큼은 나의 옹달샘으로 남겨두고 싶었소."

은숙 오라비는 뜬금없는 고백을 했다. 미옥을 빤히 쳐다보았다. 처음 만났던 날의 그 눈빛이었다. 어린애 같은 순한 눈빛이었다. 어미에게 누이에게 자신의 잘못을 뉘우치며 울고 있는 눈빛이었다.

"당신 같은 여자를 보고 욕심을 버릴 수 있는 사내는 단언컨대 세상에 없소. 그런데 난 그랬소. 그런데... 이렇게 되는 것이... 방금 당신을 이곳에서 보자마자 난 내 운명이 떠올랐소. 언젠가 성덕 스님이 내 운명을 점치듯 예감했었소. 그때는 그 말이 믿어지지 않았소. 도무지 이해되지 않았으니까. 그런데 지금은 이해가 되오. 내가 색(色)이 아니라 색(穡)으로 죽을 거라고 하셨소... 운명은 이렇게 찾아오는가 보오... 전혀 예고도 없이..."

은숙 오라비는 자신의 운명을 예감했다. 눈물이 날 것 같았다.

"나 또한 이해되지 않소."

미옥은 은숙 오라비의 비감(悲感)이 걱정되었다. 오늘따라 비감이 너무 우울해 보였다.

"얼마나 다행이오? 이렇게 끝나서... 내가 나의 더러운 삶을 끝낼 수 있게 되다니... 내가 스스로 칼을 칠 수 있게 되다니..."

은숙 오라비는 알 수 없는 말을 주절거리며 미옥을 내실 쪽으로 안내했다. 그리고 직접 문을 열어주었다. 은숙 오라비는 미옥에게 눈인사를 했다. 미옥은 은숙 오라비의 눈인사를 보았다. 마지막으로 내릴 고향의 항구에 내리지 못하고 그냥 지나쳐 가야 하는 외로운 뱃사람의 눈빛이었다. 영원히 잊을 수 없는 눈빛이었다. 미옥은 은숙 오라비의 안녕과 평안을 빌었다.

내실은 막상 들어와 보니 별거 없었다. 특별히 화려하지도 않았고 특별히 아늑하지도 않았다. 평소에는 창고처럼 쓰이는지 각종 집기가 어수선했다. 이런 곳에서 총독은 여자들에게 자신의 욕정을 풀고 있었던 것이다. 총독이 여자를 대하는 태도가 어떤지 여실히 보여주고 있었다. 여자들도 이 방의 집기와 다를 바 없었다. 그런데 방구석에 침대가 있었다. 그리 크지 않았다. 미옥은 저 침대에서 자신이 유린당할 거라는 실감이 들었다. 자신이 버둥거리는 모습이 보였다. 우는 모습이 보였다. 그런데 창고처럼 쓰는 방치곤 그 내부가 지나치게 밝았다. 미옥은 그 이유를 찾아보니 바로 천장의 거울 때문이었다.

"이건... 이럴 수가..."

미옥은 처음 보는 거울이었다. 조선의 여자들이 쓰는 거울과는 아주 달랐다. 게다가 그래서 내부가 밝았던 것이다. 미옥은 기겁했다. 자신과 총독이 침대에 누워서 용을 쓰는 짓거리를 고스란히 보아야 한다는 사실은 기급절사(氣急絶死) 할 만했다. 이건 생각지도 못했었다. 자신이 일본의 창기가 되는 모습을 거울로 확인해야 할 줄은 몰랐었다.

그때 총독이 또 다른 문을 열고 나타났다. 또 다른 내실이 있었다. 총독은 미옥을 쳐다보지도 않았고 미옥에게 말을 걸지도 않았다. 무작정 옷부터 벗기 시작했다. 하긴 말이 필요 없었다. 말이 통할 리도 없었고 말이 통할 필요도 없었다. 몸만 통하면 될 뿐이었다. 총독이 완전히 벗은 채 미옥을 쳐다보았다. 총독은 미옥에게서 시선을 거두지 않았다. 계속 뚫어지게 쳐다보았다. 그런데 몸뚱이를 보는 것이 아니라 눈을 보고 있었다. 미옥은 그제야 총독의 뜻을 알아차렸다. 미옥에게 옷을 벗으라는 지시를 내리고 있었다. 미옥은 옷을 벗기 시작했다. 곧 나신이 드러났다. 미옥은 자신의 젖가슴과 배는 치마로 대충 가렸다. 불에 데고 칼에 베인 상처를 보면 죽이려 들 수도 있었다. 총독은 아무런 감흥도 없이 침대로 먼저 들어갔다. 미옥도 따라 들어갔다. 그런데 미옥은 다른 건 다 벗었지만 버선만은 벗지 않았다. 총독이 미옥의 몸을 쓰다듬기 시작했다. 미옥의 온몸에 소름이 좁쌀처럼 돋아났다. 미옥은 몸이 경직되더니 나무토막처럼 빳빳해졌다. 총독은 얼굴을 찌푸렸다. 화가 난 것이다. 바로 옆에 있던 작은 탁자에 있던 채찍을 집어 들었다. 채찍 바로 옆에 권총도 있었다. 미옥은 놀란 입을 다물지 못했다. 저절로 벌어지는 입을 손으로 막았다. 미옥은 자신이 총독을 죽이기 전에 자신이 먼저 죽을지도 모른다는 생각이 들었다. 미옥은 재빠르게 총독의 몸통을 껴안았다. 그러자 총독은 채찍을 내려놓았다. 채찍을 내려놓으면서 미옥의 버선을 보았다. 총독은 버선을 벗기려고 했다. 미옥은 재빠르게 발을 뺐다. 총독은 한 번 더 버선을 벗기려고 했다. 미옥은 이번에는 더 재빠르게 발을 뺐다. 총독은 다시 채찍을 집어 들었다. 미옥은 또다시 총독의 몸통을 껴안았다. 총독이 서서히 몸을 일으켰다. 미옥을 일으키며 일어났다. 그 바람에 미옥의 젖가슴과 배를 가리고 있던 치마가 바닥에 툭 떨어졌다. 미옥은 완전한 벗은 몸이 되었다. 지금까지 아무런 감정 없이 대응하던 총독은 너무나 놀랐는지 입을 다물지 못했다. 미옥의 젖가슴과 배가 흉측한 상처로 지저분했던 것이다. 불에 덴 자국과 칼로 찢긴 자국이 선연했다. 총독은 미옥이 불순분자라고 생각했다. 자신을 암살하기 위해서 잠입한 암살자라고 생각했다. 탁자 위에 놓여있던 총을 집어 들었다. 미옥의 머리통에 총구를 들이댔다. 그 순간 은숙 오라비가 문을 벌컥 열고 들어섰다. 노크도 없이 들어선 것이다.

"뭐야?"

총독은 은숙 오라비를 향해 불같이 화를 냈다. 은숙 오라비는 총독의 총을 든 모습보다 미옥의 벗은 모습을 보곤 더 충격적이었다. 얼굴은 벌겋게 상기되어 있었다.

   "침입자가 있습니다."
   은숙 오라비가 다급하게 외쳤다.
   "누가 감히 대일본 제국의 총독 관저에 침입한다는 거야?"
   총독은 벌거벗은 몸으로 불같이 화를 냈다. 미옥은 볼품없는 총독의 완전한 나신을 똑똑히 보았다. 배는 불뚝 나오고 엉덩이는 축 처져 있었고 다리는 쭈글쭈글했다. 여름날 개울가를 뱅뱅 떠도는 물방개가 떠올랐다. 그건 현재의 일본의 모습이었고 앞으로 일본의 모습이기도 했다. 일본은 이토록 흉측했고 속속들이 허약했다.
   "일단 피하셔야겠습니다. 빨리 피하십시오. 총독 각하."
   은숙 오라비는 총독에게 피신을 요청했다. 그리고 침대 옆 바닥에 떨어진 총독의 옷을 주워들더니 직접 입혀주었다. 총독은 손 하나 까딱하지 않았다. 미옥은 그 모습이 참으로 이상했다. 조선에서 떠들썩한 양반가의 자제가 총독의 옷을 입혀주는 모습은 참으로 이상했다. 미옥은 양반도 일본의 종일 수 있다는 개념이 들었다. 조선의 백성들이 일본과 맞서 싸우는 이유를 알 것 같았다. 총독은 옷을 다 입은 후 은숙 오라비에게 명령했다.

"찾으면 바로 즉살하라."

은숙 오라비는 허리를 숙여 인사를 했다. 총독은 좀 전에 자신이 나왔던 그 내실로 다시 들어갔다. 비밀 통로였다.

"참. 저 계집도 즉살하라. 한패다. 다이스케."

총독은 미옥을 죽이라고 명령하더니 내실 문을 닫았다.

"밖으로 통하는 계단이 있소. 빨리 옷을 입으시오."

은숙 오라비는 미옥을 재촉했다. 그런데 미옥은 얼어붙은 채 꼼짝도 하지 않고 있었다. 은숙 오라비만 쳐다보고 있었다. 미옥의 놀란 눈에는 눈물이 가득했다. 눈물을 흘리고 있었다.

"왜 그러오?"

은숙 오라비는 물었다. 미옥은 대답 대신 은숙 오라비의 얼굴을 쓰다듬었다. 연민의 손길이었다.

"다이스케... 그 이름 맞소? 정말 그 이름이 맞소? 다이스케..."

미옥은 슬픈 음성이었다.

"...그렇소... 맞소..."

은숙 오라비는 불길한 예감이 들었다.

"혹시... 옥이라는 이름의 여자를 기억하시오?"

미옥은 창자가 끊어지는 듯했다. 설마 그럴 리가 없다는 아우성이 밖으로 튀어나오려고 했다. 은숙 오라비는 대답이 없었다. 그저 미옥을 빤히 쳐다보기만 했다. 그때였다. 내실 밖에서 엄청 소란스러운 소리가 들렸다. 헌병들이 들이닥치는 소리였다.

"누가 찾아왔습니다. 급한 일이라고 합니다. 총독 각하가 위험하다고 합니다. 빨리 나와보십시오."

헌병들이 내실 안에 있는 은숙 오라비에게 소리를 지르고 있었다.

"기다려라."

은숙 오라비는 그들에게 소리쳤다. 누가 찾아왔는지 이미 알고 있었다.

미옥이 총독의 내실로 들어간 직후 그는 제 발로 찾아왔다. 별반 기대가 없었는데 갑자기 찾아온 것이다. 은숙 오라비는 잠시 그를 기다리게 조치한 후 총독의 내실로 들어온 것이다. 그리고 거짓으로 총독을 기만한 것이다. 침입자가 있다는 말은 사실 기막힌 배반이었다. 은숙을 살리기 위해서 침입자를 조작한 것이다.

은숙 오라비는 자신의 볼을 어루만지고 있던 미옥의 손을 뗐다.

"방금 총독이 나간 비밀 통로로 나가시오. 지금 경과된 시간으로 보아서 총독은 벌써 빠져나가고 없을 테니 안심하시오. 똑바로 나가면 바로 작은 가택이 나올 거요. 그 가택을 통해 밖으로 나가면 되오. 살아남는다면 나중에 나머지 얘기를 하도록 합시다..."

은숙 오라비는 빠르게 얘기한 후 문을 열어주었다. 미옥은 옷을 주워 입고 비밀 통로로 한 발을 내디뎠다.

"난 원래 당신을 죽여야 했소. 그것이 내 일이었소 그런데 오늘 죽이지 못하고 가오. 다음에 만나면 나머지 얘기를 하도록 합시다."

미옥은 인사를 했다.

"어차피... 난... 오늘 이곳에서 나가지 못할 것 같소. 그럼..."

은숙 오라비도 인사를 했다.

미옥은 비밀 통로로 들어갔다. 은숙 오라비는 그 문을 닫았다. 그리고 내실 문을 열고 나갔다. 그곳에는 김기주 선생이 기다리고 있었다. 십여 명의 헌병들이 포위하고 있었다.

"은동아. 총독이 위험하다. 당장 피신해야 한다. 그자들이 총독부를 폭파하려고 한단 말이다. 내가 너와 피를 나눈 형제이니 알려주는 것이다. 어서 총독께 알려라. 넌 큰 상을 받게 될 것이다. 이제 출세의 길만 열린 것이다."

김기주 선생은 큰 소리로 자랑스럽게 떠벌렸다.

"그래... 그게 언제요? 총독부를 폭파한다는 날이 언제냔 말이오?"

은동은 침착하게 물었다.

"지금부터다. 당장부터 조심해야 한다. 오늘 혹은 내일이라고 알고 있지만 그 날짜는 당장 오늘이 될 수도 있다. 그러니까 어서, 어서 서둘러라. 총독의 안위가 걱정이다. 은동아."

김기주 선생은 의기양양하게 말했다. 자신을 포위하고 겁박하고 있는 헌병들을 향해서 여유 있게 웃기까지 했다.

"그런데 그 사실을 왜 나한테 알려주는 거요?"

은동은 김기주 선생의 진짜 속내를 떠보았다.

"난... 너도 알다시피 첩의 자식으로 태어났다. 그 때문에 너보다 먼저 태어났지만, 형 대접 못 받았다. 그래서 서자의 서러움을 안고 살아왔지. 그런데 이제 이런 서러움도 덧없다. 날 진짜 형제로 받아주었으면 한다. 그리고 나도 너처럼 일본인으로 살고 싶다. 그동안 조선인은 날 무시하고 멸시하기만 했다. 은동아. 넌 나와 피를 나눈 형제다. 부탁한다."

김기주 선생은 피를 토하듯 자신의 원한을 밝혔다. 그간의 비참한 세월에 대한 보상을 받고 싶었다.

"그런데 왜 독립하는 자들과 어울렸소?"

은동은 엄격하게 물었다.

"그들만이 나를 사람처럼 대접해 주었으니까. 그들은 내가 서출인 걸 알고도 무시가 전혀 없었다. 그냥 정정당당하게 사람으로 대우해 주었다... 그게 전부다..."

김기주 선생의 눈빛은 허망하게 흔들렸다. 뿌연 아편 연기에 가려 보이지 않던 지독한 외로움의 눈빛이 드러나고 있었다.

"그런데... 왜 그런 자들을 배신하려는 거요?"

은동은 김기주 선생이 하는 짓거리가 꼴같잖았다.

"나를 밀고자로 의심하는 것 같아서... 그게 전부다."

김기주 선생은 억울하다는 듯이 말했다.

"그럼... 밀고자... 아닌 건 확실하오? 지금 내게 말하는 꼴을 보니 밀고자 맞는 것 같은데? 안 그렇소?"

은동은 김기주 선생을 몰아붙였다. 김기주 선생의 두 눈이 점점 커졌다. 호랑이 굴을 벗어나려고 했지만 더 큰 호랑이굴로 들어온 것을 깨달았다.

"당신은... 다른 사람들의 관심을 얻기 위해 그들을 이용했을 뿐이오. 지금의 나도 그럴 테고... 당신은 서출이라 무시당한 것이 아니라... 이렇게 배반을 밥 먹듯이 하기에 무시당한 거요."

은동은 김기주 선생의 정곡을 단번에 찔렀다. 김기주 선생은 삭은땀을 뻘뻘 흘렸다.

"그래... 확실하오? 한 놈 맞소?"

은동은 싸늘한 말투였다. 이미 사형선고를 결심한 말투였다. 김기주 선생은 그 말투에서 이상한 낌새를 눈치챘다.

"그런데, 너 말투가 왜 그러냐? 좀 무섭다... 그러니 말아라. 은동아. 너와 나는 피를 나눈 형제다..."

김기주 선생은 문득 두려웠다. 곧 죽을지도 모른다는 예감이 들었다. 은동은 대답 없이 노려보기만 했다.

"그래... 그래... 확실하다. 맞다. 한 놈이다..."

김기주 선생은 사정하듯 매달리듯 대답했다.

"한 놈, 정말 맞소?"

은동은 다시 물었다.

"아마... 한 놈일 것이다..."

김기주 선생은 점점 자신이 없어졌다. 은동의 얼굴은 점차 험악해졌다. 사태는 걷잡을 수 없이 위험하게 치닫고 있었다.

"지금 장난하시오? 대 일본제국 총독 관저에 와서 장난하는 거요? 겨우 한 놈? 한 놈? 말이 되오?"

은동의 음성은 점점 더 거칠어졌고 점점 더 커졌다. 김기주 선생은 그와는 반대로 점점 더 기가 죽었고 점점 더 쪼그라들었다. 그래도 끝까지 변명이든 뭐든 해봐야 했다.

"한 놈이든 열 놈이든 그게 뭐가 중요하냐? 어쨌든 그들이 온다는 거 아니겠냐? 그게 중요한 거 아니겠냐? 그러니 내 진심을 알아주길 바란다."

김기주 선생은 은동이 자신의 말을 믿지 않고 있다는 것을 알아차렸다.

"그들이 온다고 했다가... 한 놈이 온다고 했다가?... 도대체 어떤 말이 진실이오?"

은동은 김기주 선생을 극단으로 몰아가고 있었다.

"난... 날... 너의 진짜 형제로 받아들여 달라는 그 부탁 말이다. 그 부탁... 제발 들어주길 바란다..."

김기주 선생은 울상을 하고 빌다시피 하고 있었다.

"시끄럽소. 우리 집안과 엮지 마시오. 당신은 이미 총독을 암살할 계획을 세운 적이 있고... 오늘은 드디어 이렇게 쳐들어왔소... 총독을 암살하려고 들어온 것이오. 당신은 일본의 적이오."

은동은 김기주 선생에게 사형선고를 내리는 중이었다.

"은동아..."

김기주 선생은 너무 갑작스럽게 돌변한 은동의 태도에 어찌할 바를 모르고 있었다.

"그자가 한 놈이라고 했소?"

은동은 다시 확인하듯 캐물었다. 김기주 선생은 미친 듯이 고개를 끄덕거렸다.

"그런데... 이미 들어와 있는 것 같지 않소?..."

은동은 입가에 비웃음을 흘렸다.

"그래? 그러냐?... 그래?..."

김기주 선생의 얼굴은 일그러졌다. 말까지 더듬거리고 있었다. 이미 되돌릴 수 없는 필사(必死)였다.

"이자가 총독을 암살하려 했다. 이자를 당장 즉살하라. 이자가 범인이다."

은동은 소리쳤다. 김기주 선생은 온몸이 굳어진 채 은동만 뚫어지게 쳐다보았다. 꿈결에서처럼 총소리가 들렸다. 그 총소리가 자신을 향한 것인지, 자신을 향한 것이라면 왜 그런 건지 그 이유를 알 수 없었다.

31

성준은 김기주 선생을 커피잔으로 죽였다고 생각한 이후 한동안 정신을 차릴 수 없었다. 미옥이 당했던 그 수모와 치욕만 떠올랐다. 미옥이 절박한 여러 번의 절체절명의 순간에 단 한 번도 도움을 주지도 못했고 구해내지 못했다. 미옥은 자신이 믿고 따르는 선생이라는 이야기를 듣고선 김기주 선생에게 갔었다. 그리고 그런 잔인한 일을 당하고 말았다. 성준은 해만 저물면 한성 시내 쪽으로 쏘다니기 시작했고 점점 남산 쪽으로 걸어 다녔다. 방향은 늘 똑같았다. 같은 길을 반복해서 걷고 또 걸었다.

오늘도 남산 아래쪽에 있는 일본인들이 드나든다는 혼마찌 거리까지 와있었다. 유곽이 즐비한 곳이었지만 자신과는 전혀 상관없는 곳이라고 여겼고 그래서 유심히 쳐다본 적도 없었다. 그런데 오늘따라 지는 노을이 무척 아름다웠다. 게다가 유곽마다 등을 켜는 시간인지 등이 한꺼번에 켜지면서 깜짝 놀랄 정도의 아름다운 풍경을 연출했다. 성준은 그 등을 보며 노란 납매를 떠올렸다. 납매 아래 서 있던 아름다웠던 미옥을 떠올렸다.

그런데 익숙한 얼굴 하나를 발견했다. 바로 김 서방이었다. 성준은 깜짝 놀랐다. 그리고 이상한 생각부터 들었다. 김 서방이 한성 바닥에 있을 리도 없었고 더구나 일본인들이 드나드는 유곽 근처에 있을 리도 없었다. 성준은 기필코 확인하고 싶었다. 발걸음을 빠르게 옮겼다. 김 서방을 뒤쫓아서 따라잡았다. 그런데 김 서방은 한 유곽 앞에서 서성이고 있었다. 바로 성준이 바라보던 그 유곽이었다. 성준이 등을 살펴보니 '자도루(紫桃樓)'였다. 김 서방은 자꾸 안쪽으로 들여다보려고 기웃거리고 있었다. 순간 성준은 난감했다. 김 서방도 사내이니 유곽에서 한 번 놀고 가려고 온 것인지 하는 의구심이 들었다. 하지만 그 또한 이상했다. 혼마찌 거리에 있는 유곽은 주로 일본인들이 들락거리고 있었고 더구나 그 비용도 만만치 않을 터였다. 일개 종놈 주제에 그 비싼 돈을 지불할 능력이 전혀 없을 터였다. 어쨌든 이곳까지 쫓아왔으니 김 서방을 불러서 아버지 소식도 들어보고 여기까지 흘러온 자초지종을 들어봐야 했다.

"김 서방."

성준은 김 서방을 불렀다. 그러자 김 서방이 뒤를 돌아보았다. 김 서방은 성준을 보더니 저승사자라도 본 듯이 기겁을 하고 뒷걸음질 치다가 꽈당 넘어지고 말았다. 성준은 김 서방의 행태가 몹시 수상했다.

"아니 왜 그리 놀라는가? 날세. 김 서방. 그동안 잘 지냈나?"

성준은 한성 바닥에서 가솔을 만나게 되니 반갑기 이를 데가 없었다. 그런데 김 서방은 낯짝이 사색이 되어있었다. 눈빛은 두려움에 심하게 떨며 방황하고 있었다.

"도....도련...님..."

김 서방은 아직도 성준을 도련님으로 부르고 있었다. 아직 은숙과 혼인했다는 것을 완전하게 인식하지 못하고 있었다. 그건 순전히 미옥 때문이었다. 자의건 타의건 자꾸 미옥과 엮이고 있어서였다.

"하하... 김 서방... 대체 왜 이리 기겁을 하는가? 무슨 일 있는가?"

성준은 김 서방에게 또 물었다. 아무리 좋게 생각하려 해도 한참 이상했다. 반가워서 놀라는 것이 분명 아니었다.

"아니... 전... 어기서 도련님을 뵈니까... 노노노... 놀라서... 놀라서..."

김 서방은 말을 더듬거렸다

"아니 왜 그러는가? 내 짐작에 반가워서 그러는 건 아닌 것 같은데... 도대체 무슨 일인가? 속 시원히 말해보게."

성준이 슬그머니 다그쳤다. 하지만 김 서방은 이미 혼이 나간 사람처럼 멍한 눈빛으로 쳐다보기만 했다.

"김 서..."

성준이 다시 한번 다그치려 하는데 마침 유곽에서 여자가 나왔다.

주인 연심이었다. 김 서방에게 반가운 기색을 보이며 아는
척을 했다. 그런데 김 서방은 혼비백산한 표정으로 점점 뒤로
물러났다.

"오늘은 아씨가 안 오시고 자네가 왔는가? 어서 들어오게."

연심은 김 서방에게 꽤 친근하게 굴었다. 성준은 순간 머리
를 스치는 게 있었다. 그건 그냥 본능적인 예감이었다.

"이보시오. 혹시 이곳 주인 맞소?"

성준이 연심에게 말을 걸었다.

"입성은 괜찮아 보이기는 하오만... 돈은 두둑이 갖고 오셨소?"

연심은 성준을 위아래로 훑어보더니 입을 열었다.

"돈이라니?... 아... 여하간 그것 때문에 온 게 아니오."

성준은 유곽에 놀러 온 건 아니라는 대답을 했다. 연심은 픽
웃더니 몸을 돌려서 안으로 들어가려고 했다. 전혀 관심 없다
는 투였다.

"그럼 볼일 없소."

연심은 유곽에 돈을 뿌리러 오는 사내가 아니라면 아는 척
도 하고 싶지 않았다.

"내가 한 가지 묻겠소."

성준은 연심에게 다시 말을 걸었다. 하지만 가슴은 한창 방망
이질이었다. 분명히 김 서방과 유곽 주인과 미옥이 서로 연관이

있을 거라는 육감이었다.

"그럼 계집이라도 찾는 거요? 그럼 나도 볼 일 있소."

연심은 영락없는 장사치 티를 냈다.

"그것은 아니라고 확언을 드렸소."

성준은 주인과 어긋나는 대답을 했다. 연심은 성준을 한심하게 쳐다보더니 한 마디 뇌까렸다.

"돈도 아니고 계집도 아니고. 그럼 뭐요? 원 재수 없으려니... 마수걸이도 하기 전에 별일이 다 생기네."

연심은 유곽 안에 대고 대뜸 소리쳤다.

"뭐하냐? 소금 뿌려라. 진상 가신다."

연심은 그대로 몸을 돌려 안으로 들어갔다.

성준은 끈질겼다. 돌아가는 연심의 뒤통수를 향해 다시 물었다.

"내가 한 가지 묻겠다고 하지 않았소?"

순간 연심은 귀찮다는 듯이 몸을 휙 돌리더니 성준을 노려보았다.

"뭐요? 제발 빨리 물으시오. 난 한가한 사람 아니오."

연심은 역정이 난 얼굴이었다. 그때까지 겁에 질려 뒤로 한참 물러나 있던 김 서방이 수습에 나섰다.

"도련님. 아씨 댁에 가서 계시면 제가 이따 다 말씀드리겠습니다. 그러니 부디 돌아가 계십시오."

김 서방은 성준의 팔을 잡고 통 사정을 했다. 연심은 김 서방과 성준을 번갈아 쳐다보더니 고개를 까딱거렸다.

　"둘이 아는 사이요? 같이 왔소?"

　연심이 신기한 듯 물었다. 김 서방은 난처한 표정을 지으며 연심에게 눈을 끔뻑거렸다. 공범이 되어달라는 눈짓이었다.

　"내 가솔이오. 왜 그러시오?"

　성준이 오히려 물었다.

　"그럼 대체 누구시오? 도련님이라면... 아직 혼인도 안 하신 것이니..."

　연심은 머리를 굴렸다.

　"서방님 맞습니다. 우리 아씨와 혼인하신 서방님이 맞습니다."

　김 서방이 가족 관계를 들추며 이야기했다

　"어머, 그럼 설마... 그 댁 그 아씨의 서방님이시오?"

　연심이 놀란 눈빛으로 성준에게 물었다. 은숙과 상관이 있을 거라고 짐작도 못 했던 것이다.

　"김 서방이 말하는 아씨가 내가 아는 그 아씨라면... 그렇다고 할 수 있소."

　성준은 입안이 바짝바짝 타들어 갔다. 미옥이가 관련된 셋의 계략이 있는 듯했다. 연심은 활짝 웃으며 이내 반가운 표정으로 돌변했다. 좀 전에 깔보던 웃음과 말투는 어느새 사라지고 없었다.

　"아이고... 그러시구려... 어서 들어오시오. 반갑소."

연심은 김 서방은 그냥 내버려 둔 채 성준만 데리고 들어갔다. 김 서방은 투덜거리며 따라 들어갔다.

성준은 난생처음 들어와 본 유곽에 눈이 휘둥그레졌다. 사내라면 누구나 혹할 만한 광경이었다. 연심은 자신의 방으로 성준을 친절히 안내했다. 방은 이미 뿌연 연기가 자욱했다. 연심은 자리에 앉자마자 아편을 피우기 시작했다. 성준은 밭은기침을 뱉어냈다. 그런데 참으로 익숙한 냄새였다. 바로 이 냄새는 김기주 선생 방에서 맡았던 그 냄새였다. 연심은 성준이 기침하는 꼴이 우스운지 한참 동안 웃어댔다.

"순진한 서방님이시구려... 이런 유흥도 모르고 살아오셨다니 말이요. 무슨 재미로 사셨나... 모르겠소. 난 연심이라고 하오."

연심은 유흥에 미친 사내들만 보다가 성준을 보니 꽤 마음에 들었다. 자신의 손바닥에 올려놓고 얼마든지 주무를 수 있는 사내로 보였다. 연심은 모든 관찰이 끝났는지 흥정에 돌입했다.

"내가 이번 일을 성사시킨 게 보통 품이 들어간 게 아니오. 그러니 전에 약속했던 것보다 더 주셔야 하오. 알겠소?"

연심은 장사치로서 계산적인 모습을 드러냈다. 성준은 멀뚱하게 쳐다보기만 했다. 알아들을 수 없는 말투성이였다.

"입만 다물고 있다고 해결되는 게 아니잖소? 어서 흥정을 말해 보시오. 금덩이 하나로는 도저히 안 되겠소."

연심은 아편 연기를 후우 뿜어냈다. 성준은 자신의 얼굴로 쏟아진 아편 연기를 손으로 거두어냈다. 그리고 알아들을 수 없는 말이지만 그 내용을 파악하기 위해서 아는 척이라도 해 봐야겠다고 마음먹었다.

"왜 금덩이 하나로 안 된다는 말씀이오?"

성준은 넉살 좋게 치고 나갔다. 연심의 반응을 기다렸다.

"아니 줄을 섰단 말입니다. 그년을 높으신 양반한테 뇌물로 갖다 바치려고 말입니다. 반반한 계집이 어디 한둘인 줄 아시오? 스스로 갖다 바치는 별 미친년들도 다 있소. 그러니 이쪽이 아무리 몸을 바치길 원해도 그리 쉽지만은 않다는 얘기요. 높으신 양반이 시간 내기가 하늘의 별 따기란 말이요. 게다가 작금의 조선을 호령하고 있는 분 아니오? 장차 조선의 황제가 되실 분이니... 말하면 뭐 하겠소? 입만 아프지. 그러니 금덩이 하나로는 안 되겠다는 말이고... 호호호."

연심은 자신이 미옥을 뇌물로 바치려는 이야기를 딴 사람 이야기처럼 하고 있었다. 성준은 뭐라고 대꾸해야 할지 그저 깜깜했다. 연심이 지껄이는 말의 실체를 정확하게 알기 어려웠다. 누구의 얘기를 하는 건지 무슨 말을 하는 건지 도저히 알 수가 없었다. 그런데 연심은 또 줄줄 쏟아내고 떠들었다.

"내용을 다 모르시오? 그 댁 아씨께서 나를 찾아와 부탁하신 건 아실 테고... 아... 그러니까..."

연심은 말하다 말았다.

"그런데 한 가지 묻겠소... 그 높으신 분이 대체 누구요?"

성준이 까놓고 물었다.

"조선에서 제일 높으신 분을 모른단 말이오? 참말이오?"

연심이 오히려 되물었다. 이건 순진한 게 아니라 세상 물정을 모르는 것이었다.

"조선의 황제를 말하는 거요? 대한제국의 황제 말이오?"

성준이 고개를 갸우뚱했다.

"무슨 말이오? 조선에서 제일 높은 양반이 황제라니? 조선 사람 맞소?"

연심은 혀를 끌끌 찼다.

"도대체 무슨 말을 하는 것이오? 그냥 제대로 얘기해보시오."

성준은 짜증이 났다.

"나 참 순진한 건지, 바보인 건지... 조선 양반의 한량 도련님들은 다 그럽니까? 세상 돌아가는 것도 모르는 철부지랍니까? 하긴 술독에 빠져 오입질만 해대니..."

연심은 비꼬듯 말했다.

"아니... 그럼 총독을 말하는 거요? 조선총독부의 총독?"

성준은 이제야 감이 잡혔다.

"그런데, 그 총독에게 바친 계집과 내 안사람과 무슨 관련이 있는 거요? 아무런 관련이 없을 듯해서 하는 말이오."

성준이 조목조목 따져 물었다. 순간 연심은 당황했다. 골치 아픈 일이 생길 것 같았다. 잘못하면 자신의 수렴청정도 날아갈 판이었다. 성준을 내쫓아 버려야겠다고 생각했다.

"아니... 그게... 그럼 오늘 왜 오신 거요? 확인하러 오신 거 아니요? 일이 제대로 성사되었는지 말이오."

연심은 모르는 척 아는 척 능청스러웠다.

"김 서방 들라."

성준은 소리쳤다. 김 서방은 바로 문 앞에 있었는지 곧바로 쪼르르 들어왔다. 들어오자마자 바짝 엎드렸다.

"자초지종을 말해라."

성준은 김 서방에게 지시를 내렸다. 김 서방은 쩔쩔매고 있었다. 허둥대는 꼴이 이미 사람 형색이 아니었다.

"난 우연히 지나는 길에 네놈을 보고 따라 들어왔다. 도대체 이 유곽에 무슨 볼일이며, 그게 아씨와는 무슨 관련이 있는 게냐? 거짓 없이 말하라. 아니면 넌 죽임을 당할 것이다."

성준은 노기를 띤 채 물었다.

"그게... 아이고, 서방님 살려주십시오."

김 서방은 넙죽 엎드려 고개를 처박고 읍소부터 했다.

연심이 벌떡 일어났다.

"당장 내 집에서 나가시오. 난 아무 상관도 없는 사람이오. 더 나를 해코지한다면 크게 경을 치르실 거요... 그리고 이놈 김 서방... 아씨가 보낸 물건이나 내놔라. 이놈. 도적놈 같으니라고. 얼른 내놔... 이놈"

성준은 연심과 김 서방을 번갈아 보았다. 김 서방은 품에 숨겼던 보따리 하나를 슬쩍 건넸다. 그 순간 성준이 그 보따리를 우악스럽게 잡아챘다. 급하게 열어보니 금덩이 하나가 있었다. 성준의 눈이 번쩍 커졌다.

"이게 무엇이오? 내 안사람이 왜 당신에게 금덩이를 준단 말이오?"

성준은 반드시 대답을 들어야겠다는 각오를 부렸다.

"나도 모르겠다... 뭐가 어찌 되어서 부인과 이리 소통이 부족한 줄 모르겠으나... 이거 하나만 약조하시오. 그럼 내가 대답하리다."

연심은 성준에게 조건을 걸었다.

"내 다시 얘기하지만 내 집에서 강짜를 부리면 살아나가지 못할 것이오. 그리고 지금부터 내가 알려주는 사연은 내 잘못이 아니오. 알았소?"

연심은 다시 다짐을 받으려 했다.

"좋소."

성준은 고개를 끄덕였다.

"예전에, 그쪽 부인이 내게 와서 한 가지 부탁을 했소."

연심은 털어놓을 작정이었다. 귀찮아 죽을 지경이었다.

"무슨 부탁인지 말하시오. 내 그냥은 나가지 않을 것이오. 여기서 발 뻗고 누워 어깃장을 부릴 수도 있소."

성준은 고집스럽게 말했다.

"그리하면 크게 경을 치르실 거라고 하지 않았소? 방금 약조하고선... 여하간... 그 계집을 총독에게 갖다 바치라고 했단 말이오. 사실 나도 그런 마음이 있기는 했지만... 금덩이까지 갖다 주며 꼭 성사시켜 달라고 하니 난들 방법이 있겠소? 썩 내키지 않아도 해야 되지 않겠소?..."

연심은 툴툴댔다. 성준이 자리를 박차고 일어났다. 당장이라도 연심을 죽일 기운이었다.

"그 계집이 누구요? 빨리 말하시오."

성준은 고함을 질렀다.

"누구긴 누구요? 유곽에 있는 창기년이지."

연심은 이제 지겨울 지경이었다. 매일매일 유곽의 세상에 들어온 계집들의 사연이 쏟아지고 있었다. 다 들어주다가 늙어 죽을 판이었다.

"창기?"

성준은 의아했다. 창기를 총독에게 바치는데 왜 은숙이 개입된 것인지 게다가 금덩이까지 오가는 것인지 알 수가 없었다. 성준은 그 창기가 미옥이라는 사실은 생각도 못 하고 있었다.

"그러니까 그게 누구요? 그 창기가 누구냔 말이오."

성준은 연심에게 더 가까이 다가갔다. 금덩이를 든 손을 높이 쳐들었다. 머리통을 내리칠 형국이었다. 연심은 조금도 겁내지 않았다. 산전수전 다 겪은 노장이었다. 이따위 협박에 눈 하나

까딱할 여자가 아니었다.

"조금 전 경고했을 텐데? 살아나가지 못할 것이라고?"

성준은 금덩이를 쥔 채 높이 들었던 손을 내렸다. 자신이 약
조한 것을 기억해 냈다. 무서워서가 아니었다. 사내로서 입으
로 뱉은 약조는 지키고 싶었다.

"미안하오. 이제 말해보시오."

성준은 마음을 가라앉혔다.

"미옥이...라고 하오. 그 댁 종년이었다고 하더이다."

연심이 비로소 그 이름을 말했다. 성준의 손에서 금덩이가
툭 떨어져 나갔다. 금덩이는 바닥을 데구르르 굴렀다. 성준은
눈앞의 사물이 흐려진다고 생각했다. 사방이 빙빙 도는 느낌이
었고 어지러웠다.

"내가... 다시 이르지만, 그 계집은 내 것이오. 그러니까. 그건
분명히 하고 갑시다. 내가 돈을 주고 샀단 말이오. 알아들었소?"

연심은 성준에게 또다시 약조를 요구했다.

"...정말이오? 그 말이 참말이오? 미옥이 정말 창기였단 말이
오? 어떻게 창기가 되었소? 빨리 말해보시오... 빨리..."

성준은 사색이 된 채 물었다. 이미 넋이 나가고 혼이 나간 자
의 목소리였다.

"저놈이 데려왔단 말이오. 바로 저놈이..."

연심은 김 서방을 가리키며 소리를 질렀다. 성준은 서서히

고개를 돌려 김 서방을 쳐다보았다. 이제 노려볼 힘도 없었다.

"도련님... 그때... 팔달산 길상사 암자에 계실 때 그때입니다. 아씨가 제게 미옥을 처리해달라고 부탁을 하셨습니다. 그래서 다른 집의 종으로 팔려고 했는데..."

김 서방은 주섬주섬 털어놓기 시작했다. 한편 속이 시원했다. 그동안 자책감으로 너무 괴로웠다.

"그런데..."

성준의 목소리는 점점 더 작아지고 있었다. 눈빛도 점점 더 방향 없이 흔들리고 있었다.

"대감마님이... 아예 창기로 팔아버리라고..."

김 서방은 흐느끼기 시작했다. 자신도 그동안 힘들었던 서러움이 밀려왔다.

"아버지가 왜?..."

성준은 점점 더 정신이 혼미해져 갔다. 이제는 술 취한 사람처럼 조금씩 비틀거렸다.

"그래야... 도련님이 완전히 마음을 버린다고 하시면서..."

김 서방은 바닥에 엎으려 엉엉 울며 통곡하기 시작했다.

"인제 그만 나가주시오. 당신들 집안 얘기는 당신들끼리 하시오. 제발 그렇게 하시오. 다시 한번 말하지만 그 계집은 이제 내 것이오. 그리고 이제 그 사실을 절대 되돌릴 수는 없소. 명심하시오."

연심은 성준이 빨리 나가기를 바랐다. 미옥을 빼앗길까 심사가 편치 않았다.

"그래서 미옥이, 지금 어디 있소?"

성준은 이제는 조금씩 정신이 돌아오고 있었다. 미옥을 찾아야 한다는 단 하나의 일념 때문이었다. 사정사정하고 있었다.

"그게... 늦었다고 했잖소? 이미 인연이 다한 계집이오. 잊으시오. 그게 좋소. 참말로 하는 말이오."

연심은 성준을 어르고 타일렀다.

"그건 내가 결정할 일이오. 어서 말하시오. 어디 있소? 지금?"

성준은 금덩이를 들어 이번에는 자신의 머리통으로 가져갔다. 자결이라도 하겠다는 본보기였다. 연심은 놀랐다. 미옥에 대한 연심이 저 정도일 줄은 몰랐다.

"총...총독...에게 갔소... 찾을 생각 마시오. 분명히 말했소. 그 계집은 내 거라고..."

연심은 말하면서도 겁이 났다. 성준이 총독까지 찾아간다면 자신은 죽은 목숨이나 다름없었다.

"아..."

성준은 신음소리를 내뱉더니 쓰러질 듯 휘청거렸다. 김 서방이 얼른 일어나 부축을 했다.

"네가... 앞서라."

성준은 비틀거리면서 말했다. 목소리는 다 죽어가고 있었다.

"어딜 가시게요? 설마 총독부에 가신단 말씀이십니까? 그렇습니까? 도련님... 아이고 우리 도련님..."

김 서방은 걱정이 이만저만이 아니었다.

"앞서라니까."

성준은 김 서방에게 화를 낼 힘도 없었다. 그저 중얼거리고 있을 뿐이었다. 혼자 휘적휘적 걸어 나갔다.

"총독부에 들어가기 전에 죽을 것이니... 네가 네 주인을 살리겠다면 알아서 말려라."

연심은 김 서방을 향해 말했다. 김 서방의 얼굴은 눈물범벅이었다.

연심은 바닥에 떨어진 금덩이를 주웠다. 문득 덕길이 떠올랐다. 덕길도 참으로 대단했었다.

"도대체 그 계집이 무엇이길래, 두 사내가 저렇게 요동을 치는 거지?"

연심은 도무지 이해하기 어려웠다.

"...그것이구나... 그래..."

연심은 슬며시 미소를 지었다. 그건 너무 오래 살아서 지겨울 정도로 외로운 여자의 웃음이었다.

"살다 보면... 단 한 번 찬란하게 반짝일 때가 있지... 그 찬란한 빛을 향해 자신을 던질 때가 있지..."

연심의 눈가에 눈물이 고였다.

32

덕길은 승희와 함께 총독부 근처를 배회하고 있었다. 덕길은 이번 일을 끝내고 한성미곡상을 다시 찾아가 볼 생각이었다. 그날 그냥 돌아온 것이 마음에 남은 것이다. 미옥이 그곳으로 돌아올지도 모른다는 미련이었다. 그리고 미옥이 생각보다 가까운 곳에 있을 거라는 연결된 느낌이 그야말로 강렬했다. 말로 설명할 수 없는 두 사람 사이의 끈질길 인연의 끈이었다. 이건 고증이 필요 없는 연정의 완벽한 누적(累積)이었다. 그런데 아까부터 승희가 자꾸 흘깃거렸다. 덕길은 자꾸 신경이 쓰였다. 그러다 보니 자신의 행동거지도 부자연스러워졌다.

"뭐요?"

덕길은 툭 내뱉었다. 덕길도 일부러 그런 것이 아닌데도 말투가 비스듬히 새어 나왔다.

"쳐다보면 안 돼요? 뭐가 어때서요?"

승희는 부끄러움도 없는지 오히려 배 째라는 시늉이었다.

"걸리적거리니까 하는 말이요. 불편하니까 하는 말이요. 계속 그러면 돌려보내겠소."

덕길은 모질게 말했지만 사실 승희가 좋았다. 미옥에게서 느끼는 것과는 그 결이 달랐다. 그건 수수한 순정이 아니라 떠들썩한 열정이었다. 그런데 마음 놓고 편안하게 좋아할 수가 없었다. 미옥이 때문이었다. 그렇다고 미옥을 감히 능가하는 그런 사모는 아니었다. 어떤 여자든 어떤 마음이든 미옥을 대체할 수는 없었다. 미옥은 덕길의 심장에 박힌 부싯돌이었다. 시도 때도 없이 제멋대로 발화하는 그런 부싯돌이었다.

"난 누가 뭐란다고 말 듣는 종자가 아니란 말이오. 내가 하고 싶은 대로 한단 말이오. 그러니까 괜히 이래라저래라 하지 마시오. 알아듣겠소? 내가 보든 말든 뭔 상관이란 말이오? 내가 쳐다볼 자유도 없단 말이오?... 도대체 무슨 자격으로 그러는 거요?"

승희는 염치도 없이 말했다. 뻔뻔하기가 철면피였다.

"원래 이따위요?"

덕길은 더 막 대했다.

"원래 이따위요?"

승희가 똑같은 대거리를 했다.

"이건 또 무슨 시비요?"

덕길은 유치한 설왕설래가 귀찮아서 더 이상 말도 하고 싶지 않았다. 그런데 은연중에 재미있기도 했다. 처음 경험하는 남녀상열의 잔재미였다.

"원래 말본새가 그러냔 말이오? 대답해 보시오. 툭툭 던지지만 말고."

승희는 화가 난 척 언성을 높였다.

"하긴 그런 말본새로 여자 구경이나 해봤겠소만. 덩치만 남자지 남자구실이나 해봤으려나 몰라..."

승희는 약을 올리며 일부러 자극했다. 덕길이 자신에게 관심을 가져주기를 바라고 있었다.

덕길은 대꾸도 안 했다. 승희라는 여자에게 휘말려 들 것 같은 느낌이었다. 사내의 불같은 욕정을 부추기는 느낌이었다. 한숨을 크게 쉬며 딴 곳을 보았다. 그런데 덕길은 얼핏 성준을 본 것 같았다.

"아니... 여길 어떻게?..."

덕길은 믿을 수 없다는 듯이 중얼거렸다. 멀찍이 본 것이지만 어린 시절부터 보아온 성준의 면상이었다. 틀릴 리가 없었다. 덕길은 혹여라도 성준과 시선이 부딪힐까 봐 고개를 돌렸다. 그리고 제발 자신을 지나가기를 바랐다.

"누가 오고 있는 것 같소."

승희가 덕길에게 알렸다.

"아이 씨..."

덕길은 욕이 저절로 튀어나왔다. 고개를 돌려보니 성준이 덕길 쪽으로 빠르게 걸어오고 있었다. 그 순간 덕길은 성준과 시선이 만나고 말았다. 덕길은 짜증이 났다. 하필 이런 상황에 나타나는 심보가 너무나 얄미웠다. 성준은 일부러 그러는 것인지 자신을 미행하듯 늘 이런 식이었다. 덕길이 그럴싸한 판을 깔아 놓으면 불현듯 나타나서 이득을 취하는 꼴이었다. 죽일 수도 없고 환장할 노릇이었다.

"아이... 씨..."

덕길은 또 욕이었다. 악연도 이런 악연이 없을 터였다. 미옥과 관련된 일에만 열심히 조우하고 있었다.

성준은 숨을 헐떡거리며 멈춰 섰다.

"미옥이 소식을 아느냐?"

성준은 정말 다짜고짜였다. 덕길의 그간 안위를 묻기는커녕 미옥의 행적부터 물었다. 덕길은 기분이 나빴다. 성준의 입에 미옥의 이름이 오르내리는 것이 아주 싫었다. 아주 징글징글하게 싫었다.

"갑자기 나타나서 그건 왜 묻소?"

덕길은 한참 삐딱했다.

"혹시, 이미 알고 있는 거냐?"

성준은 여전히 말의 앞뒤가 없었다. 그만큼 미옥을 찾아야겠다는 일념이 다급해서 인사고 나발이고 없었다.

"뭘 말이오? 말이 원래 그렇게 두서가 없는 거요? 지금 뭘 묻고 있는 거요? 제대로 물란 말이오. 제대로."

덕길은 은근히 강짜를 놓았다. 하지만 성준이 무엇을 묻더라도 제대로 대답해 주지 않을 작정이었다.

"네놈도 알고 있으니 여기까지 온 거 아니냐? 이래도 나한테 거짓 할 셈이냐?"

성준은 벌컥 흥분하고 있었다. 사내들끼리 말장난이나 하고 싶지 않았다.

"…알고 있는 만큼 나도 알고 있소. 그렇게만 대답하겠소."

덕길은 대충 던졌다. 일단 기세를 좀 줄였다. 승희가 알까 봐 신경 쓰였다.

"알고 있다니? 참말이냐? 네놈이 미친 거 아니냐? 제정신이냐?"

성준은 노발대발했다.

"대체 왜 이러시오? 그쪽이야말로 미쳤소?"

덕길도 소리를 질렀다.

"알고 있는 놈이 이러는 거냐?"

성준은 당장 멱살이라도 잡을 흉내를 내었다.

"아직도 내가 그쪽 종인 줄 아시는 거요?"

덕길은 성준을 꼬나보았다.

"이놈아. 총독에게 가 있는 걸 아는데 이렇게 여자와 희희낙락 노닥거리고 있난 말이냐?"

성준은 덕길을 힘껏 밀치며 소리를 질렀다.

"총독에게 가 있다니 그건 또 무슨 해괴망측한 소리요? 난 한성미곡상을 말하는 것인데. 그 영감 말하는 거 아니었소?"

덕길은 성준이 횡설수설하는 것으로 들었다.

"그럼 넌 왜 여기 있는 거냐? 여기서 무엇을 도모하고 있냐는 말이다."

성준은 덕길이 모르고 있다면 더 큰일이라고 생각했다.

"말해 보시오. 미옥이 어디 있다는 거요? 제대로 지껄이란 말이오."

덕길은 성준의 멱살을 잡았다. 성준은 덕길이 반상의 법도를 내팽개치건 말건 전혀 염두에 없을 정도로 경황이 없었다.

"미옥이 총독의 거처로 들어간 걸 진짜 모른다는 거냐?"

성준은 심각한 정색이었다. 절대 거짓이 아니라고 부르짖듯이 말하고 있었다.

"총독 거처에 왜... 왜... 거기에..."

덕길은 말을 멈추고 말았다. 순간적으로 뇌리를 스치는 것이 있었다.

덕길은 성준의 멱살을 스르르 내려놓았다. 상상하기도 싫은 가장 나쁜 상황이 벌어진 게 분명했다. 심장이 걷잡을 수 없이 벌렁거렸다.

"내가 그놈 모가지를 벌써 땄어야 하는 건데... 땄어야 하는 건데..."

덕길은 목소리가 갈라지고 거칠어졌다. 숨소리도 오르락내리락하고 있었다. 분노가 걷잡을 수 없이 끓어오르고 있었다.

"미옥이 누구요?"

승희가 불쑥 끼어들었다. 두 사내의 구구절절한 사연을 알고 싶었다.

"네가 상관할 여자가 아니야."

덕길이 승희의 말을 단칼에 잘라버렸다. 승희는 별안간에 눈에 눈물이 살짝 맺혔다. 자신도 놀라고 있었다. 자신이 덕길을 아주 많이 좋아하고 있다는 것을 깨달은 것이다. 그래서인지 덕길의 별말 아닌 말 한마디가 이토록 서러웠다. 또 미옥... 그 여자의 이름을 듣는 순간, 덕길이 진짜 좋아하는 여자라는 것을 금방 알아챘다. 더구나 덕길이 앞에 있는 남자 또한 마찬가지였다. 그 여자를 진짜 좋아하고 있다는 것을 금방 알아챘다. 그러니까 두 사내가 한 여자를 좋아하고 있는 것이었다. 그런데 그 싸움의 기운이 소리 없는 치열한 전투였다. 누군가 하나가 죽어 나가야 끝날 기운의 맹렬한 싸움이었다. 승희는 맥이 탁 풀렸다. 하필 자신이 이렇게 힘든 연모를 해야 한다는 걸 알아버렸다. 덕길이 결코 자신을 연모하지 않을 거라는 걸 알아버렸다.

"내 팔자가 이렇구나..."

승희는 혼잣말을 중얼거렸다. 그런데도 덕길 곁을 떠나고 싶지 않았다. 그런데도 덕길 곁을 지키고 싶었다. 하룻밤이라도 활활 불타오르다가 재로 남더라도 좋았다.

"지금 저 안에 있는 거요?"

덕길이 총독부 건물을 눈짓으로 가리키며 물었다.

"그렇게 알고 왔다."

성준은 한숨과 함께 대답했다.

"그래서? 이렇게 혼자 들어가겠다고 이리 온 것이오? 지금 또 양반 놀음하고 있는 것이오? 또 아무 계획도 없이 온 것이냔 말이오?"

덕길은 화가 나서 견딜 수가 없었다. 성준은 아직도 한심한 지경에 머물러 있었다.

"그래... 난... 이것밖에 안 되는 놈이다. 난 조선을 살리는 일도 자신이 없고 하다못해 미옥을 살리는 일도 자신이 없다. 할 줄 아는 건 양반 놀음하는 것밖에 없다. 그래. 이게 나다. 이게 나라고. 이렇게 비겁한 게 나다. 이렇게 비겁한 게 나라고."

성준은 절규하듯 외쳤다.

덕길은 정신을 잃은 것처럼 멍하게 성준을 쳐다보았다. 처음 보는 성준의 진짜 정체였다. 그런데 누군가 까발린 것이 아니라 본인 스스로 자백하는 것이었다. 처음으로 성준에게 연민을 느꼈다.

"...미옥을 살리려면... 무턱대고 그냥 들어가면 안 되오. 그건 결국 미옥을 죽이는 일이오."

덕길은 성준에 대한 화를 조금 굽혔다.

"넌 이런 사실도 모른 채 이곳에 왜 있는 거냐?"

성준이 또다시 물었다. 승희를 쳐다보며 물었다. 그런데 승희의 눈길이 만만치 않았다. 성준은 그 눈길이 무서워서 피하고 말았다.

"그건 알 필요 없소."

덕길은 굳이 말할 필요가 없다는 듯 대답했다.

"우린 총독을 암살할 예정이오. 갑자기 나타나서 뭘 자꾸 궁금해하시오?"

승희가 대신 대답했다.

"뭐라고?"

성준은 놀라서 입을 다물 수가 없었다. 다시 덕길을 쳐다보며 물었다.

"지금 말이 맞느냐?"

성준이 덕길의 멱살을 잡았다.

"지금 그게 문제요?"

덕길은 자신의 멱살을 잡았던 성준의 손을 뿌리쳤다. 오로지 미옥을 구할 방도를 생각하고 있었다.

"나를 따라와라."

성준이 먼저 앞섰다.

"막무가내로 어딜 따라오란 말이오?"

덕길이 심통을 부렸다.

"내 아는 자가 검열관이다. 그자를 통해 총독부 도면을 얻으려고 한다. 총독의 방을 찾을 수 있으니까. 그게 계획이라면 계획이었다. 무모한 계획이긴 하지만. 없는 것 보다 났겠지. 미옥이 어디 있는지만 알면 된다. 일단 그거라도 하자. 그러니까 가자."

성준은 재빨리 앞으로 걸어갔다. 덕길은 성준의 뒷모습을 바라보았다.

"아는 자가 도면을 준다고? 총독부 건물 도면을? 지금 어린 애들 장난하시오?"

덕길은 앞서 걸어가는 성준의 뒤통수에 대고 소리쳤다. 성준은 대답이 없었다.

"우린 누군가 하나 죽어야 끝이 날... 그런 인연이군..."

덕길은 지푸라기 잡는 심정으로 따라갔다. 성준을 빠르게 따라갔다. 승희도 한숨을 내쉬며 따라갔다.

성준은 은숙 오라비 은동을 찾았다. 전화 몇 통의 확인을 거쳤지만 생각보다 쉽게 들어갈 수 있었다. 검열관 지위는 조선인에게 살해의 위협을 받는 위험한 자리도 아니었다. 간단한 무기 소지만 조사했을 뿐이었다. 어차피 그들은 총칼로 무장하고 있을 것이고 성준은 총칼도 없는 비무장이었다. 여차하면 성준이든 덕길이든 죽이는 건 식은 죽 먹기보다 쉬운 일이었다.

은동은 성준을 보자 얼굴이 굳어졌다. 전혀 반갑지 않은 만남이었다. 마지막 만남도 불쾌하게 끝났었다. 게다가 오늘은 수상한 자들과 동행하고 있었다.

"전화 받고 놀랐소. 날 만나러 오다니? 참 뭐라고 해야 할지..."

은동은 기분 나쁜 듯 뇌까렸다.

"혹시 어제 아니면 오늘 총독의 비밀스런 거처로 들어간 여자를 알고 있는지 궁금해서 왔네. 중요한 일이네. 꼭 말해줘야 하네."

성준은 심각한 얼굴이었다. 은동의 낯빛이 순식간에 바뀌었다. 하지만 대답은 없었다. 성준은 문득 은동과 미옥이 서로 아는 사이라는 예감이었다.

"중요한 일이네. 꼭 말해주었으면 하네. 그리고 시급을 다투는 일이네."

성준은 초조했다.

"총독의 비밀스런 거처로 들어간 여자라? 그렇다면 그 내용 또한 비밀일 텐데?... 내가 그 비밀을 왜 알려줘야 하는지 모르겠는데?..."

은동은 비웃듯 말했다.

"음... 그런 일이 발생한 것이 맞는 것 같군... 그럼 좀 다르게 묻겠네. 지금 그 여자 어디 있나?"

성준은 단도직입적이었다. 은동은 역시 대답이 없었다. 그저 성준을 쳐다보고 웃을 뿐이었다.

"난, 정중하게 묻고 있는 것이네. 제발 말해 주게."

성준은 간청하다시피 했다.

"좀 전에도 얘기했지만, 내가 비밀을 발설할 수 없는 처지라는 건 알 텐데? 결국... 난 대답을 해줄 수가 없으니 그리 알고 가라. 난 할 말 없다."

은동은 냉정했다. 하대까지 서슴지 않았다.

"도와주게. 검열관에게 묻고 있는 것이 아니라 처남에게 묻고 있는 것이네. ... 얼마 전 은숙과 혼인을 마쳤네. 은동."

성준은 다시 간청했다.

"나도 들었네... 교묘한 혼인식이지... 가히 사기극에 가까운... 자신의 아버지를 수발들게 하기 위한... 그러니 그렇게 비밀스럽게 했겠지... 안 그런가?"

은동은 피식 웃었다.

"은동. 처남... 미우나 고우나, 우리는 이제 한 집안이네... 그러니까 제발 말해주게."

성준은 은동의 손을 잡으며 말했다. 은동은 거칠게 손을 떼어냈다.

"이놈이 그놈이오?"

덕길이 깜짝 놀라며 한발 앞으로 나섰다. 은동을 죽일 듯이 쳐다보았다.

"넌 또 뭐냐?"

은동은 대번에 덕길을 아래로 깔아보며 말했다. 옆구리에 차고 있던 권총으로 손을 가져갔다.

"난, 나다... 중국 요릿집 등륜의 딸을 임신시킨 그놈 맞지?...

안 그런가?"

덕길은 은동의 멱살을 잡았다. 은동은 차고 있던 총을 빼서 덕길의 머리통을 겨누었다. 이 모든 게 순식간에 일어났다.

순간 성준이 득달같이 말렸다. 덕길이 멱살을 풀었지만 은동은 덕길을 겨누었던 총을 풀지 않았다. 그러자 승희가 총을 꺼내 은동의 머리통을 겨누었다. 덕길도 성준도 놀랐다. 승희가 총을 갖고 있을 줄은 몰랐다.

"이 사람을 죽이려면, 일단 내 총알부터 막아보시지."

승희는 건들거리며 말했다.

"총을 소지한 채 이곳까지 들어올 수 있다니... 정말 놀랍군... 오늘... 날 만나러 온 게 아니라 총독을 암살하러 들어온 것인가? 하하하... 그렇다면 잘 되었네... 어차피 자네들 다 몰살일세..."

은동은 전혀 겁먹지 않았다. 오히려 기세등등했다.

"총을 소지한 적 없다... 이곳까지 오면서 너희 중 어떤 병신 같은 한 놈한테 훔쳤을 뿐이다."

승희는 은동의 머리통을 있는 힘껏 눌렀다. 은동은 하는 수 없이 총을 철수했다. 덕길이 은동의 총을 빼앗았다.

"꼭 말해주게. 제발 부탁이네."

성준은 거의 빌다시피 했다.

은동은 고개를 갸웃거렸다. 방금 자신의 여동생 은숙과 혼인을 했다고 가족 관계를 들먹이던 자였다. 그런데 또 다른 여자를 찾고 있다며 자신을 총으로 협박하고 있었다.

"그 여자와 무슨 관계요?"

은동이 성준에게 물었다. 성준은 얼굴을 붉혔다. 그러자 은동은 비웃듯 짧게 웃었다.

"웃기도 아깝네... 얼마 전 혼인을 하였다는 작자가... 언제 또 오입질이라도 한 거요? 지금 오입질하던 여자를 찾으러 총독 관저까지 쳐들어온 거요?"

은동은 빈정거렸다.

"난 오입질한 적 없네..."

성준은 당당하게 말했다.

"아..."

은동은 번쩍 떠오르는 것이 있었다.

"그때... 그때... 내 여동생과 혼인식을 미루던 원인을 제공했던 그 종년?..."

은동은 성준이 연모하는 종년이 미옥이라는 것을 깨달았다. 충격을 이루 말할 수가 없었다. 하지만 아는 체하고 싶지는 않았다.

"그런데 말이오... 아무리 집안이라 하더라도 내가 처한 자리가 있는데 어찌 알려줄 수 있겠소? 게다가 내 여동생을 배신할 수는 없소."

은동은 말해줄 의사가 전혀 없었다. 여동생 때문만은 아니었다. 미옥은 자신만의 여자여야 했다. 누구에게도 미옥의 소식을 알려주고 싶지 않았다.

순간 덕길이 은동의 멱살을 다시 틀어쥐었다. 순간 숭희도 펜으로 은동의 허리춤을 쿡 찔렀다. 은동의 탁자에 있던 비싼 만년필이었다. 조선인 작가의 지식인 문장을 엉망진창으로 뜯어고치던 정신착란의 펜이었다. 은동은 숨도 못 쉰 채 얼굴만 찡그렸다. 육체의 고통보다 정신의 고통이 더 참기 어려웠다. 자신을 찌른 저 만년필은 자신의 권위이자 자신의 정체였다. 하지만 절대 미옥의 거처를 발설할 수는 없었다. 미옥은 자신만의 옹달샘이어야 했다. 옹달샘은 괜히 옹달샘이 아니었다. 어중이떠중이 모두가 모여든다면 그건 진즉에 옹달샘이 아니었다.

"덕길아. 이게 무슨 짓이냐?"

성준이 덕길에게 야단을 쳤지만 큰 소리를 내진 못했다. 보초를 서고 있는 헌병들이 바로 문밖에 있었다.

"그쪽도 그만두시오."

성준은 숭희에게 말했다. 숭희는 잔뜩 문밖을 경계하고 있었다. 은동의 허리춤을 찔렀던 펜을 뽑았다. 은동은 끙 신음을 토해냈다. 그런데 만년필에 촉이 없었다. 만년필 촉은 은동의 허리 속에 그대로 박혀버린 것이다.

"그 여자는 무사하오. 더 이상 묻지 마시오."

은동은 쥐어짜듯 말했다.

"넌 죽어야겠다. 네 여동생이 저지른 죄를 대신 받아야 할 뿐 아니라 중국 요릿집 딸을 겁탈한 벌을 받아야 하고... 그러고 보니 전부 나쁜 짓만 저지른 악질 놈이네..."

덕길은 승희의 손에 있던 촉 없는 만년필을 빼앗아 은동의 허리춤을 다시 푹 찔렀다. 이미 승희가 찌른 곳이라 그런지 뭉뚝한 펜도 무리 없이 잘 들어갔다. 은동의 낯빛이 사색이 되었다. 피라는 피는 모조리 빠져버린 허연 낯짝이었다.

"이건 네 여동생이 저지른 그 죄."

덕길은 은동의 죄를 호명했다. 또다시 펜을 더 깊숙이 찔러 넣었다. 은동은 비명은커녕 신음도 내지 못했다. 입에서도 피가 흘렀다.

"이건 중국 요릿집의 딸을 겁탈한 그 죄."

덕길은 또 다른 죄를 호명하며 또 찔렀다. 은동은 눈깔을 희번득 뒤집었다. 은동은 혼절했는지 아무런 반응도 없었다. 성준이 덕길의 팔을 잡아 제지했다. 덕길이 성준을 쏘아보았다.

"뭐 하는 거요? 이 손 치워."

덕길은 성준에게 꾸짖듯 명령했다.

"손 치우라잖소?"

승희도 성준에게 명령했다. 당장 한 대 칠 서슬이었다.

"죽이면... 미옥의 거처를 알아낼 수 없다."

성준은 침착했다. 절대 흥분하지 않았다.

"거처를 밝히지 못하는 이유가 뭐냐?"

성준은 이미 혼절한 은동을 흔들어 깨웠다. 은동은 대단한 고집이었다. 히죽히죽 웃기만 했다.

"내가... 내가... 그 여자는..."

은동은 말끝을 흐렸다. 고개를 푹 떨구었다.

"그냥 갑시다. 더 이상 지체하면 우리가 위험하오."

승희가 말리고 있었다.

"그렇다고 너를 살려둘 마음은 없다. 내가 약조한 것을 지켜야겠다."

덕길은 은동의 허리춤으로 펜을 더 깊이 찔러 넣었다. 펜 끝에 뼈가 닿는 것이 느껴졌다. 덕길은 은동의 허리춤에 꽂힌 펜을 뽑지 않고 그대로 두었다. 은동은 육체의 반응이 전혀 없었다. 그렇다고 죽은 것도 아니었다. 아직 죽지는 않았다.

"그만두라니까..."

성준이 덕길의 팔을 거칠게 잡아 뺐다.

"그 팔 놓으시오."

승희가 성준의 팔을 총으로 내리쳤다. 성준의 팔이 푹 꺾였다.

"이 자를 어떡하오? 그냥 두고 가오?"

승희가 덕길에게 물었다. 순간 덕길의 발길이 은동의 면상을 갈겼다. 그의 면상이 옆으로 돌아가면서 피가 터지고 이빨이 튀어나왔다.

"그리고 총독도 살려둘 마음이 전혀 없다. 이 또한 내가 약조한 바다. 그러니까... 도면을 내놔. 어서."

덕길은 은동의 허리춤을 발로 꾹꾹 누르고 있었다. 은동은 독했다. 뼈가 부러지는데도 소리 한 번 내지 않고 참고 있었다. 성준의 속은 타들어 갔다. 더 이상 말 한마디 못 하고 죽으면 미옥의 소식은 영영 알아낼 수 없었다.

"그만해라. 그만하라고."

성준은 큰 소리도 내지 못하고 전전긍긍하고 있었다.

"여기 뭐 하러 왔소? 이자가 도면을 쉽사리 내줄 거라고 여겼소? 바보 아니오? 양반들은 이러고 노는 거요? 내가 또 속았소. 또 이용당했소. 설마 이번에는 제대로 된 계획이 있겠지. 처남이라고 했으니 서로 미리 소통이 있었겠지... 그랬더니 무작정 쳐들어와서 이 모양 이 꼴이오. 아직도 무엇이 문제인지 모르겠소? 당신의 이런 무모한 짓이 우리 둘을 사지로 끌고 들어왔단 말이오. 알아먹겠소?... 그리고..."

덕길은 너무나 분해서 부르르 떨었다.

"이미 혼인도 한 분이 미옥은 왜 찾소? 왜 찾느냔 말이오. 이젠 정녕 첩으로 삼을 모양이오?"

덕길은 성준을 대놓고 무시하고 멸시했다. 덕길은 정말 성준을 죽이고 싶었다.

"이만 가보시오. 미옥이 원수는 내가 처단할 거요. 그리고 미옥은 나와 함께 할 것이오. 가서 부인이나 챙기시오."

덕길이 이를 바드득 갈면서 이야기했다. 승희가 은동을 억지로 일으켜 세웠다. 머리통에 총을 겨누었다.

"어차피 죽을 거요. 촉이 박히고 펜이 박혔소. 근데 금방 죽지는 않을 거요. 고통스럽다면 우리를 돕는 게 좋을 거요."

승희는 은동에게 협박을 넣었다. 은동은 이미 죽음의 문턱에서 오락가락했고 정신이 있다 없다 했다.

"난 색(穡) 때문에 죽을 거라고 했소. 색 때문에... 하하... 내가... 이런 개차반이 개과천선(改過遷善)인가? 이런 걸 바라지는 않았는데..."

은동은 죽기 전에 유언이라도 하는 것인지 그 말투가 꽤 정갈했다.

"어디 있어? 일단 도면이라도 내놔..."

덕길이 은동의 얼굴을 갈겼다. 은동은 더 이상 버틸 수가 없었다. 바로 앞에 보이는 커다란 장을 향해 눈짓을 주었다. 덕길과 승희는 은동을 질질 끌다시피 장으로 데려갔다. 덕길이 총머리로 자물쇠를 내리쳤다. 한참 뒤적이다가 도면을 찾아냈다. 도면인지 판단할 순 없었지만 어쨌든 도면으로 짐작되는 것을 골라서 품 안에 챙겼다.

"최후에... 우리가 쓰지 못한다 해도 누군가에게는 쓰일 거다. 잘 챙겨라."

성준은 덕길에게 당부했다.

"또 그 소리요? 우리가 쓰지 못하면 다른 사람도 쓰지 못하는 거요. 또 누굴 죽일 작정이오? 아직도 그딴 책임감에 휘둘리는 거요? 누구를 위한 책임감이오? 본인을 위한 거 아니오?

제발 잘난 척하지 마시오."

덕길은 씩씩거렸다. 승희가 덕길의 손을 잡았다. 덕길은 숨을 가라앉혔다.

"자, 이제 아무렇지 않게 이곳을 나가야겠다."

덕길은 말했다. 승희는 자신의 윗옷을 찢어 은동의 허리를 칭칭 감았다. 일단 흘러나온 피를 감추기 위해서였다. 승희의 상반신이 거의 드러났다. 덕길은 승희의 터질듯한 젖가슴 때문에 눈을 둘 데가 없었다.

"똑바로 걸어..."

덕길은 은동 뒤에서 걸으며 말했다. 그리고 은동을 억지로 밀었다. 하지만 은동은 이미 혼자서 걸을 수 없었다. 하는 수 없이 성준이 옆에서 부축해서 걸었다.

"너희들 어차피 여기서 살아서 못 나가. 여긴 대일본 제국이 건설한 조선총독부야. 총독이 사는 곳이라고. 아무도 못 나간단 말이야."

은동은 또 정신이 돌아왔는지 경고하듯 말했다.

"하지만 내가 아주 잠시 시간을 벌어주겠다. 그건 너희들 때문이 아니다. 그 여자 때문이다. 혹시라도 살게 되면 그 여자에게 감사하는 마음을 가져야 할 것이고, 혹시라도 죽더라도 그 여자에게 감사해야 할 것이다. 언젠가 황천에서 만날 테니까. 서로 인사는 해야 할 거 아니야? 그리고 난... 혼자 걷겠다."

은동은 옷매무새를 다듬더니 꼿꼿이 섰다. 비틀거리긴 했지만 걸음을 걸었다. 성준과 덕길, 승희도 뒤에 섰다. 은동은 문을 열고 나갔다. 그리곤 아무렇지 않은 듯 복도를 천천히 아주 천천히 걸었다. 꼿꼿하게 도도하게 걸었다. 덕길과 승희 그리고 성준이 그 뒤를 따라 걸었다. 은동은 헌병들을 제지했다. 헌병들은 아무도 막아서지 못했다.

"막지 마라. 저자들 몸에 폭탄을 감추고 있다. 내가 데리고 나가겠다. 너희들은 내가 나갈 때까지만 가만있으면 된다."

은동은 짧게 말했다. 헌병들이 일시에 뒤로 물러났다. 하지만 그들의 총구는 여전히 덕길과 승희, 성준에게로 향해 있었다. 폭탄이 폭발할까 봐 쏘지는 못하고 있었다.

성준은 뒤따라 걸으며 다시 한번 덕길을 죽여 버리고 싶다고 생각했다. 승희는 덕길 옆에서 걸으며 미옥에게 질투를 느꼈다. 도저히 감당할 수 없는 질투였다. 덕길의 젊음을 담보하는 여자였다. 덕길의 생애를 지배하는 여자였다. 덕길에게 전설이 될 여자였다. 아니 이미 전설인 여자였다. 그런데 성준도 미웠다. 덕길을 괴롭히고 있다고 생각했다. 승희는 성준을 죽이고 싶다는 생각을 했다. 덕길을 위한 일이라면 그렇게 할 수 있었다.

"언제든 때가 되면 죽일 것이다. 반드시."

승희는 맹세를 했다. 자신에게 전혀 관심 없는 덕길에게 맹세를 했다.

33

미옥은 총독부의 비밀 내실로 연결된 비밀 통로를 통해 무사히 빠져나왔다. 다행히 먼저 떠난 총독과는 마주치지는 않았다. 자신을 암살하려는 자가 나타났다는 말을 듣고 부리나케 도망가는 걸음이라 매우 빨랐을 것이다.

통로는 지저분하고 음습했다. 통로를 걸어가는 동안 오만가지 생각이 다 들었다. 도련님 성준에 대한 회한과 덕길에 대한 연민이었다. 그리고 고영춘 영감의 딸을 위한 복수를 하지 못한 것이 못내 한스러웠다. 자신을 극한의 나락서 구해준 고영춘 영감에게 은혜를 갚지 못했다는 실망감과 죄책감은 씻을 길이 없었다. 이 통로를 벗어난다 해도 과연 살아야 할 이유가 있을지 의문이었다. 통로는 너무 어두워서 한 걸음 한 걸음 조심스럽게 내디뎌야 했다. 하지만 아무리 조심해도 면벽 수도승처럼 격절(隔絶)의 벽은 나타났다 사라지고 나타났다가 사라지기를 반복했다. 미옥은 이해할 수 없는 미망에 빠진 듯했다. 그러길 수없이 되풀이하다가 돌부리에 채어 넘어졌다. 겨우 일어나서 또다시 벽면을 짚고 거의 기다시피 빠져나왔다. 배가 아픈 것이 이상스러웠다. 배가 싸르르 아픈 것이 고통스러웠다.

막상 통로를 완전히 빠져나오자 전혀 다른 세상이 있었다. 두 갈래 길이 나타났다. 왼쪽 길과 오른쪽 길이 갈라져 있었다. 미옥은 갈피를 못 잡고 두 길의 먼 끝을 보았다. 한낮의 뜨거운 태양이 오른쪽 길을 서서히 비추고 있었다. 서서히 비추며 길을 야금야금 먹어가고 있었다. 오른쪽 길은 찬란하게 빛나고 있었다. 마치 꿈처럼 느껴졌다. 그런데 왼쪽 길 끝에 헌병들이 탄 차가 지나가는 것이 보였다. 서서히 지나가며 길을 조금씩 삼켜가고 있었다. 왼쪽 길은 암담하게 어두워지고 있었다. 미옥은 이몽의 교차로에서 잠깐 숨을 골랐다. 어떤 길을 택하든 삶과 죽음이 교차할 터였다. 두 길 모두가 꿈이라면 찰나일지라도 찬란하게 빛나는 길을 선택하기로 했다. 미옥은 자신의 삶과 죽음을 노름처럼 결정하는 게 탐탁지 않았지만 다른 수도 없었다.

오른쪽 길로 걸음을 옮기는데 또 배가 싸르르 아팠다. 이번에는 묵직하게 아파오는 것이 상당히 불길했다. 미옥은 좀 더 빠른 걸음으로 오른쪽 길 깊이 들어갔다. 한참 걸어 들어갔을 때였다. 미옥은 자기가 지나온 길을 돌아보았다. 길바닥에 피가 떨어져 있었다. 여기저기 번져있었다.

"피가 왜?..."

미옥은 흠칫 놀랐다. 그리고 그 피의 출처가 자기라는 것을 알았다. 미옥은 갑자기 자신의 육신 속에서 자라고 있는 새로운 화엄을 마주했다. 걸어온 길이 꿈일지라도 새로운 화엄만은 꿈이 아니었다. 이제 그간의 열화와 같던 모든 자취를 파계(破戒)하더라도 살아야 했다. 살려야 했다.

"아..."

순간 미옥은 탄성을 질렀다. 노란 납매였다. 납매의 달콤한 향기가 근처에 있었다. 마음이 안온해졌다. 배가 싸르르 아파오던 것도 길바닥에 피가 번진 것도 잊을 정도였다.

"이곳에서 납매를 만나다니..."

미옥은 믿을 수가 없었다. 납매의 향기를 따라 걸었다. 얼마 지나지 않아. 노란 납매가 흐드러지게 핀 고색창연한 집이 나타났다. 미옥은 이 또한 꿈인가 했다. 생시에도 보기 힘든 납매였다. 계절의 어느 꼭두에 잠시 잠깐 볼 수 있는 납매였다. 그런데 바로 눈앞에 있었다. 딴 세상에나 있는 이적이었다. 미옥은 납매의 향기에 이끌려 그 집의 문까지 홀리듯 걸어갔다. 여전히 고색창연의 꿈일지 모른다는 불안감이 들었고 자신이 죽었을지 모른다는 불길함도 들었다. 그래서 막상 그 집 문 앞에 서자 문을 두드릴 용기가 나지 않았다. 꿈이라면 그냥 찰나에 홀렸다고 생각하면 그뿐이지만 황천이라면 다시는 이승으로 돌아올 수는 없었다. 지금까지는 돌아오지 못해도 상관없었다.

하지만 이제는 살아야 했다. 살려야 했다. 미옥이 이승과 저승의 다리를 건너지 못하고 고심을 하던 중에 문이 열리며 사람이 나왔다. 백발이 성성한 노인이었다.

"들어오시오."

노인은 마치 기다렸다는 듯이 문을 열었고 친절했다. 누구인지 왜 왔는지 묻지 않았다. 미옥은 저승을 버리고 다리를 건너 이승으로 건너갔다. 배가 점점 더 심하게 아팠다.

미옥은 윤이 반들거리는 너른 대청마루를 지나 안방으로 들어갔다. 안방은 어떤 욕망의 향취도 없이 정갈했다. 미옥은 도가 높은 보살이 사는 방일 거라고 생각했다. 수수한 장과 그보다 수수한 보료가 전부였다. 방에는 더 이상 다른 속된 취향은 없었다. 노란 납매가 흐드러진 고색창연한 대 저택에 어울리지 않는 지나친 검소함이었다. 보료에 앉은 여인은 노인으로 보였지만 노인으로 보이지 않기도 했다. 얼굴은 주름이 가득했지만 그 눈빛은 싱싱한 젊음이 가득했다. 그건 아직도 찬란한 젊음이었다.

"어르신이 누구신지 알고 싶습니다."

미옥은 진심이었다. 사람에 대해서 이렇게 궁금하기도 처음이었다. 형형한 눈빛을 가진 이 여인에게 몰입하고 있었다. 배가 싸르르 아프던 것도 잠시 내려놓았다. 피가 흘러나오던 것도 잠시 내려놓았다.

"내가 누군지 알고 싶다고?"

여인의 목소리는 소나무처럼 절개가 있었다. 여인은 예고도 없이 정가(正歌)를 부르기 시작했다.

"나는 바람 타고 씨가 날아와 생겨난 소나무였네

나는 암벽에 뿌리박은 소나무였네.

혼자 떠돌아다니며 한양에 살 때는 겨울철 고개 위에서 외롭게 살아가는 소나무였네.

시원스레 선조님들 한을 풀고 따뜻한 봄날을 되찾으니,

임금님 은혜를 입은 늙은 소나무였네."

여인은 자신의 오랜 족적을 노래로 읊었다. 미옥은 너무나 아름다워서 눈물을 흘렸다. 무슨 죄든 낱낱이 고해바치고 싶었다. 아마 종으로 태어난 죄일 것이다. 그 죄를 이 여인 앞에서 엉엉 울고 싶었다.

여인의 이름은 송설당이었다. 1855년(철종 6년) 금산군(金山郡.경북 김천)에서 홍경래의 난에 멸문이 되다시피 몰락한 화순 최씨 사대부 집안에서 세 딸 중 장녀로 태어났다. 여인은 집안을 일으키고 억울하게 죽은 조상의 원한을 풀고자 홀로 절치부심했고 그래서 혼인도 하지 않았다.

"내 나이 이십팔 세가 가까워지자 바야흐로 혼인을 시키자
는 의논을 할 때 내가 맹세하며 말하기를 한번 남에게 내 몸을
맡긴다면 친정 일을 돌볼 겨를이 없을 것이니 결코 내 뜻을 따
라 시집가지 않겠다."

"악착스런 비둘기처럼 재산을 모으고 모으기를 수십 년 동안
해서 마침내 광무 5년(1901) 신축년 겨울에 하늘에 태양이 두
루 비춰주심을 받고는 옛날의 원통함을 시원하게 씻음으로써
따뜻한 봄날을 다시 보게 되었다. 이후 고향 김천에 상경해서
고종의 계비(繼妃)인 엄비(嚴妃)와 가까워졌고 때마침 엄비가
황태자 이은(李垠.영친왕)을 낳자 입궐해 그의 보모가 되었다.
이를 발판으로 마침내 몰적(沒籍) 89년 만에 집안을 복권했다."

미옥은 송설당의 역사를 듣자 자신의 역사가 몹시 부끄러워
졌다. 한 번도 송설당처럼 우뚝한 결심을 한 적이 없었다. 그저
종년의 생몰을 원망했던 세월이었다. 그저 남녀상열의 희비에
집중했던 궤적이었다. 미옥은 칠십을 바라보는 송설당이라는
여인이 읊은 시를 들은 후 쉼 없이 울기만 했다. 송설당은 미옥
이 울음을 끝내기를 참을성 있게 기다려주었다. 미옥은 마침
내 울음을 멈추었다. 원망의 눈물도 아닌 희비의 눈물도 아닌
정화(淨化)의 눈물이었다.

"다 울었느냐?"

송설당은 물었다.

"네."

미옥은 대답했다.

"어찌 내 집에 오게 되었느냐?"

송설당은 죄를 묻는 것이 아니었다. 여기까지 오게 된 경위를 반가워하고 있었다. 이 또한 인연법이었다.

"저는... 두 갈래 길을 만났습니다."

미옥은 말 잘 듣는 어린애처럼 고분고분하게 말했다.

"그런데?"

송설당은 또 물었다.

"그중 하나의 길을 택했고 또 걸었습니다."

미옥은 자신이 꿈같은 이야기를 한다고 생각했다. 어쩌면 상상을 이야기하는 것일 수도 있었다. 이것이 꿈이라면 상상이라면 큰일이었다. 자신의 거짓이 탄로가 나서 송설당이 자신을 내칠까 봐 겁이 났다.

"그런데... 제가 그 길을 걸어서 온 것이 사실입니까?"

미옥은 도리어 물었다. 송설당은 희미하게 웃었다.

"그게 뭐가 중요하냐? 네가 내 앞에 있는 게 중요할 뿐."

미옥은 안도의 한숨을 내쉬었다. 적어도 자신이 거짓을 말하는 것이 아니었다.

"왜 이 길을 택했느냐?"

송설당은 미옥의 눈을 뚫어지게 쳐다보며 물었다.

"전... 납매 때문입니다. 순전히 노란 납매 때문입니다."

미옥은 흐드러진 납매와 납매의 향기에 취한 사실을 고백했다. 송설당은 흐뭇하게 웃었다.

"어린 시절 살던 곳에 납매가 있었습니다. 그곳에서 정인과 함께 뛰어놀았고 함께 자랐습니다. 지금 생각해보니 그 시절이 저의 가장 찬란했던 시절인 것 같습니다. 기쁨도 있었고 슬픔도 있었지만 그렇게 아프지는 않았습니다. 다음 날이 되면 기쁨은 배가 되어있었고 슬픔은 배로 줄어들어 있었거든요... 그래서 하루하루가 행복했습니다. 다음 날이면 더 행복한 날이 올 걸 알았으니까요. 그리고 그런 날이 영원할 줄 알았습니다. 그런데 납매가 지던 어느 날... 시작되었습니다. 아픔과 이별... 이런 것들이... 저를 휘감았습니다. 기쁨은 배로 줄어들었고 슬픔은 배가 되어 있었습니다... 그때가 그립습니다. 그때는 다시 오지 않을 것 같습니다. 정말 다시 오지 않을까요?"

미옥은 고승에게 묻듯 물었다. 그러자 송설당은 다시 시를 읊기 시작했다.

"마당가 한 자 남짓 솟은 돌,
앙상한 뼈 같이 진귀하네.
그윽한 곳에 있어,
매번 안개와 노을이 감싸주기에
속세의 힘깨나 쓰는 이도 두렵지 않다네."

屹立庭除尺許身 흘립정제척허신
層峻庾骨近天眞 층준유골근천진
幽藏每被煙霞護 유장매피연하호
不畏塵間有力人 불외진간유력인

송설당은 미옥을 타이르듯 말했다.

"두려워하지 마라. 넌 아무것도 두려워할 필요가 없다. 그저 너의 길을 가라... 그것이 너를 살리는 길이다."

송설당은 자리를 떴다. 미옥은 그날 밤새 노란 납매가 휘황한 넓고 넓은 정원을 오래도록 거닐었다. 아무리 걸어도 같은 장소가 나오지 않는 오묘한 미궁의 정원이었다. 미옥이 살아온 정원은 늘 본래의 자리로 돌아올 수 있었다. 그래서 다른 국면을 보지 못했던 것이다. 매번 본래의 자리로 돌아올 수 있었기 때문에 하나의 국면만 보았던 것이다. 그리고 하나의 국면이 전부인 줄 알았던 것이다. 그래서 그 국면이 전부 비극이었던 것이다. 하지만 이제는 스스로 무엇을 해야 하는지 깨달았다. 살아야 했다. 살아서 단 하나의 생명을 살려야 했다. 전혀 새로운 국면이 도래한 것이다.

그날 암자에서였다. 은숙이 나타나기 전이었다. 성준은 집에 돌아가지 않겠다고 떼를 쓰고 있었다. 미옥의 눈에 눈물이 맺혔다. 성준은 미옥의 눈물을 닦아주었다. 미옥은 자신의 눈물을 닦아주는 성준의 손을 자신의 볼에 비볐다.

"난 돌아가지 않을 작정이다."

성준은 전에 없이 큰 고집을 부렸다. 전에도 종종 고집을 부렸지만 흐지부지되고 말았었다. 미옥은 성준이 자신을 위해 모든 걸 버릴 수 있는 사내라는 건 굳게 믿었다. 하지만 그 이후를 기약할 수 없었다. 그 이후가 행복할 거라는 보장이 없었다. 성준의 양반 지위를 유지해주는 모든 걸 버리고 언제까지 살 수 있을지 몰랐다. 서로 귀신에 홀린 듯한 연심은 흐려질 것이고 그렇게 될수록 본래의 터전으로 돌아가고자 할지도 몰랐다. 아마 종이 만들어내는 삶을 견디지 못하고 괴로워하다가 그렇게 스러질 것이 불을 보듯 뻔했다. 그때가 되면, 그때가 되면 자신이 성준을 붙잡을 수 있는 것은 아무것도 없었다. 꿈같던 젊음은 사라졌을 테니까 말이다. 꿈같던 젊은 연심은 사라졌을 테니까 말이다. 종내에는 서로 미워하고 원망하며 살거나 죽거나 이 중에 하나일 수도 있었다. 미옥은 상상만으로도 끔찍해서 속이 울렁거렸다.

"좀 더 신중하게 생각해야 할 일입니다. 조선 천지 어딘가에 우리 둘이 살 집은 있겠지요. 하지만 함께 사는 것만으로 만족할 수 없는 사람도 있는 법입니다."

미옥은 성준의 감정에 휘말리지 않으려고 했다. 서로를 미워하다가 원망하다가 죽느니 서로를 그리워하다가 죽는 게 차라리

나왔다.

"네가 주재소에서 큰일을 당할 뻔한 이후... 깨달았다. 난 네가 없으면 안 된다."

성준은 지금도 그 순간만 떠오르면 깜짝깜짝 놀라곤 했다.

"안 됩니다. 도련님."

미옥은 거절했다. 가슴이 갈기갈기 찢어지는 듯 아팠다. 갈라지고 벌어진 상처에 소금을 뿌린 듯이 아렸다.

"안 된다니? 넌... 날 원하지 않는 거냐? 미옥아, 진심이냐?"

성준은 크게 실망했다. 미옥의 깊은 뜻을 헤아리지 못하고 있었다.

"네가 돌아가지 말라 하면 돌아가지 않겠다. 이건 진심이다."

성준은 자신의 주장만 반복했다. 그리고 대답 없는 미옥을 껴안았다. 미옥은 순순히 품에 안겼다. 이 순간이 영원하기를 바라지만 결코 영원할 수 없다는 것도 알았다. 미옥은 어떤 대답도 할 수 없었다. 자신의 모든 대답이 그래도 사실이 될까 봐 현실이 될까 봐 진실이 될까 봐 말로 뱉어내는 것이 두려웠다.

"우리 도망하자. 미옥아. 아버지가 이 암자를 알고 있는 이상, 이곳은 더 이상 안전하지가 않다."

성준은 또 도망하자는 말을 했다. 미옥은 지난날을 떠올렸다. 그때도 성준은 도망하자고 했었다. 그때도 납매가 싱싱했었다. 노란 납매의 향기가 황홀했었다.

"이러다 내가 먼저 상사로 죽겠다. 미옥아. 미옥아. 우리 도망하자."

"도망가서 원앙처럼 살아보자. 미옥아..."

그때나 지금이나 세상은 달라진 게 없었다. 성준은 미옥을 더 간절하게 껴안았다. 미옥은 성준에게 몸을 맡기고 있었다. 성준은 그렇다고 미옥을 함부로 대하지도 않았다. 미옥은 문득 결심이 섰는지 성준을 향해 부끄러운 표정으로 말했다.

"제 옷을 벗겨주세요. 도련님."

성준은 얼굴이 붉어졌다. 잠시 고민을 하더니 미옥의 옷을 천천히 벗겨 주었다. 미옥이 완전히 나신이 되었다. 성준은 미옥을 감탄 어린 눈으로 쳐다보았다. 세상에서 가장 아끼는 여인의 벗은 몸이었다. 그 자체로 최상의 아름다움이었다.

"여인의 벗은 몸을 본 건 난생처음이다. 그리고 그게 너여서 정말 행복하다... 그런데..."

성준은 갑자기 흐느꼈다. 미옥은 성준의 얼굴을 가슴에 안았다.

"그만 우세요. 전 괜찮습니다."

미옥은 성준을 위로했다. 성준의 아픈 마음을 충분히 알고도 남았다.

"이 정도일 줄은 몰랐다."

성준은 얼굴을 들고 미옥의 몸을 찬찬히 훑어보았다. 미옥의 몸은 일본 놈들이 불로 지지고 칼로 찌른 흉터가 처참했다. 차마 눈 뜨고 보기 힘들었다.

"도련님. 똑바로 보아주세요. 안 그러면 저는 너무 괴롭습니다."

미옥은 간신히 슬픔을 견디고 있었다. 성준은 흐르는 눈물을 걷잡을 수 없었다.

"...세상에서 넌... 가장 아름다운... 여인이다."

성준은 미옥의 처지가 서러웠다. 미옥을 보듬듯이 껴안고 이부자리에 누웠다. 두 사람은 서로 얼굴을 마주 보았다.

"도련님, 우리에게 희망이 있을까요?"

미옥은 물었다. 희망이 없다는 것은 자명한 일이었지만 그래도 달콤한 말은 듣고 싶었다. 잠깐의 환각이라도 좋았다. 찰나의 착각이라도 좋았다.

"있고말고. 우리는 영원할 거다. 맹세하마."

성준은 환각이 아니었다. 진짜였다. 착각이 아니었다. 진짜였다.

"전... 전 첩이 되고 싶지 않다고 했었습니다. 그런데 이제는 첩이라도 좋겠다는 생각이 듭니다."

미옥은 성준의 옆에만 있을 수 있다면 어떤 자리라도 상관없다는 것을 방금 깨달았다.

"첩이라니?"

성준은 화를 내듯 물었다.

"이미 정혼자가 있으시잖아요?"

미옥은 정혼자라는 말을 내뱉기가 죽을 만큼 힘이 들었다.

"그건..."

성준은 더 이상 말하지 못했다. 미옥의 말이 틀리지 않았다. 이미 자신은 은숙의 서방이었다.

"도련님... 제가 만약... 도련님의 첩 자리라도 마다하지 않았다면, 우리는 지금과 같은 운명을 맞이하지는 않았을 겁니다. 그런데 지랄 같은 그 운명을 받아들여야만 우리가 함께 할 수 있다는 것이 몹시, 몹시 화가 납니다."

미옥은 마음의 정돈을 끝낸 것처럼 차분했다.

"미옥아... 그건 내가 미안하다. 내가 우유부단했던 건 사실이다. 어쩌면 그게 나의 한계이겠지. 하지만..."

성준은 말을 끝낼 수 없었다. 미옥이 성준의 입을 막았다.

"아닙니다. 도련님 한 사람의 한계가 아니라 조선 양반 전체의 한계입니다... 도련님 자신을 탓하지 마십시오."

미옥은 성준에게 상처를 주지 않으려고 했다.

"결국 난 그 한계를 넘어서지 못했다. 비겁하다고 비난해도 좋다. 난 조선을 위해서 목숨을 버리지 못한다. 그런데 너를 위해서라면 목숨을 버릴 수 있다. 그리고 목숨을 버릴 거다."

미옥은 성준의 품속으로 파고들었다.

"도련님... 도련님... 전 도련님과 처음을 맞이하고 싶습니다. 만신창이 같은 이 몸뚱이라도 받아주시겠습니까?"

미옥은 성준의 품속에서 속삭였다. 성준은 미옥의 결심과 고통이 고스란히 전해지는 걸 느꼈다.

　"그 처음이라면? 그날... 일본군에게 아무 일도 당하지 않은 것이냐?"

　성준은 도저히 믿을 수 없었다. 온몸이 성한 데가 없이 상처와 흉터투성이인데 아직 처녀성을 지키고 있다는 것을 믿을 수가 없었다.

　"네... 덕길이가 저를 살린 겁니다. 아마 제가 앞으로 살아갈 날이 많이 남아있다면 그건 순전히 덕길이 때문입니다. 전 덕길이를 위해서 못 할 일이 없습니다."

　미옥은 덕길에게 고마움을 느꼈다. 하지만 성준은 덕길에게 질투와 시기를 느꼈다. 이 순간에도 덕길에 대한 살의가 솟구쳤다.

　'덕길이 결국, 미옥을 살린 것이 나를 살린 꼴이 되었구나... 어쩌면 내가 죽일 필요가 없을지도 모른다.'

　성준은 미옥을 으스러지듯 껴안았다.

　미옥은 자신이 회임했음을 알아차렸다. 미치도록 기쁘기도 했지만 미치도록 슬프기도 했다. 이 아이가 무사히 태어난다고 해도 또 종의 삶을 살아야 했다. 평생 놀림을 받고 멸시를 받을 게 분명했다. 사내로 태어난다면 평생 머슴으로 살아야 할 것이고 계집으로 태어난다면 평생 노리개로 살아야 했다. 미옥은 아직 태어나지 않은 아이의 운명 때문에 눈물이 쏟아졌다. 흑흑 소리 내어 흐느꼈다. 그렇다고 아이를 잃고 싶지도 않았다. 그건 또 하나의 도련님 성준을 잃는 것과 마찬가지였다. 절대 그럴 수는 없었다. 미옥은 그날 송설당을 다시 찾았다.

"그래. 네 운명을 결정했느냐?"

송설당은 말투에 희비가 없었다. 하지만 미옥을 어여쁘게 여기는 것은 분명했다.

"네... 전 이곳에 머물기를 간청드립니다."

미옥은 절박했다. 송설당이 거절하면 자신은 길거리로 쫓겨날 것이고 아이도 길거리에서 태어나거나 죽어야 했다.

"그렇다면, 이곳에서 네가 할 일이 무엇이냐? 난 너의 마당한 자 솟은 돌의 의지를 묻고 있는 거다."

송설당은 미옥의 쓰임새가 궁금했다. 이곳에서 미옥이 할 일은 없어 보였기 때문이다.

"일단 아이를 낳게 해주십시오."

미옥은 놀랄만한 이야기를 털어놓았다. 송설당은 말없이 미옥을 쳐다보았다.

"네가 찬란했던 시절의 유산이구나..."

송설당은 이미 소소한 깨달음의 경지를 뛰어넘은 여인이었다. 이미 전체 삶을 통찰하고 통제하고 있었다.

"대문 앞에서 구걸하는 거지도 쫓지 않는 것이 나의 인심인데

배 속에 아이를 품은 너를 어떻게 쫓을 수 있겠느냐? 다만 그
후는 어쩌겠느냐?"

송설당은 다시 물었다.

"저를 찾기 위해 매진하겠습니다. 저의 스승님이 되어주십시
오. 스승님의 학교에서 일하고 싶습니다."

미옥은 간청했다. 아이가 생기자 새로운 운명에 대한 갈망이
급속도로 커져가고 있었다.

"그 유산을 귀하게 키워라. 이 나라의 동량이 될 인재로 키
워라."

송설당은 흔쾌히 승낙했다.

"네가 아이를 낳고 나면 네가 할 일을 가르쳐주겠다. 같이
김천 학교로 가자. 그사이 네가 한글을 깨우쳤다면 내 문집을
정리해 주었으면 한다."

미옥은 비로소 새날이 열렸음을 직감했다.

34

덕길은 총독부를 빠져나오자마자 깜짝 놀랐다. 이미 일본 헌병들 수백이 총을 겨누고 기다리고 있었다. 은동을 겁박한 채 끌고 나오는 꼴을 들켰으니 예상할 만한 일이기도 했다. 하지만 이렇게 민첩하게 대응할 줄은 미처 몰랐었다. 이제 살아나갈 수 없다는 생각이 들자 오히려 허탈한 웃음이 나왔다.

오히려 마음이 홀가분해졌다.

"이왕 이렇게 죽게 되었으니... 마지막으로 네 죄를 씻을 기회를 주겠다. 총독이 있는 곳을 말해라."

덕길이 은동의 귓구멍에 펜을 꽂으며 말했다.

"으..."

은동은 짧은 비명을 질렀다.

"너 같은 조선인은 죽어야 한다. 어차피 죽겠지만 가장 고통스럽게 죽여주겠다."

덕길이 은동에게 사형선고를 내렸다. 은동은 피투성이가 된 얼굴로 키득키득 웃었다. 미친놈처럼 웃었다.

"난 조선인이 아니다. 난 일본인 다이스케다."

은동은 최후의 발악을 했다. 덕길은 단검으로 은동의 귓구멍을 찔렀다. 은동은 단말의 비명을 삼키면서 고개를 푹 떨구었다. 귓구멍에서 피가 쏟아졌다. 덕길은 다시 은동의 모가지에 총을 쏘았다. 은동의 모가지가 간당간당 달랑거렸다. 덕길이 그 모가지를 향해 또 한 방 쏘았다. 모가지는 거의 끊어질 듯 슬쩍 걸쳐있는 상태였다. 덕길은 은동의 모가지를 향해 힘차게 발길질을 날렸다. 겨우 붙어있는 모가지가 뚝 떨어졌다. 덕길은 그 모가지를 들어 자신을 크게 둘러싸고 있는 일본 헌병들에게 겁주듯이 보여주었다. 일본 헌병들은 모두 주춤거리는 표정이었다. 폭탄이 있다 하니 폭발할까 봐 달려들기도 어려웠다. 그 순간 총알이 날아들었다. 덕길을 향해 날아드는 총알이었다. 그런데 승희가 그 총알보다 빨랐다. 승희가 빠른 총알을 대신 맞았다. 다행히 승희의 심장이 아니라 어깻죽지를 관통했다. 피가 흐르고 있었다. 아직 죽을 정도는 아니었다. 하지만 출혈이 멈추지 않으면 한 식경을 넘기기 어려웠다.

"왜 이러는 거야? 나한테 왜 이러는 거야?"

덕길은 자신에게 쏟아지듯 무너지는 승희를 향해 외쳤다. 승희의 얼굴은 피가 모조리 빠져나간 것처럼 혈색이 하나도 없었다. 덕길은 승희를 품에 껴안았다. 승희는 웃고 있었다.

"난 당신이 좋소. 이렇게 안겨 있으니 참 좋소."

승희는 힘겹게 말했다.

"넌... 미쳤어. 미쳤다고. 그리고 나한테 이러면 안 돼... 이래 선 안 된다고..."

덕길은 또다시 소리쳤다.

"난... 난... 너를..."

덕길은 차마 말하지 못했다.

"알고 있소. 나를 좋아하지 않는다는 것을. 하지만 잠깐이라 도 나에게 끌렸던 건 맞지 않소? 이런 젠장... 당신은 다른 여자 를 좋아하는 것 아니오? 나도 내 팔자가 그리 좋지만은 않소..."

승희는 웃고 있었지만 눈가에는 눈물이 주르르 흘러내렸다.

"덕길아. 저것 봐라. 더 이상 버티기 어렵다. 우리를 아직 살 려두는 이유는 우리의 배후를 알아내고자 함이야. 우리 셋이 그런 무모한 짓을 계획했을 거라고는 아무도 생각하지 않을 테 니까... 잡히면 죽임을 당하는 것이 아니라 끔찍한 고문부터 당 할 것이다."

성준이 덕길을 내려다보며 말했다. 성준은 사실 잡혀서 고문 당한다고 해도 자백할 것도 없었다. 한 여자를 구하려고 그런 일을 저질렀다는 것을 믿을 자도 없을 것이다.

"그래서? 도망이라도 하자 이 말이오? 지금 그 말이 하고 싶 은 거요?"

덕길은 악을 썼다. 단 한 번도 아무 도움이 된 적 없는 성준 을 죽이고 싶을 정도로 미웠다.

"여기서 살아나갈 것 같소? 여기 왜 왔소? 왜 온 거요? 총독을 죽이러 온 거요? 미옥을 살리러 온 거요? 당신을 따라온 내가 미친놈이오... 당신 때문에 도대체 몇 사람이나 죽어야겠소?"

덕길은 눈을 부릅뜨며 소리를 질렀다.

"아니면..."

덕길은 불현듯 옛날 일이 떠올랐다.

"지난번 주재소 일도 그랬듯이, 내가 미옥을 살렸는데 당신이 살린 것처럼 데려가지 않았소? 또 그 고방에서도 그랬듯이, 내가 미옥을 살렸는데 당신이 살린 것처럼 데려가지 않았소? 항상 그랬소. 당신은 도둑이오. 도둑. 아니오? 난 그것도 참았단 말이오. 왜 참았냐고? 미옥이 때문에 참은 거요. 오로지 미옥이 때문에 참은 거요. 미옥이만 괜찮으면 되는 것이었고 미옥이만 살면 되는 것이었으니까..."

덕길은 피를 토하듯 외쳤다. 성준은 크게 당황했다. 그 말을 부정하기 어려웠다. 어떤 변명의 여지도 없었다.

"미옥은 내 여자요. 어린 시절부터 쭉 내 여자였소. 이 일이 끝난 후 내가 찾을 것이고 내가 데려갈 거요. 그러니 도망가려거든 혼자 가시오. 어차피 비겁이 몸에 밴 사람이니까. 그게 본래 양반의 정체 아니겠소?... 더 이상 날 이용하지 마시오... 당신을 죽이게 될 것 같단 말이오..."

덕길은 성준을 쫓아버리고 싶었다.

"...양반들이 다 그렇지 뭐. 당신 죽 쒀서 개 주었네..."

승희가 힘없이 말하더니 힘들게 몸을 일으켰다.

"자, 저들을 죽이러 갑시다. 난 잡혀서 고문당하기 싫소. 고문 뿐이겠소? 내 몸뚱이가 헤질 때까지 갖고 놀 거란 말이오. 그러니까... 부탁 하나 합시다. 내가 잡히면 당신이 날 죽이시오."

승희는 덕길을 절박하게 쳐다보았다. 결코 농이 아니었다. 죽기를 각오한 자의 유언이었다.

"내가 대신 총까지 맞아주었는데, 그 부탁 하나 못 들어주시오?"

승희는 다그치듯 부탁했다. 덕길은 승희를 노려보다가 고개를 끄덕였다.

"내가 너보다 먼저 죽지 않는 한, 내가 살아있는 한... 승희, 너를 저들에게 넘겨주는 일은 없을 거다. 내가 죽이겠다. 약조한다."

덕길은 기필코 맹세를 했다. 승희의 눈에 눈물이 맺혔다. 그리고 환하게 웃었다. 너무나 아름다운 젊음의 웃음이었다.

그때 한 사내가 밖의 이런 소란함을 틈타 조선총독부 건물로 들어갔다. 평범한 외모를 가진 사내를 아무도 눈여겨보는 사람은 없었다. 사내는 전기수리공 옷을 입고 있었고 옷 속에 폭탄 두 개를 간직하고 있었다.

사내는 경기도 고양군 용강면 공덕리 출신으로 타고난 성품이 매우 용감했다. 평양 숭실학교를 졸업하고 학교 교사를 하기도 했다. 이십 일세가 되던 해에 부친이 세상을 떠나고 가산을 탕진하자 한성 서대문 밖에 있는 연초 회사 광성공사에 일하며 생계를 꾸렸다. 그 후에는 광성공사 봉천 지점의 기관수로도 잠깐 일했다. 남자는 이때 대륙에서 큰 뜻을 펼칠 생각으로 회사를 그만두고 상해로 갔고 상해를 거쳐 광둥으로 나갔다. 평소 희망하던 비행사가 되기 위해 비행학교 수업을 듣기 위해서였다. 그러나 사내는 비행 수업을 들을 수 없었다. 중국의 정치적 상황은 매우 복잡했다. 군벌 정부와 국민당 정부 간의 싸움으로 광둥의 비행학교가 폐쇄되었기 때문이다. 사내는 상해, 북경 등을 전전했다. 그러던 중 북경에서 의열단 단장 김원봉을 운명적으로 만나게 되었다. 그리고 그의 의열단 사상에 공감하게 되었다.

사내는 바로 어제 총독부 폭파와 총독 암살의 사명을 띠고 단신으로 북경을 떠나 한성에 도착했다. 독립투사들이 국경을 넘어오기란 쉬운 일이 아니었다. 독립군의 국경 방면 습격과 의열단의 국내 활동 등으로 인하여 검문과 수색이 철저했기 때문이다. 하지만 남자는 양복 속에 폭탄 두 개를 간직하고 일본인으로 행세하며 기차에 탔다. 기차에 타서 어린애와 동행한 일본 여자와 부부인 것처럼 행세를 했다. 일본 경찰들은 수상하게 보지 않았다. 전혀 눈여겨보지 않은 것이다. 사내는 남대문 역에 내려서 어린애를 안고 출구를 나왔다. 여전히 일본 여자와 부부 행세를 한 것이다. 수사에 혈안이 되어있던 경찰들의 검색망을 무사히 통과했다. 이후 사내는 고양군 한지면 이태원에 있는 동생의 집으로 가서 자신의 부인과 만나기까지 했다.

그리고 바로 오늘, 남산 중턱을 돌아 총독부를 찾아온 것이다. 총독부 밖은 덕길과 성준, 승희가 벌인 난장과 아비규환 때문에 사내가 총독부 건물로 들어가는 것을 그 누구도 보지 못했다. 총독부 건물의 모든 인원은 전부 밖에 나와 있었던 것이다. 게다가 사내의 수수한 행색과 언행은 전혀 의심을 받지 않았다. 사내는 총독부 건물로 들어가서 곧바로 이층에 있는 비서과로 올라갔다. 이층으로 올라가자마자 출납여비계실에 폭탄 한 개를 던졌다. 순식간의 일이었다. 사내는 그 방을 총독실로 오인한 것이었다. 사내에게는 총독부 건물 도면 같은 것은 아예 없었다.

펑, 폭탄 소리가 요란하게 났다. 덕길도 놀랐고 성준도 놀랐고 승희도 놀랐다. 더 놀란 건 일본 병사들이었다. 모두 총독부 건물 쪽으로 우루루 몰려갔다. 덕길은 당장 벌어진 상황을 알 수가 없었다. 다만 이대로 도망간다면 도망갈 수도 있겠다는 본능적인 생각뿐이었다. 승희를 살리고 싶었다. 승희는 희생자가 되어서는 안 되었다. 덕길은 승희를 쳐다보았다. 이미 피를 너무 많이 흘려서 기운이 점점 떨어지고 있었다. 덕길은 승희가 죽어가는 것을 볼 자신이 없었다.

"너라도 살자."

덕길은 외쳤다.

"싫소. 난 죽는 것을 택할 것이오."

승희는 의지가 굳건했다.

"지금 복수하기는 틀렸다. 넌 살아야 한다. 내가 퇴로를 만들어주겠다."

덕길은 승희를 설득했다.

"싫소. 난 당신과 함께 살지 못한다면 당신과 함께 죽겠소."

승희는 요지부동이었다.

"다음 기회를 노리자."

성준이 덕길에게 말했다. 순간적으로 살아나갈 수 있다는 기대가 생겼다. 생과 사가 시시각각 달라지고 있었다. 성준은 살아서 미옥을 만날 수 있다는 기대를 가졌다. 물론 그런 내색은 철저히 감추었다.

"당신 생각 내가 다 알고 있소. 지금 이 지경으로 만들고도 그런 소리가 나오다니... 지금 이 여자가 안 보인단 말이오? 이 여자가 죽는 게 안 보인단 말이오? 그저 살아서 미옥을 만날 생각만 하는 게 아니오?"

덕길이 성준을 원망하며 비꼬았다.

"그러는 네놈은, 아니더냐? 말해봐라. 솔직히 말해보라고."

성준도 버럭 소리를 질렀다.

"난 내 앞에 피를 흘리고 이 여인을 죽이고서 미옥을 만날 자신은 없소. 나는 일단 이 여인을 살려야겠소. 미옥이 당신 같은 비겁자를 반길지는 모르겠소... 내가 아는 미옥은 절대 그런 여자가 아니오."

덕길은 성준을 힐난하며 승희를 부축했다. 그때 또 폭발음이 들렸다. 일본 병사들은 이제 혼란에 빠진 듯했다. 남아있던 병사들까지 모조리 총독부 건물 안으로 몰려갔다. 총독부 건물 안에는 총독이 있을지 그것도 불분명 했다. 셋 중 아무도 그 사실을 확인한 적은 없었다.

사내는 다시 회계과장실로 들어가 나머지 한 개의 폭탄을 던졌다. 이 또한 순식간의 일이었다. 사내는 폭탄 두 개면 충분하다고 생각했다. 폭탄 두 개만 터지면 총독부 건물은 절단 나고 총독도 직원도 즉살할 거라고 생각한 것이었다. 그러나 사내의 생각과 달리 비서과에 던진 폭탄은 불발이었다. 회계과에 던진 폭탄은 폭발은 했지만 위력이 그리 크지 못했다. 겨우 유리창과 마룻바닥과 의자 그리고 책상 몇 개만 부서졌을 뿐이었다. 하지만 일본 관리들은 크게 놀랐고 매우 당황했다. 관리들은 황급히 이 층 회계과로 재빠르게 모여들었다. 그러는 동안 전기수리공으로 위장한 사내는 유창한 일본어를 구사하며

'아부나이 아부나이'라고 소리를 지르며 호들갑을 부렸다. 아무도 사내를 의심하지 않았다. 사내는 유유히 건물 밖으로 나왔다.

그런데 나오면서 덕길과 마주쳤다. 사내는 순간 멈칫했다. 이순간 그냥 도망가야 하는지 아니면 죽여야 하는지 갈등이 생겼다. 덕길은 사내를 뚫어지게 쳐다보았다.

"난 만주에서 왔소."

사내는 덕길에게 말했다. 덕길은 방금 총독부 건물에서 들렸던 폭발음을 일으킨 장본인이 사내라는 것을 알아차렸다.

"이곽 선생이 보낸 사람이오?"

덕길이 물었다. 사내는 고개를 끄덕였다. 덕길은 사내를 지켜주는 것이 자신의 복수를 완수하는 것이라고 생각했다. 어차피 자신은 들러리였다. 사내가 총독을 죽였거나 총독부를 폭파했거나 둘 중 하나였다. 덕길은 사내에게 총독부 건물 도면을 건네주었다.

"나중에 쓰임새가 있을 거요."

덕길은 주먹을 불끈 쥐어 보였다. 사내도 도면을 받아들곤 역시 주먹을 불끈 쥐어 보였다. 그리고 사내는 황급히 떠났다. 덕길은 일본 병사들이 사내를 쫓아가지 못하도록 막을 작정이었다.

"갑시다."

덕길은 승희를 부축하며 걷기 시작했다.

"우린 이 길을 벗어나지 못할 거요. 나를 두고 가시오. 당신이라도 피하란 말이오."

승희는 덕길을 걱정했다.

"지금 나더러 또 한 번 여자를 버리라는 거야? 난 저 작자 때문에 번번이 내 여자를 버리는 일을 하고 말았어. 이제는 그러지 않을 거야. 그리고 우리는 도망가지 않는다. 싸우다 죽는다."

덕길이 고집을 부렸다. 승희는 더 이상 덕길을 말리지 않기로 했다. 덕길은 앞을 헤치듯 연기를 헤치며 승희와 함께 걸어 나갔다. 폭발 때문에 총독부 건물 앞은 희뿌연 연기가 자욱했다. 앞이 잘 보이지 않았다. 그때 덕길의 총구에서 불이 뿜어져 나왔다. 연기 속에 뱀처럼 숨어있던 병사 한 놈이 고꾸라졌다. 성준 바로 코앞에 있었지만 발견하지 못한 놈이었다. 성준은 고맙다는 인사는 하고 싶지도 않았다. 자신의 사활을 덕길에게 맡기고 싶지 않다는 유치한 자존심이었다.

"앞으로 날 구하는 허세는 하지 마라."

성준은 덕길에게 빈정거렸다.

"당신... 미친 거 아니요?"

승희는 덕길의 등에 업혀서도 성준을 욕했다.

"조선을 위해 하는 건 아닐 테고... 당신은 무엇 때문에 이런 일을 당하고 있는 거요?"

성준은 전방을 주시하며 승희에게 물었다. 덕길에게 고통을 주기 위한 또 다른 우회로였다.

"몰라서 묻는 거요? 당신과 똑같은 이유이거나 덕길과 똑같은 이유일 거요. 그런데 당신 참 비겁하오. 당신 얼마든지 그렇게 지껄여보시오. 내 마음은 일편단심이오."

승희는 성준에게 쏘아붙였다.

"그럼 우리 모두 조선을 위해서가 아니고. 각자의 이유 때문에 여기 와 있는 거요?"

성준은 세 사람의 운명이 결국은 파국으로 종결될 거라는 예감이 들었다. 그 파국이 비로소 세 사람에게 평화를 가져올 거라는 예측이 들었다. 다만 그 순간이 지나친 비극이 아니기를 바랐다. 기막히게 아름답기를 바랐다.

순간 세 사람 앞에 누군가 나타났다. 덕길은 그가 누군지 알 것 같았다. 바로 조선총독부 건물을 뛰쳐나오던 그 사내였다. 사내는 이곳을 빠져나가지 못하고 빙빙 돌며 쫓기고 있었다. 희뿌연 연기 때문에 출구를 찾지 못하고 있었고 희뿌연 연기 때문에 발각을 막아주고는 있었다.

"총 하나만 주시오."

덕길은 사내에게 부탁했다. 사내가 품속에서 여분의 총을 꺼내 던졌다. 총독부 건물로 몰려 들어갔던 일본 병사들이 이제 밖으로 나와 설치고 있었다.

덕길은 승희의 부축을 멈추었다.

"난 이분의 도피를 도와야겠다. 각자 알아서 도생하자."

덕길은 성준과 승희에게 말했다. 그리고 사내를 향해 다급하게 외쳤다.

"내가 이곳을 막을 테니, 어서 빠져나가시오. 빨리 가셔야 할 거요. 나와 반대로 뛰시오."

사내는 고개를 끄덕이더니 다시 희뿌연 연기 속으로 사라졌다. 일본 병사들이 달려오는 발소리가 들렸다. 희뿌연 연기 속이라 그 소리는 그악하게 크게 들렸다. 덕길은 사내와 반대 방향으로 뛰기 시작했다. 일본 헌병들이 오인하게 만들기 위해서였다. 희뿌연 연기 속을 향해 총을 쏘아대며 뛰었다. 은동에게서 빼앗은 총이었다.

"가망이 없어."

승희는 덕길 뒤를 쫓아가면서 소리쳤다.

"아까 그 약속 지켜요."

승희는 처절한 눈빛으로 계속 소리치며 쫓아갔다. 성준은 승희를 뒤쫓았다. 희뿌연 연기 때문에 방향을 종잡을 수 없어서였다. 사방팔방 어디가 어딘지 알 수가 없었다. 어느 연기 속에서 일본 헌병이 총을 쏘아댈지 몰랐다. 적은 도처에 있기도 하고 없기도 했다.

"가시오."

덕길은 성준을 향해서 소리쳤다. 성준은 놀란 눈으로 덕길을 처다보았다. 덕길은 이미 죽기로 작정한 자의 눈빛이었다.

"가서 미옥이 만나거든... 잘 살라고 전하시오."

덕길은 목이 메었지만 담담하게 말했다. 하지만 성준은 대답도 하지 않았고 가지도 않았다. 문득 뒤쫓던 걸 멈췄다. 그리고 덕길과 정 반대 방향에 섰다.

"나 또한 너의 반대 방향으로 뛰겠다. 우리는 어차피 같은 방향으로 뛸 수 없는 운명이다."

성준은 각오를 말했다.

"끝까지 멋을 부리는 거요? 그렇다면 맘대로 하시오. 양반 고집을 어떻게 말리겠소?"

덕길은 비아냥거리듯 말하면서 총 하나를 성준에게 던졌다. 좀 전에 사내에게서 받은 총이었다. 성준은 총을 받자마자 덕길과 반대 방향으로 내달렸다. 총소리가 여기저기서 빗발치고 있었다. 덕길은 이상하게도 마음 한쪽이 아팠다. 전체가 아픈 것 같기도 했다. 그때였다. 가까이서 총소리가 났다. 여럿의 발자국 소리가 덕길을 향해 바짝 다가오고 있었다. 덕길은 잔뜩 긴장한 채 발자국 소리가 나는 쪽을 노려보았다. 희뿌연 연기 때문에 아직 그 정체가 보이지 않았다. 잠시 후 진짜 정체가 나타났다. 일본 병사들이 아니었다. 일본 병사들의 발소리가 아니었다. 덕길이 주변을 빙 둘러보았다.

연기 속을 뚫고 서서히 드러나는 면면을 보았다. 바로 동생과 사내들이었다.

덕길의 눈에 눈물이 고였다.

"미친놈들. 죽으려고 환장했네."

"만주 간다고 하고선 지금까지 안 오면 어떡해요? 기다리다 지쳐서 나왔소."

형식이 웃으며 말했다. 그 순간 다시 총소리가 들렸다. 한 놈의 총소리가 아니었다. 일본 병사들이 떼거지로 달려오고 있었다. 총을 쏘며 달려오고 있었다. 덕길은 그저 싱긋 웃었다. 죽으려고 하니 두려움도 없었다. 일본 병사들이 점점 포위하듯 에워싸고 있었다. 그리고 동생들이 죽어 나가고 있었다. 형식은 머리에 총을 맞고 즉사했다. 까불거리던 개똥은 배때기에 긴 검이 관통해서 죽었다. 흥칠도 머리통에 총을 맞았고 석철은 심장에 총을 맞았다. 다 그렇게 죽었다. 덕길은 자신의 죽음이 얼마 남지 않았음을 예감했다.

그때였다. 성준이 전혀 반대 방향에서 다시 나타났다. 성준은 덕길을 보고 웃었다. 덕길도 성준을 보고 웃었다. 이제 서로가 할 수 있는 건 웃는 것 밖에 없는 것 같았다. 성준은 바닥에 널브러져 있는 시체들을 보곤 한숨을 쉬었다. 주재소 앞산에서 보았던 살기가 요동치던 눈빛을 가졌던 젊음들이었다. 성준은 차마 보기가 힘들었다. 그러다 문득 무언가를 발견했다. 죽은 형식의 허리춤에서 폭탄 하나를 찾아낸 것이다.

"형식이 저놈... 폭탄을 만들었구나..."

덕길도 보았다. 순식간에 눈물이 앞을 가렸다. 그렇게 살라고, 다른 세상에서 살라고 했던 형식이었다.

"덕길아. 이놈아. 오늘은 우리가 같은 방향을 가보자."

성준은 의미심장한 얼굴로 덕길에게 말했다. 그리고 말릴 겨를도 없이 희뿌연 연기 속을 그렇게 달려 나갔다. 덕길이 연기속을 끈질기게 노려보았다.

성준의 등짝이라도 보려고 노려보았다. 잠시 후 펑 폭발음이 들렸다. 일본 병사들의 발소리가 그리로 다다다 몰려가고 있었다.

"자살 작전이오... 그래도 그만 잊으시오 어차피 원수 아니오?"

승희가 덕길을 위로했다.

"원수는 아니야. 다만 죽이고 싶기는 했지. 하지만 저들 손에 죽게 놔두는 건 저 사내에게도 나에게도 모욕이야."

"덕길아. 덕길아. 이놈아..."

덕길의 눈에 눈물이 흘렀다.

"도련님... 도련님... 잘 가시오..."

덕길은 성준에게 마지막 인사를 했다. 어린 시절에 대한 마지막 인사이기도 했다. 어린 시절 도련님 성준에 대한 인사이기도 했다. 그 순간 덕길이 총에 맞았다. 승희가 미친 듯이 비명을 질렀다. 이제 병사들은 덕길과 승희를 빙 둘러싸고 있었다. 덕길은 정신을 잃어가며 승희를 쳐다보았다. 승희가 펑펑 울고 있었다. 덕길은 승희의 손을 겨우 잡았다. 그것도 잠시 손이 바닥에 힘없이 툭 떨어졌다. 바로 옆에 어린 개똥의 시신이 있었다.

"개똥아..."

덕길은 개똥을 불렀다.

"개똥아... 다른 세상에서 잘 살아야 한다."

덕길은 개똥의 몸뚱이를 흔들어댔다. 개똥은 대답이 없었다. 그런데 개똥이의 허리춤에 폭탄 한 개가 그대로 남아있었다.

"미친놈들..."

덕길은 개똥의 허리춤에서 폭탄을 빼 들었다. 그리고 벌떡 일어났다. 그야말로 초인의 힘이었다. 자신을 향해 포위하듯 다가오는 일본 병사들에게 폭탄을 보여주었다. 일본 병사들이 폭탄을 보자 일단 뒤로 물러났다.

"아아악..."

승희는 절규하고 있었다. 사람이 지를 수 있는 비명이 아니었다. 끔찍한 외마디 소리였다. 일본 헌병 한 놈이 승희의 젖가슴을 긴 칼로 가르고 있었다. 승희의 터질 듯한 젖가슴은 피가 펑펑 터지고 있었다. 살가죽이 너덜너덜 찢어지고 있었다. 덕길은 승희를 쳐다보았다. 처음으로 다정한 눈빛으로 바라보았다. 승희가 그 웃음을 보았는지 희미하게 웃었다. 고개를 슬며시 끄덕이기도 했다. 순간 덕길이 승희를 쏘았다. 승희는 놀란 눈빛이 되었으나 곧 행복한 웃음을 지으며 고개를 떨구고 스르르 주저앉듯 쓰러졌다.

"으아아아..."

덕길은 호랑이가 포효하는 울음을 울었다. 주재소 앞산에서 주재소를 향해 달려 내려가던 바로 그 포효 소리였다. 덕길은 폭탄의 핀을 뽑아서 일본 헌병들을 향해 돌진했다. 잠시 후 펑 폭발음이 들렸다.

덕길은 노란 납매 아래서 미옥과 놀던 시절이 떠올랐다. 그 시절이 가장 찬란했던 시절이었다. 이제 그 시절은 영원히 돌아오지 않을 것이다.

"미옥아..."

덕길은 마지막으로 미옥을 불렀다.

미옥은 정원을 거닐었다. 그런데 집 밖에서 일본 병사들이 요란하게 움직이는 소리가 났다. 총소리가 났다. 폭탄 터지는 소리가 났다. 미옥은 뱃속의 아이가 무서워할까 봐 방 안으로 들어갔다.

에필로그

"짐은 세계의 대세와 제국의 현상(現狀)에 비추어보아 비상의 조치로서 시국을 수습하고자 하여 이제 충량(忠良)한 그대들 신민에게 고하노라. 짐은 제국의 정부로 하여금 미영지소(美英支蘇) 사국(四國)에 대하여 그 공동선언을 수락한다는 뜻을 통고케 하였으니..."

"너의 어머니가 죽음이 다하였을 때, 네가 태어난 지 두 해째 되던 해였다. 나를 찾는다는 전갈을 받고 갔다. 김천의 한 학당에서 공부를 하고 있더구나. 송설학당이었지. 아마도 후학을 가르치기 위해 매진하고 있었던 것 같다. 그런데 마음에 병이 들어 있었다. 너의 아버지의 죽음을 안 지 얼마 안 되었던 것 같다. 그 외로움을 견딜 수 없었던 거야. 외로움은 사람을 죽일 수도 있는 병이거든. 삶의 끈을 놓아버리자 그 병이 든 것이지. 그때 나는 우리 모두의 비극이 나로부터 시작되었다는 것을 고백하고 참회했다. 용서를 빌었다. 너의 어머니는 용서할 것도 없다고 했다. 그리고 너를 맡겼어. 양반도 종도 아닌 그냥 사람으로 키워달라고 부탁을 했다. 나는 걱정 말라고, 그렇게 키우겠다고 약속했다."

은숙은 말을 다 마쳤다. 민제는 아무 말도 하지 못했다.

"민제야. 너는 내 아들이 아니다."

은숙은 말했다. 민제는 은숙을 쳐다보았다.

"민제야. 넌 내 아들이다."

은숙은 다시 말했다. 민제는 다시 쳐다보았다.

"늘 꿈꾸던 어떤 것을 향해 걸어가던 어리석은 한 여자의 모습이 보인다. 그게 매일 매일의 삶이었지. 그런데 그렇게 걸어가는 것만으로도 행복했다. 바로 그게 꿈이었거든. 바로 그게 젊음이었거든..."

은숙은 말을 마치고 너른 마당을 내려다보았다. 빈 가지만 남은 납매에는 이번에는 꿀벌들이 날아와 있었다. 납매가 흐드러지게 핀 것 같았다. 아주 달콤한 냄새가 진동을 했다. 저 납매에 목을 매도 되겠다는 생각을 했다.

젊은 그들은 모두 떠나고 없었다.